编辑委员会

主　编◎石　麟　张鹏飞　浦玉生

副主编◎韩　晓

编　委◎欧阳健　佘大平　王　平　周锡山

　　　　马成生　仓　显　齐裕焜　吴玉平

　　　　张弦生　张　虹　周文业　郑铁生

　　　　单长江　莫其康　萧相恺　董国炎

中国水浒学会 主办

水浒争鸣

主编 石麟 张鹏飞 浦玉生

第十九辑

华中科技大学出版社
http://press.hust.edu.cn
中国·武汉

图书在版编目(CIP)数据

水浒争鸣.第19辑/石麟,张鹏飞,浦玉生主编.—武汉:华中科技大学出版社,2023.11
ISBN 978-7-5772-0219-8

Ⅰ.①水… Ⅱ.①石… ②张… ③浦… Ⅲ.①《水浒》研究-文集
Ⅳ.① I207.412-53

中国国家版本馆 CIP 数据核字(2023)第 208943 号

水浒争鸣(第十九辑)　　　　　　　　　　　　　石　麟　张鹏飞　浦玉生　主编
Shuihu Zhengming(Di-shijiu Ji)

策划编辑：周晓方　周清涛　宋　焱
责任编辑：吴柯静　张帅奇
封面设计：廖亚萍
责任校对：张汇娟
责任监印：周治超

出版发行：华中科技大学出版社(中国·武汉)　　电话：(027)81321913
　　　　　武汉市东湖新技术开发区华工科技园　　邮编：430223
录　　排：华中科技大学出版社美编室
印　　刷：武汉市洪林印务有限公司
开　　本：787mm×1092mm　1/16
印　　张：20.75　　插页：2
字　　数：466千字
版　　次：2023年11月第1版第1次印刷
定　　价：98.00元

　　　本书若有印装质量问题,请向出版社营销中心调换
　　　全国免费服务热线：400-6679-118　　竭诚为您服务
　　　版权所有　侵权必究

目录

《水浒传》的成书、版本、作者问题

2	马成生	"误区"之论,未免有误——读《郭本正嘉时代理念与万历增添新编〈水浒传〉二次成书》的一些感想
10	周文业	《水浒传》上图下文四种嵌图本研究
35	邓　雷	关于钟伯敬本《水浒传》的几个问题
50	张　吉	版本衍化传播对小说经典化的意义——以《水浒传》为例
54	刘艳梅	古典文学名著少儿版改编与出版现状调查及对策研究——以《水浒传》为例
63	汪吾金　马成生	《水浒传》及其作者施耐庵与西溪
89	陈仕祥　仓　显	彰显水浒文化　塑造大丰形象
92	陈学文	真假施耐庵墓
95	张冰洁　张袁祥	施耐庵文物史料征集研究和文化建设工作回眸
101	任祖镛	对《明代小说史》中施耐庵里籍论述的评析
109	浦海涅　望　海	《黄海明珠》中的施耐庵里籍及其他

《水浒传》的本事与本旨

116	周锡山	《水浒传》反腐及其反抗描写的真实性和艺术性探讨
126	张玉生	读水浒　知兴替
130	吕世宏	鲁智深原型为狄青
134	浦玉生	一本书三个人与一座城再探

《水浒传》的思想内涵、艺术价值和文化意蕴

144	石 麟 金 玲 … 再谈梁山水泊灌溉"小说林"
153	韩 晓 … 横云断山:古代小说叙事空间化的一种理论总结
160	于光荣 … 武松与酒
164	魏 明 … 从"水泊梁山"看制度建设的重要性
170	谭淑娟 … 从士的层面看《水浒传》中的人物及命运
177	李维东 … 换个角度看水浒
186	汤书卿 … 浅析《水浒传》小说中的招安现象
195	王路成 … "文学四要素"视角下明清《水浒传》序跋研究
204	卢 梦 … 一体三式 结三而一——论《水浒传》叙事结构模式

《水浒传》的人物形象分析

212	肖兰英 … 《水浒传》"常情"状态的两个温馨明媚的女人
217	洪 超 … 宋江"哭"的多义性分析
222	邹陈妍 石 松 … 赛译《水浒传》中林冲人物形象的再现
228	杨俊生 … 《水浒传》中的李逵形象塑造
231	陈红艳 … 论水浒英雄杨志的血性与奴性
241	张丹丹 … 《水浒传》繁、简本琼英故事研究
250	李春光 宋媛溪 … 谫论林冲与内德·凯利的形象接受及话语窘境
258	李文芳 … 论《水浒传》《金瓶梅》中的王婆形象
262	朱静宜 … 民国期刊中"潘金莲"的形象嬗变

"水浒"研究的回望、地域文化及其他

270	焦欣波 … 文明戏时期"水浒新剧"考述
278	周琦玥 … 新世纪以来《水浒传》绰号考释方法回顾与展望
287	刘宜卓 包聚福 … 水浒文化在新一代年轻群体中的传播现状与未来趋势研判——以线上网络平台为观察对象
296	孙 琳 王 萃 … 元杂剧中的旋风戏与东平
308	王红花 戴艺飞 … "水浒地名在盐城新发现研究成果发布会"综述
310	王登佐 … 盐城家谱文献资源建设研究
316	吴玉平 … 十年磨一剑——《〈水浒传〉中的酒文化》一书前言
322	杨 光 … 微水浒诗咏三题
323	李祖哲 张弦生 … 水浒学新貌的展示——《水浒争鸣》第十七、十八、十九辑评述

《水浒传》的成书、版本、作者问题

马成生∶"误区"之论，未免有误——读《郭本正嘉时代理念与万历增添新编〈水浒传〉二次成书》的一些感想

周文业∶《水浒传》上图下文四种嵌图本研究

邓 雷∶关于钟伯敬本《水浒传》的几个问题

张 吉∶版本衍化传播对小说经典化的意义——以《水浒传》为例

刘艳梅∶古典文学名著少儿版改编与出版现状调查及对策研究——以《水浒传》为例

汪吾金 马成生∶《水浒传》及其作者施耐庵与西溪

陈仕祥 仓 显∶彰显水浒文化 塑造大丰形象

陈学文∶真假施耐庵墓

张冰洁 张袁祥∶施耐庵文物史料征集研究和文化建设工作回眸

任祖镛∶对《明代小说史》中施耐庵里籍论述的评析

浦海涅 望海∶《黄海明珠》中的施耐庵里籍及其他

"误区"之论，未免有误
——读《郭本正嘉时代理念与万历增添新编〈水浒传〉二次成书》的一些感想

马成生

宋伯勤、杨东峰两先生的《郭本正嘉时代理念与万历增添新编〈水浒传〉二次成书——容本中的京杭都市文化层叠与南北方言堆积考证》一文（载《水浒争鸣》第十八辑），笔者读后颇受启发，尤其是对历代积累型的《水浒传》的成书认识更为具体了。然而，涉及《水浒传》作者的一些重要内容，如"杭州元素""儿尾词"之类，该文论述似乎尚有粗疏并不够扎实处。姑且指出，略作辨析，就教于宋、杨两先生与广大同仁。

一

先把宋、杨的有关论述，摘引如下。

> 马幼垣考证《水浒传》版本系统，从冬季严寒的梁山泊，"山排巨浪，水接遥天"，仿佛南方夏天，论证作者是对北方冬天景况所知有限的南方人……马成生先生等则从容本中杭州方言的独特性、唯一性和排他性，以容本"儿尾词"仅流行杭州特定区域……说明杭州"儿尾词"独特悠久，推论《水浒传》作者必然是杭州人，甚至就是"钱塘施耐庵"。刘世德也认为："作者还在书内运用了宋元时期杭州一带流行的方言土语，这都和他是钱塘人的身份是符合的"。

针对上述事例，宋、杨两先生认为：我们研究《水浒传》作者，就要"认知容本增添杭州元素，走出明初'南人'创作的误区"。即根据上述这类把"严寒的梁山泊"误写为"仿佛南方夏天"以及"独特"的"儿尾词"事例，来"论证"《水浒传》作者为"明初'南人'"施耐庵就是"误区"，就是错误的。这里的关键是：上述这类事例，究竟是"容本增添"之前就有的"杭州元素"？还是"容本增添"之后才有的"杭州元素"？如果是后者，宋、杨两先生的看法无疑是正确的；"容本"于明"庚戌仲夏"（1610）刻毕于杭州，上距明朝的建立已经242年，我们怎能根据"容本增添"的"杭州元素"来

"论证""明初'南人'"施耐庵创作了《水浒传》呢？任何一个作家，只能描写他生前已知之事，绝不可能描写他死后所不知之事呀！但是，谁能肯定上述这类事例，就是"容本增添"之后才有的"杭州元素"，而不是在"容本增添"之前的《水浒传》中就具有的"杭州元素"？

二

不妨就从"冬季严寒的梁山泊"说起。

北方普遍"冬季严寒"，滔滔黄河都有严冰封河，梁山水泊怎能行船，以至有"山排巨浪，水接遥天"？这种舛错物象，看来只有不熟悉当地实况如"钱塘施耐庵"才可能如此描写。在《水浒传》中，这类描写还有不少。如冬日河北蓟州翠屏山，竟有"野花映日，漫漫青草"，以至"袅袅白杨"（第四十六回）。又如，也是冬日蓟州的二仙山，竟有"流水潺潺""飞泉瀑布"，以至"村姑提一篮新果子""流水泛春红"（第五十三回）。还有，地理态势的描写，如吴用在山东济州境内的黄泥冈上，回答杨志"那里来的人"时，竟说："是濠州人，贩枣子，上东京去，路途打从这里经过。"（第十六回）究其实际，濠州在今安徽，东京（即开封）在今河南，怎么会经过山东这个黄泥冈！又如，"宋江平方腊"，"到淮安县屯扎"，城中官员告诉他："前面便是扬子大江（长江）"，可究其实际尚差三、四百里呢。这些气候物象与地理态势的舛错描写，都表明《水浒传》作者是对江北"所知有限的'南人'"，而"钱塘施耐庵"恰好也是南人。

至于宋、杨两先生所指的"杭州元素"中那个"独特性、唯一性和排他性"的"儿尾词"，在《水浒传》中频繁运用，也当是出于杭州人，即"钱塘施耐庵"之笔下，这当是没有什么疑问的。问题的关键还是在于：上述种种，是在"容本增添"之后的版本中才有？还是在"容本增添"之前的版本中就有？

且看郎瑛（1487—1566）在《七修类稿》中的记载：

《三国》《宋江》两书，乃杭人罗本贯中所编，予意旧必有本，故曰编。《宋江》，又曰钱塘施耐庵的本。

郎瑛是杭州人，居于望江门外景隆观侧，与"钱塘施耐庵"可谓是隔代的同乡。他是藏书家，又是著作家，约于嘉靖二十六年（1547）完成上述《七修类稿》，另还著有《青史衮钺》《萃忠录》等书。这样一个杭州人，其说自当很有可信性。他说，在"罗本贯中所编"的《宋江》（即《水浒传》）之前，还有一个"旧本"，当即《水浒传》的祖本。这个"旧本"是"钱塘施耐庵的本"。至于"罗本贯中所编"的"编"或"编次"，自当是对"旧本"回目的调整与部分内容的增删之类；其中，"旧本"的主要内容如气候物象与地理态势的描写，尤其是"儿尾词"之类，固然可能有所删削，但是，总有部分是保留、继承的。对于被"罗本贯中所编"之后的《宋江》，高儒有一个更完整明确的说法，就是："《忠义水浒传》一百卷，钱塘施耐庵的本，罗贯中编次。"

这个高儒所指的"钱塘施耐庵的本"，究竟"罗贯中编次"于何时？据贾仲明《录鬼簿续编》中"罗贯中，太原人……与余为忘年交"的记载，罗贯中当出生于14世纪20年代；因贾仲明出生于元至正三年（1343），所谓"忘年交"，总要相差二十年左右。罗贯中著有《三国演义》、《平妖传》（前二十回）、《残唐五代史演义》等，时间自当在他中年之后,即明代初期。他"编次"《宋江》,即"钱塘施耐庵的本",也当在此时以至较后。

这个本子,于罗贯中"编次"之后,由谁家予以重刻,于何时重刻,久无明文记载。直到16世纪,汪道昆(1525—1596)在一篇《水浒传序》中说:

> 故老传闻,洪武初,越人罗氏,恢诡多智,为此书,共一百回,……嘉靖时,郭武定重刻其书。

据此,这个被称"罗氏""所为"而更早被高儒所认定的"罗本贯中编次"的"《忠义水浒传》一百卷,钱塘施耐庵的本",被"郭武定重刻其书"。汪道昆,为嘉靖二十六年(1547)进士,曾官兵部侍郎。他所作序的《水浒传》一百回,署"施耐庵集撰,罗贯中编次",刊刻于新安。他所说的郭武定,即郭勋,为明太祖开国功臣郭英后辈,嗣英爵,受明世宗"爱幸",曾封为翊国公加太师,"怙宠颇恣",勾结妖人,"植党作威""网利虐民""肆虐无辜",受群臣攻讦,终于被逮,死于狱中,是一个威震朝野的大官僚。他"杰黠,有智数",又"颇涉书史",在京城网罗一批"宫廷词臣"搞一些文化活动,如编撰《英烈传》,重刻《水浒传》之类(上述有关郭勋的记述,均见《明史》本传)。凡此种种,汪道昆自当知悉,其序文所说的"重刻其书"事,自当可信。既是"重刻",固然可能会有删削与增添,但是,被"重刻"的本子的基本内容,也总是保留或大部分保留、继承。包括"杭州元素""儿尾词"之类。

三

宋、杨两先生在《郭本正嘉时代理念与万历增添新编〈水浒传〉二次成书〉》一文中说:

> 嘉靖年间《水浒传》首次在北京成书。

在宋、杨两先生看来,"元中期'施耐庵的本'精髓……当是元代钱塘词曲文化,是流行于钱塘的南曲词话,这类吴语吟诵音韵,明中期嘉靖已趋淡化,明末晚期基本失落。"而这个于嘉靖年间"首次在北京成书"的《水浒传》,"出版人郭勋是京城世家,作者是宫廷词臣","是运用北方方言白描,没有丝毫杭州方言味道"。宋、杨两先生说的是"首次"成书,与汪道昆说的"重刻"其书,二者不一致,自然让人产生一种想法:这部于嘉靖间"首次在北京成书"的《水浒传》,对"元代钱塘词曲文化"的"施耐庵的本"有无一些保留、继承关系?还是完全摒弃旧本,全新奠基,即并无什么依傍与传承的"首创"?如果是后者,那么,正如宋、杨两先生所说,"京本让人物顶天立地""树立起原创《水浒传》的骨干"。既然是这么一部崭新的大书,其中的众多人物自当总有相应的活动空间与时间,总有大量符合以郭勋为首的北方"宫廷词臣"所描写的地理态势与气候物象之类吧。

姑且循着"首次在北京成书"去思考一下。根据郭勋的经历,此人曾于"正德中,镇两广",而后渡过长江,北上入京,"掌三千营",而他手下的"宫廷词臣",或土居北京,或外地入京。以郭勋为首的这一伙人,对江北有关的地理态势与气候物象之类,自然是相当熟悉的。既然如此,那么,对那些"顶天立地"人物的活动空间与时间,尤其是有关地理态势与气候物象之类,自当有相当真实准确的描写,如此则林冲"雪夜上梁山"时自当不会见到"山排巨浪"之类物象。由此类推,翠屏山、二仙山那种冬日反常的物象也不应在书中出现。至于淮安、长江、东京(开封)、濠州、山东济州这些大江与江北大城的位置,至今未有什么改变,当时描写起来,也不至出现远近不分,方向不辨的情况。这部"首次在北京成书"的《水浒传》,对江北各地自当具有相当真实、准确的地理态势与气候物象之类的描写。然而,今本《水浒传》中所见,前面已列举的江北地理态势与气候物象之类描写,确实多有如此舛错,这怎么解释?难道郭勋主持的北京的"宫廷词臣"的一些相当真实准确的描写被"万历容本"全部删除而后"增添"上这大量的舛错描写?总不能是这样既有悖于情,更有悖于理的辩白吧。据此看来,这部所谓"首次在北京成书"的"嘉靖郭本",未必真正是崭新的、并无什么依傍与传承的"首次在北京成书",更可能还是汪道昆说的"重刻其书"。尽管郭勋辈在"重刻"过程中有较大的增删,基本上总还是保留、继承其"重刻"本的内容,总还是保留、继承"杭州元素"的。

四

宋、杨两先生还认为:"第一部嘉靖郭本,发源京城,北京刊刻……并没有杭州方言味道",只是"京本流传到南方都市杭州后,历经数十年,又被杭州说书艺人增添了大量的杭州元素"。这"杭州元素",自然包括杭州的"儿化词方言"。据此看来,《水浒传》中的"杭州元素"、杭州"儿化词方言"即"儿尾词"之类,在"嘉靖郭本"中实在又是没有的。

"嘉靖郭本",当今未见其全书。宋、杨两先生也只是从《水浒传》中摘引几个例子,如杭州地理态势,"杭州方言味道",将如"林冲出场的北方白话赞词"之类,说是"嘉靖郭本"的描写。但是,人们无法总览"嘉靖郭本"全貌,难以做出科学判断,其中到底有无"杭州元素"(如杭州的地理态势,"杭州方言味道"),尚无定论。马蹄疾先生在《水浒书录》(上海古籍出版社1986年7月出版)一书中,对"嘉靖郭本"有所论及,不妨先摘引出来:

> 上海图书馆藏残页两面……残存版心标明为"十卷",其第十七页背面为"石秀见杨雄被捉",其故事见于明容与堂百回本之第四十七回;其第三十六页为"祝彪与花荣战",其故事见于明容与堂百回本之第五十回。以五回一卷计算,第十卷恰为第四十六回至五十回,其分卷即与较此本之后之"郭勋刻本"悉同。

马蹄疾先生所指的"此本",即《京本忠义传》。其"残页两面",即上海图书馆藏的《京本忠义传》之"残页两面"。马蹄疾先生还指出:

> 郭本原来确为百回本,很可能现在上海图书馆发现的《京本忠义传》残页,是郭勋本唯一留下的两页残页。西谛残藏的五回,过去一直自定为嘉靖郭本,现在看来,它的刻书时代肯定在《京本忠义传》之后,西谛残本当是另一明初刻本。

据马蹄疾先生的看法，"西谛残藏"本是在《京本忠义传》"之后"，而《京本忠义传》，"很可能"就是"嘉靖郭本"，即宋、杨二位先生所说的"首次在北京成书"的《水浒传》。而宏烨先生在《上海图书馆善本书一瞥》中说：《京本忠义传》两页残页，从其"字体、纸张等风格来看，应为明正德、嘉靖坊间书坊所刻，较之现在传世最早的郭勋本为尤早……也更接近于原本"（见《书林》1980年第3期）。关于《水浒传》"祖本"之后的版本，众说纷纭：郑振铎先生认为，"西谛藏本"就是"郭本"，马蹄疾先生认为"西谛藏本"是在《京本忠义传》即"郭本"之后，而宏烨先生认为《京本忠义传》"尤早"于"郭本"。在目前尚无其他版本或文物史料可资验证的情况下，实难断定究竟谁更"近于原本"。所以我们现在只能根据一些极不完整的存世资料，大致做些推测。就看《京本忠义传》的"残页两面"，总共只有996个字，约占"万历容本"八十余万字的八百分之一，实在难以据此而判断《水浒传》中的一些重要内容。据目前这"残页两面"看来，其中并无什么"杭州元素"，如杭州的地理态势，杭州"独特性、唯一性和排他性"的"儿化词方言"之类均未见。但是，就能够据此而认定《京本忠义传》的其他部分也绝对没有上述"杭州元素"吗？自当不能这样说。

马蹄疾先生上文提及的"明初刻本"的"西谛残本"，目前的存世情况是"原四川朱氏敝帚斋残藏第十卷之第四十七回至四十九回，长乐西谛残藏第十一卷之第五十一至五十五回"。马先生"从现存残卷推测，此本每卷五回，全书为二十卷一百回"，卷端题"施耐庵集撰，罗贯中纂修"。据此看来，"西谛残本"与《京本忠义传》完全是同一版式，也就是与嘉靖时代高儒在《百川书志》中所指出的《忠义水浒传》一百卷，钱塘施耐庵的本"同一版式。

这个"西谛残本"，究竟成书于"嘉靖郭本"之前或之后，或者二者就是同一版本，目前无法定论，但是它与"嘉靖郭本"及高儒所指的"钱塘施耐庵的本"既是同一版式，即使真是成书于《京本忠义传》之后，相差的时距也不会很大。如《京本忠义传》中的（石秀）"听得外面炒闹"，与杨林"打扮做个解魇法师"两句中，其"炒""魇"两字，分明是"吵""魔"之误，在"万历容本"中全部都改正了，而"西谛残本"与《京本忠义传》相同，二者皆有误。由此可以推想，《京本忠义传》传世不久，"西谛残本"便可能刊刻，因而尚未能发现这类错误。据此看来，这部"西谛残本"很可能就是据《京本忠义传》、抑或"嘉靖郭本"重刻的。目前，稍可用以验证的这个"西谛残本"在世间尚留存八回，即马蹄疾先生在上面指出的第十卷中的第四十七回至四十九回的三回，与第十一卷中的第五十一回至五十五回的五回。笔者曾得友人赠送的第十卷中的三回复印件，共有两万来字，勉强可以利用这部"西谛残本"验证一下这一时期《水浒传》中的"杭州元素"，如杭州的地理态势，以及杭州"独特性、唯一性和排他性"的"儿化词方言"。

五

"西谛残本"第四十七回与四十八回，描写地理态势时，就接连描写了一座独龙冈。如"独龙冈四下一遭阔港""（宋江军马）杀到独龙冈上""独龙冈上祝家庄""独龙冈上千百火把"等，有七八次之多。究其实际，《水浒传》中所"落实"的"祝家庄"

所在的济州境内并无什么山岗,彼处只有个祝口镇,镇中道路弯曲多变,陌生人容易迷路,因而被说水浒故事者艺术化为祝家庄的盘陀路。然而,在钱塘(杭州)隔江,今河上镇的凤坞村,真有一座独龙冈,高达百余米,冈下真有一条河港。这条独龙冈,很可能是钱塘施耐庵"移"到山东济州去的"杭州元素"。附提一下,距独龙冈不远处,还有一条黄泥冈,而《容本水浒传》第十六回中所描写的"吴用智取生辰纲"处原也并无山冈,这也很可能就是钱塘施耐庵从杭州"移"去的"元素"。只是"西谛残本"中未有第十六回,无以对证。不过,就据上述一座独龙冈已可证明,嘉靖时代的"西谛残本"对地理态势的描写中就很可能具有"杭州元素"了,这些元素并不是在"万历容本"中才出现的。

现在,就集中检验一下"儿化词方言",即那个"独特性、唯一性与排他性"的"儿尾词"这一"杭州元素"在"西谛残本"中的呈现情况。

且看"西谛残本"第四十七回:

此人都叫他做鬼脸儿。
那酒店旗儿。
晁盖大怒喝交孩儿们。
孩儿们□□□报来。
(李逵)自带了三二百个孩儿们。

这些"儿尾词"在"万历容本"中,只是第二句"酒店旗儿"中删去一个"店"字,第四句中三个认不清楚的字是"快斩了"三字,其余完全相同。由此可见,"万历容本"在此处全都是继承使用"西谛残本"中的"儿尾词"的。

不妨再看一下"西谛残本"第四十八回:

石秀近前禀道:"这位兄弟……唤做鬼脸儿杜兴。"
邓飞大叫:"孩儿们救人!"
就把一辆车儿交欧鹏上山去将息。

这些"儿尾词",在"万历容本"中,只是第三句中"交欧鹏"的"交"字改正为"叫"字,其余也完全相同。非常明白,"万历容本"在此处也是继承使用"西谛残本"中的"儿尾词"的。

姑且再看一下"西谛残本"第四十九回:

嘱咐夥家推车儿去了。
远远望见车儿来了。
哥嫂下了车儿。
乐和先扶持车儿前行。
乐和簇拥着车儿先行去了。

"西谛残本"中这些"儿尾词",在"万历容本"中只是第一句的"夥家"改为"火家",第三句的"哥嫂"改为"且请嫂嫂",其余与"西谛残本"完全相同。可见"万历容本"在此处也是继承使用"西谛残本"中的"儿尾词"的。

以上事实表明,《水浒传》中除了地理态势描写,这些"独特性、唯一性与排他性"的"儿尾词"也并非是"万历容本"的"增添",而是早在嘉靖时代的"西谛残本"的《水浒传》中就有了。这是事实,不能否认。据此看来,认定"嘉靖时代"的《水浒传》中"没有杭州方言",就未必准确。

六

被郑西谛(振铎)收藏而称为"西谛残本"的嘉靖时代的《水浒传》,其中的四十七到四十九回,既是如此多次运用了"儿尾词",究竟应当怎么解析?上面已经提及,这部嘉靖时代的"西谛残本"可能是以《京本忠义传》为底本而重刻的。上述"杭州元素"如地理态势独龙冈、方言"儿尾词"之类,就是继承上述版本而来的。那么,上述版本中的"杭州元素"又从何处而来?《京本忠义传》自当是继承其前,"更接近于原本"的《水浒传》版本而来。至于"嘉靖郭本"可能是"首次""增添"这些"杭州元素"的版本吗?看来未必。因为,以郭勋为首的这些"宫廷词臣",并不熟悉杭州,并不熟悉上述"杭州元素",如何能够"增添"?

既然如此,据现在所知的,即高儒在《百川书志》中所指的《忠义水浒传》一百卷,钱塘施耐庵的本,罗贯中编次"这一本子,其中所说的"罗贯中编次",是否就意味着这些"儿尾词"也是罗贯中"首次增添"的呢?自当不能这样看。罗贯中在"编次"过程中,可能对其中的某些回目,先后有所调整,也可能对某些部分增加某些内容,包括上述"杭州元素",如杭州地理态势与"儿尾词"之类。但是,罗贯中总不可能"增添"《水浒传》中所有的"杭州元素",如杭州地理态势与"儿尾词"之类。这自当可以肯定。

这里,就需要重提一下郎瑛的"旧必有本"之说。这"旧必有本"之"本",即"钱塘施耐庵的本",亦即《水浒传》的"祖本"。这部《水浒传》的"祖本",又是根据什么编成的呢?"钱塘施耐庵"当是主要根据宋、元之交的《大宋宣和遗事》编撰而成。这部《大宋宣和遗事》是根据南宋以来"街谈巷语"与"瓦子·勾栏"中说、演的"水浒故事"而编成的说书底本。这个底本已经有"花石纲""生辰纲""杀惜""得天书""平方腊"等内容,可以说已是一部"雏形《水浒传》"。这部"雏形《水浒传》",其中存在一些对北方地理的不准确描写;如李进义、杨志等"将防送公人杀了,同往太行山落草";又如晁盖等劫了蔡太师的"生辰纲","前往太行山、梁山泊去落草"。究其实际,梁山泊在山东,太行山在山西,中隔滔滔黄河与华北平原,怎么会这么混淆起来了?再如"生辰纲"被劫的地点,竟有"修竹萧森",究其实际,这是河北南洛县,根本没有竹子。可见这本《大宋宣和遗事》的编集者对山西、山东与河北一带并不熟悉。再看,这部《大宋宣和遗事》中有关浙江杭州一带的具体描写就准确多了,不仅是青溪这些小县城,就是对该县中的一处山沟——帮源洞,也描写得准确无误。至于"修竹萧森"这样的景物,在杭州更是随处可见。如杭州城西偏北的黄龙洞,就满眼都是竹子。据此看来,《大宋宣和遗事》应当出于杭州一带的文人之手。于是《大宋宣和遗事》中自然而然地也就运用了不少"儿尾词"。且看:

窗儿底笑语喧呼。

门儿底箫韶盈耳。

窗儿下见个佳人。
忽遇着俊俏勤儿。
道是个使钱的勤儿。
窗儿下佳人姓甚名谁？
咱八辈儿称孤道寡。

《大宋宣和遗事》出自杭州一带文人之手,于文中就运用了如许"儿尾词",自当是自然而然;《水浒传》的"祖本",出自"钱塘(杭州)施耐庵"之手,而且,主要根据《大宋宣和遗事》而编撰,于中继承、运用了"儿尾词",自当也是自然而然。在此,顺便提一个例子。唐代杭州诗人金昌绪在他的《闺怨》中有"打起黄莺儿"之句。可见,在杭州的文人中,将"儿尾词"运用于自己的诗文中,是早已有之的事。

明代嘉靖间,杭州人郎瑛首次记载:《水浒传》"旧必有本"。这"旧必有本"的"本",当是《水浒传》的"祖本"。这"祖本",为钱塘施耐庵的本。这个"钱塘施耐庵"主要以杭州一带文人编撰的,其中已含有许多"杭州元素"并可称为"雏形《水浒传》"的《大宋宣和遗事》为底本(再加一些元代"水浒戏"与当时一些有关诗文),在此基础上进行艺术加工就形成了这部《水浒传》"祖本"。在这部"祖本"中,"钱塘(杭州)施耐庵"熟悉杭州,自然而然地在其中继承、运用一些"杭州元素",如杭州地理态势,又如"独特性、唯一性与排他性"的杭州方言"儿尾词"之类。这部"祖本"问世之后,中经"罗贯中编次"的本、《京本忠义传》、"嘉靖郭本"(可能即《京本忠义传》)、"西谛残本"等版本,或题"钱塘施耐庵的本",或署"施耐庵集撰",相继刊行,直到"万历容本",《水浒传》基本可算定型了。这些逐代相传的版本,固然在每一前后版本之间,都会有所增删,但是,后一版本总是继承着前一版本的主要内容,包括其中的地理态势与气候物象的描写,以及方言土语的运用。至今也并未发现有某种崭新的、并无什么依傍与传承的"首创"版本。总之,《水浒传》"祖本"中的"杭州元素",可以说沿袭不断。固然,《水浒传》是历代积累型作品,其中的"杭州元素"之类可能愈积愈多,为此,我们如果拿着容本中万历年间所增补添加的杭州元素去刻舟求剑,去论证并推定"明初'南人'施耐庵,"就是《水浒传》作者,诚如宋、杨两先生所说,这是一个"误区",无疑是错误的。但是,我们根据历史一些版本中早就流传的"杭州元素",如某些气候物象与地理态势,如独龙冈,尤其是杭州"独特性、唯一性与排他性"的"儿尾词"之类去论证并推定《水浒传》作者为"明初'南人'",即"钱塘施耐庵",自当是有合理性可靠性的。要把这样的论证,指为"误区",未免是缺乏深入而细致的分析而下的结论。为此,笔者感到宋、杨两先生上述的"误区"之论,未免有误。

《水浒传》上图下文四种嵌图本研究

首都师范大学　周文业

一、上图下文三种通栏本和四种嵌图本

《水浒传》上图下文本分通栏本和嵌图本，通栏本是指插图为通栏式，嵌图式是指插图不是通栏式，插图两侧还有几行文字。

上图下文通栏式有评林本、种德书堂本和插增本三种，都是明刊本。

上图下文嵌图式有四种，即刘兴我本和藜光堂（刘荣吾）本，为明刊本，郑乔林本、慕尼黑本，为清刊本。

下文将分析四种嵌图本之间的关系。郑乔林本和慕尼黑本关系较简单，先分析，刘兴我本和藜光堂本较复杂，后分析。

二、郑乔林本和慕尼黑本

（一）郑乔林本和慕尼黑本

郑乔林本和慕尼黑本都是上图下文嵌图式清刊本，郑乔林本马幼垣先生称之为"李渔序本"，因为此本有一篇李渔序，但一般以刊刻书坊和堂主命名，因此还是称为郑乔林本为好。郑乔林本是全本，而慕尼黑本是残本，只有第十七回前半到第二十四回前半。

对这两个版本马幼垣先生和邓雷都有研究。马幼垣先生的研究比较简单，只比较了回目和插图标题，认为刘兴我本早于藜光堂本，慕尼黑本早于郑乔林本。邓雷研究比较仔细，最后结论相同。

《水浒传》《三国演义》的郑乔林本都藏于德国柏林国立普鲁士文化基金会图书馆，可能是某个德国人在中国看到这两本都是上图下文，觉得很新奇就带回了德国，最后捐给了柏林图书馆。这两本都已经数字化，我在邓雷和日本朋友上原究一

先生的帮助下,将这两本全部下载了。但由于退休后没有经费,《水浒传》郑乔林本没有数字化,因此无法比对。慕尼黑本至今我还有其图片,但也无法分析。下面只能根据马幼垣先生和邓雷研究所举的例子,谈谈我的看法。

《水浒传》郑乔林本没有刊刻时间,但《三国演义》郑乔林本刊刻于康熙二十三年(1684),书坊为德馨堂。考虑一般书坊都是先刻《三国演义》,后刻《水浒传》,因此《水浒传》郑乔林本也可能刊刻于康熙二十三年之后。慕尼黑本是残本,刊刻时间不明。

(二)郑乔林本和慕尼黑本相同的文字脱落

对于郑乔林本和慕尼黑本的关系,邓雷举出几例。

第一例是第二十三回"王婆贪贿说风情　郓哥不忿闹茶肆"中,在同词"有诗为证"之后郑乔林本脱落了104字,但刘兴我本、黎光堂本没有脱落。

例1　第二十三回"王婆贪贿说风情　郓哥不忿闹茶肆"

刘:安排酒肉饭食与武松吃有诗为证武松仪表甚温柔阿嫂淫心不可收笼络归他家里住

慕:安排酒肉饭食与武松吃有诗为证武松仪表甚温柔阿嫂淫心不可收笼络归他家里住

郑:安排酒肉饭食与武松吃有诗为证

慕:安排酒肉饭食与武松吃有诗为证

刘:要同云雨会风流自从武松到武大家数日取出一□彩色缎子与嫂代做衣裳那嫂笑曰

慕:要同云雨会风流自从武松到武大家数日取出一□彩色缎子与嫂代做衣裳那嫂笑曰

郑:

慕:

刘:叔叔既然把与奴家不敢推辞武松是个知礼好汉却不怪他又过月余时遇冬寒天气连

慕:叔叔既然把与奴家不敢推辞武松是个知礼好汉却不怪他又过月余时遇冬寒天气连

郑:

慕:

刘:日朔风四起大雷纷纷有诗为证尽道丰年瑞丰年瑞若何长安有贫者宜瑞不宜多当早

藜:	日朔风四起大雷纷纷有诗为证尽道丰年瑞丰年瑞若何长安有贫者宜瑞不宜多当早
郑:	尽道丰年瑞丰年瑞若何长安有贫者宜瑞不宜多当早
慕:	尽道丰年瑞丰年瑞若何长安有贫者宜瑞不宜多当早

此例郑乔林本和慕尼黑本都有文字脱落。因为两本都是清刊本,因此邓雷认为:

> 由此可知慕尼黑本刊刻当在李渔序本之前。至于此二本是否有直接的渊源关系则很难说,因为在两个本子的正文中,没有存在跳行的现象,所以李渔序本可能是直接翻刻慕尼黑本而成,也可能在李渔序本与慕尼黑本之间存在其他的过渡本。

然而刘兴我本和藜光堂本在此也不脱落,因此虽然从此例看,郑乔林本似乎应该晚于慕尼黑本,似乎也可能出自慕尼黑本。但这不是铁证,也存在郑乔林本出自刘兴我本或藜光堂本,而其刊刻时间晚于慕尼黑本的可能性。古代小说版本不能只根据文字脱落判断先后,晚出版本可能文字不脱,而早出的版本可能脱落。

第二例出自第十七回,具体内容如下所示。

例2 第十七回"美髯公智赚插翅虎 宋公明私放晁天王"

评:	我只推说知县睡着且	交	何观察在茶坊里等	我以此飞马来报你
插:	我	叫	何观察在茶坊里等	我以此飞马来报你知何可走
刘:	我只推说知县睡着且教		何观察在茶坊里等候	以此飞马来报你
藜:	我只推说知县睡着且教		何观察在茶坊里等候	以此飞马来报你
慕:	我只推说知县睡着且			
郑:	我只推说知县睡着且			

评:		我回去引他下了公文不移时便差人		捉你晁盖听罢大惊	贤弟之恩
插:	为上计	我回去引他下	公交不移时	差人	捉你晁盖听罢大惊	贤弟之恩
刘:		今我回去引他下了公文不移时		差人来捉你晁盖听罢大惊曰贤弟之恩

```
蔡：    今我回去引他下了公文不移时  差人来捉你晁盖听罢大惊曰贤弟
        之恩
慕：                            不移时  差人来捉你晁盖听罢大惊曰贤弟
        之恩
郑：                            不移时  差人来捉你晁盖听罢大惊曰贤弟
        之恩
```

此例很明显,郑乔林本和慕尼黑本文字都相较刘兴我本有相同的删节。由于两本不可能同时有相同删节,两本或有共同祖本,或一本来自另一本。由这两例还是无法判断郑乔林本和慕尼黑本的关系是哪种情况。下一例可解决此问题。

(三)郑乔林本和慕尼黑本不同的文字脱落

邓雷还举出刘兴我本和慕尼黑本另外一例,和例1相同,也出自第二十三回,慕尼黑本同词"武松曰"也脱落30字,因此邓雷认为刘兴我本早于慕尼黑本。

例3 第二十三回"王婆贪贿说风情 郓哥不忿闹茶肆"

```
评:妇人  曰叔叔     向火武松  曰多蒙  顾念自近火边坐  妇人把门
        关了搬酒食入
插:妇人道 叔叔      向火武松道  多蒙  顾念自近火边坐  妇人把门
        关了搬酒食入
刘:妇人  曰叔叔里面向火武松  曰多蒙照顾  自近火边坐下那妇人把门闭
        了搬酒食入
蔡:妇人  曰叔叔里面向火武松  曰多蒙照顾  自近火边坐下那妇人把门闭
        了搬酒食入
郑:妇人  曰叔叔里面向火武松  曰
慕:妇人  曰        武松  曰

评:    房里摆在桌上武松问  曰哥哥那里去妇人曰  你哥哥去做买卖
        我和    你自
插:武松房里摆在桌上武松问道  哥哥那里去妇人  道你哥哥去做买卖
        我和叔叔   自
刘:    房里摆在桌上武松  曰哥哥那里去妇人曰  你哥哥  做买卖去了
        我和    你自
蔡:    房里摆在桌上武松  曰哥哥那里去妇人曰  你哥哥  做买卖去了
        我和    你自
郑:                    哥哥那里去妇人  道你哥哥去做买卖去了
        我和    你自
慕:                    哥哥那里去(以下文字未知)
```

此例很有研究价值。值得注意的问题主要有以下两点。

第一，很明显，评林本、插增本文字接近，属于一类。

第二，郑乔林本和慕尼黑本文字和刘兴我本、黎光堂本文字接近，属于另一类。郑乔林本、慕尼黑本文字都相比刘兴我本有删节。但关键是——郑乔林本比慕尼黑本多了"叔叔里面向火"。

由于此例慕尼黑本文字相比郑乔林本还有删节，可以确定郑乔林本不可能来自慕尼黑本。当前存在两种可能性，一种是慕尼黑本来自郑乔林本，一种是两本有共同祖本，即刘兴我本，各自做了删节。根据现有材料还无法判断哪个可能性更大，我个人倾向于认为慕尼黑本来自刘兴我本。

还有一个问题是，郑乔林本和慕尼黑本的底本是刘兴我本，还是黎光堂本。上述各例中，刘兴我本和黎光堂本文字相同，无法判断。对刘兴我本和黎光堂本进行分析（细节详见后文）可知，当两本文字不同时，慕尼黑本与郑乔林本都是和刘兴我本相同，而和黎光堂本不同。因此，慕尼黑本和郑乔林本的底本肯定是刘兴我本，而不是黎光堂本。由于慕尼黑本和郑乔林本均未数字化，无法和其他版本比对，只好利用邓雷所举的以上三例进行讨论。估计如仔细比对慕尼黑本和郑乔林本，还会找出更多例证。

（四）郑乔林本和慕尼黑本个别的文字差异

邓雷除举出以上三例大段文字差异外，还仔细比了慕尼黑本和郑乔林本的文字，找出两本5种56处的个别文字差异，最后他总结：

> 从总体上说，李渔序本修正了慕尼黑本文字出现的不少问题，有17处，但是相比于慕尼黑本文字而言，自身出现的问题更多，有39处之多，所以慕尼黑本文字要优于李渔序本。

由这56处文字差异不仅可以看出文字的优劣，还可分析版本的演化。

这56处文字差异和刘兴我本比对，无论是郑乔林本错误，还是慕尼黑本错误，刘兴我本中对应位置的文字都全部正确。但出现这种个别文字差异的原因，很可能是抄写中疏忽，或有意修改，只根据文字对错，还是无法判别版本先后。如郑乔林本修正慕尼黑本17处错误，则可能是正确的郑乔林本在后，错误的慕尼黑本在前。但也完全可能是正确的郑乔林本在前，慕尼黑本在后，慕尼黑本在抄录中发生错误。按此逻辑，郑乔林本文字出错39处，可能是错误的郑乔林本在后，正确的慕尼黑本在前。但也完全可能是错误的郑乔林本在前，慕尼黑本在后，慕尼黑本在抄录中发现郑乔林文字有错误，因此修正了郑乔林本的错误。

（五）郑乔林本和慕尼黑本关系

总之，郑乔林本和慕尼黑本有很多相同的脱文（或删节），因此两本肯定有密切关系，可能有共同祖本，或有相互承继关系。

我对郑乔林本的看法是，由于郑乔林本文字有些比慕尼黑本多，郑乔林本肯定不是出自慕尼黑本，其最有可能出自刘兴我本。而根据《三国演义》郑乔林本和刘兴我本的数字化比对，《三国演义》郑乔林本肯定出自刘兴我本。按通常规律，翻刻小说时一般会以同一书坊的版本为底本，据此推测，郑乔林本《水浒传》的底本来源应当与郑乔林本《三国演义》相同，即为刘兴我本。

对于慕尼黑本，由于其有些文字比郑乔林本少，因而可能是直接删节自刘兴我本。但我个人认为更大的一种可能性是，慕尼黑本是删节自郑乔林本。由于郑乔林本和慕尼黑本均未数字化，无法比对，因此目前暂时无法判断哪种可能性更大。若能将两本数字化后再进行比对，相信可以得出正确的结论。

以上介绍了郑乔林本和慕尼黑本的关系，下面分析刘兴我本和黎光堂本的关系，顺便论证为何郑乔林本的底本是刘兴我本，而不是黎光堂本。

三、丸山浩明和刘世德先生对刘兴我本、黎光堂本的研究

（一）刘兴我本与黎光堂本简介

刘世德先生先后在《文学遗产》2013年第1期和第3期连续发表两篇有关《水浒传》简本的论文，即2013年《文学遗产》第1期《〈水浒传〉简本异同考（上）——黎光堂刊本、双峰堂刊本异同考》，和2013年《文学遗产》第3期《〈水浒传〉简本异同考（下）——刘兴我刊本、黎光堂刊本异同考》。两文主要研究《水浒传》简本中的刘兴我本与黎光堂本，刘先生认为两本关系是先有刘兴我刊本，后有黎光堂刊本；刘兴我和黎光堂主刘荣吾是同一人。

我查阅了国内有关《水浒传》版本研究的文章和著作，发现以前对这两种版本研究很少。我又查了日本中川谕先生整理的日本有关《水浒传》版本研究的文章，发现日本丸山浩明先生在1988年就曾发表过相关论文《〈水浒传〉简本浅探——刘兴我本·黎光堂本をめぐって》。我认识丸山先生，在日本中国小说研究会每年的研讨会上，曾多次见过丸山先生。我请中川发来丸山先生论文，看过后大吃一惊。丸山先生25年前发表的论文，不仅研究方法与刘先生研究方法类似，其研究结论也和刘先生相近，他也认为黎光堂本是刘兴我本的翻刻。只是他认为刘兴我和黎光堂主刘荣吾不太可能是同一人。因为此文未翻译成中文在国内发表，国内学者都没有看到。

中日两学者的研究，让我产生了很大兴趣，当时我已经完成了刘兴我本与黎光堂本的数字化，因此马上用数字化方法对这两个版本进行全文的彻底比对，结果发现了两位先生没有注意到的12处黎光堂本的"同词脱文"，这也证明了中日两位学者人工研究的结论是正确的。

对于刘兴我和刘荣吾是否是同一人这一问题，我也在研究《三国演义》版本时对此进行了初步研究。考虑到同一人同时去刊刻《三国演义》和《水浒传》四次的可能性不大，而有资料显示刘佛旺为名，号兴我，刘钦恩为名，字荣吾，因此我判断刘兴我和刘荣吾应该是两人。

《水浒传》版本的分类一般根据文字的繁简和故事的繁简，分为四类，即文简事繁的"简本"、文繁事简的"繁本"、文繁事繁的繁简综合"全传"本、金圣叹腰斩删改的"腰斩本"。

刘兴我本和藜光堂本两本都是福建建阳出版的《水浒传》简本，插图都采用了"嵌图式"，回数都是一百一十五回。这两本书的保存在《水浒传》版本中很特殊，主要体现在以下三个方面。

第一，这两本书都是海外孤本，在大陆都没有保存，只保存在日本。这很容易理解，因为《水浒传》简本在中国是供大众阅读的，因此不被重视，也不注意保留。而日本人来到中国看到这种有插图的古代小说，很有兴趣，将其带回日本后都妥善保存，这样才得以流传下来。

第二，这两本书都被两位日本著名藏书家所收藏。

刘兴我本是被日本著名藏书家长泽规矩也（1902—1980）所收藏，长泽先生去世后，他的藏书全部捐献给了东京大学东洋文化研究所，为此建立了著名的"双红堂文库"，其中很多已经完成了数字化，全球读者可以免费上网下载，下载速度很快。

藜光堂本由另一位日本著名小说家欧外森林太郎（1862—1922）所收藏，他去世后，他的藏书1.8万余册全部捐献给东京大学附属图书馆，1926年建立了"欧外文库"，分类排列供读者阅览，其中就有藜光堂本《水浒传》。但似乎没有像"双红堂文库"那样数字化。

第三，巧合的是，这两本书被日本学者收藏后，都捐献给了日本东京大学，目前都保存在日本东京大学内，只是在两个不同单位里，刘兴我本在著名的东洋文化研究所，而藜光堂本则在东京大学附属图书馆。

这三点巧合也算是一段佳话了。

由于这两本书都保留在日本东京大学，因此日本学者自然研究得较早，也较深入。

（二）丸山浩明先生对《水浒传》刘兴我本、藜光堂本的研究

日本学者丸山浩明先生在《日本中国学会报》1988年第40期上发表论文《〈水浒传〉简本浅探——刘兴我本·藜光堂本をめぐって》，仔细分析了这两种版本。此文是刘世德先生2013年有关刘兴我本、藜光堂本研究的文章发表前，对这两个版本最全面的研究。因为此文未翻译成中文在大陆发表，大陆学者都没有看到，因此先对此文做详细介绍。

丸山先生在此文中对刘兴我本和藜光堂本做了多角度的详细分析，文章开始介绍了这两本的来历和收藏情况，本文前面对这两本的介绍也主要根据丸山先生的文章。

文章从卷数、回目比较两个版本，这是此文的主要内容之一。文章列表逐回对照说明了五种版本每回的差异。五种版本即：一百回繁本、一百二十回插增本、一百零四回的评林本、一百一十五回的刘兴我本和藜光堂本。丸山先生编制的统计表有很大特点，此表将五种版本的分卷和回目统一在一张表中显示，十分清楚，对版本研究非常有用。从表中可以看出，《水浒传》各种版本的回目差异还是很大的，非常复杂，这与《三国演义》等其他古代小说完全不同，也是《水浒传》版本之复杂所在。

通过对回目的分析，丸山先生对插增本、评林本、刘兴我本和藜光堂本的关系得出如下结论。

插增本是评林本、刘兴我本和藜光堂本的祖本。

评林本和刘兴我本、藜光堂本分别来自插增本。

因为刘兴我本回目误刻较少，而藜光堂本回目误刻较多，因此藜光堂本应该出自刘兴我本。

文章正文分析版本之间的关系，又分为叙述和诗词两部分分析，其中叙述部分举出了三个例证。原例证无郑乔林本，为研究郑乔林本，这次比对也插入了郑乔林本。

例1　第三十回，刘兴我本、郑乔林本、藜光堂本和评林本

```
评：被武松        随势抢入来把这后槽揪住        曰
刘：被武松黑影里                  揪住后槽问曰
郑：被武松黑影里                  揪住        问曰
藜：被武松黑影里                  揪住后槽问曰

评：你认得我么后槽听    得声音是武松
刘：你认得我么后槽听    得      是武松声音
郑：你认得我么后槽听    得      是武松声音
藜：你认得我么后槽   认得       是武松声音
```

从此例中可以清楚看出，刘兴我本、郑乔林本、藜光堂本文字基本相同，而和评林本有很多不同之处。这说明刘兴我本、郑乔林本、藜光堂本有共同的祖本，和评林本是"兄弟"关系。由此例可以判断刘兴我本、郑乔林本、藜光堂本三本和评林本之间的关系，但还无法判断刘兴我本、郑乔林本、藜光堂本三本之间的关系。

例2　第六十七回，刘兴我本、郑乔林本、藜光堂本和评林本

```
评：其余守寨        李逵曰我也同去宋江曰你去不许惹事教燕青和你
刘：其余守寨        李逵曰我也同去宋江曰你去不许惹事教燕青和你
郑：其余守寨        李逵曰我也同去宋江曰你去不许惹事教燕青和你
藜：   次序分进李逵曰我也同去宋江曰你去不许惹事教燕青和你

评：   作伴宋江是个纹面    的人如何去得京师却得安道全上
刘：   作伴宋江是个纹面    的人如何去得京师却得安道全上
郑：   作伴宋江是个纹面    的人如何去得京师却得安道全上
藜：同去但碍你      是    黑面的人如何去得京师却得安道全上
```

```
评：山把毒药与他点去了        后用良金美玉碾末每日涂搽自然消了
刘：山把毒药与他点去了        后用良金美玉碾末每日涂搽自然消了
郑：山把毒药与他点去了        后用良金美玉碾末每日涂搽自然消了
藜：山把毒药与他点去了方可同行    美玉碾末每日涂搽自然消了
```

从此例中可以清楚看出，刘兴我本和藜光堂本文字不同，而刘兴我本和郑乔林本、评林本基本相同。此例说明藜光堂本和刘兴我本文字不同，但理论上两本之间的关系又有两种可能。一种可能是藜光堂本是在刘兴我本基础上做了修改，它们是"父子"关系。另一种可能是，它们有共同祖本，藜光堂本文字做了修改，而刘兴我本没有修改。仅从此例无法判断这两种可能性何种为是。

由此例还可看出，郑乔林本文字和刘兴我本相同，而和藜光堂本不同，因此郑乔林本的底本是刘兴我本，而不是藜光堂本。

例3 第一百回，刘兴我本、郑乔林本、藜光堂本、评林本和插增本

```
评：哥哥      如何不与我   出战我要领兵打     洮阳宋江曰
          淮西路
刘：哥哥      如何不与我  去出战我要领兵  攻取洮阳宋江曰
          淮西路
郑：哥哥      如何不与我  去出战我要领兵  攻取洮阳宋江曰
          淮西路
藜：哥哥      如何不与我  去出战我要领兵  攻取洮阳宋江曰
          淮西路
插：哥哥这番行兵如何不与我们   出战            宋江曰此去须用
  你只是淮西路
```

```
评：径  丛杂恐       有疎  失因此不令汝  行
      只见项充
刘：径甚  杂恐        有疎  失因此不令  你行
      只见项充
郑：径甚  杂恐        有疎  失因此不令  你行
      只见项充
藜：径甚  杂恐        有疎  失因此不令  你行
      只见项充
插：径  丛杂恐你杀入重地怕有 所失因此不令  你 去须得帮护之人我才
      放心只见项充
```

评：李衮鲍旭	潘迅孙安柏森鄂全忠许宣沈安仁	齐曰
刘：李衮鲍旭	潘迅孙安柏森鄂全忠许宣沈安仁	齐曰
郑：李衮鲍旭	潘迅孙安柏森鄂全忠许宣沈安仁	齐曰
藜：李衮鲍旭	潘迅孙安柏森鄂全忠许宣沈安仁	齐曰
插：李衮鲍旭道哥哥我等同去潘迅孙安栢森鄂全忠许宣沈安仁六人三人也不识路		齐　道你

此例很明显，评林本、刘兴我本、郑乔林本、藜光堂本文字基本相同，而插增本文字完全不同。因此插增本和评林本、刘兴我本、藜光堂本应该属于两个系统，可能有共同的祖本，他们是"兄弟"关系。

丸山先生文章通过多角度详细的分析，得出了如图 1 所示的《水浒传》版本演化图。

丸山先生在 1988 年所写的此文，对刘兴我本和藜光堂本进行了全面研究，虽然其中对插增本和评林本之间关系的看法有疑问，研究深度还略显不足，但后来的研究证明，丸山先生对刘兴我本和藜光堂本关系的分析和结论基本是正确的。但可惜国内学者过去没有看到丸山先生的研究。

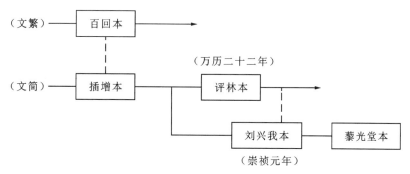

图 1　《水浒传》版本演化历程示意图

（三）刘世德先生对《水浒传》版本的研究

刘世德先生在《中华文史论丛》1986 年第 4 辑发表《谈〈水浒传〉刘兴我刊本——〈水浒传〉版本探索之一》，着重对刘兴我本的刊刻年代、性质及与其他简本的关系等方面进行了探讨。刘先生认为"戊辰"应是崇祯元年，其刊本也应刊刻于崇祯年间。随后通过将百回本、刘兴我本、评林本、英雄谱本等诸种本子回目的异同及删节情况进行比勘，得出如下结论：刘兴我本是从百回本删节而来的简本，它与英雄谱本最接近，而与雄飞馆刊本关系最远。[①]

2011 年，刘先生在《菏泽学院学报》2011 年第 1 期发表论文《〈水浒传〉牛津残叶试论》，该文提出牛津大学藏《全像水浒》残叶属于《水浒传》简本系统，但与同为简本的余象斗评林本、刘兴我刊本、梵蒂冈藏本行款格式彼此全然不同，异文也比

---

① 刘世德. 谈《水浒传》刘兴我刊本——《水浒传》版本探索之一[J]. 中华文史论丛，1986(4).

比皆是。四个版本虽有异文,却有着共同的底本(或底本的底本),它们之间为远近不同的兄弟关系。牛津残叶与余、刘二本疏远,牛、梵二本亲近。①

刘世德先生在《文学遗产》2013 年第 1 期发表的《〈水浒传〉简本异同考(上)——藜光堂刊本、双峰堂刊本异同考》一文在经过仔细的研究后,提出了如下观点。

第一,藜光堂刊本和双峰堂刊本(即评林本)都不是最早的插增征田虎、征王庆两部分内容的版本。

第二,两本的这两部分文字有许多歧异之处。

第三,双峰堂刊本的刊行年代早于藜光堂刊本。但一系列例证表明,藜光堂刊本的这两部分文字并非直接来自双峰堂刊本。

第四,一系列例证表明,如果藜光堂刊本这两部分文字的底本的刊行年代早于双峰堂刊本,则双峰堂刊本并非自藜光堂刊本的底本抄袭或删节而来。

第五,藜光堂刊本和双峰堂刊本(或两本的底本)有着共同的来源。也就是说,它们都来自一个共同的祖本——最早的插增征田虎、征王庆部分的版本。

简而言之,藜光堂刊本和双峰堂刊本都不是最早插增征田虎、征王庆的版本,双峰堂本的刊行年代早于藜光堂本,但藜光堂本并非来自双峰堂本,其底本的刊行年代要早于双峰堂本,二者可能有共同底本。②

刘先生还在《文学遗产》2013 年第 3 期发表的《〈水浒传〉简本异同考(下)——刘兴我刊本、藜光堂刊本异同考》一文中提出了如下看法。

第一,两本关系是先有刘兴我刊本,后有藜光堂刊本。

第二,刘兴我和藜光堂主刘荣吾是同一人。刘钦恩(刘兴我、刘荣吾)的藜光堂书坊刊印两种不同的《水浒传》刊本(刘兴我刊本、藜光堂刊本),最主要的原因就是图书市场销售利益的驱使。这是许多书坊为了抢占市场份额而采取的一种手段。③

四、藜光堂本、刘兴我本数字化比对研究

(一)藜光堂本的"同词脱文"

经过数字化比对,可以发现藜光堂本和刘兴我本的文字差异有如下几类:同词脱文 12 例,一般脱文 5 例,文字修改 9 例,文字颠倒 4 例,文字增加 3 例,回末删节 3 例。

本节首先分析"同词脱文"。以下各例藜光堂本都出现了同词脱文。

此外,以下各例中,也比较了郑乔林本,其文字都和刘兴我本相同,而和藜光堂本不同,可见郑乔林本的底本是刘兴我本,而不是藜光堂本。

---

① 刘世德.《水浒传》牛津残叶试论[J].菏泽学院学报,2011(1):7.

② 刘世德.《水浒传》简本异同考(上)——藜光堂刊本、双峰堂刊本异同考[J].文学遗产,2013(01):76-91.

③ 刘世德.《水浒传》简本异同考(下)——刘兴我刊本、藜光堂刊本异同考[J].文学遗产,2013(03):81-96.

例1 第一百十二回：藜光堂本同词"诉说"脱48字，可能是脱了24字两行文字

评：见宋江 诉说 折了项充李衮不见了鲁智深宋江见说痛哭不止忽报
刘：见宋江 诉说 折了项充李衮不见了鲁智深宋江见说痛哭不止忽报
郑：见宋江 诉说 折了项充李衮不见了鲁智深宋江见说痛哭不止忽报
藜：见宋江

评：军师吴用和关胜等提一万军兵从水路来宋江迎见吴用等 诉说
刘：军师吴用和关胜等提一万军兵从水路来宋江迎见吴用等 诉说
郑：军师吴用和关胜等提一万军兵从水路来宋江迎见吴用等 诉说
藜：　　　　　　　　　　　　　　　　　　　　　　　　 诉说

例2 第一百十一回：藜光堂本同词"柴进"脱37字

评：接取 柴进 至睦州相见各叙寒温柴进一段话耸动那四个坦然
刘：接取 柴进 至睦州相见各叙寒温柴进一段话耸动那四个坦然
郑：接取 柴进 至睦州相见各叙寒温柴进一段话耸动那四个坦然
藜：接取 柴进

评：　不疑祖士远大喜便交金昼桓逸引 柴进 燕青到清溪洞
刘：无　疑祖士远大喜便教金书桓逸引 柴进 燕青到清溪洞中来
郑：无　疑祖士远大喜便教金书桓逸引 柴进 燕青到清溪洞中来
藜：　　　　　　　　　　　　　　　　　　 燕青到清溪洞　来

例3 第一百十三回：藜光堂本同词"杀死"脱29字

评：却被伏兵 杀死 卢先锋急令众军兜土填坑亲自杀入去
刘：却被伏兵 杀死 卢先锋急令众军兜土填坑亲自杀入去
郑：却被伏兵 杀死 卢先锋急令众军兜土填坑亲自杀入去
藜：却被伏兵

例 4 第八十回：藜光堂本同词"解珍兄弟"脱 24 字

| 评：解珍解宝慌　　忙下拜那两个答礼已罢　便问 |
| 刘：解珍　兄弟 连忙下拜那两个答礼　　了便问 |
| 郑：解珍　兄弟 连忙下拜那两个答礼　　了便问 |
| 藜：解珍　兄弟 |

| 评：客人何处因甚到此　解珍解宝　　说知前　情 |
| 刘：客人何处因甚到此　解珍　　兄弟 说知前事 |
| 郑：客人何处因甚到此珎　珍　　兄弟 说知前事 |
| 藜：　　　　　　　　　　　　　　　　说知前事 |

例 5 第六十七回：藜光堂本同词"虔婆"脱 21 字

| 评：今日方归　虔婆 曰你　不是太平桥下小张闲么燕青曰正是　虔婆 曰 |
| 刘：今日方归　虔婆 曰你莫不是太平桥下小张闲么燕青曰正是　虔婆 曰 |
| 郑：今日方归　虔婆 曰你莫不是太平桥下小张闲么燕青曰正是　虔婆 曰 |
| 藜：今日方归师　　　　　　　　　　　　　　　　　　　　　　婆曰 |

例 6 第二回：藜光堂本同词"欲用此人"脱 17 字

| 评：这高俅踢得两脚好气球孤欲　素此人做亲随如何王都尉曰　殿下　既用此人 |
| 刘：这高俅踢得两脚好气球孤　欲用　此人做亲随如何王都尉曰既殿下　欲用此人 |

开头表格：

| 评：正迎着皇叔方歪被卢俊义　杀死 王尚书 |
| 刘：正迎着皇叔方歪被卢俊义　杀死 王尚书 |
| 郑：正迎着皇叔方歪被卢俊义　杀死 王尚书 |
| 藜：　　　　　　　　　　　　杀死 王尚书 |

郑:这高俅踢得两脚好气球孤 欲用	此人 做亲随如何王都尉曰既殿下 欲
用此人	
蔡:这高俅踢得两脚好气球孤	欲
用此人	

例 7 第一百十五回：蔡光堂本同词"李师师"脱 17 字

| 评:上皇因想 李师师 和两个小黄门来到后园拽动铃索 李师师 慌忙迎接圣驾 |
| 刘:上皇　想 李师师 和两个小黄门来到后园拽动铃索 李师师 慌忙迎接圣驾 |
| 郑:上皇　想 李师师 和两个小黄门来到后园拽动铃索 李师师 慌忙迎接圣驾 |
| 蔡:上皇　想 李师师 　　　　　　　　　　　　　　　　慌忙迎接圣驾 |

例 8 第六十七回：蔡光堂本同词"赵元奴家"脱 11 字

| 评: 赵元奴家 走一会便去请　　　　赵婆出来　说道 |
| 刘: 赵元奴家 走一　遭四人来到 赵元奴家 赵婆出来应曰 |
| 郑: 赵元奴家 走一　遭四人来到赵元奴家赵婆出来应曰 |
| 蔡: 赵元奴家 　　　　　　　　　赵婆出来应曰 |

例 9 第九十三回：蔡光堂本同词"卞祥"脱 11 字，此例刘世德先生也曾指出过

| 评:田虎即令 卞祥 引众将出阵宋江见了 卞祥 　急令花荣与卞祥比手 |
| 刘:田虎　令 卞祥 引众将出阵宋江见了 卞祥 便　令花荣与卞祥 |
| 郑:田虎即令 卞祥 引众将出阵宋江见了 卞祥 便　令花荣与卞祥 |
| 蔡:田虎　令 卞祥 　　　　　　　　　便　令花荣与卞祥 |

例 10　第十回：藜光堂本同词"柴大官"脱 9 字

评：横海郡故友 柴大官 荐　举　那汉曰 柴大官
刘：横海郡　　　柴大官 人举荐那汉曰 柴大官
郑：横海郡　　　柴大官 人举荐那汉曰 柴大官
藜：横海郡　　　　　　　　　　　　　柴大官

例 11　第一百回：藜光堂本同词"首级"脱 8 字

评：怀英献　 刘仲实 首级 孙安献　以敬 首级
刘：怀英献黄 仲实 首级 孙安 刘以敬 首级
郑：怀英献黄 仲实 首级 孙安 刘以敬 首级
藜：怀英献黄 仲实　　　　　　　　　 首级

例 12　第一百三回：藜光堂本同字"马"脱 5 字

评：刘黑虎披挂上 马 引军　前进 马 摘铃军衔枚
刘：刘黑虎披挂上 马 引　兵前进 马 摘铃军衔枚
郑：刘黑虎披挂上 马 引　兵前进 马 摘铃军衔枚
藜：刘黑虎披挂上　　　　　　　 马 摘铃军衔枚

以上统计藜光堂本 12 处"同词脱文"。

（二）藜光堂本的整行脱文

　　藜光堂本中除有"同词脱文"外，还有整行的脱文，即藜光堂本脱漏了刘兴我本完整的一行文字。

例 1　第六十四回：藜光堂本正好漏抄脱文一整行，脱 28 字

评:	顾大嫂便拜泪下如雨　日狱中史大郎是我十年前　旧主人
刘:	顾大嫂便拜泪　如雨下日狱中史大郎是我十年前的旧主人
郑:	顾大嫂便拜泪　如雨下日狱中史大郎是我十年前的旧主人
藜:	顾大嫂便拜泪　如雨下日狱中

评:	在江湖作　买卖不知为　甚事陷在牢里无人看　今　　送
刘:	在江湖　上做买卖不知　因甚事陷在牢里无人看顾　我来送一口
郑:	在江湖　上做买卖不知　因甚事陷在牢里无人看顾　我来送一口
藜:	里无人看顾　我来送一口

例2 第三回：藜光堂本正好漏抄脱文一整行，脱27字

评:	听得间壁里有人啼哭鲁达焦燥便把　碟盏丢在楼板上酒保听得慌忙上来日
刘:	忽听得间壁　有人啼哭鲁达焦燥便把盏碟　丢在楼板上酒保听得慌忙走上楼日
郑:	忽听得间壁　有人啼哭鲁达焦燥便把盏碟　丢在楼板上酒保听得慌忙走上楼日
藜:	忽听得 　　　　　　　　　　　　　　　　　　　　　　　　　　　　　楼日

（三）藜光堂本其他错误和修改

藜光堂本中一般的脱文，通常就是抄写遗漏，如例1。

例1 第七十八回：藜光堂本回末删节了16字

刘:	怎生奈何正是大罗密布难移步地纲高张怎脱身且听下回分解
郑:	怎生奈何正是大罗密布难移步地纲高张怎脱身且听下回分解
藜:	怎生奈何　　　　　　　　　　　　　　　　且听下回分解

藜光堂本中的文字修改现象，多数是文字删节，也有少数是文字增加，如例2。

例2 第一百七回：藜光堂本文字修改

评:	宋万　死处　　搭起祭坛　生擒到统制官　卓万里和潼

```
刘:宋万等死处接    建    祭    台生擒到统制官军卓万里和
    潼
郑:宋万等死处接    建    祭    台生擒到统制官军卓万里和
    潼
藜:宋万等死处  设建    祭                      梁山泊开创之初
    多亏此人
```

```
评:宋江亲自斩  沥血享祭四个英魂祭毕将尸葬于润州西门外却说
刘:宋江亲自斩首沥血享祭四个英魂祭毕将尸祭于润州西门外却说
郑:宋江亲自斩首沥血享祭四个英魂祭毕将尸祭于润州西门外却说
藜:宋江亲自斩首沥血享祭四个英魂祭毕将                    统制官军
   卓万里和说
```

藜光堂本中的部分文字颠倒现象,也可能是抄写中出错所致,如例3。

例3 第七十一回:藜光堂本两组各8字官职次序修改,此例刘世德先生也曾指出

```
评:许州兵马都监李明陈州兵马都监吴秉彝  邓州兵马都监王义
刘:许州兵马都监李明陈州兵马都监吴秉彝  邓州兵马都监王义
郑:许州兵马都监李明陈州兵马都监吴秉彝  邓州兵马都监王义
藜:          陈州兵马都监吴秉彝许  州兵马都监    李明
```

```
评:沭州兵马都监马万里
刘:沭州兵马都监马万里
郑:沭州兵马都监马万里
藜:沭州兵马都监马万里邓州兵马都监于义
```

藜光堂本的部分回末文字有删节,如例4,例5。

例4 第八十四回:藜光堂本回末删节了37字,此例刘世德先生也曾指出

```
刘:有何妙策可取此关吴用附耳低言数句直教玉门关外变作尸山血海
郑:有何妙策可取此关吴用附耳低言数句直教玉门关外变作尸山血海
藜:有何妙策
```

```
刘:金岛领下番成剑树枪林毕竟如何且听下回分解全像水浒传卷之十八终
郑:金岛领下番成剑树枪林毕竟如何且听下回分解
藜:                                      且听    分解                            终
```

例5 第一百十五回：藜光堂本回末删节了最后一首诗，此例刘世德先生也指出

```
评:奸臣贼相尚  依然早知鸩毒埋黄壤学取鸱夷泛钓船诗曰  生当庙
刘:奸臣贼相尚何  然早知鸩毒埋黄壤学取鸱夷泛钓船      又生当庙
郑:奸臣贼相尚何  然早知鸩毒埋黄壤学取鸱夷泛钓船        生当庙
藜:奸臣贼相尚何  然早知鸩毒埋黄壤学取鸱夷泛钓

评:食死封侯男子平生志已酬铁马夜嘶  山月暗玄猿秋啸暮云稠不须
刘:食死封侯男子平生志已酬铁马夜嘶三  月暗玄猿秋啸暮云稠不须
郑:食死封侯男子平生志已酬铁马夜嘶三  月暗玄猿秋啸暮云稠不须
藜:

评:出处求真迹却喜忠良作话头千古蒌洼埋玉地落花啼鸟总关秋
刘:出处求真迹却喜忠良作话头千古蒌洼埋玉地落花啼鸟总关  愁
郑:出处求真迹却喜忠良作话头千古蒌洼埋玉地落花啼鸟总关  愁
藜:
```

这些回末文字删节明显是为节省版面。这两处分别在卷十八和卷二十五末尾，一般卷开始都要换页，如照抄这些文字，势必要增加一页，为节省篇幅，就删去了这些文字。

（四）刘兴我本文字出错的特例

以上所有例子全部都是藜光堂本文字有修改。将刘兴我本、藜光堂本全部文字进行数字化比对，只发现有一处刘兴我本文字出错，这明显是刘兴我本抄写时重复抄写而出错的特例。可能是藜光堂本在此处发现刘兴我本文字有重复抄写，因此删除了刘兴我本重复的文字。

例1 第六十一回：刘兴我本增文6字，但藜光堂本没有增文

```
评:拨马便走孙立在后杀来            李成飞马奔走
刘:拨马便走孙立在后杀来孙立在后杀来李成飞马奔走
```

藜:拔马便走孙立在后杀来		李成飞马奔走
郑:拔马便走孙立在后杀来		李成飞马奔走

此例和前面多例不同,由于刘兴我本文字出错,郑乔林本文字不是和刘兴我本相同,而和藜光堂本相同了。此处郑乔林本和藜光堂本相同,可能是郑乔林本在此处也发现了刘兴我本有文字重复抄写,因此删除了刘兴我本重复的文字,从而和藜光堂本文字相同了。这也是郑乔林本的一个特例。

(五)藜光堂本"同词脱文"研究

同词脱文是判断版本演化的重要手段,如魏安用此方法分析《三国演义》的版本演化历程就取得了成功。大体来说,只有藜光堂本有同词脱文,而刘兴我本没有任何的同词脱文。这是藜光堂本抄自刘兴我本的有力证据。字数统计方面,藜光堂本的同词脱文共有12例。脱文字数最多48字,最少5字,共计10种。详情如表1所示。

表1 藜光堂本"同词脱文"按照脱文字数排列表

回次	112	111	113	80	67	2	120	67	93	10	100	103
脱文字数	48	37	29	24	21	17	17	11	11	9	8	5

据表1信息,有如下情况需要注意。

刘兴我本每行字数有两种,嵌图下面为27字,嵌图侧面为35字。

藜光堂本脱文字数48字,可能是脱了刘兴我本的24字两行文字。

藜光堂本脱文字数37字,与刘兴我本每行字数35字接近。

藜光堂本脱文字数29、24字,与刘兴我本每行字数27字接近。

藜光堂本其他脱文字数17、11、9、8、5字,与刘兴我本每行字数相差很大,这些脱文并非一定全是"串行脱文",只要是文字相同,抄写者就可能抄错。

还需要注意的是,藜光堂本同词脱文的分布情况按照回目统计有规律,即在书的前半部分较少(只有第二、九回有2例),主要集中在第六十二回以后(有10例),详细情况如表2所示。

表2 藜光堂本"同词脱文"按照回目排列表

卷次	1	2	14	16	18	21	22	24	25		
回次	2	9	62	62	75	87	96	101	109	111	113	115
脱文字数	17	9	21	11	24	11	8	5	37	48	29	17

通常而言,一本书同词脱文的多少与抄手有很大关系,抄手认真,同词脱文就少,抄手不仔细,同词脱文就多。据此来看,出现上述现象的原因可能是:前十二卷是一个抄手,十二卷以后换了一个抄手。

同词脱文按照回目的分布和文字差异的分布基本相同,都有明显规律。都是前五十五回(即前十二卷)中同词脱文不多,主要集中在五十六回(即十三卷)以后。这就说明,同词脱文和文字差异都是由于抄手抄写过程中的疏漏所造成的。

文字差异还有其他几种:一般脱文5例、文字修改9例、文字颠倒4例、文字增加3例、回末删节3例,和同词脱文一样,这几种文字差异也是抄手抄写过程中的疏漏所造成的。

(六)藜光堂本文字和刘兴我本、评林本文字差异分析和结论

上文对藜光堂本和刘兴我本的文字差异进行了分类分析统计,可以注意到,所有文字差异都是藜光堂本文字和刘兴我本、评林本不同,而刘兴我本和评林本文字相同。从未出现藜光堂本文字和评林本相同,而和刘兴我本不同的情况。

这个情况充分说明,这些文字差异的成因都是藜光堂本对文字做了修改。

唯一有一个特例,是第六十一回中,刘兴我本重复多抄了6字"孙立在后杀来",而藜光堂本和评林本一样,没有这6字。这可能是藜光堂本在对照刘兴我本抄写时,发现了刘兴我本的这个明显错误,删去了这重复的6字。

大体而言,刘兴我本和藜光堂本之间的关系理论上有三种可能。

其一,刘兴我本来自藜光堂本,是"父子"关系。由于所有的文字差异的成因都是藜光堂本对文字做了修改,所以这种可能性基本不存在。

其二,藜光堂本来自刘兴我本,是"父子"关系。由于所有的文字差异的成因都是藜光堂本对文字做了修改,这种可能最大。

其三,藜光堂本和刘兴我本有共同的祖本,是"兄弟"关系,详情如图2所示。

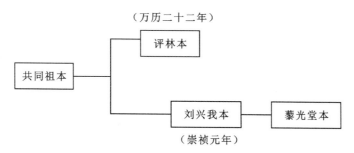

图2 一种可能性几乎不存在的刘兴我本、藜光堂本演化历程

假设如此,就应该出现藜光堂本和刘兴我本文字不同,而和评林本文字相同的情况。但数字化全文比对后,没有发现任何一个这样的例证(除上述第六十一回刘兴我本重复抄写一例之外),因此这种可能性也不存在。

综上所述,在对所有文字差异进行分析之后,可以确认上述第二种可能性成立,即:藜光堂本来自刘兴我本,它们是"父子"关系。

(七)刘兴我本、藜光堂本插图相近

刘兴我本和藜光堂本都属于"嵌图本",即插图没有占满一页,这类"嵌图本"在《水浒传》版本中,除刘兴我本和藜光堂本外,还有慕尼黑本和郑乔林本两种。

只要看过这两个版本的插图,就可以明显看出,从整体构图看,它们之间还是

有很明显的承继关系的。两本的插图的标题更是基本都相同。再结合文字差异分析,可以得出结论:藜光堂本的插图肯定是参考了刘兴我本的插图,当然也有细节上的修改。图3、图4、图5展现了其中的一些例子。

图3　第一回第一幅插图,左刘兴我本,右藜光堂本,两本插图几乎完全相同

图4　第一回第二幅插图,两本插图构图相同,只是方向颠倒

图5　第一回第三幅插图,两本插图构图相同,右边蛇相似,左边人物有差异

（八）刘兴我和刘荣吾

刘兴我和刘荣吾都是建阳书商,都在崇祯时期刊行了《水浒传》简本,其生活时期基本相同,这没有疑问。因此可以认为,刘兴我和刘荣吾两个同姓之人于同时、同地都刊行了《水浒传》简本。

对这两人的关系,很多学者(如马幼垣先生等人)都曾注意过。官桂铨先生认为,"富沙刘荣吾就是富沙刘兴我,名兴我、荣吾,亦可断为一人。所谓藜光堂刻《水浒传》和刘兴我刻《新刻全像水浒传》，实为一家。"[1]刘世德先生在《〈水浒传〉简本异同考（下）——刘兴我刊本、藜光堂刊本异同考》一文中认为刘兴我和藜光堂主刘荣吾是同一人。如前文所述，我分析《三国演义》版本时，曾对此问题专门进行过研究，初步结论为刘兴我和刘荣吾实际是两个人。刘佛旺为名，号兴我；刘钦恩为名，字荣吾。

（九）刘世德、丸山浩明人工研究和数字化研究比较

刘世德先生和日本学者丸山浩明先生都对刘兴我本和藜光堂本做了研究。丸山先生的论文发表于1988年，刘世德先生的文章发表于2013年，相距25年。我和两位先生都认识，我仔细研读了这两位先生的文章，并将二者进行了仔细比较，发现两篇文章各有特色。本人利用数字化方法，也对刘兴我本和藜光堂本做了研究。详细比较这三种研究方法很有意思，也很有意义，对古代小说版本研究肯定很有益处。

三种研究方法对刘兴我本和藜光堂本的研究分如下几个方面。

回目：丸山和刘先生都做了研究，丸山先生的研究较全面，刘先生的研究较深入。

文字：丸山、刘先生和本人都做了研究，丸山先生的研究较简略，刘先生的研究较仔细，本人的研究最彻底。

插图：丸山先生没有研究，刘先生的研究仔细，本人对刘先生的研究有不同看法。

从以上分析可以看出，刘世德先生、日本丸山浩明先生和本人的这三种研究各有其重点和特点。

丸山先生研究：主要集中在回目研究，研究相对比较简略。

刘世德先生研究：对回目、文字差异和插图做了全面、细致的研究。

数字化研究：主要聚焦于文字差异研究。

三种研究的最后结论基本相同，即刘兴我本在前，藜光堂本在后；藜光堂本来自刘兴我本。

五、从《水浒传》刘兴我本和藜光堂本看古代小说版本研究

目前古代小说版本研究中存在一些问题，必须引起学者们的重视，否则会妨碍古代小说版本研究的进展。下文将就古代小说版本研究领域需要注意的问题进行讨论。

（一）资料和证据

研究者应当重视资料和证据在古代小说版本研究领域的重要性。开展研究时，必须尽可能充分地搜集资料和证据，先对相关资料和证据进行细致深入的研

---

[1] 官桂铨.《水浒传》的藜光堂本与刘兴我本及其它[J].文献，1982(1):2.

究,再下结论。《水浒传》研究史上存在很多这方面的教训。部分早期研究者如鲁迅先生等没有仔细研究《水浒传》的各种版本,就根据从简到繁的一般规律,简单判定《水浒传》是简本在前,繁本在后。后世学者的研究表明,这是一个完全错误的结论。类似问题在《水浒传》版本研究中屡见不鲜。这些事例说明,在进行版本研究时,仅根据部分材料和证据研究得出的结论有时是不准确的,研究者应尽量多地搜集资料和证据,并进行全面的分析研究。在这方面日本学者认真仔细的研究态度很值得我们学习。

研究者在进行版本研究时,要特别重视原始资料,最好看原书,其次看微缩胶卷,再次看影印本。对于后人整理的间接资料,可以借鉴,但不可过于依赖。当然,古代小说版本研究最大的难点之一是原版难见,因为某些古代小说的版本在国外,如果没有影印本或微缩胶卷,研究就难以展开,这在《水浒传》版本研究中尤为突出。尽管如此,研究者仍有必要立足现有条件,尽量借助原始材料开展版本研究。

在就古代小说版本研究领域的具体问题开展工作之前,研究者首先应充分了解前人的研究成果。中外学术界围绕《水浒传》版本问题开展的研究已经持续了几十年,期间学者们发表了几百篇论文和多本专著。由于时间跨度大,相关论文散见于各种报刊、杂志。应注意的是,如今中国知网收录的多为国内学者的研究论文,而日本学者发表的很多版本研究论文并没有翻译到国内,很多人因此对其了解不多。如前所述,研究者在开展相关研究之前应尽量先多方搜集资料,而这一过程也包括了解国内外相关领域的学术史和近期学术动态。若不了解前人的研究成果,就很可能进行重复研究,甚至是水平还不如前人的研究。《水浒传》版本研究领域有一个深刻的教训,即有关刘兴我本、藜光堂本和《京本忠义传》残叶等问题,日本学者丸山浩明和中川谕先生都做过深入研究,而国内学者却一无所知。研究者应尽量避免这样的问题再次出现。

(二)研究方法

在进行版本研究时,研究者要有严格的逻辑推理过程,不能先预设结论再找证据。胡适先生有句名言"大胆的假设,小心的求证",其本意提倡解放思想,但如果对此理解不当,就容易走偏。古代小说版本演化的过程是非常复杂的,现存资料呈现的信息可能充满各种矛盾,一个问题可能有多种可能的答案。如果只根据某个假设去寻找证据,最后得出的结论很可能不全面。胡适先生的另一句名言应该引起我们的注意,即"有一分证据,说一分话"。

证据是古代小说版本演化研究的基础,一般分为两种:第一种是"铁证",即反证不成立的证据;另一种是可逆的证据,即正反两方面均成立的证据。目前很难找到"铁证",大多数证据是正反两方面均成立的,即两种可能性都存在。因此研究者对证据的分析要全面,要从正、反两方面进行分析,看哪种可能性更大。部分研究者在进行版本研究时,一看到符合自己看法的证据就轻易下结论,全然不顾这个证据很可能是有反证的、可逆的;对于不利证据则多采取视而不见的态度,这样草率得出的结论是非常不可靠的。

当然,辨析证据并非易事。在几十万字小说中,某甲很容易找到个别例证来证明自己的结论,而某乙也很容易找到个别相反例证,这是版本研究中常见的事情。以古代小说中常见的"对"和"错"问题为例,有的学者认为是原先的版本中有错误,后来改对了。但也有的学者认为原先的版本是正确的,后来的版本改错了。我认为,造成这种情况的根本原因在于,古代小说版本的演化历程本就是非常复杂的。对这些矛盾的例证,必须再进行深入分析。在大多数情况下,只能分析哪种可能性更大,很难判断其对错。关键是找到反证不成立、不可逆的例证,即"铁证"。如《三国演义》嘉靖元年本在曹操烧"孟德新书"时有注:"旧本'书'作'板'。"这个例证说明嘉靖元年本不是最早的版本,在它之前还有"旧本",嘉靖元年本是参考"旧本"改编的。而各种"志传"系列版本恰是"板",而不是"书",这种例证就是铁证。因此在这一点上,"志传"系列本比嘉靖元年本更接近原本。但这个例证尚不能说明全书所有文字"志传"系列都比嘉靖元年本更接近原本。总而言之,进行古代小说版本研究的关键,在于严格的逻辑推理。

除注意逻辑推理过程必严谨之外,在版本研究的方法层面还有几个问题需要注意,下文将依次阐述。

其一是微观和宏观的结合问题。版本研究可分为微观研究和宏观研究,二者必须结合起来。脱离微观研究,宏观研究就容易成为空洞的议论;没有宏观研究指导,微观研究就可能会迷失方向。微观和宏观是局部和整体,个别和普遍的关系,就和树木和森林关系一样,因此,不能只见树木,不见森林;也不能只见森林,不见树木。无论采用哪种方法,应该先进行局部考察,再进行整体研究;先产生个别结论,再归纳出普遍结论。

其二是方法选择问题。版本研究有两种基本方法——按版本研究和按问题研究。前者是一个版本、一个版本地进行研究,这样容易逐个分析各种版本的特点;后者是按照具体的问题和事例逐个进行分析,这样容易同时分析各个版本在某个问题上各自的特点。两种方法各有特点,按版本研究可以对每个版本进行深入研究,但如果多种版本特点相同,则分析就比较重复;而按问题研究可以集中对某个问题进行深入分析,但难以深入研究某个版本。研究者应视具体情况慎重选择研究方法。

其三是应采用合适的研究步骤,即从差异到问题"两步走"。古代小说版本研究一般分为两步:第一步是研究各版本的差异,包括文字差异和情节差异;第二步是在第一步差异研究基础上,研究创作和流传中的各种问题(包括作者问题等)。

利用版本数字化和计算机自动比对,可以令寻找各版本的文字差异变得很容易,但新技术又会带来新的困难和风险。如何从数量庞大的文字差异中筛选出细节描写差异(内证)?如何分析用计算机找到的版本的细节描写差异(内证)?这些细节差异(内证)在版本研究中是否真正有意义?这些细节差异(内证)往往有多种可能,哪种可能性更大?上述每个环节都有风险,任何一个环节都有可能无结果,进而导致研究无果而终。即便找到合理的细节差异(内证),分析过程也可能出问题。在这方面目前问题很多,一些学者在研究中往往只认定对自己研究有利的证据和可能性,对于不利的证据和可能性则视而不见。这些问题是计算机无能为力的,限于篇幅,本文在此不作详细展开。

由于上述困难和风险的存在,马幼垣先生曾慨叹:"对马上就要退休的人来说,这种费时费力而收获毫无把握的工作太不划算了。工作还是让志同道合的年轻接班人去做吧。"[①]

---

① 马幼垣. 水浒论衡[M]. 北京:生活·读书·新知三联书店,2007:4.

关于钟伯敬本《水浒传》的几个问题[①]

福建师范大学 邓 雷

《钟伯敬先生批评忠义水浒传》因其书名之故,通常被简称为钟伯敬本《水浒传》;或称为四知馆本,因法国巴黎藏本封面左下端署题"四知馆梓行";或称为积庆堂本,因卷二十二第三叶版心下端残存"积庆堂藏板"字样。一般认为此本为积庆堂旧版,四知馆利用积庆堂板木进行重印,但挖去版心"积庆堂藏板"字样。[②] 以下简称为钟伯敬本。

钟伯敬本现存三部:一部为巴黎法国国立图书馆藏本,一部为日本东京大学综合图书馆藏本(此本为神山闰次原藏本),一部为日本京都大学附属图书馆藏本。据刘世德先生考证,虽然神山闰次藏本与京都大学图书馆藏本缺失题有"四知馆梓行"的封面,但此三部藏本均为四知馆刊本,属于同一版本。此三部藏本基本保存完好,但偶有残损,其中巴黎藏本第二十四回第二十五叶上半缺失;神山闰次藏本钟惺《水浒传序》《水浒传人品评》以及图赞部分缺失,以他本钞补[③];京都大学藏本第四回、第十九回、第三十回、第八十回末叶以及第八十二回第四叶缺失。以下讨论将以巴黎藏本作为参照。[④]

一、钟伯敬本的基本概况

钟伯敬本首封面,大字直书"钟伯敬先生批评水浒忠义传",右上角小字"像仿古今名人笔意",左下角署"四知馆梓行"。次《水浒传序》,版心刻"水浒序",尾署"楚景陵伯敬钟惺题",有印章两枚,阳文"钟惺/之印"与阴文"伯敬/印",半叶五行,

---

[①] 本文系国家社科基金一般项目"《水浒传》版本研究"(编号 20FZWB003)阶段性成果。
[②] 刘世德.钟批本《水浒传》的刊行年代和版本问题——《水浒传》版本探索之一[J].文献,1989(2):48.
[③] 图赞部分的钞补只有赞语部分,插图仅抄写图目,而无图像,钞补末处题写"紫野竹隐居主临书"。目录亦缺失,但并未钞补。
[④] 巴黎藏本、东京大学藏本、京都大学藏本为同版,文字之间几乎没有差异,但是三者存在前后印的问题,批语方面有差异,具体可参详笔者论文《〈水浒传〉批语版本源流考——兼谈中国古代小说评点的版本价值》。

行十一字、十二字不等,共5叶半,序文共计616字;次《钟伯敬先生批评水浒传卷之一目录》,目录题"卷×第×回",版心上方刻"批评水浒传",中间刻"卷之目录",末署"目录终";次《水浒传人品评》,计有宋江、吴用、李逵、卢俊义、鲁智深、林冲、扈三娘、杨雄石秀、海阇黎潘巧云九则,版心刻"水浒传评"。

回目部分,目录总目除四回漏字外,其余全部同于国图藏全本容与堂本,这四回分别为:第十二回"梁山泊林冲落"、第三十七回"没遮拦追赶及时"、第三十九回"浔阳楼宋吟反诗"、第六十八回"卢俊活捉史文恭"。正文分目除个别字因为刊刻原因出现异文外,其他均同于国图藏全本容与堂本,而异于内阁文库藏容与堂本。如补刊叶的"美髯公智赚插翅虎"、第四十回"曰龙庙英雄小聚义"、第六十五回"浪里白跳水上报究"①。

次插图,共有插图38叶,图39幅,除首尾两幅插图外,其余插图后均配有赞语,图像中有标目,版心刻"水浒传像"。其中第二十八叶上赞语有落款署名"无知子",其余赞语均无署名。

次正文,半叶12行,行26字。首卷卷端顶格直书"钟伯敬先生批评忠义水浒传卷之×",次另行下"竟陵钟惺伯敬父批评",次退一格书"第×回",次再退两格书回目,版心上刻"批评水浒传",中刻"卷之×",每卷卷末有"钟伯敬先生批评忠义水浒传卷之×终"。每卷即对应每一回,一百卷即一百回。题名"钟伯敬先生批评忠义水浒传"为全称,除此之外,还有缺"忠义"二字者"钟伯敬先生批评水浒传"以及缺"先生"二字者"钟伯敬批评忠义水浒传"。

钟伯敬本为评点本,书中有眉批、行间夹批、回末总评三种形式。其中眉批共计1565条,行间夹批共计1036条,共计批语条数2601条,全部批点字数近万。②全书一百回,共有九十九回回末总评,缺第二十回回末总评。

全书共计1273叶,其中序言6叶、目录9叶、人物品5叶、插图38叶、正文1210叶。图1为巴黎法国国立图书馆收藏的钟伯敬本水浒传的封面、序末书影。

二、钟伯敬本补刊书叶考

钟伯敬本正文中有三处纸张系后补而成,版式与其他叶面均不相同,非原刻本积庆堂所有,当是四知馆所为。分别是第十八回第一叶,前半叶14行,行32字,此半叶396字,后半叶12行,行字数不等,1至8行、第12行行25字,第10、11行行23字,第9行行22字,半叶293字,此叶共计689字,版心下刻"一至二",将原本所缺两叶合并为了一叶,其中原本是"第十八回"的回数误刊为"第十七回"③;第二十一回第十三叶至第十四叶,前半叶10行,行19字,后半叶9行,行19字,但最后一

---

① 此三处在通行版中的内容分别是:美髯公智稳插翅虎、白龙庙英雄小聚义、浪里白条水上报冤。
② 所统计数据为东京大学藏本数据,京都大学藏本、巴黎藏本眉批共计1531条,行间夹批共计1036条,共计批语条数2567条。
③ 刘世德先生《钟批本〈水浒传〉的刊行年代和版本问题》一文中,仅认为此叶前半叶为补刊,将一叶半合并为半叶。

图 1　巴黎藏本封面、序末书影

行为 27 字,此叶共 369 字,版心下刻"十三至十四",将原本所缺两叶合并为一叶;第八十一回第三叶至第四叶,前半叶 12 行,行 32 字,后半叶 12 行,行字数不等,1 至 9 行 23 字,10 至 11 行 20 字、12 行 19 字,此叶共 598 字,版心下刻"三至四",将原本所缺两叶合并为了一叶。

钟伯敬本正文半叶 12 行,行 26 字,每半叶 312 字,理论上缺少两叶的字数当为 1248 字。确切而言,参照容与堂本对应内容,可知第十八回钟伯敬本所缺内容为 1141 字、第二十一回钟伯敬本所缺内容为 1201 字、第八十一回钟伯敬本所缺内容为 1169 字。以补刊叶对照,可知第十八回钟伯敬本补刊叶文字为 689 字,为原文字数 60%;第二十一回钟伯敬本补刊叶文字为 369 字,为原文字数 30%;第八十一回钟伯敬本补刊叶文字为 598 字,为原文字数 51%。第十八、二十一、八十一回三叶补刊叶书影见图 2。

从补刊意愿来看,四知馆书坊主还是希望全书能够完整,而不是有六叶残缺。从补刊条件来看,补刊者无法获得其他繁本《水浒传》作为补刊的底本,现存诸繁本《水浒传》这几处文字均大致相同。从补刊效果来看,补刊叶面颇为粗糙,补刊之前,字数等方面并没有经过精确计算,以至于出现半叶字数以及行字数不等的情况。同时,文字衔接处也多有问题,如第十八回补刊叶与下文衔接处为"即差何观察/作眼拿人,一同何观察领了一行人"(18.2b-3a),很明显语句不通顺,容与堂本此处语句为"就带原解生辰纲的两个虞候作眼拿人,一同何观察领了一行人"(18.3b-4a)。第二十一回补刊叶与上文衔接处为"我须不曾冤你做贼婆惜/婆惜道"(21.12b-13a),衔接处两个"婆惜",很明显不通顺。第八十一回补刊叶与上文衔接处为"你颠倒只管盘问,梁山泊/便问身边取出假公文"(81.2b-3a),语句衔接

图 2　第十八、二十一、八十一回三叶补刊叶书影

完全不知所云,容与堂本此处语句为"你颠倒盘问,梁山泊人眼睁睁的都放他过去了。便问身边取出假公文"(81.3b)。但是钟伯敬本补刊文字确为《水浒传》内容,有所凭依,并非自己杜撰出来。于此可见,补刊者补刊叶面所用底本当为简本《水浒传》。

现存简本《水浒传》系统共计9种,分别为京本忠义传、种德书堂本、插增本、评林本、英雄谱本、嵌图本、八卷本、百二十四回本、三十卷本,其中京本忠义传与种德书堂本残存部分没有这三回,无法比较。其余诸本以第十八回补刊叶面为例,钟伯敬本此回所缺为回首叶,有回前诗一首,八卷本、百二十四回本、三十卷本,均无此回首诗,此三种被作为补刊叶底本的可能性不大。

再比较诸本补刊内容的文字字数,其中插增本为553字、评林本为689字、英雄谱本为689字、嵌图本(刘兴我本)为685字、百二十四回本为479字、八卷本为468字、三十卷本为670字。从字数情况来看,补刊叶字数为689,插增本、百二十四回本、八卷本字数与补刊叶字数差距颇大,是底本的可能性不大。最后,随意选取正文一段,比对诸本与补刊叶的文字情况。

补刊叶:却说何清去身边招文袋里,摸出一个经摺儿来,指曰:"这夥贼都在上面。不瞒哥哥说,小弟前日因赌钱输了,有个人引小弟去北门外十五里,地名安乐村,有个王家客店内赌钱。近来官司行下文书:'着落各村,但是开店,须要置立文簿,上面用勘合印信。每夜有客商宿歇,须要盘问,抄写上簿。官司查照,每月一次。'那小二哥不识字,央我替他抄了半日。那日是六月初三日,有七个贩枣客来歇。我认得为头的客人,是郓城县东溪村晁保正。我写着文簿,问他姓名,他便道:'我等姓李,濠州人,来贩枣去东京卖。'我虽写了,有些疑他。次日他门去了,店小二邀我去村里赌钱,路口见一个汉子,挑一担桶子,我认不得他。店小二叫曰:'白大郎,那里去?'那人应曰:'有担醋桃去村里卖。'小二对弟说:"这人叫做白日鼠白胜。'后人听道:'黄泥冈上一夥贩枣客人,将蒙汗药酒麻番了人,劫去生辰杠。'我猜莫不是晁保正?如今可捕了白胜,便知端的。"(18.1a)

插增本:**只见**何清**说**身边招文袋里,摸出一个经摺儿来,指**道**:"这夥贼**人**都在上面。不瞒哥哥说,小弟前日**为赌博**输了,有个人引小弟去北门外十五里,地名安乐村,有个王家客店内赌钱。**为**官司行**文**:'着落**本村**,但是**客店**,须要置立文簿。每夜有客商**歇宿**,须要**问他那里来,何处去,姓甚名谁,做甚买卖。都要**抄写上簿。官司查照,每月一次。'小二哥不识字,央我替他抄了半日。当日是六月初三,七个贩枣客人**推着七辆车**来歇。我认得**一个**为头客人,是郓城县东溪村晁保正。我写**在**文簿,**又一个**应道:'姓李,濠州来贩枣子,**要**去东京卖。'我虽写了,有些疑心。**第二日店主带我去村里三叉路口**,见**个**汉子挑**两桶**来。**店主叫道**:'白大郎,**卖醋米**?'后来听人说道:'黄泥冈上一夥贩枣子客人,把蒙汗药酒麻番了人,**去劫**生辰杠。'**捉了**白胜,便知端的。"(4.10a-10b)

评林本:只见何清去身边招文袋里,摸出一个经摺儿来,指曰:"这夥贼人都在上面。不瞒**哥哥**说,小弟前日**为赌博**输了,有个人引小弟去北门外十五里,地名安乐村,有个王家客店**内辏碎赌**。**为**官司行下文:'着落**本村**,但凡开店,须要置立文簿,一面用勘合印信。每夜有客商**歇宿**,须要盘问,抄写上簿。官司查照,每月一次。'小二哥不识字,央我替他抄了半日。当日是六月初三日,七个贩枣子客人来歇。我认得一个为头客人,是郓城县东溪村晁保正。我写着文簿,问他**高姓**,只见一个应曰:'我等姓李,濠州来贩枣子,要去东京卖。'我虽写了,有些疑心。**第二日他自去了,店主带我去村里相赌**,路口见一个汉子,挑**两个**桶了,我认不得他。店主人叫曰:'白大郎,那里去?'那人应曰:'有担醋将去村里卖。'店主人曰:"这人叫做白日鼠白胜。'后人听人说:'黄泥冈上一夥贩枣子客人,把蒙汗药酒麻番了人,劫了生辰杠去。'我猜莫不是晁保正?如今只捕了白胜,便知端的。"(4.11b-12a)

英雄谱本:只见何清去身边招文袋里,摸出一个经摺儿来,指曰:"这夥贼人都在上面。不瞒哥哥说，小弟前日**为赌博**输了，有个人引小弟去北门外十五里，地名安乐村，有个王家客店内**辏碎赌**。为官司行下文：'着落**本村**，但凡开店，须要置立文簿，一面用勘合印信。每夜有客商**歇宿**，须要盘问，抄写上簿。官司查照，每月一次。'小二哥不识字，央我替他抄了半日。当日是六月初三日，七个贩枣子客人来歇。我认得一个为头客人，是郓城县东溪村晁保正。我写着文簿，问他**高姓**，只见一个应曰：'我等姓李，濠州来贩枣子，要去东京卖。'我虽写了，有些疑心。第二日他自去了，**店主带我去村里相赌**，路口见一个汉子，挑**两个桶**了，我认不得他。店主人叫曰：'白大郎，那里去？'那人应曰：'有担醋**将**去村里卖。'店主人曰："这人叫做白日鼠白胜。'后人听人说：'黄泥冈上一夥贩枣子客人，把蒙汗药酒麻番了人，劫了生辰杠**去**。'我猜莫不是晁保正？如今只捕了白胜，便知端的。"（3.16b-17b）

刘兴我本：却说何清去身边招文袋里，摸出一个经摺儿来，指曰："这夥贼人都在上面。不瞒哥哥说，小弟前日**为赌钱**输了，有个人引小弟去北门外十五里，地名安乐村，有个王家客店内赌钱。近来官司行下文书：'着落各村，但是开店，须要置立文簿，上面用勘合印信。每夜有客商宿歇，须要盘问，抄写上簿。官司查照，每月一次。'那小二哥不识字，央我替他抄了半日。那日是六月初三日，有七个贩枣客人来歇。我认得为头的客人，是郓城县东溪村晁保正。我写着文簿，问他姓名，他便**说道**：'我等姓李，濠州人，来贩枣子去东京卖。'我虽写了，有些疑他。次日他们去了，店小二邀我去村里赌钱，路口见一个汉子，挑**两个桶子**，我认不得他。店小二叫曰：'白大郎，那里去？'那人应曰：'有担醋挑去卖。'店小二曰："这人叫做白日鼠白胜。'后人听道：'黄泥冈上一夥贩枣客人，将蒙汗药麻番了人，劫去生辰杠。'我猜莫不是晁保正？如今可捕了白胜，便知端的。"（4.8a-8b）

八卷本：却说何清去身边招文袋里，摸出一个经**揭**儿来，指曰："这贼都在上面。不瞒哥哥说，小弟前日有个人引**我**去北门外十五里，地名安乐村，有个王家店内赌钱。近来开店，须要置立文簿，凡有客商**投宿**，**要写姓名**。那二哥不识字，央我替他抄了半日。那日是六月初三日，七个贩枣客人来歇。我认**的**为头的客，是郓城县里东溪村晁保正。问他姓名，他**说道**：'我姓李，濠州人，来贩枣子东京去卖。'我虽写了，有些疑惑。次日同小二去村中赌钱，**遇见一个汉子，挑着两个木桶**。店小二叫曰：'白大郎，那里去？'那人应曰：'有担醋挑去卖。'店小二曰："这人叫做白日鼠白胜。'后又听的人说：'黄泥冈上**有**一夥贩枣客人，将蒙汗药麻番了人，劫了生辰杠。'莫不是晁保正？如今可捕了白胜，便知端的。"（2.7b）

百二十四回本：何清曰："不瞒哥哥说，小弟前日**为赌钱**输了，有个人引小弟来北门外十五里，地名安乐村，有个王家客店内赌钱。**说**近来官司下文书：'着落各村，但是开店，须要置立文簿，官司**盘查**，每月一次。'那二哥不识字，央我替他抄了半日。那日是六月初三日，有七个贩枣客人来歇。我认得为头的客,是郓城县东溪村晁盖。写立文簿,问他姓名,他说姓李,濠州人,来贩枣子去东京卖。我当时有些疑他。次日他门去了,店小二邀我去村里赌钱,路口见一个汉子,挑两个桶,我识不得他。店小二叫曰:'白大郎,那里去?'那人应曰:'有揝醋挑去卖。'店小二告我曰:"这人叫做白日鼠白胜。'后听得人说:'黄泥冈上一夥贩枣子客人,将蒙汗药麻番了人,打劫生辰杠。'我猜必是晁盖?如今可捕了白胜,便知端的。"(2.25a-25b)

三十卷本:何清去身边招文袋内,摸出一个经摺儿来,指道:"这夥贼人都在上面。"何涛道:"怎么地?"何清道:"兄弟前日去安乐村王家客店内赌。官司行下文书:'着落客店,置立文簿,每夜客商来歇,要问哪里来,何处去,姓甚名谁,做甚买卖,都要写在簿子上。官司查照。'小二哥不识字,央我替他写。当日是六月初三日,有七个贩枣子的客人推着七辆江州车儿来歇。我却认得一个为头的客人,是郓城县东溪村晁保正。我曾跟一个闲汉去投奔他,因为认得。我写着文簿,问他道:'客人高姓',只见一个白净面皮的过来答应道:'我等姓李,从濠州来,贩枣子去东京卖。'我便写了,有些疑心。第二日店主人带我去村里赌,来到一处三岔路口,一个汉子挑两个桶来。店主人道:'白大哥,那里去?'那人应道:'有担醋将过冈去卖。'店主人和我说道:"这人叫做白日鼠白胜,也是个赌客。'后来听得沸沸扬扬地说道:'黄泥冈上一夥贩枣子的客人,把蒙汗药麻翻了人,劫了生辰纲去。'我猜不是晁保正却是谁?如今只捕了白胜一问,便知端的。"(5.3a-4a)

以上是七种本子与补刊叶的比对情况,其中八卷本与百二十四回本比之补刊叶缺文不少,不可能是补刊叶的底本。插增本与三十卷本比之补刊叶既有缺文之处,也有增文之处,也不可能是补刊叶的底本。评林本与插增本比之补刊叶,虽然没有缺文与增文处,但是文字不同之处不少。尤其值得注意的一处是,何清帮店小二抄写文簿,后来带何清去赌钱的是店主人,看见白胜问话的也是店主人,插增本、评林本、英雄谱本、三十卷本均如此,容与堂本亦如是。而钟伯敬本补刊叶带何清去赌钱以及问话白胜的人却是店小二。

七种本子中唯有刘兴我本与补刊叶文字最为相似,截取文字中,刘兴我本与补刊叶基本相同。将三处补刊叶文字与刘兴我本全部比对,发现第十八回钟伯敬本补刊叶与刘兴我本文字相似度为90.3%,第二十一回钟伯敬本补刊叶与刘兴我本文字相似度为85.4%,第八十一回钟伯敬本补刊叶与刘兴我本文字相似度为83.5%。从文字相似度来看,钟伯敬本补刊叶很有可能是以刘兴我本系统文字为底本,其中一些差异可能是补刊者粗心造成,也有一些可能是有意为之。像第八十一回补刊叶少了一首"动来玉指纤纤软"的诗,插增本、评林本、英雄谱本、刘兴我本均有此诗。当然,还有一些差异,可能是底本确是如此,如之前截取内容中补刊叶"有桓醋桃去村里卖。小二对弟说",刘兴我本为"有担醋挑去卖。店小二曰",刘兴我本少了"村里"与"对弟"二词。"村里"一词评林本与英雄谱本均存,"对弟"一词,与容与堂本中"店主人和我说道"表达内容相似,二者都表达了"对我说"这一行为动作,可见二词当为补刊叶底本所有。由此也可知,钟伯敬本补刊叶所用底本现今已然不存,但此本与现存简本当中刘兴我本系统相近。

三、积庆堂与四知馆

现存钟伯敬本板木当为积庆堂原有,后转卖给四知馆。转卖之时,板木有六叶残缺,四知馆用简本进行了补刊。关于积庆堂与四知馆的问题,积庆堂刊刻的书籍尚有《钟伯敬先生批评三国志》,此书卷三第三十一叶与第三十二叶、卷十二第三十九叶与第四十叶、卷十九第二十叶版心下端题有"积庆堂藏板"。《钟伯敬先生批评水浒传》与此书版式相同,均为上评下文;行款相同,均为半叶12行、行26字;补刊叶字体及方式极为相似;补刊叶底本均为简本;二本均保留了"积庆堂藏板"五字。于此,此本《钟伯敬先生批评三国志》也被认为是四知馆以积庆堂板木补刻的印本(该版本部分内容书影见图3)。①

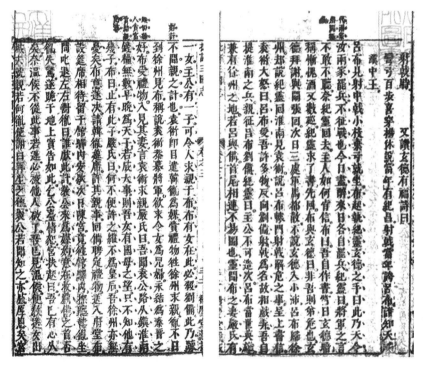

图3　钟伯敬本《三国》卷三书影

除此之外,积庆堂之名在《明代版刻综录》与《全明分省分县刻书考》二书中均未查阅到。《小说书坊录》中将《钟伯敬先生批评水浒传》的出版权划在积庆堂名下,而非四知馆,其他积庆堂刊刻的小说则未见,包括钟伯敬本《三国志》。②《中国版刻综录》中积庆堂出现过两次,一是明代"金林积庆堂"于崇祯六年(1633)刊刻了

---

① 王长友.《钟伯敬先生批评三国志》探考[M]//《三国演义》与中国文化.成都:巴蜀书社,1992:131-148.

② 王清源,牟仁隆,韩锡铎.小说书坊录[M].修订本.北京:北京图书馆出版社,2002:10.

书籍,一是清代嘉庆十八年(1813)刊刻了书籍。① 金林到底为何处,不明,似乎为金陵所误。《明代书坊与小说研究》中将《钟伯敬先生批评水浒传》此书归为两个版本,有四知馆本,也有积庆堂本,而积庆堂被划归"所处地区不详的书坊"。② 另外通过检索国古籍普查登记基本数据库"中文古籍联合目录及循证平台""日本所藏中文古籍数据库"等数据库,发现明代积庆堂刊刻的书籍有三种:第一种为明万历四年(1576)陈氏积庆堂所刊《南华真经口义》;第二种为明万历三十一年(1603)积庆堂刊刻《新镌通鉴节要》;第三种为崇祯六年(1633)金林积庆堂刊刻《音韵日月灯》。③

四知馆的情况,《中国版刻综录》中有记载四知馆,但未提坊主。剩下的书籍记录大多数认为四知馆坊主为杨丽泉,但对于四知馆的归属地却有三说。第一种是《全明分省分县刻书考》在徽州府学"四知馆书林"条中所载:杨金,字丽泉,号君临,又号轸飞,安徽省当涂县人,设书肆歙县(参看杜信孚、杜同书:《全明分省分县刻书考·安徽江西卷》,线装书局2001年版,第十叶上)。此说仅此一见。第二种为多数学者的观点,即认为四知馆为建阳杨氏书坊。这种观点的代表有:《建阳刻书史》《福建省志·出版志》(题作"杨氏四知堂",当为"四知馆"之误)《明代书坊与小说研究》《明代建阳书坊刊刻戏曲知见录》。第三种则认为四知馆并非建阳书坊,这种说法主要表现在:一些著作在叙述建阳刻书之时,并未将四知馆列入其中,如《福建古代刻书》《在盛衰的背后:明代建阳书坊传播生态研究》(此书参考了《建阳刻书史》一书,但依旧未将四知馆列入其中)。

关于第一种说法,杜信孚氏1985年在《明代版刻综录》一书"四知馆"条的记录仅为:杨金,字丽泉,号君临。④ 在2001年出版《全明分省分县刻书考》一书中,此条目下的书目出现了变更,坊主名姓更为具体,且认为杨氏为徽人,书坊也在歙县。不知《全明分省分县刻书考》中杨氏名姓字号乃至籍贯的由来,杜氏有何根据,不过此说并未被后世学者所采用,如《明代建阳书坊刊刻戏曲知见录》一文中依旧有"未知杨丽泉、杨君临、杨轸飞之间是何关系"的疑问。⑤ 关于第二种说法,诸家多为目录列举之说,并未给出太多的根据,只有方彦寿《建阳刻书史》一书中对此有较为详细的说明:

---

① 杨绳信.中国版刻综录[M].西安:陕西人民出版社,1987:54;266.
② 程国赋.明代书坊与小说研究[M].北京:中华书局,2008:401.
③ 金林积庆堂崇祯六年(1633)所刊《音韵日月灯》即《中国版刻综录》所提及之书,此书日本京都大学人文科学研究所有藏,存《同文铎》三十卷并卷首四卷,《同文铎》封面中间大字书"同文铎",右栏上署"吕介儒先生著",左栏下题"金林积庆堂"。关于此刊本的研究甚少。《音韵日月灯》最早的刊本为志清堂刊本,此封面有"志清堂藏板"字样,后有重订本,重订本封面有"重订定本"字样。积庆堂刊本与此二本均有差异,此本卷一卷端题为"字学正韵通",而其他两本均为"音韵日月灯",积庆堂刊本卷首序言也与二本有较大差异。志清堂刊本《音韵日月灯》或南京书坊所刊,卷首序言的题署基本在南京。积庆堂刊本当为志清堂刊本的翻刻本,其具体的翻刻地可能也是南京。英国曼彻斯特大学约翰·赖兰兹图书馆所藏《音韵日月通》的《韵母》部分,卷端同样题为"字学正韵通",此藏本《韵母》与京都大学所藏《同文铎》当为同一部书中的两个部分。此部分封面中间大字书"正韵通",右上署"吕豫石先生著",左上题"一纂洪武正韵 一纂洪武通韵",左下题"本衙藏版",栏外横题"韵瑞韵府删复补阙"。此藏本《韵母》部分叶面版心下题"石渠阁补",石渠阁即为南京书坊。
④ 杜信孚.明代版刻综录:第一卷[M].扬州:江苏广陵古籍刻印社,1983:42.
⑤ 陈旭东,涂秀虹.明代建阳书坊刊刻戏曲知见录[J].中华戏曲,2011(1):18.

杨氏四知馆之得名，与清白堂一样，也源于杨氏先人杨震。杨震是东汉弘农华阳（今属陕西）人，任东莱太守时，荐举王密为邑令，密感德怀金十斤赠之。曰："暮夜无知者。"杨震回答说："天知、地知、我知、你知，怎么能说无人知呢？"杨震因之有清白吏之誉。今存《建瓯新村杨氏祖谱》记载此事，有"馈金却不受，家传有四知。清白遗子孙，顽夫廉化之"的传家诗。清白堂、四知馆因此也成了杨氏后人的书堂之名。①

无独有偶，引文中的清白堂书坊同样也存在，而且更为巧合的是，杨丽泉在清白堂主持刊刻了《新刻全像达摩出身传灯传》。《新刻全像达摩出身传灯传》一书在《全明分省分县刻书考》中被列为建阳杨江清白堂刊刻②，在《小说书坊录》中被列为清江堂刊刻③。现存《达摩出身传灯传》卷一署"书林丽泉杨氏梓行"，卷二卷三署"书林清白堂杨丽泉梓行"④，且此书为孤本，藏于日本天理图书馆，不存在其他的版本，故而《全明分省分县刻书考》与《小说书坊录》所载均误。同时，在《明代版刻综录》一书中，清白堂共有四处；而在《全明分省分县刻书考》中，清白堂则变为了两处，均在建阳，一为杨先春清白堂，一为杨江清白堂。关于此点，程国赋先生《明代书坊与小说研究》中的归类或许更为合理，即一个书坊有多个坊主，杨先春、杨丽泉等人均为清白堂的坊主。而清白堂以杨先春为主，杨丽泉则更多主持四知馆。

在未有确切证据证明杨丽泉为徽人时，四知馆应归为建阳书坊，主要原因有四点。其一，《徽州刻书与藏书》介绍徽州书坊之时，并未提到杨氏某个书坊特别发达。而建阳杨氏四知馆则刊刻了不少书籍⑤，其中更有书籍可以直接证明杨丽泉为福建建阳人，即杨丽泉所刊刻的《太医院增补捷法医林统要秘传外科通玄方论大全》，此书卷首《锓医林统要序》末署"万历己酉冬穀旦潭城四知馆杨丽泉识"，潭城即福建建阳。其二，杨丽泉刊刻的书籍中，有不少具有明显的建阳标志性版式：上图下文。如上文所说《新刻全像达摩出身传灯传》刻于清白堂，以及《新选南北乐府时调青昆》刻于四知馆。其三，钟伯敬本《水浒传》中有三处由四知馆修补的补刊叶，这三处补刊叶均为简本文字。据校勘，此三处补刊叶文字接近刘兴我本系统，而刘兴我本即刻于建阳。若四知馆不在建阳，何以补刊的书页用的都是建阳简本？其四，钟伯敬本《水浒传》对后来某些建阳所刊简本《水浒传》产生了一定的影响。之所以有影响，也是因为钟伯敬本在建阳翻印。如若不

---

① 方彦寿. 建阳刻书史[M]. 北京：中国社会出版社，2003：331.
② 杜信孚，杜同书. 全明分省分县刻书考：福建河南卷[M]. 北京：线装书局，2001：30.
③ 王清源，牟仁隆，韩锡铎. 小说书坊录[M]. 修订本. 北京：北京图书馆出版社，2002：2.
④ 《中国古代小说总目·白话卷》载卷二卷三卷四署"书林清白堂杨丽泉梓行"，误，卷四未见题署。
⑤ 明确与杨丽泉四知馆相关的书籍有：《太医院增补捷法医林统要秘传外科通玄方论大全》，书末牌记"万历新岁春月艺林四知馆杨丽泉梓行"；《增补评林西天竺藏板佛教源流高僧传宗》，书末牌记"崇祯新岁春月艺林四知馆杨丽泉梓行"；《神峰张先生通考辟谬命理正宗大全》，首卷卷端题"艺林四知馆丽泉金绣梓"；《婴童百问》，书末牌记"艺林四知馆杨丽泉梓行"；《三教源流圣帝佛帅搜神大全》，封面栏外横题"四知馆杨丽泉梓行"等。徐学林《徽州刻书史长编》认为四知馆为安徽书坊，杨丽泉为安徽人，"杨金，字丽泉，号君临，又号轸飞，安徽当涂人"，此说受杜信孚《全明分省分县刻书考》影响，实误。

然,就难以解释诸简本为何没有受到其他繁本的直接影响。凡此种种,足以证明四知馆是建阳书坊,钟伯敬本《水浒传》翻印于建阳。

以上是关于前人著述中四知馆地域的考论。通过以上材料基本可以确定四知馆为建阳书坊,但无法获知钟伯敬本《水浒传》的刊行者为何人。德国柏林国立图书馆藏有一部《新刻京本春秋五霸七雄全像列国志传》(封面和卷一首叶书影见图4),此书卷一的卷端题署"四知馆 美生杨瑜校刊 羽生杨鸿编集",封面题署"书林杨美生梓"。根据此种《列国志传》的版式为上图下文来看,此书林即建阳书坊刊行。杨美生除了刊刻小说《列国志传》外,还刊行了《新刻按鉴演义全像三国英雄志传》。由此可见,杨美生此人对于刊行通俗小说比较热衷,那么同样由四知馆所刊行的钟伯敬本《水浒传》也很有可能为杨美生所刊行。

图 4 《列国志传》封面、卷一首叶书影

四、钟伯敬本的伪托及刊刻时间考

钟伯敬本《水浒传》题名"钟伯敬先生批评忠义水浒传",且有一篇序言。序言尾署"楚景陵伯敬钟惺题",并有钟惺印章两枚,阳文"钟惺/之印"与阴文"伯敬/印"。如此言之凿凿的钟伯敬批评本,实则属于伪托之作。

先说钟伯敬本的批语部分,全书眉批及行间夹批两项共计2601条,其中与容与堂本相同的批语共计1753条,占整本书籍评语总数的67.4%。总评部分钟伯敬本共计99条,与容与堂本相同或部分相同的有53条,占了全部总评的54%。可以说,所谓"钟伯敬批评"实际上有很大一部分是抄袭自容与堂本批语。第六十六回钟伯敬本回末总评更是透露出这一点。此回总评为"李和尚曰:这回文字没身分,叙事处亦欠变化,且重复可厌,不济不济"。此条钟伯敬本批语与容与堂本完全相同,却出现了一个其他回数回末总评未曾出现的署名"李和尚"。一本署名"钟伯敬"批评的书籍,却出现了"李贽"别号的批语,而且这个别号署名在题为李卓吾批评的容与堂本《水浒传》中十分普遍。这正说明钟伯敬本抄袭了容与堂本批语,而钟伯敬本删除容与堂本回末总评署名之时,因为一时疏忽,出现了第六十六回这条漏网之鱼。①

再说署名钟伯敬所写的序言。此序当中有一大段文字抄袭容与堂本书首《水浒传一百回文字优劣》,钟伯敬本此段文字的具体内容为:

> 世人先有《水浒传》中几番行径,然后施耐庵、罗贯中借笔墨拈出,与迁史同千古之恨。世上先有淫妇人,然后以杨雄之妻、武松之嫂实之;世上先有马泊六,然后以王婆实之;世上先有家奴与主母通,然后以卢俊义之贾氏、李固实之。若管营,若差拨,若董超,若薛霸,若富安,若陆谦,情状逼真,笑语欲活。非世人先有是事,即令文人面壁九年,呕血十石,安能有此笔舌耶。

又有一小段文字抄袭容与堂本书首《又论水浒传文字》,钟伯敬本此段文字为:

> 仍以鲁智深临化数言揭内典之精微,唤醒一世沉梦。若罗真人、清道人、戴院长,又极道家变幻,为渡世津筏,撑泛睡不醒汉于彼岸乎。

除此之外,钟伯敬本书首有九则"水浒传人品评",分别为宋江、吴用、李逵、卢俊义、鲁智深、林冲、扈三娘、杨雄石秀、海阇黎潘巧云。此"水浒传人品评"的内容多源自容与堂本《梁山泊一百单八人优劣》,如对宋江、吴用、李逵的品评,便是完全抄袭《梁山泊一百单八人优劣》文字而来。

因此可以初步得出结论,无论是批语、序言,抑或是人物品评,均非钟惺所作,而是书商伪托钟伯敬之名所作。现今可知托名钟伯敬批点的小说有十数种之多,如《钟伯敬先生秘书十五种》《盘古至唐虞传》《有夏志传》《有商志传》《夏商合传》《新刊按鉴编纂开辟衍释通俗志传》《新刻钟伯敬先生批评封神演义》《新刻剑啸阁批评西(东)汉演义传》《大隋志传》《大唐志传》《薛家将平西演传》《钟伯敬先生批评三国志》《钟伯敬先生批评忠义水浒传》等②③。由此也可见出,明末清初之时,钟惺在小说界的声望以及在书坊主心目中的地位非常之高,可与李卓吾、陈继儒、汤显祖等人比肩。

---

① 邓雷. 钟伯敬本《水浒传》批语略论[J]. 文艺评论,2015(4):6.
② 李先耕. 钟惺评点小说考[J]. 古籍整理研究学刊,2007(3):3.
③ 郑艳玲. 钟惺评点研究[M]. 北京:人民日报出版社,2006:158-161.

关于伪托者为何人，黄霖先生曾做过研究①，他认为伪托"陈仁锡校阅"乃至伪托钟惺批评《三国》《水浒》的人，很可能是活跃在崇祯年间的杭州书贾鲁重民。黄先生注意到，日本荒木猛教授曾就内阁文库本《金瓶梅》封皮衬叶开展过研究，并认为这些衬叶就是当时书坊印刷《八品函》和《十三经类语》多余下来的废纸②，《史品赤函》即是《八品函》中的一部分。经考证，刊行这些书及内阁本《金瓶梅》的人即是杭州书贾鲁重民。同时，孙楷第先生在《日本东京所见小说书目》中著录《钟伯敬先生评忠义水浒传》时提及："刻工形式，与长泽规矩也氏所藏之明本《金瓶梅》乃极相似。"所谓"长泽规矩也氏所藏之明本《金瓶梅》"，今归东京大学东洋文化研究所。此本与内阁文库本《金瓶梅》为同版书。换言之，钟评《水浒》也可能出自刻印《金瓶梅》的同一书坊。黄先生曾在东洋文化研究所实地翻阅过原长泽规矩也所藏之钟评《三国》和《金瓶梅》，也有与孙楷第先生几乎相同的感觉。因此，黄先生认为钟评《三国》有可能是崇祯年间杭州书贾鲁重民之流所伪托。其后黄先生摘录了《四库全书总目提要》《中国善本书提要》等有关鲁重民的著录，包括《十三经类语》《经史子集合纂类语》《官制备考》《姓氏谱纂》《舆图摘要》《时物典汇》《四六类编》等。最后黄先生认为鲁重民（字孔式，明末杭州书贾）印书的特点是，好印一些粗制滥造的通俗畅销书，并习惯于伪托名家。李日华、罗万藻是他托名的对象，批点《水浒》《三国》的钟惺、陈仁锡之名，恐怕也是他的伪托。

至于伪托的时间，按照一般情理来推测，书坊主伪托钟伯敬之名出版其评点的小说，当在本人逝世之后，而不太可能是在本人健在时就明目张胆伪托其名。所以，钟惺卒年也关系到钟伯敬本的刊刻时间。刘世德先生经考证后认为，钟伯敬本刊刻于天启四年（1624）至天启五年（1625）之间，其中一个依据就是钟惺卒于天启四年（1624）。③ 然而实际上，钟惺卒于天启五年（1625）六月二十一日④，因此刘世德先生得出的结论并不可靠。钟伯敬本的刊刻时间应在天启五年（1625）六月二十一日之后，如果考虑到刊刻书籍所需要的时间，钟伯敬本面世时间可能还要晚一些。

考证钟伯敬本面世时间的一个主要依据，是钟伯敬本序言中的如下内容：

> 嘻！世无李逵、吴用，令哈赤猖獗辽东，每诵秋风思猛士，为之狂呼叫绝，安得张、韩、岳、刘五六辈，扫清辽、蜀妖氛，翦灭此而后朝食也。

这段话中有助于判断时间的关键信息，一是"哈赤猖獗辽东"，二是"辽、蜀妖氛"。"哈赤猖獗辽东"与"辽、蜀妖氛"中的"辽"均指建立后金、与明朝交战的努尔

---

① 黄霖.关于《三国》钟惺与李渔评本两题[C]//'93中国古代小说国际研讨会论文集.北京：开明出版社，1996：173-188.

② 荒木猛.关于《新刻绣像批评金瓶梅》（内阁文库藏本）的出版书肆[C]//日本研究《金瓶梅》论文集.济南：齐鲁书社，1989：130-138.

③ 刘世德.钟批本《水浒传》的刊行年代和版本问题——《水浒传》版本探索之一[J].文献，1989（2）：48.

④ 关于钟惺卒年的辩证可参详张业茂《钟惺生卒年及谭元春卒年考辨》，《华中师范大学学报》（哲学社会科学版）1986年第5期；李先耕《钟惺卒年辨正》，《文学遗产》1987年第6期；陈广宏《钟惺年谱》，复旦大学出版社1993年版。

哈赤。"辽、蜀妖氛"中的"蜀"则是指天启年间的"奢安之乱",即发生在四川、贵州一带,由四川永宁(今叙永)宣抚使奢崇明、贵州水西(今大方一带)宣慰司安位叔父安邦彦二人发起的叛乱。从熹宗天启元年(1621)九月奢崇明部在重庆叛变起,到崇祯三年(1630)春安位投降止,"奢安之乱"前后历时八年有余。由上引序言内容可见,钟伯敬本刊刻之时,序作者尚未看到"奢安之乱"被平定,且努尔哈赤仍在位。刘世德先生认为"'猖獗辽东'云云,其时必在努尔哈赤势力强盛的阶段。否则,就失去了特指的意义。因此,写下这几句话的时间,当在天启六年正月努尔哈赤兵败和伤重而死之前"①。此说有值得商榷之处。天启六年(1626)正月,努尔哈赤发动宁远之战,虽被袁崇焕击败,但其势并未衰颓,同年四月,努尔哈赤还亲率大军进攻蒙古喀喀。努尔哈赤是否在宁远之战中受伤并最终因此而死,尚存争议,但参考《清太祖武皇帝实录》以及《清史稿》中的相关记载后,可以确定努尔哈赤死于天启六年八月。努尔哈赤去世后,明军方面为探听虚实,曾派人前往吊唁努尔哈赤,以偷偷察看努尔哈赤死因的真实性。可见努尔哈赤的死讯为明朝百姓所知悉时间当在天启六年八月之后,但大致不会晚于天启七年(1627)正月。据此推断,钟伯敬本的刊刻时间应当在天启六年结束之前。

综上所述,根据钟惺及努尔哈赤二人去世的时间,可以将钟伯敬本的刊刻时间界定为天启五年(1625)至天启六年(1626)之间。值得一提的是,孙楷第先生在《日本东京所见中国小说书目》当中曾指出"书(钟伯敬本)刻当在天启乙丑丁卯间"②,乙丑即天启五年(1625),丁卯则是天启七年(1627),此论庶几近之。

另外,钟伯敬本《水浒传》批语大部分来源于容与堂本《李卓吾先生批评忠义水浒传》中托名李卓吾(即李贽)的批语,而另外一本小说《钟伯敬先生批评三国志》的批语也基本上来自《李卓吾先生批评三国志》中托名李卓吾的批语。书坊主花费如此大的力气重新刊刻一部书籍,将李卓吾之名改成钟伯敬,恐怕不仅是版权之故,或是因为书坊主认为钟伯敬名气要比李卓吾大,但此举更可能与明代两次关于李贽著作的禁令有关。明神宗万历三十年(1602),也是李贽生命终结的那一年的闰二月廿二日,礼科给事中张问达上疏劾奏李贽,奏中谈及"望敕礼部檄行通行地方官,将李贽解发原籍治罪,仍檄行两畿各省,将贽刊行诸书,并搜简其家未刊者,尽行烧毁,毋令贻乱于后,世道幸甚",疏上后,万历皇帝批示"李贽敢倡乱道,惑世诬民,便令厂卫五城严拿治罪。其书籍已刊未刊者,令所在官司尽搜烧毁,不许存留。如有徒党曲庇私藏,该科及各有司访参奏来,并治罪"③。此为第一次关于李贽著作的禁令。明熹宗天启五年(1625)九月,四川道御史王雅量疏:"奉旨,李贽诸书怪诞不经,命巡视衙门焚毁,不许坊间发卖,仍通行禁止。而士大夫多喜其书,往往收藏,至今未灭。"④当年九月朝廷下达了第二次关于李贽著作的禁令。而值得注意的是,天启五年至天启六年之间已有书商

---

① 刘世德. 钟批本《水浒传》的刊行年代和版本问题——《水浒传》版本探索之一[J]. 文献,1989(2):34-35.
② 孙楷第. 日本东京所见小说书目[M]. 北京:人民文学出版社,1981:109.
③ 明神宗实录:卷三六九[M]. 北京:历史语言研究所,1966:6918-6919.
④ 顾炎武. 日知录集释:卷十八[M]. 上海:上海古籍出版社,2014:421.

将署名李卓吾评点的书籍,伪托钟伯敬之名重新改头换面出版。发生这样的事情,不得不让人怀疑二者之间的联系。而重新刊刻出版的钟伯敬本《水浒传》比之容与堂本《水浒传》,每个版面容纳了更多文字,刊刻一部书籍需要的纸张更少,节约了出版成本。容与堂本每半叶11行,行22字,每半叶242字;钟伯敬本12行,行26字,每半叶312字。容与堂本全书共计1658叶,钟伯敬本全书共计1273叶,钟伯敬本与容与堂本叶数比例大概是76.8%,约为四分之三,即容与堂本刊刻三本书籍,钟伯敬本便能刊刻四本。

由上,对于钟伯敬本的相关问题可以得出以下结论。

(1)钟伯敬本的刊刻时间为天启五年(1625)至天启六年(1626)之间。

(2)积庆堂刊本为现存钟伯敬本的原刊本,四知馆刊本则是以积庆堂原板木进行翻印的本子。

(3)四知馆为建阳书坊,刊印钟伯敬本《水浒传》者可能为四知馆杨美生。

(4)现存钟伯敬本中三纸补刊书叶的底本为简本,此底本现今已然不存,但与现存简本当中刘兴我本相近。

版本衍化传播对小说经典化的意义
——以《水浒传》为例

湖北大学文学院　张　吉

　　明清以前小说的发展一直处于边缘化状态。对于小说文体的地位,班固曾在《汉书·艺文志》中描述道:"小说家者流,盖出于稗官,街谈巷语,道听途说者之所造也。"孔子曰:"'虽小道,必有可观者焉,致远恐泥',是以君子弗为也。"简而言之,小说的窘境主要体现在以下三个方面。一是小说的创作素材来源于街谈巷语、稗官野史、道听途说之造。二是小说的价值被定为"小道",与诗文等文学正宗相比难登大雅之堂;诗文经典一直受到上流社会的重视,"每大事及疑议,辄参以经典处决,多皆施行"(《晋书·李重传》),而小说由于创作材料来源不明,无法作为德行的范本。三是由于孔子语"君子弗为"的影响,长期以来人们对小说的价值判断无非是"小道可观""正史之余"。创作主体的忽视,社会经济和政治环境对传播的排斥,致使明以前小说一直处于边缘化状态。所以,小说的经典化只能另辟蹊径。

　　传统的诗文历来被认为是文学正宗,承担着"厚人伦,美教化"的责任,小说对此望尘莫及。所以小说的经典化之路不同于传统的诗文经典化之路,它是在商品经济发展的时代背景下,被不同阶层的接受人群筛选出来的。如《水浒传》的问世传播恰逢明清商品经济发展时期,此书凭借自身的文学价值和版本衍化传播,形成了独特的经典化路径。笔者通过对《水浒传》版本的衍化差异性进行梳理,归纳《水浒传》传播过程中繁、简版本不同的角色定位,探寻《水浒传》独特的经典化路径。

一、《水浒传》繁本与简本的差异性

　　《水浒传》作为一部世代累积的长篇章回体小说,学术界对其创作者及相关版本问题的研究一直没有中断。在《水浒传》历史流传的版本研究上,由于文学系统的庞杂,古代文献收集的艰辛,收集整理任务更为艰巨。前人为研究《水浒传》的版本问题付出了很多,有的学者为此前往海外,如郑振铎远赴巴黎,孙楷第东渡日本等。前人的努力为《水浒传》各版本从无到有的收集做出了积极贡献。《水浒传》版本大致可以分为繁本和简本两个系统。据马蹄疾的《水浒书录》记载,《水浒传》明刊本有二十五种,清刊本有四十七种。但由于历史佚散,导致目前比较周知的版本大概有二十种。在此基础上,本文主要以明万历三十八年李贽评点的容与堂刊本《李卓吾先生批评忠义水浒传》为代表进行讨论。容与堂本是公认的现存最早最全的繁本,虽然不能全然代表郭勋本,但其流传甚广,相比于其他版本最能展示《水浒传》的最初成书面貌。在繁本《水浒传》与简本《水浒传》的对比中,虽然故事情节相似,主题相同,但在系统上存在明显差异。

(一)标题回目

小说的版本差异,最明显的除了书目及出版信息以外,就是标题回目。回目就像小说的眼睛,不仅是一回内容的概括和提炼,而且是作者总体构思和匠心的具体体现。标题回目的差异体现了小说的框架及情节设置的差异。首先在回目数量上,以容与堂和双峰堂两版为例,容与堂本共有一百回,每一回都有回数和回目,而双峰堂有一百零四回(没有第九回,实际上只有一百零三回),从第三十回开始就只有回目而没有回数,并且两个版本的回目不相对应。可见简本的文本形态相对粗陋。有时容与堂本里的两个或三个回目,会在双峰堂本中变成一个回目,而所涵盖的内容却没有体现在回目中。其次,在回目用字和对仗上,容与堂本和双峰堂本《水浒传》的艺术水平也有很大差别。相对来说,双峰堂本更为拙劣。除了一些和容与堂本相同的回目外,其余的回目相比容与堂本都显得没有章法,艺术技巧十分欠缺。

(二)人物形象

"小说版本不同,不仅主题意旨有异、文本构成存在着不同,而且文本中的人物形象也有差别。"大幅缩减字数显著地削弱了人物的性格特色。如王进投史家庄,见史进练棍棒,容与堂本中为:"王进看了半晌,不觉失口道:'这棒使得好了,只是有破绽,赢不得真好汉。'"而双峰堂本则为"王进笑曰:'只是有些破绽。'"两相比较,双峰堂本明显体现不出《水浒传》一开始就渲染的王进谦恭的性格。诸如此类,简本删减肆意,其叙述重点主要在于故事情节,对人物刻画相对忽视,使得人物性格形象不太凸显。

(三)小说语言

语言方面,不同版本的《水浒传》展现了不同的语言特色。以引首诗为例,诸简本的引首诗中与容与堂本文字的不同大概可分为两种,一种是明显的误字,如容本第二十一回引首诗中有这样一句"四海英雄起寥廓","寥廓"二字在诸简本中为"廖郭",很明显"廖郭"二字误。这明显是错字误刊。另一种为异字,如容本第十九回引首诗中"嫉贤傲士少优柔",诸简本此句为"轻贤慢士少优游",可见是异字。此外,以双峰堂本为代表的《水浒传》简本文中诗词较少,几乎全文都用于叙述。

由上述情况可见,简本故事性更强,但语言和人物形象刻画略显粗糙;繁本在语言上,人物形象饱满,艺术性更强。

《水浒传》的版本衍变不是简单的由繁到简,或者由简到繁,而是互相交织发展。繁本、简本在《水浒传》传播的过程中同时存在。由此可以推知,《水浒传》的繁本、简本两类版本系统在传播过程中承担着不同的角色定位。明代文学家许自昌在《樗斋漫录》提及《水浒传》的传播时写道:"其书,上自名士大夫,下至厮养隶卒,通都大郡,穷乡小邑,罔不目览耳听,口诵舌翻,与纸牌同行……"可见《水浒传》的传播已经深入各阶层之中。为了《水浒传》既能传阅在市井民众之间,又能置于仕宦书案之上这种效果,其文本必然会不断变化,以适应不同阶层民众的阅读需求。

二、《水浒传》繁本与简本的传播方式

作为《水浒传》版本衍化的结果,其版本差异性也为小说经典化过程走向的不同路径提供了传播视角。不同的传播路径产生了不同的传播效果,此外,接受者也会对此有所反馈。

(一)传播者

明清时期统治者为加强中央集权统治,对人民实行思想文化的禁锢政策,经常颁布法令对小说戏曲进行禁毁。但从现存的资料来看,《水浒传》在明代绝大部分时间里并未受到官方的明文禁毁,甚至官府还刊刻了《水浒传》,周弘祖《古今书刻》中就记录有都察院刻《水浒传》,这是官方刊刻《水浒传》的唯一记录。官方无意识地引导了《水浒传》的传播,因为当时许多小说正是由官方率先刊印,民间书坊也纷纷效仿。"明严暗松"的政治环境,使得《水浒传》等小说有了传播基础。书坊是除官方刻印之外明清时期通俗小说传播的重要媒介。明清时期,随着印刷技术的发展,各地特别是南方地区涌现出了一批专门刊刻出售各类图书的书坊。据《小说书坊录》所辑,宋元两代的书坊只有三家,明代增至一百三十四家,而到清末居然有几百家,这对于《水浒传》的传播起到了至关重要的作用。书坊之外,借阅誊录也是《水浒传》传播的主要方式之一,如明刘仕义《新刊玩易轩新知录》卷十九"处世当知"条记载:"有言看《水浒传》可长见识者,曾借观之。"

繁本和简本在此环境下,通过刊刻或者借阅传播。所不同的是,繁本和简本由于接受群体的不同,其传播路径有所分化。于繁本而言,接受者看重其文学艺术性,有评点或序跋之类的接受反馈,这对于《水浒传》原本艺术价值的保留和作品价值的提升无疑是至关重要的,所以繁本的传播路径集中在文学领域。

而对于简本,邓雷先生在《简本〈水浒传〉版本研究》中认为:"说白了,简本其实就是盗版书,盗版书的一个重要的特征就是错字,古今皆同,而现存诸简本还经过多次翻刻,可以说是盗版书当中的盗版书。"简本的传播,主要目的在于满足普罗大众的精神文化需求。编写主体为了更好地传播《水浒传》,首先要做到的便是降低成本,而简本的编撰使得小说体量变小,但故事情节依然丰富,可读性强,这符合商品经济发展下市民的精神文化需求。其次为了书的销量,书坊主也会对《水浒传》进行简单的富有商业性和功利性的注释评点,以吸引读者、促进文本传播。其评点以注释疏义为主要形式,目的是便于读者(尤其是文化水平不高的读者)阅读。如万历年间,余象斗第一个将评点运用于《水浒传》的传播之中,他刊刻的《水浒志传

评林》独创了"上评、中图、下文"这种颇具商业气息的格式。简本通常是由繁本删削而来的。作为传播主体的书坊主对繁本进行大量删削的主要目的在于减少成本,降低售价,以提高书籍销售量,而这有助于获取更高的利润。清代周亮工在《因树屋书影》卷一中提到:"予见建阳书坊中所刻诸书,节缩纸本,求其易售,诸书多被刊落。此书(即《水浒传》)亦建阳书坊翻刻时删落者。"周亮工以自己的见闻,记录了书坊主大肆删削《水浒传》的情况。可见,简本《水浒传》的传播媒介是书坊,书坊为了书更畅销,往往会进行一部分删减编纂工作,使书符合市民的偏好。

(二)接受者

繁、简本《水浒传》的接受群体几乎是相互错开的。繁本的接受群体主要是有一定文化基础且生活相对富足的人群,当时书卷的价格较高,所以卷数较多的繁本《水浒传》于他们而言更为合适。胡应麟《少室山房笔丛》"庄岳委谈"下篇中曾提到:"今世人耽嗜《水浒传》,至缙绅文士亦间有好之者。"其中"缙绅文士"便是繁本《水浒传》的主要接受群体。简本的接受对象则主要是普罗大众。

不同的接受群体均会对所接受的文学作品有所反馈,产生不同的接受效果。书坊对《水浒传》的简本的刊行,当时除因简本阅读理解便利,阅读成本较低而为不少读者提供了方便之外,也引发了一些争议。明代胡应麟就曾说:"余二十年前所见《水浒传》本尚极足寻味,十数载来为闽中坊贾刊落,止录事实,中间游词余韵、神情寄寓处,一概删之,遂几不堪覆瓿。复数十年无原本印证,此书将永废。"可见,删汰之后编纂的简本《水浒传》仅保留情节故事,文本原有的"游词余韵、神情寄寓处"大都被删除了,其文学价值大打折扣。金圣叹也曾对此发出由衷的感慨:"吾最恨人家子弟,凡遇读书,都不理会文字,只记得若干事迹,便算读过一部书了。虽《国策》《史记》,都作事迹搬过去,何况《水浒传》?"①

部分《水浒传》繁本的接受者,尤其是有一定文化背景的文本接受者如李贽、金圣叹等人,开始对《水浒传》进行评点,探索小说的艺术创作,为《水浒传》注入新的活力,这就升华了小说的原本价值。经典之所以成为经典,不仅在于它们自身蕴含的价值。《水浒传》在评点中得到的多层次多角度的阐释,也提升了作品的地位和价值。评点"能通作者之意,开览者之心也"。文人对作品的评点对传播效果进行了反馈,同时也会重新定位小说的价值。

对《水浒传》的评点也发展了小说理论。长期以来,人们对小说艺术持有歧视态度,一直不把它作为一种真正的文学样式看待,更缺乏严肃认真的研究态度,所以小说理论的发展十分缓慢。当小说艺术自身发展到十分繁荣的黄金时代后,评论家们也开始接受《水浒传》等小说,并且通过评点做出自己的反馈,小说的地位至此开始被大部分理论家和读者所认识,他们对小说技巧进行理论上的探讨,使得小说不断被正统文学接纳。总而言之,评点家对于小说文本的评点在通俗小说经典化进程中,有着不容忽视的意义。

---

① 金圣叹的评价,参看《读第五才子书法》,《第五才子书施耐庵水浒传》卷三,中华书局1973年影印贯华堂刻本。

古典文学名著少儿版改编与出版现状调查及对策研究[①]
——以《水浒传》为例

山东菏泽学院 刘艳梅

鲁迅先生认为:"无论从那里来的,只要是食物,壮健者大抵就无需思索,承认是吃的东西。惟有衰病的,却总常想到害胃、伤身,特有许多禁例,许多避忌;还有一大套比较利害而终于不得要领的理由,例如吃固无妨,而不吃尤稳,食之或当有益,然究以不吃为宜云云之类。但这一类人物总要日见其衰弱的,自己先已失了活气了。"[②]作为文化传承主体的少年儿童尚处于发育的关键时期,实非鲁迅笔下的"壮健者",知识储备和身心发展的特点决定了他们在接受传统文化的过程中,往往缺乏理性意识和辩证眼光,容易囫囵吞枣、断章取义、以偏概全、误读偏信、迷信权威。而且古典名著有其特殊的时代背景,对少年儿童而言存在历史久远、语言晦涩、主题多元、背景深厚、内容驳杂等问题。因此当前仍旧存在着传播困境,使很多小朋友无法领略我们民族文化的精华。对于这一现象,需要给予高度关注与合理引导,助推古典文学名著走近、走进当代少儿读者,使之得到小读者喜欢。因此对以《水浒传》为代表的古典名著少儿版图书的改编和出版市场进行深入的调查研究,具有重要的理论意义和实践价值。

一、研究背景

(一)文化自信建设需要加强对古典名著传承的拓展性研究

近年来,国家文化自信建设得到了前所未有的重视和推进,学术界对中华传统文化的研究也已经非常深入而广泛。不过对某些经典文化现象,尤其是文学经典

---

① 本文是2020年度山东省社会科学普及应用研究项目"文化自信视域下《水浒传》少儿版改编与接受研究"的阶段性成果,项目编号:2020-SKZZ-25。

② 鲁迅. 坟[M]. 北京:人民文学出版社,2006.

名著的研究似乎进入了瓶颈期,拓展性、创新性研究比较少见。比如在少年儿童对文学经典名著传承与接受方面的研究,就颇为不足。少年儿童对中国优秀文学经典的阅读与接受是中华文化得以流传的关键,而我们当下对少年儿童传承中华优秀文学经典的研究与探索主要集中在诗词歌赋方面,因此如"经典咏流传""中华诗词大会"等文化类节目,做得非常成功,效果不错。而我们对其他文体,尤其是古典小说在少年儿童群体中的传播与推广的研究显然不够。

(二)"全民阅读"计划需要关注少年儿童的阅读现状

"全民阅读"是国家文化自信建设的重要内容之一,党的十八大、十九大都对"全民阅读"做出过专门的部署安排,并从国家层面印发了《全民阅读"十三五"时期发展规划》,全民读书环境因此有了较大幅度的改善。但是由于服务体系机制缺失,当前依然存在局部性的矛盾。在图书事业建设方面,问题尤为突出,具体表现为图书出版针对性差,图书不适合、不能满足读者的实际需求。少年儿童是重要而特殊的阅读群体,他们对古典名著的阅读与接受是传承中华优秀传统文化的关键。要想吸引更多少年儿童参与阅读活动,必须想方设法创建多元的发展与进步渠道,为少年儿童提供一批适合其接受特点、导向正确、内容健康,能够引导、塑造和鼓励人的优秀作品和高质量读物,并提高古典名著改编的针对性,以满足少年儿童的实际需求。

(三)"水浒"研究需要正视"少不读水浒"的文化自困

当前水浒研究的成果显著,但依然存在不足。即《水浒传》的传播与接受虽然历史悠久,但基本上是成人世界的事情,与少儿几乎无关,涉及《水浒传》在少儿群体中传播的相关研究十分薄弱,这不得不说是一个巨大的遗憾。《水浒传》在少年儿童群体中的传播一直备受非议,时至今日,"少不读水浒"的说法依然甚嚣尘上。但不可回避的是,《水浒传》正以各种不同版本被少年儿童阅读着,而且还出现了少年版的《水浒传》影视剧,引起社会的广泛关注和巨大非议。然而,《水浒传》自身一直饱受争议,使得许多家长、教师面对《水浒传》这份传统文化大餐,不知让孩子如何下口,不知孩子吃下会不会"消化不良"。这些疑惑与不解,提醒我们必须突破历史苑囿,对《水浒传》的当代少儿版改编与出版现状及其在少儿群体中的传播进行深入的调查研究,以便拨开迷雾、厘清现象,为《水浒传》在少年儿童中的传播找出规律、指引方向。

二、现状调查

虽然古典文学名著在当下有网络媒体、连环画、影视剧、电竞游戏等多样化的传播渠道,但对于少年儿童而言,纸质版阅读依然是了解古典文学名著的主要方式。随着中国经济文化的发展和"全民阅读"计划的深入推进,以《水浒传》为代表的古典文学名著越来越多地进入少儿视野,成为少儿读物的重要内容之一。本项目组《关于〈水浒传〉少儿版改编与接受现状的调查问卷》显示,66.6%的少年儿童是在三年级之前接触到《水浒传》的(见图1),但是80.6%的少年儿童没有读过原著(见图2)。也就是说,大多数的少年儿童接触的《水浒传》是经过改编加工的少儿版的《水浒传》。这种绝对的比例差要求我们必须对少儿版《水浒传》给予足够的重视和充分的研究,如此才能更好地对少年儿童加以引导。

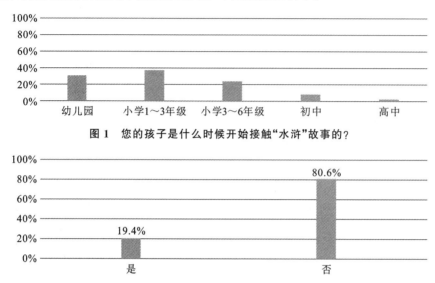

图1 您的孩子是什么时候开始接触"水浒"故事的?

图2 您的孩子是否完整读过《水浒传》原著?

为此,项目组通过网络数据搜集、问卷调查分析、实体少儿图书市场调研等多种方式,对《水浒传》的少儿版改编和出版现状进行了调查,下文将对相关基本情况进行介绍。

(一)改编出版概况

1.改编版本数量大、种类多

目前的一个基本情况是,市场上《水浒传》少儿版的改编版本众多,数量巨大。检索关键词"少年儿童 水浒",在各大权威销售网站都能搜到数量庞大的图书链接,如在京东图书商城可以搜到7100种商品链接。当当网是国内相对权威、专业的图书销售网,其图书销量有着重要的参考价值,在当当网上能搜到18484种少儿版《水浒传》相关商品,而且相关商品的数量处在持续增加的状态。考虑到接受对象的特殊性及古典文学名著本身的特点,很多少儿版《水浒传》在保留故事精髓的前提下,做了更适合少年儿童阅读的改编和加工。根据目的不同,可以将少儿版《水浒传》分为以下两类。

一类是普及启蒙版本。为降低接受门槛,将历史久远、艰奥晦涩、博大精深的古典名著送达少年儿童面前,让少年儿童畅通轻松快乐地阅读,此类版本往往对装帧设计形式尤为重视,主要表现在增加注音、配有插图、全彩印刷、环保耐用、精美装帧上,可谓精心细致、花样繁多。其中主打图画和印刷优势的版本尤其多。黑龙江美术出版社出版的七色光童书坊四大名著合集就标榜:"彩色插图生动形象,大字注音延伸阅读,词语注解容易理解,环保纸张保护视力。"车艳青改编上海科学普及出版社的美绘注音版《水浒传》也将产品特色定位为:"大字注音、字迹清晰、加厚纸张、环保印刷、精美彩图、颜色鲜艳、名师导航、阅读赏析。"就连由中国少年儿童出版社出版、张原改编的少儿版《水浒传》也不免俗,大力宣传"白话美绘装帧和大豆环保油墨印刷,大字印刷,字号适中不伤眼,根据内容配有插图"等卖点。当然也有个别版本为了营造古朴怀旧的风格,反其道而行之,如北京少年儿童出版社出版何秋光改编的全套60册四大名著连环画就特意采用墨绘漫画的方式来绘图,很有新意。

  为了实现让少儿能够无障碍阅读名著的目的,此类版本除了通过标配注音、阅读引导、难点注释帮助孩子理解全文外,还会对《水浒传》原作的内容做大幅度的改动。具体表现在很多改编版本选取《水浒传》原作前七十回来改编,具有内容大量缩略、情节高度概括、人物角色删减、语言难度降低等特点。如旅游教育出版社出版的《四大名著:水浒传(青少版)》,郑渊洁改写、学苑出版社出版《少年儿童版水浒传》,管大龙改编、安徽少年儿童出版社出版的《水浒传》少儿版,云南教育出版社的儿童彩图注音版《水浒传》都是选取前七十回来改写的,字数大多是7万到30万不等。而有些所谓幼儿启蒙版本字数更少,如浙江少年儿童出版社、湖北美术出版社出版发行的漫画版《水浒传》通本书字数不过两三万字,删减明显,只保留了一个故事梗概。另外,有些版本为适应现代漫画夸张变形、戏谑搞笑的画风,迎合当代儿童审美取向,对原作语言做了颠覆性的处理,现代感极强。

  经过以上两方面的加工处理,古奥难懂的《水浒传》变得浅显易懂、图文并茂、鲜活形象、趣味十足,确实更加贴近当代少年儿童的审美趣味,适合其接受水平。这类少儿版《水浒传》的出现,令孩子更容易接近经典,爱上名著,喜欢阅读,在很大程度上起到了普及中华优秀传统文化的作用。

  另一类是考试应用版本。《水浒传》作为古典文学名著的代表性作品,历来就是语文学科必考的内容,因此此类版本的出版量非常大。考试应用类版本着重应用的目的非常明确,所以一般打着核心知识点介绍、名家名师解读、符合新课标要求、权威部门推荐指定等醒目卖点来吸引买家和受众。如由彭学军改编、希望出版社出版的四大名著全套小学生版定位为:"《语文》教材(五年级下)指定阅读"。该版本除了文前导读、多风格插图、多方位注释之外,更加强调"多角度旁批,全面实现教学大纲阅读目标;名家小课堂,解析深刻主题,补充有趣小知识"等亮点。开明出版社2019年10月出版的无删减无障碍的少年儿童文学读物故事书《水浒传》就主推"语文新课标推荐书目、教育部指定版本、全本名著无障碍阅读"的营销特色,并设置了"名师导读、名师批注、名师精评、模拟测试"等栏目,还附赠"核心考点专练"。人民文学出版社出版的百回本《水浒传(上下)》为了提升销量,在强调"原版无删减、生僻字有注解注音、人民文学出版社"的特点的基础上,还附赠有人物关系图、路线图和精讲视频,可谓用心良苦。岳麓书社出版的四大名著完整珍藏版更是在赠品"考点大全"中宣称:一册在手,考试无忧。此类版本以经典文学名著为载体,在培养识字能力、锻炼独立阅读能力、提升语文写作能力等方面着实取得了一定的成绩,很多家长会因此去购买,很多孩子会因此去阅读。可见考试应用版本的《水浒传》对于古典名著的传承与接受起到了不错的促进作用。

2. 改编人群和出版机构复杂多样

  少年儿童阅读群体在每年的阅读调查中占比很大,这意味着巨大的市场潜力和销售利润。中金易云平台监控数据显示:在疫情导致实体销售严重受创的 2020 年上半年,我国图书行业的销售码洋仍然高达 170.34 亿元,同比增长 3.07%。其中少儿读物增幅最大,支撑起整个大盘。① 这丰厚的销售红利是吸引很多出版社、书店、书商涉足少儿读物改编出版的根本原因,进而也导致少儿版《水浒传》的改编状况呈现复杂多样乃至于无序的状态。《文化自信,童书先行——2017 年中国少儿图书出版盘点》指出:"目前,在全国 583 家出版社中,约 556 家参与出版少儿图书。"②而当当网上与《水浒传》出版直接相关的出版社也有近百种,其中中国少年儿童出版社(7041 种链接)、安徽少年儿童出版社、浙江少年儿童出版社、明天出版社、二十一世纪出版社、云南少年儿童出版社等专业少儿出版机构占据了大半壁江山。除此之外,"越来越多的非专业少儿出版社、数字公司及教育公司参与到图书市场竞争中来""更多的严肃文学作家、科教从业者、行业专业人士参与儿童读物的创作中来"③,如云南教育出版社、江西教育出版社等教育出版社,江苏凤凰美术出版社有限公司、上海人民美术出版社、浙江人民美术出版社、吉林美术出版社等美术出版社,中国戏剧出版社、北方妇女儿童出版社、戏剧出版社、摄影出版社(吉林摄影出版社)、译林出版社、民主与建设出版社、中国人口出版社、外语教学与研究出版社等各种各样的非专业少儿出版机构都或多或少的参与了少儿图书的改编与出版。

3.装帧设计更新迭代快速

自 1658 年世界上第一本图画书——捷克教育家夸美纽斯著名儿童启蒙读物《世界图解》出版以来,儿童阅读图画书的特点和规律等问题就成为心理学家和学前教育专家们一直探索的问题,儿童图画书的编写与出版从此也成为相关从业者关注和研究的重心。当代社会科技日新月异,缘于读者群体的特殊性,童书出版技术也日益精湛,各出版机构在装帧排版、插图设计、印刷纸张等方面都力求达到上乘工艺。比如湖北美术出版社《漫画版四大名著(全 4 册)》在纸张要求上就特别突出:印刷基地印刷、原生木浆、环保认证油墨、采用新技术装订,可谓精益求精、力求优质。而且"随着阅读、学习方式的进一步全媒体化,IP 全线产品、AR、VR 等新技术也不断被运用到少儿图书的出版中,形成了出版新形态。"④,少儿版《水浒传》的音像版本也随之越来越多。如福建少年儿童出版社蜗牛故事绘出版的《水浒传(有声版)》除了有全彩注音,更提供有声伴读,配图丰富鲜活,配音优美动听,能带给孩子视觉与听觉上的极佳体验。这类图书被称为"会说话的书",稍早一些的版本会提供有声朗读光盘,新近一些的版本多采用扫码收听的形式,如山东美术出版社出版的《水浒传(有声朗读版)》即提供扫码阅读功能,前文所提北京少年儿童出版社出版的少儿版四大名著连环画也将"扫描书中二维码听音频 走路运动睡前休息都能听"打造为销售亮点。相信原声触摸发声书《听,什么声音》(开明出版社出版,当当童书畅销榜排名 15 位、183204 条评论)、AR 版精装美绘《西游记》(中国人民大学出版

---

① 中金易云 2020 上半年图书市场报告:新书品种同比下降 27.74%,码洋下降 59%[J]. 出版人, 2020,000(008):66-68.
② 李一慢. 文化自信,童书先行——2017 年中国少儿图书出版盘点[J]. 科技与出版,2018:22-26.
③ 李一慢. 文化自信,童书先行——2017 年中国少儿图书出版盘点[J]. 科技与出版,2018:22-26.
④ 李一慢. 文化自信,童书先行——2017 年中国少儿图书出版盘点[J]. 科技与出版,2018:22-26.

社,周㜀洋编绘)、电子版童书等新式出版物的不断出版一定会给《水浒传》少儿版的改编与出版带来新的启发和思路。相较于灌输知识,这些新技术新手段的应用可以更好地吸引少儿读者,激发其阅读的积极性和主动性,给孩子全新的阅读体验,因而有着巨大的潜力。

(二)主要问题举例

随着童书市场的持续火热,出版少儿读物的出版社、出版机构数量激增,更多人士参与到儿童读物的改编与创作中来,在以《水浒传》为代表的古典名著少儿版的改编和出版方面出现了诸多乱象和问题,主要表现如下。

1. 质量良莠不齐,缺乏优质精品

图书市场上的《水浒传》少儿版虽然版本众多,但整体水平参差不齐,缺少适合当代少年儿童接受特点的高质量改编版本,相反却有不少粗制滥造、质量不佳之作。如何在保留原著精髓和适应少儿读者的阅读需求之间取得平衡,是《水浒传》少儿版改编的关键和难点所在。如今很多普及启蒙类版本过分强调幽默爆笑的情节叙述、愉悦轻松地阅读,往往删减改编过多,文字过于浅显俗白。如此虽然孩子阅读毫无阻碍,但也几乎找不到原著的任何味道和痕迹(除了人物姓名和基本故事框架之外),这就导致经典文学名著变成了一个没有任何文学性的"古事"。尤其是一些卡通漫画版本倡导用漫画解读中国名著,存在过度迎合儿童的漫画阅读趣味,导致图画喧宾夺主,且绘画风格标榜"简单易懂、幽默诙谐、爆笑夸张、笑到喷饭"的现象,于是在诙谐搞笑、轻松幽默之余,原著神韵荡然无存。如此所谓漫言漫语,实则有恶搞之嫌,多有不妥。漫画确实是少年儿童喜欢的阅读形式,但是对于尚处在阅读技巧学习阶段、阅读能力不成熟的少年儿童群体而言,他们在阅读这些漫画版《水浒传》时爱上的可能不是经典本身,而只是虚夸的图画和肤浅的对白。因此这种版本可能不仅不利于引导孩子接受经典,反而容易误导孩子。

2. 实用主义盛行,功利色彩较重

这个问题在考试应用类版本中表现得最为严重。此类版本定位明确,为应试而生,功利色彩浓厚,是所谓的"有用"之书。有些甚至为了应试,按考试级别不同将书中内容分为不同难度层级,功利性太强。当书中不时出现知识拓展、思维导引、真题预测、参考答案、试题检测、练考手册等内容时,所谓的文学经典名著已经近似于考试参考资料。这些版本虽然满足了很多家长、学生的应试要求,但严格意义上来说已经失去了文学作品本身的特点。而且书中给出的所谓名家解读、权威答案容易限制少年儿童的思维,使之形成先入为主的思维定式,不利于其自我解读能力的培养和文学素养的真正提升。还有一些版本为达到所谓的"提升读者写作能力"的目的,增加了知识拓展、素材积累等模块,将一些天文地理、民俗风情、气候生态等内容大杂烩般一股脑推给孩子,美其名曰"开拓眼界、提升阅读"。对于很多阅读能力不高、阅读习惯不佳的少年儿童而言,这无异于雪上加霜,其对作品本身的专心阅读,更容易受到干扰,可见这种版本并不利于培养孩子的阅读能力和文学素养。

3. 盲目跟风重复,市场竞争无序

中金易云平台监控大数据显示:2020年上半年整体图书平均定价为39.50

元,同比去年上升11.17%;少儿读物类平均定价增长最高,同比上升20.62%(见图3);而且码洋同比增幅较大的多个类别(绘本类,同比增长69.39%;少儿百科类,同比增长42.95%;历史传记类,同比增长42.04%;低幼读物类,同比增长41.97%)都与儿童读者群体相关(详细信息如图4所示)。①

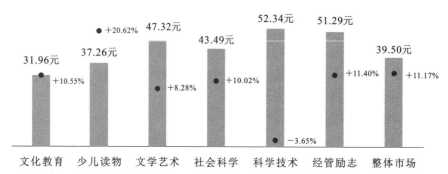

图3 2020年上半年各类书籍平均定价相较于去年同期的变化

中金易云"双十一"战报也显示:无论在实体还是网络零售渠道,少儿读物的码洋都稳居第二位,从图书标签看,"童书"在两个渠道也分居三、二位,保持着旺盛的发展势头(详细信息如图4所示)。② 同时,少儿版古典名著改编与出版领域也出现了盲目跟风重复、市场竞争无序的业态。自本研究开始以来,我们一直关注当当网少儿版《水浒传》的上市与销售情况,发现在2020年10月到12月短短三个月的时间内,搜索关键词"少年儿童 水浒"得到的链接数就从14000多种增加到18000多种。如此快速巨大的市场投入,缺少时间的沉淀与打磨,只会导致低水平重复生产。这不仅会导致供给过剩、资源浪费,更严重违反了文化产品生产的周期,势必导致大量粗制滥造的书品流入市场。这对《水浒传》的传播而言不是好事,更为严重的是,这对少儿的成长不利,对中华优秀传统文化的继承与创新极为不利。

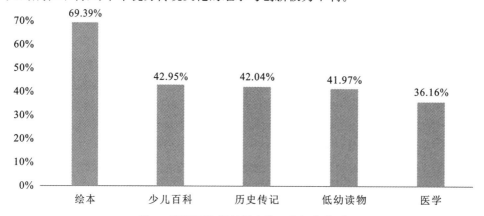

图4 码洋同比增长最大的5个细分类别

① 中金易云2020上半年图书市场报告:新书品种同比下降27.74%,码洋下降59%[J].出版人,2020,000(008):66-68.
② 左志红.中金易云"双11"战报显示——网络渠道增长23.5% 实体渠道减少28.75%[N].中国新闻出版广电报,2020-11-16(008).

三、建议策略

少年儿童是传承中国优秀传统文化的重要群体。少年儿童阅读是全民阅读的基础,是国家文化自信建设的重要组成部分,需给予特别关注。针对《水浒传》少儿版改编与出版的乱象和问题,拟提出以下改进的建议和策略。

(一)强化观念引导,提升书品质量

我国一直有重视少儿读物出版的传统。新中国成立后,尤其是改革开放四十多年以来,少儿出版呈现出欣欣向荣的景象,中国已迈入少儿图书出版大国的行列。① 但相关从业者、出版机构在行业认知上依然存在一些偏差,这是影响中国少儿图书向高质量发展的根本原因。要提升以《水浒传》少儿版为代表的名著改编书品的质量,必须强化观念引导。首先,相关从业人员要清楚认识到少儿读物编写的重要意义,正所谓"出版业肩负着繁荣文化事业和发展文化产业的双重使命,而少儿图书出版关系到我国少年儿童的启蒙教育,具有基础性作用"②。不能只追求眼前的经济利益,要有大局观、家国观、未来观,还应将发展思路从依靠数量增长转向依靠质量提高效益的方向上来。其次,改编者要对文学的本质和创作规律有清晰明确的认识,对古典文学名著有深刻的了解和掌握,探寻适合少儿身心特点的高质量改编之法,懂得在改写中取舍有度、缩减有法,不能舍本逐末、丢失文学性。再次,所有相关人员要在充分了解少年儿童身心特点和阅读规律的基础上,树立"儿童本位"(而非"儿童至上")的出版观、营销观,摒弃兜售噱头等浅层低级的营销手段,为少儿群体提供真正优质的阅读资源。

(二)严格准入制度,优化图书市场

少儿图书出版是推动中国整个出版业可持续发展的重要力量。少儿图书是我国出版业品种、数量增长最快的书种,也历来是一个充满活力的出版领域,同时也是竞争最为激烈的市场。③ 在激烈竞争的刺激和利益的驱使下,难免出现各种问题。要扭转这种现象,真正提高《水浒传》少儿版改编与出版的水平和质量,就必须在制度层面采取措施。首先,相关管理部门必须严格执行国务院颁布的《出版管理条例》及新闻出版总署出台的《图书质量保障体系》等文件对保障图书出版质量所作的严格规定,遵守出版审批许可制度,加强宏观监管,严格出品考核,合理规范价格,净化少儿图书市场。其次,古典文学名著改编虽然吸引了大批人员,但从《水浒传》少儿版的改编群体看,参与其中的文学名家、大家还是太少,存在一些不专业的改编者滥竽充数的现象。因此应当研究实施少儿图书出版,尤其是古典文学名著

---

① 中国产业研究院. 2020—2025年中国少儿图书出版行业深度分析及发展前景预测报告[R]. 2020-11.
② 刘晶晶. 少儿图书出版产业集中度研究——以供给侧结构性改革为视角[D]. 北京印刷学院, 2018.
③ 中国产业研究院. 2020—2025年中国少儿图书出版行业深度分析及发展前景预测报告[R]. 2020-11.

改编与出版的专业限制,提高准入门槛,优化竞争格局,不允许达不到条件的非专业人员和少儿图书出版社进行此类作品的编绘和出版。这不仅能优化古典名著少儿版的改编与出版,对于少儿图书乃至整个图书出版的专业化发展和高质量发展都是有利的。再次,应细化古典文学名著少儿版改编的原则和要求,如插图质量、知识逻辑、语言文字、细节处理等方面要能在保证正确的基础上,追求美学与文学、科学并驾齐驱。如此精耕细作、稳扎稳打方能打造出优质的图书内容,使作品永葆古典名著的生命活力,实现古典文学名著在当代的健康传播和有效传承。

(三)避免"浅阅读",倡导多元阅读

"浅阅读"这种快餐式阅读方式在少年儿童群体中大量存在,危害极大。程大立认为,"'浅阅读'大致可以分为所谓的'读图''速读'和'缩读'以及'时尚阅读'和'轻松阅读'","'读图'是指有插图的文字图书,现在的书几乎是文图各占半壁江山了;'速读'者主要形式是'缩读',即将天下名著'瘦身',删砍减杀。"[①]《水浒传》少儿版的改编与出版存在同样的问题,很多版本打着导读、解读、快读、速读之类的口号招揽生意,如铁皮人美术有限公司出品的《半小时漫画水浒》的宣传词为:"看半小时漫画,秒懂中国名著,开启快读新潮流!"甘肃少年儿童出版社出版的《四大名著(注音彩绘版)》的宣传词为:"让名著简单点,让阅读轻松点!10分钟读完这本书;3分钟了解人物,4分钟了解故事,3分钟了解精彩部分,10分钟速读——进入阅读的准备。"如此功利化的阅读显然不利于少年儿童良好阅读习惯、成熟阅读能力、良好思维意识、深厚人文精神等多方面素养的提升,甚至可能严重误导少年儿童。希望后续从事古典名著改编与出版的人员充分认识到:文学从来不是如此功利的,孩子应该多接触一些"无用"之书的熏陶,多体验多元化、沉浸式的阅读方式,真正多读书、读好书,在阅读中学习与成长。

---

① 程大立.中学生"浅阅读"现象剖析[J].安庆师范学院学报(社会科学版),2007(6):138-140.

《水浒传》及其作者施耐庵与西溪[①]

汪吾金　马成生[②]

"东南形胜,三吴都会,钱塘自古繁华。"

——柳永《望海潮》

《水浒传》作者施耐庵久居钱塘。钱塘境内,有一处充满灵气的地域——西溪,其山川形胜、气候物象、人文史实、方言土语种种大量融入《水浒传》。翻阅《水浒传》,有似游览了施耐庵的故居。

一、西溪山川地理在《水浒传》中的融入

宋江"平方腊"进兵至杭州附近后,总寨设在距杭州东北二十余里的皋亭山,准备分三路攻打杭州。其中水军一路,"从北新桥取古塘,截西路,打靠湖城门"。这路水军,先驻扎在京杭大运河南端与西溪地域接壤的北新桥畔。

> 李俊与张顺商议道:"寻思我等这条路道,第一要紧是去独松关,德清、湖州二处冲要路口,抑且贼兵都在这里出没,我们若挡住他咽喉道路,被他两面来夹攻,我等兵少,难以迎敌。不若一发杀入西山深处,却好屯扎。西湖水面好做我们战场。山西后面接通忠溪,却又好做退步。(第九十四回)

这里,《水浒传》作者通过李俊和张顺的话,已把西溪部分形胜真实地反映出来了。方腊驻杭州部队若要去独松关等战略要地,自北关门北行,必然要经过北新桥,别无其他途径。又,自北新桥西向进入西溪腹地,即傍"西山深处"。西溪的山,自古钱塘门出,西向有保俶山、葛岭山、栖霞岭。继续西去有老和山,略转

---

① 本文系杭州市西湖区社科联重点专项课题成果,课题编号:XH21ZD02。
② 作者简介:汪吾金(1970—　),男,浙江萧山人,杭州职业技术学院副教授,浙江《水浒》研究会副会长,研究方向:明清小说、高职语文。联系方式:13291808327;马成生(1931—　),男,浙江缙云人,杭州师范大学教授,浙江《水浒》研究会会长,研究方向:中国古典文论、水浒文化。联系方式:88841655。

西南有秦亭山、将军山、灵峰山、桃源岭、锅子岭、状元峰、北高峰、美人峰、龙门山、石人峰、基屏山以及小和山等。这些"西山深处",就是西段群峰,有幽深沟壑,自可"屯扎"部队。一旦形势需要,或经石人岭东出,或经北山麓东出,很快可到西湖,抵达"战场"。这"忠溪",是西段群峰中的一条小山沟。山沟与西溪各处,自可相通,往来方便。李俊与张顺的议论,与西溪实际的地形地貌完全一致,未见有任何舛错处。

接着,《水浒传》作者为安排水军的"屯扎"处,便让李俊与张顺从北新桥出发:

> 引兵直过桃源岭西山深处,正在今时灵隐寺屯驻。山北面西溪山口,亦扎小寨,正今时古塘深处。(第九十四回)

这桃源岭原名驼巘岭,因东西两端高耸,中间凹下,故有此名。它还附丽着一个优美的故事。说是某穷汉向一老人借了一个铜板。后来富裕了,却找不到还钱的老人。于是,便在这岭上种了大片桃花,以作纪念。桃花开日,岭上一片红霞。于是,人们便把驼巘岭改为桃源岭。又,据清人孙之騄撰《南漳子》所述,仙人王方平曾饮过坡下方井的水,"井径六尺,深一仞。玉折地涌,不涸不盈"。是宋博士米芾题匾。为此,桃源岭至今颇有名气,不止是骚人墨客,就是一般游人,也常来观光览胜(见图1)。

图1 今桃源岭山脊

按原著,宋江部下的两支水军是分开驻扎的。一支"直过桃源岭",由北向南,直到坡下,右转不远在"灵隐寺屯驻",这是西溪群山南面的"深处"了。另一支,则沿西溪群山北麓,直向西进,在"今时古塘深处"扎寨。这"古塘深处"当在茭芦庵、曲水庵、芦苇荡、杨家牌楼一带。由此南行一里左右,再向东越过石人岭山口,不远便是灵隐寺。这两支水军,正形成犄角之势。如灵隐寺水军有事,"古塘深处"的水军马上可赴救援。宋江两支水军,虽然分驻西溪群山南北,却是攻守方便。一旦西湖成为战场,灵隐寺水军可直接向东奔驰,"古塘深处"水军亦可沿西溪群山北麓向东奔驰,于保俶山下右转,便是西湖北岸了。两支水军可以立即进入西湖,共同作战。可见,《水浒传》作者完全根据西溪群山实际的地理态势,十分妥当地安排了两支水军的屯扎处。

西溪群山北麓,坡度平缓,有大片旱地,正宜于步兵行动,也便于马军奔驰。《水浒传》作者便让这一带作为宋江"平方腊"的主要战场,以下将依次介绍宋江进攻杭州时在这一带与方腊军之间展开的几次战斗。首先是徐宁、郝思文出哨之战,作者描写此战过程如下:

> 此日又该徐宁、郝思文,两个带了数十骑马,直哨到北关门来。见城门大开着,两个来到吊桥边看时,城上一声擂鼓响,城里早撞出一彪马军

来,徐宁、郝思文又急回马时,城西偏路喊声又起,一百余骑马军冲在前面。徐宁并力死战,杀出马军队里……数员将校,把郝思文活捉了入城去。徐宁急待回头,项上早中了一箭。(第九十四回)

这是双方在西溪战场的第一次交锋。这次战斗,徐宁、郝思文自皋亭山一带出发,西渡京杭大运河,进入西溪地域,南向到北关门外吊桥边。这时,"城西偏路"——西溪群山北面一带山坳处,早就埋伏着的方腊部下马军冲出,使徐宁、郝思文前后受敌,结果郝思文被捉,杀头示众。徐宁中了药箭,"半月之上,金疮不治身死"。

不久后,宋江得知卢俊义已攻破独松关前来会合,先命朱仝引兵攻打东门,又亲率关胜等人到北关门下挑战。作者描写此战过程如下:

当日宋江引军到北关门搦战,石宝带了流星锤上马,手里横着劈风刀,开了城门,出来迎敌。宋兵阵上大刀关胜,出马与石宝交战。两个斗到二十余合,石宝拨回马便走。关胜急勒住马,也回本阵。宋江问道:"缘何不去追赶?"关胜道:"石宝刀法不在关胜之下。虽然回马,必定有计。"吴用道:"段恺曾说此人惯使流星锤,回马诈输,漏人深入重地。"宋江道:"若去追赶,定遭毒手,且收军回寨。"(第九十五回)

这是双方在西溪战场的第二次交锋。卢俊义、呼延灼等前来会合后,宋江又带兵到北关城下挑战,作者描写此战过程如下:

宋江等部领大队人马,直近北关门城下勒战。城上鼓响锣鸣,大开城门,放下吊桥。石宝首先出马来战。宋江阵上,急先锋索超,平生性急,挥起大斧,也不打话,飞奔出来,便斗石宝……石宝卖个破绽,回马便走,索超追赶……脸上早着一锤,打下马去。邓飞急去救时,石宝马到,邓飞措手不及,又被石宝一刀砍做两段。……却得花荣、秦明等刺斜里杀将来,冲退南军,救得宋江回寨。石宝得胜欢喜,回城中去了。(第九十五回)

这是双方在西溪战场的第三次交锋。见方腊部下大将石宝连挫宋军锐气,李逵提议再战,先捉石宝,于是同鲍旭、项充、李衮三人一起出战。作者描写此战过程如下:

宋江上马,带同关胜、欧鹏、吕方、郭盛四个马军将佐,来到北关门下,擂鼓摇旗搦战。……石宝骑着一匹瓜黄马,拿着劈风刀,引两员副将出城来迎敌。……四个直奔到石宝马头前来。石宝便把劈风刀去迎时,早来到怀里。李逵一斧研断马脚。石宝便跳下来,望马军群里躲了。鲍旭早把廉明一刀砍下马来……宋江把马军冲到城边时,城上擂木炮石乱打下来。……石宝却伏在城门里面,看见鲍旭抢将入来,刺斜里只一刀,早把鲍旭砍做两段。项充、李衮急护得李逵回来。宋江军马退还本寨。

这是双方在西溪战场的第四次交锋。除上述四次主要战斗之外,还须提一下

的是宋江在西陵桥头为张顺吊孝时,宋军和方腊军也在周边地带爆发过一场战斗。作者描写宋江抵达西陵桥头的过程如下:

> 宋江……暗暗地从西山小路里去李俊寨里……次日天晚,宋江去叫小军去湖扬一首白幡,上写道:"亡弟正将张顺之魂",插于水边西陵桥上。

前已提及,李俊的水军扎营于灵隐寺。宋江自皋亭山要先到灵隐寺,为何不从桃源岭翻越到灵隐寺这条较近的路,而要"暗暗地从西山小路"走?这"西山小路",即西溪群山西边的小路。这样绕道而行,不是要多走远路吗?原来,靠近北关门一带的群山处,可能有方腊的伏兵,宋江走小路则有助于避免徐宁、郝思文那样的遭遇。由此可见,《水浒传》作者对西溪一带的兵要地理的了解程度很深。正当宋江等"焚起香来",准备"吊孝"张顺之际,城中的方腊军杀出企图活捉宋江。作者描写后续战况如下:

> 宋江和戴宗正在西陵桥上祭奠张顺,不期方天定已知,着令差下十员首将,分作两路来拿宋江,杀出城来。南山五员首将是吴植、赵毅、晁中、元兴、苏泾,北山路也差五员首将,是温克让、崔彧、廉明、茅迪、汤逢士。南兵两路,共十员首将,各引三千人马,半夜前后开门。两头军兵一齐杀出来。宋江正和戴宗奠酒化纸,只听得桥下喊声大举,左有樊瑞、马麟,右有石秀,各引五千人埋伏,听得前路火起,一齐也举起火来。两路分开,赶杀南北两山军马。南兵见有准备,急回旧路。两边宋兵追赶。温克让引着四将急回过河去时,不提防保俶塔山背后撞出阮小二、阮小五、孟康,引五千军杀来,正截断了归路,活捉了茅迪,乱枪戳死汤逢士。南山吴值,也引着四将,迎着宋兵追赶,急退回来,不提防定香桥正撞着李逵、鲍旭、项充、李衮,引五百步队军杀出来。那两个牌手,直抢入怀里来,手舞蛮牌,飞刀出鞘,早剁倒元兴。鲍旭刀砍死苏泾,李逵斧劈死赵毅。

可见方腊部队是分南北两路出击:南路出钱湖门,经西湖南岸,北路出钱塘门,经西湖北岸,包抄西陵桥。而宋江部队也分两路迎战:左路以樊瑞为首,右路以石秀为首,以这两路兵马分别"赶杀"方腊部队的两路。这里值得注意的是,《水浒传》作者又安排两支奇兵——一路由阮小二等带领,先潜伏在"保俶塔山背后","截断"方腊北路部队的归路,即钱塘门;另一路由李逵率领,埋伏在定香桥,截杀败退的方腊南路部队。终于在此"活捉了茅迪,戳死汤逢士",使方腊失去两位首将。

其中阮小二等人埋伏的"保俶塔山背后",就是保俶塔山(见图2)的北面,正有深

图 2　今保俶塔山顶

谷山坳,可以潜伏部队。此处正是西溪地域东南角。部队一出,经过昭庆寺,就到钱塘门,相距目的地不过咫尺之遥,所以方腊北路部队在西陵桥附近被"赶杀"而逃回之际,很快被阮小二等在钱塘门外"截住了归路"。这段描写令我们又一次体会到《水浒传》作者对这一带地理态势体察的深入,以及小说中军事安排的精巧。

西溪这一地域中,如古塘、桃源岭、古塘深处、西山小路、保俶塔山背后等这些小地点,外地人当然不可能知道,就是本地人也未必全部熟悉。然而《水浒传》作者施耐庵却挥笔自如,对地理态势的描写很真实,对军事行动的安排也很恰当。相比之下,《水浒传》中关于江北部分地理的描写就要粗疏一些,且举两例进行说明。如宋江部队"平方腊",到达淮安县时,"本州官员"说:"前面便是扬子大江"(第九十回)。究其实际,此地南距扬子大江(长江)尚有三四百里呢。又如,"吴用智取生辰纲"与押送生辰纲的杨志在山东郓城境内的黄泥冈相遇。杨志问:"你等且说那里来的人?"吴用等回答:"我等兄弟七人,是濠州人,贩枣子上东京去,路途打从这里经过。"(第十六回)究其实际,濠州在安徽,东京即河南开封。从安徽濠州到河南开封,怎么可能"经过山东郓城"! 由此可见某些学者所持"江北兴化施彦端是《水浒传》作者"的观点站不住脚。江北兴化相距淮安和濠州并不太远,因而兴化人对淮安、濠州等地的情况应当是比较熟悉的。如果真是施彦端作《水浒传》,岂会如此远近不分,方位错乱?如果是原来的说书人就搞错了,他岂会知错不改?但如果把上述差错归之于钱塘施耐庵就合理许多。施耐庵久居钱塘,不熟悉上述各处,很有可能是凭他自己的想象去描写江北各处;或他有说话艺人传承背景,在集结、贯通小说时尊重历代前辈艺人而不加擅改,以致保存了前辈艺人的那些差错,这也很有可能。

总之,我们只需将《水浒传》中有关钱塘西溪的地理态势与人物行动的描写,与《水浒传》中有关长江以北的地理描述与人物行动描写进行简单对照,就能发现作者经常因不熟悉后者而在相关描述中出错,但对前者的描写却非常准确,甚至可以说得上精细。这绝不是一个偶然现象,而是作者生活经验中丰西溪而缺江北的必然结果。由此看来,《水浒传》作者的生活地问题就相当清楚了。

二、西溪景物在《水浒传》中的融入

本节主要将《水浒传》的实际描写与钱塘西溪的景物进行对照,进而辨析《水浒传》作者问题。

《水浒传》中描写了一个梁山泊:"纵横河港一千条,四下方圆八百里。"该句出自元代高文秀《黑旋风双献头》。在这个水泊中,具体有哪些景物?据济州府缉捕何涛去追捕"智取生辰纲"贼人时所见:"都是茫茫荡荡芦苇水港","港汊又多,路径甚杂,抑且水荡坡塘,不知深浅。"当公孙胜在"芦花侧畔射出一派火光",准备烧杀来追捕的官兵时,只用"四边尽是芦苇野港","芦苇又刮刮杂杂烧将起来"(第十九回),这批官兵很快被消灭了。当宋江利用钩镰枪打败呼延灼的连环甲马时,这连环甲马"尽望败芦折苇之中,尽被捉了"(第五十七回)。等等。可见,梁山泊之中,多的就是芦苇水港。

再看西溪,处处有小渚、滩涂,有芦苇连成曲曲折折的小港。尤其是芦苇,最惹人注目。一种叫细叶苇的,一丛接一丛,密密层层,常常遮人眼光,迷住视线。一种叫芦竹的,约一人半至两人高,走入其中,真似芦井观天。这些景色早已有人描绘。明代释大善《蒹葭里》就有"千顷蒹葭十里洲"之句。诗人徐廷锡《泛河渚过秋雪庵登弹指楼远眺》也有"绕遍芦花第几弯"之赞。近人熊东遨《春探西溪》更有"港汊横斜辨复迷"之叹。笔者曾趁小舟,穿越西溪。舟人说:"西溪历来没有小偷。本地人品质高,不会偷;外地人进得来,怕迷路,出不去。"2009 年 9 月与 2010 年 4 月,中国水浒学会 2009 年年会和"水浒与西溪"文化研讨会都在西溪召开。许多外省专家、学者考察了西溪之后,都说这里极像《水浒传》中的梁山水泊。2020 年 3 月 31 日,习近平同志在西溪湿地视察湿地保护利用情况时,明确指出:"施耐庵是在这儿写的《水浒传》。你看那蓼儿洼、梁山泊、芦苇荡,不都这儿的景色吗? 他是根据这儿的景写的《水浒传》,……"①国内专家乃至国家领导人的一致观点,给我们研究《水浒传》与西溪的关系提供了重要参考。

钱塘施耐庵不熟悉梁山水泊,而娴熟于西溪。他所描写梁山水泊中的上述景色,很可能是以西溪自然景色为素材的。

阮家三兄弟,家住梁山泊内石碣村。吴用与晁盖等准备"智取生辰纲",便去动员三兄弟"撞筹"。当走到阮小二家门口时,只见:

> 青郁郁山峰叠翠,绿依依桑柘堆云。四边流水绕孤村,几处疏篁沿小径。茅檐傍涧,古木成林。篱外高悬沽酒旆,柳阴闲缆钓鱼船。(第十五回)

据李永祜先生研究,山东"梁山县银山公社石庙村,相传系阮氏兄弟的石碣村。村中曾有一座七贤庙,塑着阮氏兄弟七人,其中有阮小二、阮小五、阮小七……"②。笔者曾跟着学者群去考察过石庙村一带,并未见"青郁郁山峰叠翠,绿依依桑柘堆云"这样的景象。反观西溪,南望群山峰峦,四季都是郁郁青青;在西溪深潭口西北面与南面,每当农历四、五月,桑枝挺拔,桑叶正肥,高低相叠,真让人有"堆云"之感。至于篁竹,每走小径一段,往往便接二连三迎面而来。袁宏道《永兴寺看竹》中有"翠竹千竿护短篱"之句;爱新觉罗·玄烨《西溪》中也说"修篁入望森";施万《竹林问渡》中更说"万竹最深处,通行唯有径"。③ 西溪的这些景色,也很可能是描写梁山水泊石碣村阮小二家门附近环境的素材呢(当代西溪湿地中的部分景色见图 3)。

再看,阮家三兄弟与吴用一起到梁山泊内一个水阁酒店中饮酒。这个酒店的环境是:

> 前临湖泊,后映波心。数十株槐柳绿如烟,一两荡荷花红照水。凉亭上四面明窗,水阁中数般清致。(第十五回)

---

① 参看杭州西溪湿地公园管委会办公室 2020 年 5 月 5 日发布的《施耐庵钱塘故居筹建工作进展情况汇报》。
② 李永祜.《水浒传》与山东[C]//水浒争鸣(第四辑),1985:82。
③ 赵福莲,单金发. 西溪古今诗文选[M]. 杭州:杭州出版社,2005.

图 3　西溪湿地中的水面和芦苇

西溪烟水渔庄一带的一些饮食小店，往往都是"前临湖泊，后映波心"，座客面对湖水，浏览湖畔芦苇，远眺如烟绿柳。如是夏日，红荷照水，更是普遍景物。杭州人吴学泰所著《西溪梵隐志》卷一《永兴湖》中，就描写了水阁酒店的这般景色：

> 在安乐山下永兴寺前，一泓澄碧，红莲绿柳，画船载酒，溪人游乐。

两相对照，梁山泊的水阁酒店与此处景色也很有相似之处，尤其是"红莲绿柳，映水临堤"与"柳绿如烟""花红照水"，真是极为相似的艺术境界。明代杭州容与堂刊《水浒传》中有一幅梁山泊水阁的插图（见图4）。笔者拍了一幅西溪烟水渔庄的照片（见图5），今同时附上，便于大家对照，梁山泊水阁酒店的景色，也很可能是以西溪一些景色为素材的。

图 4　容本 60 页梁山泊水阁酒店　　**图 5　今西溪烟水渔庄一角**

再看"林冲雪夜上梁山"中的一段描写：

> 林冲问道："此间去梁山泊还有多少路？"酒保答道："此间要去梁山泊，虽只数里，却是水路，全无旱路。若要去时，须用船去……"朱贵当时

引了林冲,取了刀杖行李下船,小喽啰把船摇开,望泊子里去,奔金沙滩来。林冲看时……但见:山排巨浪,水接遥天……(第十六回)

林冲自沧州奔梁山泊,路途中"纷纷扬扬下着漫天大雪"。一到梁山泊,说是"须用船去",果然是"把船摇开,望泊子里去,奔金沙滩来",而且看到的是"山排巨浪,水接遥天"。在这深冬严寒季节,滔滔黄河都要严冰封住,怎么可能会有这样的景物!

然而钱塘一带,西溪水域并无封河时段。即使最寒冷的某些冬季,至多是岸边结些薄冰,并不妨行船。大小游艇穿梭,河渚沙滩,虽然未有"山排巨浪,水接遥天"的气势,亦似林冲"望泊子""奔金沙滩"之场景。

再看"病关索大闹翠屏山"中的一段描写:

远如蓝靛,近若翠屏。涧边老桧摩云,岩上野花映日。漫漫青草,满目尽是荒坟,袅袅白杨,回首多应乱塚。(第四十六回)

还有,"戴宗智取公孙胜"中的一段描写:

青山削翠,碧岫堆云。……流水潺湲,涧内声声鸣玉佩。飞泉瀑布,洞中隐隐奏瑶琴。……

一个村姑提一篮新果子出来……

半空苍翠拥芙蓉,天地风光迥不同。

十里青松栖野鹤,一溪流水泛春红。……(第五十三回)

其中第四十六回写的是河北蓟州翠屏山,第五十三回写的是河北蓟州九宫山,都是冬季。蓟州一带,冬季气温可达零下十几度甚至更低,哪有"蓝靛""翠屏"似的山峰?至于"野花映日,漫漫青草",更是绝无之景物。"袅袅白杨",早当树叶落尽,光秃枝条了。所谓"流水潺湲""飞泉瀑布",如同"鸣玉珮""奏瑶琴"的描写就更不可靠,试问:"流水"与"飞泉"早已干涸或冻成冰,怎能发出这种美妙之声?而"村姑提一篮新果子""一溪流水泛春红"之类的场景,更是明显的春日以至夏季才有可能有呢。曾有学者指出,这样的景物描写可能是说书艺人之流用一些现成的"套语"随意乱套而写成的。这话有些道理,但《水浒传》作者如果熟悉蓟州一带冬季的景物,岂不会改正吗?

然而,西溪一带却有颇似上述特征的景物。曾居钱塘,且迁葬于杭州的北宋隐士潘阆《酒泉子·长忆高峰》有云:"举头咫尺疑天汉,星斗分明在身畔。"① 南宋理宗、度宗时杭州人董嗣杲有《西溪》诗云:"出坞野云多曲折,过桥溪水半清浑。"② 暖冬季节,小阳春日,西溪一带映山红常有开放,正有"野花映日"之景。"漫漫青草",在西溪群山山坡,或墓道之旁,更是常见。至于"流水潺湲""飞泉瀑布",在西溪群山的山谷深涧中,如美女峰、灵峰山、北高峰等处,常年不断。如金竹坞流出的长流涧,吴本泰《西溪梵隐志》卷一中就特别写明"每逢亢旱,此流涓涓不涸"。事实证明,西溪一带不乏上述景物。如果《水浒传》中蓟州的翠屏山、二仙山不是置于河北

---

① 赵福莲,单金发. 西溪古今诗文选[M]. 杭州:杭州出版社,2005:2.
② 赵福莲,单金发. 西溪古今诗文选[M]. 杭州:杭州出版社,2005:1.

北部的沧州一带,而是置于钱塘西溪一带,或者标明其是西溪群山的某两个山峰间的山涧,恐怕没有一点突兀感。

还须提一下西溪地区三座寺庙。

先看真武庙。在"张天师祈禳瘟疫 洪太尉误走妖魔"这一回中有这样一段描写:

> 洪太尉游山……道童引路,行至宫前宫后,看玩许多景致。三清殿上,富贵不可尽言。左廊下,九天殿,紫微殿,北极殿……(第一回)

这座北极殿,就是真武庙(殿)。洪太尉游玩的是江西信州贵溪县龙虎山上清宫。根据清同治时人杨长杰、黄联玉编撰的《贵溪县志》,信州上清宫根本没有这个真武殿。明人田汝成撰《西湖游览志》卷二中有这样的记载:

> 四圣延祥观:绍兴间,韦太后还自沙漠建,以沉香刻四圣像,并从者二十人,饰以大珠,备极工巧。

宋代这一道教道观信仰四圣真君(天蓬元帅、天猷副元帅、真武将军以及黑煞将军)。这"真武",就是"北极真武真君",或称"北极真武大帝"。据《楚辞·远游》:

> 玄武,谓龟蛇也。位在北方,故曰玄;身有鳞甲,故曰武。

又据《西湖文献集成·说杭州》:

> 真武庙,在中和山,祀道家所奉之真武帝,即北方玄武之神。玄武,即龟蛇也。

这中和山,亦名老焦山,位于西溪老和山西南面,近留下镇。据传,在距中和山不远的龙门坎(坑)村,有人要把中和山的真武大帝背到自己村中去供养。当背到小和山之时,再也背不动了,便在小和山上建了一座金莲寺(见图6),供奉这位真武大帝。至今,这位大帝踏着龟蛇,炯炯有神,金碧闪亮,仍安然挺坐着(见图7)。总之,自南宋而下,这位真君在杭州影响甚大,多处都留有记载。除了西溪地域内和秦亭山,就是杭州城内的佑圣观、开元宫等都有为之专设的享殿。唯此之故,钱塘施耐庵要把它写入《水浒传》,自是自然之至。

图6 今西溪小和山金莲寺

图7 今金莲寺中的真武真君像

再看东岳庙。"王教头私走延安府　九纹龙大闹史家村"一回中有这样一段描写：

> 王进道："我因前日病患，许有酸枣门外岳庙里香愿，明日早要去烧炷头香，你可今晚先去，分付庙祝，教他来日早开些庙门。"……等到五更天色未明，王进叫起李牌，吩咐道：你与我将这些银两，去庙里和张牌买个三牲煮熟，在那里等我。（第二回）

这里所指的"岳庙"，就是东岳庙。后文中林冲娘子被高衙内调戏，燕青"智扑擎天柱"，都写及东岳庙。自然，钱塘施耐庵未必去过开封、泰山等处，未必知道这些地方有没有东岳庙，更未必知道泰山的东岳庙，于"东岳大帝三月二十八日诞辰，热闹非凡"，"烧香的人，真乃亚肩叠背"。但杭州也是有东岳庙的。据《西溪志》记载："杭州有三座东岳庙"，规模最为宏大的是西溪法华山下的东岳庙（见图8）。据《咸淳临安志》记载：此庙"乾道三年建"。又据《钱塘县志》的记述：

> 嘉定十七年，枢（密）使史弥远请于朝，拓地重建。宝庆三年落成，刘霁为记。至今为杭郡岳庙之冠。庙制甚肃，每年三月二十八日，远近麋集焉。

《西溪梵隐志·东岳行宫》中又记述：

> （东岳行宫）在法华山下……每年三月二十八日，相传神诞，香花幡盖建设斋仪，远近女士麋集，舣棹浮觞，因以为春游焉。

简单对照一下：钱塘施耐庵所著《水浒传》中关于燕青在泰山岳庙"智扑擎天柱"时的泰山岳庙盛况的描写，很可能是以杭州法华山下岳庙中纪念东岳大帝"神诞"时的盛况为素材的。

图8　今西溪法华山北坡下的东岳庙大门

再看法华寺。"公孙胜芒砀山降魔　晁天王曾头市中箭"一回中有这样一段描写：

> 有两个和尚，直到晁盖寨里来投拜。……告道："小僧是曾头市上东边法华寺里监寺僧人……特地前来拜请头领入去劫案。"……悄悄地跟了两个和尚，直到法华寺前看时，是一个古寺。晁盖下马入到寺内，没见僧众，问那两个和尚道："怎地这个大寺院内没一个僧众？"（第六十回）

山东济州境内并无曾头市，自然没有这个又"古"又"大"的法华寺。钱塘施耐庵在《水浒传》中所描写的这么一个法华寺，完全是艺术虚构而成的。然而，在杭州西溪地区，却实实在在有这么一个法华寺，坐落在西溪法华山北坡。据《西溪梵隐志》卷二《古法华寺》：

> 晋昙翼法师始建法华寺。宋建炎中高宗幸西溪，改龙归，并名其坞，岁久堙废。

这个昙翼，《西溪灵隐志》卷一中还记述了他的一段"灵迹"，说是普贤菩萨于夜间化为美女，要求借宿寺中，并要求昙翼为她按摩。但他在女色面前丝毫不动色念，没有破掉"色戒"。此事上传朝廷，皇帝下了圣旨，为表彰他，便造了这么一座大寺。当时，这个"大寺"的规模未有具体记载，而明代复建时则是"前为序，中为殿，后为堂，两翼有厢，左为庖，为寝，为库；右为藏，为忏堂，为宾寮"，由此，可以想见当年法华寺规模之宏大。

《西溪百咏》收录明代释大善多首诗歌。其《法华寺》①云：

> 十里花开万树新，寺梅早发岁初辰。
> 白菡未吐犹含腊，绿萼先舒已报春。

又有《淇上草堂》②云：

> 溪山深处隐仙居，径转云桥步碧虚。
> 日气荷香熏几席，烟光竹翠滴阶除。

还有《东法华泉》③云：

> 幽涧莲生花鸟瑞，碧岩泉涌岳龙移。

可见至少在明代，法华寺无论规模还是景致都令人印象深刻。而今法华山北坡的法华寺仍在，游客众多（见图9）。尤其节假日，游览法华寺的私家车往往停满了道路两边，规模惊人。钱塘施耐庵笔下曾头市那个又"古"又"大"的法华寺，自当也是以钱塘西溪这个又"古"又"大"的法华寺为素材的。

西溪景致历来为文人墨客所推崇。直到清初，胡介《西溪竹枝词》还说："有屋尽从梅里出，无泉不自竹间来。"④爱新觉罗·弘历《西溪》也说："寒光聚幽壑，空翠滴高岭。"⑤钱塘施耐庵描写《水浒传》中江北部分的上述种种景物，如梁山泊内的

---

① 赵福莲，单金发. 西溪古今诗文选[M]. 杭州：杭州出版社，2005：4.
② 赵福莲，单金发. 西溪古今诗文选[M]. 杭州：杭州出版社，2005：5.
③ 赵福莲，单金发. 西溪古今诗文选[M]. 杭州：杭州出版社，2005：7.
④ 赵福莲，单金发. 西溪古今诗文选[M]. 杭州：杭州出版社，2005：53.
⑤ 赵福莲，单金发. 西溪古今诗文选[M]. 杭州：杭州出版社，2005：48.

图 9　今西溪法华山北坡法华寺

河湾芦苇、阮小二家环境、水阁酒店、翠屏山、二仙山以及北极殿等,很可能是从西溪一带"移"了过去,这可以说是"南景北移"。《水浒传》中的景物应该是杂取了很多地方的素材而成。久居钱塘的施耐庵有西溪生活经历、对西溪非常熟悉又很有感情,于是就地取材,首选钱塘西溪山水草木之景描写梁山泊细节,把它们融入小说之中。

三、西溪物产在《水浒传》中的融入

先看苦竹。

《水浒传》多次提到"苦竹枪"。比如第十一回林冲初上梁山时,只见:

　　山排巨浪,水接遥天。……鹅卵石叠叠如山,苦竹枪森森如雨。……断金亭上愁云起,聚义厅前杀气生。

又如第十七回杨志、曹正押着鲁智深上二龙山:

　　……上关来,三重关上,摆着擂木炮石,硬弩强弓,苦竹枪密密地攒着。

还有苦竹签。第四十八回宋江打祝家庄时,部队陷入困境:

　　又走不多时,只见前军又发起喊来,叫道:"才得望火把亮处取路,又有苦竹签、铁蒺藜,遍地撒满,鹿角都塞了路口!"宋江道:"莫非天丧我也!"

这种苦竹枪、苦竹签,是以苦竹为原材料做成的武器。据 2010 年版《辞海》:苦竹"分布于中国长江流域各地及陕西秦岭。秆可作造纸原料和制伞柄等;笋味苦,不堪食"。无论梁山、二龙山还是附近独龙冈的祝家庄都不产苦竹,当然也就不会自制苦竹枪。具体而言,当时梁山的王伦和二龙山的邓龙均胸无大志,祝家庄只想保卫自家村庄而已,都不太可能派人到遥远的地方采购这种原始武器。我们也没有找到宋元时期有人制售苦竹枪、苦竹签的材料。

但西溪有苦竹,且有用苦竹制成各种生产生活用具的传统。因此,在《水浒传》孕育成书的过程中,作者极有可能是凭自己在南方的生活经验和阅历,让梁山和二龙山用上了苦竹枪,让祝家庄用上了苦竹签。

再看枇杷。

《水浒传》第二十回,晁盖等梁山好汉大胜济州府团练使黄安带领的一千多官军后,有这样一段描写:

> 众头领大喜,杀牛宰马,山寨里筵会。自酿的好酒,水泊里出的新鲜莲藕,山南树上自有时新的桃、杏、梅、李、枇杷、山枣、柿、栗之类,鱼、肉、鹅、鸡品物,不必细说。

这段描写把春夏季节的"桃、杏、梅、李"和秋冬季节的"山枣、柿、栗"同时摆上宴席,在没有过硬保鲜技术的古代,实际是不可能的。而枇杷竟然也"时新"出现,则更表明作者对梁山物产缺乏了解。枇杷性喜温暖湿润,在生长发育过程中要求年平均温度12~15℃,冬季不低于-5℃,花期及幼果期不低于0℃,种植地年平均雨量一般要在1000毫米以上。梁山一带冬季较为寒冷,降水量也不够多,这种气候条件表明梁山之上不可能有枇杷。这种果味甘酸的水果在福建、浙江、江苏一带栽种最多。西溪附近的塘栖枇杷是全国享有盛名的传统特色果品,其果形美观、色泽金黄、果大肉厚、汁多味甜、甜酸适口、风味较佳、营养丰富,为初夏水果中的珍品。西溪地区自古以来就是出产枇杷的,《咸淳临安志》还记录了西溪北高峰南麓枇杷的各种颜色及质量:"白者为上,黄者次之,无核者名黄椒子枇杷。"普通百姓的房前屋后、庭院田间种上几株枇杷,筵席或祭祀时用枇杷实在是很平常的。钱塘施耐庵从自己的生活经验出发写作,于是梁山庆功宴上出现了枇杷。倘若作者是严谨的"进士""官员"或熟悉梁山物产的人物之类,书中应不至于出现这种错误。

再看闹鹅儿。

《水浒传》第六十六回写道,时迁在正月十五元宵夜二更时分假装成一个提篮小卖的上翠云楼放火,作为梁山人马的总攻信号。有这样一段描写:

> 却说时迁挟着一个篮儿,里面都是硫磺、焰硝,放火的药头,篮儿上插几朵闹鹅儿,蓦入翠云楼后,走上楼去。……时迁上到楼上,只做卖闹鹅儿的,各处阁子里去看。……

这里出现了特殊物品"闹鹅儿"。"闹鹅儿"是一种妇女头饰,古代元宵节时西溪一带妇女常戴。周密(1232—1298)《武林旧事》卷二《元夕》记载:

> 元夕节物,妇人皆戴珠翠、闹鹅、玉梅、雪柳、菩提叶、灯球、小金合、蝉貂、项帕,而衣多尚白,盖月下所宜也。

南宋辛弃疾《青玉案·元夕》：

> 蛾儿雪柳黄金缕，笑语盈盈暗香去。

"闹鹅""闹鹅儿""蛾儿"其实是同一种物品，甚至还有叫"闹蛾儿""闹装（闹妆）""闹嚷嚷（闹瀼瀼）"的。这种插在妇女头上的应时饰物发轫于隋，流行于唐，宋代达到鼎盛。在宋代，闹鹅儿主要用绸绢、硬纸、金银丝或金银箔剪裁而成，形如飞蛾、蝴蝶、蚱蜢、鸣蝉、草虫等昆虫之类，常用在元宵节期间①。由于该饰物用铜丝戴在头上，走动时"似蝶蛾飞舞"，才有"蛾儿"之名。而"鹅""蛾"同音，这个颇显热闹的饰物就被写成了"闹鹅儿"。《水浒传》作者非常熟悉民间生活，让时迁扮成卖元宵节常见饰物闹鹅儿的小民，并同时有效掩盖放火物品，极不引人注目，实在巧妙得不露痕迹，对时迁智慧的刻画非常到位。当然，这种细节刻画离不开作者的生活观察，而西溪妇女元宵节戴闹鹅儿、有卖闹鹅儿的小民很可能是其灵感来源。

再看蓝桥风月酒。

《水浒传》第三十九回，宋江在浔阳楼上对酒保说：

> ……先取一樽好酒，果品肉食，只顾卖来。鱼便不要。"酒保听了，便下楼去。少时，一托盘把上楼来。一樽蓝桥风月美酒，摆下菜蔬时新果品按酒，列几般肥羊、嫩鸡、酿鹅、精肉，尽使朱红盘碟。宋江看了，心中暗喜，……

这里提到名为"蓝桥风月"的美酒其实是一种黄酒，在古代杭州西溪一带非常受欢迎。酒名在南宋中期西湖老人的《西湖老人繁胜录》中即存在。生活于宋元时期的周密在《武林旧事》卷六《诸色酒名》中也记录有此酒名，而且还在"蓝桥风月"后面加注"吴府"二字。据钱之江先生校注，这种酒得名于裴铏传奇《裴航》，"吴府"为吴益府第②。据传吴府系宋高宗吴皇后娘家。《梦粱录》卷十"后戚府"云吴太后宅"在州桥东"。《咸淳临安志》附图中"州桥东"的"吴府"在今杭州上仓桥东，某后勤部至原杭州东南化工厂方位。或许当时酿造该酒以杭州吴府最出名、品质最好。这样看来，在《水浒传》孕育、成书的过程中，由于"蓝桥风月"酒知名度高，讲说水浒故事的人甚或钱塘施耐庵为了迎合大家的生活喜好、增加细节吸引力、引发听众（读者）共鸣，就把在杭州西溪一带广受欢迎的名酒"端"到江西九江的浔阳楼了。

再看鹅肉、酿鹅。

《水浒传》中多次出现吃鹅肉的相关描写。除了三十九回宋江在浔阳楼喝酒时有"酿鹅"外，还有以下几例。

第四回：金老父女在山西代州雁门县招待鲁智深时，有"鲜鱼、嫩鸡、酿鹅、肥鲊、时新果子之类"。

第五回：青州桃花山下，桃花村刘太公听说鲁智深"饭便不要吃，有酒再将些来"后，"随即叫庄客取一只熟鹅……叫智深尽意吃了三二十碗，那只熟鹅也吃了"。

---

① 注：北宋曾一度为正月十四至十八的五日，南宋为正月十四至十六的三日。
② 周密. 武林旧事[M]. 钱之江校注. 杭州：浙江古籍出版社，2011：139.

第二十四回:阳谷县王婆用西门庆的银子,以给潘金莲"浇手"的名义"买了些见成的肥鹅熟肉,细巧果子归来"。

第三十回:武松因被张督监所害断配恩州,施恩在路边酒店送行时说:"……今日听得哥哥断配恩州……煮得两只熟鹅在此,请哥哥吃两块了去。"后来还"把这两只熟鹅挂在武松行枷上"。

第三十九回:因宋江案,戴宗被蔡九知府指派给东京太师府送信,在朱贵酒店坐下,酒保来问:"打几角酒?要甚么肉食下酒?或鹅猪羊牛肉?"可见朱贵酒店卖鹅肉。

第四十一回:晁盖等好汉杀退江州官军,到穆太公庄上。"当日穆弘叫庄客宰了一头黄牛,杀了十数个猪羊,鸡鹅鱼鸭,珍肴异馔,……"

杭州西溪一带水域丰富,正是养鹅佳处。西溪人养鹅、吃鹅历史悠久,且当地鹅的数量很大。《水浒传》中的酿鹅即糟鹅,系用鹅肉、香糟、黄酒等制成的冬令佳品,杭州西溪一带常见。南宋钱塘人吴自牧介绍都城临安风貌的《梦粱录》卷十六《分茶酒店》中记载了十余种以鹅为食材的菜肴,如:笋鸡鹅、鹅粉签、五味杏酪鹅、绣吹鹅、间笋蒸鹅、鹅排吹羊大骨、八糙鹅鸭、白炸春鹅、炙鹅、糟鹅事件、鲜鹅等。同卷《面食店》中有煎鹅事件。同卷《荤素从食店》中有鹅鸭包儿、鹅眉夹儿、鹅弹等与鹅肉有关的点心,"及沿门歌叫熟食:肉、炙鸭、鹅、熟羊、鸡鸭等类"。同卷《肉铺》"亦有盘街货卖,更有铺,兼货生熟肉",也有鹅。南宋西湖老人《西湖老人繁胜录》的《食店》中还记载有炕鹅、鹅鲊。周密《武林旧事》卷六《市食》有八鹅鸭,同卷《蒸作从食》也载有鹅蛋,更有鹅项。

《水浒传》中的吃鹅肉现象当然是以现实生活为基础的。倘若作者讨厌鹅肉或缺乏对生活中吃鹅肉的概念,可能不会这样多次把鹅肉融入到人物形象刻画和故事情节设计中去。可见小说成书过程中的参与者(包括钱塘施耐庵)接触鹅肉较多,在一个食用鹅肉的环境中生活时间很久。而西溪恰恰就是这样一个环境,让人对作者久居西溪产生联想。

再看白米。

《水浒传》第九回"柴进门招天下客 林中榜打洪教头"中,当林冲被高俅陷害而流放到河北沧州,进入柴进庄园之时,有这样一段描写:

> 柴进便唤庄客,叫将酒来。不移时,只见数个庄客托出一盘肉,一盘饼,温一壶酒;又一个盘子,托出一斗白米,米上放着十贯钱,都一发将出来。柴进见了道:"村夫不知高低,教头到此,如何恁地轻意!"

这"白米",自然就是水稻所出的"米",一般也叫"大米"。这个庄客给"流配来的犯人"林冲送"一斗白米"时,柴进指责"村夫不知高低",对"教头"林冲"如何恁地轻意!"这位柴进,据其庄客所称,"专一招接往来的好汉……如有流配来的犯人……投我庄上……自资助他"。由此看来,庄客原始按惯常的"资助"标准,给林冲"托出一斗白米"。但庄客不知林冲是"教头"身份,所以柴进指责其"不知高低",说不能如此"轻意"。据此也可推知,柴进每年经常要如此"资助"人,可见他家支出的"白米"自是相当大的数量。

然而，柴进所在的河北沧州一带，粮食作物主要是小麦、玉米、高粱之类，这相当大数量的"白米"从何处来？

《水浒传》第四十三回，李逵自梁山泊"去沂州沂水县搬取母亲"，途中饥饿，有如下一段描写：

> 李逵……道："我与你一贯足钱，央你回些酒饭吃。"那妇人……答道："酒便没买处，饭便做些与客人吃了去。"李逵道："也罢，只多做些个，正肚中饥出鸟来。"那妇人道："做一升米不少么？"李逵道："做三升米饭来吃。"那妇人向厨中烧起火来，便去溪边淘了米，将来做饭……（李逵）去锅里看时，三升米饭早熟了，只没菜蔬下饭。李逵盛饭来，吃了一回……

从上述描写来看，这里所说的"一升米""三升米饭""溪边淘了米""盛饭"等，实际也是上例中所说的"白米"，即水稻所出的"米"，亦即"大米"。

然而，这"沂州沂水县"属山东省。该省的粮食作物主要是小麦、玉米、地瓜之类。笔者因事曾去过山东一些农村，当地一般的主餐是两个"火烧"——二两麦粉烤成一个的饼，一碗麦粉疙瘩汤或菜汤。如李逵那样，遇上"山径小路"旁边的"草屋"，怎么可能随手拿出"三升米"来做"米饭"？这"米"亦称"白米"或"大米"，又从何而来？

在江南民间，用"大米"煮饭或熬粥是极为普遍的。杭嘉湖平原有"浙江粮仓"之称。钱塘（杭州）西溪一带，可谓一日三餐都离不开粥、米饭。《水浒传》作者施耐庵自当也不例外，所谓习惯成自然。所以，尽管现实中的河北沧州一带没有什么白米，而柴进"资助"人仍是用"一斗白米"。尽管现实中的山东沂州沂水一带山野没有什么"米饭"，而李逵仍是可以即时得到"三升米饭"。可见施耐庵描写柴进、李逵形象之时，在不经意间融入了自己的日常生活经验。

《水浒传》第十五回"吴学究说三阮撞筹　公孙胜应七星聚义"中，当公孙胜入晁盖之门，要求"面见保正"之时，晁盖因正与三阮等聚会吃酒，便向庄客说："与他三五斗米便了。"当庄客回说对方"只要面见"，晁盖又说："再与他三五斗米去。"第二十六回中，"有那上户之家，都资助武松银两，也有送酒食钱米与武松的。"第四十六回中，石秀、杨雄、时迁三人在祝家庄小店里，"借五升米来做饭"。这里"三五斗米"的"米"与"送武松钱米"的"米"、石秀等"借五升米做饭"的"米"，在《水浒传》作者施耐庵的意象中是否也是"白米"即"大米"？可能性很大。

以上种种西溪物产在《水浒传》中的融入现象，多有"南货北运"之感，自然也可证明《水浒传》作者久居钱塘，熟悉西溪，且对西溪有感情。

四、西溪人爱国情怀在《水浒传》中的融入

南宋初期著名的抗金英雄岳飞在杭州留下了极其深刻的印记，岳王庙至今仍在栖霞岭下，每天都有无数人前来瞻仰。"平虏、保民、安国"的艺术形象宋江有历史人物岳飞的影子，而与西溪有密切关系的爱国英雄可远不止岳飞一个。古代西溪人的爱国情怀有物可证，试举几例。

岳飞部将牛皋长眠于西溪。牛皋(1087—1147),字伯远,汝州鲁山(今河南鲁山县熊背乡石碑沟村)人。南宋初年即在西京一带聚众抗金。他善使双锏,绍兴三年(1133)加入岳家军后,颇为岳飞推重。后因抗金功高而成为岳家军副统帅。为了斩草除根,秦桧在害死岳飞后的绍兴十七年(1147),密令都统制田师中在仁和县(今属杭州)以宴请为名,用毒酒害死牛皋。牛皋死前悲愤地说:"恨南北通和,不能以马革裹尸!"民国时期胡祥翰撰《西湖新志》卷九记述道:"宋辅文侯牛皋墓,在剑门岭紫云洞南,新修。"所谓"新修",实指清光绪元年(1875年)重修。这位长眠于西溪的猛将和宋江手下的李逵颇有几分相似:络腮胡、勇猛,参与抗外敌、平内乱,功高而被毒酒毒死。二人的艺术形象甚至还都有喜剧色彩,以及粗人弄细、童真之美乃至"粗豪"与"妩媚"对立统一的性格特征。

西溪金四将军抗金牺牲。据《钱塘县志》,这个金四将军牺牲的时间在宋高宗建炎年间(1127—1130)。金四在抗金战斗中牺牲后,其妻为英灵冥安,就在故居旁边修建了一座十多米长的单孔石桥,即金桥。附近村民为之感动,又称其金四姥桥。该桥今名庆春桥,仍在西溪古街河上。可见西溪民间对爱国人士一向是尊敬、推崇的,抵抗外敌侵略的精神在当地有广泛、深厚的民意基础。

钱塘尉将金胜和祝威卫国牺牲。《西湖游览志》卷八记载,宋高宗建炎三年(1129),南宋都城临安遭到金国将军完颜宗弼的大举进攻。县令朱跸牺牲,郡守退至百里外之赭山。钱塘县尉将金胜和祝威不惧强敌,积极收拢散兵,奋力抵抗,并在葛岭、西湖一带大量杀死杀伤敌人,但终因寡不敌众,被俘牺牲。杭州百姓感其忠勇,葬之于西溪云洞右侧,并在西溪沿山河东端建大牌坊以示纪念,每年七月初一均行祭奠。宋淳祐年间,朝廷赐额"灵卫",但民间一直称"金祝庙"。今该地块仍有"金祝新村""金祝社区"、金祝北路、金祝西路等地名。可见西溪民间崇尚抗敌英雄确有传统。

西溪蓬村林家五兄弟为救宋高宗牺牲。林庭雷、林庭雪、林庭云、林庭震、林庭霏五兄弟是普通林农。在竹林劳动时,发现赵构被金兵追赶,五人冒险将金兵引至错误方向,并因此被金兵杀害。为感念其忠心爱国,民间传说五人成土谷神,故兴建庙宇,每到正月十五、四月廿九,前来祭拜的远近乡民络绎不绝。今西溪包家山,仍有五兄弟墓。宋代西溪民间的爱国思想、爱国行动之坚定,由此可见一斑。

上述这些人物的爱国精神,事实上涵盖了"平虏、保民、安国"甚至"忠君"思想,除了得到历代官方的认可,在民间也具有很大的影响力。因此,水浒故事在民间长期酝酿、传播的过程中,讲说者很容易就把这种精神和情怀带入到对梁山好汉的塑造里。它一方面增强了梁山好汉的民意基础、减少了小说传播的官方阻力,另一方面也可以激发读者(听众)的爱国情怀,使他们参与到理解和传播梁山好汉事迹的再创造活动中去。因此,宋江的"平虏、保民、安国"思想不但与西溪民意相通,更与古代西溪英雄的精神相融。《水浒传》中的抗辽恐即民间(包括西溪)抗金意愿所化。也正因此,《水浒传》最终成了"忠义水浒"。

五、西溪人文民俗在《水浒传》中的融入

《水浒传》作为一部长期为底层百姓所喜爱的鸿篇巨著,其中包罗了大量的民俗文化。杨子华《水浒文化新解》对此有比较全面的阐述,只是没有详细介绍这些民俗文化与西溪的关系①。这里试举三例,看看《水浒传》与西溪人文民俗的关联如何。

先看人情茶肆。

《水浒传》第二十四回"王婆贪贿说风情 郓哥不忿闹茶肆"中,小人物王婆在山东阳谷县开着一个茶肆。这个茶肆,小说有时又称茶坊、茶局子、茶房,实际就相当于今天的茶馆。它既是供人们喝茶、休息之处,也是消遣、交际的场所。王婆就是在这个茶肆里,因贪图西门庆的钱财,帮助西门庆和潘金莲勾搭成奸,并最终造成了武大被害和武松杀嫂的大案。

王婆茶肆卖的不是大碗茶,也不是单纯的泡茶,而是加上各种佐料的茶饮,比如"梅汤""和合汤""姜茶""宽煎叶儿茶"等。"梅汤"里可以加些酸的,"和合汤"里可加些甜的,"姜茶"可以点得"浓浓地"。这些茶名都带有双关性、挑逗性。王婆在西门庆面前还说"我家卖茶,叫做鬼打更"(意指没什么人来,生意清淡)。她是"专一靠些杂趁养口",比如"做媒"、"做牙婆"(人口中介)、"抱腰"(接生助手)、"收小的"(接生)、"说风情"、"做马泊六"(给搞不正当关系的男女牵线)。

小说精彩描写了这个王婆在自己的茶肆中借卖茶"做马泊六"捞取钱财的过程,堪称经典。首先是善于发现机会,在打趣中开发潜在客户。潘金莲失手,叉竿误打西门庆。看见西门庆由怒到礼的瞬间变化和两人简单的言行交流,王婆就笑道:"兀谁叫大官人打这檐边过,打得正好!"西门庆上门来打听,她又善于卖关子吊人胃口。之后西门庆频繁到来,她又善于用双关语试探、挑逗,给西门庆吃"梅汤""和合汤""姜茶""宽煎叶儿茶"等,把西门庆的心理状态把握得非常精准。等西门庆挑明自己的心事,她立即把握机会,表明自己就是靠做这方面"杂趁"吃饭的,有能力帮他做到,终于让西门庆主动提出如能促成他和潘金莲这事,"便送十两银子"。然后给西门庆提出"潘(美貌)、驴(行货)、邓(有钱)、小(忍耐)、闲(工夫)"五个条件,还有"十分光"勾搭成奸步骤,完成共同计划。最后要西门庆买来绫、绸、绢、绵,以做寿衣为名,巧妙地让两个人勾搭成奸,自己成功捞到十两银子一套寿衣。整个过程丝丝入扣、活灵活现,如无相当生活素材,作者很难达到这样的艺术境界。

肆,古指商店,如《汉书·食货志》:"开市肆以通之"。"市肆"是贸易市场,所以"茶肆"即专卖茶叶的市场或商店。如《宋史·赵开传》记载:

> 政和二年,东京都茶务所颁条约,印给茶引,使茶商执引与茶户自相贸易,改成都旧买卖茶场为合同场,买引所仍于合同场置茶肆,交易者必由市引与茶,必相随茶户十或十五共为一保……②

---

① 杨子华. 水浒文化新解[M]. 北京:新世界出版社,2007.
② 王俊奇. 宋代的茶肆[J]. 文史杂志,1999(3):2.

宋代是茶肆兴起的时代。据南宋咸淳年间杭州人吴自牧《梦粱录》的记载："巷陌街坊,自有提茶壶沿门点茶,或朔望日,如遇凶吉一事,点水邻里茶水。""今杭城茶肆亦如之,……四时奇茶异汤。"可见当时杭州茶肆的含义已经不限于茶叶市场、茶叶店铺,也指茶馆,是供人休闲喝茶的地方,而且其存在非常普遍。甚至还有一种比专卖"奇茶异汤"生意更好的茶楼。这种茶楼多有两层,里面有固定座位和专人点茶服务,各色人等汇聚品茗,可以听戏曲小唱、闲谈人情故事,时人称这种茶楼为"人情茶肆"。吴自牧在《梦粱录》卷十六《茶肆》中说："人情茶肆,本非以点茶汤为业,但将此为由,多觅茶金耳。"更值得注意的是:吴自牧说临安(即杭州)市西的南潘节和俞七郎、保佑坊北面的朱骷髅、太平坊的郭四郎、太平坊北的张七相干五家茶坊"安著妓女",属于做淫情买卖败坏道德的"花茶坊","非君子驻足之地"。这其中的"勾当"与王婆所为太相似了。

古代钱塘茶地较多,西溪生产的旗枪茶质量不错,外地茶商常来采购。西溪河沿岸多茶馆。西溪小和山金莲寺始于宋代,法华寺更是始于晋代,均系城郊著名大寺。宋代西溪香客众多,茶客不少。据《元丰九域志》记载,北宋端拱元年(988),西溪即为钱塘四大镇之一。由此可以推知,宋元明时期,西溪有茶肆,人们在西溪买茶叶、喝茶的情况普遍存在。那时百姓生活中存在丰富的与茶肆有关的内容,甚至有可能存在鲜活的"贪贿说风情"素材。在《水浒传》孕育成书的过程中,作者耳濡目染了大量精彩生动的街谈巷语,包括西溪地区的这些素材,所以在王婆的人情茶肆里发生的这些故事才会如此精彩生动。

再看"养鹅鸭"。

《水浒传》第二十五回开头,得知潘金莲和西门庆奸情的郓哥去王婆茶肆找西门庆,以便"如常得西门庆赏发他些盘缠",却被王婆打了,就气愤地上街寻武大。之后的事,书中描写如下:

> 转了两条街,只见武大挑着炊饼担儿,正从那条街上来。郓哥见了,立住了脚,看着武大道:"这几时不见你,怎么吃得肥了?"武大歇下担儿道:"我只是这般模样,有什么吃得肥处?"郓哥道:"我前日要籴些麦稃,一地里没籴处。人都道你屋里有。"武大道:"我屋里又不养鹅鸭,那里有这麦稃?"郓哥道:"你说没麦稃,怎地栈得肥奔奔地?便颠倒提起你来,也不妨,煮你在锅里,也没气。"武大道:"含鸟猢狲,倒骂得我好!我的老婆又不偷汉子,我如何是鸭?"郓哥道:"你老婆不偷汉子,只偷子汉。"

这段对话中,郓哥说得很隐晦,但意思非常明确。为了达到刺激武大,抖出潘金莲和西门庆奸情的目的,油滑世故的郓哥对弱势的武大展开了拐弯抹角的嘲讽。"肥""麦稃""养鹅鸭"三个关键词形成了一条连贯的逻辑线索:巧妙暗示武大郎是"鸭子",而且"吃得肥了",相当于今人说被戴上了好大一顶绿帽子。郓哥还嘲讽武大没有男人骨气,遭人欺负还忍气吞声,像热锅里的鸭儿没有脾"气"。武大性格再懦弱,这时也忍无可忍,一定要郓哥说清楚,这才有了后来两人一起去王婆茶肆捉奸,以致武大被西门庆踢中心窝吐血等一系列后话。

"养鹅鸭"怎么和戴绿帽子等同呢?这就涉及宋元时期杭州的民间隐语了。

两宋间的考证学家、民俗学家庄绰(字季裕)在《鸡肋编》卷中说:

> 两浙妇人皆事服饰口腹,而耻为营生。故小民之家,不能供其费者,皆纵其私通,谓之贴夫,公然出入不以为怪。……浙人以鸭儿为大讳。北人但知鸭羹虽甚热,亦无气。后至南方,乃知鸭若只一雄,则虽合而无卵,须二三始有子。其以为讳者,盖为是耳,不在于无气也。

这里记载两浙一带妇女公然与人私通,虽明显夸大了情况(实际不可能所有的两浙妇女都与人私通),但少部分妇女中有此现象却可能是真实的。更重要的是,庄绰这个太原清源(今山西清徐)人记下了浙江民间的俗说:雌鸭只有与两三只雄鸭"合"后下的蛋才可能孵出下一代。这种说法并无科学根据,却形象地解释了"养鹅鸭"就等同于"养野男人"。郓哥所说"煮你在锅里也没气",与庄绰所说"鸭羹虽甚热,亦无气"高度一致,武大自然就得出郓哥是在骂自己的结论,于是当即被激怒并回骂过去,问郓哥讨要说法。

据马蹄疾辑《水浒传资料汇编》,清人程穆衡《水浒传注略》中有"鸭煮在锅里没气"一条说:

> 此卷多相诟语。糊突桶言其昏黑,混沌谓一窍不通,二语所在多有。魍魉与鸭,则惟杭越有之。仇远《稗史》云:"上虞郑宰治邑有声,及代去,邑人饯之以诗,有'邑人借留不肯住,谁能举网罗双兔'之句。其弟见之曰:'此非美兄,乃詈兄也。网即罔,双即两,兔即鸭,其意以为罔两鸭也。'兄怒命楚之。"耐庵浙人,故时以乡语入谐语,非程丈博奥,岂能搜采至此。①

显然,程穆衡对隐语"鸭"的意思是了解的,并认为这是施耐庵这个"浙人"把家乡话融入了小说之中。鲁迅先生的意见和这个说法一致,他在《华盖集续编·马上支日记》中说:

> 鸭必多雄始孕,盖宋时浙中俗说,今已不知。然由此可知《水浒传》确为旧本,其著者则浙人;虽庄季裕,亦仅知鸭羹无气而已。②

在杭州西溪一带,鸭要多雄才孕的说法,以及用"养鹅鸭"暗指女人与外人通奸确是宋元以来的民间传统。《水浒传》作者并非动物专家,对鸭的繁殖规律没有研究,但他长期在底层社会生活,非常熟悉街谈巷语,积累了大量鲜活的民间隐语,其中就包括了西溪一带的"养鹅鸭"之类。于是,在刻画武大郎、潘金莲、郓哥这样的底层小人物时,很自然、很贴地运用起来,让读者和听书人感到人物真实丰满、富有生活的质感,特别接地气。

再看舞鲍老。

《水浒传》第三十三回"宋江夜看小鳌山 花荣大闹清风寨"描写清风镇元宵灯会时,有这样一段话:

> 宋江等四人在鳌山前看了一回,迤逦投南看灯。走不过五七百步,只见前面灯烛荧煌,一伙人围住在一个大墙院门首热闹,锣声响处,众人喝

---

① 马蹄疾. 水浒资料汇编[M]. 北京:中华书局,1980:302.
② 鲁迅. 鲁迅全集:第三卷(而已集、华盖集续编、华盖集)[M]. 北京:人民文学出版社,1973:340-341.

彩。宋江看时,却是一伙舞鲍老的。宋江矮矬,人背后看不见。那相陪的梯己人却认得社火队里,便教分开众人,让宋江看。那跳鲍老的,身躯扭得村村势势的。宋江看了,呵呵大笑。

这里提到一种民间舞蹈——舞鲍老。诸多对"鲍老"的解释都一致肯定其表演滑稽,引人笑乐。有观点认为其得名极可能与专门模仿老年人有关①;所谓其"身躯扭得村村势势",就是指动作幅度较大,形象不合常理,看起来非常滑稽。"鲍老"一词最早见于北宋文学家杨亿(974—1020)《咏傀儡》诗:"鲍老当筵笑郭郎,笑他舞袖太郎当。若教鲍老当筵舞,转更郎当舞袖长。"舞鲍老时,舞者带各式面具,有相应的戏剧服饰。为增加滑稽效果,舞者一般身材矮小,以凸显衣帽的不合体("舞袖长"),同时模仿老人步态("转更郎当"),动作滑稽夸张,形似傀儡。在广场表演时可有鼓乐伴奏,也可无伴奏且舞且行。南宋周密(1232—1298)撰《武林旧事》卷一"圣节"条中记载,禁中寿筵乐次再座第十三盏献演节目为"方响独打,高宫《惜春》。傀儡舞鲍老"。这里的舞鲍老是一种戏剧演出,如"交衮鲍老"可能多演公案内容;"大小斫刀鲍老"所演则为铁骑故事。根据周密癸《辛杂识后集》记载,《德寿宫舞谱》还列有舞蹈动作"鲍老掇"。南宋临安(杭州)人西湖老人《西湖老人繁胜录》:"清乐社,糙靶舞老番人,耍和尚……福建鲍老一社,有三百余人,鲍老亦有一百余人。"南宋吴自牧《梦粱录》记有"踢打鲍老",等等。这些杭州相关史志记载表明,宋代杭州舞鲍老表演非常普遍、兴盛,群众性很强。

《水浒传》第六十六回"时迁火烧翠云楼 吴用智取大名府"写梁山好汉于元宵节与官军在大名府混战时,街头文娱队伍因此一片混乱的情况。除了舞鲍老,还提到了一些其他的表演:

> 前街傀儡,顾不得面是背非;后巷清音,尽丢坏龙笙凤管。班毛老子,猖狂燎尽白髭须。绿发儿郎,奔走不收华盖伞。耍和尚烧得头焦额烂,麻婆子赶得屁滚尿流。踏竹马的暗中刀枪,舞鲍老的难免刃槊。……

这里的傀儡,是与鲍老舞相似的戴面具的傀儡舞。西湖老人《西湖老人繁胜录》有"全场傀儡";周密《武林旧事》有"大小全棚傀儡";吴自牧《梦粱录·社会》有"苏家巷傀儡社";灌圃耐得翁《都城纪胜·瓦舍众伎》把傀儡按照道具不同和表演特点分成四类:"弄悬丝傀儡、杖头傀儡、水傀儡、肉傀儡"。对于这些舞队表演的内容,灌圃耐得翁说:"凡傀儡敷演烟粉灵怪故事、铁骑公案之类,其话本或如杂居,或如崖词,大抵多虚少实,如巨灵神、朱姬、大仙之类是也。"

这里的清音,也可以在吴自牧《梦粱录·社会》中找到记载,如"女童清音社""子弟绯绿清音社"等。《梦粱录·妓乐》并进一步说:

> 清音,比马后乐加方响、笙与龙笛,用小提鼓,其声音亦清细轻雅,殊可人听。

南宋理宗端平二年(1235),曾寓游都城临安的耐得翁(姓赵,名字不详)写成笔记《都城纪胜》,其中的《瓦舍众伎》也说:

---

① 刘琳琳. "鲍老"辨[J]. 戏剧:中央戏剧学院学报,2009:57-64.

清乐比马后乐,加方响、笙、笛,用小提鼓,其声亦清细也。淳熙间,德寿宫龙笛色,使臣四十名,每中秋或月夜,令独奏龙笛,声闻于人间,真清乐也。

耍和尚是一种头戴大头面具的宋代临安民间舞蹈,一直流传至今。《西湖老人繁胜录》、周密《武林旧事·舞队》均有记载。耍和尚最初是用来宣扬佛法的。清代翟灏《通俗篇》三十七卷记载了《月明和尚度翠柳》的故事,说宋绍兴年间,临安尹柳宣教因玉通和尚"不赴庭参","使妓红莲计破其戒"。玉通惭恧而死后托生到柳家,取名翠柳,沦为妓女,以破坏柳宣教门风为报复。后翠柳被皋亭山和尚清了(月明)现身说法而悟,沐浴而化。下文即说"今灯夕所演,乃《武林旧事》所载,元夕舞队之'耍和尚',其和尚与妇人俱未有名目也",也提到了耍和尚。其中柳宣教"使妓红莲计破其戒"是化用了西溪法华山县翼法师的故事。只是县翼法师经受住了普贤菩萨化身美女的诱惑,而玉通禅师在红莲的性诱惑下破了戒。

麻婆子也是一种舞蹈,专以扮麻脸丑妇忸怩作态而逗笑于人。周密《武林旧事·舞队》同样有记载。踏竹马则是戏曲表演中手持马鞭表现人物在马上急驰的那套程式动作趟马(也叫马趟子)的前身。周密《武林旧事·舞队》中也明确写有"男女竹马"。《西湖老人繁胜录》有"小儿竹马""踏跷竹马",吴自牧《梦粱录·元宵》有"竹马儿"。明代汤显祖《牡丹亭·劝农》有云:"千村转岁华,愚父老香盆,儿童竹马。"面对兵马拼杀,这些毫无自保能力的表演者"屁滚尿流""暗中刀枪"自在情理之中;而由逗笑于人瞬间变成如此不堪,多少显得有些滑稽。

西溪为钱塘的一部分,舞鲍老等伎艺活动自然不会没有。钱塘施耐庵就地取材,把舞鲍老写进了小说。

六、西溪方言土语在《水浒传》中的融入

《水浒传》中存在着大量方言土语。其中非常突出的,是一种遍布全书的儿尾词。我们以人民文学出版社 1990 年出版的百回本《水浒传》为据,大略统计如下(括号内为该词首次出现的回目):

馉饳儿(1)、争些儿(1)、一对儿(2)、绦儿(2)、一担儿(2)、担儿(2)、风车儿(2)、獐儿(2)、兔儿(2)、帽儿(3)、纸标儿(3)、济楚阁儿(3)、碟儿(3)、盏儿(3)、酒座儿(3)、老儿(3)、玉簪儿(3)、小曲儿(3)、孩儿(3)、女儿(3)、车儿(3)、醋钵儿(3)、馨儿(3)、钗儿(3)、铙儿(3)、两口儿(4)、女孩儿(4)、酒旗儿(4)、帽儿(5)、角儿(5)、一家儿(5)、一块儿(5)、竹篮儿(6)、摘脚儿(6)、笠儿(6)、抓角儿(7)、甜话儿(7)、阁儿(7)、半些儿(8)、索儿(8)、草帚儿(10)、雪儿(10)、争些儿(10)、瓮儿(10)、桶儿(11)、船儿(11)、草标儿(12)、一垛儿(12)、凤团儿(13)、钗儿(15)、小阁儿(15)、凉笠儿(16)、人情话儿(16)、江州车儿(16)、险些儿(17)、一般儿(17)、经折儿(18)、小船儿(19)、正眼儿(19)、一字儿(19)、白范阳毡笠儿(20)、包儿(20)、三口儿(21)、曲儿(21)、半点儿(21)、话儿(21)、一瓶儿(21)、性儿(21)、假意儿(21)、道儿(21)、琉璃葫芦儿(21)、袄儿(21)、猫儿(21)、小孩

儿(21)、少些儿(22)、半歇儿(23)、毡笠儿(23)、小意儿(24)、桌儿(24)、帘儿(24)、半盏儿(24)、犬儿(24)、脸儿(24)、雌儿(24)、一杯儿(24)、空担儿(24)、挥鼓儿(24)、两盏儿(24)、慢曲儿(24)、瓶儿(24)、好歇儿(24)、小脚儿(24)、绣花鞋儿(24)、裙儿(24)、一篮儿(24)、篮儿(24)、小凳儿(24)、银牌儿(25)、髻儿(26)、半句儿(26)、袋儿(26)、梨儿(26)、招儿(26)、酒帘儿(27)、绿纱衫儿(27)、三拳骨叉脸儿(27)、人情棒儿(28)、蒸铬儿(28)、小盏儿(29)、鳖角儿(31)、戒箍儿(31)、箱儿(31)、侍儿(32)、几口儿(33)、纸旗儿(33)、一班儿(36)、一堆儿(36)、船火儿(37)、哥儿(37)、棋子布捎儿(38)、一点髻儿(38)、水裩儿(38)、俏髻儿(38)、几曲儿(39)、小儿(39)、心儿(39)、鹅梨角儿(40)、小锣儿(40)、排头儿(40)、性儿(41)、两碗儿(43)、叶儿(43)、抓髻儿(43)、兜轿儿(43)、鬏儿(44)、眉儿(44)、眼儿(44)、口儿(44)、鼻儿(44)、腮儿(44)、身儿(44)、手儿(44)、腰儿(44)、肚儿(44)、脚儿(44)、鞋儿(44)、胸儿(44)、腿儿(44)、小师哥儿(45)、香桌儿(45)、有些儿(45)、这些儿(46)、一些儿(46)、一碟儿(46)、鬼脸儿(47)、侄儿(49)、两队儿(50)、磕脑儿(51)、衬交鼓儿(51)、绿纱衫儿(51)、头须儿(51)、道冠儿(53)、一声儿(53)、两道儿(54)、马儿(56)、小黄帕儿(56)、白粉圈儿(56)、花儿(56)、纸招儿(61)、拐棒儿(61)、丫儿(61)、砖儿(62)、瓦儿(62)、半米儿(62)、肉片片儿(65)、劈角儿(66)、三对儿(66)、闹鹅儿(66)、两对儿(67)、阉儿(69)、一口儿(69)、这口儿(69)、打团儿(71)、雀儿(73)、串鼓儿(74)、货郎担儿(74)、货郎儿(74)、带儿(74)、扣儿(74)、歌儿(78)、罐儿(78)、一班儿(80)、鲍老儿(82)、青毡笠儿(84)、健儿(88)、白范阳遮尘毡笠儿(90)、屋儿(91)、白绢水裩儿(91)、五队儿(92)、黑毡笠儿(93)、一串儿(93)

以上共有儿尾词 203 个,如果加上"臁儿骨"(9),"蓼儿洼"(11),"宽煎叶儿茶"(24)中的臁儿、蓼儿、叶儿,则共有 206 个。这些儿尾词中,绝大多数是名词,少数是数量词。如果一定要把有些词合并成一种情况,虽然不完全有道理(有的既有名词又有数量词),但即使如此也只减少 48 个词,列举如下:

1. 一对儿,三对儿,两对儿
2. 风车儿,江州车儿,车儿
3. 济楚阁儿,阁儿,小阁儿
4. 小曲儿,曲儿,慢曲儿,几曲儿
5. 两口儿,三口儿,几口儿,口儿,一口儿,这口儿
6. 角儿,抓角儿,鳖角儿,鹅梨角儿,劈角儿
7. 竹篮儿,一篮儿,篮儿
8. 甜话儿,人情话儿,话儿
9. 笠儿,凉笠儿,白范阳毡笠儿,毡笠儿,青毡笠儿,白范阳遮尘毡笠儿,黑毡笠儿
10. 孩儿,女孩儿,小孩儿

11. 半歇儿,好歇儿
12. 桌儿,香桌儿
13. 盏儿,半盏儿,两盏儿,小盏儿
14. 一瓶儿,瓶儿
15. 宽煎叶儿茶,叶儿
16. 一担儿,担儿,空担儿,货郎担儿
17. 绣花鞋儿,鞋儿
18. 鬐儿,一点鬐儿,俏鬐儿,抓鬐儿
19. 脸儿,三拳骨叉脸儿,鬼脸儿
20. 招儿,纸招儿
21. 水裩儿,白绢水裩儿

那么,《水浒传》中至少出现了150多个儿尾词是可以肯定的。同一个儿尾词重复出现的情况很多,我们没有计算在内。如"担儿"在第二回就出现6次,还出现1次"一担儿"。而且越是细致描写底层人物生活,儿尾词出现的频率就越高。不出现儿尾词的回目很少,这是一个很有意思的现象。

儿尾词在北京话、杭州话中运用之多是相当出名的。王力先生《中国语法理论》上册第276页说过:"这种'儿'字只通行于北方官话里,南方官话有用有不用,吴语、粤语、闽语、客家语就完全不用。杭州话受官话影响较深,所以用后附号'儿'字,这是例外。"这一说法虽然还不够准确,但儿尾词在北京地区主要是儿化,比如"花儿"的"儿"并没有单独的音节,写成拼音是"huār";杭州话中的"花儿"就有"花"和"儿"两个音节,写成拼音是"huā ér",这是完全正确的。

在甘肃东南部的陇南地区也有儿尾词。据王世全先生调查:"'儿'尾词和'子'尾词在陇南九县都有,但其分布并不均衡,以成县为中心,成县南面的文县,西南面的武都、康县,西面的宕昌县,'子'尾词在人们日常交际用语中多于'儿'尾词。"而且陇南地区的儿尾词经常出现"手手儿""水水儿""带带儿""叶叶儿""桌桌儿"这样的名词重叠再加"儿"尾的现象。① 这与《水浒传》中的"叶儿""桌儿"完全不一样。结合《水浒传》中"子"尾词远远少于"儿"尾词的情况,《水浒传》中的儿尾词与甘肃陇南地区应该没有什么关系。

广西南宁地区横县也有儿尾词,而且也是在名词、数量词后面加"儿"。但那里的儿尾词还可以在形容词后加"儿",如"好好儿、慢慢儿、热热儿、黑黑儿、软软儿、硬硬儿、亮亮儿、大大儿、实实儿、凉凉儿、少少儿、短短儿、尖尖儿";在动词后面加"儿",如"想想儿、闻闻儿"②。叠字后加"儿"也是明显特征。《水浒传》中的儿尾词只在名词和数量词后加"儿",而非在形容词和动词后加"儿",也没有出现叠字后加"儿"的现象,可见与横县也无关。

浙江温州话的儿尾词也很丰富,但温州话中会出现"儿儿"与重叠式结合可以表示更小的小称格的情况。比如"人人儿儿、客客儿儿、官官儿儿、卒卒儿儿、店店

---

① 王世全.陇南方言"儿尾词"与"子尾词"特征初探[J],甘肃高师学报,2009(3):41-43.
② 闭思明.广西横县平话"儿"尾词记略[J].广西梧州师范高等专科学校学报,1998:36-37.

儿儿、门门儿儿、山山儿儿、厂厂儿儿、桌桌儿儿、床床儿儿、碗碗儿儿、瓶瓶儿儿、钉钉儿儿"等,强调更小①。这在《水浒传》中同样是没有的。

儿尾词在汉代就已出现,后来主要分布在北方。吴方言在清初以前儿尾词很丰富,但一般写作"能",吴歌里常见。福州的儿尾词写下来时不会写成"儿",而会写成"仔"(本字是"囝")。闽方言中"仔"的本字为"囝",唐代就有。有意思的是,杭州最迟于唐代就有了儿尾词。唐宣宗大中以前在世的杭州诗人金昌绪就有《春怨》云:

打起黄莺儿,莫教枝上啼。
啼时惊妾梦,不得到辽西。

通过比较,我们认为各地方言中的儿尾词与《水浒传》的儿尾词相同度最高的还是杭州话。由于南宋建都于杭州,杭州原生土话和北方"官话"结合形成特别的杭州话,其通行范围仅限于杭州老城区及其近郊:东止于彭埠、乔司;南止于钱塘江;西南止于转塘;西北止于三墩。西溪地区恰在其中。南宋以来,水浒故事在杭州长期流传,有非常深厚的群众基础。讲说者长期生活在包括西溪地区在内的这一地域,所以才会出现如此高频且纯熟的杭州儿尾词。当然,《水浒传》中还有大量杭州方言词汇,在西溪地区流行,比如"耍子、日中、带挈、愿心、半日、气力、洗浴、胡梯、眼睛头、隔落头、溪滩、相争、匾匾的伏、清醒白醒"之类,都可以在《水浒传》中找到。这些情况值得深入研究。

现存《水浒传》最早的版本,包括明万历十七年(1589)天都外臣本、明万历三十八年(1610)杭州容与堂本均署"施耐庵撰,罗贯中纂修"。而根据明代文献记载,施耐庵写作《水浒传》的地点应该在杭州。如郎瑛《七修类稿》卷二十三《辩证类·三国宋江演义》载:"《宋江》又曰'钱塘施耐庵的本'。"高儒《百川书志》卷六曰:"忠义水浒传一百卷。钱塘施耐庵的本,罗贯中编次。"胡应麟《少室山房笔丛》卷四十一《庄岳委谈下》云:"元人武林施某所编水浒传,特为盛行。……施某尝入市肆,紬阅故书,于敝楮中得宋张叔夜禽贼招语一通,备悉其一百八人所由起,因润饰成此编。"郎瑛、高儒、胡应麟都是明代中晚期的著名学者,他们的记载自有相当可信度。我们由此可以得知三点。第一,施耐庵是《水浒传》原始作者,所谓"的本",即"底本"。第二,施耐庵是元代杭州人,所谓"钱塘施耐庵""元人武林施某"均有此意,钱塘、武林都指杭州。第三,施耐庵写《水浒传》是有根据的,不过大多是民间传说,所谓"施某尝入市肆,紬阅故书,于敝楮中得宋张叔夜禽贼招语一通,备悉其一百八人所由起,因润饰成此编"即此意。

《水浒传》中存在着大量的西溪元素,这是一个客观事实。限于篇幅,本文也并未穷尽对《水浒传》中所有西溪元素的分析,相关内容还值得继续梳理、深究。西溪地区的山川地理、自然景观、庙宇、物产、爱国英雄与情怀乃至人文民俗、方言土语成为小说描写的内容,这在多数情况下是贴切的。但当作者把西溪的元素用到小说中发生于北方的故事中时,就出现了不合历史真实的问题。这是《水浒传》作者对西溪地区非常熟悉和了解,而对北方情况知之甚少的结果。作家的

---

① 郑张尚芳. 温州方言儿尾词的语音变化(一)[J]. 方言,1980(4):261.

生活经历、关注内容往往会影响到作品的内容和思想,因此,从分析作品内容出发,去寻找作者生平事迹的"内证",是一种比较好的方法。结合明代文献和本文提出的这些情况,我们不妨得出这样一个结论:"钱塘施耐庵"对西溪以及西溪的地方历史文化非常熟悉和热爱,达到了自觉地熟练运用而不管南北方情况有异(也可能是不知道有差异)的程度。他久居钱塘,甚至就生活在西溪,很可能是土生土长的西溪人。

彰显水浒文化　塑造大丰形象

陈仕祥　仓　显

大丰濒临黄海,因盛产海盐而闻名于世。元末明初,这里爆发了大规模的盐民起义,孕育并造就了中国历史上四大名著之一的水浒文化。水浒文化是中国历史传统文化的瑰宝。在文化建设的实践中,大丰人努力彰显水浒历史文化,对打造现代大丰城市形象,具有十分重要的地位和作用。

一、水浒文化是大丰文化中的亮丽品牌

水浒文化的源头在大丰。文学巨匠施耐庵早年在大丰设馆授徒,后来投笔从戎,参加了震惊全国的元末盐民大起义,亲眼见证了发端于草堰场的张士诚起义的兴盛衰败,并以此为原型,在白驹场花家垛创作了我国历史上伟大的长篇白话文古典小说《水浒传》,作品中还大量运用了大丰地方方言,参照了水洼高墩花家垛特殊的地形地貌。由于《水浒传》的巨大影响,水浒文化得以迅速形成。

自《水浒传》问世以来,在大丰、兴化、盐城地区,民间广泛流传着《水浒传》中的人物故事,以及施耐庵的生平事迹和创作典故;从古至今,大丰、盐城等地的专家、学者、诗人、艺术家都纷纷以施耐庵、水浒人物及故事为题材,创作了大量的文艺作品,《施耐庵的传说》《施耐庵之谜新解》《水浒诗钞》等作品在海内外都有较大的影响;"水浒大酒店""武大郎烧饼""水浒文武学校"等以水浒及其人物或故事命名的店铺、企业不胜枚举。

水浒文化具有崇高的历史地位。由于《水浒传》是具有广泛深远影响的文学作品,水浒文化因此成为大丰历史文化中的璀璨明珠,是先人留给我们乃至全人类的宝贵财富,珍贵遗产。施耐庵纪念馆已被列为"江苏省爱国主义教育基地""江苏省学校教育基地""盐城市爱国主义教育基地""大丰市爱国主义教育基地"等,每年接待海内外游客数以万计,已成为闻名全国的旅游景点。"施公遗踪"则是盐城十景之一。

二、水浒文化建设取得的丰硕成果

施耐庵纪念馆列入国家 4A 级旅游景点。施耐庵纪念馆是经文化部(现文化

和旅游部)批准的、以施氏宗祠为原型的仿古建筑群,是展示施耐庵文物史料的专业博物馆。它的建成,是水浒文化发展史上的一个重要里程碑。它向人们昭示了这样的事实:施耐庵为元末明初白驹人。在盐城市重点文物保护单位施耐庵纪念馆中珍藏有极其珍贵的文物史料,如以施耐庵为始祖的《施氏家谱簿》《施氏族谱》《施氏长门谱》,以及《施让墓志铭》《施子安残碑》《施让地照》《施延佐墓志铭》《施奉桥地券》,施氏宗祠遗物木主、石鼓,等等。即将建成的水浒文化资料库将是全国收集水浒文化资料最多的文化宝库。在施耐庵纪念馆设有碑廊,有碑刻46块,其中有宋代碑刻4块、明代碑刻2块、清代碑刻14块、近现代碑刻26块。

近年来,以碑廊为主体,施耐庵纪念馆建成了古色古香、文化底蕴十分深厚的施耐庵碑林。廊腰缦回,蜿蜒逶迤,绿荫环抱,曲径幽长。碑林总长108米,暗合《水浒传》中108名梁山英雄之数,其文或诗或词,或咏或叹,皆赞施公之伟德。其书法或真或草,或篆或隶,尽显流派风骚。施耐庵纪念馆建成之后,全国各地书画名家、社会贤达馈赠之墨宝3000余幅,碑林所展示的是从这些大家作品中遴选出来的精品。如全国人大常委会副委员长费孝通,红学大家冯其庸,著名诗人臧克家,以及水浒研究专家马蹄疾、张惠仁、张啸虎,文化名人言恭达、沈同生等,他们创作的作品均在其中。

在纪念馆西侧还有耗资千万元建成的施耐庵书院。据传,施耐庵早年执教故里,罗贯中千里寻师,立雪"施门"。后来,施耐庵宦海沉浮,浪迹江湖。晚年回归故里,设馆授徒,并以张士诚起义为背景,精心撰写《水浒传》。仓显作了《施耐庵书院记》并陈列院中,陈述了施耐庵书院兴建之原委。

施耐庵纪念馆、碑林、书院,四面环水,荻港萧萧,广阔的水域上还建成了国家4A级景区中华水浒园。中华水浒园中有一座城堡式城楼,内有108尊梁山英雄仿真铜像。假山、水泊亭榭楼台,遥相呼应,奇花异草,茂林修竹。风光秀丽,景色宜人,气势之恢宏,令人拍案叫绝!

施耐庵公园及河滨水浒长廊形成了地方特色。2002年,大丰市政府在市区投资兴建的施耐庵公园,现已成为大丰市区一处重要的人文景观,在黄海之滨大放异彩。园内设有施耐庵雕塑广场、施耐庵史迹馆、仿真水泊梁山、梁山英雄塑像群。公园每年免费接待晨练爱好者60万人次,接待观光游客超过30万人次,连续多年受到江苏省、盐城市政府以及有关部门的表彰,先后被评为江苏省爱国主义教育基地、盐城市文明单位、文明示范窗口等。2004年,大丰市政府又投资数百万元,在长达数千米的大丰市河滨公园内雕刻了108个梁山好汉的汉白玉雕像,并分别配上吟颂水浒英雄的古典诗词,得到了广大市民的好评,被公认为是弘扬水浒文化的有力举措。

水浒文化学术研究成果斐然。近三十年来,大丰地区对施耐庵和《水浒传》的研究活动不断深入,使水浒文化达到了前所未有的繁荣。盐城市成立了水浒学会,大丰市成立了施耐庵研究会,专门研究水浒文化,先后出版了《盐城水浒学会会刊》《水浒杂志》《耐庵学刊》等刊物,大力宣传和弘扬水浒文化。其中施耐庵研究会主办的《耐庵学刊》已出版26辑,共400多万字,学会还编辑了《耐庵研究资料汇编》《施耐庵研究》《水浒事物杂考》等,这些宝贵资料已成为全国专家学者研究施耐庵和《水浒传》的重要学术资料。2015年,施耐庵研究会编印的《施耐庵研究论文集粹》和《施耐庵研究资料汇编》双双获得江苏省档案文化精品奖。水浒学会、施耐庵研究会、施耐庵纪念馆多次联合召开全国性学术研讨会,在海内外都产生了巨大影响。

三、彰显和发展水浒文化是一种历史责任

彰显和发展水浒文化具有重要的现实意义。水浒文化是先人留下的宝贵遗产,一部《水浒传》就是一部文化内涵极其丰富的百科全书。书中所反映的政治历史、军事斗争、社会经济、风俗民情、文化轶事等,跨越宋元两代,乃至明初。《水浒传》的内容及其衍生出来的水浒文化十分丰富、珍贵,值得后人好好吸收、发展和保护。

大丰是《水浒》作者施耐庵的故里,传承和发展水浒文化,是大丰人义不容辞的历史责任,也是大丰社会、经济、文化发展的一个增长点和强有力的推进器。位于大丰白驹的施耐庵纪念馆是以施氏宗祠为原型的古典建筑群,白驹南侧草堰是张士诚起义的发祥地,盐都便仓的牡丹园故主卞元亨是施耐庵的姑表兄弟。施耐庵、卞元亨都曾参加张士诚起义,施耐庵的《水浒传》又是以张士诚起义为原型而创作的。因此,草堰、白驹、便仓自然具备了形成水浒文化旅游带的有利条件。在加强水浒文化旅游景点建设的同时,可以打造出一批水浒文化产业,推出水浒文化的品牌产品。还可以借此对青少年大力开展爱国主义教育和优秀传统文化教育活动。

水浒文化的传承和发展任重道远。加强水浒文化这一非物质文化遗产工程的建设,需要各级领导和有关部门的高度重视和大力支持,需要全社会的共同努力。应不断加大对水浒文化的宣传力度,努力争取全社会的理解和支持,制定切实可行的整体发展规划,出台相关扶持政策,大力招商引资,着力提升盐城市水浒学会和大丰市施耐庵研究会的管理层次及社会功能,并在盐城高等院校增设水浒文化选修科目,培养造就一批研究水浒文化的专门人才,这样才能把水浒文化建设不断推向深入。

水浒文化植根于盐城大丰,它有着鲜明的盐城地方特色。水浒文化是前辈留给我们的精神财富,我们有责任将其进一步发扬光大。我们要充分利用彰显水浒历史文化的大好契机,努力打造出闻名世界的盐城大丰城市名片,为盐城地区经济社会的腾飞做出应有的贡献。

真假施耐庵墓

兴化市文体广电和旅游局　陈学文

施耐庵墓有两处,一处是真墓,一处是假墓。

真墓位于江苏省兴化市新垛镇施家桥村施耐庵陵园内。

明洪武三年(1370),施耐庵病逝于淮安,因家无余资,无力厚葬,临时安葬于淮安南门蓼儿洼。熟悉《水浒传》的朋友都知道,淮安南门蓼儿洼,也是宋江、吴用、花荣的葬身之地。

大约永乐十九年(1421),施耐庵之孙施述元家境渐渐宽裕,于是将祖父灵柩迁到兴化施家桥村东北首。此地为一垛岛,风水上佳。从高处俯视,就像狮子盘绣球。"施"与"狮"同音,施耐庵生前特意选定这里作为他的长眠之地。马蹄疾(陈宗棠)先生在施耐庵故里题词曰"狮球藏英骨,苇荡传水浒",说的就是这个意思。

施耐庵归葬施家桥之时,其孙施述元还请淮安人王道生写了《施耐庵墓志》。

施述元为何请王道生写墓志?一是淮安人王道生家与施耐庵客居之所仅一墙之隔,实际上就是邻居。二是王道生十分敬仰施耐庵,尤其佩服施公"虽遭逢困顿,而不肯卑躬屈节"的品性。三是王道生对施耐庵的生平及其著述比较了解。

民国初年兴化人胡瑞亭在调查人口时无意中发现了这篇墓志。他是个有心人,就写了一篇《施耐庵世籍考》,发表于1928年上海《新闻报》"快活林"栏目,至此施耐庵和他的墓才被世人所知。民国初年,兴化编纂《兴化续志》时,又将《施耐庵墓志》收入卷一补遗之中。

全面抗战爆发后,江苏大部分沦陷。1939年3月,江苏省国民政府迁至兴化。1940年夏,担任国民政府教育部常务次长的兴化人余井塘,委托曾担任过兴化县长、时任江苏省教育厅长的金宗华和江苏省民政厅长王公屿对施耐庵墓进行调查。金、王二人又邀请了学者钦鲍雨、戴长洲等组成10人考察团。他们先后考察了白驹施氏宗祠和施墓所在地施家桥,向施氏族人索阅了《施氏族谱》,又向当地农民做了详细了解。为一探究竟,他们让农民施宝喜、施宝宽等人掘墓,挖至五尺深时看到了三合土块和石灰糯米汁浇筑的墓壁。也许是天意,忽有紧急军情来报,考察团匆忙撤离，墓穴被覆上原土，施耐庵墓因而没有被破坏。余井塘接到考察团报告后，原本准备拨款修缮施耐庵墓，但因事起摩擦，修墓一事被搁置起来。

1940年秋，黄克诚率八路军南下，与陈毅、粟裕所部新四军会师于盐城，建立了苏中抗日根据地。兴化抗日民主政府县长孙蔚民是个文化人，他听说国民政府调查施耐庵墓一事未果，就继续展开调查。在他离任时，他向继任县长蔡公杰谈到施家桥是施耐庵写水浒的地方，至今施墓犹存。后来二分区专员陈同生也向蔡公杰提到施耐庵在故里创作《水浒传》的旧事，并对《水浒传》给予了很高评价。

蔡公杰继任不久便去凭吊施耐庵墓，却只见一抔黄土，四周杂草丛生，甚是凄清荒凉。蔡公杰当即产生了重修施墓的念头，并向二分区专员陈同生做了汇报。陈同生曾参与左联文化总同盟工作，对文化、文物工作比较重视，因而对此表示大力支持。

蔡公杰和县政府秘书叶芳渊请来了施氏族长施祥锦做了详尽面谈，并查阅了施氏族谱，确认了施墓的真实性。随后，县政府拨付小麦四十石作为修缮施墓的费用，并委托因病在施家桥休养的永丰区区长杨蒲仙具体经办。

施墓修缮工程于1943年春启动，1个月后即告竣工。

重修的施耐庵墓分为牌坊、土坟和墓碑三个部分。

牌坊为砖结构，有三门。正门横梁上刻有"耐庵公坊"四个大字，高约5米。土坟为圆形封土，高3.5米，直径4.5米。墓碑为白矾石，立于土坟前，宽0.38米，露出地表部分高1.4米，正面是陈同生所书："大文学家施耐庵先生之墓"，落款为"民国三十二年春兴化人民公建"。背面是叶芳渊执笔、蔡公杰署名的碑文：

> 夫稗官野史之流，传宇内者，莫不宣扬统治阶级之丰功伟绩，其为人民一伸积愫，而描写反抗情绪者，殊不多觏，有之，惟《水浒传》一书而已。
>
> 《水浒传》作者施耐庵先生为苏人。余于癸未春衔命来宰兴化，时国难方殷，倭寇陷境，县市城镇，悉沦敌手，我政府乃于广大农村中坚持焉。
>
> 邑之东北隅有施家桥庄者，施氏之故庐也。考施氏族谱所载，先生避张士诚之征而隐于此。施氏之墓在庄之东北，以年久失修，一抔黄土，状殊冷落。余慕先生之才志，盖能寄情物外，其书中一百零八人之忠贞豪迈，英风亮节，洁身于当时腐窳政治。乃今世为一己利禄所趋，而出卖民族，腼颜事仇之汉奸，相去悬殊。至若文词隽妙，尤其余事也。余酷爱《水浒传》之含义深刻，尤慕先生之萃励襟怀，爰重修其庐墓，以为后人风，或不为非乎。于竣工之日，因题其颠末。
>
> 中华民国三十二年岁次癸未，广陵蔡公杰题。

1958年，在施耐庵墓南偏西200米处，出土了施耐庵之子施让的地照。1978年在施让墓西南150米处，又出土了施耐庵之曾孙施廷佐的墓志铭。这两件地下文物的出现，很大程度上佐证了施耐庵墓的真实性。

除了真墓，施公耐庵还有一处假墓，位于张家港的河阳山。

河阳山在张家港南部，处于凤凰、港口、西张三镇交界。河阳山南距常熟15公里，北距长江口岸10公里许。山势呈西北至东南走向，山中风景优美、名胜众多。

在河阳山地区，长期流传着关于施耐庵的传说，而且数量较多，以包文灿为首的有心人共搜集到 40 多份材料，内容十分丰富，既有施耐庵写《水浒传》的传说，也有施耐庵除暴安良、扶贫济困的故事，还有表现施耐庵学富五车、通晓天文地理的掌故和反映施耐庵与亲朋好友交往的逸事。比较有影响的如《天罡地煞仿罗汉》《"鼓上蚤"的出典》《黑旋风喊冤》《施耐庵巧计镇贼党》《撞官船有赏》《赋诗惩恶少》《秉公断案》《种童子糯的传说》《赠画济贫》等。据悉，"施耐庵在张家港的传说"已经列入苏州市非物质文化遗产项目。

在河阳山地区的民间传说中，施耐庵在张家港的行迹主要为两件事：一是在永庆寺写水浒，二是在滚塘岸等地当塾师。

河阳山有座永庆寺，相传已有 1700 多年的历史，始建于东吴赤乌年间，是"南朝四百八十寺"之一。据史料记载，寺庙占地面积 80 多亩，寺内建筑物众多，大雄宝殿、天王殿、三圣殿、弥勒殿、藏经楼、罗汉堂等等一应俱全。

相传施耐庵与永庆寺的当家和尚相友善，他 60 多岁隐居河阳山时，借住在永庆寺文昌阁，奋笔疾书写《水浒传》。文昌阁至今犹在，景点说明牌上有如下文字：

> 县志记载：《水浒传》作者，苏州进士施耐庵曾住在寺里文昌阁楼上，白天在门口摆个测字摊，夜里关了门在阁楼上写书。《水浒传》里的三十六员天罡，就是三十六尊大罗汉形象，七十二员地煞，就是七十二尊小罗汉形象。书中《洪太尉误走妖魔》一节中写到的'伏魔殿'，就是罗汉堂后面的生死殿，阁内供有文曲星、文昌帝君圣像，供莘莘学子瞻礼祈求聪明智慧。

滚塘岸位于河阳山西边，徐家是这里的名门望族，施耐庵与徐家主人徐捷是故交。徐捷不是一般人，他原籍河南开封，后迁居苏南，退休前曾担任元朝海道都漕运龙虎上将军一职。据徐氏后人回忆，施耐庵曾被徐家请来做塾馆先生。因他学识渊博、教导有方，为徐家培养了一批有文化的后辈，徐家对施耐庵十分尊崇和感激。徐家曾收藏有施耐庵的铜印私章、砚台各一方，亲笔书写的田契一张，为这段传说提供了实物佐证。

河阳这个地名，施耐庵其实已经写进了"水浒"。《水浒传》第二十九回，武松一路喝酒，来到快活林酒店门口。原著写道：檐前立着望竿，上面挂着一个酒望子，写着四个大字——河阳风月。施老爷子是不是以此纪念他在河阳山的那一段岁月呢？

后来，施耐庵离开河阳山，回到故里兴化。因为害怕朱元璋迫害，又到淮安隐居，最终客死他乡。河阳山徐氏听到消息，即在永庆寺文昌阁旁为施耐庵修筑了一座坟墓，以表达对施耐庵的感激之情。这个墓实际上是衣冠冢或者叫招魂墓。虽然是个假墓，但据说还是很有规模。墓前有石台、石鼎、甬道，比施家桥的真墓有气势多了。据《常熟地方小掌故》记载："恬庄西有河阳山，山南有文昌阁，相传其旁有明初施耐庵墓。"这也验证了，民间传说中的施耐庵衣冠冢或招魂墓是真实存在的。

可惜的是，1957 年，施耐庵的招魂墓在一场"旱改水"的运动中被毁，只留下洗砚池、醮水潭等与施耐庵有关的遗迹。

施耐庵文物史料征集研究和文化建设工作回眸

张冰洁　张袁祥

1981年8月,根据江苏省人民政府柳林副省长和江苏省城建局秦庭栋局长指示,大丰县党政有关领导人指令县文教局、城建局和白驹人民公社组织成立施耐庵文物史料征集办公室并开展相关工作,旨在为兴建施耐庵纪念馆提供依据,以及为纪念馆建成后提供各种原始文字和实物资料。

办公室人员艰苦务实、努力工作,至翌年4月征集到的材料有:《施氏家谱簿》、施耐庵在白驹写《水浒传》所需民间故事和有关历史遗存的旁证材料数十篇、《施氏族谱》五册(泰州施氏族系)、施氏宗祠祖堂《木榜文》、施氏宗祠复原图、"苏迁施氏宗"木主、施子安残碑、施氏宗祠石鼓(户对)、"施奉桥地券""施□桥地券"各一块、施槐林木主等。工作人员还调查了施廷佐墓志铭砖的确切下落。以上成果组成了20世纪80年代"施耐庵文物史料"的全部内容,为后来论证施耐庵故里所在地和在大丰白驹兴建施耐庵纪念馆打下了坚实基础,为学术界运用文物史料考证《水浒传》作者开创了新纪元、树立了新里程碑,并为大丰水浒、施耐庵文化和景点建设绵延不坠确定了基础。

一、大丰施耐庵文物史料征集研究工作

1981年8月中旬,大丰县政府高继宽副县长、县委宣传部张良明副部长等作为这一工作的负责人,指令县文教局陈云飞、张袁祥、王树祥和白驹公社李天安、杨任远,县城建局唐国政,县种子公司施友道(施耐庵后裔)组织成立文物史料征集领导小组,下设办公室,办公室由赴白驹的张袁祥主持工作,白驹当地的董兆鹏、陈远松为办公室工作人员,另有李元祥、曹秀琴、史庆普、王骏、樊春华、杨永进、刘礼垠、陈远岳、朱子丰等18人为办公室组成人员,作为协助配合开展这一调查征集工作的非固定工作人员。

办公室调查工作本着"求多求精、求实求真"的原则,进行了大量、细致的调查工作,足迹遍及大丰、东台、兴化、盐城、泰州等县市和上海—南京沿线,行程1500多公里。工作人员找线索,访遗老和施氏后裔,挖掘遗物、核实资料,对有关文物史

料进行征集、收藏,并得到了南京博物院、南京市博物馆、苏州博物馆和大丰县志办的热情帮助。至翌年4月初,办公室终于卓有成效地完成了全部文物史料的征集工作。

1982年4月和8月,江苏省社科院和中国社科院分别召开了施耐庵文物史料论证会。

下文将对相关重要文物的史料出处和相关评论进行介绍。

(一)《施氏家谱簿》

该谱由办公室指派陈远松、施华松(白驹公社食堂炊事员、知情人)至大丰大中镇和瑞大队施俊杰家征集。该谱推翻了"施耐庵子虚乌有""连施耐庵影子也没有"的片面观点,该谱世系为若干出土文物所佐证,印证了家谱的真实可靠性,连同兴化施家桥族墓地施耐庵墓的存在,一同证明这个施耐庵是大丰施氏族的祖先,历史上实有其人,他就是"元朝辛未科进士第一世始祖彦端公字耐庵"。到民国时期,兴化县县志才有相关记载,从此载入方志而成为正史。

(二)施耐庵的民间传说

相关传说广泛流传于江浙鲁有关地区,尤以江苏泰州、扬州、盐城、淮安和苏南江阴一带为甚。征集到的数十则传说,是施耐庵其人在白驹存在的证明,民间文学形象的施耐庵急公好义,永远留在了人民心里。20世纪80—90年代间,河北人民出版社、河北少年儿童出版社、台湾智茂文化有限公司先后三次出版(包括再版)发行的张袁祥、胡永霖搜集整理的《施耐庵的传说》专著以及江苏美术出版社正式发行的张袁祥文、郭荣绘画的连环画册《施耐庵》等专著计10.53万套,这些专著连同张袁祥在中国社科院明史专家王春瑜指导下撰写的《施耐庵文物史料调查报告》,由大丰县人民政府魏翠萍副县长、蒋振华文化局局长,在张袁祥、蔡玉芳陪同下面呈柳林副省长,并获得好评。柳林副省长当即批复指令省建委、省文化厅拨款建设施耐庵纪念馆。施耐庵纪念馆能在1993年建成,民间文学工作者功不可没。"施耐庵与'水浒'传说"于2009年被列入江苏省非物质文化遗产民间文学类的名录,张袁祥(连同申报单位施耐庵纪念馆负责人窦应元)为代表性传承人。

(三)白驹施氏宗祠总复原图及石鼓和宗祠残石刻宗祠石匾

由白驹小学教师杨宜官和复旦大学校长办公室主任、白驹人喻蘅根据白驹北街施氏宗祠原貌回忆绘制而成。历史上白驹确有施耐庵其人及家族存在,这为兴建施耐庵纪念馆建筑提供了资料。在白驹北街一围墙内,工作人员找到了1946年拆毁的原施氏宗祠石鼓(户对)及另外的施氏宗祠残石碑,它们证实了以施耐庵为祖先的施氏宗祠在白驹北街历史上确实存在过。

(四)施氏宗祠《木榜文》

由张袁祥在大丰通商友民村向村民、施氏后裔施保国征集。《木榜文》叙述了宗祠始建及修理情况,包括记述施耐庵生平和写《水浒传》等情况的文字,佐证了流传于民间的关于施耐庵的故事出处及来源。《木榜文》及相关民间传说之间构成相辅相成的互补关系。

（五）《施氏族谱》五册

由张袁祥、陈远松在泰县大伦公社洋桥大队红旗生产队施氏后裔、村民施友章家征集。该施氏族谱从侧面论证了明代初期苏州阊门确有不少居民是苏迁移民，分别迁移至泰州、扬州和盐城地区，也证实了施耐庵是苏迁移民的说法具有真实可信性。

（六）"苏迁施氏宗"木主

由陈远松、樊春华二人于20世纪80年代初前往兴化县合塔公社胜利大队第六小队向施氏后裔、村民施文秀家征集。该文物准确地与其他文物相互印证：木主上的施氏始祖是施耐庵，二世是施耐庵的儿子施以谦（施让），以及木主上的施耐庵和其他族人的存在是真实可信的（该木主即牌位。20世纪50年代，学者聂绀弩曾对此进行过考察）。

（七）施子安残碑

由杨宜官在原施氏宗祠遗址上捡到。根据老人回忆，残碑原在宗祠后殿东墙根脚下竖立，是高1.2米左右的碑石上的一块残碑。碑石上的碑文内容不可知（尚找不到回忆人），但它印证了施氏家谱的真实性，家谱载十二世孙施子安。

（八）施廷佐墓志铭砖

根据有关信息，1981年9月8日，张袁祥与王骏、董兆鹏、陈远松等数人，从白驹乘坐小柴油发动机小木船，至兴化县新垛公社施家桥大队社员（村民）施庆满家，发现了施廷佐墓志铭砖。张袁祥等人初步判断，墓志铭砖有160余字尚可辨认，其他字已无法辨认。根据铭文有关于施彦端（即施耐庵）的一些史实记录，可知此砖有考证施耐庵的价值。张袁祥考虑到大丰与兴化两县的关系，认为不便征集，于是叮嘱施庆满通知兴化县文化部门派人来征集收藏。

上述文物史料已保存在白驹施耐庵纪念馆，并在后殿展出。有的文物史料已成为国家级文物。

二、大丰学者学术研究论文成果

1981年12月至1982年4月，因施耐庵文物史料征集成果由王春瑜在《人民日报》《光明日报》发文介绍，江苏省社科院在大丰召开"施耐庵文物史料考察座谈会"以及赤布（原名吕继仪）等记者首先在《光明日报》等报刊发文报道相关成果，很快形成了全国论证施耐庵学术问题的高潮。与施耐庵和《水浒传》相关的文章在全国各大报纸杂志上铺天盖地发表，引起社会广泛关注，形成了学术界从未有过的大争论"施耐庵热"。

大丰文化、文史工作者王树祥、沈廷栋、张袁祥、姚恩荣、王同书、黄同诞等同志于1981年年底首先在有关刊物上发表了关于施耐庵其人的民间故事、论文和通讯报道及其他样式文学作品；1985年，由县政协牵头的施耐庵研究会正式成立，刘兆清会长在之后几年中团结县内外专家学者开展施耐庵文物史料研究工作，形成了数百篇学术论文，为大丰兴建施耐庵纪念馆起到了呐喊的作用。大丰能兴建施耐庵纪念馆，研究会功不可没。

研究文章分通讯报道、讲话报告、施耐庵研究专题以及新人新作（专著）等类型。对有关撰文人，可做如下简述（大致以时间为序）：

通讯报道：张袁祥、王同书、姚恩荣、陈实、施金根、仓显、窦应元、陆碧波、浦玉生、丁日旭等人的报道多篇。

讲话报告：喻蘅、刘兆清、黄德茂、陆燕池、王立功、杨任远、黄同诞、施金根、陆碧波、浦玉生、仓显、袁国萍、陈仕祥等人的讲话多篇。

施耐庵文物史料研究专题：喻蘅、张袁祥、王同书、黄同诞、刘兆清、刘人庆、周廉明、邹迎曦、顾正奎、仓显、陆碧波、浦玉生、窦应元、丁日旭、樊春华等人的学术论文多篇。

从《水浒传》、张士诚起义来研究施耐庵：喻蘅、王同书、刘人庆、周廉明、黄同诞、仓显、浦玉生、张袁祥、陆碧波、邹迎曦、窦应元、丁日旭等人的学术论文多篇。

民间文学：王树祥、沈廷栋、顾正奎、张袁祥、胡永霖、王达银等多人多篇。

新人新作：有张袁祥、刘兆清、王同书、周廉明、施金根、刘人庆等多人多篇。

浦玉生同志的学术研究著作甚丰，他运用民间文学、学术研究、传记文学等样式综合手段，著有《千秋人才——施耐庵小传》《施耐庵的故事》《草泽英雄梦——施耐庵传》等专著。值得一提的是，他在学术研究上另辟蹊径来论述施耐庵的代表作，如大丰政协汤小山为主编、他为执行主编的专著《张士诚》，表现了其不拘一格的学术研究风格，令人刮目相看。他说服盐城市委书记，于本世纪初在盐城市内建成了水浒文化博物馆。

浦玉生作为中国水浒学会副会长、盐城市水浒学会会长，积极组织盐城市内外的水浒研究专家学者开展学术研究活动，举办2016年在大丰召开的中国水浒学会年会，出版盐城市水浒学会会刊《水浒杂志》，编印出版关于表现水浒文化的文集、画集等工作。

大丰自1985年以来研究施耐庵，影响着水浒学术界，也有大丰政协副主席刘兆清兼任大丰施耐庵研究会会长的功劳。第七届研究会陈仕祥专任会长，调动一切力量，进一步深入组织开展研究活动，使学会继往开来，进入了研究施耐庵的新时代。

三、施耐庵故里水浒文化、景点建设

自1981年8月始，大丰县委县政府和政协以及文化教育、城建等有关部门积极开展施耐庵纪念馆兴建筹备工作，经过10多年的努力，于1993年在白驹建成了施耐庵纪念馆。在筹备兴建施耐庵纪念馆10余年的工作中,大丰党政机关领导和有关部门为此不懈努力,保证了纪念馆的顺利建成。其中,文物工作者张袁祥亲自陪同县政府魏翠萍副县长、政协刘兆清副主席、文化局蒋振华局长,并与杨任远和唐国政、蔡玉芳主任多次赴省有关部门陈述,请求建馆;王立功副县长为建馆筹资运筹帷幄;王凯、曹凯钵、钱继业、马骏、谢天德等多人先后若干次向北京有关部门和省政府、省城建局、省文化厅请求拨款兴建纪念馆。上述人工的工作成效显著,令人不可忘怀。为使纪念馆更具规模,有关部门和白驹政府领导等不断努力,终于建成了施耐庵书院、碑廊等建筑,构成了蔚为壮观的纪念馆周边环境和施耐庵故里4A级旅游景点。县城人民公园则被改建成施耐庵主题公园,有水浒文化宫、施耐庵塑像和施耐庵写"水浒"的雕塑为匹配,为游人和城镇居民参观和游览胜地。在城区河滨公园的河边护栏杆上刻有108块水浒人物浮雕,为大丰县城增加了文化氛围。多年来,表现施耐庵题材的文学艺术作品、学术刊物、展陈雕塑作品、影视作品、碑文碑刻等不断出现,极大地丰富了大丰人文文化。现对有关工作大致做如下介绍:

(一)学术刊物

以《耐庵学刊》为主的学术刊物和一些文艺性成分的综合刊物有极强的生命力。自1985年以来,刘兆清为主编,王同书、朱金波、仓显为副主编,出版了二十四期《耐庵学刊》,还出版了专著《施耐庵研究论文集萃》《吉光片羽》和其他多册专著。陈仕祥为主编,仓显为副主编、张袁祥为封面设计出刊了第二十五、二十六、二十七期学刊,其中第二十七期为《施耐庵研究史略》(刘人庆编著),为日后施耐庵研究提供了可资征信的、比较符合实际的文字材料,永存施耐庵研究史册。耐庵学刊影响遍及海内外,为全国研究施耐庵及其作品《水浒传》的重要期刊。

(二)展陈雕塑作品

仅施耐庵纪念馆和书院布展就有6次,其展示效果为施耐庵纪念馆的展示和宣传确立了极好形象。参与布展的过程:第一次由张袁祥编写布展文本,由县文化馆张重光、郭鸿俊、邱枫林、陈许、杨艺庆组成美工组完成布展任务,很好地配合了大丰召开的全国"施耐庵文物史料考察座谈会",并在县文化馆展出多年。第二次由张良明、童斌与张袁祥一起参与编写布展文本,亦由文化馆的上述美工组(王忠皓参与)完成了布展任务。第三次窦应元负责和指导,张袁祥负责布展文本编写和总体设计,运用最新的电脑喷绘手段制作展陈版面,成功完成了布展任务。第四次由窦应元牵头,张袁祥执笔,王立功、仓显等人编写布展文本,南京杨大仁中标完成布展任务。第五次由杨艺庆等人根据第四次布展文本负责招标,完成布展任务。第六次施耐庵书院土建工程由白驹政府负责施工,窦应元、丁日旭主持布展,七彩虹公司中标,张伟、张磊等为布展总设计,在建设方责任人窦应元、丁日旭的悉心指导下,张袁祥、杨艺庆作为顾问和艺术总监完美完成陈展任务,该次建设和布展赢得了领导和社会各界的好评。

施耐庵主题公园内的水浒文化宫由张袁祥一条龙负责布展,仓显、刘泰隆、江秉钧、邱枫林、胡永霖、宗进协助完成。有关公园内施耐庵的文字和雕塑由张袁祥设计和拟文镌刻。

河滨公园护栏一百零八将水浒人物浮雕由大丰二中朱春和老师负责完成。

施耐庵书院和施耐庵故里4A级旅游景点的建成离不开区文广新局和白驹政府做出的努力。

(三)影视作品

1996年,盐城电视台播出了浦玉生和张袁祥撰文的《施耐庵寻踪》专题片。2004年6月,中央电视台《走遍中国》栏目播出了中央台摄制的《施耐庵与白驹》。2015年,张袁祥为编剧执导、如日方升传媒公司张伟摄制微型电视剧穿越时空故事《施耐庵与水浒人物》,迄今仍在施耐庵书院内滚动播放。

(四)碑文碑刻

在施耐庵纪念馆的碑廊和施耐庵书院内,除施耐庵相关资料之外,还有仓显、张袁祥、李生甫的铭文、绘画、诗词等文艺作品,丰富了纪念馆的地方文化。

对《明代小说史》中施耐庵里籍论述的评析

江苏省兴化中学　任祖镛

中国社科院文学所孙一珍研究员的专著《明代小说史》共有44万余字,原本为20世纪80年代国家重点项目十四卷本文学史中明代卷小说书稿,1991年完成并交予明代卷主编刘世德先生,后未出版,而书稿被主编丢失。作者后据保存的残稿修复,于2012出版。

自原稿完成到出版,中间隔了21年。这期间,学界对《水浒传》作者施耐庵里籍的研究产生了不同观点,有施耐庵是浙江杭州人还是江苏人、江苏盐城大丰人还是泰州兴化人等不同论述,众说纷纭。孙一珍研究员在《明代小说史》第五章"施耐庵与水浒传"第一节"施耐庵的生平"(第125页),对此问题有以下简述:

> 近来江苏又发现一批文物,主要有大丰县施家桥出土的《施让地券》《施廷佐墓志铭》《施氏家簿谱》,苏州博物馆还存有《顾丹午笔记·施耐庵》。依据这些材料和有关调查报告,可对施耐庵生平作一勾画。
>
> 施耐庵,名子安,又名肇端,字彦端,耐庵为别号。江苏兴化人。后迁徙大丰县白驹,曾流寓钱塘。[①]

这一段论述中有亮点,即明确施耐庵是"江苏兴化人",也有两处瑕疵,故予评析。先析瑕疵,后评亮点。

一、"大丰县施家桥"表述有误

历史上施家桥在兴化县白驹场境内,民国时期建白驹镇,施家桥属兴化县白驹镇。1951年设大丰县,以串场河为界,河东划归大丰,河西仍属兴化,两县隔河相望。因兴化县白驹镇地域横跨串场河,河西地域(包括施家桥)仍在兴化境内;河东白驹镇地域,因有白驹镇政府治所,属大丰后仍名白驹镇。所以,原兴化白驹镇与今大丰白驹镇所辖地域范围并不相同,虽都称"白驹镇",也都简称"白驹",但并不

---

① 孙一珍.明代小说史:后记[M].北京:中国社会科学出版社,2012:124.

是同一概念，不能混为一谈。现在有些研究施耐庵的文章认为白驹镇"原属兴化，现属大丰"，这并不准确，因为原白驹镇地域中，串场河西仍属兴化，河东才属大丰。与施耐庵有关的地名如"大营""施家桥"等，过去属兴化白驹镇，现仍在兴化境内。研究者如果不了解1951年设大丰县时兴化白驹镇地域的划分情况，往往会误以为原兴化白驹镇就是今大丰白驹镇，从而以为原兴化县白驹镇的施家桥也属大丰县了。

不过，孙研究员文中出现这一瑕疵，与某些论文的误导有很大关系。一些研究文章，把大丰设县前的兴化白驹镇地域说成是属大丰的今白驹镇。如中国社会科学院历史所研究员、盐城建湖籍学者王春瑜先生，他在《施耐庵故乡考察记》①中，引用台湾赵知先抗战胜利后访问施耐庵故里而写的文章《施耐庵的故里及遗迹》，赵文开头云："施耐庵先生，是江苏省兴化县白驹镇（笔者按：今白驹镇属大丰县）施桥村人。"王研究员在赵文"兴化白驹镇"后加注"笔者按：今白驹镇属大丰县"这一注释并不准确，其实"兴化白驹镇"与"今白驹镇"地域有别，不是同一概念。作为资深历史学家，又是紧靠兴化的建湖籍人，他也没有弄清大丰设县时兴化白驹镇划分的情况，就在赵文"兴化县白驹镇施桥村人"中间加了这个"按"，把"兴化县白驹镇"全划给大丰县，从而令人产生了施桥村必然也属大丰的印象。

所以孙研究员文中提到"从大丰县施家桥出土的《施让地券》"（即"施让地照"）时，虽然注意到施让地照出土于兴化施家桥村郊，在施耐庵墓东南约200米处的施让墓，但被一些文章误导，以为施家桥属大丰，从而出现"大丰县施家桥"这一瑕疵，实在不足为怪，误导的文章难辞其咎。近年来仍有考证文章认为《施让地券》出土于大丰县，如盐城市大丰区陈仕祥、仓显所著论文《施耐庵遗存考》的第五部分"施让地照"中有如下内容：

> 一九五八年大丰县施家大队平整土地时，在施耐庵墓南约八十米处，挖出施让墓，发现棺材一口，施让地照一块及碎瓷。一九六二年，南京博物院派人前来清理了施让残墓。
>
> 地照为拓片本，原物在"文革"中遗失，拓本存兴化。②

文中存在几处错误。如"大丰县施家大队"应为"兴化县施家桥大队"，"在施耐庵墓南约八十米处"，应为"施耐庵墓东南约200米处"。文中所述施让地照的发现与清理经过也与事实不符，明明是省文化局、省文联领导派周正良、尤振尧、丁正华等同志到兴化，由兴化赵振宜等同志负责，协同工作，清理了施让残墓，此事有赵振宜领衔的6位报告人的《清理施让残墓文物及继续调查施耐庵史料报告（节录）》为证③。《施耐庵遗存考》中却说成是"南京博物院派人前来清理了施让残墓"，"前来"何处？省去宾语，按文中意思当是"大丰县施家大队"，而非兴化。而事实情况是，施耐庵墓、施让墓都在串场河以西兴化境内的原兴化白驹镇，后来属于新垛公社施家桥大队，怎么会飞到串场河以东的大丰去呢？连今天的大丰研究者都还未

---

① 王春瑜. 施耐庵故乡考察散记[N]. 光明日报，1982-04-25.
② 陈仕祥、仓显. 施耐庵遗存考[C]//水浒争鸣(第十八辑). 郑州：中州古籍出版社，2020：73.
③ 江苏省社会科学院文学研究所. 施耐庵研究[M]. 南京：江苏古籍出版社，1984：43.

搞清施让墓所在地的归属情况,无怪 2012 年时,远在北京的孙研究员的文章中会出现错误表述了。

二、"后迁徙大丰县白驹"有误

孙研究员文中出现上述瑕疵,可能与未分清"白驹"在不同时期分别是三个地名的简称有关。因为简称"白驹"的地名在不同时期的内涵与外延不同。如果不明"白驹"简称变迁的历史,往往会误以为历史上称"白驹"的兴化白驹场或兴化白驹镇都是指今大丰白驹镇,加上有些论文偷换简称"白驹"概念的内涵,与兴化切割,以达到"去兴化化"的目的,这就造成了误导。

历史事实是:宋、元、明、清时期"白驹"是"兴化县白驹场"的简称;民国时期设"兴化白驹镇","白驹"又是"兴化县白驹镇"的简称;1951 年大丰建县后,"大丰县白驹镇"也简称"白驹"。因此我们对简称"白驹"的地名要根据所处的不同时代,判断其是指"兴化白驹场""兴化白驹镇"或是"大丰白驹镇",才不会出错。例如《续修兴化县志·文苑·补遗》载《施耐庵传》开头云:"施耐庵,原名耳,白驹人",这里的简称"白驹"就是兴化县白驹场,绝非今大丰县白驹镇。如判别不清,必然会有失误。

孙研究员说施耐庵"后迁徙大丰县白驹",既然是属大丰县的简称"白驹",就应指如今的"大丰白驹镇",而非施耐庵生活时代的兴化县白驹场。但明初哪来"大丰县",哪来"白驹镇"? 因而这一论述必然有误。

为此,我们必须了解以下三点。

首先,要了解古代"白驹场"的隶属与管辖范围。

如对这一情况不清楚,就会误判。白驹场作为盐场,并非正式的行政区域,加上盐场内"民(籍)、灶(籍)同乡"(嘉靖《兴化县志·赋税》),其管理一直是条块结合,"缘古制,县、场分治"(《兴化县志》)。场治就是盐场的盐课司管理盐丁和盐课,上有"分司"与"两淮都转运使司"等盐政管理机构,这是"条条管理",与盐场地域所在县无关。盐丁也称灶户、亭户、亭人,属"灶籍"。而"亭户""灶户"等称谓由来已久。唐代肃宗乾元元年(758)"置盐院",以"游民业盐者为亭户"(《新唐书·食货志》),《宋史·食货志》则云"鬻盐之地曰亭场,民曰亭户,或谓灶户"。明洪武初年,户籍主要分为"军、民、匠、灶"四类,分类管理,军籍归卫所,民籍归有司(地方政府),匠籍归工部,灶籍归盐课司。后都登入"黄册",并"解南京户部入后湖藏之"(《续文献通考·卷之二十》)。

明嘉靖《惟扬志·卷之九·盐政》记载,明代泰州分司治所在泰州北关,所管富安、安丰、东台等十场的盐课司驻地在泰州宁海乡或东西乡;而白驹场和刘庄场虽属淮安分司,但这两场的盐课司驻地在泰州东西乡三十五都,因此《明史》说盐丁张士诚是"泰州白驹场亭人"。这个"亭"字明确张士诚是"灶籍",盐课司驻地为泰州东西乡,故称"泰州白驹场"。

"县、场分治"的县治,指盐场地域除盐政外的事务归县管理,符合"属地管理"通则。白驹场地域从宋代至 1951 年大丰建县前,一直全部在兴化县境内,所以宋代至清代间,白驹场的民政、司法、民户户籍与赋税、科举考试、水利、疆域等皆归兴化县管理,称"兴化县白驹场"。史料记载,北宋天圣三年(1025),兴化知县范仲淹曾撰《兴化县白驹场关圣庙碑记》,记中云:"淹承乏兴邑,偶以修捍海堤至白驹,士民环庭以候庙碑记请予。"①当时他已把"兴化县白驹场"简称为"白驹",可见这一简称由来已久。

能查到的碑记还有:清乾隆年间兴化知县林光照所撰《重修关帝庙记》,以及同治四年(1865)淮北监掣府调署两淮泰州分司武祖德所撰《重修兴化县白驹场关帝庙碑记》。范仲淹先任泰州西溪盐仓监,作为盐官为了修捍海堰,调任兴化知县;武祖德当时任泰州分司盐官,他们对白驹场的归属管理必然相当了解,因而碑名都称"兴化县白驹场"。林光照所撰碑文标题虽未写"兴化县",但文中称,因需修葺,前任兴化知县吴琤曾"捐俸首倡",并得到"兴邑诸缙绅"等捐金。正因白驹场属兴化,才会有前任兴化知县、缙绅等为修庙捐款,现任兴化知县为之撰写碑记之事。可见盐场的归属十分清楚。

以上碑记证明白驹场在宋代、清代均隶属兴化管辖,而元、明两代亦然。元代虽然扬州、泰州、兴化等地的地方志阙如,无可查考,但有史实可证。元代兴化知县詹士龙到任后,因捍海堰失修,他请求上级批准,调集民夫"修筑捍海堰三百余里"(《四库全书·(明代宋濂)文宪集·詹士龙小传》、明嘉靖《兴化县志》)。如果白驹等盐场不在兴化县境内,上级绝不会批准他带民夫越界去修捍海堰。

《明史·地理志》在"高邮州"后标明:"兴化,州东。南有运河,东有得胜湖,东北有安丰巡检司,又东北有盐场。"一个"有"字,明确表明兴化东北的白驹、刘庄等盐场如宋、元两代一样,归兴化管辖。出土文物也可证明这一点。1955年出土的施耐庵九世孙施奉桥"地券"开头云,"今据大明国直隶扬州府高邮州兴化县白驹场街市居住(以下文字省略)";结尾写明立券时间是"万历四十七年岁次己未季冬月庚午吉旦"。券文"兴化县白驹场街市"与《明史·地理志》兴化县境内"东北有盐场"记载相合,可见明代白驹场也属兴化,按常规表述称"兴化县白驹场"可确定无疑。

其次,要研究元明时期白驹场的地理位置。

元明时期的白驹场究竟是在捍海堰以西,还是以东?宋、元时修复捍海堰的目的是"遮护民田,屏蔽盐灶",这是南宋孝宗淳熙八年(1181)淮东提举赵伯昌上奏章请求修捍海堰的原话(《宋史·河渠志第五十》)。而早在北宋时期,范仲淹修堰就是为了保护民田与盐灶。因此,白驹等盐场在宋、元至明初时期的地理位置都在捍海堰以西,如果盐场在捍海堰以东,就起不到"屏蔽盐灶"的作用。

从盐场边界看,明代白驹场"东北界于刘庄,东南界于草堰,西抵兴化海沟河"。(明嘉靖《两淮盐法志》)另据雍正《两淮盐法志》及《兴化县续志》有关文字记载:白驹场南界在今兴化合陈镇中东部的"界牌头"村,西至"海沟河",包括兴化今安丰、新垛、合陈等乡镇。今大丰白驹镇地域主体在捍海堰以东,只有捍海堰(明代称范公堤,今通榆公路)以西、串场河以东的一小块土地,属原白驹场地域,仅占"兴化白

---

① 兴化县续修县志局. 丁草刘白疆域属东驳议·第三·附录碑文[M].[出版者不详]:[出版地不详].1919:3.

驹场"面积的很小部分(约百分之二)。这方面笔者已有文论述,兹不赘叙。①② 有些研究者说白驹场在大丰境内,是以小代大。他们避开通称"兴化县白驹场",只按盐政管理称"泰州白驹场",与"兴化白县驹场"切割,造成白驹场与兴化无关的假象。如王同书在《施耐庵籍贯考证》一文中谈及"关于白驹和白驹场的隶属沿革、疆域、管辖范围"时说,"最早出现'白驹'字样的是《盐法通志》:泰州分司白驹场","《万历泰州志》:白驹场在泰州东西乡三十五都一里","现在白驹属大丰"。③ 其实,现存最早出现"白驹"字样的是北宋范仲淹的《兴化县白驹场关圣庙碑记》,而非"泰州分司白驹场";白驹场盐课司驻地在"泰州白驹场三十五都",嘉靖《惟扬志》有详述。王同书不引用,却引用行文简约的万历《泰州志》"白驹场在泰州东西乡三十五都一里",使读者误以为白驹场地域就在泰州东西乡三十五都,而不是"白驹场盐课司"驻地在泰州东西乡;收尾说"现在白驹属大丰",用简称"白驹",给读者造成错觉,以为现在属大丰的"白驹",就是历史上的"泰州白驹场"。难怪一些研究施耐庵的文章(包括网上文章)提到"白驹场"时往往加括号云"今属大丰",孙研究员文中说"后迁徙大丰县白驹",当是被简称"白驹"的模糊表述误导之故。

其实,"泰州白驹场"与"兴化白驹场"是同一地域,只因"县、场分治"而表述不同,"泰州白驹场"的主体至今在兴化境内。张士诚因是灶籍称"泰州白驹场亭人",并不代表"泰州白驹场"就在今大丰白驹镇;施耐庵是民籍,必然称"兴化县白驹场人"。有些研究文章说张士诚是"泰州白驹场人",省去"亭"字,已不妥当;又由张是"泰州白驹场人",推出施耐庵也是"泰州白驹场(现大丰市白驹镇)人",改施耐庵"民籍"为"灶籍",并把主体在今兴化境内的"泰州白驹场"注为大丰白驹镇,混淆地域,违背史实,很不应该。

再次,要研究施耐庵故居所在地。

如果施耐庵确实"后迁徙大丰县白驹",那么今大丰白驹镇必然有施耐庵故居。现在有些研究文章只说施耐庵墓在施家桥,而施耐庵故居则说成在大丰白驹镇"施氏宗祠"原址。

例如,王同书在《施耐庵籍贯考证》中说:"宗祠,根据多方面考证是由施耐庵故居改建的。"④然而史料记载并非如此。施氏宗祠是乾隆戊申年(1788)由施奠邦住宅改建。清咸丰五年(1855)第十四世裔孙施埁所写《建祠记述》中说得很明确:"其祠由国朝乾隆戊申(1788)先君文灿公与族伯美如公佮族祖奠邦公宅所改建者也。"可见宗祠是施氏十三世孙文灿(施埁之父)和如美出资把第十二世孙奠邦的住宅改建为宗祠,这些有《施氏族谱》可查,真实可靠。因此这一记载只能证明施耐庵第十二世孙奠邦住在白驹场街市(今白驹镇西侧小块土地)。何况宗祠是在乾隆戊申年改建的,距施耐庵去世已400余年。把第十二世孙的住宅说成是一世祖施耐庵的住宅,又找不到一点元末明初施耐庵故居在今白驹镇的记载,何以使人信服?我们能找到的是1989年才编印的《白驹镇志》第403页说"据云'施氏宗祠'原为施耐庵

---

① 任祖镛.施耐庵故里兴化白驹场施家桥新考[J].菏泽学院学报,2012,34(6):7.
② 任祖镛.《水浒传》作者兴化施耐庵新证[J].东南大学学报,2014(5):5.
③ 王同书.施耐庵籍贯考证[C]//刘兆清.施耐庵研究论文集粹.北京:中国文联出版社,2013:104.
④ 王同书.施耐庵籍贯考证[C]//刘兆清.施耐庵研究论文集粹.北京:中国文联出版社,2013:105.

故居三间草屋",请问是据什么史料所云?为何不写明出处?作为镇志用"据云"有失严谨,与王同书说"根据多方面考证"却未提供一点证据一样,都是虚晃一枪,误导读者。所以,孙研究员文中出现这一瑕疵,也不足为怪。

而事实情况是,施耐庵故居在兴化是白驹场施家桥(今新垛镇施家桥村)。兴化道光二十五年(1845)进士陈广德为《施氏族谱》所写序文云:"吾兴氏族,苏迁为多。白驹场施氏耐庵先生,于明洪武初由苏迁兴化,复由兴化徙居白驹场。其第二世处士君,杨一鹤先生曾为作墓志铭。及于施氏之自苏施家桥来迁,即场之田庐复名以施家桥,及施氏为先贤施子常之裔种种遗说,皆未载。"序中的"场"是"兴化县白驹场","田庐"指土地房屋,是施耐庵一家居住、耕种之处。1928年11月8日,胡瑞亭在《新闻报》发表《施耐庵世籍考》一文,谈到他因"奉公调查户口",通过询问施氏族裔,"更索观族谱",了解到"述元公重返故墟,迁其祖墓而葬"。①"墟"指村庄,"故墟"即"世代居住的村庄"即故里施家桥。1943年兴化抗日民主政府蔡公杰县长所写施耐庵墓碑文云:"邑之东北隅有施家桥者,施氏之故庐也。考施氏族谱,先生避张士诚之征而隐于此。施氏之墓在庄之东北……"这是蔡县长先"同施氏后裔族长施祥锦做了详尽交谈,并仔细查阅了施氏家谱",然后才论定:施耐庵隐居的施家桥有他的"故庐"(故居),从而写入碑文。这与陈广德的序文、胡瑞亭文章说法一致,他们都以族谱及施氏族裔的介绍为据,客观可信。后经施家桥的施氏族长、施耐庵十八世孙施宝安等6位后裔指认,施耐庵故居在施家桥村中心四面环水的高墩,形如巨砚的"砚台地",现已修复。

至于施耐庵的迁居情况,在兴化施家桥的出土文物《处士施公廷佐墓志铭》中已有记载:"曾祖彦端会元季兵起,播浙,(遂)家之。及世平,怀故居兴化,(还)白驹,生祖以谦。"彦端是施耐庵,"及世平"指明初江、浙已安定后,他怀念"故居兴化,(还)白驹"。用"故居兴化"表明他的故里在兴化;"还"是回到,"白驹"是"兴化县白驹场"的简称,就是回到兴化白驹场。

既然施耐庵已回到兴化白驹场故庐所在地施家桥,就不存在"后迁徙大丰县白驹"。因此,这一瑕疵应予订正。

三、评亮点:施耐庵是"江苏兴化人"

《明代小说史》中虽把兴化施家桥说成"大丰县施家桥",施耐庵"后迁徙大丰县白驹"的说法也有讹误,但孙研究员能据文物史料,明确判定施耐庵是"江苏兴化人",表现了学者的睿智与辨识力,难能可贵。

孙研究员的这一结论也与江苏学界的主流意见及国内很多学者的论述一致。由于中国社科院文学所是具有权威性的文学研究机构,孙研究员又是国家重点项目十四卷本文学史中明代卷小说书稿的撰稿人,她对施耐庵里籍的论述必然有影响力,这无疑是书中的亮点。

---

① 江苏省社会科学院文学研究所. 施耐庵研究[M]. 南京:江苏古籍出版社,1984:419.

就江苏而言,2002年5月21日至24日,在南京召开的"中国文化产业论坛"上,江苏省委副书记任彦申以《发展文化产业 建设文化大省》为题发表演讲,其中谈到"中国四大名著中,有三部出自江苏人之手,《西游记》作者吴承恩是淮安人,《水浒传》作者施耐庵是兴化人……"明确施耐庵是兴化人,新华网等多家网站转载了相关内容。

回良玉同志担任江苏省委书记后,于2004年"创建文化强省"报告中谈到江苏古代名人,明确指出"施耐庵是兴化人"。2014年9月8日,作为中共中央政治局委员、国务院副总理,他在《新华日报》头版发表了《我所认知的水乡情韵》一文,在第三部分"水性灵秀 融会贯通"中说:"四大名著中《水浒传》《西游记》均为江苏人所著,施耐庵是兴化人,吴承恩是淮安人……"后来该文收入他的散文随笔《七情集》①,于2014年出版。

2005年7月28日,江苏省省长梁保华同志在"发展旅游经济"的报告中明确指出:"施耐庵是兴化人。"他任中共江苏省委书记后,江苏人民出版社出版了他所著的《大道先行》一书,书中第282页再次明确:"兴化人施耐庵创作了《水浒传》,淮安人吴承恩创作了《西游记》。"

2011年由江苏省委书记罗志军任编纂委员会主任、江苏人民出版社出版的《江苏省志简编》,在序言中明确"兴化人施耐庵创作了《水浒传》"。

2016年以来,按时任江苏省委娄勤俭书记的要求,江苏省委省政府、省委宣传部集全省学者精英开始汇编《江苏文库》,现已出版《江苏文库·精华编》,其前言是南京大学人文社会科学资深教授、博导、教育部社会科学委员会委员莫砺峰与《江苏文库·精华编》主编、南京大学文学院院长、教授、博导徐兴无撰写的。前言中他们谈到"江苏的文学成就蔚为大观",在小说部分指出"长篇则有兴化(今泰州)人施耐庵创作的《水浒传》、淮阴(今淮安市)人吴承恩创作的《西游记》等"。文中在兴化后面加括号标明"今泰州",因历史地名有两个"兴化",古代福建有"兴化府",《四库全书》中就把明代兴化状元宰相李春芳说成"福建兴化人",现在《江苏文库·精华编》在兴化之后加了"今泰州",避免讹错,表明了江苏学界的权威观点。

值得重视的是,2002年以来,几位江苏省委、省政府的主要负责同志都谈到兴化人施耐庵创作了《水浒传》,特别是回良玉同志从中共中央政治局委员、国务院副总理岗位退下后仍撰文谈到"兴化人施耐庵创作了《水浒传》"。作为副国级领导人进行这样的明确表述,在国内绝无仅有,绝非偶然。以上情况所反映的正是国内和江苏学术界的主流观点与共识:《水浒传》作者施耐庵是江苏泰州兴化人。

就国内学界而言,对施耐庵里籍的论述,撮其要而言之:

2000年,上海大学博导、教育部高等学校中文科教学指导委员会委员、《中华文艺论丛》主编朱恒夫教授在《明清小说研究》增刊发表了《〈水浒传〉与江苏》一文,约2万字,论述的结论是"综上所述,《水浒传》的作者是江苏兴化人,是江苏的一方水土养育了这一位伟大的作家"。

---

① 回良玉.《七情集》[M]. 北京:中国言实出版社,2014:152.

2011年1月,东南大学艺术学院教授、博导王小洋等主编的高等教育通用教材《江苏地域文化概论》由东南大学出版社出版。书中第十一章"泰州地域文化"之"七、文艺才俊"(第142页)云:"施耐庵(约1296—1370),元末明初文学家,兴化(今兴化市)人,原籍苏州。取材北宋末年宋江起义故事创作古白话长篇章回体英雄传奇小说,艺术上取得杰出成就。"而第十六章"盐城地域文化"中只字未提《水浒传》与施耐庵。显然他们和孙研究员一样,是依据文物史料得出的结论,并将其编入高校通用教材。

2012年4月,在中国水浒学会、江苏省社科院、江苏明清小说研究会和兴化市政府联合举办的"纪念文化部关于施耐庵身世调查60周年暨《施耐庵文物史料考察报告》发表30周年学术座谈会"上,北京大学资深教授侯忠义先生的书面发言《施耐庵的故里在兴化》中说:"施耐庵的故里在兴化,现有两谱(《施氏家谱》《施氏家簿谱》)、两志(《施耐庵墓志铭》《处士施廷佐墓志铭》)可证。这些发现于1918年或1916年以前的史料和出土文物,在缺少功利思想的动机下,应该是可靠的、真实的。"

2012年10月,孙一珍研究员的《明代小说史》出版,也论述施耐庵是"江苏兴化人",所反映的正是国内学术界的主流观点。

这些论述经过20世纪80—90年代学界多次争论之后,到21世纪初尘埃逐渐落定,成为多数学者的共识,这也是历史的抉择和肯定,具有说服力。

盐城市政协原副主席、江苏省文史研究馆馆员、章太炎入室弟子周梦庄所著2014年4月编印的《水浒传事物杂考》第66页中,谈到多年研究"水浒传作者",得出的结论是:"施耐庵是兴化人可无疑。"周先生作为盐城籍资深学者,坚持施耐庵是兴化人,无疑是客观且实事求是的,他的结论与孙一珍研究员的论述可谓相得益彰。

《黄海明珠》中的施耐庵里籍及其他

浦海涅　望　海

浦玉生的新著《黄海明珠——大丰港从险滩恶走向深水大港之路》(简称《黄海明珠》)一书,于 2020 年 12 月由江苏人民出版社出版发行。这是第一部反映大丰港发展史的长篇"史记",被江苏省作家协会列为改革开放 40 周年重大题材文学原创工程。这样的一部长篇纪实文学,因为作者浦玉生长期研究《水浒传》,加之写于施耐庵故里的缘故,其中渗透着浓浓的水浒文化。

一、大丰港所在地的地域文化

大丰港地处盐城市大丰区境内,盐城有着深厚的历史文化底蕴。

盐城是一座襟湖临海、吴韵楚风的花园城市。在这里,既能感受星罗棋布的湖荡灵气,又能领略波涛逐浪的黄海雄浑。盐城地处秦岭—淮河一线,秦岭—淮河一线被认为是我国南方和北方的自然分界线,同时也是我国 800 毫米等降水量线、1 月份 0℃等温线、水田与旱地的分界线、水稻种植区与小麦种植区的分界线、华北平原与长江中下游平原的分界线。淮河在沟通南北的同时却又区分南北。这里的人们既有北方人的粗犷,又有南方人的精细,融汇"北雄南秀",有刚柔相济的品格。5000 年前,东台开庄、阜宁陆庄、东园村遗址都是良渚文化遗址,含有大汶口文化的因素,当地人把草木丛生的沼泽地开辟成水田,栽种了水稻。2100 多年前,三国东吴开创者孙权的父亲孙坚成为史料记载的第一位盐渎县丞,至今在盐城中学校园内还有盐城古八景之一的"瓜井仙踪"。元末明初之际,罗贯中跟随施耐庵浪迹江湖,罗贯中号"湖海散人"。清代《桃花扇》作者孔尚任在这一带治水,留下了一部《湖海集》,还在大丰写下《西团记》,其中记载近海小取工具很有特点,取捕者刳舟如葫芦,用长木平衡两侧,以桩缆固定于潮水中,网系舟尾,随潮起落,诱鱼投网捕之,纳于舱内水中。1941 年新四军在盐城重建军部,儒将陈毅在盐城创办湖海艺文社(诗文社)。湖风海韵是这一地域的文化个性和精神之质。中华人民共和国成立后,特别是改革开放以后,古老的城市获得了新生,迸发了活力。1983 年实行市管县体制之后,盐城进入了以城带乡、以乡促城、城乡一体、统筹发展的新阶段。

1988年3月,经国务院批准,盐城市区及沿海5县被列为沿海经济开放地区,随后又有153个卫星乡镇被省政府批准对外开放。伴随改革开放的大潮,盐城人民在中国共产党的领导下,锐意进取,奋发有为,盐城经济社会快速发展,城乡面貌和人民生活发生了翻天覆地的变化,成为了闻名遐迩的"一个让人打开心扉的地方"。盐城位于我国东部沿海中部,地处江淮地区,东临黄海,南与南通、泰州接壤,西与淮安、扬州毗邻,北隔灌河与连云港市相望。盐城有着得天独厚的土地、海洋、滩涂资源,是江苏省总面积最大、海岸线最长的地级市。全市土地总面积1.7万平方公里,其中沿海滩涂面积4550平方公里,占全省沿海滩涂面积的75%;潮上带1677平方公里,潮间带1610平方公里,分别占全省的64.6%、60.8%;海岸线长582公里,占全省海岸线总长度的56%。现有人口830万。1995年11月出版的《江苏省志·滩涂开发志》谈到:本区岸外沙脊群内侧,潮汐水道发育,建港条件良好。王港外的西洋潮汐水道大于-10米深槽向东北直通外海,且潮差较小……主槽稳定,具备建设万吨级以上大型海港的条件。

二、成语"逼上梁山"的发生地

大丰这片土地上是有故事的,施耐庵故里曾经是成语"逼上梁山"的发生地。

2016年5月,江苏省中华成语研究会会长、《江苏成语地图》主编莫彭龄教授一行来盐城召开文史专家座谈会,寻找盐城的中华成语发生地,以及与盐城相关的成语。中华成语中有原发生地的成语确实不多,但如果我们从施耐庵与经典名著《水浒传》生发开去,就能发现盐城成语的发生地、相关性和延伸性,由此打开了从名人、名著、传说、非遗等诸多方面寻找盐城成语元素的话匣子。

浦玉生认为,成语"逼上梁山"源于盐城市大丰区白驹镇。

施耐庵在大丰白驹镇北街33号家中写作《水浒传》时,对东京八十万禁军枪棒教头、都教头林冲的故事修改了好几稿,总是感到不满意。过去的历史资料中只有林冲的名字,并没有林冲的故事,施耐庵打算把林冲当作同情民间疾苦、憎恶统治阶层的武官来写,写他因受到官府的歧视,最后一气之后上了梁山。

施耐庵的夫人申氏看到他终日愁眉不展,便问他有何心事。施耐庵实话实说,并将那段故事讲了一遍:林冲是八十万禁军教头,只因带了娘子前往岳庙烧香还愿,娘子受了太尉高俅的螟蛉义子花花太岁高衙内的调戏,高衙内又与虞侯陆谦做下圈套,约林冲到酒楼饮酒,却把娘子骗到陆家,结果又被林冲救出。林冲是东京八十万禁军教头,娘子美丽温柔,家庭温暖舒适,如此社会地位和生活环境,使他虽然胸中常有闷气,"空有一身本事,不遇明主,屈沉于小人之下",但还是忍了。娘子光天化日之下被人调戏,他恼怒至极,举拳欲打,却因为调戏者是高衙内,手就软了。高衙内再次调戏他娘子,又设"宝刀计",诱他误入白虎堂,无辜获罪,刺配沧州,在野猪林险遭毒手,他虽然满肚子冤屈,还是忍了,他只想早点熬到出头之日,与家人团聚。可是,当官的非要治他于死地,直到火烧草料场、风雪山神庙,在家破人亡、自身性命不保、再也无路可走的残酷现实面前,林冲才上梁山入伙。

当施耐庵将故事情节说与妻子听时,妻子申氏听后说:"哎,这人不是被逼上梁山的吗?"施耐庵一听猛然醒悟,好一个"逼"字!对,就在这个"逼"字上做文章。于是他舍弃旧稿,重新构思安排,从第七回至十二回,写了林冲娘子受侮、林冲误入白虎堂、刺配沧州道,直到火烧草料场,处处突出一个"逼"字。

在梁山一百单八位好汉中,运气最不好、受磨难最多、最倒霉的要数林冲。林冲是被"逼"上梁山的第一位好汉,可以说是表现《水浒传》"逼上梁山"内容的代表人物。"逼"林冲的有高俅和高衙内,有林冲曾经的好友陆谦,有押解差人,有庄客,有沧州牢城的管营、差拨,有王伦,等等。整个社会都容不下他,整个社会都在"逼"他。有了这么多来自社会四面八方各阶层的"逼",林冲才义无反顾地上了梁山。陆谦、富安要下毒手,林冲就杀了他们;王伦不想留他,林冲就实行火并。倒了霉的运气反倒帮了林冲的忙,将他第一个"逼"上了梁山,成了震动朝廷的梁山泊英雄豪杰。这可能就是兵法上所说的"置之死地而后生"吧。

施耐庵的妻子申氏脱口而出的话语,后来成了成语,尽管这最初是民间故事,但来自施氏家史的口碑——"施耐庵与'水浒'"的传说,是省级非遗。这"逼上梁山"的成语发生地在盐城市大丰区,得到了莫彭龄先生的认可:"这个算!"

这就是中华成语"逼上梁山"的出处。所有《中华成语故事》都说这一成语来自《水浒全传》第十一回。《汉语成语词典》这样解释"逼上梁山":"施耐庵《水浒传》里描写北宋末年农民起义的故事中有林冲等人为官府所逼进行反抗,也用以比喻迫于某种情势而不得不做某件事或采取某些行动。梁山:地名,在今山东省梁山县。"今后的《成语辞典》若增加"逼上梁山"的发生地在盐城就对了,最好能在原址竖一个碑,让游人在白驹古镇旅游时驻足回味一下故事情节再走。

三、施公遗踪与梦幻迷宫

施公遗踪是盐城十景之一。施耐庵与水浒文化是盐城最具特色和最有影响力的文化品牌之一。盐城是施耐庵的出生地、《水浒传》的创作地。施耐庵是元末明初伟大的小说家,名彦端,字子安,号耐庵。妻原配季氏、继娶申氏,生子让,字以谦。据《施让墓志铭》记载,"鼻祖世居扬之兴化,后徙海陵白驹",其故居遗址在今盐城市大丰区白驹镇北街33号。据出土的施廷佐墓志铭记载"(曾)祖彦端会元季兵起播浙",与早先传世的明清笔记记载"钱塘施耐庵""元人武林施某"所述的时间、地望相吻合。1993年,国家文物局等单位拨出专款修建的大丰施耐庵纪念馆对外开放。2017年,建立在白驹花家垛、施家垛上的施耐庵故里景区中的中华水浒园成为国家4A级旅游景区。2016年,在市区盐渎明城建成的盐城水浒文化博物馆对外开放,并被评为江苏省首批中华文化海外交流基地之一。2020年,该馆与中国海盐博物馆等一起升格为国家二级博物馆。目前,该馆已经接待海内外观众300万人次。

国家4A级景区梦幻迷宫位于元末张士诚"十八条扁担"聚义处的草堰镇,其中七彩花田占地120亩。梦幻迷宫是一座集亲子体检、休闲益智、竞技娱乐、研学教育于一体的综合迷宫乐园,融合了以麋鹿为造型的植物迷宫、七彩花田、魔方露营基地等诸多元素。与此同时,还可在古镇北极殿遗址领略《水浒传》里的描写,遥想施耐庵是如何将张士诚写成宋江原型的。

四、白驹场的沿革与施耐庵里籍辨考

据史料记载,白驹境域早在隋唐以前即已成陆。自唐代淮南西道黜陟使李承主持建筑盐城至海陵的海堤,名"捍海堰"以来,可溯千年以上。唐初,堤堰上渐有煮盐人家利用茅草和芦苇搭起草棚,安身度日。滩涂上聚集的盐民多了,茅草棚子也多了,就起名叫茅棚镇。南北朝阮升《南兖州记》载,"沙洲长百六十里,海中洲上有盐亭百二十三所"。这个海中洲就是今盐城市东南部一带区域。到了唐代,朝廷在吴越楚闽蜀扬设立四场十监,其中就有涟水场及盐城、海陵两监在两淮。

宋初,此地因其紧靠大海,时显大海的幻影,经由一位贤士改名山海镇,属楚州盐城监。北宋年间,范仲淹重建捍海堰工程规模宏大,此堰后被称为范公堤。范仲淹作《白驹关帝庙碑记》一文时,已有"白驹"名称,但那时还没有称"场",显然没有"兴化县白驹场"之说。

白驹盐场既是一个历史概念,又是一个称谓广泛的地域概念,其存在有700多年时间,始建于五代十国,初名"北八游"。乐史《太平寰宇记》载:北宋初盐城监辖有九场,"伍佑、紫庄、北八游、南八游、丁溪、竹子、新兴、七惠、四安"。唐宋设置北八游场,北宋时属楚州盐城监。

宋室南渡以后,场置发生了大变化。先是王晌措置,创添五场,将紫庄改称刘庄。不久,吴献又将新添盐场废并。

元时,两淮盐区设有29场,从数量上看盐场并未增加多少,但是盐场的范围扩大了很多,产盐重心已由范公堤西迅速向范公堤东转移。元时建白驹场,地方行政属扬州路泰州海陵县(《大丰县地名录》1983年5月)。

明代两淮共设30场,由南向北分上、中、下各10场,分隶南通、泰州、淮安3个分司管辖。明弘治《运司志》载:白驹场里"北至淮安公司三百八十里,南至泰州"。明初,地方行政属泰州东西乡三十五都,明万历以后划归扬州府兴化县,天启时改属淮安府盐城县。明嘉靖《兴化县志》"疆域":"东至西溪场,一百二十里;西至高邮州河口,四十五里;南至蚌沿河,三十五里;北至盐城县界首铺,六十里。东至草堰场,一百二十里;西至高邮州,一百二十里。东南到泰州西溪镇,一百二十里;东北到白驹场,一百二十里;西北到盐城县沙沟镇(注:沙沟镇20世纪40年代划归兴化),六十里。"明嘉靖《兴化县志》"田赋"又说:"本县东抵草堰、白驹、刘庄等场运盐河。"显然白驹场不在兴化县管辖范围之内。

清朝前期,两淮所设盐场隶属关系等均与明代大同小异。自乾隆以后变化较大,乾隆元年(1736),因海势东迁,白驹场渐无海涂,古盐场卤气日淡,盐产下降,得不偿失。因此将白驹场并归草堰场。乾隆二十八年(1763),淮安分司从淮安迁海州,改称海州分司后,刘庄、伍佑两场,同时从淮安分司划泰州分司管辖。其实白驹场早在清顺治十六年(1659),奉文清查新涨淤沙,遂作沙荡升科。至康熙十六年(1677),就"地不产盐,灶不煎烧"。雍正《两淮盐法志》载:"白驹场东至戚家团,西抵兴化海沟河,南界草堰场,北至刘庄场界,场西海沟河,场西南白涂河,俱自兴化县一百二十里到场。逾运盐河东经牛家(湾)河闸口吓注入海,牛家(湾)河东三十里至戚家团,又三十里至斗龙港木桩,系前明制以防海者,到清朝(清雍正时)开海,遂不复设木桩,下线通海迂回曲折百余里始至大洋,其运盐出场,西由海沟经兴化至高坝共二百四十里,南由草堰至泰坝一百七十五里。""范公堤一道,亘南北,西居民,东草荡,东南十五里有马家舍,东三十里有戚家团、朱家团、瓜蒌团,共东西北三团,团之下斗龙港两岸数十里许,北属刘庄场,南属草堰场。""石闸西,场北二,场南二,建范公堤上,四支合一下牛家(湾)河,系高宝兴泰四州县泄水之门,场北近场第一闸,名牛家闸。"

任祖镛称:"历史事实是:宋、元、明、清时期'白驹'是'兴化白驹场'的简称。"(《对〈明代小说史〉中施耐庵里籍论述的评析》)他无视历史事实,不交代文献出处,只讲了一句话"历史事实是:宋、元、明、清时期'白驹'是'兴化白驹场'的简称"。这一观点值得商榷。

任祖镛称:"史料记载,北宋天圣三年(1025),兴化知县范仲淹曾撰《兴化县白驹场关圣庙碑记》"。事实上,当时虽有"白驹"名称但还没有称"白驹场",根本就没有"兴化县白驹场"之说,范仲淹写的是《白驹关帝庙碑记》(见《大丰市志》1043页),不是《兴化县白驹场关圣庙碑记》。

在大丰白驹镇北街 33 号有施耐庵故居吗?回答是肯定的。任祖镛称:"施氏宗祠是乾隆戊申年(1788)由施奠邦住宅改建。清咸丰五年(1855)第十四世裔孙施垪所写《建祠记述》说得很明确:'其祠由国朝乾隆戊申(1788)先君文灿公与族伯美如公偕族祖奠邦公宅所改建者也。'"建施氏宗祠时从施耐庵到施垪已历十四代,施耐庵的三间茅屋,已作为遗产留给了其子孙,此时已是施垪的房产。台湾赵知人在《施耐庵的故里及遗迹》中说:根据施氏族谱的记载,施氏宗祠"是把施公故居改建而成。到清代咸丰年间,施公第十四世孙施垪加以修建"。民国时期的《兴化县志》记载,施耐庵"白驹人";施耐庵墓在"合塔圩",显然是陵园所在地。20 世纪 90 年代出版的《兴化市志》在"古迹""名人故居"条下,只有施耐庵的墓,没有施耐庵故居。如今兴化建成了施耐庵文化园,2020 年开馆了仿建的施氏宗祠等。本来兴化、大丰是一个施耐庵,故居在大丰,墓在兴化,现在却变成了两个施耐庵。20 世纪 50 年代,兴化历史学者刘仲书、徐彪如在《施耐庵历史的研究》中说得很明确:"白驹镇,在串场河东范公堤上,距兴化城区 120 里,原属兴化县,现属大丰县,本镇居民有陈、杨、李、施、卞五大姓皆苏州阊门迁来,至今施耐庵一支子孙世居于此。"余不一一。

参考文献

[1] 窦应元,邹迎曦. 海湾神韵[M]. 北京:中国文史出版社,2021.
[2] 浦玉生. 草泽英雄梦:施耐庵传[M]. 北京:作家出版社,2014.
[3] 浦玉生. 史眼如炬:施耐庵故里大丰白驹镇新考[J]. 菏泽学院学报,2014,36(1):7.

《水浒传》的本事与本旨

周锡山：《水浒传》反腐及其反抗描写的真实性和艺术性探讨

张玉生：读水浒 知兴替

吕世宏：鲁智深原型为狄青

浦玉生：一本书三个人与一座城再探

《水浒传》反腐及其反抗描写的真实性和艺术性探讨

上海艺术研究中心　周锡山

作为现实主义的杰作,《水浒传》深刻而生动地描绘了古代官场和社会的腐败现象,剖析了其中的深刻原因,同时描写了绿林好汉如火如荼的反抗,是一部精彩的反腐小说。但是《水浒传》中的官场腐败描写,是虚构的、夸张的,并不符合北宋和古代社会的实际,是一种发愤著书的宣泄,而非冷静客观的描写。因此,《水浒传》中有关反腐及其反抗的描写,并无生活真实,而有艺术真实,取得极高的艺术成就。

一、《水浒传》反腐描写的全面性

《水浒传》全面描写了封建社会的腐败现象和其本质。

《水浒传》描写的封建社会的腐败现象是全方位的。第一层是皇帝,第二层是高官及其家属,第三层是下级官吏,第四层是衙门底层狱吏解差等。《水浒传》描写的贪腐大网笼罩了封建政权的全部阶层。

《水浒传》描写的皇帝宋徽宗治国无能,他重用的高俅、蔡京和洪太尉等高官都是贪赃枉法、公报私仇、无才无能、懒于公务、重用私人的坏人。

宋徽宗用人不善,最典型的是因私人爱好踢球,而起用精于蹴鞠的无赖高俅。上行下效,这些高官都任人唯亲。皇帝重用高俅,高俅又重用叔伯兄弟高廉,高廉再带携自己的妻舅殷天锡,形成一张大网,奴役百姓。金圣叹总结这批权贵亲属织成的官网说:"小苏学士,小王太尉,小舅端王,嗟乎! 既已群小相聚矣,高俅即欲不得志,亦岂可得哉!"金圣叹将皇帝(即端王)归入"群小"中去,且明确指出高俅的得势与祸害天下,其总根子即在端王——宋徽宗身上。他还认为徽宗重用高俅即是"天下从此有事"之因,"作者于道君皇帝每多微辞焉,如此类是也"。

权贵和高官重用自己的后裔,官二代赖父祖势力而世袭官吏要职。《水浒传》以蔡京为例,描写太师蔡京安排第九个儿子(蔡九)任江州知府,因为此地钱粮浩大、人广物裕,太师特给他这个肥缺。蔡九知府无德无能,"为官贪滥,作事骄奢";

他对任内应管之事茫无所知,是个十足的公子哥,也就只好对黄文炳言听计从了。蔡京又安排女婿梁中书掌管北京大名府留守司。梁中书作为靠裙带关系当官的奴才,万事都由夫人做主。小说写蔡京女婿梁中书任大名府知府,在家中与夫人交谈,金圣叹对"只见蔡夫人道"一语批曰:"'蔡夫人道',写尽骄妻;'只见',写尽弱婿。○'蔡夫人道'者,言梁中书不敢则声也;'只见'者,言蔡中书不敢旁视也。"又批"酒至数杯,食供两套"曰:"八字写尽骄妻弱婿之苦。"这样的官吏如何能为国家办事?他的最大目标是搜刮民脂民膏,孝敬、报答丈人,不令猛将用于边事,而用来保送自己的赃物。

权贵和高官经常会包庇和怂恿衙内为非作歹、残害无辜。高俅包庇高衙内,听任他强夺林冲妻子,迫害林冲。高俅的叔伯兄弟高廉的妻舅殷天锡,仗势强占先朝柴世宗嫡系子孙柴皇城的花园住宅,柴皇城以为有朝廷发的"丹书铁券"保护,与其论理,竟被他殴打。柴皇城召其侄柴进回来,继续与之论理时,殷天锡又欲殴打柴进,李逵在旁愤极,将殷天锡打死。

权贵和高官养尊处优、骄奢淫逸,常因偷懒、无能而玩忽职守。《水浒传》开首即写洪太尉这个贪官,平时养尊处优、骄奢淫逸惯了,朝廷要他为救灾出力,他却偷懒怕死,不肯承担应有责任。高俅、蔡京等也如此,所以朝政黑暗,民不聊生,外敌入侵,内乱频生。

权贵和高官还经常陷害无辜、公报私仇。洪太尉因道众不合己意,便威胁回朝后要报告他们违抗圣旨,金圣叹批道:"看他随口拈出人罪案来,前后太尉一辄也。"后一个太尉,即高太尉。他刚上任就迫害王进,接着陷害林冲,孙孔目据理力争,并揭露,"谁不知高太尉当权,倚势豪强,更兼他府里无般不做",金圣叹批道:"此一句上不承,下不接,妙绝快绝,言高府中则多犯弥天之罪耳,应杀应剐耳。"孙孔目接说:"但有人小小触犯,便发来开封府,要杀便杀,要剐便剐,却不是他家官府!"金圣叹批道:"'小小'字妙,'触犯'字妙,'杀剐'字妙。"

权贵和高官经常迫害良善,却包庇盗贼。阮小二向吴用抱怨道:"如今该管官司没甚分晓,一片糊涂!千万犯了迷天大罪的倒都没事!"金圣叹夹批表示赞同:"千古同叹,只为确耳。"

权贵和高官还经常卖官鬻爵,埋没人才。于是一般人要当官升官,既无靠山,只好使钱贿赂。杨志带一担钱物,去东京枢密院"使用",以保官职,金圣叹批道:"文臣升迁要钱使,犹可也,至于武臣出身,亦要钱使,古今一叹,岂止为杨志痛哉!"

上层权贵和高官如此,上梁不正下梁歪,地方官员也如法炮制。

例如,地方官员办案也索贿受贿,倚权作恶,践踏法律。例如孟州知府埋怨张都监等利用自己的权力陷害武松时说:"你倒撰了银两,教我与你害人!"金圣叹批道:"于今为烈。"

这种残害良善的恶行,还蔓延到了社会的下层。

都头雷横巡逻时抓获盗贼嫌疑人,晁盖取出十两花银,送与雷横,说道:"都头,休嫌轻微,望赐笑留。"晁盖又取些银两赏了众士兵。雷横等竟然就将嫌疑分子释放了。

衙役们下乡办事,常扰民害民,闹得百姓遭殃,鸡犬不宁。阮小五告诉吴用道:

"如今那官司一处处动掸便害百姓;但一声下乡村来,倒先把好百姓家养的猪羊鸡鹅尽都吃了,又要盘缠打发他!"金圣叹的批语感慨:"千古同悼之言,水浒之所在作也。"当阮小二"提起锄头来,手到,把这两个做公的,一锄头一个,翻筋斗都打下水里去"时,金圣叹高兴得称赞:"快事快文。○乡间百姓锄头,千推不足供公人一饭也,岂意今日一锄头已足。"当阮小二向吴用介绍自己的生涯:"我虽不打得大鱼,也省了若干科差。"金圣叹感叹说:"十五字,抵一篇《捕蛇者说》。"金圣叹平时熟睹公人欺凌农民之举,他在此一吐其愤慨的抗议。

豪强的庄客也仗势害人。如林冲酒醉时遭到庄客拷打,主人家见状相问,捆打林冲的庄客随口胡诌:"昨夜捉得个偷米贼人。"金圣叹接批:"轻轻加一罪名,天下大抵如此。"

最可笑的是刘太公因强盗要强娶他的女儿,痛苦万分,他的庄客却欺凌路过之人。鲁智深去东京大相国寺途中,错过宿头,欲借桃花庄投宿一宵,被庄客断然拒绝。智深再次相求,庄客道:"和尚快走,休在这里讨死!"智深道:"也是怪哉;歇一夜打甚么不紧,怎地便是讨死?"庄家道:"去便去,不去时便捉来缚在这里!"强人强娶刘太公的女儿,今晚就要成亲。所以金批说:"庄主苦不可言,庄客已使新女婿势头矣,世间如此之事极多,写来为之一笑。"鲁智深大怒道:"你这厮村人好没道理!俺又不曾说甚的,便要绑缚洒家!"庄客也有骂的,也有劝的。智深待要发作,正巧刘太公走将出来,喝问庄客:"你们闹甚么?"庄客道:"可奈这个和尚要打我们。"他们竟然反咬一口。

小说精彩地描写了宋徽宗统治时期无法治观念和冤假错案颇多的时代特色。同时描写底层歹人也以强欺弱,欺凌之风渗透了整个社会。

贿赂成风,世风如此,于是人们办事都习惯于出钱收买。西门庆恳求何九叔烧尸体时,遮盖谋杀痕迹,请何九叔喝酒,并去袖子里摸出一锭十两银子放在桌上,说道:"九叔,休嫌轻微,明日别有酬谢。"

甚至做强盗也要贿赂。晁盖、吴用等人智取生辰纲之后,被官府缉捕。他们商议安身之处,吴用提议去梁山入伙。晁盖道:"这一论极是上策!只恐怕他们不肯收留我们。"吴用道:"我等有的是金银,送献些与他,便入伙了。"金批:"调侃世人语,绝倒。○做官须贿赂,做强盗亦须贿赂哉?"

所谓贿赂成风,实际上同时包括语言贿赂和金钱贿赂。即如梁山好汉武松也未能免俗。他被老奸巨滑的张都监"对症下药",大捧特捧,在一迭声甜言蜜语和好酒好肉的笼络之下,甘心为他卖命,结果中计,受到陷害。此前武松被发配孟州城,路经安平寨,与小管营施恩相识。施恩平时也勒索过路平民甚至可怜的卖唱妓女等。他用酒肉款待武松,武松就为他卖命,痛打蒋门神,为他夺回酒店。武松听了施恩和张都监的阿谀奉承,吃了他们的酒肉,不问青红皂白,被人收买,很不应该。

由于权贵和高官腐败,不仅有不少人才受到迫害,而且更严重的是很多人才遭到埋没。林冲受高太尉压制时感叹:"男子汉空有一身本事,不遇明主,屈沉在小人之下,受这般腌臜的气!"金圣叹批曰:"发愤作书之故,其号耐庵不虚也。"后来当林冲身处英雄末路,"闷上心来,蓦然想起(身世)"时,金圣叹批:"此四字犹如惊蛇怒笋,跳脱而出,令人大哭,令人大叫。"林冲哀叹:"谁想今日被高俅这贼坑陷了我这一场,文了面,直断送到这里,闪得我有家难奔,有国难投,受此寂寞。"金圣叹说:"一字一哭,一哭一血,至今如闻其声。"

鲁达打死郑屠后,官府要办他罪,小经略相公说:"怕日后父亲处边上要这个人时,却不好看。"金圣叹夹批:"此语本无奇怪,不知何故读之泪下,又知普天下人读之皆泪下也。"金圣叹对边患的关切和对国家人才的痛惜之情见之于声泪并下矣。当杨志空怀一身武艺,被高俅逐出不用,"指望把一身本事,边庭上一枪一刀"的计划被彻底打破,金圣叹批为"痛哭语",也殊替他伤感。他对梁山众好汉和王进等人的"英雄末路"处境一一同情、感叹,扼腕不平。在小说临结尾时总评曰:"叙一百八人,而终之以皇甫相马。嘻乎,妙哉!此《水浒》之所以作乎?……惟贤宰相有破格之识赏,斯百年中有异常之报效,然而世无伯乐,贤愚同死,其尤驳者,乃遂走险,至于势溃事裂,国家实受其祸,夫而后叹吾真失之于牝牡骊黄之外也。嗟乎!不已晚哉!"金圣叹在此讨论了人才得失与国家兴亡的关系。

腐败的政府,往往办事不力,效率低下。如鲁达打死郑屠后,衙门内拖拖拉拉,最后才"行开个广捕急递文书",金圣叹嘲笑说:"半日无数那延,尚自谓之'急递',可发一笑。"又如武松被通缉时逃到孔家庄,不少街坊亲戚门人来谒拜武松。金圣叹说:"官司榜文,有如无物,写得妙绝。"人们根本不理朝廷通缉要犯的榜文,反而一齐"谒拜",以一睹风采为快。可见朝廷已毫无威信,群众与政府离心离德已到此地步。

金圣叹又指出在此贪官污吏兵痞的层层盘剥之下,广大劳动人民挣扎在饥寒交迫、水深火热之中。当小说写到武松自东京归来后,为亡兄武大奠祭:"唤士兵先去灵床子前,明晃晃的点起两枝蜡烛,焚起一炉香,列下一陌纸钱,把祭物去灵前摆了,堆盘满宴",金圣叹从"堆盘满宴"一语联想到普天下的穷苦百姓说:"四字一哭。哭何人?哭天下之人也。天下之人,无不一生咬姜呷醋,食不敢饱,直至死后浇奠之日,方始堆盘满宴一番。如武大者,盖比比也。"

二、《水浒传》反腐描写符合元朝的真实性而与宋朝无关

《水浒传》的反腐描写,因手段高明、描写生动,在规定情境中刻画人物,达到了艺术真实的高度成就。

《水浒传》是现实主义小说,是反映社会现实的力作。《水浒传》产生于元末明初,对其所处的时代做了真实深刻的描写。落后野蛮的统治集团奴役各族人民,尤其将江南的人民打成末等,肆意凌辱。史书的记载和元杂剧的描写,都表明元朝吏治黑暗,冤狱遍地,衙内猖獗,民生维艰。

例如名列元四家首位的大画家黄公望,十二岁时应本县神童试。青年时代已博及群书,但元初取消科举,他无法实现从政抱负。直到四十五岁(皇庆二年,1313),由浙西廉访使徐琰引荐,"先充浙西宪吏"(《录鬼簿》卷下),后在大都为中台察院掾吏,经理田粮杂务(王逢《梧溪集》卷四)。元朝官场黑暗,倾轧严重。延祐二年(1315)黄公望四十七岁时,因上司张闾贪污被查处而受牵连被诬入狱,旋即出狱

南归。于是他只能卖卜为生,同时作画,成为一代绘画大师。元朝的冤狱之厉害,由此可知。

李卓吾说:"《水浒传》者,发愤之所作也。盖自宋室不竞,冠履倒施,大贤处下,不肖处上,驯至夷狄处上,中原处下。一时君相,犹然处堂燕雀,纳币称臣,甘心屈膝于犬羊已矣。施罗二公身在元,心在宋;虽生元日,实愤宋事也。"(怀林《李卓吾批评述语》)鲁迅《中国小说史略》也呼应说:"宋代外敌凭陵,国政弛废,转思草泽,盖亦人情。"

但这样的理解是错误的。《水浒传》借宋朝的宋江造反的故事,反映和批判的是元朝的现实。宋朝不一定是这样的。

《水浒传》的反腐描写达到了艺术真实的高度,在小说的规定情境中写的真实、自然、细腻、生动。实际上是虽写宋时,实愤元事。元杂剧的公案剧和《水浒传》反腐描写都符合元朝的历史真实。

《水浒传》虽然将故事的时间设在宋朝,但宋朝不一定如小说所写的那样。

小说描写之下的宋徽宗时期,造反的山头众多。除了实力最强、人数最多的梁山,还有二龙山(花和尚鲁智深、青面兽杨志、行者武松、金眼彪施恩、操刀鬼曹正、菜园子张青等)、白虎山(毛头星孔明、独火星孔亮)、桃花山(打虎将李忠、小霸王周通)、少华山(九纹龙史进、神机军师朱武、跳涧虎陈达、白花蛇杨春)、清风山(锦毛虎燕顺、矮脚虎王英、白面郎君郑天寿)、芒砀山(混世魔王樊瑞、八臂哪吒项充、飞天大圣李衮)、枯树山(丧门神鲍旭)等共八座山,后来集中到梁山,共有一百单八将。

作者为了构造出窃取生辰纲的有利条件,又说从大名到东京,要经过紫金山、二龙山、桃花山、伞盖山、黄泥冈、白沙坞、野云渡、赤松林等,说是都有贼寇出没。这里又有八座山,除了二龙山、桃花山重复了,还有六座山。两者相加有十四座山。

有这么多山,这么多强盗。如果以为是史实,宋徽宗时期的确极其不太平,是十足的乱世。但实际上当时只有宋江和方腊两支造反队伍。他们很快都被扑灭了。而从大名到东京,一路平坦,根本没有这种高山。宋朝也没有《水浒传》所描写的高衙内、梁中书和蔡九知府一类的人物。

关于生辰纲的描写也是极度夸张的。梁中书不可能每年都能巨额贪污,并将其中一部分送给丈人作为生日礼物。宋朝的官俸相当低,王安石专门向朝廷反映过此事。欧阳修、王安石本因家庭贫困被迫选择仕途,他们的本志是做隐士,耕读度过一生。当官后,可以维持家庭生活——养活寡母和弟妹,但还是穷,他们每次任职,都要求去外地,因为京师的生活费贵。

宋朝科举盛行,科举在宋朝和明清时,都基本上是"公正"的。张岂之说:"就我个人体会,科举制的宗旨是择优,在众多的读书人里面选拔出最优秀的。其重要的功能在于防劣,防止行为操守不好又没有学问的人考取,进入政界。有操守、有学问的人可能考中,但操守和智力有问题的人往往很难通过考试入围,这也许就是科举制在中国历史上的重大贡献。"[①]这是张岂之评论清朝嘉庆、道光两朝政治时提出的观点。由此可见书文反映的中国古近代的一个史实是,必须通过科举考试才

---

① 张岂之."写出历史最深刻、最吸引人的地方"——推荐卜键的史学新著《国之大臣——王鼎与嘉道两朝政治》[J].中国图书评论,2015(12):3.

能做官,科场出身的官吏队伍并非一片漆黑,绝不可能全是贪官。

清末有《官场现形记》等反腐小说,从小说里看,似乎清末官场遍地腐败,不可救药。实情远非如此。例如邹韬奋的祖父邹舒予,号晓村,曾考中前清拔贡,先后做过福建永安、长乐知县,官至延平知府。清光绪二十五年(1899),邹韬奋的祖父年老告退,其父邹国珍带着家眷在福州市做候补官。其祖父不是贪官,所以没有丰厚的遗产传给子孙,此时的邹家生活拮据。作为长子,邹韬奋从小便领略了生活的艰辛与困苦。其母是浙江海宁查氏,系当地一大家族之后,15岁出嫁至邹家,也没有带来丰厚的嫁妆和财产。她生育有三男三女,邹韬奋居长。邹韬奋在《我的母亲》中回忆说:

> "做官"似乎怪好听,但是当时父亲赤手空拳出来做官,家里一贫如洗。我还记得,父亲一天到晚不在家里,大概是到"官场"里"应酬"去了,家里没有米下锅;妹仔(其家女仆)替我们到附近施米给穷人的一个大庙里去领"仓米",要先在庙前人山人海里面拥挤着领到竹签,然后拿着竹签再从挤得水泄不通的人群中,带着粗布袋挤到里面去领米;母亲在家里横抱着哭啼着的二弟踱来踱去,我在旁坐在一只小椅上呆呆地望着母亲,当时不知道这就是穷的景象,只诧异着母亲的脸何以那样苍白,她那样静寂无语地好像有着满腔无处诉的心事。

邹韬奋此文回忆了当年贫困生活的真实景象,以及其母贫累交加和贫病交加的困苦景象,描绘真切生动,表现了下层官员的贫困生活。明清时期的官吏俸禄极低,清官的生活艰苦,底层官吏更是如此,邹韬奋之父即如此。

正因底层官吏的贫困,邹韬奋的母亲不仅辛苦制作自家衣裤鞋袜,还要为人家做女红,以贴补家用。邹韬奋本人的记述如下:

> 当我八岁的时候,二弟六岁,还有一个妹妹三岁。三个人的衣服鞋袜,没有一件不是母亲自己做的。她还时常收到一些外面的女红来做,所以很忙。我在七八岁时,看见母亲那样辛苦,心里已知道感觉不安。记得有一个夏天的深夜,我忽然从睡梦中醒了起来,因为我的床背就紧接着母亲的床背,所以从帐里望得见母亲独自一人在灯下做鞋底,我心里又想起母亲的劳苦,辗转反侧睡不着……我眼巴巴地望着她额上的汗珠往下流,手上一针不停地做着布鞋——做给我穿的。这时万籁俱寂,只听到滴搭的钟声,和可以微闻得到的母亲的呼吸。我心里暗自想念着,为着我要穿鞋,累母亲深夜工作不休,心上感到说不出的歉疚。

也因穷而缺医少药,邹韬奋的母亲因积劳成疾而过早去世。邹韬奋写道:"母亲死的时候才廿九岁,留下了三男三女。在临终的那一夜,她神志非常清楚,忍泪叫着一个一个子女嘱咐一番。她临去最舍不得的就是她这一群的子女。"这个凄惨的景象,催人泪下。①

---

① 周锡山. 邹韬奋《我的母亲》中的社会文化意蕴略论[C]//邹韬奋研究第4辑(2015·复旦大学新闻学院、韬奋纪念馆、上海党史学会等主办韬奋诞辰120周年研讨会论文专辑). 上海:上海三联书店,2016.

五四以后,一些反传统势力将中国古代妖魔化,其所描绘的中国古代黑暗的景象是不可轻信的。《水浒传》的反腐描写,从政治思想上说,"反贪官不反皇帝";从文学描写上说,部分符合生活真实(符合元朝的真实),部分纯属艺术夸张而不符合生活真实;从艺术成就上说,《水浒传》的描写则符合艺术真实,达到了极高水平,是经典小说的典范。

三、《水浒传》反腐描写的艺术性

《水浒传》中的反腐描写生动具体细腻,不仅深刻揭露了贪官污吏的斑斑劣迹,更精巧描绘了下层走狗的丑恶嘴脸。其写作手段极其丰富而高明,语言自然生动而又丰富多彩。

腐败的官吏大多愚蠢无能,实施公务时往往成事不足败事有余。但生活是复杂的,是千变万化而非凝固一律的,腐败势力中也有不少"聪明伶俐"、精怪刁钻的人物,他们做正事无能,做坏事则游刃有余。

例如林冲一案中,描写最精彩的还有两个押解他的差人董超、薛霸,这两个是经验丰富的阴险角色。在林冲上路之前,陆谦请董超、薛霸到酒肆喝酒,要他们在押解路上结果林冲,金圣叹批评本《水浒传》中的原文如下:

陆谦道:"你二位也知林冲和太尉是对头。今奉着太尉钧旨,教将这十两金子送与二位;望你两个领诺,不必远去,只就前面僻静去处把林冲结果了,就彼处讨纸状回来便了。若开封府但有话说,太尉自行分付,并不妨事。"董超道:【夹批:一个不肯。○凡公人必用两个为一伙,便一个好,一个不好。盖起发人钱财,都用此法,切勿谓董优于薛也。】"却怕便不得;开封府公文只叫解活的去,却不曾教结果了他。亦且本人年纪又不高大,如何作得这缘故?倘有些兜搭,恐不方便。"薛霸道:【夹批:一个肯。】"老董,你听我说。高太尉便叫你我死,也只得依他;【夹批:妙语。○不知图个甚么,死亦依他也。今人以死博名,类如此矣。】莫说使这官人又送金子与俺。你不要多说,和你分了罢。落得做人情。日后也有照顾俺处。【夹批:薛霸贼。既得陇又望蜀,写小人如画。】前头有的是大松林,猛恶去处,不拣怎的与他结果了罢!"当下薛霸收了金子,说道:"官人,放心。多是五站路,少便两程,便有分晓。"陆谦大喜道:"还是薛端公真是爽利!明日到地了时,是必揭取林冲脸上金印回来做表证。陆谦再包办二位十两金子相谢。【夹批:小人语。○作者务要写出,不顾小人看见耶?】专等好音。【夹批:好音二字,用得可笑可恼。】切不可相误。"

二人在陆谦以金子收买时,配合默契,应对自如,可见他们精通"起发人钱财"的灵通方法。

小说又描写押送林冲的路途中,两个公差巧使手段,愚弄和伤害林冲,用滚烫的开水泡坏林冲的双脚,再强迫他穿草鞋,磨破脚底皮肤,使他痛得无法行走。这不仅折磨得他痛苦万分,还叫他行动不便,无力反抗,便于取他性命。他们在路上捉弄林冲,也善于做好作歹,机心周密,动作熟练,不动声色。而有趣的是,他们在结果林冲性命之前的最后关头,特地将指使他们的密人密语,即高太尉和陆谦的阴谋,都讲出来,既向林冲解释了"林冲必死"的原因,又借此劝导林冲早点受死,作为"长痛不如短痛"的劝慰:"便多走的几日,也是死数!只今日就这里倒作成我两个回去快些。"竟然还"兼顾"双方的"利益",真是非常有"说服力",金圣叹夹批说:"此即是善知识语,细思之,当有橄榄回甘之益。"最后二人竟还提醒"休得要怨我弟兄两个;只是上司差遣,不由自己。你须精细著",一再推卸自己的责任。金圣叹夹批说:"恶人杀人,又怕其鬼,每每如此,写来一笑。"意思是恶人对作为弱者的活人虽然凶恶,但对他们死后成为的鬼,则非常害怕,更怕鬼来报复。不仅小小公差如此,皇帝老子和皇后娘娘也都如此。《旧唐书·玄宗诸子传》记载,唐玄宗在杨贵妃之前,最宠爱的是武惠妃。武惠妃为了儿子能当上太子,挑唆皇帝将太子和两个王子废为庶人,并害了性命。接着"武惠妃数见三庶人为祟,怖而成疾,巫者祈请弥月,不痊而殒"。意思是她被这三个鬼魂缠住,唐玄宗特请巫师作法,但她还是吓死了。古时之人,绝大多数相信受屈而死的鬼魂会向仇人报复,而善良的人则"日间不做亏心事,半夜不怕鬼叫门"。

这两个公差在鲁智深救出林冲后,还恭敬相问:"不敢拜问师父在那个寺里住持?"他们未能完成暗杀的任务,就狡猾地打听鲁智深的来路,回去后可向高俅报告,既可为自己脱罪,也可报复这个破坏自己财路的和尚。结果被鲁智深识破而训斥。

而监视杨志押送生辰纲的老都管即奶公,更是个极其厉害的角色。他能说会道,老奸巨猾,杨志败于这个奶公的历史性教训,发人深省。下文将对杨志吃亏的经过进行详细分析。

这个奶公是蔡京派到梁中书身边监视他的,梁中书又派这个奶公监视杨志。押送生辰纲上路之后,杨志为防强人劫夺生辰纲,在大热天催逼挑担军汉赶路,触犯众怒,落了个怨声载道。监视杨志的奶公出于妒忌杨志的得宠,乘机利用矛盾,打击杨志。在双方争执的紧要关头,这个老奴才貌似不偏不倚地对杨志说:"我自坐一坐了走,你自去赶他众人先走"。(金批:"其言既不为杨志出力,亦不替众人分辨。而意旨已隐隐一句纵容,一句激变,老奸臣滑,何代无贤"。)老都管敷衍杨志,杨志迫于情势,只好出此下策,赶过众人上路,他喝道:"且住,你听我说,(金批:"二句六字,其辞甚厉,'你听我说'四字,写老奴托大,声色俱有"。)我在东京太师府里做奶公时,(金批:"吓杀丑杀,可笑可恼。""一句十二字,作两半句读,'我在东京太师府里',何等轩昂,'做奶公时'何等出丑,然狐辈每每自谓得志,乐道不绝"。)门下军官见了无千无万,(金批:"四字可笑,说大话人每用之。")都向着我喏喏连声。(金批:"太师威焰,从官谄佞,奴才放肆,一语遂写尽之。")……""量你是个遭死的军人,相公可怜,抬举你做个提辖,比得芥菜子大小的官职,直得恁地逞能!休说我是相公家都管,便是村庄一个老的,也合依我劝一劝!只顾把他们打,是何看待!"他翻杨志的底牌,以此贬低杨志,假装同情士兵,不准杨志打赶他们上路。杨志道:"都管,你须是城市里人,生长在相府里,那里知道途上千难万难!"老都管道:"四川、两广,也曾去来,不曾见你这般卖弄!"杨志分辩说:"如今须不比太平时节"。都管道:"你说这话。该剜口割舌!今日天下怎地不太平"?金圣叹批道:"老奴口舌可骇,真正从太师府来"。这个老奴才不仅惯于狐假虎威,又善于"上纲上线",纳人之罪,翦灭异己。老奴惯使手腕老奸巨猾,还表现在即使为主子办事时,也因平时享受惯了,吃不得苦,并不肯为主子真正出力。他支持军汉也实为自己怕热怕累,不肯吃力赶路。金批分析其刁猾、骄横和虚弱,生动而又深刻。在双方争执时,老都管和两个虞候便当场反驳和讥刺杨志只管把强盗猖獗这话来惊吓人,夹批:"真有此语。""如国家太平既久,边防渐撤,军实渐废,皆此语误之也。"老都管的怒斥一句比一句厉害,最后深文周纳,也即从政治角度上纲上线,欲置杨志于死地,就在这一刻,杨志还来不及回答,森林中的可疑人便出现了,于是白热化的争执场面立即转移到波诡云谲的智取豪夺场面,杨志最后无可奈何地败于奸猾刁钻的老奴手中。

《水浒传》又精心描写了遭受腐败势力迫害的人的不同态度。对待腐败势力,不少人屈服于恶势力,以免受到更大的伤害;也有人敢于反抗。如宋江、林冲、武松三人被捕入狱之后,遭受敲诈勒索的具体情况各不相同,对此小说描绘得逼真而生动。

宋江最阔绰,作为衙门小吏的他又最熟悉牢狱的情况,所以他被捕时,不等对方索要,立即主动"取二十两花银,把来送与两位都头做'好看钱'",将贿赂的钱称为"好看钱",既形象又幽默。金圣叹抓住"好看钱"三字说:"只三个字,便胜过一篇钱神沦。〇人之所以必要钱者,以钱能使人好看也。人以钱为命,而亦有时以钱与人者,既要好看,便不复顾钱也。乃世又有守钱成窖,而不要好看者,斯又一类也矣。"力透纸背的嘲讽妙语,令人解颐。

而当林冲解到沧州时,他送差拨、管营银子,免了一百杀威棒,林冲感叹"'有钱可以通神',此语不差。端的有这般的苦处。"金圣叹批:"千古同愤,寄在武师口中。"后面又批:"此段偏要详写,以表银子之功,为千古一叹。"又在回前总评中说:"此一回中又于正文之外,旁作余文,则于银子三致意焉。"金圣叹详叙林冲使银过程,连表十三个"可叹也",最后总结说:"只是金多分人,而读者至此遂感林冲恩义。口口传为美谈,信乎名以银成,尤别法也。嗟乎!士而贫尚不闭门学道,而尚欲游于世间,多见其为不知时务耳,岂不大哀也哉!"对没有银子就寸步难行的金钱社会揭露无余。金圣叹一生未离吴门,一直只能在故乡著书,即这段处世箴言的身体力行。

宋江被捕后,懂得规矩,送上好看钱,免得受苦。林冲被捕后,也懂得规矩,可是公差受命害他,忍气吞声、受尽折磨的林冲后来实在走投无路,这才奋起反抗,怒杀陆谦,雪夜上梁山。而武松被捕后,则从一开始就不畏强暴,展现了敢于反抗的烈性:

> 武松自到单身房里,早有十数个一般的囚徒来看武松,说道:(夹批:此书凡系一段小文,便多故意相犯,如此文,亦与林冲初到牢城营不换一笔。)"好汉,你新到这里,里若有人情的书信,并使用的银两,取在手头,(夹批:并无,故妙。)少刻差拨到来,便可送与他,若吃杀威棒时,也打得轻。若没人情送与他时,端的狠狠。我和你是一般犯罪的人,特地报你知道。岂不闻'兔死狐悲,物伤其类?'我们只怕你初来不省得,通你得知。"武松道:"感谢你们众位指教我。小人身边略有些东西。若是他好问我讨

时,便送些与他;若是硬问我要时,一文也没!"(夹批:不是写武松不知世涂,只是自蠢奇峰,为下文生精作怪地耳。)(眉批:林冲差拨管营处都有书信银两,武松两处都无,宋江牢手有节级无,写出他一个自爱,一个神威,一个机械,各各不同。)众囚徒道:"好汉!休说这话!古人道:'不怕官,只怕管';'在人矮檐下,怎敢不低头!'只是小心便好。"

话犹未了,只见一个道:"差拨官人来了!"众人都自散了。武松解了包裹坐在单身房里。(夹批:反坐下奇绝。)只见那个人走将入来问道:"那个是新到囚徒?"武松道:"小人便是。"差拨道:"你也是安眉带眼的人,(夹批:新语。)直须要我开口?说你是景阳冈打虎的好汉,阳谷县做都头,只道你晓事,如何这等不达时务!——你敢来我这里!猫儿也不吃你打了!"(夹批:随景成趣。)武松道:"你到来发话,指望老爷送人情与你?半文也没!(夹批:妙语。然世人都恒道之,而不能知其妙,何者?盖没钱至于没一文,止矣,若夫半文者,乞人亦不要也。偏说半文也没,盖云没之至也。)我精拳头有一双相送!(夹批:猫儿不吃打,狗儿或者领却拳头去。)碎银有些,留了自买酒吃!(夹批:自在之极。)看你怎地奈何我!没地里到把我发回阳谷县去不成!"那差拨大怒去了。又有众囚徒走拢来说道:(夹批:妙波。○此却与林冲文不同。)"好汉!你和他强了,少间苦也!他如今去和管营相公说了,必然害你性命!"武松道:"不怕!随他怎么奈何我!文来文对!武来武对!"

这段对话风趣而幽默。那差拨在要钱时,怕武松拒绝,就先声夺人地讥讽武松虎落平阳被犬欺,不要自以为是打虎英雄,现在连猫儿也没有资格打了。他威胁带讽刺,对犯人的极度藐视和蛮横凶狠的态度,跃然纸上。而武松则针锋相对,回答要钱连半文也没有,而且公然向对方宣战。他们极度夸张而风趣的语言,极其符合人物的性格,令读者体会到当时的场景和语言上斗智斗勇的异样风采。

宋江、林冲、武松都先后陷入牢狱,对付狱吏的勒索却拿出了不同态度。作者写作时,三个人三种写法,却有异曲同工之妙。

综上所述,《水浒传》这部伟大的小说既是张扬英雄精神的正义之歌,同时也是一部发人深省的精彩的反腐作品,具有巨大的历史意义和深远的现实意义。

读水浒　知兴替

梁山县水浒研究院　张玉生

一部《水浒传》，以其朴素的历史唯物主义和辩证唯物主义的观点，通过描写一个个鲜活的英雄故事、一个个贪官污吏的丑恶嘴脸和罪恶行径、一个皇帝的荒淫无道、纵容奸臣残害忠良、荼毒生灵从而导致法治吏治废弛的社会状况，深刻地揭示了北宋王朝盛极而衰，并最终走向灭亡的历史规律和根本原因。所以，明朝的大思想家李贽倡议人们都要读《水浒传》。他认为："故有国者不可以不读，一读此传，则忠义不在水浒，而皆在于君侧矣。贤宰相不可以不读，一读此传，则忠义不在水浒，而皆在于朝廷矣。"他的意思就是说，如果帝王读了这部书，并能够深刻汲取宋徽宗的惨痛教训，那么，他身边的大臣们就都成了忠义双全的良臣；如果朝中大臣读了这部书，并能够深刻认识到蔡京、高俅、童贯、杨戬等奸臣的欺上瞒下、残害忠良等罪恶行径给国家所造成的危害，那么，朝廷上就会出现更多的忠义双全的忠臣良将。如果不这样做，就只能把忠义之士逼到水浒寨、逼上水泊梁山，庙堂之上就会充斥贪官污吏、奸佞小人，最终的结局，就是"官逼民反"，和一个国家的灭亡。

《水浒传》传世六百多年来，远播海内外，上至达官贵人，下至黎民百姓，无不津津乐道。《水浒传》一书，无论艺术性还是思想性都是前无古人的，不愧为我国四大奇书之一。历代文人对于此书一直争论不休，莫衷一是；庶民百姓深受水浒"忠义"思想的影响：以"忠义"思想作为社会道德标准，以"忠义"品质作为选择朋友的前提条件，以"忠义"行为作为鉴别某个人是非优劣的试金石。所以，古代虽有四大名著，但要论其对社会、对我国民众的影响力，其他三部作品似乎都比不上《水浒传》。

《水浒传》深刻的思想性、警示性主要表现在以下五个方面。

第一，宣传儒家"忠义"思想。宋江、史进等人，即使在触犯了国家法度的情况下，也不肯上山落草为寇。史进对少华山上的朱武等人说："我是清白好汉，如何肯把父母遗体玷污了！"宋江在去江州牢城服刑路上，被晁盖"请"上了梁山寨。面对晁盖等人的真心实意的挽留，宋江对晁盖说："小可不争随顺了，便是上逆天理，下违父教，做了不忠不孝的人，在世虽生何益？如不肯放宋江下山，情愿只就众位手里乞死。"宁死也不愿做强盗。宋江等梁山好汉接受朝廷招安后，便开始了"保家卫国"的征程。在官军被辽国军队打的节节败退、丧城失地、毫无还手之力时，宋江临危受命,被皇帝任命为"破辽都先锋"。智勇双全的梁山好汉很快便攻占了蓟州,辽国岌岌可危。当此之时,辽国大臣欧阳侍郎献上一计,想用金银财宝、高官厚禄收买宋江。面对朝廷的腐败和辽国的诱惑,宋江斩钉截铁地说:"若从辽国,此事切不可提。纵使宋朝负我,我忠心不负朝廷。久后纵无功赏,也得青史上留名。若背正顺逆,天不容恕!吾辈当尽忠报国,死而后已!"特别是在宋江被奸臣所害,喝了毒酒后,其宁可"让朝廷负我,我决不负朝廷"的思想,与南宋抗金英雄岳飞被奸臣秦桧陷害,慷慨就义时的英雄行为是完全一样的。晁盖只知讲"义",宋江则讲"忠义双全"。强盗讲"忠",史无前例,这是宋江的创举。儒家思想的精髓就是"忠",讲的是"君为臣纲、父为子纲、夫为妻纲"。毋庸讳言,我们中华民族虽然历经灾患,却仍然生生不息,巍然屹立于世界民族之林,儒家的思想教育起到了很大作用。宋江也是在儒家思想的熏陶下成长起来的,"忠君报国"的传统观念始终支配着他的思想和行动。如果不讲"忠",国家和社会秩序就会陷入混乱,社会生产力就会受到破坏,人民就要遭殃;如果不讲"忠",宋江的故事就失去了群众基础,就不可能以各种文艺和文学形式广泛传播。"忠义"思想虽然不是发端于宋江,但在宋江这里得到了发扬光大,以致影响了中华民族六百多年。这就是一部《水浒传》的历史贡献和魅力所在。当然,也有人批判《水浒传》,指责它诲淫诲盗,鼓动百姓造反闹事。其实恰恰相反,《水浒传》的主题思想根本不是鼓励或者鼓动造反,而是反对造反的。梁山好汉大都经历了一个被压迫、奋起反抗、主动接受朝廷招安、保家卫国,最后却遭到奸臣残害的过程。从这个过程中,人们就可以看到,造反是没有好下场的,宋江、卢俊义等人的结局,就是活生生的例子。

第二,揭露鞭挞封建统治者的腐朽没落的生活和法治吏治的废弛,指明了北宋王朝必然灭亡的根本原因,那就是"乱自上作"。皇帝为了与京城名妓李师师幽会,竟然不惜花费大量银子修建地道;为了满足奢侈的生活,不惜花费巨额银两修建"万岁山",在江南地区到处收罗奇珍异宝和怪石。特别是"花石纲",对江南百姓祸害的最重("纲"指的是旧时成批运输货物的计量单位,一般以十艘船或十辆车为一纲)。据北宋大臣洪迈的《容斋逸史》记载:"江南数十郡,深山幽谷,搜剔殆遍。或有奇石,在江湖不测之渊,百计取之,必得乃止。程限惨刻,无间寒暑。士庶之家,一石一木稍堪玩者,即领健卒直入其家,用黄帕覆之,指为异物;又不即取,因使护视,微不谨,则重谴随之;及启行,必发屋彻墙以出。思乱者益重。"(详见古诗文鉴赏《方腊》)由于运输"花石纲"的船队堵塞了淮河等内河的河道,运粮船被迫改走海路,结果很多粮船被风浪打翻,造成了严重的生命和财产损失。

宋徽宗统治时期的社会,吏治法治废弛,官场黑暗。用辽国欧阳侍郎的话说:"如今宋朝童子皇帝,被蔡京、童贯、高俅、杨戬四个贼臣弄权,嫉贤妒能,闭塞贤路,非亲不进,非财不用"。凡是富庶的地方,都被这些奸臣的亲戚或门生所霸占。如北京(大名县)的梁中书、江州的知府蔡九、高唐州的知府高廉等,不胜枚举。高俅从一个市井无赖,一步登天升为殿帅府太尉,既无科考,又无边功,就仗着"踢得一脚好球",就赢得了皇帝的欢喜和重用。作者通过高俅的发迹史,更形象生动的揭露了吏治的腐败。

第三，高举反对贪官污吏的大旗，指明了"乱自上作""官逼民反"的真理。高俅刚一上任，就开始泄私愤，打击报复那些昔日与他有仇的人。只因八十万禁军教头王进的父亲曾经把高俅一棒打翻，高俅一见王进，便百般辱骂王进父子，最后逼得王进母子偷偷逃出京城，远走他乡。同为八十万禁军教头的林冲更是无辜，竟因为漂亮的妻子而惹祸上身。高俅为了满足其干儿子高衙内（其实是他的叔伯兄弟）霸占林冲妻子的无耻要求，不惜残害忠良，想尽千方百计，必欲把林冲置于死地而后快。结果是，把林冲逼上了梁山。两个八十万禁军教头，就这样被小人高俅逼走了。国家因此失去了两个栋梁支柱，江湖平添了两位英雄好汉。《水浒传》中，被贪官污吏逼上梁山的可不止林冲一个人啊！宋江因为一首诗获罪，解珍、解宝兄弟俩因射死一只老虎遭恶霸和贪官污吏陷害。卢俊义被其管家和妻子诬告为盗，险些被贪官污吏置于死地。柴进是特殊阶层的人，有先皇赐予的护身符"丹书铁券"，但高唐州知府高廉罔顾祖宗的法度，照样把他打得死去活来，险些丧命。在这些贪官污吏眼里，是没有法度，只有权力的，权力高于一切。所以，他们可以杀良冒功，可以草菅人命，为非作歹。高俅率军征剿梁山好汉时，军纪败坏。书中这样写道："于路上纵容军士，尽去村中纵横掳掠，黎民受害，非止一端"。这与梁山好汉的队伍形成了鲜明的对比。三山聚义打下青州后，班师回梁山途中，军纪严明。书中写道："所过州县，分毫不扰。乡村百姓，扶老挈幼，烧香罗拜迎接"。而且，梁山好汉每打下一座城池，都要用一部分粮食救济穷人，所以深得人心。

梁山好汉反对贪官污吏的行为，并不是不分青红皂白、滥杀无辜，而是有非常明确的原则。第七十一回中这样写道："若是上任官员，箱里搜出金银来时，全家不留。""折莫便是百十里，三二百里，若有钱粮广积害民的大户，便引人去公然搬取上山，谁敢阻当。但打听得有那欺压良善暴富小人，积攒得些家私，不论远近，令人便去尽数收拾上山。"东昌府太守"平日清廉，饶了不杀"。东平府太守是童贯门下门馆先生，残害百姓，城破后全家被杀。

有人指责梁山好汉不是英雄是强盗，他说明他根本不明白作者的良苦用心，根本没有读懂这本书。如果国强民富，人民谁不想安居乐业，堂堂正正的做人啊？一位古代帝王面对流离失所、不断起义反抗的老百姓，曾经自责地说："天下百姓失所，罪在朕躬！"那些指责梁山好汉不是英雄而是强盗的人，还不如古代帝王的认识到位。试想，如果没有高俅、蔡京以及梁中书、高廉等朝廷高官贪赃枉法、巧取豪夺、盘剥百姓、毁坏纲纪、草菅人命，能有梁山好汉吗？指责梁山好汉不是英雄而是强盗的人，连一点起码的历史唯物主义常识都不懂啊！

第四，讴歌了"劫富济贫""路见不平拔刀相助"的草莽英雄主义精神。鲁智深拳打镇关西、野猪林救护林冲、桃花村义救民女，武松为兄报仇、义助施恩，李逵智救刘小姐等故事，充分表达了对违背儒家思想道德准则的邪恶行为的无比痛恨。作者借助李逵、鲁智深、武松等众英雄的双手，斩除那些邪恶小人，伸张正义，大快人心。作者描写李逵割李鬼的肉吃、挥舞双斧将装神弄鬼、偷奸淫乱的狄小姐和王小二剁作几段，并不是要表现李逵的残忍，而是要表达整个社会对忘恩负义、违背人伦天常的卑鄙小人的诅咒和痛恨。

第五，它既是一部武侠小说，又是一部军事教科书。书中的军事计谋层出不穷，成为后世历代英雄豪杰学习和效法的榜样。明代农民起义领袖张献忠多次击败官军，用明朝大臣的话来说，其计谋多出自《水浒传》一书。

现在有专家在研究宋江的政治、经济、管理等方面的经验，并将其服务于经济建设，真正做到了古为今用，值得我们认真学习和借鉴。

鲁智深原型为狄青

山西柳林　吕世宏

《广州日报》编辑刘黎平曾于2012年6月27日在《广州日报》撰文提出,《水浒传》人物鲁智深的原型为后周太祖皇帝郭威,因为郭威确实杀过一个屠夫。笔者认为,鲁提辖拳打镇关西可能参考了郭威故事,但其原型并非郭威而是汾州狄青,狄青为北宋时期人物,与小说时代吻合。

《水浒传》第九十九回(百二十回本)"花和尚解脱缘缠井 混江龙水灌太原城"讲到,卢俊义驻扎在汾阳城时,鲁智深突然出现,有人问他从哪里来,他说:"不是天上下来,也是地上出来"。原来鲁智深在晋东南一带征战,突然掉入深不见底的地穴中不知道出路,此地穴即缘缠井。后遇见一和尚,对他指点了一番,最后说:"来从来处来,去从去处去",和尚突然消失,鲁智深也突然出现在汾阳城东,正赶上贼寇攻城,鲁智深即参与战斗。故事中的"缘缠井、欲迷天"皆比喻争名夺利的朝廷,和尚指点鲁智深"来从来处来,去从去处去",即点拨他"君从故乡来还是回故乡去吧",小说家写这一神话的意义,在于点明鲁智深就是汾阳人狄青的化身。

一、"老种经略相公处"实指延安东北方的清涧宽州

鲁达曾对史进说道:"俺也闻他(王进)名字,那个阿哥不在这里。洒家听得说,他在延安府老种经略相公处勾当。俺这渭州却是小种经略相公镇守。那人不在这里。你即是史大郎时,多闻你的好名字,你且和我上街去吃杯酒。"此处所谓"老种经略"是指镇守清涧城的种谔,小种经略是指种谔之子种师道。北宋康定元年(1040)八月,范仲淹知延州,到任后修筑青涧城,作为抗击西夏侵扰河东的军事基地,而经营这处城建的官员正是种谔之父世衡。

史载鄜(富县)州签书判官种世衡上奏朝廷,请求在延安东北的宽州故垒筑城,"以当寇冲,右可固延安之势,左可致河东之粟,北可图银、夏之旧"。朝廷采纳其议,于宽州故垒筑城。这正合陕西经略安抚招讨副使范仲淹心意,他御敌之术的核心内容就是在边境筑城,连成一条河西防线,把西夏军队挡在黄河外。范仲淹便命种世衡主持筑清涧城。后种世衡父子长期镇守清涧城,河东石州汾州皆在父子影

响范围之内。鲁提辖口里的老种和小种应当分别指种世衡之子孙种谔和种师道父子。

二、假渭州指代汾州

《水浒传》里的假渭州隶属于太原府，通缉鲁提辖的通缉令即由太原府下达，"代州雁门县依奉太原府指挥使司，核准渭州文字，捕捉打死郑屠犯人鲁达"。鲁达是太原府身份，鲁提辖"脑后两个太原府扭丝金环，上穿一领鹦哥绿丝战袍"即是标志。

北宋时期，河东路治太原府，其地东际常山，西逾河，南距底柱，北塞雁门，即今山西长城以南、闻喜县以北全境，及陕西佳县以北之地，统并、代、忻、汾、辽、泽、潞、晋、绛、慈、隰、石、岚、宪、丰、麟、府等十七州。渭州只能是这十七州之一。

《水浒传》的假渭州地在华州之东北，九纹龙史进独自北行了半月之上，才来到渭州。鲁提辖打死镇关西后逃离假渭州，"一连地行了半月之上，却走到代州雁门县"。金老汉妇女离开假渭州后投奔了代州："自从得恩人救了老汉，寻得一辆车子，本欲要回东京去；又怕这厮赶来，亦无恩人在彼搭救，因此不上东京去，随路望北来"。说明《水浒传》中的假渭州又在代州之南。假渭州南行半月才是华州，北行半月即代州，说明《水浒传》中的假渭州地处华州、代州之中点。而华州、代州之中点正好是汾州。北宋时"老种经略"镇守清涧、绥德一带，因为西夏侵扰，华阴前往清涧绥德等地多绕道河东路汾州。《水浒传》里的假渭州地近延安府清涧城，为"老种经略"清涧城的后勤之地，而汾州恰好是延安清涧城之后备，与延安清涧城一河之隔。汾州输送河西的粮道，文彦博曾经修缮："文彦博任河东转运使，鄜州饷道回远银城，河外有唐时故道，废弗治，文彦博父文自为转运使日，将修复之未及而卒，文彦博嗣成父志"。北宋后期，史实中的渭州治甘肃平凉，而《水浒传》里的假渭州显然不是指甘肃平凉，作者是以"渭州"通假太原府辖境之"汾州"，故《水浒传》之渭州实为汾州之寓名。

三、拳打镇关西故事取自狄青打死拦街虎

鲁提辖打死镇关西的地方叫状元桥，郑大官人便是此间状元桥下卖肉的郑屠，绰号镇关西。"状元桥"为"王壮桥"之音转，即暗示这一故事取自汾州王壮桥。

宋时，汾州通往太原之官道经陈家庄村北一桥，此地是南来北往必经之路。陈家庄镇有一个恶霸名叫王壮，绰号"拦街虎"，凡到镇上喝酒吃饭之人，他都要勒索一份酒饭，若遭拒绝，就要被毒打。狄青对此非常痛恨，决心要为民除害。一天，狄青打工路过陈家庄，来到镇上喝酒，并不把拦街虎当回事，"拦街虎"见他竟敢拒绝请客，动手便打，狄青大怒，奋起反击，出手将"拦街虎"打死。后来狄青因此被脸上刺字发配从军。此后乡人便将该桥称为王壮桥，后易名为康庄桥。至今狄青怒打"拦街虎"的故事，仍然刻在陈家庄康庄桥头的石碑上。此事在历史上也有原型。宋代文献记载狄青之兄长打死人，狄青代兄受过，刺字充军，而民间则流传"打死拦

街虎"的典故。狄青为民除害的英雄壮举深受乡民拥戴,其故事广为流传,太原人罗贯中自然知道。罗贯中在加工《水浒传》的时候,将故事植入小说中鲁达的身上,是十分自然之事。

鲁智深倒拔垂杨柳的故事可能也源自狄青的经历,民间传说,狄青与拦街虎打斗时,曾经把铁锹一下插入土中只露手柄,明清小说里也有狄青轻举大碌碡的故事。

应注意的是,《水浒传》中鲁达的故事与郭威的经历确有相似之处,但郭威并非鲁达的原形。《郭威传》里确实有郭威杀屠夫的故事:"威尝游于市,市有屠者,常以勇服其市人。威醉,呼屠者,使进几割肉,割不如法,叱之。屠者披其腹示之曰:'尔勇者,能杀我乎?'威即前取刀刺杀之。一市皆惊,威颇自如。为吏所执,李继韬惜其勇,阴纵之使亡,已而复召置麾下"。《水浒传》借用了《郭威传》里的割肉细节,与狄青打死拦街虎故事揉合在一起,就写成了"拳打镇关西"的故事。但从鲁提辖和北宋"种家军"的联系以及"关西五路使"这一身份来看,鲁提辖原型不是郭威。

四、鲁提辖生平取自狄青生平

小说中写道,鲁达再入一步,踏住胸脯,提着醋钵儿大小拳头,看着这郑屠道:"洒家始投老种经略相公,做到关西五路廉访使,也不枉了叫做镇关西!你是个卖肉的操刀屠户,狗一般的人,也叫做郑关西!"作者借鲁达之语,交代了鲁智深生平。

而汾州狄青从军最早即在延安府。种世衡修筑清涧城的时候,狄青为延州指使,"指使"为下级官员,狄青被范仲淹赏识,离不开种世衡的举荐。北宋《画墁录》明确记载狄青是种世衡的部下,发迹于种世衡的培养:"狄武襄,西河书佐也,遘罪入京窜名赤籍,以三班差使殿侍出为清涧城指挥使。种世衡知城,范文正帅鄜延,科阅军书至夜分,从者皆休,唯狄(青)不懈,呼之即至,每供事两手如玉,种(世衡)以此异之,授以兵法然,又延之于范公,遂成名"。文章明确指出所谓延州指使,实际上是清涧城指挥使。后来狄青果然是关西五路指挥使,狄青因抗击西夏积功升任西上阁门副使,晋升为秦州刺史、泾原路副都总管、经略招讨副使,又加升为捧日天武四厢都指挥使,正如鲁达所吹嘘的"关西五路廉访使",号称镇关西。北宋并没有"廉访使"一职,小说借用了元代官名,实际上表示"五路指挥使"。

还有许多细节可以表明鲁达的生平取自狄青生平。如鲁智深在东京居住于相国寺,暗示狄青因居住相国寺被人怀疑有越位之嫌而贬官陈州。鲁智深因有纹身被称花和尚,暗示狄青因面有刺字,号称面涅将军。鲁智深征方腊,生擒方腊,象征狄青平定侬智高。鲁智深拳打镇关西和倒拔垂杨柳故事皆本自狄青轶事。

五、《水浒传》里的杏花村

《水浒传》中不止一次描写过杏花村酒家。这大概是因为《水浒传》的作者之一罗贯中是太原人,他将山西杏花村羊羔酒写入书中,这便是小说中杏花村酒家的原型。

如书中描绘渭州潘家酒楼时附有一首赞诗:"风拂烟笼锦旆扬,太平时节日初长。能添壮士英雄胆,善解佳人愁闷肠。三尺晓垂杨柳外,一竿斜插杏花傍。男儿未遂平生志,且乐高歌入醉乡"。其中"三尺晓垂杨柳外,一竿斜插杏花傍"一句,点明渭州潘家酒店销售的是山西杏花村盛产的羊羔美酒。诗句化用自唐代诗人许浑句"薄烟杨柳路,微雨杏花村",许浑该句即创作于通往山西的路上。书中还写了五台山下的杏花村酒家,相关原文如下:

> 智深再回僧堂里取了些银两揣在怀里,一步步走下山来;出得那"五台福地"的牌楼来看时,原来却是一个市井,约有五七百户人家。智深看那市镇上时,也有卖肉的,也有卖菜的,也有酒店、面店……智深情知不肯,起身又走,连走了三五家,都不肯卖,智深寻思一计,"不生个道理,如何能构酒吃?"远远地杏花深处,市梢尽头,一家挑出个草帚儿来。智深走到那里看时,却是个傍村小酒店。智深走入店里来,靠窗坐下,便叫道:"主人家,过往僧人买碗酒吃"。店家看了一看道:"和尚,你那里来?"智深道:"俺是行脚僧人,游方到此经过,要卖碗酒吃。"店家道:"和尚,若是五台山寺里师父,我却不敢卖与你吃。"智深道:"酒家不是。你快將酒卖来……"

五台山位于山西境内,其杏花村酒家自然是山西杏花村分店。那么渭州潘家酒楼的地理位置在哪里?渭州地处华阴、延安、太原、代州四地之间,实际上与山西杏花村所在地十分靠近,是汾州化身,所以潘家酒楼销售的杏花村酒也是山西羊羔美酒。

《水浒传》最后,设计了鲁智深偈语"遇林而起,遇山而富。遇州而迁,遇江而止。逢夏而擒,遇腊而执。听潮而圆,见信而寂",概括了鲁智深一生,其实后两句也是狄青一生的概括。"逢夏而擒,遇腊而执"概括了狄青的两大功劳:屡败西夏,平定侬智高。"听潮而圆"暗指狄青入朝廷升为"枢密使"达到一个军人的最高成就。"见信而寂"暗指狄青死于不被信任上,即因为功高震主朝廷不再信任狄青,致其被猜忌抑郁而死。鲁提辖的故事从地理和人物经历上来看,与狄青生平更为接近。太原人罗贯中为《水浒传》作者之一,罗贯中对汾州狄青的故事比较熟悉,所以在创作鲁提辖形象的时候,巧借狄青为蓝本塑造小说人物。鲁智深谥号"义烈昭暨禅师",即忠义节烈昭然。类似余靖赞狄青曰:"天生狄公,辅圣推忠。情存义烈,志嫉顽凶"。

关于《三国演义》作者罗贯中的籍贯,有太原说和东原说之争,罗贯中也是《水浒传》的修订之一,而"鲁智深原型狄青"的破译,无疑增加了太原说的权重。

一本书三个人与一座城再探[①]

浦玉生

一

元末明初之际,中国文坛上有一部辉煌的小说巨著横空出世,从此在人类文学艺术的灿烂天宇高悬了一颗光耀千秋的星斗——《水浒传》。提到《水浒传》,就不能不提及《水浒传》的作者施耐庵、他的学生罗贯中、主角宋江的原型——张士诚以及他们与盐城的渊源。

施耐庵,本名彦端,字子安、肇瑞,又字耐庵。元成宗元贞二年(1296)生于泰州海陵县白驹场街市(今盐城市大丰区白驹镇)。他生活在一个风起云涌的时代。当时,元朝统治者荒淫腐败,人民生灵涂炭,阶级矛盾与民族矛盾交织在一起的元帝国开始分崩离析。韩山童首先发难于中原,"石人一只眼,挑动黄河天下反",接着,刘福通、朱元璋响应于皖北,方国珍点火于福建,陈友谅起事于江西,真正到了狼烟四起的地步。施耐庵的同乡张士诚也于元至正十三年(1353)在泰州白驹场率盐民举起义旗,次年占据了高邮,建国号曰周,自称诚王。此后他渡江南下,攻占了常熟、湖州、松江、常州等地。元至正十六年(1356),张士诚定都平江(今苏州),称吴王。清代著名学者纪晓岚说,"适张氏据吴,东南之士,咸为之用。"施耐庵及其学生罗贯中、好友鲁渊、刘亮等,应张士诚之聘,做了幕僚。然而,张士诚却不是一个胸怀大志的人,他只想偏安一隅。张士诚不仅降元,而且反过来攻安丰,杀刘福通,本来对张士诚抱有热切希望的知识分子开始感到失望,觉得他天下未定就急于称吴王,成不了大器,于是相继离去。鲁渊、刘亮离开吴中时,施耐庵作《秋江送别》套曲相赠。

不久,施耐庵也离开了张士诚,隐居于今张家港市凤凰山永庆寺和江阴市祝塘镇大宅里一带,靠教书为生,并继续《水浒传》的创作。至正二十七年(1367),苏州

[①] 本文为2021年盐城市政府社科奖励基金项目相关成果。项目编号21SKD75,课题组成员为施长华、浦海涅、窦应元。

城破,张士诚兵败被俘,后死于金陵。朱元璋在苏州一带大肆搜捕张士诚的余部,为避祸,施耐庵回到江北,定居于白驹。因为写了"倡乱之书"的《水浒传》,施耐庵被关进刑部大牢一年有余,后染病,晚年流徙淮安一带活动。清道光年间,淮安有人还能确指施耐庵的书斋,以及隔壁罗贯中的寓所。全国第三次文物普查发现,施耐庵书斋在今淮安大香渠巷6号。据出土的施廷佐墓志铭记载"(曾)祖彦端会元季兵起播浙",与早先传世的明清笔记记载"钱塘施耐庵""元人武林施某"所述的时间、地望相吻合。

施耐庵陵园在今泰州兴化市新垛镇施家桥村,仿施耐庵故居(施氏宗祠)改建的施耐庵纪念馆在今盐城大丰区白驹镇花家垛上。这正应验《水浒传》第一百二十回中所说的:"楚人怜其忠义,葬在楚州南门外蓼儿洼内,建立祠堂,四时享祭"。正是:"千古蓼洼埋玉地,落花啼鸟总关愁。"

二

文学是语言的艺术,一部近百万字的巨著《水浒传》中,不仅有山东方言,江浙吴越方言,也有施耐庵故里的盐城方言"本场话"。作家创作文学作品,无不打上他生活的环境烙印。以下试举几例进行说明。

噇(chuang):毫无节制地大吃大喝,现泛指滥吃,含贬义,多用于小孩,偶尔也用于成人。第四回中,鲁智深首次吃醉酒回寺庙,门子拦着他骂道:"你是佛家弟子,如何噇得烂醉了上山来。"第十四回中,赤发鬼醉卧灵官殿中,晁盖冒认刘唐作外甥,骂刘唐道:"畜生!你却不径来见我,且在路上贪噇这口黄汤。"这个"噇"在山东方言、吴越方言中是不讲的,只有在江淮方言、下江官话中是说的。盐城水浒文化博物馆开馆之际,《新华日报》曾报道,引用群众的话说:"真是一字传神啊!"

团团:是周围的意思,类似的说法还有"家后团团",表示房子四周、家边邻居。第十回中,林冲在草料场服刑时,大雪压塌了草厅,林冲只好到路边的小庙暂歇。这庙是小庙,"团团看来,又没邻舍,又没庙主。"

一了:是本来、最初的意思。第十六回中,杨志押送生辰纲路过黄泥冈,晁盖他们与白胜有一段对话,是故意大声说给杨志等人听的。"七个客人道:'正不曾问得你多少价钱?'那汉道:'我一了不说价,五贯足钱一桶,十贯一担。'"

活泛:是灵活、活络的意思,一般指动作麻利、手脚灵活,可引申为"能说会道"(嘴头子活泛)。第七回中,鲁智深倒拔垂杨柳后,一天使禅杖给众泼皮看,"智深正使得活泛"。

这早晚:是现在的意思,在大丰方言中,还有与"这晚"同义,至于"那早晚",表示那个时候,以前的意思。第十回中,林冲刚想开门去草料场救火,听到门外有人说话,其中有人道:"这早晚烧个八分过了。"

展布:即抹布。第七十五回中,活阎罗阮小七倒船偷御酒:"阮小七叫上水手来,舀了舱里水,把展布都拭抹了。"

日里:白天的意思,大丰方言里常讲"日里""日徕",都是一个意思。第十六回中:"杨志道:'你这般说话,却似放屁。前日行的须是好地面,如今正是尴尬去处。若不日里赶过去,谁敢五更半夜走。'"

摸不着:是说不准、摸不准、料不定的意思。第十回中有李小二与其妻的对话如下,"老婆道:'你去营中寻林教头来,认他一认。'李小二道:'你不省得,林教头是个性急的人,摸不着便要杀人放火,倘或叫他来看了,正是前日说的甚么陆虞侯,他肯便罢?做出来,须连累了我和你。'"

跐(ci):脚底滑动。第二十三回中,宋江"跐了火锹柄,引得那汉焦躁,跳将起来,就欲打宋江"。

三

施耐庵写宋江,主要是以张士诚为文学原型。本来关于宋江的史料很简略。宋江是北宋宣和年间起义的,号称横跨三年,实际上只过了一年多时间,便失败了。但在《水浒传》中呈现的却是波澜壮阔的农民起义,延续了十多年时间。小说中的宋江与史料中的张士诚常有吻合之处,并且施耐庵有意识地将元末的时事揉进小说之中。从人的秉性上看,第十八回,说宋江"于家大孝,为人仗义疏财,人皆称他做孝义黑三郎""疏财仗义更多能……及时甘雨四方称,山东呼保义,豪杰宋公明"。第二十二回,当时的武松还未见过宋江,他说:"我虽不曾认的,江湖上久闻他是个及时雨宋公明。且又仗义疏财,扶危济困,是个天下闻名的好汉。"《明史纪事本末》中说:张士诚"性轻财好施,颇得众心。"从走私贩盐上看,宋江起义非盐民起义,但在《水浒传》中,施耐庵不时地让水浒好汉们"赶些私盐"。第三十七回,混江龙李俊,与出洞蛟童威、翻江蜃童猛一起在浔阳江上"棹船出来,赶些私盐"。第四十回,在白龙庙英雄小聚义中,"李俊引着李立、童威、童猛,也带十数个卖盐火家。都各执枪棒上岸来。"这卖盐火家,就是卖盐的伙计、同伴。《明史纪事本末》说张士诚"白驹场亭民,为盐场纲司牙侩,与弟士德、士信俱以贩盐,缘为奸利"。从张姓称谓上看,施耐庵亲历了张士诚农民起义,有意识地将张姓"张家军"、元末农民起义时的事写入《水浒传》中。开篇之际,在第二回,就让王进说:"小人姓张,原是京师人。"第十一回,又让林冲道:"我自姓张"。第六十一回,吴用说:"小生姓张,名用。"第七十四回,燕青说:"我是山东张货郎""小人姓张,排行第一,山东莱州人氏。"将不是张姓的人物说成姓张,在书中不下十余处。张三、李四、王五、曹六,为何偏偏自称"姓张"?从小说起名上看,"水浒"与"白驹"均出自《诗经》,也很耐人寻味。"皎皎白驹,食我场藿。""古公亶父,来朝走马,率西水浒,至于岐下。爰及姜女,聿来胥宇。"古公亶父是周文王的祖父,因为他有仁德,得到人民的拥戴,在岐下建立周朝开国的基业。这里暗合张士诚在高邮建国号大周的历史,元至正十四年(1354),"张士诚国号大周,自称诚王,改元天祐"。"水浒",指古公亶父来岐山时经过的漆、沮两水的旁边。《孟子·梁惠王下》记载:"昔者大王(注:即古公亶父)居邠,狄人侵之……逾梁山,邑于岐山之下居焉。"这段史诗,是歌咏周朝开基者古公亶父避狄去邠,渡漆、沮两水,越梁山,到岐下,得到人民的拥戴,开基建国的历史。袁无涯认为作者之所以取"水浒"做小说的书名,是旨在表明"溥天之下,莫非王土;

率土之滨,莫非王臣"。宋江不奢求据有水泊梁山"图王霸业",而只想学姜子牙居东海之滨等候时机辅佐圣主"保境安民"。不仅如此,连张士诚的子孙都姓了周姓。"吴王子,看六岁,城破后,有旧将周国俊,为海盐人,与赵、姚、廉三将自阊门匿出,渡江,栖于通州。从国俊为周氏,名确,字伯坚,族蕃衍至千余家。其世谱所载,谓王更有二子,避出他所,为虞、吴二氏云"(《吴王张士诚载记》第116页)。

相传《水浒传》初名《江湖豪客传》,倒也合情合理。《水浒传》说林冲:"仗义是林冲,为人最朴忠。江湖驰闻望,慷慨聚英雄";《水浒传》第八十一回入回诗:"事事集成忠义传,用资谈柄江湖中",这是文本内证。江湖,就是水浒;豪客,就是忠义。朱元璋征讨张士诚檄文说:"惟兹姑苏,张士诚为民则私贩盐货,行劫于江湖"。

四

关于罗贯中,20世纪30年代郑振铎等人发现了浙江宁波《天一阁蓝格写本正续录鬼簿》记载的一点信息:"罗贯中,太原人,号湖海散人。与人寡合,乐府、隐语,极为清新。与余为忘年交,遭时多故,天各一方。至正甲辰复会,别来又六十余年,竟不知所终。"该记载还透露了罗贯中所作的戏曲:《风云会》(宋太祖龙虎风云会)、《蜚虎子》(三平章死哭蜚虎子)、《连环谏》(忠正孝子连环谏)。1935年鲁迅在《小说旧闻钞》再版序言中说:"自《续录鬼簿》出,则罗贯中之谜,为昔所聚讼者,遂亦冰解,此岂前人凭心逞臆之所能至哉!"

罗贯中(约1316—1400),名本,字贯中,号"湖海散人"。中年时曾入张士诚幕,足迹遍于江淮之间。至正二十三年(1363),因张士诚拒绝劝谏,施耐庵、罗贯中、鲁渊、刘亮等有识之士纷纷离去。罗贯中当与施耐庵相伴,流徙于泰州海陵县白驹场(今盐城市大丰区白驹镇)、淮安市淮安区大香渠6号。明洪武三年(1370)施耐庵在淮安逝世后,罗贯中与淮安王道生告别,山西太原的家是不能回了,于是隐居于大名府浚县(今河南鹤壁市淇滨区许家沟一带)。在黑山之麓、淇水之畔的许家沟背山依水,山清水秀,风景优美,在这里,罗贯中撰写《三国演义》、续写《水浒传》一百二十回本平河北田虎、平淮西王庆部分,直至逝世。罗贯中号"湖海散人",这个号颇有浪迹江河湖海的意味。他长期生活于江淮之间、苏杭一带,明代文学家郎瑛(1487—1566)《七修类稿》卷二十三说:"《三国》《宋江》二书,乃杭人罗本贯中所编。予意旧必有本,故曰编"。明代藏书家胡应麟(1551—1602)所著《少室山房笔丛》卷四十一,在谈及施某编《水浒传》时,说:"其门人罗本亦效之为《三国志演义》"。

李详(1859—1931),字审言,曾任江苏通志局协纂,拟《江苏通志·艺文志》编例,1928年与鲁迅、胡适等12人一道被新成立不久的中央研究院聘为特约著述员。李详为当代方志大家。刘仲书《施耐庵历史的研究》(稿本)中记载李详的话说:"施耐庵先生因为著《水浒传》而坐过大牢,也因为著《水浒传》享了大名,可惜他的生平事迹,不独胡、欧、张、梁四种县志未采入载明,就是他的子孙谈到他的真相,也是'讳莫如深'。现在民国成立,文字既不为科举所束缚,人物又不为专制政体所限制,县志有所记载,从此更没有什么顾忌,那末,大文学家的施耐庵,我们可以从宽采访他的古迹和遗闻,一一载入'补遗'栏中。"遂在《兴化县续志》载入:

《施耐庵墓志》全文:"公讳子安,字耐庵。生于元贞丙申岁,为至顺辛未进士。曾官钱塘二载,以不合当道权贵,弃官归里,闭门著述,追溯旧闻,郁郁不得志,赍恨以终。公之事略,余虽不得详,尚可缕述;公之面目,余虽不得亲见,仅想望其颜色。盖公殁于明洪武庚戌岁,享年七十有五,届时余尚垂髫,及长,得识其门人罗贯中于闽,同寓逆旅,夜间炧烛畅谈先生轶事,有可歌可泣者,不禁相与慨然。先生之著作,有《志余》《三国演义》《隋唐志传》《三遂平妖传》《江湖豪客传》(即"水浒")。每成一稿,必与门人校对,以正亥鱼,其得力于弟子罗贯中者为尤多。呜呼!英雄生乱世,则虽有清河之识,亦不得不赍志以终,此其所以为千古幽人逸士聚一室而痛哭流涕者也。先生家淮安,与余墙一间,惜余生太晚,未亲教益,每引为恨事。去岁其后述元(文昱之字),迁其祖墓而葬于兴化之大营焉,距白驹镇可十八里,因之,余得与流连四日,问其家世,讳不肯道,问其志,则又唏嘘叹惋;问其祖,与罗贯中所述略同。呜呼!国家多事,志士不能展所负,以鹰犬奴隶待之,将遁世名高。何况元乱大作,小人当道之世哉!先生之身世可谓不幸矣。而先生虽遭逢困顿,而不肯卑躬屈节,启口以求一荐。遂闭门著书,以延岁月,先生之立志,可谓纯洁矣。因作墓志,以附施氏之谱末焉"。

在这个墓志铭中,施耐庵与罗贯中被写到了一起,虽然这个记载中有一部分不准确,但其中所述施耐庵与罗贯中的关系,却是可信的,"家淮安"这个地点被全国第三次文物普查所证实,在今淮安市淮安区淮城镇大香渠6号施耐庵书斋,这里也是罗贯中的流徙地。

淮安地处江苏北部腹地,淮河尾闾。大运河龙盘而过,洪泽湖虎踞其间。

淮安府城是个极其繁华热闹之城,这里南船北马,南腔北调,各色人等,众语喧哗。据《史记》记载,淮安在汉朝之前即有"陆则资车,水则资舟"之便。公元前486年,吴王夫差为了争霸中原,开凿古邗沟,全长150余公里,沟通江淮。长江流域的军旅乘船北上,到淮安下船后上车马;黄河流域的军旅乘车马南下,到淮安下车马后上船,"南船北马"汇聚淮安的局面由此形成。淮安一直是郡、州、路、府的治所,是江淮流域一个经久不衰的政治、文化中心和军事重镇,素有"壮丽东南第一州"的美誉。元末明初,淮河、大运河纵贯全境,淮安成为"九省通衢,七省咽喉"。

汉武帝元狩六年(前117),汉朝廷设置射阳县,此为淮安境域建县之始。东晋义熙七年(411),改射阳县为山阳县,南齐永明七年(489),分山阳县百户置淮安县,淮安之名始于此。隋唐宋时期于此置楚州。元代置淮安路,明清置淮安府。淮安古城最早筑于东晋义熙年间(405—418),以后多次修葺和重建。元至正十六年(1356),张士诚义军攻占淮安,脔割守臣褚石华。至正二十五年(1365),张士诚部将史文炳于旧城北一里许建筑新城。明嘉靖三十九年(1560),当地人将新老城连接起来,称联城或夹城。整个城市以镇淮楼为中心,形成棋盘式道路格局,水面占城市总面积百分之三十。新中国成立后,东西长街和南北门大街,东西向的镇淮楼东、西路,东、西门大街等主街道被拓宽。

元末明初时淮安城内的王肇庆当典,是苏北地区最大的一个当铺。王肇庆老板为人不俗,喜欢结交世上名流。他家产甚富,院中有花园戏楼、亭台楼阁、荷池假山。施耐庵与王肇庆交情甚厚,患难与共。他隐居在王家书房,不久买下了淮城棋盘街东头都土地祠西侧一个单门独院,得以一边治病,一边修改《水浒传》。而其隔壁即为罗贯中寓所一间,他在创作《三国志通俗演义》。

此处"耐庵书斋"坐北朝南,是个闹中取静的好地方。东侧百米许是淮安市中心的镇淮楼。该楼始建于宋代,原为镇江都统司酒楼;明代时曾置铜壶刻漏以报时,故名谯楼,又名鼓楼;清代后期,因水患不断,遂改名"镇淮楼",含有"镇慑淮水"之意。西侧百米许是里运河,进是闹市,退是运河。大运河开通后,四通八达,进退自如。在都土地祠后也有深意,都土地祠是纪念张士诚的,朱元璋夺得天下后不能明祭,所以只能以祭张巡为名。宋辽开战是以淮河为界,这里有着许多惊天地泣鬼神的故事。

施耐庵在明天都外臣序本《水浒传》第一百回本最后一回中说:"原来楚州南门外,有个去处,地名唤着蓼儿洼。其山四面都是水港,中有高山一座,其山秀丽,松柏森然,甚有风水,虽然是个小去处,其内山峰环绕,龙虎踞盘,曲折峰峦,陂阶台砌,四围港汊,前后湖荡,俨然是梁山泊水浒寨一般。"《水浒传》中所言"四义士墓",在《淮安市志》有记载为"官家大坟茔",相传为"淮南盗"宋江墓。宋时的盐城县,在行政上是属(淮安)楚州的。

而罗贯中当然也要在其《三国演义》中留下痕迹。曹丕奉汉献帝为山阳公,何以如此呢?罗贯中此处当指都土地祠是纪念张士诚的深意,而施耐庵、罗贯中所居住的大香渠 6 号的巷口就是都土地祠,其他的外人有所不知。如清代吴玉搢《山阳志遗》记载:

> 郡城有都土地祠,其神封山阳公,本不必实其人。俗人读《三国演义》,见曹丕奉汉献帝为山阳公,遂认以为实,书庙榜称之。不知《后汉书·献帝本纪》注,明言"河内山阳",何得移置此地?《郡志》亦不知此言出典,改云:"汉世祖建武十五年,封子荆为山阳公,治山阳,十七年为王国,神乃巨祸之子。"按:此说见于郦道元《水经注》,宜为可据,然郦注亦误。光武时,此地郡县皆无山阳之名;建武十五年封皇子十人,如右翊,如楚,如东海,如济南,如东平,如淮阳,如左翊,如琅邪。九处非郡即国,何独子荆乃封之以非郡非国之山阳乎?古人封国,无是例也。道无因《明帝本纪》:"永平元年徙山阳王荆为广陵王。"后世接壤,遂误认耳。荆所封实兖州山阳也"①

《三国志通俗演义》卷十一"诸葛亮二气周瑜"一节中,叙及"拖蓬船"时有夹注说:"此船极快,两浙人呼剑子船,淮南人呼艇船。"由此可知,罗贯中曾长期活动于

---

① 孔另境. 中国小说史料[M]. 上海:上海古籍出版社,1982.

两浙及淮南一带,故对当地的舟船及方言颇为熟悉,他长期生活于江淮之间,这是没有疑问的。

罗贯中参加过张士诚起义,张士诚又是施耐庵的老乡。明王圻《稗史汇编》说:"如宗秀罗贯中,国初葛可久,皆有志图王者;乃遇真主,而葛寄神医工,罗传神稗史。"清顾苓《塔影园集》说:"罗贯中客霸王府张士诚,所作《水浒传》题曰《忠义水浒》。……至正失驭,甚于赵宋,士诚跳梁,剧于宋江,《水浒》之作,以为士诚讽谏也。"清徐渭仁《徐鈵所绘水浒一百单八将图题跋》:"施耐庵感时政陵夷,作《水浒传》七十回。罗贯中客伪吴,欲讽士诚,续成一百二十回。"以上明清三条笔记均认同罗贯中参与了张士诚起义,显然不是空穴来风的。

在盐城市大丰区白驹一带流传不少有关罗贯中的传说,"施耐庵与'水浒'的传说"已被列为江苏省口头及非物质文化遗产,随着施耐庵史迹的"水落石出",罗贯中史实也会"山高月小"。笔者在长篇人物传记《湖海散人——罗贯中传》一书中有所描述:

> 泰州海陵县白驹场(今盐城市大丰区白驹镇)有个关帝庙,每年农历五月十三,都有庙会,烧香、游玩的游人如织,十分热闹。罗贯中在写《庞令明抬榇决死战,关云长放水淹七军》一回时,因前面写过几次"水战",想写得与前面不雷同,写了改,改了写,自己总是不满意。正在这时,施耐庵让其一起去参加庙会,散散心。

> 白驹场关帝庙,位于白驹镇东南凤凰桥西,世传北宋景德年中建成,宋朝以前为真君庙,内供真君娘娘塑像一尊。北宋初年大水临门,沟港无边,庄禾俱没。庙僧见一木盒飘泊水中,随波荡漾,众僧奇而捞之,打开观看,内装关帝神像一轴,乃喜设殿堂,沐手焚香,祷告斋供。众人皆说,此乃关老爷真像,从此募捐造殿,更名关帝庙。范仲淹曾作碑记。

> 施耐庵、罗贯中同游白驹关帝庙,施耐庵与罗贯中进得山门,只见山门前有一对盘立石狮,此一对高大的盘立石狮完好无损,今已移至盐城市大丰区施耐庵公园内。

> 庙门两旁的对联是:
> 　　庙镇白驹,瞻圣像无双,礼拜千秋逢竹醉;
> 　　楼非黄鹤,听众音迭奏,依稀五月落梅花。

> 与关帝庙头进并排,东边魁星楼,再北为文昌宫,华佗殿、痘神祠分立左侧前后;西属蚂蚱殿,其后香积厨、鹤林厅。第二进为拜殿,第三进为正殿,正殿供奉红脸关公,殿内楹联有数十副,如"赤兔追风,万里如同咫尺;青龙偃月,千秋不减锋芒""有半点生死交情亦可入庙谒帝;无一些忠义血性何须叩首焚香"。

> 进得关帝庙,人们常见的关公形象,都是周仓牵马在旁,关平执刀侧立,关公坐着读《春秋》,让人看了威风凛凛。可白驹关帝庙的关公像却是另外一番样子:关公骑马舞刀在山沟,人马皆无腿,周仓赤脚弯腰在山坡,两手向前作舀水状,关平揪住一大汉身中厮打,也只有半个身子,这是怎么回事呢?

施耐庵、罗贯中二人在庙中转了一回,被小和尚请到方丈室内用茶,罗贯中按捺不住心中的疑团,便问老和尚说:"贵庙的关公像为何这等模样?"

老和尚说:"关公乃文武全才,忠烈盖世,死后封神。想当初建庙塑像时,本来也是塑的金身坐像,尚未竣工,半夜时洪泽湖的水下来了,把塑像冲得东倒西歪,洪水退后,人马都只剩下上半身,为了赶在五月十三庙会前,庙里当家师父愁得日夜吃不下,坐不宁,夜来梦见关公显圣,说:'老和尚不必忧愁,当年我水战庞德,半身在水中,你就照此塑像好了。'老和尚醒来喜不自胜,就叫匠人把剩下的上半身略加修整,才成了现在这样子。"

洪泽湖是空中的"悬湖",其湖底高于淮扬里下河地区四至八米,民谚说:"倒了高家堰,淮扬二府不见面",现洪泽湖变成了一个巨型的平原水库。洪泽湖大堤史称高家堰、捍海堰。宋高宗建炎二年(1128),金兵南迁,宋将杜充决开黄河,以水代兵,河水部分南流,由泗入淮。南宋绍熙五年(1194)黄河于河南阳武(今河南省原阳县)决口,分为南北二支,南支冲入泗水,经淮阴注入淮河而入海。

老和尚的话,说到了罗贯中的心里,他想:我已写过曹操水淹冀州,张飞据水断桥,周瑜火烧赤壁,都与水战有关,这次我何不就写山洪暴发,水淹七军,庞德被俘呢?

"关云长水淹七军":看了半晌,唤向导官问曰:"樊城北十里山谷,是何地名?"对曰:"罾口川也。"关公大喜曰:"于禁必为我擒矣。"将士问曰:"将军何以知之?"关公曰"鱼入罾口,岂能久乎?"诸将不信。

……

众视之,擒庞德者,乃周仓也。他素知水性,又在荆州住了数年,愈加惯熟;更兼力大,因此擒了庞德。于禁所领七军,皆死于水中,其会水者,料无去路,亦皆投降。后人有诗曰:

夜半征鼙响震天,襄樊平地作深渊。
关公神算谁能及,华夏威名万古传。

关于白驹关帝庙,清代袁枚《子不语》中记载:"相传东台白驹场关庙,周仓赤脚,因当日关公在襄阳放水淹庞德时,周仓亲下江挖坑故也。戊申冬,余过东台,与刘霞裳入庙观之,果然赤脚。又见神座后,有一木匣,长三尺许,相传不许人开。有某太守祭而开之,风雷立至。"这末尾与《水浒传》楔子中"遇洪而开"有几分相像。当然,这是后话。

袁枚(1716—1798),字子才,号简斋,或作存斋,祖籍浙江慈溪,后迁居杭州。清乾隆时进士,入翰林,曾先后任溧水、江浦、沭阳、江宁等县县令,有政声。中年时隐居江宁(今南京)小仓山的随园,自称仓山居士、随园老人,是清代中叶著名的文学家和诗人。

施耐庵、罗贯中是一对师生关系,是中国古典文学名著的双子星座,他二人又都参加了张士诚起义,这不免让人"斟酒细思量"。

五

2016年2月5日开馆的盐城市水浒文化博物馆,面积近3000平方米,以"一本书、三个人、一座城"的布展理念,分别从四个方面展陈了中华优秀的传统文化——水浒文化。水浒文化源于盐城,影响社会,走向世界。博物馆主要设有如下四个展厅。

第一展厅:仰望经典《水浒传》。《水浒传》为我国明清小说开辟了一条健康宽阔的道路。读者从后来的言情小说《金瓶梅》《红楼梦》,英雄小说《说岳全传》《杨家将》,均可看出《水浒传》对其的影响。《水浒传》《三国演义》《金瓶梅》《西游记》在明末清初被称为"四大奇书";在现、当代,《水浒传》《三国演义》《西游记》《红楼梦》被称为"四大名著"。这两种称号都反映了人们对这些作品的思想内容和艺术成就的高度评价。

第二展厅:文坛巨匠施耐庵。施耐庵写就的《水浒传》,是中国小说史上的第一座高峰和里程碑。以四大名著为代表的明清小说,属国学范畴。《水浒传》已进入世界文学之林,成为世界名著之一。100年前日本北村三郎在《世界百杰传》中,于中国仅取孔丘和施耐庵二人为传。孔子是高雅文化的代表,施耐庵是通俗文学的权威。一雅一俗,相得益彰。

第三展厅:宋江原型张士诚。施耐庵明写宋江、暗写张士诚,从"施耐庵与'水浒'传说"列为省级非物质文化遗产中,可以知道宋江起义的原型,不少是张士诚起义的义军代表。《水浒传》楔子写到的"北极殿",今在大丰区草堰镇,这是张士诚揭竿起义的所在地;施耐庵在《水浒传》最后一回"卒章显志"、一咏三叹写到楚州南门外的"蓼儿洼",与梁山泊无异。

第四展厅:湖海散人罗贯中。盐城地处秦岭—淮河一线,秦岭—淮河一线是我国南方北方的自然地理分界线。盐城地处亚文化带上,相对于江苏南通的江海文化,连云港的山海文化,盐城是湖海文化。罗贯中既跟随施耐庵参加张士诚起义"客霸王府",又在张士诚兵败后浪迹江河湖海,号"湖海散人",他插增了《水浒传》征田虎、王庆的故事。

历史是城市的记忆和缩影,文化是城市的灵魂和品质。岁月匆匆,一本书、三个人与一座城的故事仍在盐城人之间口口相传。为了纪念这段过往,弘扬中华优秀的传统文化,盐城创立了水浒文化博物馆,即被列为江苏省首批中华文化海外交流基地之一。2020年它与中国海盐博物馆、盐城市博物馆一起成为国家二级博物馆。

千秋传颂《水浒传》,万代景仰施耐庵。《水浒传》源于盐城,影响社会,走向世界。

《水浒传》的思想内涵、艺术价值和文化意蕴

石麟 金玲：再谈梁山水泊灌溉「小说林」

韩晓：横云断山：古代小说叙事空间化的一种理论总结

于光荣：武松与酒

魏明：从「水泊梁山」看制度建设的重要性

谭淑娟：从士的层面看《水浒传》中的人物及命运

李维东：换个角度看水浒

汤书卿：浅析《水浒传》小说中的招安现象

王路成：「文学四要素」视角下明清《水浒传》序跋研究

卢梦：一体三式 结三而一——论《水浒传》叙事结构模式

再谈梁山水泊灌溉"小说林"

湖北师范大学　石　麟
临海岭景小学　金　玲

此前,笔者曾经撰写《梁山水泊灌溉"小说林"》一文,刊载于《水浒争鸣》第十五辑,主要谈的就是《水浒传》对后世小说的影响问题。其中,言及这是一个"迢迢不断如春水"的话题,亦即对这个问题的挖掘是无穷无尽的。准乎此,又作《再谈梁山水泊灌溉"小说林"》一文,以求方家指教。

一、盘陀路·圈儿·红灯

关于《水浒传》"三打祝家庄"情节单元中所描写的错综复杂的"盘陀路",笔者在《闲书谜趣》一书中曾经指出其来自《三国演义》中的八阵图。当然,较之八阵图而言,盘陀路虽没有那么气势磅礴,却更富有生活气息,自有其特色:

> 老人道:"我这村里的路,有首诗说道:'好个祝家庄,尽是盘陀路:容易入得来,只是出不去!'"……石秀再拜谢道:"爷爷!指教出去的路径。"那老人道:"你便从村里走去,只看有白杨树便可转湾。不问路道阔狭,但有白杨树的转湾便是活路,没那树时都是死路。如有别的树木转湾,也不是活路。若还走差了,左来右去,只走不出去。更兼死路里,地下埋藏着竹签、铁蒺藜。若是走差了,踏着飞签,准定吃捉了,待走那里去?"(《水浒传》第四十七回)

这种"白杨树便可转湾"的标记描写,到了《施公案》中,却变成了"遇着松树右手转弯;遇着柏树左手转弯"(第二百一十九回)。再往后,在《七剑十三侠》中,却又将"八阵图"之名与"盘陀路"之实融为一体:"这马家村俗名叫做八阵图,外方人初到此间必要迷途。"(第五十回)"出村在右,进村在左。到了转弯之处,但望前边冬青在右面,便是出路。"(第五十一回)这种描写虽无大错,却有个小问题:

> 这里只用一种"冬青树"作为转弯的标志,却有描写上的瑕疵。冬青树虽然如同松柏四季常青,作为指路的标志是再好不过了,但"出村在右,

进村在左"则显然是有问题的。因为,出村的右边就是进村的左边,反之亦然。既然左左右右都是冬青树,究竟该往哪边转弯呢?这种描写,就不如"遇着松树右手转弯;遇着柏树左手转弯"科学。(《闲书谜趣·"八阵图"与"盘陀路"》)

除了以"树"为路标之外,还有更简洁的表现方式——画圈儿。《说唐全传》第四十七回所写言商道的小路就是这样的:

> 一日,毛丞相道:"人主初登大位,人多粮草少。介休今解来粮草一万,打从此处经过,请大王发兵夺取,不知可使得么?"……勾阁老忙奏道:"主公,臣有一计,包管容易成功,主公的威风不必说了,但是我们这里人少,寡不敌众,主公可穿出大路,挡住了解粮的将官,臣等往斜路抢了就走,不怕不成功了。"咬金道:"倘被他追杀进来。又费力了。"毛丞相道:"主公放心,这里言商道中,路径最杂。但凡活路上多有圈儿暗号,死路上没有圈儿暗号,我们这班人却认得清切,多是会走的,若外来的人,那里晓得?他也吊来吊去,多是死路,没处旋转,纵有千军万马,也只当吃孙子的了。"

画圈儿作路标虽然较之种树方便,但显得有些死板,没有生活情味。但无论如何,这种难走的"八卦阵"般的"盘陀路"的始作俑者却毫无疑问是《水浒传》。而且,《水浒传》中除在白杨树指引的盘陀路之外还有一个细节,那就是红灯指向敌人的描写。这种配合盘陀路的决胜手段也来自"三打祝家庄"的情节单元中。我们还是回到白杨指路的迷魂阵:

> 宋江催趱人马只看有白杨树便转。宋江去约走过五六里路,只见前面人马越添得多了。宋江疑忌,便唤石秀问道:"兄弟,怎么前面贼兵众广?"石秀道:"他有烛灯为号。"花荣在马上看见,把手指与宋江道:"哥哥,你看见那树影里这碗烛灯么?只看我等投东,他便把那烛灯望东扯;若是我们投西,他便把烛灯望西扯。只那些儿想来便是号令。"宋江道:"怎地奈何得他那烛灯?"花荣道:"有何难哉!"便拈弓搭箭,纵马向前,望着影中只一箭,不端不正,恰好把那碗红灯射将下来。四下里埋伏军兵,不见了那碗红灯,便都自乱撺起来。(《水浒传》第四十八回)

如果不是小李广花荣在身边,宋江这一次必吃大亏。那碗要命的"红灯"就是祝家庄与"盘陀路"配合的杀敌"双保险"。幸亏宋江手下人才济济,各尽其长。石秀化妆侦察获得盘陀路的秘密,花荣则用其神箭"消灭"了红灯。如此,则双保险宣告失控、失灵,祝家庄没占到什么便宜。这些《水浒传》中的精彩描写我们暂且不论,引人注目的是,那"红灯指敌"的描写竟然也被后世小说家复制。且看:

> 一声炮响,伏兵四起。前有石春白,后有铁老虎,把李公主团团围住。公主大惊,率众女将死战,但公主往东,梅家兵将俱拥上东来,往西则皆拥上西来。战够多时,天渐昏黑,忽见皆翁山上碗大一盏红灯,跟定公主,往东则指东,向西则指西。(《岭南逸史》第八回)

从白杨树到松柏,再到冬青树,最后简化为画圈儿作路标,再加上"红灯指敌"的参与,《水浒传》对英雄传奇小说乃至侠义公案小说中的战争描写起到了示范作用。这就是榜样的力量,也是经典之所以成为经典的原因。

二、"别有用心"的"校场比武"

《水浒传》中"青面兽北京斗武"一段非常精彩,但作者对那场"校场比武"的安排却是"别有用心"的。

说起来,北京大名府留守梁世杰与发配到此地的杨志关系很不一般。首先,梁中书当年在东京工作时应当认识同在东京做殿司制使的杨志,二人算得上老熟人了;其次,杨志是三代将门之后,五侯杨令公之孙,算得上"官三代"了;再次,梁中书听了杨志怒杀泼皮牛二的故事后颇为感慨,当场就给杨志开了枷,留在厅前听用;又次,杨志自在梁中书府中,早晚殷勤听候使唤。基于以上四方面的原因,梁中书有心抬举杨志,欲要迁他做个军中副牌,月支一分请受。但又怕军中众人不服,一个囚徒怎么能够享受副牌军待遇呢?因此,梁中书传下号令,教军政司告示大小诸将人员,来日都要出东郭门校场中去演武试艺。如此一来,就有了这场"别有用心"的"校场比武"。

在校场上,梁中书当众对杨志说:"杨志,我知你原是东京殿司府制使军官,犯罪配来此间。即日盗贼猖狂,国家用人之际。你敢与周谨比试武艺高低?如若赢时,便迁你充其职役。"(第十二回)这话表面是对着杨志,实际上却是说给众人听的,意谓杨志武艺能胜过哪一级,就享受哪一级的待遇,因为当时周谨就是"副牌军"。结果,杨志与周谨先比枪后比箭,紧张地比划开了:

> 那周谨跃马挺枪直取杨志,这杨志也拍战马捻手中枪来战周谨。两个在阵前来来往往,翻翻复复,搅做一团,扭做一块。鞍上人斗人,坐下马斗马。两个斗了四五十合。看周谨时,恰似打翻了豆腐的,斑斑点点,约有三五十处。看杨志时,只有左肩胛上一点白。……杨志早去壶中掣出一枝箭来,搭在弓弦上。心里想道:"射中他后心窝,必至伤了他性命。他和我又没冤仇。洒家只射他不致命处便了。"左手如托泰山,右手如抱婴孩,弓开如满月,箭去似流星,说时迟,那时快,一箭正中周谨左肩。周谨措手不及,翻身落马。(《水浒传》第十三回)

杨志打败周谨,梁中书大喜,准备马上"叫军政司便呈文案来",教杨志取代周谨职役。不料惹恼了正牌军兼周谨的师父索超,这位急先锋挑战杨志,并声言:"如若小将折半点便宜与杨志,休教截替周谨,便教杨志替了小将职役,虽死而不怨。"这一下,杨志可能要更上一层楼了,就连梁中书也暗自高兴:"我指望一力要抬举杨志,众将不伏。一发等他赢了索超,他们也死而无怨,却无话说。"于是,真正的高手过招开始了:

> 二人得令,纵马出阵,都到教场中心。两马相交,二般兵器并举。索超忿怒,轮手中大斧,拍马来战杨志。杨志逞威,捻手中神枪,来迎索超。

两个在教场中间,将台前面,二将相交,各赌平生本事。……当下杨志和索超两个斗到五十余合,不分胜败。(《水浒传》第十三回)

杨志、索超校场比武的结果是"双赢",梁中书不仅赏赐给二人很多钱物,而且将二位都提升为"管军提辖使"。索超是升官发财,杨志更是平步青云了。这次校场比武,也由"别有用心"转换为"皆大欢喜"。

这么一段成功的描写,《水浒传》的后学者当然不愿放过。笔者至少发现了三处,而这三处在大体学习《水浒传》的基础上又各有特色。我们且从与《水浒传》所写比武人杨志的情况颇为相似的《说唐全传》中秦琼的比武说起。

《说唐全传》写秦琼(字"叔宝")因为一个冤案,由公差被诬为响马,最终被发配到幽州。不料幽州元帅罗艺却是秦叔宝的姑父,因秦叔宝三岁时就与姑妈失散,故此相互不认识。秦叔宝被发配到幽州后,姑侄相认。罗艺看到内侄人才出众、兵法甚熟,自然产生了与梁中书对待杨志一样的心理:通过校场比武,显侄儿本事,塞众官之嘴,最终提拔秦琼。

校场上,罗艺当众对秦琼说:"今日本帅操兵,非为别事,欲选一名都领军,不论马步兵丁,因军配犯,只要弓马熟娴,武艺高强,即授此职。你可有什么本事,不妨演习。"(《说唐全传》第八回)于是,秦琼遵命舞动九九八十一路锏法,众人称赞。正当罗艺准备授秦琼为"都护军"时,惹恼了先锋大将伍魁,表示不服,要将自己的先锋大印与秦琼赌射箭。及至秦琼表演神箭,伍魁又提出要校场比武,秦琼胜得他手上大砍刀,方让出先封印。于是发生了校场上的生死争夺战。

伍魁此时眼空四海,目底无人,那里把这秦琼放在心上。仗平生本事,双手舞刀,分顶梁劈将下来。叔宝架得一架,……只听耳壁厢呼呼风响,两条锏如骤雨相同,弄得伍魁这口刀只有招架之功,并无还兵之力。……虚幌一刀,思量要走,早被叔宝右手的锏在前胸一捺,护心镜震得粉碎,仰面朝天,霍咙一交,跌下鞍鞯。此时靴尖不能褪出葵花镫,那骑马溜缰,拖了伍魁一个纾头。可怜伍魁不为争名夺利,只因妒忌秦琼,反害了自己性命。(《说唐全传》第九回)

与《水浒传》相比,《说唐全传》这段描写有很多相同之处:一是杨志、秦琼均为囚犯,二是二人均碰上了"伯乐",三是他们都必须通过真本领震慑众人。然相异之处也是很明显的,一是秦琼的"伯乐"还兼有"姑父"的头衔,二是伍魁竟死于比武现场,三是由于伍魁弟弟伍亮的干扰,秦琼并没有当场成为军官。这同中有异的几点,正是古代小说影响与被影响之间的惯常状态。

与《水浒传》杨志校场比武相异处更大的,则是《南宋志传》中的赵匡胤校场比武描写。其中最关键的一点是,赵匡胤虽乃被通缉的"避难"之人,却并非已经判刑的"贼配军";不仅如此,他还手握镇守金陵府的潘仁美推荐给镇守河中府的李守贞的书信,某种意义上讲,他是一个投军者。更有甚者,李守贞安排赵匡胤校场比武,并非有意提拔他,而是听从了手下人的建议,让"善运十八折刀法,天下无双"的先锋蔡顺出战,可以让赵匡胤比武失败后"怀惭而去"。于是,这又一种"别有用心"的校场比武开始了。

军中金鼓齐鸣,二人斗上十数合,蔡顺气力不加,跑马便走,诱匡胤来追。匡胤自思曰:"此贼将使拖刀之计,待我赶去看他如何。"勒马便追。蔡顺觑定来得将近,翻过十八折刀,望匡胤项下挥过。匡胤眼快,将十八折刀尽收了,再回一枪,刺中蔡顺咽喉而死。(《南宋志传》第十八回)

此次校场比武,结局出乎大家意料之外。但现场表现各人不同:李守贞称赞不已,另一个先锋赵能要求比试被李守贞喝退,而死者的上司侍中宋荣则怀恨在心。当然,赵匡胤为自己挣得了一席之地,被李守贞表为"帐前都押衙"。这种描写,与《水浒传》和《说唐全传》相比,均乃"同中有异"。

在明末清初小说《快心编》中,又有一位英雄人物步杨志校场比武之后尘。这位英雄名叫柳俊,书童出身,为救某公子而暂时充当其仆从,亦在半仆半朋之间。后由于种种因由,柳俊栖身山东巡抚李绩府中以待主人。而当李巡抚感叹手下将领因敌人强大而畏葸不前时,柳俊自言有些本领,愿助一臂之力。李巡抚高兴之余,决定安排校场比武,好让柳俊在出人头地的同时也振奋军心。于是,校场上拉开了下面一幕:

李绩传集众将,同柳俊一齐到署后射圃中来。李绩升厅坐下,开言道:"贼兵困本城已有多日,汝等都畏刀避箭不肯请战,难道本部院奉命剿贼,岂因汝等畏避便不发兵!明日本部院点齐兵马,出城交战。今日先将汝等演习一番,以便临阵。"乃指着柳俊道:"此子柳俊,弓马颇知一二,明日也差他出阵一遭。"……柳俊要卖弄手段,抖擞精神,舞动刀法,左盘右旋,前挡后截,开拓四门,施为三纵。浑身上下,团圈一片明蟾;遍体纷纭,飘拂千寻素练。……许参将便把嘴努着曹虎山。曹虎山为人勇直,便从众中跃出道:"我便与柳俊比武。"忙披挂完备,两人各持木棍上马。一往一来,未及八回九转,曹虎山胁下早经一棍,翻跟斗跌下马来。众将中恼了游击周泰道:"不好!老战惯家,却被小子所算。"也不披挂,手持木棍一跃上马,轮动棍梢望柳俊劈头打来。柳俊忙用棍迎住,斗到四十回合,周泰棍法不乱。柳俊使一个旗鼓势,把棍梢向周泰眉心里直点将去。周泰忙用棍向上一挡,转势直下,棍梢便从柳俊右胁下搠来。柳俊眼快手捷,顺势夹马一迎,早把周泰的棍在胁下夹住,随便提起棍梢向周泰肩窝里只一点,周泰招架不及,撒了棍子,从马背上倒撞下地,众将齐声喝采。(《快心编》中集第一回)

与上面几位相比,柳俊的校场比武明显带有卖弄的痕迹。其中主要原因有二:其一,柳俊虽出身低贱却清白,因此没有想掩盖什么的心理,剩下的就是卖弄了;其二,正因为他并非什么令公之孙、元戎亲戚、豪门公子,故而急于跻身社会上层,必须卖弄一身本领。有趣的是,由于柳俊的只想卖弄而无恶念的心理,这场比武变得更具游戏性、更好看,最能继承《水浒传》韵味而又略带点幽默诙谐。

当《水浒传》中杨志校场比武的描写影响到清代小说《雪月梅传》时,那里面的主人公刘电则是比上面几位的出身要"干净"或"高贵"得多,既非囚徒,亦非逃犯,甚至不是寄居豪门的仆隶,而是被保举进京参加"御试"的武举。然而,主人公身份虽富于变化,有一点却是恒定不变的,主人公在当时都属于没有身份的弱势群体,而与他们比武的对手却都是在职军官,而且职级不低。放下话头,我们先看刘电校场比武:

> 早见北阵里鼓声响处,一骑泼墨马、一条浑铁枪,如一片乌云卷地而至,却是后军都督、掠阵使袁立。这人生得铁面虬髯,绰号赛张侯,专精蛇矛,称营中独步。其时,众将推他来敌刘电。刘电见来将威猛,欠身道:"新进与前辈比较,幸恕无礼!"袁立睁眼道:"你但有本事,只顾使来!"说毕分心就刺。刘电说声"有罪",把手中枪架住。原来这袁立使出梨花枪法,真如瑞雪乱飘,梨花乱落。刘电识得这路枪法,暗道:"此人狂率无礼,若遇蒋叔丈,必定叫他带伤。"因随他卖弄,只是遮拦架隔。直待他使到分际处,这一枪名为"透心寒",刘电才把手中枪掣回,用力一摆,荡起一个车轮大小的花头,早把袁立的枪拨离手有六、七丈远。吓得袁立几乎坠马,伏鞍而回。刘电笑道:"有罪了!"这时,各队将士无不缩颈吐舌。(《雪月梅传》第四十四回)

小结以上诸人的校场比武描写,有两大共同点。其一,比武场中,总有人"别有用心";其二,比武的主人公身份大多属于弱势一方,而对手则比较强势。最终,弱势战胜甚或消灭强势,而组织者别有之用心往往得逞。

就描写艺术而言,仍是名著《水浒传》最精彩,《快心编》紧随其后,《雪月梅传》《说唐全传》等而下之,最粗糙的是《南宋志传》。

三、好叫我左右做人难

记得有人说过,元杂剧,尤其是关汉卿杂剧创作的最大"卖点"就是让女主人公陷入左右为难的境地,这其实是勾栏调笑之风的必然要求。有趣的是,小说创作有时候也借用了这种行之有效的艺术手法,用来刻画人物,从而形成一种高级状态的心理描写。

《水浒传》作者对宋江出场的安排是煞费苦心的。这主要体现在两个方面:其一,头号主人公姗姗来迟,直到第十八回方才露面;其二,宋江一出场就处于一个巨大的漩涡中心。更有趣的是,这两点都是施耐庵学习关汉卿的结果。第一点学的是《单刀会》,在那著名的一本四折的悲剧中,主人公关羽直到第三折才登场亮相。第二点学的是《窦娥冤》《救风尘》《望江亭》《蝴蝶梦》《调风月》等剧作,而这些剧作全都是让女主人公左右为难的作品。

但在《水浒传》中,左右为难的是男主人公宋江,他一出场就处于"忠"与"义"剧烈冲突的矛盾漩涡之中。他的心腹兄弟晁盖带人打劫了大名府梁中书送给当朝太师蔡京的生辰纲,犯了"迷天大罪",抓捕文书都下到了郓城县衙。而宋江,恰恰就是郓城县衙门的押司,并且早于知县得知这一情况,可以通风报信。当此时,宋江有两个选择:一是忠于职守,王法从事,上报县令,听任晁盖被捕入狱受极刑。这样一来,宋江就是舍义而全忠,但将来却会被江湖人士唾弃。二是置王法于不顾,通风报信,私自放走晁盖这个大案重犯。这样一来,宋江就是舍忠而全义,官府一旦得知隐情,宋江就犯法了,就会有丢掉性命的风险。这里,并没有"忠义双全"的第三条道路可走。那么,宋江是怎样选择的呢?且看小说中的描写:

> 何涛道:"不瞒押司说,是贵县东溪村晁保正为首。更有六名从贼,不识姓名。烦乞用心。"宋江听罢,吃了一惊,肚里寻思道:"晁盖是我心腹弟兄。他如今犯了迷天之罪,我不救他时,捕获将去,性命便休了。"心内自慌。宋江且答应道:"晁盖这厮奸顽役户,本县内上下人没一个不怪他。今番做出来了。好教他受!"何涛道:"相烦押司便行此事。"宋江道:"不妨,这事容易。瓮中捉鳖,手到拿来。只是一件:这实封公文须是观察自己当厅投下。本官看了,便好施行发落,差人去捉。小吏如何敢私下擅开。这件公事,非是小可,勿当轻泄于人。"……宋江拿了鞭子,跳上马,慢慢地离了县治。出得东门,打上两鞭,那马不刺刺的望东溪村撺将去。……宋江道:"哥哥,你休要多说,只顾安排走路,不要缠障。我便回去也。"……晁盖道:"亏杀这个兄弟,担着血海也似干系来报与我们。"
> (《水浒传》第十八回)

无论如何,宋江都是个人物。在郓城县当押司时,他是郓城县的知名人物,同时还是饮誉江湖的"及时雨"。在通风报信救晁盖的事件中,他所面临的是忠义不能两全的左右为难。或许有人认为,宋江的左右为难是因为其地位特殊,处于"官场"与"江湖"之间,当然会有这种糟事发生。如果宋江只是官场人物,说不定就不会这样左右为难了。其实不尽然。即便是当了官,甚至官至管理一省官员升迁调动的藩署,同样会碰到左右为难之事,甚至要付出生命做代价来解决问题。下面这位胡云光大人就是一例。

> 且说胡豹长子云光,在广东藩署,连日心惊肉跳。心下惊疑,与夫人李氏在后堂谈论此事。忽报父亲差人到来,云光传见,家人参拜,呈上家书。云光吩咐下堂酒饭。将书拆看,大惊,气倒在地。夫人李氏忙上前扶起,众丫环递茶相救。少顷苏醒,把书示夫人,大哭道:"父亲造反,有书到来,叫我暗助兵饷。我想,从父则不忠,逆父则不孝,事出两难。"……是晚,云光沐浴更衣,写告死辞贴,辞别上司下属,置在案上,嘱李夫人道:"我父天性强悍,必不听谏。我不忍见其败亡,今晚尽忠。夫人千祈不可回乡,就居近地,抚养遗孤,隐姓埋名,以存胡氏一脉。愚夫受赐多了。"李夫人痛哭相劝不从。俄而,夫人睡熟,云光望北拜谢君恩,吞金而死。
> (《绣球缘》第二十一回)

胡云光虽然身居高位,却摊上一个惹事的父亲。那位官封九门提督、驸马都尉、镇国公之职的胡豹大人,素有不臣之心。如今果然兴兵造反,而且还要官至藩署的儿子暗助兵饷。不料,胡云光却是一位遵纪守法的忠臣,当然不能从逆。况且,胡云光认定父亲胡豹必然是自取灭亡,而且是个主意打定油盐不进的天性强悍之人。帮又不能帮,劝又劝不了,胡云光碰到的是"从父则不忠,逆父则不孝"的忠孝不能两全的特大矛盾,是无法调和的左右为难。反复考虑,他只有自杀以尽忠,托孤而尽孝,做了一种无可奈何的悲剧选择。

当然,左右为难的处境并非只是出现在大人物面前,市井小女子碰到这种糟心事的可能性更大,因为她们本身就是弱者。《金云翘传》中的王翠翘就是这样一位令人同情的弱女子。

王翠翘是北京城中王员外家的小姐,其父因遭人诬告身陷牢狱。家中另一个男子,王翠翘唯一的弟弟也同时入狱。万般无奈之下,王翠翘只好卖身救父。但这样一来,她又觉得生生辜负了刚刚离别归乡的多情郎君金千里。要救父必卖身,此乃尽孝,然尽孝的同时又会与情郎"恩义两绝"。王翠翘面临的是"孝"与"情"不能两全的窘境。最终,她选择了尽孝而寡情的做法,但又自欺欺人地让妹妹王翠云日后嫁给金郎以作自身替代。这真是一种万般无奈、撕心裂肺的痛苦抉择。

> 翠翘道:"金郎辽阳才去,救父救弟又不能少待须臾,事出两难,不得不托妹氏,以偿恩情债负。……前为金郎守身,是道其常也。今遭大变,女子一身苦乐由人,何能自主。则索听其在天,非不坚贞也。"……因顿足哭道:"金郎,金郎,我翠翘负汝也,我翠翘负汝也。我不能酬尔深情,特托妹氏以报厚德。哀哀翠翘,志可怜矣。"(《金云翘传》第四回)

王翠翘卖身救父而辜负了爱情,引发了读者一掬同情的眼泪。而下面另一位闺阁千金曹玉英却陷于"孝"与"义"的矛盾冲突之中左右为难。

曹玉英的父亲户部侍郎曹杰嫌贫爱富,听信舅子林坤的谗言诡计,欲违背圣旨,将未婚女婿周元母子放火烧死。当丫鬟将偷听到的这一惊人消息告知曹玉英时,"好叫我左右做人难"就成为她必然面对的窘境。

> 却说玉英见秋菊说话有因,急忙究问,秋菊于是将林坤设计之事,与及自己怎的听闻,一一实情诉上。玉英闻言,叹曰:"此事非同小可,倘一旦泄露机关,我满门性命就难保了。若不将他母子搭救,则周郎母子与我家何仇,又安忍坐视其死,而不一救之理?倘若直将其事对周郎说知,叫其逃往他方,岂不又是扬父之过?还恐周郎异日见了主上,奏上一本,那是主上怪将下来,若把我父难为,我的不孝之罪又重若深渊。如此进退两难,真乃令人无计!"(《游龙戏凤》第三十三回)

这里展现的是"孝"与"义"的冲突,或者说是"未嫁从父"的伦理教条与天地良心的人性冲突。"如此进退两难,真乃令人无计。"曹玉英的抉择是艰难的,但她最终做出了艰难抉择:派丫鬟通风报信赠送盘缠送走周郎母子,同时遏制住父亲的阴谋,从而也避免了将来东窗事发所面临的家族厄运。

《水浒传》中关于宋江忠义不能两全的描写,毫无疑问是成功的。因为小说作品与戏曲创作一样,必须以塑造丰满的人物和描写激烈的矛盾冲突为根本任务,而要同时完成这两大任务,最好的办法就是描写书中主人公在某一重大事件中"好叫我左右做人难"的激烈心理矛盾冲突。章回小说中,《水浒传》率先写出了这样成功的片断。宋公明私放晁天王,其自身的艺术价值自不待言。更为重要的是,这种"忠义不能两全"的描写则影响了《绣球缘》中胡云光"忠孝不能两全"的描写、《金云翘传》中王翠翘"孝情不能两全"的描写、《游龙戏凤》中曹玉英"孝义不能两全"的描写。这些影响,又从另一个侧面证明了《水浒传》作为经典名著的伟大。

参考文献

[1] 施耐庵,罗贯中. 水浒传[M]. 北京:人民文学出版社,1975.
[2] 无名氏.《施公案》[M]. 谢振东,校订. 北京:宝文堂书店,1982.
[3] 唐芸洲. 七剑十三侠[M]. 沈阳:辽宁民族出版社,1988.
[4] 石麟著. 闲书谜趣[M]. 郑州:河南人民出版社,2010.
[5] 无名氏. 说唐全传[M]. 周树德,校注. 郑州:中州古籍出版社,1989.
[6] 黄岩. 岭南逸史[M]. 天津:百花文艺出版社,1995.
[7] 侯忠义. 明代小说辑刊:南北两宋志传(第二辑)[M]. 成都:巴蜀书社,1995.
[8] 天花才子. 快心编[M]. 沈阳:春风文艺出版社,1985.
[9] 陈朗. 雪月梅传[M]. 济南:齐鲁书社,1986年.
[10] 无名氏. 绣球缘[M]. 西安:太白文艺出版社,1996年.
[11] 青心才人. 金云翘传[M]. 沈阳:春风文艺出版社,1983.
[12] 何梦梅. 游龙戏凤[M]. 上海:上海古籍出版社,1996.

横云断山：古代小说叙事空间化的一种理论总结

湖北大学文学院　韩　晓

小说由一个个的情节单元构成，小说的情节单元之间除了空间上的联系，也具有时间上的联系。经过仔细的剖析可以发现，无论从空间的角度还是从时间的角度来看，古代小说都表现出一种强烈的"空间"特色，这体现了古代小说叙事的空间化。

从空间的角度来看：几乎每一部小说都离不开叙事空间，每一部小说的叙事空间都形成了非常严密的空间结构，每一部小说的空间结构又与小说的情节发展和人物塑造乃至主题思想关系密切，这些现象作为小说叙事与空间的密不可分的有力佐证，都能在一定程度上说明小说叙事的空间化。

更能表现小说叙事的空间化特点的是，从时间的角度而言，古代小说也表现出明显的"空间"特色。正如陈平原所总结：

> 从某种意义上说，叙事的时间是一种线性时间，而故事发生的时间则是立体的。在故事中，几个事件可以同时发生，但是话语则必须把它们一件一件地叙述出来；一个复杂的形象就被投射到一条直线上。[①]

小说作品的故事表达必须依靠语言的叙述来完成，语言叙述必然有先后时序，作者的一张嘴或一支笔只能将不同时间纬度的情节嵌入作者所选定的某一线性的叙事流程之中，从而使得小说的情节呈现出历时展示或历时叙述的特点。但是，这只是就小说的叙述时间而言。如果就故事情节的发生时间而言，小说的情节单元之间则有共时和历时之别。具体说来，从时间角度而言，情节单元之间的结构关系有两种：一种是历时关系，不同的情节单元按照先后顺序依次串联而完成文本叙事；另一种则是共时关系，不同的情节单元在同一时间段落中彼此并联而完成文本叙事。

在情节单元以历时的串联方式相连接而组成故事的结构关系当中，小说叙事显示出明显的时间特点，但叙事的空间特点也同样存在。虽然时间是约束故事情

[①] 陈平原. 中国小说叙事模式的转变[M]. 北京：北京大学出版社，2010.

节衍进发展的表层轨道,然而这个轨道却是由一个个叙事场景拼合而成的。换言之,一个个的场景组成了小说的故事情节。如,《聊斋志异》中的代表作品《席方平》,其故事情节亦是由不同的空间板块串合而成。席方平的父亲与里中富户羊某有隙,羊某死后便贿赂阴间鬼官将席方平的父亲折磨致死。席方平魂魄离身到地府,与城隍、郡司、冥王展开不懈斗争,最终为父伸冤。小说情节主要由席方平四次告状的经过组成,每次告状经历又都自成一个首尾完整、相对独立的小故事。第一次,席方平得知"狱吏悉受赇嘱",父亲饱受摧残,于是讼于城隍,结果"城隍以所告无据,颇不值席"。第二次,席方平"以官役私状,告之郡司",然而郡司"仍批城隍复案",导致席方平再度蒙冤。第三次,席方平向冥王申述冤情,谁料遭到酷刑压制,还被强行发还阳世投胎为婴。第四次,投胎为婴的席方平,愤而绝食自尽,"魂遥遥不忘灌口",幸遇九王。九王嘱二郎神判断其案,终于为席方平及其父伸冤雪恨。与小说的故事情节相适应,小说的叙事结构也主要是由四个包含了诉讼场景的空间板块串连而成,并且每个诉讼场景所发生的故事也大致相同。作者虽按先后顺序将各个空间板组成一个按照"受冤—诉讼—伸冤"的线性结构而编织的故事,但是在故事编织的过程中,作者所突出的是空间而非时间。其一,作者并没有交代这个故事发生于何朝何代、何年何月,而只是交代故事发生在东安县。其二,作者在故事发展的过程中没有给出明确的时间指向,但是从"县城隍"到"府城"再到"阎王殿"的空间线索却十分清晰。作者通过几个空间的拼接变换,使人感受到时间的流动,更强调了席方平坚强性格的始终如一。其三,作者有意多次跳出故事的线性时间流程,去仔细描写席方平所遭受的几种酷刑,甚至还将正直的二郎神在判断席方平一案时所作的判词完完整整地记录下来。很显然,"受冤—诉讼—伸冤"的线性结构并不是小说的重点,整个故事所要突出的就是吏治的黑暗与席方平抗争到底、宁死不屈的勇敢精神和坚毅个性。时间的前后顺序在这里已经没有实质性意义,不同空间的反复"叠加"而制造出的强大的道德张力与强烈的美学效果才是这篇小说最根本的东西。可以说,相对于时间而言,空间在此成了更为重要的因素。换句话说,小说叙事表现出了强烈的空间化倾向。

在情节单元以共时的并联方式相连接而组成故事的结构关系中,更能体现小说叙事的空间化。应该说,这种并联的结构关系在古代小说中并不是个别现象,而是大量出现的。古代小说家和理论家们也在探讨如何更完满地处理共时性的故事情节,并进行了努力,"横云断山"一说的提出正说明了小说的作者和读者对于小说叙事空间化的关注。

金圣叹在《读第五才子书法》中以《水浒传》中的两段故事作为范例,总结出了"横云断山"的叙事技巧。

> 有横云断山法。如两打祝家庄后,忽插出解珍、解宝争虎越狱事;又正打大名府时,忽插出截江鬼、油里鳅谋财倾命事等是也。只为文字太长了,便恐累坠,故从半腰间暂时闪出,以间隔之。

此处可以通过分析这两回故事来考察金圣叹所说的"横云断山"的内涵。《水浒传》第四十六回至第四十九回主要叙述了宋江率领梁山义军三打祝家庄的故事。其中,第四十六、四十七和四十九回,基本上一回文字便叙述一次攻打,三回文字则写了三次攻打祝家庄的经过,叙事空间集中在郓州独龙冈的祝家庄一带。而在前两次攻打不克和第三次取得最后成功的中间,却于第四十八回将笔墨荡开,将叙事空间大跨度地转接到登州城内外,插入了解珍、解宝争虎越狱的故事。"原来这段话,正和宋公明初打祝家庄时一同事发。乃是山东海边有个州郡,唤作登州。"登州城外的山上虎狼作害,登州知府行文限期捉捕。猎户解珍、解宝兄弟俩在山上射伤的一只老虎滚到了山下毛太公的庄园里,奸诈贪婪的毛太公父子不仅将老虎据为己有而抬到官府交差,还将上门讨要的解氏兄弟诬为劫匪,并勾结官府将其下狱,准备"斩草除根",将二人杀害。由于牢子乐和的通风报信,解珍、解宝的姑表姐姐顾大嫂与其夫孙新、孙新之兄孙立等人,劫牢救出解珍、解宝,又将毛太公的庄园杀掠一番后星夜奔往梁山。在作为梁山联络站的石勇酒店里,顾大嫂一伙碰到了正要到军前助战的吴用,便与吴用一起来到攻打祝家庄的梁山军营。在第四十八回中,小说的空间区域从祝家庄一带移到登州城外,叙事焦点对准解珍、谢宝等人,随着他们的行踪,叙事空间从城外的山上转到山下的毛家庄园,从毛家庄园转到登州府衙,从登州府衙转到东门外十里牌顾大嫂的酒店,然后又从酒店而府衙,府衙而庄园,庄园而石勇酒店,最后又将叙事空间拉回到祝家庄一带,故事情节也回归到攻打祝家庄的主轨道。由此可见,小说的第四十六到四十九回是以"三打祝家庄"为情节主线,在主干情节纵向推进的过程中,停滞时间,变换空间,横向展开与主干情节共时发生的插入故事。

作者在《水浒传》第六十二至六十六回叙述"宋江三攻大名府"的过程当中,同样采用了拖住时间、变换空间的叙事手段,在第二次攻打失利后插入因宋江背疽发作,张顺前往建康府请神医安道全前来医治,中途又引出小孟贼"截江鬼"张旺和"油里鳅"孙五对张顺谋财害命等一系列故事。当叙事空间转到建康府一带时,梁山人马攻打大名府的活动也陷于停顿状态,直到张顺请回安道全,叙事空间又重新转回大名府,关于攻打大名府的叙事才又继续启动,并于第六十六回圆满结束。通过以上两个例子可以看出,所谓的"横云断山",即将大致在同一时段发生于不同空间中的两个故事,区别主次,互相穿插,彼此隔断,犹如一片神来之浮云遮断原本连绵一气的山岭,从而使故事情节摇曳生姿,形成一种具有空间效果的叙事美感。

"横云断山"本是中国古代的一种绘画技法,主要指为了在尺幅画纸上显示出山之高峻,遂用云霞将山拦腰遮住,故称为"横云断山法"。宋代画家郭熙、郭思的《林泉高致集·山水训》中有言:"山欲高,尽出之则不高,烟霞锁其腰,则高矣……山因藏其腰则高,水因断其湾则远。"中国古代小说评点家遂借用了这一绘画术语,对古代小说的叙事手法进行了一种带有比喻性的总结。由于评点这一文学批评方式的限制,小说理论家们对"横云断山"之法的解说总是语焉不详,导致了作为文学理论范畴的"横云断山"的内涵的丰富性与阐释的多样性。因此,不能简单地说"横云断山"只是就情节结构的"断"与"连"而言,将之简单地理解为有意中断一个事件的叙述,而插入另一事件的间隔技法。评论家们往往只看到使用此种叙事技巧在小说文脉与叙事节奏等方面所产生的艺术效果,却很少注意到作家是通过组合发生在不同空间的共时性情节来获得这种"横云断山"的艺术效果的。换言之,横云断山的叙事理论实质上是关于如何处理叙事时间与叙事空间二者的相互关系的一种理论,它所体现的是小说叙事的空间化。

横云断山的叙事技巧主要用来连接那些发生在同一时间和不同空间中的故事情节,隔断与被隔断的两个文本段落所讲叙的是处于不同地点的相对独立的故事,二者之间并无必然的因果联系,或者说联系并不十分紧密。《水浒传》中由说话人直截了当地交代"原来这段话,正和宋公明初打祝家庄时一同事发",从而将三打祝家庄与解珍、解宝争虎越狱联系起来。其实,三打祝家庄,尤其是"初打祝家庄",与解珍、解宝争虎越狱之间并无必然联系。横云断山中的"山",一般指具有主干意义的故事情节。所谓"云",则是一种属于支线的辅助情节。主干与支线一般很容易区分,彼此之间的联系也比较松散。更为重要的是,这两段情节发生的地点往往是不一样的,即彼此所在的叙事空间不同。在横云断山法中,主干线索在一段时间内的情节历时性地纵向推进,会在整部小说的叙事时间内划分出一个区间。在这个时间区间内,小说撇开这个空间内发生的故事,插入另一个空间范围内发生的另一段故事,作者的笔触则暂时停止对这个空间的表现而去展开对另一空间及其人物与事件的描写。无论怎样发展,属于支线的故事在时间上不会超出主干情节所设定的区间,从而实现时间的纵向停顿和空间的横向拓展。如此一来,不仅能够充分扩大小说所表现的社会生活面,而且造成主干与支线在同一时间内完成的阅读效果,完成共时性情节的叙述安排。对于主干情节而言,"横云断山"形成了一种拦腰隔断后再继续完成的间离效果,所以人们容易将之定位为叙事中的障碍设置,从而使叙述同一事件的大段文字避免累赘,防止读者的审美疲劳。也有观点认为这是一种伏笔,具有营造悬念、强化读者的阅读期待等作用。此外,随着叙事视角从一个空间转移到另一个空间,还能起到变换情境氛围与叙事节奏等作用,让读者产生一种山重水复后柳暗花明的审美愉悦。对此,古代小说评点家也大为赞赏:

> 如此风急火急之文,忽然一阁阁起,却去另叙一事,见其才大如海也。欲赋天台山,却指东海霞,真是奇情恣笔。(《第五才子书水浒传》第四十八回夹评)

> 前文一打祝家庄,二打祝家庄,正到苦战之后,忽然一变变出解珍、解宝一段文字,可谓奇幻之极。此又一打大名府,二打大名府,正到苦战之后,忽然一变变出张旺、孙五一段文字,又复奇幻之极也。世之读者殊不觉其为一副炉锤,而不知此实一样章法也。(《第五才子书水浒传》第六十四回回前总评)

横云断山,是我国古代小说,尤其是长篇小说广泛使用的一种处理共时性情节的叙事技巧。在《三国演义》当中,作者对横云断山之法的运用也比较娴熟。毛宗岗曾对此有过如下评价:

> 《三国》一书,有横云断岭,横桥琐溪之妙。文有宜于连者,有宜于断者。……如三气周瑜,六出祁山,九伐中原,此文之妙于断者也。

毛宗岗在评点《三国演义》时所提出的"横云断岭""横桥锁溪",也可以视为"横云断山"的异名。毛宗岗的提法显然是受到了金圣叹"横云断山"之说的启发,虽然他并没有对其实质进行详细解释,但毛宗岗之所以能总结出这样的叙事技巧,主要还是在于《三国演义》的故事情节涵盖了大跨度的时间与空间,作品本身需要出现大量的共时性情节,而作者需要对这些共时性的故事情节进行艺术处理与合理安排。"横云断山"正是《三国演义》处理共时性情节的主要方法。例如《三国演义》的第五十一回"曹仁大战东吴兵 孔明一气周公瑾"至第五十六回"曹操大宴铜雀台 孔明三气周公瑾"。这七回书所叙述的主干情节是"三气周瑜",核心人物是诸葛亮、周瑜、刘备、孙权和鲁肃,主要的叙事空间则集中在荆州城及附近地区。这一段故事表面上是诸葛亮与周瑜三大回合的斗智斗勇,其实却展示了赤壁之战以后蜀汉与孙吴为了瓜分胜利果实而发生的诸多摩擦,荆州以及附近地区正是双方争夺的焦点。小说在这段故事中所说的"荆州",多是指作为一个城池的荆州。古代小说的地理描述与历史现实之间有可能存在着一定距离,本文只是就小说文本来研究古代小说的空间设置。为忠实原著,本文仅按照作品当中的空间设计来进行分析。在"三气周瑜"的故事发展当中,小说就多次使用横云断山之法,插入孙权大战张辽、曹操大宴铜雀台等事件,将叙事空间从荆州一带扩张至合肥、邺城等地。

在"一气周瑜"中,孔明教急于取得荆州的刘备对周瑜假装谦让,使得周瑜放松戒备,安心攻打作为荆州门户的南郡。就在周瑜与驻守南郡的曹军酣斗之际,刘备的军队却坐收渔人之利,趁便占领了荆州、南郡和襄阳。鲁肃前往荆州与刘备理论,刘备则表示自己是受已故荆州刺史刘表所托,以叔叔的身份辅助刘表之子刘琦管理荆州,一旦刘琦身故,便将荆州让给东吴。正在周瑜忿气未消之际,忽然接到消息:孙权久攻合肥不下,令周瑜回师,分兵增援。小说巧妙地借此将笔墨从周瑜与孔明的相互斗智上挪开,暂停展示孙刘两家的相互关系,而分别叙述了蜀汉与孙吴各自的军事活动。通过东吴与曹魏的交兵,将叙事空间拓展到合肥,插入了太史慈之死等事件。通过蜀汉的南征,则将叙事空间延伸到武陵、长沙、桂阳和零陵。这段插入的蜀汉故事中,主要描写了如下四个事件。一是诸葛亮计取零陵,零陵太守刘度投降。二是赵云拒绝桂阳太守赵范的以嫂许婚,后又识破陈应等人的诈降计,顺利拿下桂阳。三是张飞领兵攻打武陵,巩志射杀武陵太守金旋后出城纳降。四是关羽攻打长沙,长沙老将黄忠与关羽在阵前几番拼斗,彼此惺惺相惜;长沙太守韩玄怀疑黄忠与关羽有私而欲杀之,魏延救下黄忠,杀死韩玄,献城于关羽;刘备入城后亲谒黄忠,黄忠遂降;魏延则险些被孔明处死,幸得刘备讲情而免。"二气周瑜"的故事从荆州开始,亦在荆州结束。刘琦死后,鲁肃奉孙权之命到荆州向刘备讨要此城,诸葛亮用缓兵之计,只给孙权写了个取得西川便还荆州的文书,还骗得鲁肃作保画押。深感无法向孙权交差的鲁肃,回去后向周瑜求援。恰逢刘备失去了甘夫人,荆州城白幡高扬,将士挂孝。周瑜探得此事,遂与孙权定计,以结亲为名将刘备骗到东吴(书中的具体地点是南徐),再以刘备为人质要回荆州。刘备靠着诸葛亮的锦囊妙计,不仅娶得孙权之妹,还安全返回荆州。"二气周瑜"之后,小说没有继续写荆州的故事,而是将镜头对准远在邺城的曹魏集团,借曹操大宴群臣,描画了铜雀台的壮美风光,营造了六将争袍的有趣场景,表现了曹操的志向抱负与权谋手腕。结束了邺城的宴会,小说方才又转到荆州,继续讲述孔明三气周瑜的故事。此次"气周瑜"还是围绕争夺荆州展开。周瑜假借取西川之名,率军来到荆州城下,欲趁刘备出城犒师之机夺取荆州。不想被诸葛亮识破计谋,不仅劳师动众一事无成,还被诸葛亮致书讥讽一番。周瑜阅毕书信,怅憾而亡。随着周瑜终于被诸葛亮"气死",东吴与蜀汉的荆州之争暂时告一段落,刘备对荆襄一带的统治也暂时稳定下来。

毛宗岗在《三国演义》第五十六回回评中写道:"三顾草庐之文,妙在一连写去;三气周瑜之文,妙在断续叙来。一气周瑜之后,则有张辽合肥之战,孔明汉上之攻,玄德南郡之攻以间之;二气周瑜之后,则又有曹操铜雀台之宴以间之。其间断续之处,或长或短,正以参差入妙。"毛宗岗将眼光集中在"横云断山"对叙事结构的调节作用上,强调运用横云断山之法可以使结构脉络错落有致、富于变化,并且还指出此种中有断隔的叙事方式,与那些"一连写去"一气呵成的叙事方式的有机结合,能使叙事结构疏密相间、长短协调。不过,毛宗岗忽略了"横云断山"作为一种处理共时性情节的叙事手法所带来的最大的好处,即在有限的时间中,尽量拉开空间,从而尽可能展示更多的社会生活面。在"三气周瑜"的例子当中,小说的故事时间封闭于建安十三年(208)冬至建安十五年(210)约两年时间内,叙事空间却不限于荆州一带,而是以荆州为原点,把与荆州相关的远远近近、大大小小的地域场所都包容进来。"横云断山"对情节的共时性处理,凸现了小说空间的开放性。随着叙事空间的不断延伸与转换,随着支线情节的不断插入以及以不同的支线牵引出更多的人物与事件,大大增强了这短短的两年时间内的叙事密度,较为详细地展示了三国时期复杂多变的地理情况与行政区划、人际关系与政治矛盾、儿女情长与杀伐决断等。空间的频繁转换与政治的波谲云诡之间构成一种互为表里、巧妙映衬的和谐关系,令读者产生一种贴近历史真实、鸟瞰赤壁之战后以荆州之争为代表的政治格局的审美满足。这些都充分说明了该作品对空间元素的关注。作为一部描写历史、且与《三国志》等纪传体史学文献关系密切的长篇小说,时间的地位无疑是举足轻重的,但是,空间依然在其中享有一席之地。小说有意将时间与空间结合起来,时间推移与空间转换都可成为其中的叙事线索,在整体叙事依照历时性顺序不断前进的同时,共时性地处理故事情节的叙事方式也广泛存在,从而形成了一种以纵向推衍为主、横向扩展为辅的结构方式。

"横云断山"是我国古代小说评点当中的一个重要的理论范畴,它的提出以及在小说评点当中的反复使用,也正体现了古代小说家和评点家们对小说叙事过程中妥善处理时空关系的注重。《三国演义》和《水浒传》是我国较早注意采用时空结合的方式来结构情节、组织故事的长篇小说。横云断山之法的大量运用,使得这两部与历史渊源颇深的作品形成了以纵向的历时推进为主、以横向的共时拓展为辅的结构方式。虽然,在这一时期,无论是作为载体的小说作品的整体结构,还是作为叙事方式之一的横云断山法,都还只处于一种较为简单的初级状态,但是这些作品的成功仍然促使"横云断山"作为一种最为经典的处理共时性情节的叙事方式而得到了大力推广与频繁使用。例如,《续金瓶梅》将横云断山的手法进行了放大与发展,全书整体的叙事结构就主要通过在世的吴月娘等人所在的以清和县为原点的叙事空间和投胎转世的西门庆等人所在的以汴京为原点的叙事空间二者之间的互相拦截、反复转换与同步推进而完成的。在古代戏曲中,横云断山之法也有广泛应用。最典型的如《长生殿》,该剧以唐玄宗、杨贵妃的爱情发展为主线,以社会政治生活的风云变幻(安史之乱)为副线,形成并行不悖的双线结构。在这两条线索的关系处理上,作者有意让两者的表演场次互相交错,往往形成"横云断山"之状,不仅能收到"结构严密,层次清楚,呼应周到"之功效,也能暗示政治倾颓、国运衰败直接导源于最高统治集团的腐化堕落与争权夺利,彰显该剧的忧患意识和讽喻力度。在情节结构比《三国》《水浒》等更为复杂精妙的《金瓶梅》《红楼梦》当中,想要找到"横云断山"的踪迹,亦并非难事。限于篇幅,在此便不一一举例了。

参考文献

[1] 兹维坦·托多罗夫. 叙事作为话语[M]//张寅德. 叙述学研究. 北京:中国社会科学出版社,1989:294.
[2] 郭熙,郭思. 林泉高致集·山水训[M]//影印文渊阁四库全书:第812册. 台北:台湾商务印书馆,1986:578-579.
[3] 罗贯中. 读三国志法[M]. 毛纶,毛宗岗,评. 刘世德,郑铭,点校. 北京:中华书局:1995:24.
[4] 罗贯中. 三国志演义:醉耕堂本[M]. 毛纶,毛宗岗,评. 刘世德,郑铭,点校. 北京:中华书局,1995:623.
[5] 张庚,郭汉城. 中国戏曲通史(中)[M]. 北京:中国戏剧出版社,1981:204.

武松与酒

湖南邵阳学院文学院　于光荣

在梁山好汉中,武松是很能喝酒的一位。正所谓"民用大乱丧德,亦罔非酒惟行"(《尚书·周书·酒诰》),有些人贪酒好杯,酗酒过度,以至于做出了非常出格的道德沦丧的事情。但是,武松并不是那样的人。武松并不酗酒过度,也不会酒后乱性。武松喝酒,有如下一些特点。

一、因酒任性

武松因酒任性的事有以下几件。

其一是打昏机密。《水浒传》中,武松首先出场是在第二十三回"横海郡柴进留宾　景阳冈武松打虎"。武松向宋江介绍自己说:自己是清河县人,有一次喝酒有些醉了,和本县衙门的一个机密发生争论,一时怒发,便一拳打去,不想出手重,把那机密打倒在地,不省人事。武松以为打死了机密,便逃跑了。武松跑了,却连累了他的哥哥武大郎,多次被县衙传唤,受了一些苦。然而那机密当时只被武松打昏,后来苏醒过来,并无很大问题。在外躲了一年多,武松才敢回家乡清河县去。

其二是在"三碗不过冈"酒店喝了十八碗酒。

还是第二十三回,武松回清河县途中要经过阳谷县的景阳冈,山冈下面,有个酒店,店外面一面酒旗迎风荡漾,上面写着"三碗不过冈"。武松走了进去,店主人给他吃了三碗酒,便不来倒酒。武松问是何故,店主人告诉他,这酒厉害,喝了三碗就醉了,你已吃了六碗。并说:这酒有两个绰号,一是"透瓶香",二是"出门倒"。这酒香气馥郁,刚喝时只觉得醇厚好喝,但后劲大,走出店门就会醉倒。但是武松不怕,坚持要喝,店主人只好给他继续上酒。武松一连吃了十八碗酒,便提了哨棒,出门上路。这时店主人要他不要过冈,告诉他,冈上最近有老虎,已伤害了不少人。而且他那里有阳谷县官府的文告,告诫过往行人只能在巳、午、未三个时辰过冈,现在正是未末申初时辰,不能过去。而且,单身旅客必须成群结队方能通行。店主人要武松住在店里,等明天凑足二三十人再过冈。但是武松不相信他的话,就说纵然有虎也不怕,而且说,店主人是拿虎和官府的文告来骗他,想在晚上谋财害命。如此一说,店主人无奈,只好由武松走了。

其三是打孔亮。此事发生在武松斗杀西门庆,杀死潘金莲,被判刑流放,又杀死谋害他的张都监之后(见第三十二回"武行者醉打孔亮　锦毛虎义释宋江")。武松去投奔在青州二龙山宝珠寺的鲁智深入伙,来到一处,见有一个酒店,便进去了。但店主人只有普通的"茅柴白酒",而且肉也卖完了。武松坐下吃了四角酒,看见一个大汉带着三四个人走了进来,这大汉便是孔亮。店主人看到孔亮带人进来了,便把煮熟的鸡和肉端给他们,又给他们开了一樽青花瓮好酒。武松为此责怪店家不把好酒和肉卖给自己,但店主人说煮熟的鸡和肉以及青花瓮酒是孔亮他们自己放在店中,只是到店里找个地方吃的。但是武松不相信,双方争吵起来,武松便打店主人。这下就惹火了孔亮,于是两人打起来。孔亮显然不是武松的对手,被武松打倒在地,丢到门前溪里。然后武松就将那煮熟的鸡和肉,还有青花瓮酒,差不多吃完了。酒醉肉饱之后,便出门上路,但不久便醉倒在路边的溪中。结果被孔亮和孔明兄弟俩抓住,幸好那时宋江在孔亮、孔明的父亲孔太公庄上,才使此事顺利了结。

武松虽然因酒任性,但不至于酗酒过度,多少有些分寸。在店里喝酒,虽然酒中使性,但是一定要算清酒钱;虽然强吃,但不白吃。喝酒中争吵,一拳打昏了机密,并没有再加一拳,而是马上知道打错了,坏事了,随之住手,而后跑掉。

二、因酒增力

鲁智深说:"洒家一分酒只有一分本事,十分酒便有十分的气力。"(第五回"小霸王醉入销金帐　花和尚大闹桃花村")对武松来说,也是如此。武松因酒增力的经历主要有如下两次。

其一是景阳冈打虎。武松离了"三碗不过冈"酒店,趁着酒兴,走上景阳冈来。及至在一座破落的山神庙的庙门上看到贴着的官府榜文,才相信冈上真的有老虎。本想退回去,但他曾对店主人说过:就是有虎,也不怕。退回去,恐怕被耻笑,于是借着酒劲,一直前行。当然,不久就被老虎盯上了。好汉与猛虎相遇,武松一惊,惊出了一身冷汗,此时完全清醒过来。但是,老虎使出看家本领,一扑、一掀、一剪,都被武松机灵地避开了。武松抡起哨棒,使劲朝老虎打去,结果失手了,打到横贯在上面树杈上,哨棒也被打成了两截。此时,老虎兜转身,再向武松扑来,武松往后一跳,倒退了十多步远。老虎恰好扑在武松的面前,武松马上用双手,使劲抓住老虎头顶的头皮一直往下死死地按住,把老虎的头按在地上。然后用脚猛踢老虎的眼睛鼻子。老虎挣扎不脱,两只爪子在地上刨出了土坑。武松将虎头按下土坑,然后,左手抓住老虎头皮,腾出右手,一顿猛拳,打得老虎眼睛、鼻子、嘴巴、耳朵鲜血直流,老虎奄奄一息。武松担心老虎未死,又拿起那半截哨棒,猛打一气,最后,确信老虎死了。

武松打虎,书上写得惊心动魄。武松本来武艺高强,力大无穷,酒后更是有劲。假设武松当时没喝酒,又确信景阳冈有虎,恐怕也不敢独自一人过冈。武松自己也说:"若不是酒醉后了胆大,景阳冈上如何打得这只大虫!"(第二十九回"施恩重霸孟州道　武松醉打蒋门神")

其二是醉打蒋门神。孟州城的东门外有一个叫快活林的大市场,那里有百来家客店,三二十家赌坊、兑坊。孟州牢城营管营的儿子施恩在那里开了一个酒肉店,每个月有二三百两银子的收入。近来孟州军营新来了个张团练,张团练指使蒋门神强占了施恩开的酒肉店,还把施恩打伤了。因为张团练势力大,施恩难以奈何。恰巧此时武松因为替哥哥武大郎报仇,杀死了西门庆和潘金莲,被定罪发配到孟州牢城营。施恩便请求武松帮忙,武松答应了。在武松准备去打蒋门神时,施恩担心武松醉酒误事,但是武松大笑着说:"你怕我醉了没本事,我却是没酒没本事。带一分酒,便有一分本事;五分酒五分本事。我若吃了十分酒,这气力不知从何而来。"武松这话虽有些夸张,但是很符合武松好吃酒的个性。

武松去打蒋门神的那天,他沿途喝酒,喝得五七分醉,却装作大醉的样子,走进快活林酒店惹是生非,以便激怒蒋门神来打架。当然,蒋门神被激怒了,和武松在大路上相遇交手。蒋门神以为武松只是醉酒闹事,没有料到他是施恩派来算计的。武松将两个拳头在蒋门神面前虚晃一下,转身就走。蒋门神赶去,武松用力飞起左脚,踢中蒋门神的小腹,蒋门神痛得双手按住小腹,蹲下来。此时武松迅速转身,飞起右脚,踢到他的额头上,蒋门神当即向后倒下。武松的这一套武术动作,唤作"玉环步,鸳鸯脚"。蒋门神一倒下,武松就赶上去,踏在他的胸脯上,抡起拳头就打。就这样,武松打败了蒋门神,替施恩夺回了快活林酒店。

三、因酒设智

如果说,醉打蒋门神还有点因酒设智的意味,那么,最能体现武松因酒设智的应该是智取孙二娘了。

母夜叉孙二娘和丈夫菜园子张青在去孟州路上的十字坡开了一个小酒店,虽然做些正经买卖,但也谋财害命。武松杀了西门庆和潘金莲,被判罪流放孟州。他和两个押送的公人路经十字坡酒店,入门时,武松发现孙二娘盯着自己的包裹,就有了防备。喝酒时,武松问孙二娘的丈夫哪儿去了,孙二娘回答说出门做客没有回来。武松就说你一个人在家很冷落啊,孙二娘虽然笑着,但心下却想,这贼配军戏弄我,正是"灯蛾扑火,惹焰烧身",于是借势说:客人在我家安歇也可以。武松知道孙二娘不怀好意,便要孙二娘弄些好酒喝,孙二娘便去拿了一旋子放了蒙汗药的酒出来。武松要她烫热了拿来喝,孙二娘知道烫热了,药力发作得更快。于是就去烫热,再拿来给他们每人筛了一碗,让他们喝。然后借口去给他们切些肉吃,便走开了。两个公人不知道酒中下了蒙汗药,便喝了那两碗酒,但是武松看见孙二娘转过身去,便将那酒泼到背暗处。孙二娘并未去切肉,很快就转来了,拍手叫着:"倒也倒也"。两个公人喝了放了蒙汗药的酒,扑地倒了,武松也假装倒了。孙二娘便喊店里的两个帮手将两个公人先抬到里面去,然后再来抬武松。但是两个帮手拖扯不动武松,孙二娘便亲自去搬武松,结果被武松就势压在地上,孙二娘便叫"好汉饶我"。不久后孙二娘的丈夫张青回来了,双方解释说明清楚,消除误会后也就相安无事了。

总之,武松是《水浒传》着力描写的正面人物,是响当当的好汉。他的英雄气概常常与喝酒有联系,打虎、打蒋门神,莫不如此。尽管他有点因酒任性,但并不因酒乱性。

从"水泊梁山"看制度建设的重要性

黄冈师范学院马克思主义学院　魏　明

《水浒传》以其形象生动的笔墨向读者展示了北宋末年宋江起义发生、发展以及衰落的全过程。细读小说可以发现,宋江起义军之所以能发展壮大,制度建设是一个重要原因。

一、宋江之前的梁山制度建设不够充分

在管理学领域有一个著名的"乌合之众"(个人的理性)导致"公共地悲剧"(集体的无理性)的现象:村庄中央有一块每个村民都可以使用的公共绿地,这块绿地除了可以作为村庄庆典活动的场所外,村民可以自由放牧;因为进入这块绿地没有任何权利限制,任何人不花任何成本都可以使用,所以村民们总是喜欢在这块绿地上放牧;随着放牧数量的增多产生了过度放牧的现象,这块绿地逐渐变得贫瘠而最终沙漠化了。此现象深刻揭示了制度建设对于一个组织生存和发展的重要意义。

《水浒传》中,宋江上梁山之前,水泊梁山经历了两任领导,王伦和晁盖,一个嫉贤妒能,一个义气深重,都没能加强梁山的制度建设。

先说说王伦时期。王伦本是个落第秀才,既然读过书,应该是有推动制度建设的可能性的。但是,彼时的梁山上就是一帮打家劫舍的乌合之众,根本谈不上什么制度建设。在小说第十一回,作者借林冲的视角第一次向读者展示了梁山山寨的概貌:

> 林冲看岸上时,两边都是合抱的大树,半山里一座断金亭子。再转将上来,见座大关,关前摆着枪刀剑戟,弓弩戈矛,四边都是擂木炮石。小喽啰先去报知。二人进得关来,两边夹道遍摆着队伍旗号。又过了两座关隘,方才到寨门口。林冲看见四面高山,三关雄壮,团团围定,中间里镜面也似一片平地,方可三五百丈;靠着山口才是正门,两边都是耳房。朱贵引着林冲来到聚义厅上,中间交椅上坐着一个好汉,正是白衣秀士王伦;左边交椅上坐着摸着天杜迁;右边交椅坐着云里金刚宋万。(第十一回)

客观地说,从硬件看,梁山和书中描写的其他山寨比起来也不算差了。梁山上这拨人马不能超越其他占山为王的草寇的原因,在于缺乏"软实力",简而言之就是缺乏有效的制度建设,尤其是没有严肃的组织制度和人才选拔制度。小说借用林冲入伙的事件把这一点展示得淋漓尽致。

王伦、杜迁、宋万号称三个头领,但似乎没有什么分工,什么事情都是王伦一言堂。面对带着柴进这个山寨资助者的介绍信来入伙的林冲,杜迁、宋万两个人是赞成的,可是梁山上没有投票制度,多数还得服从少数,所以林冲仍然要按王伦说的去纳投名状。这个投名状只是个拒绝的借口,三个头领都知道林冲是留不下的,连林冲自己都"打拴了那包裹撇在房中",做好了离开梁山的准备。只不过因为杨志的出现,打乱了王伦的计划,林冲才勉强留下来。从这里也能看出王伦这伙人没有什么人才选拔制度。王伦初见林冲,马上想到"他是京师禁军教头,必然好武艺。倘若被他识破我们手段,他须占强,我们如何迎敌",及至见到杨志和林冲斗武不分胜负,他又想"若留林冲,实形容得我们不济,不如我做个人情,并留了杨志,与他作敌"。留不留,全在王伦一人一计。翻云覆雨变化快,留与不留真儿戏。

为什么没有进行全面的制度建设？原因在于王伦的格局实在太小。王伦并非没有意识到山寨的短处,也并非没有意识到自己的短板。"小寨粮食缺少,屋宇不整,人力寡薄……""我却是个不及第的秀才,因鸟气,合著杜迁来这里落草,续后宋万来,聚集这许多人马伴当。我又没十分本事,杜迁、宋万武艺也只平常……"这些王伦嘴上说的、心里想的言语,恐怕并非都是自谦之词。可是王伦从来没有想过要把梁山做大做强,他只需要有个落脚的地方,只要自己能安安稳稳在这水泊梁山把老大当下去就行。既然不想发展壮大,自然也就不需要什么制度建设。可是,你既然为山寨之主,就不能只想自己,不建设不发展就必然会被淘汰。等到晁盖七人劫了生辰纲上山要求入伙时,王伦仍旧不觉悟不改变,他的悲剧就发生了。

再来看看晁盖时期。从小说的描写来看,晁盖本人是有进行制度建设的潜质的。和心胸狭隘、缺乏格局的王伦不同,晁盖待人大方仗义,而且比较有责任感。晁盖号称"托塔天王",这一名头不仅源于他的孔武有力,更是源于他的责任感。当时,郓城县管下东门外有两个村坊,东溪村和西溪村,两村中间隔着一条大溪。晁盖就是东溪村的富户。不想,西溪村常有人淹死,有个僧人就说是溪中有鬼迷人下水,便教村民用青石凿个宝塔镇住溪边,西溪村的鬼就会都赶去东溪村。鬼神之说也不知真假,但是不把祸患消除而是引去别村的做法确实不太地道。晁盖得知后大怒,从溪里走将过去把青石宝塔独自夺了过来,在东溪边放下,因此人皆称他做"托塔天王"。晁盖如此为自己的村庄出头,也算是个称职的保正了。等到晁盖在林冲的拥戴下取代王伦做了山寨一把手之后,小说也描写了梁山上开始有了初步的制度建设：

> 晁盖道："你等众人在此,今日林教头扶我做山寨之主,吴学究做军师,公孙先生同掌兵权,林教头等共管山寨。汝等众人,各依旧职,管领山前山后事务,守备寨栅滩头,休教有失。各人务要竭力同心,共聚大义。"再教收拾两边房屋,安顿了两家老小；便教取出打劫得的生辰纲金珠宝贝,并自家庄上过活的金银财帛,就当厅赏赐众小头目并众多小喽啰。当

> 下椎牛宰马,祭祀天地神明,庆贺重新聚义。众头领饮酒至半夜方散。次日,又办筵宴庆会。一连吃了数日筵席。晁盖与吴用等众头领计议:整点仓廒,修理寨栅,打造军器,准备迎敌官军,安排大小船只,教演人兵水手上船厮杀,好做提备,不在话下。(第二十回)

这段文字表明,从晁盖开始,梁山的大小头领开始有了比较明确的分工,组织制度开始建立,梁山"共聚大义"的政治纲领也开始形成,梁山的经济制度、赏罚制度开始实施,梁山的军事制度也开始萌生。按照这种趋势,晁盖治理的梁山应该蒸蒸日上。客观来说,晁盖时期的梁山相比王伦时期的梁山的确有长足的发展,但仍然与宋江时期的梁山相差甚远。这其中除了其他原因,晁盖本人性格上的弱点也是一个因素。

晁盖是个豪爽粗疏的汉子,这一点与心眼颇多的王伦截然不同,和做事深思熟虑的宋江也不一样。七星聚义劫生辰纲之时,晁盖只想着如何成功劫财,却从未想过万一失手或是东窗事发后自己的退路在哪里,其做事有欠周密可见一斑。晁盖就职山寨大头领时发表的那一番关于头领分工的讲话,其实就是林冲火并王伦之后的安排,并非出于晁盖自己的见地。而晁盖关于整饬军备的构想也比较模糊,大事小情也只是军师吴用在安排。所以金圣叹对此评道:"此只是计议一遍尚未曾得周备,故下文吴用又重申之。"可见晁盖时期梁山的制度建设只是处于起步阶段,并不充分。尤其当梁山上的人马越来越多后,制度建设显得越发紧迫,晁盖掌控全局的能力也越发显得捉襟见肘,水泊梁山需要一个堪当大任的领导者。

二、宋江具备进行制度建设的优良素质

宋江是《水浒传》着力刻画的人物。作者向我们展示了宋江身上的许多优良素质,这些优良素质使宋江在梁山推进制度建设成为可能。

> 那人姓宋,名江,表字公明,排行第三。祖居郓城县宋家村人氏。为他面黑身矮,人都唤他做黑宋江;又且驰名大孝,为人仗义疏财,人皆称他做孝义黑三郎。……这宋江自在郓城县做押司,他刀笔精通,吏道纯熟;更兼爱习枪棒,学得武艺多般,平生只好结识江湖上好汉:但有人来投奔他的,若高若低,无有不纳,便留在庄上馆谷,终日追陪,并无厌倦;若要起身,尽力资助,端的是挥金似土。人问他求钱物,亦不推托;且好做方便,每每排难解纷,只是周全人性命。时常散施棺材药饵,济人贫苦,赒人之急,扶人之困。以此,山东、河北闻名,都称他做及时雨;却把他比做天上下的及时雨一般,能救万物。(第十八回)

宋江出场之时的这段描写,重点强调了他两个特点:爱结交江湖上的好汉;急人之困,慷慨大方。这两个特点让宋江在江湖上享有了"及时雨"的美誉,这是宋江最终能坐上梁山头把交椅的保证。宋江因为杀了阎婆惜而流落江湖,后来又因为在浔阳楼题反诗而身陷江州城大牢,由于他之前种种仗义慷慨之举,各路好汉纷纷前来救援。晁盖、吴用等人率领梁山众好汉前来劫法场,张顺、张横、李俊等九个好

汉也带着喽啰前来救人，还有李逵，一个人也敢前来。大闹江州城，又杀了黄文炳之后，宋江言道："感谢众位豪杰不避凶险，来虎穴龙潭，力救残生；又蒙协助报了冤仇。如此犯下大罪，闹了两座州城，必然申奏去了。今日不由宋江不上梁山泊投托哥哥去。未知众位意下若何？如是相从者，只今收拾便行。"此时的宋江并未想到自己会当上梁山之主，但此举却是实实在在为梁山队伍招兵买马。于是大队人马浩浩荡荡朝梁山进发，经过黄门山，宋江得悉在此落草的欧鹏等四人也是打算去江州劫狱搭救自己，便又主动邀约四人随大部队同上梁山。算起来，围绕着闹江州这一趟下来，梁山上便新添了二十八位头领，比之晁盖原来的十一位头领之数，实力无疑大为增强。宋江和晁盖都有仗义疏财、好结识江湖人士的特点，与晁盖相比，宋江则表现得更为主动，更为热切。一听说有好汉想结识自己，或是要投奔梁山，或者有什么过人之处，总是要把他们都拉到梁山队伍入伙，显得开放性更强，格局胸襟也更为开阔。这样就具备了推进梁山制度建设的可能，而因为梁山上许多人都是宋江拉上山的，或者是曾受过宋江的恩惠，宋江在不知不觉中已经很好地进行了领导人威信建设。正如宋江要将一把手的位置让给卢俊义时，武松等人反对道："哥哥手下许多军官都是受过朝廷诰命的；他只是让哥哥，如何肯从别人？"只有宋江才能让梁山上这些来自不同背景的豪俊俯首低眉。格局之大，使宋江有可能自觉进行制度建设；威望之高，则能确保制度建设在水泊梁山这个拥有108个头领的复杂江湖中推行成功，换其他任何人来，梁山的制度建设可能都会困难重重。

金圣叹对宋江的威信建设持贬斥的态度，屡屡点评道："晁盖直性人，任凭宋江调拨"，"无处不写宋江权术过人"。金圣叹的见解有无道理姑且不论，宋江是郓城县押司出身，所谓押司，就是宋代衙门中办理文书、狱讼的役吏。按作者的说法，宋江是一个很能干的押司，"刀笔精通，吏道纯熟"，在官场混了半生，有些城府套路也属正常。更为重要的是，宋江能够进行制度建设，是因为押司出身的他本就十分熟悉规章制度，也有很强的规则意识，是个训练有素的基层干部。这一点在未上梁山之前，已经有较为充分的展示。比如，智取生辰纲事件之后，济州府缉捕使臣何涛前来县里下达缉捕晁盖等人的公文，却值知县退了早衙，何涛只好在一个茶坊里边吃茶边等，碰巧遇到宋江。何涛认为宋江是官府中人说之无碍，为了抓紧时间办公事，便于尚未见到知县而完成下达密封公文的程序之前，就把公文内容对宋江和盘托出，还拜托宋江立刻就派人去捉拿晁盖一伙。宋江立马表示，既然是密封公函，按照规定他不能拆看，自然也不该知晓公文内容，坚持要等到知县亲自拆看公文知晓此事之后再行动。虽然宋江此举含着拖延时间、纵放晁盖脱逃的算计，但是他能在事发突然之际反应如此迅速，应对如此得体，不能不说是机智过人，而这也显示出宋江对朝廷法令制度的娴熟，就连何涛也认为宋江提议先见知县再行抓捕的做法"高见极明"。

上梁山之后，宋江也能时刻意识到规章制度的重要性，对梁山众头领既感之以情，又晓之以理，更约之以法。例如，宋江在庆贺重阳节的"菊花之会"上做了一首《满江红》，表达了"望天王降诏早招安，心方足"的意愿。武松、鲁智深等人却不以为然，连一向对宋江言听计从的李逵也跟着大叫"招安，招安，招甚鸟安"，竟还飞起一脚把桌子踢得粉碎。李逵莽撞无礼的行为惹得宋江大怒，当即下令将他斩首，多亏众将讲情方才改为监禁。次日一早，众人指点李逵去向宋江请罪，宋江说道："我手下许多人马，都是你这般无礼，不乱了法度？且看众兄弟之面，寄下你项上一刀，再犯必不轻恕。"虽然莽撞粗鲁的李逵有过一些冒犯宋江的言行，但他仍然算得上是宋江的忠实拥护者。这一点不仅宋江清楚，梁山上的许多人也都明白。即便如此，宋江对李逵也不讲情面，认为不可徇私，否则便乱了法度。宋江所说的法度，意思就是法律制度、准则规范。如贾谊《过秦论》"商君佐之，内立法度，务耕织"，亦如王安石《答司马谏议书》"议法度而修之于朝廷"。梁山是亡命天涯之人的聚集之所，这些人走到落草梁山这一步，就已经不在朝廷法度约束之内了，属于韩非子所说的"侠以武犯禁"，所以他们的规则意识并不强烈。宋江身在草莽却心有法度，也属难能可贵，这也正是他和王伦、晁盖的不同之处。王伦遇事只是大叫"我的心腹都在那里"，晁盖虽是待人赤诚却只会问计于吴用，宋江却懂得依法度约束上下人等，明白要管理好自己的队伍则制度建设必不可少，这就是宋江超越王伦、晁盖等一般山寨头目的地方。

三、制度建设助力梁山义军的发展壮大

作为一个"刀笔精通，吏道纯熟"的押司，宋江能够认识到进行制度建设的重要性，也具备进行制度建设的智慧和经验，熟悉制度建设的程序和方法。因为"为人仗义疏财""且好做方便，每每排难解纷，只是周全人性命"，宋江积攒了保证制度建设畅行无阻的资历和威望。更为重要的是，作为水泊梁山的管理者和领导者，宋江具有进行制度建设的自觉性和坚定目标，那就是等待朝廷招安，从而在朝堂上为自己和众兄弟争一席之地。这些都促使宋江从上梁山第一天起就开始了一系列制度建设的举措，而这一系列制度建设的举措又和水泊梁山的发展壮大互相促进。

宋江并非普通的山大王，"孝义黑三郎"有自己的政治理想和行动纲领："为主全忠仗义，为臣辅国安民"，这在九天玄女传授他三卷天书时就已经明确。上了梁山之后，"惟宋江肯呼群保义，把寨为头。休言啸聚山林，早愿瞻依廊庙"。他将聚义厅改为忠义堂，在梁山竖起"替天行道"的杏黄旗，还和众头领焚香结拜，提高觉悟，统一思想，增强活力。

> 宋江拣了吉日良时，焚一炉香，鸣鼓聚众，都到堂上。宋江对众道："今非昔比，我有片言。今日既是天罡地曜相会，必须对天盟誓，各无异心，死生相托，吉凶相救，患难相扶，一同保国安民。"众皆大喜。各人拈香已罢，一齐跪在堂上。宋江为首誓曰："宋江鄙猥小吏，无学无能，荷天地之盖载，感日月之照临，聚弟兄于梁山，结英雄于水泊，共一百八人，上符天数，下合人心。自今已后，若是各人存心不仁，削绝大义，万望天地行诛，神人共戮，万世不得人身，亿载永沉末劫。但愿共存忠义于心，同著功勋于国，替天行道，保境安民。神天鉴察，报应昭彰。"誓毕，众皆同声共愿，但愿生生相会，世世相逢，永无断阻。当日歃血誓盟，尽醉方散。（第七十一回）

按书中描写,围绕着政治理想的实现,宋江进行了多个方面的制度建设,包括组织制度、行政制度、经济制度、军事制度以及法律制度等。

梁山要发展壮大,人才选拔与任用十分重要,宋江对组织制度和行政管理十分在意,也在这方面显示出了超群的才干。书中第四十回,宋江初次上梁山,一路上邀请了不少豪杰同往,为梁山带来了兴旺气象。这也带来了一个难题:新到好汉怎么安置?怎么排座次?原先山上已有晁盖等十一位头领,现在宋江、花荣、秦明、戴宗、李逵等二十八人加入进来,即便晁盖愿意将头领之位让给宋江,可还剩二十七人一时之间不好安排,何况这二十七人中有的身怀绝技,有的脾性火爆,有的还曾在官府任职,若处理不当极易产生矛盾。宋江毫不犹豫地说:"休分功劳高下;梁山泊一行旧头领去左边主位上坐,新到头领去右边客位上坐。待日后出力多寡,那时另行定夺。"简简单单一两句话,既解决了新到人员的安置问题,又确定了梁山人才选拔与任用的总体规则,且合情合理又干脆果断。众人无不敬服,齐道"此言极当",宋江的制度设计才能由此可见一斑。

而在"梁山泊英雄排座次"前后几回故事中,作者通过宋江对山寨各个人物的职责规定以及山寨各项事务的细致规定,再次全面展示了宋江的制度建设的智慧与才干,限于篇幅,在此就不一一赘述。需要注意的是,宋江在安排众头领的职务与分管工作之时,为了保证执行力度,特意同时进行了法制建设。"诸多大小兄弟,各各管领,悉宜遵守,毋得违误,有伤义气;如有故违不遵者,定依军法治之,决不轻恕。"这种制度建设的全面与严肃,非一般人所能及。

《水浒传》开篇描写了高俅发迹的故事。品行不端、不学无术的奸邪小人高俅,就因为陪着端王踢蹴鞠(充气球)讨得端王的欢心,后来端王继位为徽宗皇帝,居然罔顾官吏培养选拔的正常秩序,直截了当地对高俅说:"朕欲要抬举你,但要有边功方可升迁,先教枢密院与你入名,只是做随驾迁转的人。"后来半年时间不到,就抬举高俅做到殿帅府太尉之职。如此边功滥叙,私恩骤迁,何谈国家制度的严肃性?法令制度全是一纸空文,行事单凭宋徽宗个人喜好,又何谈制度建设?北宋朝廷,帝王任人唯亲,官员贪赃枉法,法令制度遭到严重破坏,不公平不公正的现象比比皆是。"大贤处下,不肖处上"的局面导致一些正义之士和能干之人不得已走向山林水边落草为寇。反观宋江治理的水泊梁山,却因为系统和持续的制度建设而井井有条、蒸蒸日上,梁山人马也彻底完成了由一伙啸聚山林的乌合之众向一个正规化、制度化的军事集团的转变,由朝廷口中蔑称的贼人向一股不可忽视的政治力量的转变。

参考文献

[1] 陈曦钟.水浒传会评本[M].北京:北京大学出版社,1981.
[2] 施耐庵,罗贯中.水浒传[M].西安:陕西人民教育出版社,2016.
[3] 奥尔森.集体行动的逻辑[M].陈郁,译.上海:上海人民出版社,1995.
[4] 杜塔.策略与博弈——理论及实践[M].施锡铨,译,上海:上海财经大学出版社,2005.
[5] 斯密.道德情操论:第4卷[M].蒋自强,译,北京:商务印书馆,1997.
[6] 诺思.制度、制度变迁与经济绩效[M].杭行,译,上海:上海三联书店,1998.

从士的层面看《水浒传》中的人物及命运

《菏泽学院学报》编辑部 谭淑娟

一部名著,总是可以引发人们从多种角度去解读和研究。从不同的视角去分析,人们看到的客体也是不同的。比如《水浒传》,用阶级观点去分析,人们看到的是农民起义和反抗贪腐的朝廷;从传奇角度去梳理,人们看到的则是一部英雄传奇故事;而在主张教化者眼里,则或者称其为"诲盗之书",或者力主忠义。因为出发点不同,以上这些观点无疑都有一定的合理性,但也都是一定时代政治文化背景下的产物。在《水浒传》的文本中,作者曾多次提到"养士"一词,书中一些重要人物都与此相关,但翻检过往研究材料,却发现很少有人论及此点。《水浒传》产生并流传于封建社会后期,笔者以为,如果从先秦文化的角度以"士"的层面来分析《水浒传》人物故事,可能又会有新的发现。

一

众所周知,"养士"之风气盛行于战国,后代延续下来,一直绵延不绝,只不过形式有所不同而已。如唐太宗李世民在推行科考取士时曾喜形于色云之"天下英雄尽入吾彀中矣",宋代文人苏轼写有《论养士》一文,将隋唐以来的科举制度等同于战国时期的"养士"。得贤才者得天下,封建社会上层的开明统治者一般深明此理。朝廷养士,民间也有人喜爱养士。翻开《水浒传》,不难发现其中的养士现象。《水浒传》里的养士,最先是以介绍高俅的身份开始展示出来的。书中第二回介绍高俅,写他早年因行为不端,"东京城里人民,不许容他在家宿食……只得来淮西临淮州投奔一个开赌坊的闲汉柳大郎"。这柳大郎是何许人也?"专好惜客养闲人,招纳四方干隔涝汉子"。原来这个柳大郎是一个喜欢养士的主儿,只不过他养的人多为"不清不楚"之人,至于为何养这些人,因为与水浒故事无关,书中后文也就再无介绍。到了第九回"柴进门招天下客,林冲棒打洪教头"和第二十三回"横海郡柴进留宾,景阳冈武松打虎"中写的柴进养士,笔墨更多。在《水浒传》中,柴进是以养士出名的,宋江、武松、林冲、洪教头等都投奔过他并获得资助,因此柴进有"小孟尝"之雅号。第九回店主人对林冲说他"专一招接天下往来的好汉,三五十个养在家中",而且还曾专门嘱咐小店主人,"酒店里如有流配来的犯人,可叫他投我庄上来,我自资助他"。可见,柴进对招纳犯科之人是极为用心的。养士的目的是为己所用,柴进留心的士与柳大郎收留的士不是同类人,养士的目的显然也不同。《水浒传》中还有一个为报私仇而养士者,那就是施恩父子。施恩父子与前二者养士有所不同,前二者是坐等投奔者自己来,而施恩父子却是看中了武松的武艺,在武松不知情的情况下利用自己的特殊管理权限暗中好吃好喝照顾,准备半年或三个月后才与武松说明,先施恩后使用。没料想武松不接受没来由的照顾,用罢饭逼迫施恩父子出面说明缘由。在形势的逼迫下,作为管营的施恩对犯人身份的武松见面就拜,可谓结交之诚用心之恭,从而使得性本刚烈的武松大受感动,后面甘愿为之赴汤蹈火。

以上提到的尚属于私家养士,而梁山聚义则应该算是《水浒传》里最大规模的以宋江为首的集体形式的招士养士。梁山聚义的历史可以视为一部浩大的招贤纳士史。

王伦作为梁山寨主,因为不能真正接纳贤士而丧命。晁盖成为寨主后,梁山开始进入发展时代,凡来投靠者一概热情接纳,甚至主动邀请,梁山队伍逐步壮大。而到了宋江上梁山后,纳士规模则开始突飞猛进。在上梁山之前,宋江在江湖上已经有了"及时雨""赛孟尝"的绰号,这是他能招士的前提条件和最有影响力的江湖招牌。他仗义疏财,留心结交天下豪杰。到了梁山后,宋江便开始大肆招贤,其招贤的手段也不止一种。有一部分是自己慕宋江名声,凭借自己有一技之长,或因犯事或因谋求更好出路主动投奔来的,如杨雄、石秀、时迁、杨林等;还有一部分,尤其是排在上位交椅的,则是交战中设计骗上来入伙的,如秦明、呼延灼、徐宁、卢俊义、关胜等。最令人咋舌的是卢俊义。卢俊义与梁山宋江等人本不搭界,可以说八竿子打不着,人家原本在大名府舒服滋润地过着员外的日子,是宋江在梁山听了个僧人介绍河北风土人物,提起了玉麒麟,于是想起此人"一身好武艺,棍棒天下无对。梁山泊寨中若得此人时,何怕官军缉捕,岂愁兵马来临"。宋江这心思一动,员外卢俊义的倒霉运就开始来了,真是应了句古话:不怕贼偷,就怕贼惦记。军师吴用不怕麻烦,亲自下山登门拜访,设计骗玉麒麟上山。说到底,卢俊义上梁山落草就是梁山宋江、吴用等人一手策划的"阴谋",不仅让其家小丢了性命,还使其遭受牢狱之苦,最后宋江等人却又扮演着救命恩人的角色将之救上梁山。这样的招贤纳士实在有些黑心和残忍。

"士"一词,一般多指古代的知识分子,或更多指士大夫。但实际上,"士"的概念范畴一直是有变化而非一成不变的。宋代苏轼在《养士论》里就把它分为"智、辩、勇、力"四种人。历史学家顾颉刚曾说:"吾国古代之士,皆武士。"顾炎武认为春秋以前的士"大抵皆有职之人矣"。根据社会地位的不同,当时把人划为十等:王、公、大夫、士、皂、舆、隶、僚、仆、台,呈现的是宝塔状。士界于宝塔的中层,是下级奴隶主。春秋末期,士的阶层开始复杂化,由原来的不仕二主的武士分化和扩大,出现了游士和文人学士。后来大批庶人,包括工商出身的人涌进士的队伍中来,使士阶层完全不受宗法支配,其成分更加复杂化,除包括如纵横家之流的政治捐客和知识渊博的文人学士外,还有一批为当权者做爪牙的"食客",这也就是《史记·孟尝君列传》里说的"诸侯宾客及亡人有罪者"。

文士出现在春秋后期,最早是由武士转变而来的。春秋后期车战改陆战,原来充当车兵指挥的士的地位开始下降,有许多"勇力文武备具"之士开始专门习文,改变了过去那种文武兼之的状态。再加之当政者大力提倡学文,"学士则多赏",故使文士队伍日渐扩大。私学兴起为文士提供了活动场所,同时也"造就"了文人学士的才干。这些文人学士的地位崛起,变为士大夫阶层,形成了我国第一批封建官僚集团。

考察了"士"的词义变化之后,我们再来看水浒里的"士"。《水浒传》里的士,大致属于先秦"士"的范畴。他们出身庞杂,多有勇、力或比较实用的一技之长。《水浒传》里的人物多是小吏和强盗流民出身,曾有人将之视为流寇或者流民,而且,《水浒传》里的士不仅是武士,就是文士也是以有智谋或实用技能为主的,这一点表明作者在书中的倾向性是非常明显的。徒具文采的文学之士、腐儒之士是不入作者法眼的。"水浒"108位英雄,除了武艺出众者,其他都是有一技之长的,这些人具备的技能都能为梁山的政治理想和事业发展服务。如教师出身的吴用虽是秀才,但是他不是以有文采、读书多而受待见,而是以足智多谋的军师身份存在于梁山,其地位无法取代。圣手书生萧让也是秀才出身,善写当时苏、黄、米、蔡四种字体,也会舞枪弄棒,他出色的仿写造假本领在救宋江和撰写石碣天文中发挥了重大作用。宋江为皂隶出身,诗文功底也不容小觑,《水浒传》中有他两处诗文,其忠肝义胆、家国情怀浓郁,但是作者却没有一笔来褒奖他的才华,小说中突出表现的是其忠义和招贤纳士的本领。林冲虽是赫赫有名的京都八十万禁军教头,但是诗文才华也非一般,欲去梁山泊而找不到船只时,伤感怀抱,问酒保借笔砚,挥笔写下:"仗义是林冲,为人最朴忠。江湖驰闻望,慷慨聚英雄。身世悲浮梗,功名类转蓬。他年若得志,威镇泰山东。"感怀身世,壮气存胸,文笔出众。

"士"是作为统治者的工具并以此实现自我人生价值而存在的。这意味着其必须具备某种品格,那就是知恩必报、忠义。在《水浒传》中,中高层将领的忠义品格自不必说,甚至毫无文采的李逵、鲁智深、阮氏兄弟、浪里白条张顺,以及那些杀人越货、胸无点墨之辈如白胜、时迁等,也都因重友情而得以聚义梁山。而这也是先秦"士"的最高品行。

当然,水浒里也有另一类的"士",如高俅。作为作者眼中无赖的高俅,作者说他是"吹弹歌舞,刺枪使棒,相扑玩耍,颇能诗书词赋",可见高俅也是颇有些技能的,只不过是玩乐的技能。宋代享乐文化发达,高俅靠这些无实用价值的玩乐技能获得了高官权贵的欢喜,加之其无赖品性,于是在奸臣当道的社会里能如鱼得水,有机会获得官职。王伦也是落第秀才,人称"白衣秀士",论文学应该在梁山人物里算出众的,无奈眼光短浅,心胸狭隘不能容人,虽也有心结交路过梁山的好汉,却像是叶公好龙。

《水浒传》里最终能够聚义梁山的"士"们的特点是明显的,既有实用的才能也有忠义品性。《水浒传》小说源于说书人话本,源自民间,且水浒故事的原型毕竟产生于宋末。因此,这个节点也让我们不禁联想猜测:宋代享乐文化发达,宋代朝廷优宠文人,文人士大夫地位较高,然而武力却较弱,武臣的地位远远不如文臣,那么书中以先秦武士的概念范畴创造出一批有实用价值的人物,是不是有抒发作者自己或者百姓渴望实用之士的想法呢?或许是作者想借此打造出一个梁山的理想国,以暗示当局执政者,实用之士才是真正之士?

二

《水浒传》塑造了众多的有一技之长的,符合实用之士标准的士形象,可以说是一个士的英雄群谱。这个群谱按其出身,展示了来自各个层次的士的特色,以及各自的优缺点。体现了作者对士的认识和理想。

作者用心塑造的有出身高级军官的武士,如林冲、杨志,二人身为东京八十万禁军教头和殿帅府制使,是国家最高武士阶层形象的代表人物,除了武艺高强的共同点外,各自也有自己的个性:林冲经济宽裕,妻子貌美贤惠,家庭温馨,所以性格过于隐忍;而杨志则为杨令公的后代,性格内敛话语少,热衷于功名但是运气不佳。众好汉中,中级将领出身的人较多:秦明性子急,善于使用狼牙棒,人称霹雳火;花荣年少英俊,性格不温不火,有胆有谋,箭无虚发,人称"小李广";呼延灼是宋朝开国名将铁鞭王呼延赞嫡派子孙,擅长指挥连环马,自称天下无敌手;双枪将董平,有万夫不当之勇;索超性子急,爱面子,有些鲁莽,人称"急先锋"。朝廷军官出身的好汉还有善使钩镰枪、专破呼延灼连环马的徐宁,注重江湖义气、热爱打打杀杀会几招小鞭枪的孙新,擅长制作轰天雷大炮的炮手凌振等。这些人也都武艺出众,知恩图报、忠贞不二。作者还塑造了许多其他出身的好汉。下层军官、巡捕和小吏出身的好汉有鲁达、武松、朱仝、雷横、宋江、杨雄、戴宗、施恩等。不愁吃穿、过着狩猎游玩生活的大庄主出身的好汉,有身好武艺、憧憬干大事业的柴进、史进、孔明、孔亮、李应等。来自社会底层的好汉人数众多,如开黑店的张青孙二娘夫妻,猎户解珍解宝兄弟,渔户阮氏三兄弟,水上谋生的张顺兄弟,屠夫店主"母大虫"顾大嫂,卖膏药的李忠,鸡鸣狗盗之徒白胜、时迁,有人命案在身又好赌的牢头李逵,山大王王英、邓飞,兽医黄甫端,神医安道全,篆刻家金大坚等。这些人虽然身份卑微,但内心都潜藏着士的理想,对把自己放进某一项团体事业里,也有些向往。无论是习武的史进,还是喜欢结交犯科之人的柴进,都有一颗不安于现状的心。即便是专收干隔涝汉子的柳大郎也有自己的另一种目的。这些人一旦等到机会降临,就会毫不犹豫地开始行动。就连偷鸡摸狗的时迁,也是渴望成为梁山好汉的。

《水浒传》作者勾勒出的各个层次的有一技之长的人物,构成了一个完整的社会体系。士人众多,各具风采。在这群士的群谱里,上述人物都只能是群星,最终成为领袖的是宋江。他也是这群士的理想典范和最具凝聚力的核心人物。宋江之所以能成为领军人物,是因为作者赋予了他几个特点。特别是在与前边两个首领的比较中,宋江的优点逐渐凸显出来了。

梁山经历了三个首领,其中能够最终成为首领的是宋江。这个首领不是谁任命的,而是在与前两任的比较中最终凸显出来的。

第一任首领为王伦。王伦是白衣秀士,是读书人、落第秀才,受柴进资助上了梁山。与晁盖和宋江比,王伦最致命的弱点是心胸狭窄。王伦受柴进资助落草梁山后,派朱贵开店并留下分例酒食招待好汉之事表明,他起初也是有心结交好汉的。可当王伦见到真好汉林冲之后,却开始担心自己的地位:"他是京师禁军教头,必然好武艺。倘若被他识破我们手段,他须占强,我们如何迎敌。"这一想,林冲再怎样恳求,王伦也是不打算收留了。直到见其与杨志相斗,才又有了别的想法。待晁盖等人上山倾吐胸中之事寻求安身,则"骇然了半晌,心内踌躇,做声不得"。随后以"一洼之地,如何安得许多真龙"拒绝入伙。最终,吴用利用林冲的怨气火并了王伦。书中如此评论:"量大福也大,机深祸也深。"

　　第二任首领为晁盖。晁盖一出场时,作者是极为赞誉的:"平生仗义疏财,专爱结交天下好汉,闻名江湖。喜欢刺枪使棒,身强力壮,不娶妻室,终日打熬筋骨。"这与史进、柴进都极为相似。晁盖夺宝塔放东溪村的做法使其获得了"托塔天王"之号。他救刘唐,联络"义胆包身,武艺出众,敢赴汤蹈火,同生共死,义气最重"的阮氏三兄弟智取生辰纲,上梁山对王伦倾吐胸中之事,这些都不失好汉作为。得知宋江陷入官司,晁盖派人接其上山,江州事发后又组织好汉劫法场,其义气、度量非同一般。自其成为梁山首领,众英雄纷纷来投,梁山人丁兴旺。然而等到杨雄、石秀上山时,晁盖的判断却出了问题。当戴宗、杨林引杨雄、石秀参见晁盖、宋江等首领时,"杨雄、石秀把本身武艺、投托入伙先说了,众人大喜,让位而坐"。随后杨雄渐渐说到有个来投托大寨同入伙的时迁,"不合偷了祝家店里报晓鸡,一时争闹起来,石秀放火烧了他店屋,时迁被捉。李应二次修书去讨,怎当祝家三子坚执不放,誓愿要捉山寨里好汉,且又千般辱骂"。没想到听闻此言晁盖大怒,喝叫:"孩儿们将这两个与我斩讫报来!"杨雄、石秀因何惹恼晁盖?多数研究者认为晁盖对宋江系统的人很反感,因此借着"把梁山泊好汉的名目去偷鸡"这样的罪责杀杨雄、石秀,目的就是要在宋江面前杀鸡儆猴、铲除异己。或许确有这样的因素在其中,但笔者以为,这里也要考虑一下晁盖上梁山的目的。晁盖与宋江二人上梁山的最终目的是不一样的。上梁山之后的晁盖想的是带领兄弟们过逍遥日子、不受官府管制,从未想过要光宗耀祖或有过什么雄心壮志。正是因为这一想法,在梁山达到一定规模之后,他已经满足。至于杨雄、石秀和时迁,与自己并无甚关系,在梁山他要展示的是梁山的霸气和威风,对时迁等人打着梁山旗号偷鸡摸狗当然是极其反感。而宋江想的则是,只有不断壮大队伍,最终才能走上招安之路,重新为朝廷效力。所以,在志存高远和招贤纳士方面,作为首领的晁盖是彻底输给了宋江的。

　　第三任首领为宋江,宋江作为一个小吏,既没有高强的武艺也没晁盖的大胆,他当首领靠的是能够纳贤容贤、得到众人拥护。宋江最拿手的本领有二条:一是慷慨予人钱财,故有"及时雨"之称;二是遇到强于自己的好汉时,动不动就表现出打算将自己在梁山的交椅位置相让的姿态,其谦虚诚恳的态度让人感动。这二者王伦一项都不具备,晁盖也是不如。宋江的目的很明确,就是要让梁山强大得足以引起朝廷重视,这样才有与朝廷讲条件的筹码。他不想做山大王,他要做一个能够被封妻荫子的士人。而这必须是靠招纳贤士,吸引更多的能人来拥戴自己才能做到的,就像孟尝君一样。作为首领,宋江无疑是最合格的,他不仅要给自己一个出路,也要给所有跟随的弟兄们一个符合封建士的理想标准的出路。也正是这一点,使他能够得到最大限度的拥护和跟随,也最终使得梁山英雄最终多数落得惨死的下场。

三

在革命家们眼里,梁山最终走了投降主义路线,这是该批判的。但是,如果不走招安之路,梁山该怎么走呢? 或者该如何收尾?

从秦末陈胜吴广起义开始,一千多年的封建历史中爆发了多次大规模农民起义,但是历史证明,推翻一个王朝容易,建立一个王朝却非易事。文学是源于历史现实的产物,小说作者无疑也受历史和现实的限制,而中国传统文化教育人更多的是成为一个合格的士而不是帝王领袖,即要做帝王师而不是帝王。《水浒传》作者最终以宋江为首的众人忠义归顺朝廷结尾,也是士文化的必然之路。"学成文武艺,卖与帝王家","士为知己者用","士为知己者死"。士本身最注重的是自我价值的实现,而这个自我价值则必须是通过依附王权或早期的封建主建功立业来实现的。简而言之,士的个体价值是作为主人的工具,工具无人用,则是英雄无用武之地,这是作为士的人生的最大悲哀。

宋江成为首领后,梁山的第一要义便是一手招贤,一手准备招安。招贤的根本目的就是为招安服务。

宋江渴望实现自己士的人生价值,封妻荫子,光宗耀祖,而实现这些唯一的途径就是为当今朝廷出力。宋代赵家的一统地位,意味着能让他实现自我价值的主人也只有这一个,别此无它。然而宋代后期,奸臣当道,对出身底层小吏且是戴罪之身的宋江而言,要想进入仕途并被其重用确实不易,或许只能走"曲线救国"的招安之路。武士与文士不同,文人士大夫在历史的长河里深知自己不具备武力抗争的能力,于是在"进则兼济天下,退则独善其身"的取舍里找到心理平衡。而武士却是难以满足于自我修身的,他们更渴望施展本领。况且,梁山众多人物,从林冲、杨志等高级将领到秦明、花荣、索超、董平、关胜、徐宁等中级将领,本就在朝廷中担任官职,不得已的落草,更使得他们盼望早日官复原职或者得到晋升。就是偷鸡摸狗的时迁,也未尝不想混得个封妻荫子,而这只能靠跻身朝廷才行。宋江三败高太尉向朝廷示威,展示自己的实力不能小觑,正如手握长铗呼唤鱼嗟叹车以期引起孟尝君注意的冯谖。

晁盖作为乡野之人,粗狂豪爽,是不会喜欢招安的,他更喜欢无拘束的山大王生活,所以他不会什么人都接纳。作为领袖,他也无法解决存有士的理想的人的最终归宿问题,因此他只能退出。

宋江的招安理想是简单的,他以为凭借忠肝义胆和强大的实力会被朝廷重用。但是他忽略了作为士的生存条件。士是一件工具,这个工具只有主人需要的时候才有价值。一旦朝廷外患消除,他们不仅无用武之地,还会成为主上心头之大患。"飞鸟尽,良弓藏,狡兔死,走狗烹",这是自古以来武士良将的必然结局。作者赞美士的理想,宣扬士的忠和义,但是士的最终归路和命运,却只有这一个。归隐或去海外独立,毕竟只是极少数人才能拥有的幸运。

参考文献

[1] 顾颉刚.武士与文士之蜕化[M]//史林杂识初编.北京:中华书局,1963:85.
[2] 顾炎武.日知录集释:卷七[M].上海:上海古籍出版社,2014.

换个角度看水浒

山东梁山青山书院　李维东

我们都知道《水浒传》也叫《忠义水浒传》，该书自元末明初诞生之日起就饱受社会各界争议。在成书初期，《水浒传》大致是得到官方认可的忠义之书，对其持肯定态度的主要代表人物是李贽，在他的影响下，一度涌现出大量的官方刻本，社会上对《水浒传》的态度多为追捧与赞扬。但到了明末尤其是崇祯时期，社会形势发生了颠覆性变化，外有后金虎视眈眈，内有天灾人祸、官场腐败而导致的各地农民起义风起云涌，明末政权风雨飘摇，朝廷风声鹤唳、草木皆兵，惶惶不可终日。更为巧合的是，在当时这种内外交困的大环境下，在《水浒传》一书所描写的宋江起义之地的水泊梁山又发生了一次震惊朝野的农民起义——李青山起义，而且提出的口号和《水浒传》中的情节如出一辙，几乎是《水浒传》的翻版。他们在大灾之年被逼起义后借势胁招，希望接受招安为朝廷效力，以实现其封妻荫子、忠义报国的归宿。起义队伍占据以梁山为中心的有利地形，控制附近运河船闸，截断南北漕运，卡住了朝廷赖以生存的南粮北运的大运河通道。这件事引起了朝廷对《水浒传》影响的警觉，因而彻底改变了对《水浒传》的看法和评价，认为《水浒传》是一部坏人心术、教坏百姓的"诲盗"之书。这个观点的代表人物是明末大臣左懋第，还有当时的文化名流金圣叹。这两个人也是"水浒"迷，但他们从"水浒"中看出的却是另外一种影响，因此金圣叹腰斩水浒，删去了招安和征辽、平方腊相关的近半内容，并给这些"危害社会的乱臣贼子"设计了一个悲惨结局，以为后人之戒。左懋第就做得更绝，他以李青山起义为借口，直接上书朝廷请求禁毁《水浒传》。疑心颇重的崇祯皇帝自然是认可了他的观点，于崇祯十五年下旨查禁《水浒传》，由此开启了官方禁毁《水浒传》的先例。一直到清末，《水浒传》均为官方禁书。

清朝灭亡后，如火如荼的反帝反封建浪潮在中华大地风起云涌，水浒所提倡的反抗精神得到了普遍的认同，这是有利于当时的国内形势和民族独立运动的。一百多年来，《水浒传》一书似乎已经进入了正面导向的范畴。尤其是在20世纪50—60年代，学界对《水浒传》的态度呈现出一边倒的肯定，《水浒传》一书也备受推崇。不过当时依旧有不同的声音存在着，主要是宋江作为投降派代表受到批判，在当时还出现了这部书究竟是农民运动的教科书还是腐蚀剂的争论，其被引用的例证就是李青山起义。这些争论虽然随着政治运动的逐步淡化而逐渐淡出人们的视线,却从另一个侧面为我们提供了认识《水浒传》社会价值的新角度。到了20世纪80年代,随着思想领域拨乱反正的不断深入,对《水浒传》的研究逐步呈现出客观和理性的趋势,各种观点不断涌现,大致表现在思想倾向和影响、版本研究、版权归属和作者认定等几个方面。

笔者以为,任何事情都有它的两面性,《水浒传》也不例外。我们用今天的思维去要求一部古代的文学作品,未免太过苛刻。一方面,把一部文学作品过于政治化是不可取的,另一方面,因为《水浒传》存在一些消极和负面的因素而否定它的价值也不是对待既有文化产品的正确态度。我们应该从中汲取有益的东西,对其艺术性和教化功能进行正面的引导和取舍,使之在满足民众精神需求的同时更好地服务于当今社会发展需要。我们也并不否认水浒中确实存在一些极端和暴力的现象,但我们更应该看到这部书带给我们的警示,以及这部书的深层思想倾向,不断深思发生这种情况的原因何在,从而吸取教训,消除不稳定因素产生的根源,化解矛盾,促进社会的稳定。常言说,对镜可以正衣冠,通史方能明兴替。如不记取历史的教训并加以规制,那么历史的悲剧就有可能重演,这才是我们今天应该有的态度和认识。

那么,我们今天又该如何看待和评价这部书呢?显然,"忠义还是海盗"之争是该书最重要的焦点。此外也有"发奋之作还是愤世嫉俗""英雄赞歌还是屈膝投降""替天行道还是盗匪之所""劫富济贫还是打家劫舍""农民起义教科书还是腐蚀剂"等争论。虽说持各种观点的人都各有依据和道理,但似乎又都存在一定的偏颇和不足。笔者近年来深入研读《水浒传》,也曾看过不少专家学者的研究文章,惊奇地发现这部一直被人们争论不休的举世名著更堪称是忠义精神引领下致力于维护社会稳定的探索之作。

关于《水浒传》所体现出来的忠义精神和情怀,古今很多人都有谈及,但对其原始意蕴,尤其是时代价值和现实意义却谈得有些笼统,缺乏具体的指向与落点。而对于水浒在致力维护社会稳定方面的倾向与探索就更是无人谈及,甚至古今很多人反对《水浒传》的依据就是它"宣扬血腥与暴力,蛊惑动乱,影响社会稳定"。以致在本人提出这个观点后,有位资深水浒研究学者就立即表示反对。那么,今天我们就换一种新的角度,从这两个方面来讨论一下这部诞生于几百年前的旷世传奇。这些观点曾在近几年水浒研讨会上陆续做过阐述,今天综合到一起向大家汇报,以期抛砖引玉,借此推动水浒研究的不断深入研究并能有所启示,也希望对当今水浒研究的方向与定位,尤其是梁山忠义文化示范区建设等相关工作提供一点参考和借鉴。

首先,我们就从人们反映最强烈之处入手,谈一下这部书是倡导社会动乱还是促进社会稳定。我认为《水浒传》是在化解社会矛盾、促进社会稳定方面做了有益探索的。

《水浒传》作为一部古代描写农民起义的现实主义题材小说,虽然从整体上讲,其故事中符合真实历史的成分并不是太高,却是当时多种社会现象的集中反映,在很大程度上体现出了那时尖锐的社会矛盾和诸多的现实问题,以及中低层社会群体的呼声。官府的穷奢极欲和严重的社会不公造成各种社会矛盾加剧,从而引发了最为极端的爆发形式——农民起义。这成了统治阶级和整个社会极大的不稳定因素,也引出了一个让后人极度敏感的话题:乱自上作。《水浒传》故事的发生是社会矛盾激化到一定程度的结果。由于统治者施政措施的不当,诸多平民百姓的生活难以为继,严重的社会不公和特权腐败与劳苦大众的艰难生存形成鲜明对比。这种情形发展到一定程度,势必引发人们改变这种不平衡状态的心理诉求,在通过正常渠道难以实现这种期待的情况下,起义也就成了他们铤而走险的选择。然而,即便走上了一条与贪官污吏对抗的道路,很多好汉仍然不忘尽忠朝廷和报效国家的终极梦想与归宿。虽然在这条道路上布满了荆棘与艰辛,可他们却始终坚守着这样一种信念,直至慷慨赴死仍无怨无悔。不能不说这些江湖豪杰对信仰的坚守已经到了一种痴迷的程度,这自然也铸就了英雄们饱含悲剧色彩的终极命运和结局。虽然小说中所表现的许多诉求在很大程度上有着绝对的合理性,其实现的形式也被冠以忠义的保护伞,但仍然无法抹去人们在诉求无法实现的情况下,对其极端形式在心理上的肯定。无论在古代还是当代,这种影响对社会稳定而言都是一种不和谐的音符。替天行道也好,劫富济贫也罢,都是通过一种体制外的非常规手段去实施的,这无疑是对社会公权力和国家法治的蔑视与挑战,也注定是难以被历代统治者看好的。当然,《水浒传》中所描写的很大一部分情节并不是真实发生的历史事件,而是脱胎于诸多的说唱故事和演义化了的民间传说,自然也带有作者浓厚的思想倾向与感情因素。《水浒传》成书几百年来,一直影响着中国人的思维模式与性格组成,这也是古代民间和官府中人乃至今天学术界所争论的焦点。

  《水浒传》一书所表现的情感趋向是复杂的。我们后人也许都是根据自己的理解去阐释,很难真正还原作者的真实意图,但其贯穿始终的一条主线是清楚的,那就是尽忠朝廷的必然性与惩戒贪官污吏和为富不仁者的合理性。无论实现这种目的的方式是如何的迂回和曲折,无论在达到这种结果的过程中使用了什么样的手段和付出了什么样的代价,都难以磨灭英雄们勇往直前的信心和勇气。这也就向我们说明了要维系一个社会的安定与和谐,就必须彻底消灭社会不公和贪污腐败滋生的土壤,让老百姓安居乐业。否则的话,当矛盾激化到一定程度,就难免出现诸多的不稳定因素,给国家带来不同程度的麻烦和威胁。诚然,我们说这些并不是来刻意描绘社会的阴暗面,煽动人们的不满情绪,制造不稳定因素,而是要提醒社会各方面应当对这种现实存在的弊端引起警觉,在深刻分析其成因的基础上消除这种不安定因素存在的基础,化解矛盾,解决问题,促进社会和谐,引导各社会阶层团结起来,共同为国家富强和民族复兴而努力,从而实现社会的稳定与和谐。从这个意义上讲,《水浒传》确实给予了我们很多的启示。

  按照《水浒传》这部书的逻辑,北宋末年,晁盖、宋江等人不满于当时封建统治的不公和社会黑暗,在梁山泊竖旗举义,打出了替天行道的旗帜,喊出了忠义双全的口号,这其中既包含了诸多文人士大夫阶层的情怀与梦想及价值趋向,也体现了很大部分底层百姓的愿望与呼声。虽然他们信奉的忠义和儒家文化所倡导的忠义有着形式上的差异和不同,但他们把忠义作为自己最大的目标和追求,而又将义纳入尽忠皇权的从属地位,服务于忠的大目标,试图实现维护皇权统治与社会稳定的目标。这种愚忠和梦想可以说在很大程度上都是由他们生存的年代和当时社会主流价值的局限性所决定的,也是当时社会大背景下的必然选择。

二百多年后,在与起义相关的说唱故事以及诸多传说的基础上,产生了这样一部举世名著《忠义水浒传》.堂而皇之地将江湖豪客的仗义疏财、劫富济贫之举引入了忠义的轨道,一度受到社会各阶层乃至朝廷的认同,使这种带有浓郁忠义之风的行为成为诸多英雄豪杰崇拜和向往的精神圣殿和心灵归宿,也给后世农民起义造成深远而巨大的影响。客观地讲,正如前面所说,对于农民起义本身,无论从什么角度去评价,对当时的统治阶级而言都是一种反叛的力量,也是社会不稳定最极端的表现形式。而《水浒传》公然将此设置出一个寻求招安报效朝廷的目标追求,与其说是小说中人物的思想和意图,倒不如说是作者的价值观念所在。

据有人考证,作者施耐庵曾在山东郓城等地做过一段时间小官,了解到很多有关宋江起义的传说故事,后来回到南方为当时的农民起义领袖张士诚做过一段时间的幕僚,因建议张士诚寻求招安而被冷落,在回乡教书的环境中构思创作了《水浒传》。无论这种说法是否可信,作者作为一名古代的读书人,肯定是深受儒家文化影响而倾向于维护封建统治的正统地位的,不然也不会给那些水浒英雄去安排一个招安的结局了。所以他不希望看到有反朝廷的势力出现,也不希望这种势力与朝廷分庭抗礼,给社会带来长期的不稳定和更多的危害。于是施耐庵通过小说的形式试图塑造和建立一种为社会各阶层所能认同的价值观念,希望由此将这种不稳定因素通过一种观念的引领纳入代表国家力量的正统体制之内,以实现朝纲与社会的稳定,让政权更加巩固,使百姓能够安居乐业。而为实现这一目标,忠义无疑是一种最佳选择。这种思想倾向下的努力和故事情节的引导不正是向人们表达他这种价值观念,并通过其作品让人认同而最终实现他的目标追求吗？不就是作者为了期待政权与社会稳定所做出的探索与努力吗？因此,笔者认为,水浒的主流精神是一种忠义精神引领下期盼国家与社会稳定的表达和探索,虽然在某些方面带有一定程度的旧封建意识和滥杀无辜等消极因素,但这是当时的社会环境和人文局限所决定的。我们不能用今天的思维去要求和评判古人,而应该以科学的精神和与时俱进的态度来看待《水浒传》,无论怎么说,这种希望政权与社会稳定的探索和努力直到今天都是非常具有积极意义的。

但《水浒传》成书后是否达到了他所期待的目标呢？这还真有具体事例来佐证。二百多年之后的明末朝廷腐败不堪,天灾人祸交加,连年的旱灾致使老百姓衣食无着,生活极为艰难,以至到了人吃人的悲惨境地,但仍有见利忘义之徒囤粮不售牟取暴利。梁山一带的武林豪杰李青山效法水浒英雄打抱不平,因帮助贫民买粮而与囤粮不售的奸商发生冲突闹出人命,情势所迫之下带领饥民发动起义,截漕运而啸聚梁山,队伍一度达数万人,震惊朝野。然而,李青山起义后并不想推翻明朝廷的统治,而是也想和水浒中的英雄们一样寻求招安为朝廷效力,却最终被奸臣所欺骗并遭残忍杀害。李青山将《水浒传》的故事情节真正演绎到了现实生活中,成为《水浒传》问世后真正在水泊大地上演绎的一场壮怀激烈的忠义大剧,亦为一起盲从和愚忠的历史悲剧。此事引起很多人的惋惜,有人说,如果当时的朝廷能按承诺实现对李青山的招抚,虽然未必能挽救明朝的灭亡,但至少可以减少朝廷和社会的很大一部分威胁。

可惜明末朝廷并没有真正考虑李青山寻求招安的诚意和希望为国家效力的迫切愿望,还为此迁怒于《水浒传》这部书,并下旨焚毁,开启了明清两代禁毁《水浒传》的先例,甚至还差点将梁山的名字改成"灭寇荡匪"。李青山以其悲壮的人生实践诠释了梁山忠义精神的实质和人文传承,使之成为梁山地域文化最杰出的代表。但明廷对李青山起义的剿灭乃至于对水浒的禁毁,并没有能挽救明末朝廷覆灭的命运,更未能带来社会的稳定。由此我们也可以从中体会到施耐庵写作水浒一书时那种非常矛盾和无奈的心理。他既忠于皇帝,又痛恨朝政的黑暗;既同情农民起义,又不希望国家和社会出现动乱的局面;既期盼有像梁山好汉一样的忠臣良将出现,又寄望于朝廷统治的延续和政治的清明。作者的这种矛盾和复杂心理在水浒一书中是多有体现的,但他为追求这样一种目标所做出的难能可贵的努力与探索却是留在了小说的故事情节中,也给后世提供了诸多借鉴。如果我们真的可以做到像《水浒传》一书所希望的那样将一切可用的力量集聚在一起,引导其成为对社会有用的力量,使之为国家稳定与繁荣这样一个共同的大目标而努力,则无论对于社会稳定还是我们今天的建设事业都具有非常积极的意义。我们可以回忆一下近代北伐时期的国共合作、抗日时期的统一战线、新中国建国初期对私有企业和资本主义工商业的社会主义改造,无不与此有异曲同工之妙,因而取得了特殊时期内的巨大成功。

对照我们当今所面临的反腐严峻形势和由此而引发的诸多社会矛盾,《水浒传》一书所体现的对社会稳定的那种强烈的责任意识仍应是我们应该学习和借鉴的。社会发展到今天,我们很多人依旧视《水浒传》为异端邪说,对其大加鞭笞,没有深入体会到施耐庵老先生的这种良苦用心,肆意曲解和歪曲其真知灼见,这实在是当今社会条件下让人非常无奈的行为。问题与矛盾在任何时代都难以避免,关键是社会如何应对。曾几何时,中国社会拜金主义思潮泛滥,极端自由主义和利己主义如洪水猛兽撕裂着这个古老民族的思维和灵魂,信仰缺失、道德滑坡给这个社会带来了无穷的灾难。但我们中华民族有自我觉醒的意识和自我修正的信心与勇气,以习近平同志为核心的党中央规划出重塑信仰和整肃吏治的光明前景。我们相信,有党中央的坚强领导和反腐惩腐的决心,有国家行之有效的巡视监察体制和不断完善的法治约束,为人深恶痛绝的腐败现象一定可以得到有效遏制,我们的社会一定可以逐步向着国泰民安、政治清明的方向发展,也一定可以走出历史周期律,在实现国家富强、民族复兴的征途中走出一条前无古人的光明大道,最终实现国家和社会的长治久安以及中华民族的伟大复兴。

综上所述,施耐庵老先生从自己的人生经历与感悟中,意识到只有保证政权的稳定才是社会稳定的根源和基础。他心系社稷与苍生,期待用一种教化的力量化解各种社会矛盾于无形,试图将一切不安定因素通过忠义观念的引领纳入国家的正统体制之内,在国家统一的法制约束下各司其职,做到人尽其用,从而实现整个社会的相对稳定。这体现了他一生上念朝堂、下安黎庶的大爱情怀。他以维护朝纲与社会稳定为终极梦想和追求,著书立说,希望统治者能团结一切可以团结的力量,为了共同的目标而努力,以最大限度地减少内耗,杜绝各种形式的资源浪费,取得最大限度的成功。这不能不说是作者在几百年前为维护社会稳定所做的有益探索,也为我们今天开展维稳与建设等相关工作提供了有益的借鉴。

　　以上是笔者就《水浒传》这部书在促进社会稳定方面所做的有益探索所谈的一些个人粗浅认识。下面再就《水浒传》的忠义思想及其时代价值和现实意义做一些简要探讨。其实前面的一些叙述也或多或少地谈到了《水浒传》所表现出来的忠义观念。作者致力于社会稳定而著书立说,这本身就是教化人心的忠义之举,更是将儒家忠义学说具体应用和诠释的一个特例。

　　我们说到忠义文化,应注意到在历史上山西和山东可以说是两个很有特殊代表性的与忠义文化相关地方。山西的忠义文化代表当然是关公,关公以其忠义仁勇获封"武圣人"的称号,几近与孔子齐名,就民间信仰而言甚可以说超越了孔子,这一点自古以来都没有什么争议。山东的忠义文化代表就是曲阜和梁山了。曲阜是儒家文化的代表,儒家文化的核心内容被概括为八德,即孝、悌、忠、信、礼、义、廉、耻。显然忠义是很重要的内容,这个也为世人所公认。但梁山就有很大的不同,梁山的忠义很大程度上源于《水浒传》一书的传播。虽然水浒的本名就叫《忠义水浒传》,写的也是梁山,但由于认识角度的不同,几百年来却饱受争议。也许施耐庵老先生在写这部书的时候,只是出于读书人的情怀与梦想以及对作品保护与传播的考虑,但这份忠义之心和忠义之名却都随着《水浒传》这部警世之作一直流传了下来,进而对梁山乃至中国人的思维模式及性格组成产生了重大影响,对山东尤其是梁山的影响更是深远而巨大。正是由于其巨大影响力,很多人甚至将其当成历史书籍来阅读。今天《水浒传》仍具有非常重要和突出的现实意义与警示作用。

　　关公的忠义和儒家文化中所倡导的忠义基本是一致的,也可以说关公的忠义是儒家文化的一个代表,二者都是对统治阶层和社会主流规则的维护力量,也是古代人们意识中比较正统的忠义观。但水浒所表现的忠义观却是有着很大的争议。当然,我们通常所理解的忠义观也不同于其本来的意义。"忠""义"原是两个互不相属的独立概念,古人说:险不辞难、尽心于人曰忠,邪则不忠,忠则必正。由此,我们耳熟能详、经常挂在嘴边的"受人之托、忠人之事"等说法都源自古代。古人说中正无私、尽心竭力曰忠,在古代,这就是一种品德的体现,在现代语境下可以视为对信仰和价值的坚守,在共同的规则下为共同的目标而努力就是忠。《论语》中说"不义而富贵,于我如浮云",以致孔孟相继有杀身成仁、舍生取义之说。管子则将礼义廉耻喻作四维,说"四维不张,国乃灭亡"。我们现在也常说见义勇为、义薄云天、义行天下、有情有义等,可见义在世人心中也占有很大的分量。古代典籍中提到义的地方很多,虽然在不同的语境下各有侧重,但大致说来,笔者认为其本义可以说是对一种合适的行为与规则的表述。具体而言,就是说人们立身行事要遵从一定的社会规则,不能损害他人和社会,概括起来就是公正合宜、行事妥当之意。由此可以看出,义既是一种涉及较广的道德观念,也是为人处世的行为准则。而"杀身成仁、舍生取义"之说,更可见古圣先贤对品格修养和道义规则的看重与崇敬。随着社会的发展和儒家文化逐步占据社会主导地位,出于巩固封建统治的需要,忠义也逐渐连缀出现,并不断被充实进诸多适合统治阶级的内容而渐渐演化成为一个统治阶级笼络人心的专用术语,进而有了"对皇权的绝对服从"的含义。《水浒传》中说"忠为君王恨贼臣,义连兄弟且藏身。不因忠义心如一,安得团圆百八人",显然其中既包含着符合封建统治阶级利益忠君的一面,同时也包含着"保境安民""劫富济贫"等爱国精神和民本思想。在"义"的方面,书中对"仗义疏财,济困扶危"的讴歌,不仅在一般意义上反映了下层群众为了维护自身利益而"戮力相助"的状态,也更深刻地反映出社会道德规范的不断变化。自然,《水浒传》中所表达的忠义与儒家文化体系中的忠义同样存在着表象的不同。儒家文化体系中的忠义是比较直观的对统治阶级的服从以及对固有等级观念的维护,而《水浒传》所体现的忠义是一种非常规状态下的迂回表达,是自身理想与尽忠皇权相结合的一种尝试。这也就为后人由于认识角度不同而出现思想分歧埋下了伏笔,直到今天仍为人们所争论不休。

  事实上,虽然水浒文化和儒家文化从某种角度而言感觉上似乎是对立的,但其实这是一种错觉。《水浒传》中虽然写的是一帮江湖豪杰聚义的故事,但他们反贪官不反皇帝,希望招安为朝廷所用,这不正是儒家文化中效忠皇权忠于朝廷的目标所在吗?归根结底,水浒文化的真实意蕴还是没有脱开儒家文化的影子,就本质而言,应该属于儒家文化忠义观的一种特殊表现形式。同样的,这里面也包含着愚忠和争强斗狠的江湖义气等一些消极因素。而我们今天研究它的目的就是要扬长避短,取其精华,发挥其中积极的成分,摒弃某些消极因素的影响,以适应当今社会发展的需要。

  社会在发展,文化同样需要不断地充实和完善,这样才能适应现实需要,并推动社会不断进步。"传统文化"和"优秀传统文化"是有着本质区别和巨大差异的。具体到忠义文化,同样如此。传统忠义文化体系中,对封建皇权的愚忠和争强斗狠的江湖义气这些消极成分显然是应该摒弃的,而其中对国家、民族、事业乃至家庭、爱情的忠贞以及正直守信、团结互助、济困扶危、见义勇为等优良品质则是新时期忠义思想所应该具备的。这在我们的社会主义核心价值观中也有着具体真实的体现。爱国、敬业、诚信、友善就是对忠的延伸与阐释,自由、平等、公正、法治是对义的提炼与升华,富强、民主、文明、和谐则是传承忠义精神所追求的终极价值和目标,也是强化忠义思想的强大支撑与保障。如果在当今社会中,让这样的忠义之风占领每个人的思想阵地和精神世界,人人讲对国家和事业的忠诚以及团结互助和无私奉献,人人讲相互尊重和奉公守法,又怎么会出现贪污腐败、欺行霸市乃至利欲熏心、争强斗狠呢?我们这个社会又怎么会不温馨和谐、处处春意呢?

  无论水浒文化还是儒家文化,忠义都是其重要内容,更是传统道德观念的基石与核心,自然也都属于传统文化的范畴。但它们又不同属于相同的文化体系。而且,忠义的概念与内涵也是随着时代发展不断变化的。而其中对封建皇权的愚忠和争强斗狠的江湖义气显然也是不能适应当今社会发展需要的,更有悖于社会文明的进步。那我们又该如何继承和弘扬这一宝贵的精神财富?它对我们今天这个新的时代又有着什么样的意义呢?

十八大以来,我们党逐渐形成了新时期继承和发展传统文化的原则立场与核心理念,出台了一系列振兴民族文化的政策和措施,并从国家、社会和个人三个层面浓缩出我们应信奉和遵守的价值观念与道德规范。这其中凝结着我党历史上从毛泽东到习近平的历代党和国家领导人对传统文化的态度与共识。早在20世纪30年代后期,毛泽东就提出"从孔夫子到孙中山,我们应当给以总结,承继这一份珍贵的遗产"。继而又提出"取其精华,去其糟粕"和"古为今用、洋为中用""百花齐放,推陈出新"等批判性继承观,确立了我党早期对待中外文化遗产的基本原则。近年来,习近平总书记又提出创造性转化和创新性发展的理念。虽然表述不同,但其实质都是相同和一贯的,都是为了更好地继承和弘扬优秀的中华传统文化,促进社会发展。这既不是简单机械的复古式拿来主义,也不是否定式厚今薄古的排斥主义,而是适应时代发展并服务于现实社会的有效转化和创新应用。因此,作为毗邻于孔孟之乡的梁山人,我们讲弘扬忠义文化,既要立足于忠义文化的本源以及水浒文化和儒家文化的传承,又要超越水浒文化以及儒家文化的局限,将其放在中华优秀传统文化的大背景下和推动社会发展进步的总要求下来考虑,突破和摈弃古代传统忠义文化体系中的消极因素,融合现代社会特点,植入新的文化元素,构筑适应现代社会发展需要的忠义文化价值体系。从这个角度出发,弘扬新时代忠义文化和践行新时期社会主义核心价值观二者之间无疑有着非常一致和相融的结合点,深入践行社会主义核心价值观就是我们今天弘扬忠义文化最真实具体的表现。

弘扬水浒文化,传承忠义精神,促进社会和谐,不断推动社会的进步与发展,是我们正确诠释水浒文化,吸收传统文化精华,树立文化自信和彰显文化软实力的需要,也是正视现实和水浒的警示,用正确的价值观和人生观开展四德教育和净化社会风气的重要内容。梁山是水浒故事的发源地,更是一片忠义的热土。但梁山的忠义也并不仅仅是一部"水浒"写出来的文化现象,更有着真实厚重的历史承载作支撑。尤其值得一提的是,明末梁山一带的武林豪杰李青山就曾效仿《水浒传》中的宋江在大灾之年带领饥民发动起义,截漕胁招意欲报效国家,却仍然落得一个被欺骗和遭残杀的命运,成为历史上唯一将"水浒"故事情节演绎到现实生活的真实案例。此事导致"水浒"一书在明清两朝都受到官方的禁毁,清廷还下旨对梁山"勒石清地"并意欲将梁山更名为"灭寇荡匪"。历史的教训再一次向我们揭示,只有让每个社会成员都充分发挥自己的优势,引导他们各尽所能服务社会,用正确的价值观和人生观武装他们的头脑,加强民主法治建设,彻底消除各种不安定因素,形成一个团结互助、积极向上的社会环境和舆论氛围,才能真正使老百姓安居乐业,也才能真正建立起一个富强、民主、文明、和谐的理想社会与大同世界,真正实现社会的稳定与和谐。

要坚持以社会主义核心价值观引领文化建设制度,这对于我们今天谈新时期"水浒"研究和忠义文化的传承都具有非常现实和深远的指导意义。社会主义核心价值观是我们每个人都应信守和遵从的价值观念和道德规范,更是传承忠义文化的主旨体现。无论从其本义而言还是从当今社会需要来说,我们讲忠义文化都要坚持社会主义核心价值观的引领,立足时代特色,把握时代前进的方向,始终体现时代发展的主流和正能量,紧跟时代前进的步伐,与时俱进,发挥传统忠义文化中的积极成分,服务于当今精神文明与和谐社会建设,努力把具有新时代特色的忠义文化不断发扬光大,使之成为推动社会进步的强大支撑和精神力量。这才是新时期弘扬与传承忠义文化的意义所在,也应该是我们今天研究水浒文化的目的所在。

浅析《水浒传》小说中的招安现象

辽宁省葫芦岛市卫生局　汤书卿

《水浒传》的一个重要内容,就是写招安。我以前读《水浒传》,总是对宋江等人接受招安感到不理解,觉得宋江的想法很奇怪。最近几年,通过阅读各种资料,我才发现,招安是北宋时期特有的一种社会现象,有其发生的必然性。

一、招安的历史背景

现在已经发现的最早记录宋江起义并且被招安的诗歌,是北宋李若水(1093—1127)的《捕盗偶成》诗。其中有"大书黄纸飞敕来,三十六人同拜爵。狞卒肥骖意气骄,士女骈观犹骇愕"的记载,这首诗验证了《水浒传》小说第八十二回关于宋江的队伍进入东京城时描写,说明在历史上宋江起义被招安应该是确有其事。

李若水是北宋末期人,靖康元年为太学博士,官至吏部侍郎,曾奉旨出使金国。靖康二年随宋钦宗至金营,怒斥敌酋完颜宗翰,不屈被害。后于南宋时期被朝廷追赠观文殿学士,谥忠愍。有《李忠愍公集》传世。李若水去世163年后,陆友(1290—1338)著《杞菊轩稿》中有《题宋江三十六人画赞》诗,其中说:"京东宋江三十六,白日横行大河北。官军追捕不敢前,悬赏招之使擒贼。后来报国收战功,捷书夜报甘泉宫。"这首古风是题在龚开(1222—1304)的《宋江三十六人画赞》上面的,它概括了宋江等三十六人由造反到被招安,再到"报国收战功",最后被写入《宋江三十六人画赞》的全过程。这也证实了宋江等梁山好汉被招安的历史事实。

《捕盗偶成》诗的历史意义和文学意义可以归纳为以下几点:① 历史上确有宋江其人。宋江等梁山好汉确实曾经被招安,《水浒传》小说写宋江被招安是以历史事实为根据的,不是凭空捏造的子虚乌有。② 没有招安,不成忠义。宋江等梁山好汉被招安是忠义水浒故事不可或缺的组成部分。③ 金圣叹的所谓"古本",确实属于腰斩的"断了尾巴的蜻蜓"。④ 俞万春的《荡寇志》以"结水浒传"为标榜,接续金圣叹的"惊恶梦",写宋江起义被剿灭,不符合历史事实,属于杜撰。

岳麓书社出版的《水浒传》(王齐洲、陈卫星解读)第三十二回,对武松说招安一事的解读:"宋王朝因军事力量薄弱,且兵力相对集中都城,加上外患不断常常无力平息平民造反或起义,对待民间的武装抗争的态度比历代更为宽缓,史料所载招安之事十分多见。据统计,南宋高宗时期,九十余次民众反抗中有名有姓的八十次,而被招安的就有二三十次之多。"在一些人眼里,造反似乎成了做官的捷径。如宋代庄季裕《鸡肋编》载:"建炎后俚语,有见当时之事者:欲得官,杀人放火受招安;欲得富,赶着行在卖酒醋。"

"建炎"是宋高宗的年号,"行在"指天子所在的地方。我想,这民谣虽然流传于南宋高宗当政初期,然北宋徽宗时期的情况大底也是如此。

我的这个推断可以通过小说第七十八回的描写来证实。第七十八回写高俅调十节度使围剿梁山。"原来这十路军马,都是曾经训练精兵,更兼这十节度使,旧日都是在绿林丛中出身,后来受了招安,直做到许大官职,都是精锐勇猛之人,非是一时建了些少功名。"

请大家注意,这里写的是高俅调来的十个节度使都是"绿林丛中出身",后来受了招安的。这就说明,宋徽宗时招安现象就已经很普遍了。"欲得官,杀人放火受招安",充分反映了当时社会的矛盾与危机。为什么要招安?因为造反的强盗太多,国家无力去征剿。为什么强盗太多?因为社会的机制出了毛病。强盗为什么要接受招安?因为他们有上进心,他们向往回归主流社会,他们"欲得官"。

小说第三十九回中的一句话也可以证实我的这个推断。当戴宗告诉李逵宋江因为写反诗被捕入狱时,李逵应道:"吟了反诗打甚么鸟紧!万千谋反的倒做了大官。"李逵的话透露了当时的一种社会现象:"万千谋反的倒做了大官"。这句话正是"欲得官,杀人放火受招安"的真实写照。已经落草的绿林好汉可以通过招安的途径回归社会,做大官。这应该是当时的一种比较普遍的社会现象。

明朝大涤余人在《刻忠义水浒传缘起》中说:"《水浒》唯以招安为心,而书始传,其人忠义也。"由此可见,招安是水浒故事的核心环节,没有招安,就无法谈及"忠义",就没有"忠义水浒传"。招安是《水浒传》小说得以传播的重要因素。

《水浒传》是特定环境下产生的伟大作品,小说所描写的是北宋末年的社会场景,是北宋末期社会现象的高度浓缩,是我们了解北宋历史的生动教材。小说中描写的招安与被招安情节,其中人物大多是历史上的真实人物,从宋徽宗、蔡京、高俅、杨戬、童贯、赵鼎、张叔夜、侯蒙到宋江等人,史籍均有记载。

二、《水浒传》小说中关于招安的最早描写

在《水浒传》小说中,关于招安的描写最早出现在第三十二回中。这一回描写宋江与武松在孔太公庄上,二人临分手时有一番话让我很受启发。当时宋江与武松有一段关于今后人生去向的讨论,宋江问武松道:"二哥今欲要往何处去安身立命?"武松道:"昨日已对哥哥说了。菜园子张青,写书与我,着兄弟投二龙山宝珠寺花和尚鲁智深那里入伙。他也随后便上山来。"宋江道:"也好。我不瞒你说,我家近日有书来,说道:清风寨知寨小李广花荣,他知道我杀了阎婆惜,每每寄书来与我,千万教我去寨里住几时。此间又离清风寨不远。我这两日,正待要起身去。因见天气阴晴不定,未曾起程。早晚要去那里走一遭。不若和你同往如何?"武松道:

"哥哥,怕不是好情分,带携兄弟投那里去住几时。只是武松做下的罪犯至重,遇赦不宥。因此发心只是投二龙山落草避难,亦且我又做了头陀,难以和哥哥同往。路上被人设疑。便是跟着哥哥去,倘或有些决撒了,须连累了哥哥。便是哥哥与兄弟同死同生,也须累及了花荣山寨不好。只是由兄弟投二龙山去了罢。天可怜见,异日不死,受了招安,那时却来寻访哥哥未迟!"宋江道:"兄弟既有此心归顺朝廷,皇天必佑。若如此行,不敢苦谏。你只相陪我住几日了去。"

历来的评论都把"招安"的罪过记在宋江的头上,其实这很不公平。在这里我请大家注意,在《水浒传》小说中,最早提出"招安",并且对"招安"寄予期望的是武松,而不是宋江。

武松的想法在《金瓶梅词话》中得到了应验。《金瓶梅词话》第八十七回描写:"单表武松,自从西门庆垫发孟州牢城充军之后,多亏小管营施恩看顾。次后施恩与蒋门神争夺快活林酒店,被蒋门神打伤,央武松出力,反打了蒋门神一顿。不想蒋门神妹子玉兰,嫁与张都监为妾,赚武松去,假捏贼情,将武松拷打,转又发安平寨充军。这武松走到飞云浦,又杀了两个公人,复回身杀了张都监、蒋门神全家老小,逃躲在施恩家。施恩写了一封书,皮箱内封了一百两银子,教武松到安平寨与知寨刘高,教看顾他。不想路上听见太子立东宫,放郊天大赦,武松就遇赦回家,到清河县下了文书,依旧在县里当差,还做都头。"

这一段描写,用比较简略的语言把武松七八年间的经历写得一清二楚。虽然故事情节与《水浒传》小说并不完全相同,武松不是被招安而是遇赦,有点不合乎"遇赦不宥"的法律规则,但是武松由被通缉的杀人犯回归主流社会,这个结局却是一样的。

在《水浒传》小说第三十二回中,宋江与武松二人临分手时又有一番话。武行者道:"我送哥哥一程,方却回来。"宋江道:"不须如此。自古道:'送君千里,终有一别。'兄弟,你只顾自己前程万里,早早的到了彼处。入伙之后,少戒酒性。如得朝廷招安,你便可撺掇鲁智深、杨志投降了。日后但是去边上,一枪一刀,博得个封妻荫子,久后青史上留得一个好名,也不枉了为人一世。我自百无一能,虽有忠心,不能得进步。兄弟,你如此英雄,决定得做大事业,可以记心。听愚兄之言,图个日后相见。"这是宋江为武松设计的人生道路。

这时候,宋江与武松都想通过招安来改变自己的人生困境。宋江本来在县衙为吏,因为杀了阎婆惜逃走在江湖上;武松因为杀人(潘金莲、西门庆)被流放到孟州牢城,又因为帮助施恩得罪了张都监等人而遭到陷害,再次杀人(张都监等十五人)。"做下的罪犯至重,遇赦不宥"。宋江可以等待赦免;武松却只有等待朝廷招安。"要做官,杀人放火去招安"——这是武松人生前途的最初设计。

梁山泊英雄排座次后,宋江依然向招安的方向努力,武松却改变了想法,反对接受招安。武松改变想法的原因,他只是说"今日也要招安,明日也要招安去,冷了弟兄们的心",没有详细说明缘由。鲁智深的话可以代表他:"只今满朝文武,俱是奸邪,蒙蔽圣聪,就比俺的直裰染做皂了,洗杀怎得干净。招安不济事!便拜辞了,明日一个个各去寻趁罢。"宋江道:"众弟兄听说:今皇上至圣至明,只被奸臣闭塞,暂时昏昧。有日云开见日,知我等替天行道,不扰良民,赦罪招安,同心报国,竭力施功,有何不美?因此只愿早早招安,别无他意。"众皆称谢不已。

这一次争论的结果是"众皆称谢不已"。这说明梁山一百零八将中的大多数是赞成投降、招安的。只有武松、鲁智深、李逵等个别人反对,他们后来出于江湖义气,也服从了宋江关于招安的安排。通过小说的描写,我们可以看到,这时候拥护招安的是大多数,反对招安的是少数。为什么会出现这样的局面?我觉得,有几个方面的因素可以为我们提供参考:一是九天玄女的指示;二是宋江的主导作用;三是梁山一百零八将的结构成分与人生追求;四是北宋朝廷的态度。下面我们进一步研究这些问题。

三、九天玄女的指示为招安埋下了伏笔

小说第四十二回描写宋江初次见到九天玄女时,虽然未提到招安,但是九天玄女"汝可替天行道,为主全忠仗义,为臣辅国安民"的指示已经为日后的招安埋下了伏笔。

> 娘娘法旨道:"宋星主,传汝三卷天书,汝可替天行道,为主全忠仗义,为臣辅国安民。去邪归正,他日功成果满,作为上卿。吾有四句天言,汝当记取,终身佩受,勿忘于心,勿泄于世。"宋江再拜:"愿受天言,臣不敢轻泄于世人。"

九天玄女的指示可以归结为四点:一是要求宋江"替天行道,为主全忠仗义,为臣辅国安民";二是告诉宋江"遇宿重重喜,逢高不是凶",所以才会有后来的依附宿元景和善待高俅;三是预言"北幽南至睦,两处见奇功",为后来的征辽(北幽)和征方腊(南至睦)埋下伏笔;四是要求宋江,天书"只可与天机星同观,其他皆不可见",所以吴用成了宋江在梁山推行招安路线的得力助手。神授天命,至高无上,宋江在这以后的思想与行动都是遵循九天玄女的指示。这是水浒故事的一条主线,不可忽略。

四、征剿与反征剿、招安与反招安的较量

在《水浒传》小说第五十四回,梁山义军为了营救柴进,破了高唐州,杀了知府高廉。此事令当朝太尉高俅大怒,北宋朝廷因此开始大规模征剿梁山。此后小说中涉及梁山与朝廷的较量(包括是否招安)的描写大致可以分为如下四个阶段。

其一,小说第五十四回至第五十八回描写宋江对于官军将领的招降纳叛,皆以"专等招安"为说辞。梁山泊义军与官军对阵,进行规模比较大的战斗应该是从小说第五十五回"高太尉大兴三路兵 呼延灼摆布连环马"开始,宋江对于官军将领的招降纳叛也从此开始。

在围剿与反围剿的战斗中,彭玘、凌振、韩滔先后在阵前被俘投降,徐宁被诱骗上梁山,呼延灼亦兵败被俘投降,成为梁山战将。高太尉组织的"剿捕"彻底失败,青州、华州相继被攻破。朝廷的围剿促进了各个山头义军的联合,二龙山、桃花山、白虎山、芒砀山的义军先后归入梁山泊,梁山义军的反围剿取得了全面胜利。

这五回中，宋江招揽一众朝廷军官上山时的表态值得关注。彭玘被俘后，宋江起身喝退军士，亲解其缚，扶入帐中，分宾而坐。宋江便拜。彭玘连忙答礼拜道："小子被擒之人，理合就死，何故将军以宾礼待之？"宋江道："某等众人无处容身，暂占水泊，权时避难，造恶甚多。今者朝廷差遣将军前来收捕。本合延颈就缚。但恐不能存命，因此负罪交锋，误犯虎威。敢乞恕罪！"彭玘答道："素知将军仗义行仁，扶危济困，不想果然如此义气。倘蒙存留微命，当以捐躯保奏"。宋江道："某等众弟兄也只待圣主宽恩，赦宥重罪，忘生保国，万死不辞！""宋江当日就将天目将彭玘使人送上大寨，交与晁天王相见，留在寨里。

这里宋江虽然没有具体说招安，但是已经有了"只待圣主宽恩，赦宥重罪，忘生保国"的说法。

小说接着描写众头领捉得轰天雷凌振，解上山寨，先使人报知。宋江便同满寨头领下第二关迎接。见了凌振，连忙亲解其缚，便埋怨众人道："我教你们礼请统领上山，如何恁的无礼！"凌振拜谢不杀之恩。宋江便与他把盏已了，自执其手，相请上山。到大寨，见彭玘已做了头领，凌振闭口无言。彭玘劝道："晁、宋二头领替天行道，招纳豪杰，专等招安，与国家出力。既然我等到此，只得从命。"小说在这里进一步明确了宋江的远期计划是"专等招安"。

小说第五十六回描写了"赚徐宁上山"后宋江劝说徐宁的话。当时宋江执杯向前陪告道："见今宋江暂居水泊，专待朝廷招安，尽忠竭力报国，非敢贪财好杀，行不仁不义之事。万望观察怜此真情，一同替天行道。"林冲也来把盏陪话道："小弟亦在此间，多说兄长清德，休要推却。"徐宁道："汤隆兄弟，你却赚我到此，家中妻子必被官司擒捉，如之奈何？"宋江道："这个不妨，观察放心，只在小可身上，早晚便取宝眷到此完聚。"更过数日，戴宗、汤隆取到徐宁老小上山……晁盖、宋江都来陪话道："若不是如此，观察如何肯在这里住。"随即拨定房屋与徐宁安顿老小。众头领且商议破连环马军之法。于是徐宁教使钩镰枪，宋江大破连环马（第五十七回）。击败呼延灼后，刘唐、杜迁拿得韩滔，把来绑缚解到山寨。宋江见了，亲解其缚，请上厅来，以礼陪话，相待筵宴，令彭玘、凌振说他入伙。韩滔也是七十二煞之数，自然义气相投，就梁山泊做了头领。宋江便教修书，使人往陈州搬取韩滔老小来山寨中完聚。

小说第五十八回描写了呼延灼被俘后，宋江劝其入伙的话。宋江道："小可宋江，怎敢背负朝廷。盖为官吏污滥，威逼得紧，误犯大罪，因此权借水泊里随时避难，只待朝廷赦罪招安。不想起动将军，致劳神力，实慕将军虎威。今者误有冒犯，切乞恕罪。"呼延灼道："呼延灼被擒之人，万死尚轻，义士何故重礼陪话？"宋江道："量宋江怎敢坏得将军性命。皇天可表寸心。"呼延灼沉思了半晌，一者是天罡之数，自然义气相投，二者见宋江礼貌甚恭，叹了一口气，跪下在地道："非是呼延灼不忠于国，实慕兄长义气过人，不容呼延灼不依，愿随鞭镫。事既如此，决无还理。"宋江大喜。请呼延灼和众头领相见了。叫问李忠、周通讨这匹踢雪乌骓马还将军骑坐。众人再商议救孔明之计。吴用道："只除教呼延灼将军赚开城门，唾手可得。更兼绝了呼延指挥念头。"宋江听了，来与呼延灼陪话道："非是宋江贪劫城池，实因孔明叔侄陷在缧绁之中，非将军赚开城门，必不可得。"呼延灼答道："小将既蒙兄长收录，理当效力。"于是呼延灼赚开城门，破了青州。

其二，随着梁山泊义军的不断壮大，义军与朝廷的对峙由围剿与反围剿转向义军的攻城略地。小说第六十一回至第六十六回围绕卢俊义的故事描写梁山义军智取大名府，招降关胜、宣赞、郝思文、索超等人的故事。宋江招降这些将领时，亦以"替天行道"为前提条件。

第六十四回描写了宋江招揽关胜、宣赞、郝思文、索超等人的细节。关胜等人战败后被解送上山，宋江见了，慌忙下堂，喝退军卒，亲解其缚，把关胜扶在正中交椅上，纳头便拜，叩首伏罪，说道："亡命狂徒，冒犯虎威，望乞恕罪。"关胜连忙答礼，闭口无言，手足无措。呼延灼亦向前来伏罪道："小可既蒙将令，不敢不依，万望将军免恕虚诳之罪。"关胜看了一般头领，义气深重，回顾与宣赞、郝思文道："我们被擒在此，所事若何？"二人答道："并听将令。"关胜道："无面还京，俺三人愿早赐一死。"宋江道："何故发此言？将军倘蒙不弃微贱，一同替天行道。若是不肯，不敢苦留，只今便送回京。"关胜道："人称忠义宋公明，话不虚传。今日我等有家难奔，有国难投，愿在帐下为一小卒。"

索超被擒后，宋江见了大喜，喝退军健，亲解其缚，请入帐中置酒相待，用好言抚慰道："你看我众兄弟们，一大半都是朝廷军官。盖为朝廷不明，纵容滥官当道，污吏专权，酷害良民，都情愿协助宋江，替天行道。若是将军不弃，同以忠义为主。"索超本是天罡星之数，自然凑合，降了宋江。

其三，朝廷围剿作战的失败，引起了一些忠直之士的反思。如赵鼎建议降敕赦罪招安，诏取赴阙，命作良臣，以防边境之害。小说第六十七回描写，义军破大名府之后，蔡太师为首，直临玉阶，面奏道君皇帝。天子览奏大惊，与众臣曰："此寇累造大恶，克当何如？"有谏议大夫赵鼎出班奏道："前者差蒲东关胜领兵征剿，收捕不全，累至失陷。往往调兵征发，皆折兵将。盖因失其地利，以至如此。以臣愚意，不若降敕赦罪招安，诏取赴阙，命作良臣，以防边境之害。此为上策。"蔡京听了大怒，喝叱道："汝为谏议大夫，反灭朝廷纲纪，猖獗小人，罪合赐死！"天子曰："如此，目下便令出朝，无宣不得入朝！"当日革了赵鼎官爵，罢为庶人。当朝谁敢再奏。

其四，在小说的第七十四回至第八十一回，招安与反招安的较量正式展开。小说第七十四回描写，御史大夫崔靖再次建议招安，于是皇帝命殿前太尉陈宗善为使，赍擎丹诏御酒，前去招安梁山泊。小说第七十四回对促成此次招安的朝会描写如下：

> 御史大夫崔靖出班奏曰："臣闻梁山泊上立一面大旗，上书'替天行道'四字。此是曜民之术。民心既伏，不可加兵。即目辽兵犯境，各处军马遮掩不及。若要起兵征伐，深为不便。以臣愚意，此等山间亡命之徒，皆犯官刑，无路可避，遂乃啸聚山林，恣为不道。若降一封丹诏，光禄寺颁给御酒珍羞，差一员大臣，直到梁山泊好言抚谕，招安来降，假此以敌辽兵，公私两便。伏乞陛下圣鉴。"天子云："卿言甚当，正合朕意。"便差殿前太尉陈宗善为使，赍擎丹诏御酒，前去招安梁山泊大小人数。是日朝散，陈太尉领了诏敕，回家收拾。

这次招安，由于蔡京、高俅等人的阻挠、破坏，归于失败，崔靖被送大理寺问罪。

如果我们按照小说描写的故事情节去分析、推敲,会发现这次招安的失败的原因并不完全在朝廷诚意不足,义军内部的反对也起到了一定作用。小说第七十五回描写阮小七等与李虞候的口舌之争如下:

> 当日阮小七坐在船梢上,分拨二十余个军健棹船,一家带一口腰刀。陈太尉初下船时,昂昂而已,旁若无人,坐在中间。阮小七招呼众人把船棹动,两边水手齐唱起歌来。李虞候便骂道:"村驴!贵人在此,全无忌惮!"那水手那里采他,只顾唱歌。李虞候拿起藤条来打,两边水手众人并无惧色,有几个为头的回话道:"我们自唱歌,干你甚事!"李虞候道:"杀不尽的反贼,怎敢回我话!"便把藤条去打。两边水手都跳在水里去了。阮小七在梢上说道:"直这般打我水手下水里面去了,这船如何得去!"只见上流头两只快船下来接。原来阮小七预先积下两舱水,见后头来船相近,阮小七便去拔了楔子,叫一声"船漏了",水早滚上舱里来。急叫救时,船里有一尺多水。那两只船帮将拢来,众人急救陈太尉过船去。各人且把船只顾摇开,那里来顾御酒、诏书。两只快船先行去了。

淹虞候,换御酒,这是阮小七背着宋江搞的小动作。"淹虞候"的破坏作用尚不明显,"换御酒"却是导致招安失败的关键一招。宋江对于这次招安的失败可以说是痛心疾首。回到忠义堂上,再聚众头领筵席时,宋江道:"虽是朝廷诏旨不明,你们众人也忒性躁。"吴用道:"哥哥你休执迷,招安须自有日。如何怪得众弟兄们发怒,朝廷忒不将人为念。如今闲话都打叠起,兄长且传将令,马军拴束马匹,步军安排军器,水军整顿船只。早晚必有大军前来征讨,一两阵杀得他人亡马倒,片甲不回,梦着也怕,那时却再商量。"众人道:"军师言之极当。"

可见相对于宋江的愚忠,吴用倒是比较清醒。在招安与反招安的过程中,朝廷与义军互相讨价还价,吴用极力主张加大义军在讨价还价天平上的砝码,而宋江却是无条件地投降。小说的这些描写,读来令人惋惜!

后续的事态发展果然不出吴用所料,朝廷见招安失败,又动了武力征剿的心思。小说第七十六回描写童贯受天子统军大元帅之职,继续剿捕梁山泊。童贯调拨东京管下八路军州将士征剿梁山,被梁山义军杀得大败亏输。宋江对酆美等被俘将领道:"将军,阵前阵后冒渎威严,切乞恕罪!宋江等本无异心,只要归顺朝廷,与国家出力。被至不公不法之人,逼得如此。望将军回朝,善言解救。倘得他日重见恩光,生死不忘大德。"这是继续向招安的方向努力。童贯战败后,奸臣高俅又率兵前来进攻梁山。小说第七十八回至第八十回描写梁山泊义军三败高太尉,高俅本人也被活捉上山。此时朝廷内部的招安反对派已经无计可施,主和派意见的分量越来越大。同时义军内部反对招安的力量仍然在发挥作用。小说第七十九回有如下描写:

> 李俊捉得刘梦龙,张横捉得牛邦喜,欲待解上山寨,惟恐宋江又放了。
> 两个好汉自商量,把这二人就路边结果了性命,割下首级送上山来。

宋江对于义军内部反对招安的动作应该是有所觉察,于是在捉了高太尉以后,急教戴宗传令,不许杀害军士。中军大海鳅船上,闻参谋等并歌儿舞女,一应部从,尽掳过船。鸣金收军,解投大寨。接下来就是宋江卑躬屈膝,讨好高俅。宋江的愚忠,在作者的笔下表现得淋漓尽致,读来令人扼腕。

小说第八十一回描写燕青月夜遇道君,转达了梁山义军盼望招安的心情,宋江又通过宿太尉进一步说服道君皇帝,终于促使朝廷招安落实成功。招安最终获得成功,竟是通过李师师的枕头风,这件事本身就滑稽可笑,也预示着宋江等梁山好汉不会被大宋王朝看重。

五、梁山义军内部的变化

人的生存本能使每一个人都向往在主流社会中有一个合适的位置。上进之心,人皆有之,梁山好汉也不例外。宋江胸怀大志,不甘心做一个小吏,杀惜事件使他流落到了社会的边缘。虽然宋江并不情愿进入绿林好汉的队伍,但是人生遭遇的种种不幸使他终于上山落草。朝廷的招安政策给了宋江回归主流社会的机会,九天玄女的指示为宋江指明了人生努力的方向。这就是宋江一而再,再而三地追求招安的内在原因。

武松是一个积极要求上进的人,他做都头认真负责;张都监让他做亲随,他乐不可支;即使犯了重罪,他还是期望通过招安来回归主流社会。然而,社会的腐败粉碎了他的人生梦想,把他逼向了反面。

关于梁山好汉的"上进之心",小说的字里行间不乏描写。小说第四十四回写锦豹子小径逢戴宗,病关索长街遇石秀。戴宗道:"小可两个因来此间干事,得遇壮士,如此豪杰,流落在此卖柴,怎能勾发迹?不若挺身江湖上去,做个下半世快乐也好。"石秀道:"小人只会使些枪棒,别无甚本事,如何能勾发达快乐!"戴宗道:"这般时节认不得真!一者朝廷不明,二乃奸臣闭塞。小可一个薄识,因一口气,去投奔了梁山泊宋公明入伙。如今论秤分金银,换套穿衣服。只等朝廷招安了,早晚都做个官人。"戴宗与石秀的这一番对话,围绕人生的"发迹"和"发达",把梁山好汉对于招安的期盼说得非常清楚。

小说第四十六回描写,时迁道:"小人如今在此,只做得些偷鸡盗狗的勾当,几时是了。跟随的二位哥哥上山去,却不好!未知尊意肯带挈小人么?"时迁不甘心于偷鸡盗狗,他希望杨雄能够"带挈"他上山去"发迹"。

小说第五十四回描写李逵偶遇汤隆,李逵对汤隆说:"你在这里几时得发迹!不如跟我上梁山泊入伙,教你也做个头领。"汤隆道:"若得哥哥不弃,肯带携兄弟时,愿随鞭镫。"就拜李逵为兄。李逵虽然粗直、鲁莽,但是在"发迹"方面也有非常丰富的理想与憧憬。

小说中的这一类描写还有许多,限于篇幅,恕不能一一罗列。

身在绿林的梁山好汉,要谋求"发迹",接受朝廷的招安,应该是比较好的途径。至梁山泊英雄排座次时,义军队伍中的主要将领大都是来自朝廷的军官,其中许多人在投降梁山义军时都是以"专等招安"为前提的。我们仔细阅读小说的故事情节,看宋江的招降纳叛,彭玘、凌振如此,关胜、徐宁、张青、董平等人亦如此。

武松等人在排座次时曾经反对招安,后来再无声息。这说明,宋江的招安路线,已经获得了绝大多数梁山好汉的认可。虽然后来还有个别水军头领反对招安,如李俊、阮小七等,但是正如吴用所说:"箭头不发,努折箭杆。自古蛇无头而不行,我如何敢自主张?这话须是哥哥肯时,方才行得。他若不肯做主张,你们要反,也反不出去!"从小说的描写看,招安既成就了宋江等梁山好汉的忠义,也造成了梁山好汉的人生悲剧。有智者说:悲剧往往是由悲剧的主人公自己造成的。我们读《水浒传》小说,尤其能体会到其中道理。

北宋王朝到了宋徽宗时,已经到了没落阶段。其表现是:皇帝昏庸,奸佞当道,乱自上生,好人难容。对于起义队伍,朝廷已经无力剿灭,于是转而在招抚方面想办法。传统的忠义思想和人的生存本能,使大部分绿林好汉希望通过招安来回归主流社会。《水浒传》的招安故事正是在这样的历史背景下发生的。

"文学四要素"视角下明清《水浒传》序跋研究

湖北师范大学 韩国群山大学 王路成

美国当代著名文艺理论家艾布拉姆斯在《镜与灯——浪漫主义文论及批评传统》一书提出了著名的"文学四要素"理论,他说:"每一件艺术品总要涉及四个要点,几乎所有力求周密的理论总会在大体上对这四个要素加以区辨,使人一目了然。第一个要素是作品,即艺术产品本身。由于作品是人为的产品,所以第二个共同要素便是生产者,即艺术家。第三,一般认为作品总得有一个直接或间接地导源于现实事物的主题——总会涉及、表现、反映某种客观状态或者与此有关的东西。这第三个要素便可以认为是由人物和行动、思想和情感、物质和事件或者超越感觉的本质所构成,常常用'自然'这个通用词来表示,我们却不妨换用一个含义更广的中性词——世界。最后一个要素是欣赏者,即听众、观众、读者。作品为他们而写,或至少会引起他们的关注。"[①]艾布拉姆斯认为,文学活动是由"作品—艺术家(作家)—世界—欣赏者(读者)"四个要素构成,四者之间相互依存、相互渗透、相互作用。

在对明清《水浒传》序跋进行分析的过程中,笔者注意到,批评家们在对《水浒传》进行评论时,或多或少涉及作品、作家、世界、读者这四个方面。本文拟从文学四要素理论视角分析明清《水浒传》序跋,以求揭开《水浒传》的作品内涵、故事背景、作者情况以及读者接受等方面的内容。

一、明清《水浒传》序跋篇数及涉及文学四要素的情况

根据丁锡根先生《中国历代小说序跋集》(下)记载,明清《水浒传》序跋有以下篇目,即:天都外臣《水浒传叙》、张凤翼《水浒传序》、李卓吾《忠义水浒传叙》、怀林《批评水浒传述语》、天海藏《题水浒传叙》、五湖老人《忠义水浒全传序》、杨定见《水浒传全书小引》、大涤馀人《刻忠义水浒传缘起》、雄飞馆主人《刊刻英雄谱缘起》、熊

---

① 艾布拉姆斯 M H. 镜与灯——浪漫主义文论及批评传统[M]. 郦稚牛,张照进,童庆生,译. 北京:北京大学出版社,2004:4.

飞《英雄谱·弁言》、杨明琅《叙英雄谱》、金人瑞《第五才子书施耐庵水浒传·序一》《第五才子书施耐庵水浒传序二》《第五才子书施耐庵水浒传·序三》、施耐庵《水浒传·序》、王望如《评论出像水浒传总论》、桐庵老人《五才子水浒·序》、句曲外史《水浒传叙》、陈忱《水浒传序》、王韬《水浒传序》、刘晚荣《水浒传序》、燕南尚生《新评水浒传叙》等①,共计22篇。②

笔者通读这22篇序跋,分别对照文学四要素理论,将序跋原文是否涉及"作品、世界、作者、读者"四个方面简要列出于表1中。

表1

序号	作者/篇名	朝代	作品	世界	作者	读者
1	天都外臣《水浒传叙》	明代	○	○	○	○
2	张凤翼《水浒传序》	明代	○	○	×	○
3	李卓吾《忠义水浒传叙》	明代	○	○	○	○
4	怀林《批评水浒传述语》	明代	○	×	×	○
5	天海藏《题水浒传叙》	明代	○	○	×	○
6	五湖老人《忠义水浒全传序》	明代	○	○	○	○
7	杨定见《水浒传全书小引》	明代	○	×	×	○
8	大涤馀人《刻忠义水浒传缘起》	明代	○	○	○	○
9	雄飞馆主人《刊刻英雄谱缘起》	明代	○	××	×	○
10	熊飞《英雄谱·弁言》	明代	○	○	×	○
11	杨明琅《叙英雄谱》	明代	○	○	×	○
12	金人瑞《第五才子书施耐庵水浒传·序一》	清代	○	○	○	○
13	金人瑞《第五才子书施耐庵水浒传·序二》	清代	○	○	○	○
14	金人瑞《第五才子书施耐庵水浒传·序三》	清代	○	○	○	○
15	施耐庵《水浒传·序》	明代	○	×	○	○
16	王望如《评论出像水浒传总论》	清代	○	○	○	○
17	桐庵老人《五才子水浒序》	清代	○	○	○	○
18	句曲外史《水浒传叙》	清代	○	×	○	○
19	陈忱《水浒传序》	清代	○	○	×	○
20	王韬《水浒传序》	清代	○	○	○	○
21	刘晚荣《水浒传序》	清代	○	○	×	×
22	燕南尚生《新评水浒传叙》	清代	○	○	○	○

说明:"○"表示序跋原文有涉及,"×"表示序跋原文无涉及。

---

① 丁锡根.中国历代小说序跋集(下)[M].北京:人民文学出版社,1996:1461-1506.
② 本文以下所引明清时期的22篇"水浒传"序跋之原文,皆根据丁锡根先生《中国历代小说序跋集(下)》(第1461—1506页)而来,引用内容较多,不另作注。特此说明之。

二、作品——《水浒传》唱了一支什么样儿的歌

作品是构成文学四要素的核心,是作者的创造物和读者阅读的对象,也是批评家们的批评对象,因此22篇序跋都或深或浅地有所涉及。《水浒传》唱了一支什么样儿的歌?是忠义之歌,还是谋反之歌?是海盗、奖盗,还是抵御盗贼?序跋揭示了这种二元冲突对立,呈现出两条截然相反的路径。

先看忠义之歌——"忠义派"。忠义派认为《水浒传》是忠义之书,梁山一百零八条好汉是忠义之士,是英雄。这一派最著名的代表是明代大批评家李卓吾——李贽。他在《忠义水浒传叙》里说:"施、罗二公传'水浒',而复以忠义名其传焉。"他认为,《水浒传》传播开来,主要是以"忠义之名"传播的,并把《水浒传》命名为《忠义水浒传》。他盛赞宋江为"忠义之烈",因为他"身居水浒之中,心在朝廷之上;一意招安,专图报国;卒至于犯大难,成大功,服毒自缢,同死而不辞"。而其他水浒之众,皆"大力大贤有忠有义之人",同功同过,同死同生,其"忠义之心,犹之乎宋公明也"。这篇《忠义水浒传叙》通篇用了14个"忠义"或"有忠有义",热情洋溢,感情充沛,为《水浒传》唱了一首忠义的赞歌。

跟李贽持一致观点的有五湖老人、杨定见、袁无涯、大涤馀人、雄飞馆主人、熊飞、杨明琅等,这从序跋名称就可以看出来。比如,五湖老人《忠义水浒全传序》、大涤馀人《刻忠义水浒传缘起》、雄飞馆主人《刊刻英雄谱缘起》等。与李贽稍有不同的是,他们更欣赏《水浒传》的血性,赞美水浒人物不仅忠义,更是英雄。比如,明代五湖老人《忠义水浒全传序》云:"兹余于"水浒"一编,而深赏其血性,总血性有忠义名,而其传亦足不朽。"熊飞认为,"凡称丈夫,各有须眉,谁是男子不具血性",于是"合'三国''水浒'而题为《英雄谱》"。杨明琅也把"三国""水浒"人物当作英雄,指出《英雄谱》一出,可以使"三国""水浒"两书的英雄人物,"不同时不同地而同谱"。

再看"非忠义派"。非忠义派认为《水浒传》是非忠义之书,梁山一百零八条好汉是盗贼,这一派以清代著名批评家金人瑞——金圣叹为代表。金圣叹称《水浒传》为第五才子书,并作《第五才子书水浒传序一》《第五才子书水浒传序二》《第五才子书水浒传序三》。他在"序二"中表示,"施耐庵传宋江,而题其书曰'水浒',恶之至,迸之至,不与同中国也。而后世不知何等好乱之徒,乃谬加以'忠义'之目"。意思是,说"水浒"忠义,是后世的好乱之徒谬加的——他坚决反对给"水浒"及众人加上"忠义"的桂冠,于是腰斩"水浒",不许梁山自赎。关于宋江,他更是深恶痛绝,认为作者写他的目的,是"使人见之,真有犬彘不食之恨"。所谓"犬彘不食",指狗猪都不吃的肉,形容某人品行极端恶劣,把宋江说得十恶不赦,一无是处。

清代王望如也认为《水浒传》是"后世续貂之家冠以忠义",他责备作者"严于论君相而宽以待盗贼",对皇帝和宰相的谴责是严厉的,对梁山一百零八条好汉盗贼是宽容的,这样容易误导读者,唆使读者肆意作恶。王望如十分敬佩金圣叹,他表示自己不喜欢看《水浒传》,但非常喜欢读金圣叹点评"水浒",尤其佩服金圣叹腰斩水浒——"终以恶梦",以卢俊义梦见梁山头领全部被捕杀的情节结束全书,有功于

圣人不小。"终之以恶梦",盗贼就会不寒而栗,而天下的乱臣贼子,从此产生畏惧之心,再也不敢为非作歹了。

除了"忠义"之辩与"英雄""强盗"之别,有的序跋里明确指出《水浒传》是"非奖盗之书""非海盗之书"等。

例如,清代王韬《水浒传序》指出:"耐庵、圣叹皆读书明理之人,亦何至于奖盗。"意思是,施耐庵、金圣叹都是读书明理的人,不可能是奖励盗贼的。那他们写"水浒"、评"水浒"是为了什么?序中表示,是为了表明"强梁者不得其死,奸回者终必有报……诈悍之徒默化于无形,乖戾之气潜消于不觉"。强梁贼寇不得好死,奸恶邪僻恶有恶报,所谓"杀人者死,造反者族",这与金圣叹的思想是一致的:盗贼即使生前没有遭到诛戮,死后也是一定会遭到放逐的。

晚晴燕南尚生明确表示《水浒传》是"非海盗之书",并给予其至高无上的评价。他著《新评水浒传叙》,是光绪三十四年(1908)七月,已是"革命"时期,因此视野、见识都与上述诸位批评家有所不同。他对近些年蔑视《水浒传》的行为表示愤慨,情绪激昂地说:"若以《水浒传》之杀人放火为海盗,抗官拘捕为无君,吾恐卢梭、孟德斯鸠、华盛顿、黄梨洲诸大名鼎鼎者,皆应死有余辜矣!"所谓"海盗",就是引诱人偷盗、做坏事,如果《水浒传》是海盗之书,那海内外如卢梭、孟德斯鸠等大政治家、思想家都是死有余辜的。继而,他评价:"吾故曰《水浒传》者,祖国之第一小说也;施耐庵者,世界小说家之鼻祖也。"并认为,《水浒传》是"讲公德之权舆也,谈宪政之滥觞也",即使是"宣圣(孔子)、亚圣(孟子)、墨翟(墨子)、耶稣、释迦、边沁、亚里士多德诸学说,亦谁有过于此者乎?"这是自有小说批评以来,对施耐庵和《水浒传》所作的最高评价。

综上,《水浒传》作品的忠义观有着浓厚的"为君""宁可朝廷负我,我忠心不负朝廷"的符合统治阶级利益的一面,又有正统思想无法容忍的"杀富济贫""替天行道""造反"等维护下层百姓利益的一面,是一个十分复杂的建构。因此,李贽也好,金圣叹也好,虽然有很多精辟分析和独到见解,但由于历史局限,囿于封建正统观念和皇权思想的束缚,无法认清农民革命的实质,也无法对《水浒传》进行全面科学的解读和把握。我们认为,《水浒传》所描写的"逼上梁山"的斗争,是发生在封建时代的一场农民起义,这部小说揭露了封建统治阶级的腐朽,表现了被压迫人民英勇顽强、舍生忘死的革命精神,是一曲农民起义的史诗与赞歌。

三、世界——宋代外敌凭陵,国政废弛,转思草泽,盖亦人情

文学四要素之一的"世界"指的是文学活动产生和存在的物质基础,即当时的社会生活、故事背景。22篇序跋深刻揭露了宋江起义的社会原因,即《水浒传》创作的故事背景、当时的社会状况以及梁山一百零八好汉落草为寇的原因。

《水浒传》故事背景,是在北宋末年,徽宗宣和年间。当时是我国封建社会最腐朽、最黑暗的时期之一,统治者宋徽宗荒淫奢靡,朝廷大臣如蔡京、童贯、高俅等作

威作福,地方官如梁中书、地方劣绅如西门庆等横行无忌,内忧外患,混乱不堪。在这些序跋中,无论是哪一个版本,还是哪一个批评家、书商,都有一个共同点:指出或阐明《水浒传》的社会背景是"乱自上作""官逼民反""途穷势迫"。鲁迅在《中国小说史略》中也写道:"宋代外敌凭陵,国政废弛,转思草泽,盖亦人情。"①在这个黑暗的社会里,不用说英雄豪杰,就是那些安分守己的良民,也被逼得无处容身、奋起反抗。下面试举几例说明之。

李贽《忠义水浒传叙》开篇第一段指出:"《水浒传》者,发愤之所作也。盖自宋室不竞,冠屦倒施,大贤处下,不肖处上。驯致夷狄处上,中原处下。一时君相,犹然处堂燕鹊,纳币称臣,甘心屈膝于犬羊已矣。"可见按李贽的观点,《水浒传》是作者为了"泄愤"而作的,而当时大的社会背景则是宋室的无能导致朝纲不振,夷狄入侵,国家纳币称臣,甘于犬羊,人民处于水深火热之中。

王韬《水浒传序》也说得很清楚:"试观一百八人中,谁是甘心为盗者,必至于途穷势迫,甚不得已,无可如何,乃出于此。盖于时宋室不纲,政以贿成,君子在野,小人在位。赏善罚恶,倒持其柄;贤人才士,困踬流离……呜呼!谁使之然?当轴者固不得不任其咎!"王韬先分析了梁山一百零八条好汉的心理世界:谁甘心当强盗?是因为形势所迫,逼不得已才这样做的啊!接着指出当时的社会现实,宋室不纲,小人当道,贤人颠沛流离,当轴者即统治者难辞其咎!

清代陈枚《水浒传序》也表示,"惜权奸筹国,招致无术,遂使群雄各逞血性,显出一番闹热"。因为奸臣当道,梁山众人走投无路,"撞破天罗归水浒,掀开地网上梁山",才各显神通,各逞血性,呈现出一番打打杀杀的热闹景象。

如果梁山众人不是生在宋徽宗时期,而是生在一个政治清明的世界呢?清代桐庵老人《五才子水浒序》中道:"苟生尧舜之世,井田学校各有其方,皆可为耳目股肱奔走御侮之具。"他认为,如果梁山一百零八条好汉生在尧舜时期,君主圣明,国泰民安,有地种,有学上,都可以为耳目股肱,都可以奔走御侮。所谓"耳目股肱",是指起到耳朵、眼睛、手臂的作用,比喻辅佐帝王的重臣;所谓"御侮",指抵抗外来侵略。大家若都能为国效力,谁还会沦为强盗呢?可见,黑暗的大环境对人的影响之深。归根到底,所谓"乱自上作",还是以宋徽宗为首的统治者的错啊!

四、作者——大凡读书,先要晓得作书之人,是何心胸

文学四要素之作者(艺术家、作家)是写作的主体,这一点在22篇序跋中也有体现,主要涉及以下几个方面:《水浒传》作者是谁?作者的创作动机或意图是什么?作者是如何创作《水浒传》的?

关于《水浒传》的作者,序跋批评家们看法不一:认为是施耐庵的,有金圣叹、王望如、"句曲外史"、王韬、燕南尚生等;认为是罗贯中的,有天都外臣(即汪道昆)、刘晚荣等;认为是施、罗二公的,有李贽、五湖老人、大涤馀人等;认为不可知的,有桐

---

① 鲁迅. 中国小说史略[M]. 北京:人民文学出版社,1973年:122.

庵老人等。《水浒传》的成书,不像《金瓶梅》由文人独立创作,而是属于"世代累积型",即在群众创作的基础上,由作家加工整理而成。根据近世学者的考证,断为施耐庵所作。

关于作者的创作动机或意图,22篇序跋也是见仁见智。以李贽和金圣叹为例,李贽认为《水浒传》是作者"发愤"之作,而金圣叹则持反对意见。他在《读五才子书法》中说:"如《史记》,须是太史公一肚皮宿怨发挥出来……《水浒传》却不然,施耐庵本无一肚皮宿怨要发挥出来,只是饱暖无事,又值心闲,不免伸纸弄笔,寻个题目,写出自家许多锦心绣口,故其是非皆不谬于圣人……遂并比于史公发愤著书一例,正是使不得。"①金圣叹认为,施耐庵并没有宿怨要发泄,只是"饱暖无事,又值心闲",闲来无事,游戏笔墨,寻个题目,创作了《水浒传》,如果把施耐庵写《水浒传》比作司马迁发愤著书,是不恰当的。

那么,金圣叹的看法对不对呢？桐庵老人认为金圣叹并没有完全理解和阐述清楚作者的苦心。他在《五才子水浒序》中说:"试问此百八人者,始而夺货,继而杀人,为王法所必诛,为天理所不贷,所谓'忠义'者如是,天下之人不尽为盗不止？岂作者之意哉！吴门金圣叹反而正之,列以'第五才子',为其文章妙天下也,其作者示戒之苦心,犹未阐扬殆尽。余则补其所未逮,曰:《水浒》百八人非忠义皆可为忠义……"桐庵老人认为,水浒众人,杀人越货,天理难容,如果这就是忠义,那天下人不都去做强盗了吗？这不是作者的意图！金圣叹把《水浒传》列为第五才子之作,因为文章写得好,妙绝天下,但作者的示戒苦心,却没有完全阐述发扬出去,所以还需补充,使"敲者有心,闻者有意"。

大涤馀人《刻忠义水浒传缘起》里也有这种"示戒"思想:"盖正史不能摄下流,而稗说可以醒通国。化血气为德性,转鄙俚为菁华,其于人文之治,未必无小补云。"可见在其看来,《水浒传》可以"醒通国",可以补"人文之治",是有关世道人心的书。这也是古代小说批评家为了提高小说地位而对小说功能的一种有意识的概括。

最后一个问题,作者是如何创作《水浒传》的？施耐庵《水浒传·序》里有一段很有意思的话:"是《水浒传》七十一卷,则吾友散后,灯下戏墨为多。风雨甚,无人来之时半之。然而经营于心,久而成习,不必伸纸执笔,然后发挥。盖薄莫篱落之下,五更卧被之中,垂首捻带,睇目观物之际,皆有所遇矣。"大意是,这七十一卷《水浒传》,多是朋友散去后作者在灯下游戏笔墨写着玩的,还有的是风雨天气没有朋友来的时候写的。然而在心里构思成熟,成习惯后,不必拿出纸笔冥思苦想,才写出来。傍晚在篱笆边散步的时候,五更睡在被窝的时候,低头拨弄衣带、纵目观物的时候,都会有写作的灵感。这段话从作者的角度道出了文学创作活动的一些技巧,突出了文学创作的娱乐性与趣味性。不过,研究者们认为,此序并不是施耐庵写的,而是金圣叹伪撰。

---

① 金圣叹《读第五才子书法》并不是序跋,但丁锡根先生《中国历代小说序跋集》以"附录"形式收集在里面,故本文亦加以使用。

五、读者——花晨月夕，山麓水滨，把一卷读之，不觉欲竟全部

任何作品都是为读者而创造的，作品的价值通过读者的接受得以实现，读者通过阅读作品与作者进行精神沟通。不同的读者面对同一作品会读出不同的意义，鲁迅先生在《〈绛洞花主〉小引》篇曾说过："《红楼梦》是许多人所知道……单是命意，就因读者的眼光而有种种：经学家看见《易》，道学家看见淫，才子看见缠绵，革命家看见排满，流言家看见宫闱秘事……"①那么，22篇序跋阐述了读者的哪些问题呢？

首先，关于读者的称呼问题。序跋中的小说读者绝大部分处于匿名状态，并没有具体姓名。如，张凤翼称"赏音者"，怀林称"高明者"，大涤馀人称"览者"，雄飞馆主人称"识者"，金圣叹称"后世之恭慎君子"，燕南尚生称"诸君"等。在阅读古典小说的封建时代，作家与读者的处境、小说的刊印和流通等与今天截然不同，我们可以推断这些读者至少具备以下几个条件：对小说有兴趣；具备阅读小说的文字理解力；具有购买图书的经济实力；有足够的闲暇读书时间等。

其次是读者的类型问题。以李贽和杨明琅为例，分析如下：

> 故有国者不可以不读。一读此传，则忠义不在水浒，而皆在于君侧矣。贤宰相不可以不读。一读此传，则忠义不在水浒，而皆在于朝廷矣。兵部掌军国之枢，督府专阃外之寄，是又不可以不读也。苟一日而读此传，则忠义不在水浒，而皆为干城心腹之选矣。（李贽《忠义水浒传叙》）

> 故为君者不可以不读此谱，一读此谱，则英雄在君侧矣；为相者不可以不读此谱，一读此谱，则英雄在朝廷矣；经略掌勤王之师，马部主犁庭之役，又不可以不读此谱，一读此谱，则干城腹心，尽属英雄，而沙漠鬼哭之惨，玉门冤号之声，永不复闻于耳矣。此乃余合谱英雄意也，非专以为英雄耳也。（杨明琅《叙英雄谱》）

可以看出，两段文字的相似度极高，不仅对《水浒传》的读者群进行了划分，还对其读后行为充满了期待。这里的读者类型分为三类，第一类是"有国者""为君者"，就是最高统治者，即"天子"；第二类是"贤宰相""为相者"，即丞相、大臣；第三类是"军部""勤王之师"等，指的是军队、将领。这三类人员是一定要读《水浒》的。读之后，"忠义"和"英雄"就会在"在君侧""在朝廷""在干城腹心"，整个社会就会政治清明，民心安稳，再也听不到"沙漠鬼哭""玉门冤号"之声了。这里也揭示了小说对读者的正面的积极的影响。

有的批评家担心《水浒传》对读者产生不利影响。如金圣叹认为，"无恶不归朝廷，无美不归绿林，已为盗者读之而自豪，未为盗者读之而为盗也"，如果给水浒众人"忠义"的美名，盗贼读了会洋洋得意，不是盗贼的人读了会产生为盗之心。王望

---

① 鲁迅.集外集拾遗补编[M].北京：人民文学出版社，2006：177.

如也认为,作者"严于论君相而宽以待盗贼",会令读者日生"放辟邪侈之乐",从而肆意作恶。

何为"善读'水浒'"？批评家们认为,读者一要读文法,二要读作者之用心。金圣叹虽然批判《水浒传》主题思想,但又对《水浒传》作品及作者评价很高,他曾说,"天下之文章,无有出'水浒'右者；天下之格物君子,无有出施耐庵先生右者",其中一个原因是《水浒传》文法精严。他在《第五才子书水浒传序三》中说道：

> 夫固以为"水浒"之文精严,读之即得读一切书之法也。汝真能善得此法,而明年经业既毕,便以之遍读天下之书,其易果如破竹也者,夫而后叹施耐庵《水浒传》真为文章之总持。

金圣叹告诫读书人,要读《水浒传》的文法,如果学会读文法,便得一切读书之法,读遍天下书也易如破竹。

其次,"善读书者,必有以深窥乎作者之用心"。前文提到,王韬认为,正是封建统治者的政治压迫,才使得四方豪杰"途穷势迫",聚义造反,统治者难逃罪责——读者"能以此意读《水浒传》,方为善读《水浒传》者也"。言外之意是,善读书者,必定是能读懂作者苦心、读懂当时社会环境的人。

读者读完《水浒传》后会怎么样呢,是获得愉悦感受,还是遭受不幸？这里呈现两种情况,一种是肯定,一种是否定。肯定的情况表达了读者"读之爱不释手"的美妙感受。如,句曲外史《水浒传叙》云："花晨月夕,山麓水滨,把一卷读之,不觉欲竟全部。读全部既,辄再读之,不欲去手。世之赏奇者,定复如此。当亟与新城先生诸说部并行,而坊友之重刻,为能先得我心也。"刘晚荣《水浒传序》云："予藏之数年,爱不释手。"①

否定的情况来源于中国古代小说中的宿命倾向,认为水浒传是宣传"杀""淫""盗"的,是害人的,读之后会产生因果报应,遭遇灾祸,比如说《水浒传》作者三代为"聋哑",李植撰《泽堂先生别集》十五杂著云②：

> 世传作《水浒传》人,三代聋哑,受其报应,为盗贼尊其书也。许筠、朴烨等好其书,以其贼将别名各占为号以相谑。筠又作《洪吉童传》,以拟水浒。其徒徐羊甲、沈友英等躬蹈其行,一村斋粉,筠亦叛诛,比甚于聋哑之报也。③

中国古代的一些文人认为,《水浒传》作者子孙三世(儿子、孙子、曾孙)皆为"聋哑",是由于他写了坏人心术的《水浒传》而得到的报应。域外读者(朝鲜文人许筠、朴烨等)读了《水浒传》后,喜欢《水浒传》,尤其是许筠,还仿照《水浒传》写了《洪吉童传》,后来许筠被诛杀,李植认为这就是阅读、仿写《水浒传》所带来的,比"聋哑"

---

① 《水浒传》传播过程中的小说批评者、续书者、改编者、刊印者等,从广义上说,也是小说读者。故本文把22篇序跋批评家们也算作读者。

② 根据王利器先生辑录的《元明清三代禁毁小说戏曲史料》记载,社会上广泛流传着诸如"施耐庵著'水浒'书行世,子孙三代皆哑"；李贽、金圣叹喜批《水浒传》《西厢记》等小说,"终身蹭蹬,死于非命"的说法。李植撰这段话不是引自22篇序跋里的内容,为了把小说对读者的影响表达清楚,故也引用进来。

③ 闵宽东. 中国古典小说在韩国之传播[M]. 上海：学林出版社,1998：347.

还严重的报应。这也表明在部分人看来,小说若题材不好,就会对读者产生不利的影响。

综上所述,"东、西方的文学理论与批评实践对构成文学活动的世界、作家、作品、读者等四要素及其联系的理性认识是具有共通性的"①,对《水浒传》来说,序跋本身既是读者接受的产物,又是接受的形式;序者既是读者、研究者,又是批评者,他们不仅记录了作品和作者的信息,也透露了读者的接收信息,从而留下了珍贵的研究《水浒传》的史料。本文所论及的文学批评四要素的内容,实际上只是粗浅一探,不揣浅陋,博一笑尔。

---

① 吴瑞霞.关于文学"四要素"理论建构的思考[J].湖北广播电视大学学报,2005(22):4.

一体三式 结三而一
——论《水浒传》叙事结构模式

湖北师范大学 卢 梦

中国古代神话对中华民族的政治、文化都产生了深刻的影响,并且形成了民族政治心理共识,天人合一、天道循环、君权神授等观念。这些观念既成为封建王朝政权合理性的法理依据,也成为作者贯穿《水浒传》整部小说的潜在思想,表现出很强的政治倾向。作为一部政治理念与文学文化的结合体,《水浒传》通过神话叙事结构的设计和英雄人物故事,演绎了一个朝代自救过程中塑造的一个个经典人物传奇以及所展现出的时代、人物悲剧命运。神话因素的掺入,让本属英雄传奇的《水浒传》多了一种神秘。

一、阴阳二元式

中国古代有"一阴一阳之谓道"的说法,即世间万事万物的萌芽、生长、变化都源于阴阳互转相推,朝代的治乱兴亡、盛衰消长、离合悲欢都是阴阳互转相推的原因和结果。这种深层的阴阳二元哲学观是潜藏于小说叙事中的内在动力,故而作者没有将《水浒传》设计成朝代更替式的阴阳相转,而是将其设计成"替天行道"式内部阴阳相推,在王朝政权统一的这个"一"之内开始阴与阳这个"二"之间的互转,由此形成了以朝廷为主的阳或阴和水泊梁山为主的阴或阳,双方"二"者都维护着宋朝"一统"平衡状态的"一"。七十回梁山聚义后,天降石碣彻底将水泊梁山"替天行道"的"一统"隐性目的摆上台面,彻底显现出来,完成了宋朝与水泊梁山的阴阳二元的转替,变成"一统"之"一",达成了小说引首祈禳瘟疫的阶段目的。在后三十回里,居于统一的宋朝,不得不应对外部辽国和内部方腊势力,原本内平衡的阴阳关系在外与内又被打破,形成新的阴阳互推的关系,直至整部小说结束,天罡地煞一百零八将完成了上天赋予他们的历史使命和个人使命,重新归于"一"的平衡,这种阴阳二元互转的理念始终贯穿整部小说(见图1)。

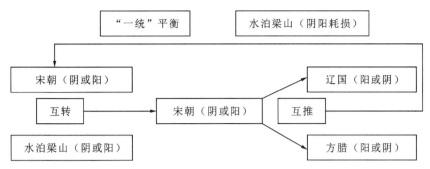

图 1 水浒传阴阳二式图

"一切帝王受命与王朝兴替融入历史大语境中,并获得合理解释。"①作为一部从维护王朝政权角度出发的英雄传奇小说,《水浒传》从一开始就将这场王朝兴亡治乱置于政权内部,矛头指向的是在这个政权之内的贪官污吏,而展现出来的则是以宋江为首的一百零八将与朝中奸臣的争斗过程。但是小说淡化了政权内斗,侧重展现了小说人物的英雄传奇性和故事悲剧性,而不存在政权之间的更迭叙事,所以《水浒传》不像《三国演义》那样展现出宏阔的历史叙事。小说评点家金圣叹从小说人物圆满性出发,腰斩了七十回《水浒传》,因为他所处封建时代,王权天设的合理性成为社会普遍意识,他以腰斩水浒的形式来反对封建王朝观念。但他似乎并没有看到阴阳二式互转的历史合理性,此种做法是与小说作者的创作意图相悖。从阴阳二式的政权设置来看,前七十回仅仅只是完成了阴与阳互推的过程,而没有真正完成王权一统的平衡。从这个意义来说腰斩小说并没有实质性的结果,结局也并不完满,因为腰斩后的七十回《水浒传》之于小说整体结构意义或者回应小说首引神话主旨是并未完成的。

根据《水浒传》引言部分设置的神话背景,太祖皇帝是上界霹雳大仙下降,仁宗皇帝是上界赤脚大仙。三登之世后,乐极生悲,瘟疫盛行,故而三十六元天罡下临凡世,七十二座地煞将在人间,哄动宋国乾坤,闹遍赵家社稷。结句诗:"细推治乱兴亡数,尽属阴阳造化功。"②引言部分表达了一个十分明显的阴阳二元念,而这正合古人的皇权天道观,即王朝的更替登台,政权的治乱兴亡,存在着阴阳二式互转的自然规律。这种阴阳二式互转有时候是在王朝政权内部,有时候是在王朝政权外部,有时候内外兼有,当这种阴阳二式互转的平衡被打破后,王朝政权就存在被取代的危险,并且这种规律适用于各个时代,正如历史演义小说《三国演义》开篇所讲天下"合久必分,分久必合"的历史政权观。整部《水浒传》中,阴阳二式观念作为一个潜在基调主导着小说发展脉络和结局,而王朝政治理念一直贯穿其中,以迎合天地宇宙观。之所以这样说,是因为引首部分就预设了一个大前提,宋代王朝皇权的正统地位是上天定的,小说引首部分把宋太祖、仁宗都设定为神仙下凡,只有这样才能确保在《水浒传》体系之内神话叙事结构的合理性。而宋江以星主的身份出现,也暗合着从宋王朝政权内部进行"替天行道"。从这个意义来讲,水泊梁山一百

---

① 韩洪举.浙江英雄传奇之谶纬叙事研究——以《水浒传》《荡寇志》为例[J].河南大学学报:社会科学版,2014,54(6):9.

② 施耐庵.水浒传[M].北京:人民文学出版社,2016:3.

零八将从"聚义厅"到"忠义堂"的转换是小说发展的必然性,因为他们同属仙界数列,与宋江一样贬谪凡间,这一方面是对其在仙界时的错误惩罚,另一方面是为了稳固政权,所以为了彰显宋江们"替天行道"的合法性,九天玄女也三次引他入梦,赐他法宝,帮他解困。

第四十二回《还道村受三卷天书 宋公明遇九天玄女》写道,宋江为躲避官兵追捕,跑到还道村避难,在玄女庙神橱里躲避,九天玄女赐了宋江三卷天书、四句诗。娘娘道:"宋星主,传汝三卷天书,汝可替天行道,为主全忠仗义,为臣辅国安民。去邪归正,他日功成果满,作为上卿。""玉帝因为星主魔心未断,道行未完,暂罚下方,不久重登紫府……他日琼楼金阙,再当重会。"①在这一回,宋江星主的身份第一次得到官方证实,"替天行道"的合理性得到上天确认。九天玄女的话从根本上回应了宋江在小说中行动的目的,即不是为了创造一个独立于宋朝政权之外的大碗吃肉、大口喝酒的水泊梁山政权,而是替天行道、富国安民、去邪归正、断心魔、修道行,重返天上。第八十八回《颜统军阵列混天象 宋公明梦授玄女法》写道,宋江等归顺朝廷后,领兵征辽时,被辽军的"太已混天象阵"所困,宋江夜梦中得九天玄女传授破阵之法即是三卷天书,也是提前预设好,扫平富国安民道路上的障碍,正好贴切主题。

二、前后回环式

如果说"阴阳二元式"是基于作者对中国古代王朝政权更迭规律认识的潜在设计,那么"前后回环式"则是对《水浒传》整部小说叙事文本结构脉络的概括。从整部小说结构来看,《水浒传》以第一回"遇洪而开"的偈语为楔子,在整部小说中形成了一个置于小说人物之外预设的"天—地—天"的神话人物命运结构和一个与之相对应的"归—去—来"的一百零八将身世命运历程。前者结构模式是一种潜且不明显的隐秘存在,后者则是凸显小说艺术特色的叙述主体。二者之间有着非常密切的关系,前者结构是后者结构的神话映射,后者则是前者的具体显现,这就形成了一种特殊的双层前后回环叙述模式。这种"前后回环式"的结构设计,将小说中宋代王朝、水浒人物命运囊括其中,包含着小说叙述脉络和总体结局。

《水浒传》第一回"遇洪而开"的神话叙事与最后一回"神聚蓼儿洼"有着十分明显的神话叙事结构预设,前后回环,收尾呼应,结构完整。一百零八尊天罡地煞本是在"伏魔大殿"被历代天师用朱印封皮封印在青石板下的地穴里的,被洪太尉从地穴里放出来之后,他们散落在大宋王朝地界各处,干着为官一任、劫富济贫等事情,再之后由于各种原因落草为寇,聚义水泊梁山,开始替天行道。第七十一回"忠义堂石碣受天文 梁山泊英雄排座次"写道,宋江领着大家在忠义堂上做醮,要求上天报应,突然天降石碣,天书三十六行写的是天罡星,七十二行写的是地煞星,正合一百零八将。他们每一个人都是星主,但是他们被贬谪凡间的原因极少有人知道,所以当宋江提出招安时就有人反对。但是这些反对的声音并不影响宋江招安

---

① 施耐庵. 水浒传[M]. 北京:人民文学出版社,2016:541.

受降的决心,他带领着兄弟们招安受降、征讨辽国、方腊,在这个过程中以牺牲性命的代价来了断凡间心魔、自我修炼。其实,在第一回"遇洪而开"之前,一百零八尊天罡地煞就已经从天界贬谪到凡间,被锁在了"伏魔大殿"内的地穴里,尔后"遇洪而开"成为在人间除奸斗恶的凡人英雄,也有少数还有神力,比如公孙胜。在禳除瘟疫、铲除奸险后,他们神聚蓼儿洼,从结构意义上完成了"天—地—天"整体叙事。另外,作为天罡地煞的一百零八将个体来讲,"天—地—天"是他们所共同肩负的历史使命和命运归途,但是他们个人之间又有着不同的差异,有的人物叙写丰富,有的结局不同,虽说都会回归以前星主的身份,但有的枉死,有的得善终。

小说"前后回环式"的另一种表现,是小说中的箴言与人物命运和故事发展的前后回应。鲁智深是比较有代表性的一个例子。小说第五回鲁智深接连两次大闹五台山后,智真长老实在没有办法继续留他在寺里,便安排他去东京大相国寺投奔自己的师弟智清长老。鲁智深临走前,智真长老送他四句偈语:"遇林而起,遇山而富,遇水而兴,遇江而止。"这四句偈语,基本上是对鲁智深一生的总结,大闹野猪林后,鲁智深从此真正走向江湖,与杨志、曹正占领二龙山落草为寇,投奔水泊梁山排定座次为步军头领之首,在剿灭方腊胜利返回时在钱塘江坐化。小说第九十回,宋江大军征辽返师途中路经五台山,鲁智深带梁山众将去五台山参拜智真长老时,智真长老又给了鲁智深"逢夏而擒,遇腊而执,听潮而圆,见信而寂"十六字箴言。鲁智深果然在万松林里厮杀,活捉了个夏侯成,生擒方腊。小说第九十九回,鲁智深听得钱塘江潮信后,认为自己"合当圆寂",他留下一篇颂子道:"平生不修善果,只爱杀人放火。忽地顿开金绳,这里扯断玉锁。咦!钱塘江上潮信来,今日方知我是我"①,最后在六合寺里死去。鲁智深从第三回出现至第九十九回离世,基本贯穿了整部《水浒传》,是小说中一个重要的线索人物,最后他在六合寺的自我体悟,方知我是我,也是对第五回智真长老箴言的回应。从这个意义来说他的人生是圆满的,小说作者的上述安排也构成了鲁智深个人命运前后回环式的照应。

小说"前后回环式"还表现在对梁山好汉整体命运的描写上。第四十二回,九天玄女送给宋江四箴语,"遇宿重重喜,逢高不是凶。北幽南至睦,两处见奇功。""宿"指的是殿前太尉宿元景,促成梁山招安。第五十九回宿太尉到西岳降香,被梁山好汉截获、软禁,梁山好汉冒其名打开了华州城,救出史进和鲁智深;第八十一回通过宿太尉实现水泊梁山全伙招安的目的。"高"指的是帅府太尉高俅,他专与梁山作对,并且亲自率领军队征讨梁山,后来被俘虏了,成为招安的一个重要理由。"幽"指被北方辽国侵占的幽州,"睦"指"睦州"南方方腊义军的根据地。第九十回,智真长老送给宋江"当风雁影翻,东阙不团圆。只眼功劳足,双林福寿全。"梁山在征辽后一百零八将悉数都在,前两句梁山好汉比作群雁,招安去了东阙(皇宫)后雁群翻动,不再团圆,所幸征辽的功劳还有,就在双林隐居下享受福寿,不要功名利禄了。可是包括宋江在内的众人都不懂箴言的意思,在最后征完方腊后,两处见奇功,只剩二十余人回朝,最终仅剩的宋江、卢俊义等食君之禄的人也都没有逃脱奸臣毒手。如果九天玄女的箴言是对水泊梁山起义、招安的整体预设,那么智真长老

---

① 施耐庵. 水浒传[M]. 北京:人民文学出版社,2016:1241.

箴言则是对其水泊梁山结局的精心谋定,这种整体前后回环之内嵌套小回环的结构设计,让小说结构设计更出奇,英雄人物的悲剧性更深刻。

三、烟花散点式

《水浒传》第一回设置了"遇洪而开"的楔子。"石板底下万丈深浅地穴,一道黑气,从穴里滚将起来,掀塌了半个殿角。那道黑气直冲上半天里,空中散作百十道金光,望四面八方去了。"①从第一回到第七十回水泊梁山聚义,每一个英雄人物故事的生成、推进都向着梁山聚义的大故事背景而去,散点式的陨落在大地之上,汇集梁山聚义替天行道。烟花散点式所设计的叙事形态,构成了《水浒传》整部小说的内在肌理。一百零八个天罡地煞以天上星主的身份分散到各地,进而演绎英雄人物故事,犹如正在黑夜中燃放的烟花一样爆炸而散出的五颜六色的绚烂;烟花在空中由中心而向四面八方炸开,像极了第一回叙述"那道黑气直冲上半天里,空中散作百十道金光,望四面八方去了";烟花熄灭,英雄们集体融入帝王受命与王朝兴衰的历史进程中,成为在阴阳二式斗争中的参与者和牺牲者,在悲剧命运中进行自我救赎,以及对宋代王朝的"救赎"。

聚而散,散而聚,一个个英雄好汉的出现,一段段故事的演绎,绘成了梁山英雄一百零八将群像。这些故事之间是相互连缀、相互影响的,如同蚕蛹吐丝结茧,既断不开也能单独抽出来。鲁提辖拳打镇关西、花和尚倒拔垂杨柳、林教头误入白虎堂、鲁智深大闹野猪林、林冲棒打洪教头、风雪山神庙、雪夜上梁山,鲁智深和林冲的故事既可以作为一个个单独的英雄人物故事叙事单元,也可以连缀成一个整体,作为一个更大的叙事单元。又如武松景阳冈打虎、斗杀西门庆、醉打蒋门神、大闹飞云浦、血溅鸳鸯楼、除恶蜈蚣岭这一串故事中,武松作为一个主要英雄人物也将一百零八将中的其他人物串带出来,如同烟花燃放过程中的二次炸裂,令视觉效果更为多面、立体。小说中有多个像鲁智深、武松似的人物而构成的叙事单元,并且这些叙事单元的人物以集结的形式在水泊梁山聚首,配合小说的主题设计。所以,当九天玄女告知宋江他是因受罚而贬谪在凡间历劫时,其实也就表明了其余一百零七个天罡地煞星如同宋江一样,也是在人间进行历劫救赎。从《水浒传》整部小说来看,由前七十回梁山起义的"多星齐放"的梁山聚义叙述转入后三十回"一主多星"的替天行道,作者将英雄个体与道义整体的构建有机融合,因此一百零八个天罡地煞就是一个符号整体。从聚义厅到忠义堂,一百零八将完成了符号的整体统一,让《水浒传》在结构上趋于圆满。同时,《水浒传》在英雄人物塑造上形成了"同而不同处有辨"的叙述艺术,塑造了立体、多层次的英雄人物图谱。出于故事需要,作者也保留了部分天罡地煞身上原有的神力,比如公孙胜、戴宗等。

为了配合《水浒传》星君降凡、宋朝政权合理性的主题,第一回中写道:"……黑气直冲上半天里,空中散作百十道金光,望四面八方去了。"黑气象征当时所处时代的无序、反动,金光则象征着除去黑气的天罡地煞们,他们由在凡间的魔君身份

---

① 施耐庵.水浒传[M].北京:人民文学出版社,2016:15.

转变回天上的星君,则必须在具有象征意义的"还道村"出入,宋江第一次在这里接受九天玄女的点拨,替天行道、富国安民、还道回天。为了回应王权的现实合法性,在招安的路途上,作者对小说中的三个关键节点进行了叙述处理,并有意点染"陈桥驿"这颇具象征意味的地名。第一次是梁山全伙接受招安等待朝廷安排官职,枢密院却建议"只可分散人马或赚入京城,一网打尽",这些奸臣小人并没有在心里将已经接受招安的梁山好汉纳入朝廷之内,由此而导致了梁山好汉怒杀朝廷命官、宋江泪斩士卒的事情。第二次是梁山好汉征辽归来在陈桥驿候旨听封,蔡京、童贯商议只许宋江卢俊义随班朝贺,其余人员不得入朝,在城外驻扎,不得擅自入城,这种做法直接导致宋江等人对功名失望。第三次是梁山好汉征方腊回京在陈桥驿候旨听封,而在这个时候梁山好汉中的大多数人已经牺牲,余者亦大都对于功名已无心了。全书叙述骨架就是围绕梁山招安、征辽、征方腊进行,并且每一次在梁山好汉为朝尽忠立功的时候将候旨听封处都安排在"陈桥驿"这个极具历史意义的地方。三个不同时间点与同一个地点,这种重复散点式的象征意义不言自明,忠臣被奸臣驱赶,天子被小人蒙蔽。以整部小说对于个人来说,是枉送了一片"为主忠心,替天行道"而造成的现实英雄悲剧和王朝悲剧。但在小说结尾,玉帝封神,徽宗惊梦,他们完成了从魔到人、从人到神的历劫考验,终至道行圆满。

当水浒一百零八将聚义水泊梁山的时候,整个立体环状结构形成,军事实力处于顶峰状态。当征辽、征方腊的时候,一百零八将不断损失,绳结开始松散、断开,势必对整个环状空间体造成影响。当一百零八将中的大多数英雄牺牲后,整个环状系统坍塌。这在小说神话结构上对应了开头的神话预设,一百零八个天罡地煞下凡祛瘟疫——宋朝内部的奸臣小人、外部威胁和王朝内部起义,最后神聚蓼儿洼,暗合王朝政治阴阳二式的互转。一百零八将每一个人的过程、结局也不一样,如同烟花散点式在黑夜中所展现出来的美丽,时间有长有短,光彩有明有暗,共同构成了中国古代小说史上一缕璀璨的英雄传奇故事。从整部小说来看,作者运用阴阳二元式的结构模式,从王朝政治设计出发建构小说,其中前后回环式在小说文本叙事空间建构小说,烟花散点式则以人物叙述单元和小说关键节点建构小说,并在阴阳二元式和前后回环式的交叉结构中跳脱而又融合其中,"一体三式""结三而一"形成一个极具立体感的环状空间体,每一个水浒人物就如其中一个绳结,是整部水浒故事中不可或缺的联结节点,每个绳结内部又包含着精彩的人物故事。这种环环相扣,层层密织而形成的水浒叙事结构图,在中国古代小说叙事结构设计上有独特意义。

《水浒传》的人物形象分析

肖兰英：《水浒传》"常情"状态的两个温馨明媚的女人

洪超：宋江"哭"的多义性分析

邹陈妍　石松：赛译《水浒传》中林冲人物形象的再现

杨俊生：《水浒传》中的李逵形象塑造

陈红艳：论水浒英雄杨志的血性与奴性

张丹丹：《水浒传》繁、简本琼英故事研究

李春光　宋媛溪：谫论林冲与内德·凯利的形象接受及话语窘境

李文芳：论《水浒传》《金瓶梅》中的王婆形象

朱静宜：民国期刊中"潘金莲"的形象嬗变

《水浒传》"常情"状态的两个温馨明媚的女人[①]

菏泽学院水浒文化研究院　肖兰英

《水浒传》是一部现实主义与浪漫主义相结合的长篇英雄传奇,书中主要英雄好汉如李逵、戴宗等,经典情节如武松打虎、鲁智深倒拔垂杨柳等,都与现实生活中的人和事有一定的距离。尤其是《水浒传》对女性的书写和态度,与以往的文学作品有很大不同。《水浒传》中的女性形象、类型不可谓不丰富,有法力无边、掌控全局的神仙九天玄女,有圣洁忠贞的林娘子,有皇帝看中的精明又侠义的妓女李师师,有臭名昭著的淫妇潘金莲及个性不同的淫妇系列,有老奸巨猾的说风情老手王婆,更有令人颠覆女性观、毛骨悚然的"母大虫""母夜叉",有难得一见、才貌双全却被称为"哑美人""木头人"的扈三娘。这些形象个性鲜明,大多令人过目难忘,故而也引起了众人的瞩目和评论,但是,她们毕竟与我们生活中的女性有很大不同,或不食人间烟火、或贞洁无瑕、或淫荡不羁、或拥有接近男性的性格和武艺,总之,多属于非"常情"状态的形象,也难怪不少评论家对《水浒传》作者的女性观提出批评或非议。《水浒传》中有没有"平易近人"接地气的女性呢?何涛、何九叔的老婆,即两个何夫人,就是两个合乎"常情"状态的温馨、聪慧、明媚的女人。因是无名无姓的过渡性小人物,至今也未引起研究者注意,更没有专门论析的文章。[②] 但是,这两个小人物在故事中却起了大作用,又与《水浒传》中的女主有着不一样的格调。本文将就两个何夫人的行为表现及其价值做些粗浅的论述。

一、何涛夫人、何九叔夫人的表现

(一)何涛夫人、何九叔夫人出现的时刻、背景

两位何夫人都是在丈夫的危难时刻出现的。

何涛夫人出现在《水浒传》第十七回。当时黄泥冈发生了劫取当朝太师蔡京生

[①] 本文所引《水浒传》文本,为陕西新华出版传媒集团陕西人民教育出版社2016年11月发行的版本。
[②] 黄启方. 水浒传的重要性[M]//柯庆明,林明德. 中国古典文学研究丛刊三:"小说之部". 台北:巨流图书公司,1979.

辰纲的惊天大案,先有押送生辰纲的两个虞候在济州府告发并随衙听候,后有大名府梁中书星夜投来的书札,更有东京太师府差府干星夜送来、要求立等拿人的紧急公文。在此情势下,济州府尹不容何涛置辩,先在何涛脸上刺下"迭配……州"字样。何涛到使臣房与做公的商议,做公的也没一点招数,何涛又添了五分烦恼。东京府"立等要人",府尹专横狠毒,做公的无言无助,何涛的境况正如书中所写"眉头重上三鍠锁,腹内填平万斛愁。若是贼徒难捉获,定教徒配入军州。"此案使得何涛压力很大,一筹莫展,闷闷不已。这一重大紧急案情,正是在乖觉的何涛夫人对何涛弟弟的耐心盘问下有了眉目,事态也是在何涛夫人的细心周旋下才有了转机。

何九叔夫人出现在《水浒传》第二十六回。何九叔夫人一出场就是啼哭,因为何九叔"笑欣欣出去",却"中恶不省人事"被两个火家使扇板门抬着归来。何九叔给她讲述了殓尸所遇到的进退维谷的两难处境:一边是把持官府的刁徒西门庆,恶了他如同撩蜂剔蝎;一边是景阳冈上打虎的武都头,他是个有仇必报、杀人不眨眼的男子。老练、圆滑、机智的何九叔也深感难办,只得自伤自残口里喷出血来,假装中恶晕倒,暂做缓兵之计。但危机仍在,心病并未根除。正是何九叔夫人的一番分析与谋划,才解除了何九叔的危机和困局。

(二)何涛夫人、何九叔夫人的行为表现

两个何夫人是如何帮助丈夫解困的呢?

何涛夫妻二人对待弟弟何清的情分,在态度、方式和风格上,一硬一软,一直一婉,一个毁弃一个挽救。何涛夫人的乖觉(机警、灵敏)是在与何涛的鲁笨的反衬中渐渐显示出来的,正是她的机警、精细、聪慧融化了何涛何清兄弟间隔阂的坚冰,缓缓引出生辰纲大案的线索,化解了何涛的万斛愁。何涛夫人出现后,第一时间就发现了丈夫的"烦恼",并主动询问,听完丈夫叙述后,也替丈夫着急、忧虑。恰巧何涛的弟弟何清来看望哥哥,何涛不耐烦地怼弟弟:"你来做甚么?不去赌钱,却来怎地?"这是多么伤人的话!何涛夫人连忙招手让何清到厨房,并待以酒肉菜蔬。当何清发一通对哥哥的不满、抱怨时,何涛夫人赶紧说丈夫的压力、难处。何清不解,何涛夫人又条理清晰、详细说明了生辰纲案情及何涛苦处,并再次拉近与何清的关系,还劝解何清"怪哥哥不得"。在叔嫂一来二去的交谈中,何清心中渐渐有了目标,何涛夫人也似乎听出了"蹊跷"和"风路(线索)"。她一边更加盛情地留住何清再吃两杯,一边慌忙给丈夫备细说了。当何涛又陪笑脸又拿银子向何清求"去向"时,却遭到弟弟一连串的抢白和抱怨。何清对哥哥的最大意见是没有"常情":"闲常有酒有肉,只和别人快活。今日兄弟也有用处!"金圣叹在此处评语是"说得透,骂得好。"由此可以看出何涛的为人及兄弟间关系的"冷暖(势利)"。可以说,若是没有乖觉的何涛夫人从中斡旋,何氏兄弟似乎水火不容,难有交流,又怎会说出什么线索来。正是何涛夫人用"常情"温婉地笼络、劝解,才使得兄弟之情有所缓和,何清才渐渐地同意帮忙,说出案件的重大线索,事态的发展才有了转机。

何九叔夫人帮助丈夫则又是另一种韬略与风格。何九叔夫人一出场就一再地哭——哭诉、啼哭,说明她对丈夫发自内心的关怀、心疼,当然还有疑惑不解。当何九叔给她讲述了去武大家入殓时的所遇所见及两难处境之后,她就把听得的郓哥帮武大捉奸、闹茶坊与丈夫的讲述联系起来,判断出这是一场通奸谋杀案,与丈夫达成了共识——"正是这件事了"。并提醒丈夫,郓哥因参与了此事,应最清楚,故日后要"慢慢的访问他",为郓哥后来的作证埋下了伏笔。精细老练的何九叔都深感为难棘手的事,何九叔的夫人竟然说"如今这事有甚难处!"乍听似是惊人之语,但听了她的一番干净利索的高论,不得不令人佩服、感叹——"谁说女子不如男"!一句"只使火家自去殓了",居高临下,并把自家撇开;问准几时出丧,以便及时有针对性地应对。针对武家对关键证据——武大尸体的不同处置方式进行分析:若是停丧在家,待武松归来出殡,武松自去验尸,与何九叔没什么粘连与纠缠;若是埋葬了,也不妨,因为证据——武大的尸体仍没有灭失。因这两种情况都比较简单明了,故用"没甚么""也无妨"简短、斩钉截铁地加以断定。"若是他便要出去烧他时,必有蹊跷",这是重点、要害,有些复杂,但也自有对策:关键是要留存下武大中毒身亡的证据——乔装送葬偷骨殖。武大的骨殖与西门庆所送十两银子,形成重要证据链。证据在手,进可攻,退可守。武松回来,若是不问,为西门庆留了面子,就落了西门庆的好;若是问起,既可以拿出有利于、讨好于武松的重要证据,还可以把郓哥当作一道防身屏障,进而把线索引向郓哥,自己也就可以从漩涡中心逃脱。如此设计、谋划既不得罪恶霸西门庆,对打虎英雄也有交代,进退维谷的两难就此变成了攻守兼备的两全。何九叔夫人的机智、贤明是在何九叔本就极为"精细"的铺垫、对比中衬托出来的。一为小精细,一为大智慧,有小巫见大巫之感。齐裕焜先生在讲小人物何九叔时也夸赞说:"不得不承认九婶的机智高于何九(叔),是她将何九(叔)从两难困境中挽救出来,成就了武松为兄报仇、惩治恶人的壮举。"[①]难怪连精细的何九叔都由衷称赞:"家有贤妻,见得极明!"刚刚还在啼哭的柔弱女,了解情况后就好似思虑严密周全、指挥若定的大将军,冷静、从容、自信,针对出现的各种不同情况,条分缕析,一一拿出相应的对策,头头是道,纹丝不乱。何九叔夫人的表现当得上一个贤明妻子的称号。

二、两个何夫人在《水浒传》中的价值

上述两位何夫人相比《水浒传》的众多传奇性男女角色,其突出特点就是她们是明辨是非善恶、真真切切、接地气的"常情"状态下的温情、乖觉、贤明的女性。在《水浒传》中虽是连姓名都没有的一闪即过的过渡性小人物,但是,在《水浒传》重大案情、重要情节的发展中,在丰富调节作品的色彩、风格上,却起到了不容忽视的、关键性作用。

(一)两个小角色丰富了内容、推动了情节发展

通过描写何涛夫人、何九叔夫人两个小角色,作者给读者呈现了《水浒传》中弥足珍贵的接地气的日常生活的"常情"状态、"常情"人物。《水浒传》中打打杀杀的场景应接不暇、不厌其烦,故民间也有"少不读水浒"之说。即便是家庭中的夫妻关

---

① 齐裕焜. 齐裕焜讲水浒[M]. 上海:东方出版中心,2019:341.

系、叔嫂关系,也多是充满了财色、血腥的构陷、仇杀,如宋江与阎婆惜,卢俊义与贾氏娘子,杨雄与潘巧云,又如武松与潘金莲,石秀与潘巧云等。何涛夫妻、何九叔夫妻之间基本上能够有事商量、患难与共、共渡难关,令人感受到了家庭关系中应有的体恤和温情。尤其是两位妻子,既不给丈夫添乱招灾,更没落井下石,加以陷害,而是在丈夫遇到困难时,忧丈夫所忧,虑丈夫所虑,主动为丈夫出谋划策,排忧解困,此二人是整部《水浒传》中非常稀缺的贤内助,虽是小角色,却也起到了丰富作品内容的作用。

小人物助力侦破要案大案,推动了重要情节的进展。"吴用智取生辰纲"和"武松斗杀西门庆"无疑是《水浒传》中的重大案件,更是波及深远的重要情节,而上述两个"小女人"恰恰是案情、事态出现转机的关键性人物。案件的破解工作中,最重要的是线索和证据,两位何夫人正是在丈夫危难之时,一个发现了大案的线索,案发后促使众多好汉纷纷奔向梁山;一个留存了重要证据,不仅使悲情小人物武大的冤仇得报,更引出了武松打虎之后的一系列精彩篇章。两位何夫人好似两只亮丽、轻盈、可爱的蝴蝶,引动出天罡地煞聚义水泊梁山的"龙卷风"。

(二)两个"小女人"丰富调节了作品的风味、色彩、格调

"《水浒传》里有惊天动地的一百零八位好汉,也有众多如芥豆之微的小人物,他们微小又平凡,……但如果没有他们的参与和衬托,水浒的故事将少了斑斓的色彩和深厚的韵味,所以他们是这一大部小说不可或缺的重要组成。"① 这可谓是对《水浒传》大小人物自身价值的公允、周全之论。但是自西学东渐,尤其是20世纪以来,"人们对于'三国''水浒'等历史传奇的女性意识便多有微词了。1962年,夏志清在《从比较上探讨〈水浒〉》一文中,批评了《水浒传》对'性虐待狂'和'厌恶女性'的宣扬。几十年来,海内外学者大都从这一观点出发,对中国传统小说、尤其是历史传奇小说中落后的女性意识,纷纷加以批驳。"② 如"《水浒传》中的女人要么祸水,要么凶神,要么只是一个符号,任人摆布。"③ 甚至说"淫妇群体是'水浒'中绝对的女主角"。④ "不仅如此,施先生笔下的女性几乎都是道德沦丧、不知廉耻的怪物"。⑤ 当然,这期间也有一些翻案类的文章。由此可见,《水浒传》中的女性观,已成为水浒研究引人注目的一个焦点。何涛夫人、何九叔夫人作为一闪即过的小人物,有些读者甚至有的专家学者都未必留意过她们,因为对她们的描写少则数行,多不过一两页,并且在全书中出场仅仅一次,占比实在太微弱了。她们不可能改变《水浒传》的总基调,也难以改变现代人对《水浒传》作者关于女性态度的非议。何涛、何九叔本已是两个小人物,他们的配偶,两个小女人,更可谓是小小人物。但是,她们不仅以四两拨千斤的机智,煽动几下翅膀,刮起了"龙卷风",更应引人瞩目的是,她们和男性相处的态度、方式、风格,与《水浒传》中绝大多数女主角大不相

---

① 齐裕焜.齐裕焜讲水浒[M].上海:东方出版中心,2019:341.
② 李舜华,余伟英.重析早期历史传奇中女性形象的近代内涵[J].广州大学学报(社会科学版),2008(3):77-83.
③ 王会明.宋江社会身份认证[J].陕西教育学院学报,2011.
④ 王张三.情陷水浒[M].北京:中央广播电视大学出版社,2012:4.
⑤ 涛歌.读破水浒[M].长沙:岳麓书社,2009:194.

同,她们的平和、温馨,与刀光剑影、血雨腥风的算计、残杀相比,显得尤为稀缺、弥足珍贵。这两个机智、温馨、明媚的"小女人",打破了"始终"神魔笼罩,"天罡地煞""云扰扰""闹垓垓"的充满戾气的"不近人情"的一统格局,在多为强烈刺激的审美疲劳中,起到了舒缓、休养神经,甚至眼前一亮的审美视觉效果。故而,她们无疑起到了一定的丰富作品色彩风味,调节作品格调的作用。

宋江"哭"的多义性分析

湖北大学文学院 洪 超

哭,是人类的一种情绪。它不仅是一种情感表达,更是一种"语言表达"。在水浒传中,宋江的人物形象在一些事件中已展现得淋漓尽致。他作为一名绿林好汉,本身所展现的"硬汉"形象与"哭"并不和谐,但"哭"这一情绪却补足了宋江人物形象的细节,使得宋江的形象更为丰富与立体。那宋江到底哭过几回,哭所包含的意义又是什么呢?

本文以百回本《水浒传》作为主要研究对象。王平先生在《百回本〈水浒传〉的文本构成与意义诠释》中指出,百回本《水浒传》的文本受到原有故事的限定,而这些被写进文本中的故事本身具有时代的特定意义,这一意义对研究"宋江"这一人物有重要影响,且百回本最接近《水浒传》的原本面貌。为保证笔者可以从"哭"这一角度剖析出最为原本、真实的宋江人物形象,本文选择百回本《水浒传》为研究底本,并且参考了金圣叹的观点。根据笔者不完全统计,文中描写宋江的哭有三十六次之多。由此可见,作者不仅注重情节对人物形象的塑造作用,也十分关注人物的心理,而哭对于宋江人物形象的塑造起着重要意义。笔者在分析《水浒传》文本的过程中,并未找到作者对宋江"哭"的深入解读,但四大谴责小说家之一的刘鹗对哭有详细的理论解释,因此,笔者将通过刘鹗的"哭泣观"来理解宋江的哭。在《老残游记》序言中,刘鹗认为:"其间人品之高下,以其哭泣之多寡为衡,盖哭泣者,灵性之现象也,有一分灵性即有一分哭泣,而际遇之顺逆不与焉。"哭泣能够衡量一个人的品性,这提示我们不能只由外在的客观世界分析"哭"的含义,而应着眼于人物的精神世界。其原因是人物在客观世界中所表现出来的形象可能是一种"伪态"。这就要求研究者不能局限于从人物所经历的事件来解读,而应通过分析人物对于这一事件的内心活动来研究。这一方法更能解密人物的行为,既可以达到去伪存真的效果,也可以让读者更加接近故事中的本真人物。这明确指导了我们去探析哭泣在更深层次的意义。并且在这一方法中,刘鹗不仅道明了哭泣的作用,而且将其划分了类别,"哭泣计有两类:一为有力类,一为无力类。痴儿騃女,失果则啼,遗簪亦泣,此为无力类之哭泣;城崩杞妇之哭,竹染湘妃之泪,此有力类之哭泣也。有力类之哭泣又分两种:以哭泣为哭泣者,其力尚弱;不以哭泣为哭泣者,其力甚劲,其行乃弥远也。"由是可知,哭分两类,其一单纯为哭而哭,谓之无力类;其二为情而哭,谓之有力类。两类对比,后者更具深意:力弱者是以哭泣作为目的而哭泣,哭泣只是简单化的生理行为,但是力强者以哭泣作为一种达到目的手段而哭泣,其含义显得丰富。有力类者为情而哭,可这情亦有真情实意与虚情假意之别。经由以上详细的分析,哭泣的深层含义已无处遁形。笔者不禁感叹小小的哭泣也兼具多重情感的蕴藉。因此,通过哭泣来解读"宋江"的真正品性是一种新的视角,更能展现贴合文本逻辑的人物形象。"宋江"这一人物形象已有许多研究者进行研究,他的率真性情与崇高的道德感使他成为典型形象,但笔者认为宋江的形象并非如此单一,本文旨在通过研究"哭"这一情感所包含的意义来确证他的本真形象。

一、哭中见真情实意

宋江的哭是否存在真情实意?对于这一问题,不仅可以从哭态描写上来研究,也可以从哭的次数上来分析。

首先,从哭态描写来看。宋江哭得最为凄惨的情景是在九十二回"卢俊义分兵宣州道,宋公明大战毗陵郡"。在卢俊义进攻宣州、湖州之后,戴宗与柴进一同回见宋江,备述了战况,其中提到"郑天寿""曹正""王定六"的死亡。文中是这样描写宋江的哭态:"宋江听得又折了三个兄弟,大哭一场,默然倒地。之间面皮黄,唇口紫,指甲青,眼无光。未知五脏如何,先见四肢不举。"这一回中的哭态可以称得是哭中之最。从动作上来看,宋江哭得已失去意识,无法站稳脚跟,加之行动受限,如一具僵硬的死尸"默然倒地"。从外貌上来看,哭得已失去生气,如死尸一般的颜色。作者对于宋江的哭态描写,更像是在描写宋江死亡的过程。可以看出,宋江对于兄弟之死感同身受。这一哭的程度实属"哭之有力"者,且情感真挚。这是在兄弟经历死亡之后,自身因为对于兄弟的"义",也经历一次与死亡相似的过程。此哭态也牵动着读者的情感,使得读者深切体会宋江对于兄弟的情义。

其次,从哭的次数上来看。在《水浒传》中,宋江为"张顺"而哭是被描述最多次的哭的情节——五次,且在哭态上也是截然不同,所传达的情义更是真挚、深厚。前四次出现在第九十四回"宁海军宋江吊孝,涌金门张顺归神"。第五次是在第九十五回"张顺魂捉方天定,宋江智取宁海军"。第一次,是张顺在涌金门水池内身死之后,宋江夜梦张顺的魂灵来向自己道别。"宋江大哭一声,蓦然觉来,乃是南柯一梦。"在此,虽是梦境,对于张顺的兄弟之间的情感也令宋江大哭;但因为是虚境,且事件的发生如平地惊雷,所以只有"一声"。以此可以看出作者的笔法之妙的同时,更体现出宋江在梦中也无法接受兄弟的死亡,由此传达宋江的情之真切。第二次,是得李俊的传报之后,宋江得知张顺已然身故的消息,"又哭得昏了"。从虚境到实境,事件发生之后,宋江哭的程度更进一步,真情更是从"哭昏"中倾泻而出。在此之后,不得不提的是宋江不畏敌人的袭击,去张顺的身亡地,也是敌军所在地进行祭奠。冒着生命危险去祭奠兄弟,这也是传达对于兄弟的一种纯真的"义"。第三次是在前往李俊处汇合,到达灵隐寺之后,宋江"又哭了一场"。宋江所到之处,皆念及与张顺的兄弟之情。在祭奠过程中,宋江的第四次哭的形式是"哭奠"。在此之后,"戴宗宣读祭文,宋江亲自把酒浇奠,仰天望东而哭。"望东也正是表明宋江想要将自己的情感传达到张顺处。第五次,张顺魂魄附于张横之身,帮宋江捉拿了方天定。当张横清醒时,宋江是"哭道"。这一情节可以看出兄弟之情的真切在于相互给予,张顺在死后依旧不忘帮助宋江,而宋江的哭也正是对于张顺的真情。这五次写为张顺而哭所传达最为明显的情感就是对于兄弟之情的"真"。从对潜意识的梦境的哭,确知客观世界发生的事件的哭,所到之处的哭,以及哭态上来分析,这四者传达的是宋江的同一情感——兄弟之义的真情。此哭也不用多做解释,力强而情发于中,实属有力者也。

从"哭"这一细节来看,宋江在面对兄弟时的情义确实真挚。但是将此形象作为宋江的标签,我不太赞同。这不仅是因为并非宋江所有的哭都表现他的真情实意,还因为这样一来,就大大削弱了宋江这一人物形象的艺术性。因此,接下来要探讨宋江的哭之中不真的一面,来展现其人物形象的丰富性。

二、哭中有虚情假意

在一些情节中,宋江的哭也是存在一定功利性的,有时甚至是虚假的。首先,宋江的哭有时会存在一定的功利性。第八十三回中,宋江的情感开始发生变化,对于君王的忠开始强于对于兄弟的义。这是因为在此章中,宋江的身份发生了变化,由梁山泊之主变为他的"终极理想"——宋朝的臣子。这样一来,宋江的信念也开始发生变化,从"替天行道"转化为"立功立业,以为忠臣"。这也就有了"陈桥驿滴泪斩小卒"的一幕。宋江等人在被招安之后,领圣旨,奉命破辽军。在启程征战前的犒劳宴上,一名军校发觉赏赐被贪污,与官员争吵之时,一怒之下杀了厢官。若是在梁山泊时期,军校所为是除贪官奸佞之举,必将有所奖赏。而在本回中,宋江听闻此事先是"大惊",次后是听得吴用的计策。宋江来到军营见到杀厢官的军校"哭道"其行为之严重。这里的哭很明显是既想要达到让军校死的目的,也想要保全自己初得忠的形象,得到朝廷的信任。这与吴用的计策如出一辙,这一计策也从另一方面证明宋江的哭是有目的性的。在听罪之后,宋江下令将军校尸体掩埋,并将头挂于陈桥驿,又是"大哭一场,垂泪上马"。这一哭发生在宋江达成目的之后,显示了宋江人物形象的复杂,一面是真实地对军校的死感到悲伤,但更多的是另一面——虚伪,因为军校是他下令杀死的。这与"诸葛亮挥泪斩马谡"不同,诸葛亮是为严明法纪并未徇私。而在这里宋江是有私心,他对军校边哭边诉说的那些话,便是提醒军校需要死才能成他的"尺寸之功"。这样看来,此处宋江的哭所体现的并不是真情意,而是虚情。在这里的哭泣也能被归入有力者类,但其有力是有利于个人的私情,此情不能促动读者的情感,反而只让人觉得虚伪。

宋江之哭更展虚情的,是在六十回"公孙胜芒砀山降魔,晁天王曾头市中箭"。晁盖中箭,"宋江守定在床前啼哭",与上文所论述的宋江面对兄弟之死所哭程度以及哭态的描写对比,"啼哭"一词令人心存疑虑。两人本是生死之交。在前几回中,有宋江提前传递消息给晁盖,救晁盖一命。更有晁盖刑场救宋江,九天玄女庙中救宋江,这两次救命之恩。宋江为何只以"啼哭"来哀晁盖?由是可知,在悲痛的程度上,宋江此刻的展现是有所掩盖的。在晁盖死之前,曾言遗嘱,在说完之后,宋江的哭有一个情绪变化的过程。作者在这里写道"放声大哭,如丧考妣"。金圣叹评点道,"特写宋江'如丧考妣'四字,以表其哭之不伦",用哭父母的情感来哭兄弟晁盖不符合伦理,因此宋江的哭有着作秀的嫌疑。金圣叹如此点评是其一解释。其二可以通过对比来解释,假设其就是哭得像死了父母般来看,则其表现与真正的"如丧考妣"又相差甚远。在第三十五回中,宋江收到宋清的信得知父亲死亡的消息,"宋江哭得昏迷,半晌方才苏醒"。两相对比可见,宋江并没有用真实的情感来哭晁盖。与上述为张顺哭了五次的次数相比,宋江为晁盖哭的次数也是远远不及。再如在第九十六回中,"宋江听得又折了解珍、解宝,哭得几番昏晕,便唤关胜、花荣点兵去乌龙岭关隘,与四兄弟报仇。"而在晁盖死后,宋江并未有所行动而是开始行使权力。几番对比,无论是从哭父母的程度上来看还是哭兄弟的程度上来看,宋江对晁盖的哭存在虚情假意,哭得不真。由此可见,宋江存在私心,这是因为他与晁盖在治理理念上并不相同,例如晁盖将议事处取名"聚义厅",目的是匡扶正义,而宋江在晁盖死后立马改名为"忠义堂",目的是被招安,走向正统。在晁盖死后,宋江就成为既得利益者来实现他的理想。这也可从后文知晓,宋江哭罢,很快就拿出梁山泊之主的权威,主持晁盖的身后事。大体来说,是宋江为追求得正道的私心,导致他对晁盖的虚情假意。由上可以看出,宋江在面对兄弟之死时的哭中有真情也有假意。换言之,也可以理解为宋江是为了展现自身对兄弟的义,而哭得"如丧考妣",其哭并非完全真情的哭,而是为"立义"之意而哭,存有虚情。哭之有力,却利己之权欲,亦对生死之交的情意造成了污染。宋江之真性情形象轰然消逝于眼前。

三、真假之辩得"真象"

为何真哭与假哭都集中于宋江身上呢?其实,宋江真情实意的哭泣与虚情假意的哭泣共同展现的是宋江的"真象"——富有人性的形象。这并非局限其价值,而是发挥了"宋江"的文学艺术性。何出此言?以哭泣对于宋江的忠义的真假之辩,其实已经映射"非人"与"人"论题的辩驳。"非人",是儒学所要求的人,是一种由几个词所定义的人。恰是这种理想的人,反而成为"非人",只是人所趋向追求的一种目标。而"人",则借明代著名的思想家、文学家李贽在《童心说》中提到的观念"人皆有私"来解释。这与儒家的"理想之人"有着清楚的界域。儒家教化的圣人以"天下为公",在此过程中,"圣人"已是"灭人欲"的存在,应当视"私情"如眼中钉,因此后世为官者虽读圣贤之书,有私之心却不能轻易表露,逐渐浮华其貌,腐朽其内。"人必有私"的提出就逐渐让人认识到,人可以兼具公与私两者。"宋江"也是一样,从为晁盖与军校的哭和为兄弟之哭来看,作者将公与私、真与假集结于一个矛盾体,而这一矛盾体就是"人",一个有"自然人性",存人欲的人。与之形成对比的是李逵的哭,李逵两次哭母:一次是听他人谈母引起自己思母而哭,一次是因母被虎吃而哭。思母与失母的哭都体现了李逵的真挚的情感,可见其心性单纯。对比来看,宋江的人物形象更显人性,正是这一真"人"的形象打破了宋江虚伪的、以忠义塑造的外表。这也不得不让人佩服作者在创造这一人物形象时使用的手法。哭泣,本是人用来表达情感的具有强烈主观性的手段。宋江的哭在文中不论其有无功利性,皆是为情而哭。作者从细节处落笔,非以"真"一字限定,而用"哭"将宋江具有人性的人物形象跃然纸上。

四、结语

纵观《水浒传》全文,"哭"这一细节虽不引人注意,但宋江之"哭"却不少且具有不同意义。也正是这些所含不同意义的哭,体现了宋江的人物形象的丰富性。学界也曾批判"宋江"的哭,认为这不符合其人物形象,但以往研究都是仅通过与宋江相关的事件分析,带有一定主观的逻辑。而通过"哭"这一视角的观察可以发现,虽然宋江在行动上所显示的都是率真的形象,但是通过解读宋江的"哭"可以发现其间存在大大小小差异。也正是这些差异,让我们知晓了宋江这个人是矛盾的,是立体的,这也显示出作者的笔法与构思是高明的,更能让读者体会《水浒传》能被流传于世、成为经典是理所应当的。

参考文献

[1] 王平. 百回本《水浒传》的文本构成与意义诠释[J]. 求是学刊,2007(04):109-116.
[2] 施耐庵. 水浒传[M]. 西安:陕西人民教育出版社,2016.
[3] 施耐庵,罗贯中. 水浒传(全二册)[M]. 金圣叹,李贽点评. 北京:中华书局,2009.
[4] 刘鹗. 中国古典小说最经典:老残游记[M]. 北京:中华书局,2013.
[5] 李贽. 中华思想经典:焚书·续焚书[M]. 北京:中华书局,2011.

赛译《水浒传》中林冲人物形象的再现①

杭州师范大学　邹陈妍　石　松

一、引言

　　作为一种以叙事反映社会生活的文学体裁,小说以刻画人物形象为中心。人物是小说的灵魂,是小说的"主脑核心和台柱"②。因此,小说翻译中,译者能否在译入语中真实再现源语文本中所描摹的人物形象是翻译的核心问题。《水浒传》作者施耐庵以细腻的笔触和独特的视角塑造了大批有血有肉、个性鲜明的人物形象。赛珍珠翻译的《水浒传》是第一部英语全译本,命名为《四海之内皆兄弟》。译者以极具"中国情怀"的文化立场与视角解读中国作品,剖析中国形象,使各色活灵活现的人物再次跃然纸上。近年来,国内学者对赛译本《水浒传》的研究有很多,但大多集中于对其翻译策略和翻译效果的分析,极少有学者从文本对比的角度讨论译者对人物形象的再现。本文将以林冲这一原著中具有"群体标记"③的人物角色为中心,通过对比原著《水浒传》和赛译本中围绕林冲的情节描写,展示译者如何通过精巧微妙的"再创作",再现林冲隐忍守拙、谨小慎微、英勇无畏的多面形象。

二、赛译本中林冲人物形象的再现

　　叙事小说中人物刻画与呈现的方式纷繁复杂,多种多样。但总体而言,可归结为两种角度:正面描写与侧面描写。正面描写通过人物外貌、语言、动作、心理刻画等展现人物的内在性格特征,而侧面描写则通过他人评价,与周围人物对比等来烘托、强化人物形象。原著《水浒传》中作者施耐庵对林冲着墨颇多,既有正面描写,

---

　　① 本文为杭州市哲学社会科学规划课题"俗文学视阈下的亚瑟王与水浒故事的比较研究"相关成果,项目编号:Z21JC074。
　　② 吴怀仁. 论小说写作中人物刻画的三种形态[M]. 写作,2009(7):20-22.
　　③ 狄泽林克. 比较文学形象学[J]. 方维规,译. 中国比较文学,2007(3):152-167.

也有侧面描写。赛珍珠立足具体原文语境,从各个方面真实再现了林冲血肉丰满的立体形象。

俗语说"相由心生",小说中人物的外貌往往映射其性格特征。M. H. 艾布拉姆斯在文学术语词典中解释道:通过刻画人物外在特征,可以同时展示人物"内在的思想、情感,以及对事件的反应"。① 原著《水浒传》中对林冲的外貌描写和对应的赛珍珠译本如下:

> 原文:"头戴一顶青纱抓角儿头巾,脑后两个白玉圈连珠鬓环。身穿一领单绿罗团花战袍,腰系一条双獭尾龟背银带。穿一对磕瓜头朝样皂靴,手中执一把折叠纸西川扇子,生的豹头环眼,燕颔虎须,八尺长短身材,三十四五年纪。"②

> 译文:"On his head was a sky-blue muslin hat with the two corners gathered together. At the back were two clasps of white jade and circles of beaded jewels at the side. On his body was a robe made of a single thickness of thin green-striped silk and upon it was woven a pattern of round flowers. Around his waist was a girdle made of double strips of beavers' fur and silver with markings of tortoise shell. On his feet were a pair of square-toed high black boots, and in his hand a folded paper Szechuan fan. His head was shaped like a leopard's, his eyes round, and on his swallow-like throat, his whiskers were like those of a tiger. His body was eight feet tall and he was thirty or forty years old." ③

这段对林冲服饰的描述,赛珍珠采用了直译的方法,保留了原文的语序。"On his head..." "On his body..." "On his feet..."等相同句子结构的运用使得译文整齐对称且具节奏美,营造出了一种和谐感。从"jade""jewels""silk""beavers' fur""silver"等一连串含有富贵之意的词可以看出,此时作为八十万禁军教头的林冲衣着讲究,外表光鲜,这些特征折射出其家境的殷实,而手执折扇又使其显得颇具君子之风。此外,以动物意象来形容人的形貌特征是我国历史演义小说中常用的人物塑造手法,这种手法不仅可以生动传达人物突出的外貌特点,更能折射出其隐藏于外貌背后的动机与气质。赛珍珠在此译文中完整保留了原著中使用的"leopard""swallow""tiger"这些动物意象,一下子将这位如豹般勇猛、如燕般迅捷、如虎般威严的好汉形象绘于读者眼前。虽然此般描写类似于《三国演义》中的张飞外貌描写,但仍然不会影响后文中对林冲"隐忍""逆来顺受"的性格刻画。作为武将的林冲武艺高强,威风凛凛,却绝非鲁莽之徒。赛珍珠遵循原书艺术风格及语言特色,通过对林冲外貌的高度还原完成了对其形象的立体解读。

除去外貌,动作也是人物内在品质的外在反映。因此在英译时,能否传神地再现这些动作,也是翻译能否成功再现人物的关键之一。原著中林冲这位八十万禁

---

① 艾布拉姆斯 M H. 文学术语词典[M]. 7版. 北京:北京大学出版社,2009.
② 施耐庵,罗贯中. 水浒传[M]. 北京:人民文学出版社,1997:105.
③ PEARL S B. All Men Are Brothers[M]. The George Macy Companies, Inc., 1948:69.

军教头不仅不鲁莽冒进,反而心思细腻,做事周全。这点从风雪山神庙一回中作者对其初至草料场时出门买酒前的一番精细的动作描写可以窥出:

原文:"便去包裹里取些碎银子,把花枪<u>挑</u>了酒葫芦,将火炭<u>盖</u>了,取毡笠子戴上,<u>拿</u>了钥匙,出来把草厅门<u>拽</u>上。出到大门首,把两扇草场门反<u>拽</u>上,<u>锁</u>了。带了钥匙,信步投东。"①

译文:"Then he went to his bundle and found some loose silver and he <u>hung</u> the gourd by its string upon his wooded-handed spear and he <u>covered</u> the fire pit and put on his fur hood and <u>took</u> the key and <u>pulled</u> the doors shut after him. When he came to the great gates he <u>locked</u> the two together and took the key out and in great strides he went southward."②

"挑""盖""拿""拽""锁"这一系列动作,赛珍珠用"hang""cover""take""pull""lock"几词译出,既富动感又具画面感。译文一连串动作间并不像原文采用几个断句隔开,而是仅用数个"and"连接成一个整句,瞬间加快了行文节奏,更能显现出林冲干净利落,一气呵成的动作。处境惨淡的林冲在如此简陋的草屋中却仍心系看护重任,出门前也不忘将炭火盖上,把门锁好,带上钥匙,谨防一切意外发生的可能,足见其性格粗中有细,隐忍中透着谨小慎微。

较之正面描写的平铺直叙,原著中的多处侧面描写也十分精彩。在这里笔者主要聚焦棒打洪教头一回中林冲在柴进庄上初遇洪教头的场面,分析赛珍珠如何通过巧妙译写柴进与洪教头对林冲截然不同的态度来对比烘托林冲既令人敬佩却又忍辱苟安的双面形象。此番描写十分精彩,短短几处便写尽林冲、洪教头、柴进三人心思,你争我斗,你来我往,态度判然不同:

原文:"林冲寻思道:'庄客称他做教师,必是大官人的师傅。'急急<u>躬身唱喏</u>道:'林冲<u>谨参</u>。'那人全不理睬,也不还礼。林冲<u>不敢</u>抬头。……林冲听了,看着洪教头便<u>拜</u>。

柴进看了,心中好不快意。林冲拜了两拜,起身让洪教头坐。洪教头亦不相让,走去上首便坐。柴进看了,又不喜欢。林冲只得<u>肩下坐</u>了……洪教头便问道:'大官人今日何故厚礼<u>管带配军</u>?'柴进道:'这位非比其他的,乃是八十万禁军教头,师父如何轻慢?'洪教头道:'大官人只因好习枪棒,往往流配军人都来倚草附木,……来投庄上诱些酒食钱米。'……林冲听了并不做声……柴进大笑道:'也好,也好。林武师,你心下如何?'林冲道:'小人确是<u>不敢</u>。'"③

译文:"Then Ling Ch'ung thought to himself, "The villagers called him instructor. He must be the lord's teacher," <u>and quickly he rose and made obeisance</u>, and he addressed him with much caution. But that

---

① 施耐庵,罗贯中. 水浒传[M]. 北京:人民文学出版社,1997:143.
② PEARL S B. All Men Are Brothers[M]. The George Macy Companies, Inc., 1948:95.
③ 施耐庵,罗贯中. 水浒传[M]. 北京:人民文学出版社,1997:131-132.

person ignored him wholly and did not return his obeisance and Ling Ch'ung did not dare to lift up his head. ... Ling Ch'ung, hearing this, looked at the instructor Hung and made obeisance.

Seeing this, Ch'ai Chin was not pleased in his heart. Ling Ch'ung had twice made obeisance and had risen to allow Hung to sit down, but Hung was not courteous in return, and he went above them to sit down. Seeing this, again Ch'ai Chin was not pleased. Ling Ch'ung could only sit down in a lower place. ... Hung then asked, saying, "My lord, how is it that you treat with such courtesy an exile and a criminal?" Ch'ai Chin replied, "This honorable one can not be confused with others. He is the instructor of eighty thousand soldiers. My teacher, how is it you so despise him?" The teacher Hung then said, "My lord, it is only because you are so eager to learn of weapons and fighting that these exiles all come thither of like souls leaning on a grass or dependent on a tree. ... but they come to your village to get your wine and your rice and your money." ... Ling Ch'ung, hearing this, said never a word. Ch'ai Chin said with a great laugh, "That is well, too—that is well too—Captain Ling, what say you?" Ling Ch'ung said, "But this humble one does not so dare." ①

首先看柴进,从他多次提及林冲为"八十万禁军教头",看到洪教头对其不敬心中"好不快意",几次维护林冲可以看出,柴进对林冲多为敬佩与仰慕之情。"again Ch'ai Chin was not pleased"一句中"again"一词可谓画龙点睛,突出了柴进不止一次因为洪教头侮辱林冲感到不满,侧面表现出他对林冲的尊敬与看重。说到林冲"非比其他",译者译为"This honorable one can not be confused with others",增译了"honorable"一词来形容林冲,"honorable"在英文中的意思是"光荣的""高贵的""令人敬佩的",可见柴进对林冲评价之高,也从侧面反映出林冲本领高强,为人正直,才能如此受人赞叹。

反观洪教头,面对林冲的拜礼多次"全不理睬,也不还礼","ignored him wholly and did not return his obeisance"中,译者用"ignore"一词极大地表现了其嚣张气焰。入座时也是"走去上首便坐",让林冲"肩下坐了"。"went above them to sit down"和"sit down in a lower place"两句中译者用了"above"和"low"两个词义完全对立的词。虽与原文的"上首"和"肩下"在语义上有所出入,但话中之意已得以显现。此时的林冲已失去权力的庇护,强烈的对比不仅说明两人座位的高低,也暗示两人社会地位的尊卑。此外,洪教头言语间亦饱含侮辱之意,屡次辱林冲为"配军",是上门来"诱些酒食钱米"的。"配军"是中国古代特有的一种说法,意指古时因处流刑发配到边远去充军的罪犯。在英文中无法找到完全精确的词与之对应,而赛珍珠将其译为"exile"和"criminal",这两个词在英语中皆有

---

① PEARL S B. All Men Are Brothers[M]. The George Macy Companies, Inc., 1948:87.

"流放""流犯""罪犯"之意,通常指代做了极大恶事,罪大恶极的人。译者选用这贬义意味极强的两词,旨在进一步说明洪教头是极看不起林冲的,甚至将其视作走投无路,前来乞讨的乞丐,讥讽味十足。如此翻译在一定程度上化解了由于文化差异造成的鸿沟,便于西方读者更好地理解洪教头的心理,可以说也是较为贴切的翻译了。这也反映出赛珍珠对源语文本的高度理解与把握以及对中国传统文化的深刻了解。然而通过原著前文,读者可知林冲是遭人陷害才惨遭发配,并非真正的罪恶滔天之徒。前文这位昔日风光,衣着体面的八十万禁军教头,如今却落得如此恶名,被人如此看轻,远不复当年之豪迈。如此对比使人不胜唏嘘,也容易激起读者心中对其怜悯与同情之感。

面对洪教头几次三番的凌辱贬低,林冲却表现的逆来顺受,甚至对其十分敬畏,一见他便"急急躬身唱喏""不敢抬头""拜了两拜",面对其多番挑衅也是"并不作声"。译者连用三个"obeisance",两个"not dare",反复的艺术手法充分再现了林冲此时卑躬屈膝、懦弱怕事的心态。"and quickly he rose and made obeisance"一句中辅以十分形象的副词"quickly",也更契合此时大势已失,空有本事却无处施展,甚至妄图以卑微臣服换得自保的林冲唯唯诺诺的形象。此处赛珍珠对林冲种种软弱自贱表现的译写以及对林、洪二人态度的对比描述都直指林冲性格的本质,表现出其性格中妥协、软弱的一面,这无疑是为西方读者再现了一个更深层次、更真实的林冲。

三、真实再现的背后:独特的思维模式和翻译方式

德国著名思想家歌德曾提出过对理想翻译的设想,便是"异化和隐蔽个体身份,从而突出被翻译语言的他异性"①。这显然与赛珍珠采用异化策略翻译《水浒传》的初衷是不谋而合的。为了避免像以往的翻译"无法让西方读者体味到中国读者的真实感受"②一般,赛珍珠通过追求语言和形式上与原文的最大相似,力求将"原作中的差异性传达出来"③,向西方传递一个真实的中国。如此独特思维模式的产生与赛珍珠自身的文化背景,生活经历是分不开的。

赛珍珠出生三个月后就移居中国,从小接受中西方双重文化启蒙。先学说中文,再学说英文。扎实地道的中文功底为她后续翻译《水浒传》提供了坚实的语言条件。她在安徽宿州长达两年半的农村生活及农业调研,使她对"中国农民"这一特殊群体有了更加全面而深刻的了解,这无疑为她更好地理解《水浒传》这一描写农民起义,歌颂农民领袖,展现农民生活的著作提供了很大帮助。此外她对军阀混战时期社会动荡不安的亲身经历,俨然使她对这群受反动势力迫害、被迫揭竿而起、力图反抗压迫获得解放的梁山好汉们的心理有更好的把握。这一切都使她的"中国思维"更加发达。赛珍珠作为一名合格的译者,具有洞察与驾驭两种语言文

---

① 大卫·达姆罗什.世界文学理论读本[M],北京:北京大学出版社,2013.
② NORA S. Pearl Buck: A Woman in Conflict[M]. Piscataway: New Century Publishers, Inc., 1983.
③ SEAMUS H. The Government of the Tongue[M]. London: Faber and Faber, 1988:79.

化差异的能力以及"讲故事"的天分。她将陌生的异域故事生动亲切地描绘给西方读者,也完成了自己想让不懂中文的读者"至少能产生一种幻觉,即他们感到自己是在读原本"①的愿望。

独特的思维模式促进了特殊翻译方式的产生。赛珍珠翻译《水浒传》时,采取了不同于一般译者仅仅对照原文的翻译方式即边听边译。根据赛珍珠《四海之内皆兄弟》的译序描述,翻译《水浒传》时,她请龙墨乡先生全程大声朗读原文,与此同时她尽量准确地逐句翻译。因此译文的语序、用词、句子结构自然十分接近原文。

章回体小说是中国长篇小说的一种传统形式,赛珍珠采用听译的方法翻译《水浒传》,不失为一种高明。相比需要文字作为媒介的书面语言,口头语言能在面对面的说话环境中直接进行信息交流,更易于为听者即时地理解接受。郑振铎先生在其文章《文学的统一观》中曾提到,即便语言不同,文学的统一研究也并非不可能实现。译者把原书的文字"忠实无讹,不漏不支的翻译过来"后,原书中所言的"灵感与情绪也是可以跟着移植过来的"②。口头语言能够充分利用语速、语调等的变化营造特定气氛,表达特定情感,使听众能够入于耳、会于心、感于情,进一步感知原著的"灵感与情绪"。同时,口头语言还可以随时根据需要将原文某处或充分展开,或反复强调,加强听者对原文的理解与印象。赛珍珠虽有扎实的中文功底,但对书内所描写的中国古代各色风俗习惯、兵器、服饰等仍不能完全涉及。而龙墨乡先生的母语为汉语,对一些地方俚语和特有风俗自然更为了解。因此在赛珍珠翻译《水浒传》的过程中,龙墨乡先生朗读时亦为她解疑释惑,这可能也对赛珍珠的翻译思维产生了无形的影响,使其译文更加贴合原著内涵。

四、结语

综上所述,赛珍珠在其独特的"中国思维"与听译翻译方式的辅助下,以其译本对原文的高度忠实性及强烈的异域性,使西方读者对小说《水浒传》以及林冲这一动荡社会中"无奈"的英雄好汉形象有了更深刻的理解。赛珍珠同时也扮演着"向英语读者展示中国文学之美的堂·吉诃德式人物"③,重塑了西方人眼中长期被偏见所蒙蔽与扭曲的中国形象,向世界展现了一个真实的中国思维。

---

① 赛珍珠.我的中国世界[M].尚营林,等,译.长沙:湖南文艺出版社,1991:3.
② 郑振铎.文学的统一观[J].小说月报,1922(13):8.
③ 曹灵美,唐艳芳.典籍英译中的"中国话语"研究——以赛珍珠《水浒传》英译为例[J].外语教学,2017(38):4.

《水浒传》中的李逵形象塑造

山东省聊城市　杨俊生

　　李逵是《水浒传》中指写的北宋末期人物,沂州沂水县百长村人,因打死人离家出逃,遇赦,在江州做了一名狱卒。后来和宋江等人同上了梁山,列三十六天罡星第二十二位,称天杀星黑旋风李逵,在梁山水浒寨中任步军第五位头领。再后来随宋江等一块被朝廷招安,征战时为正将,征战后授武节将军、镇江润州都统制,最后被宋江用药酒毒死。

　　《水浒传》中写李逵的地方不少,百二十回本自第三十七回写宋江与李逵首结识(即李逵在《水浒传》中首次亮相)到全书终,共有不少于五十三回写到李逵,有详有略,有主有次。从这些所写中,读者知道了李逵,认识了李逵。李逵是个面黑粗壮的粗野莽汉,有可赞可叹可责的正负多面性。从这些篇章中读者可以知道李逵是沂州沂水县百长村人,从小跟母兄一块生活,乡中叫其为"铁牛",绰号"黑旋风",因打死人逃出,连累其兄吃官司。遇赦后,流落江州做了一名狱卒,好赌,好酒,"为他酒性不好多人惧他",好动好斗,性格粗暴,敢吃人肉,使两把板斧,好杀滥杀。李逵生性鲁莽耿直率真,无拘无束,上阵就脱得赤条条的,不怕死伤,是个不要命的主。李逵不怕官不怕惹事,做事不计后果,敢作敢为,不愿招安,但又心存正义,有忠孝之心。正像写其他多数好汉一样,作者对李逵这一人物的性格、形象的塑造也是在招安前基本完成的,招安后的所写,仅是表达了作者认为(要给)李逵这种人物应有的结局。

　　大体来说,李逵身上令人赞叹的主要方面,就是正义、忠、孝。并因"忠"选对了所忠对象,即所跟随、忠于的人走对了路,为国家朝廷出力建功,受封成为国家官员,齐家耀祖,光耀门庭。然而李逵的"忠、孝"也被作者大大地打了折扣。且不说李逵打死人连累兄长吃官司,因己不归,母哭瞎双眼,就说李逵想尽孝,接母上山,结果是让老虎把母亲吃了,孝子也没做好、做成;而李逵的"忠"体现在对宋江身上,其结果是因自己忠于的好兄长、好领导宋江被奸臣骗饮了毒酒而随之丧命。具体来说,宋江怕自己死后让李逵为己报仇,而坏了自己的对皇帝、朝廷"忠"的名声,就骗李逵喝药酒将其毒死,最终是忠于皇帝的宋江害死了忠于自己的李逵,宋江死于朝廷奸臣之手,李逵死于宋江之手。这宋江为保自己终身名节毒死李逵,不仅保住了自己名声,同时也变相地保住了李逵的名声。不评说那时的宋江怎样,是否对错(梁山英雄聚义造反,后在宋江带领下被朝廷招安,又去征讨同属异类的方腊,尽忠皇帝;这体现了官逼民反,只反贪官不反皇帝,也使水浒结局具有很强的政治正确性,可以说这是个光明的朝廷认可的尾巴),对李逵"忠"的结局,的确谁都不愿见。至此李逵、宋江的愚忠,毫无疑问要受到质疑。可是,假若作者不这样写,写成宋江被毒死,李逵没死,那么以李逵已有的性格形象,他一定会要报仇。报仇方法,对其来说无非两个,一是再次聚众造反,二是他自己抄起两把板斧就杀向京城。毫无疑问李逵一定是不会成功的,且不说孤身杀身京城是自寻死路,就是聚众造反,不要说难聚起来,就是有些人跟随,也已是今非昔比,绝难成功。最后李逵定会以反叛被杀,相信这更是读者们不愿看到的。这样看来还是书中结局处理得好,好就好在让人叹息、悲愤,进而深思。我们不应用现代人的观点看待古人,就说水浒书中的李俊、燕青等好汉,也不会有人说他们对宋江对梁山不忠吧。但李逵就是李逵,不是他人,更不是李俊。当然李逵孝与忠的做法古今无人愿效仿,作者塑造这一形象是为了警示读者,这种人的孝,对所孝对象不会有好的结果,自己有孝心也尽不了孝,应被孝的人反受其害;而如此的"忠"对己也会因忠而至死。不过,这种人要是跟对了人(也即所忠的人),到后来还能有个正果(包括死后)。实际上作者并不赞赏这种人,愚忠者受人害,看重个人名节的愚忠者也会害对自己的愚忠者。因忠,己被人害,己又害人,这也是儒家倡导的所谓"忠"文化的不正确的害处。不过,看过《水浒传》并仔细揣摩,还真有这种认识:梁山好汉们,特别是李逵等一批粗野鲁莽之人,如无儒家倡导的"孝""忠"之心约束,他们的作为一定是令人可怕的,若果真如此,梁山好汉就会沦为一群扰民乱政的强盗土匪。据说有读者、评论者说,写"李逵接母"是作者想写李逵孝性格的败笔,为彰显李逵力杀四虎的勇猛才有此写;如此用笔,如此写法,大有商榷的余地。这种观点认为,假如李逵背母来到的还是这座山,仍是母亲渴要喝水,而李逵不是将母亲放下,而是背母寻水,这时出现老虎要伤母情景,李逵不顾自己安危去力杀四虎,保护了母亲,又除了地方一害,再继续后面的情节,最后让母亲也上了梁山。这样写,李逵"孝"的做法结果是圆满了,但李逵的原型也就有所改变了,可能施耐庵、罗贯中两位老先生的原意也就失去了。

  那么李逵身上应该赞赏的,没有任何异议的,就是心存的正直正义。这一性格优点,在《水浒传》第七十三回,"黑旋风乔捉鬼,梁山泊双献头"中得以全面展现。接上回简说,李逵大闹了东京,被燕青拽走小路到了四柳村,夜宿该村期间杀了一对私通男女,次日二人离去。"且说李逵和燕青离了四柳村,依前上路,此时草枯地阔,木落山空,于路无话。两个因大宽转梁山泊北,到寨尚有七八十里,巴不到山,离荆门镇不远。当日天晚,两个奔到一个大庄院敲门,燕青道:'俺们寻客店中歇去。'李逵道:'这家大户人家,却不强似客店多少!'"后面这才有了真假宋江、李逵双献头的故事,欲知其详请阅原著。

  此篇对完成李逵整体全面形象的塑造至关重要。当李逵听到(假)宋江抢霸刘老汉之女,正直正义之心使其愤怒大发,就是宋江这个梁山大头领、自己敬重忠心的兄长,你抢霸人女儿也不行。所以进梁山就动手举斧砍大旗,要杀宋江,说宋江"你不要耍赖,早早把女儿送还老刘,倒有个商量。你若不把女儿还他时,我早做早杀了你,晚作晚杀了你。"宋江不承认有此事时,李逵为伸张正义敢拿命相赌,不怕输掉项上人头,(后李逵弄清了是有强盗假扮宋江,并将强盗杀死,向宋江负荆请罪。欲知其详可看原著)。此章此回将李逵正直正义的良好之性写得淋漓尽致,充分显示了李逵这一无可挑剔的正面形象的良好的可赞的一面。假若无此一章,李逵的形象就不是现在这个样子,可说无多少可赞之处。细读《水浒》确如此,其他写李逵的章节有的寥寥数语,仅是提到;有的用文用字颇多,却是表现了李逵性格中粗莽好杀的一面,而此回可说是专写李逵的正面篇。并写了一首赞李逵的诗:"梁山泊里无奸佞,忠义堂前有诤臣。留得李逵双斧在,世间直气尚能伸。"值得注意是,诗中用的是"直气",直气和正气当是有所不同的。这里是说李逵心有一股直气,也可理解为基本的一些正气。由此可见,荆门镇之地发生的一系列故事对《水浒传》此回之重要,也即对李逵形象塑造之重要,是不言而喻的。《水浒传》中的李逵就是这么样的一个人。

论水浒英雄杨志的血性与奴性

湖北大学文学院 陈红艳

《水浒传》中的杨志,应该是一个英雄与反英雄共轭的人物,其英雄的一面主要体现在"血性",而反英雄的一面则主要体现在"奴性"。更有意味的是,杨志这样"血性与奴性共存"的人物形象并非《水浒传》作者的首创,而是自有渊源的,并且,杨志的这种"共轭",还在很大程度上具有代表性和遗传性。其代表性体现在《水浒传》中有很多梁山好汉都与杨志的共轭不相上下;其遗传性则体现在《水浒传》以后的文学作品中,仍然有大量这方面的描写。

一、《水浒传》中的杨志是"血性与奴性共存"的英雄人物

在《水浒传》的具体描写中,杨志是很有血性的。我们不妨先看杨志的"出场秀"。

> 只见那人挺着朴刀,大叫如雷,喝道:"泼贼,杀不尽的强徒!将俺行李那里去?洒家正要捉你这厮们,倒来拔虎须!"飞也似踊跃将来。林冲见他来得势猛,也使步迎他。(第十一回)[①]

此段基于林冲视角的描写中并未出现杨志的名字,故而,这个尚不知姓名的血性汉子凶狠的语言和行为一出场就给读者留下了深刻印象。

体现杨志血性最典型的例子就是他在东京州桥卖刀杀人。当时,在东京城的中心,泼皮牛二再三挑衅。先要杨志表演宝刀"砍铜剁铁,刀口不卷",再要杨志表演宝刀"吹毛得过",然后又要杨志表演宝刀"杀人刀上没血"。这简直就是荒唐至极的无理要求,于是,激起了杨志的血性。

> 牛二道:"我不信!你把刀来剁一个人我看。"杨志道:"禁城之中,如何敢杀人?你不信时,取一只狗来,杀与你看。"牛二道:"你说杀人,不曾说杀狗。"杨志道:"你不买便罢,只管缠人做甚么!"牛二道:"你将来我

---

① 施耐庵,罗贯中. 水浒传[M]. 北京:人民文学出版社,1975:151-152.

看。"杨志道:"你只顾没了当!洒家又不是你撩拨的。"牛二道:"你敢杀我?"杨志道:"和你往日无冤,昔日无仇,一物不成,两物见在。没来由杀你做甚么?"牛二紧揪住杨志说道:"我鳖鸟买你这口刀。"杨志道:"你要买,将钱来。"牛二道:"我没钱。"杨志道:"你没钱,揪住洒家怎地?"牛二道:"我要你这口刀。"杨志道:"俺不与你。"牛二道:"你好男子,剁我一刀。"杨志大怒,把牛二推了一跤。牛二爬将起来,钻入杨志怀里。杨志叫道:"街坊邻舍都是证见。杨志无盘缠,自卖这口刀。这个泼皮强夺洒家的刀,又把俺打。"街坊人都怕这牛二,谁敢向前来劝。牛二喝道:"你说我打你,便打杀直甚么!"口里说,一面挥起右手,一拳打来。杨志霍地躲过,拿着刀抢入来,一时性起,望牛二颡根上搠个着,扑地倒了。杨志赶入去,把牛二胸脯上又连搠了两刀,血流满地,死在地上。(第十二回)①

在后面的故事中,《水浒传》的作者还多次描写了杨志身上这种英雄本色的血性。如第十七回写杨志拍着胸道:"洒家行不更名,坐不改姓,青面兽杨志的便是。"②又如第五十七回写杨志为救桃花山的朋友吩咐手下:"洒家一者怕坏了江湖上豪杰,二者恐那厮得了桃花山便小觑了洒家这里。可留下张青、孙二娘、施恩、曹正看守寨栅,俺三个亲自走一遭。"③所有这些,都体现了青面兽杨志铁血男儿的风采!

然而,在杨志身上,除了血性而外,还有颇为浓厚的奴性。当他在东京州桥一时激愤杀了牛二之后,被刺配大名府,幸而得到梁中书的赏识和庇护。梁中书不仅不将他视为囚徒,甚至想方设法给他荣华富贵,而杨志也乖觉得很,在梁中书面前极尽阿谀奉承之能事。

> 只说杨志自在梁中书府中,早晚殷勤,听候使唤。梁中书见他勤谨,有心要抬举他,欲要迁他做个军中副牌,月支一分请受。(第十二回)④

后来,在梁中书进一步的关照之下,通过比武,杨志被"升做管军提辖使"(第十三回)。⑤再后来,梁中书又委杨志以重任——押送生辰纲。对此,杨志在感激涕零的同时,更是死心塌地地希望尽一个奴才的"责任"和"义务"。那种言语行为,当然是奴性十足的:"杨志叉手向前禀道:'恩相差遣,不敢不依。只不知怎地打点?几时起身?'"(第十六回)⑥

即便是落草为寇之后,面对更大的"盗魁",杨志的言语行为之中也带有几分"仰视"的奴性意味:"杨志也起身再拜道:'杨志旧日经过梁山泊,多蒙山寨重义相留,为是洒家愚迷,不曾肯住。今日幸得义士壮观山寨。此是天下第一好事!'"(第五十八回)⑦水浒英雄之间,如此应对式阿谀奉承的,好像并不多见。

---

① 施耐庵,罗贯中.水浒传[M].北京:人民文学出版社,1975:158.
② 施耐庵,罗贯中.水浒传[M].北京:人民文学出版社,1975:213.
③ 施耐庵,罗贯中.水浒传[M].北京:人民文学出版社,1975:798.
④ 施耐庵,罗贯中.水浒传[M].北京:人民文学出版社,1975:160.
⑤ 施耐庵,罗贯中.水浒传[M].北京:人民文学出版社,1975:170.
⑥ 施耐庵,罗贯中.水浒传[M].北京:人民文学出版社,1975:199.
⑦ 施耐庵,罗贯中.水浒传[M].北京:人民文学出版社,1975:806-807.

二、杨志"血性与奴性共存"的思想根源

杨志身上"血性与奴性共存"之形态是有其深刻思想根源的。这根源,来自其辉煌的家世,以及由这种辉煌的家世而形成的光宗耀祖的意识观念。我们不妨先看这位青面兽的自我介绍:

> 洒家是三代将门之后,五侯杨令公之孙,姓杨名志。流落在此关西。年纪小时,曾应过武举,做到殿司制使官。道君因盖万岁山,差一般十个制使,去太湖边搬运花石纲赴京交纳。不想洒家时乖运蹇,押着那花石纲来到黄河里,遭风打翻了船,失陷了花石纲,不能回京赴任,逃去他处避难。如今赦了俺们罪犯。洒家今来收得一担儿钱物,待回东京,去枢密院使用,再理会本身的勾当。(第十二回)①

杨志不仅有辉煌的家世,而且自身也通过正常途径进入官场。谁知天有不测风云,因为一次"责任事故",他丢了官,于是千方百计积攒了一担金银珠宝,进京去谋求官复原职。想不到,殿帅府太尉高俅得了杨志的贿赂却不给他官做,于是杨志郁闷至极。就在杨志穷途落难而满腔悲愤的时候,他内心深处的潜意识转化为显意识,自然流露出来:

> 杨志闷闷不已。回到客店中,思量:"王伦劝俺,也见得是。只为洒家清白姓字,不肯将父母遗体来点污了。指望把一身本事,边庭上一枪一刀,博个封妻荫子,也与祖宗争口气。不想又吃这一闪!高太尉,你忒毒害,恁地克剥!"(同上)②

杨志是梁山好汉中最大的"官迷",他之所以想当官,最主要的动力并非"为国效力、为君分忧",也不是搜刮民脂民膏而养肥自己,而是光宗耀祖、封妻荫子、流芳百世。而这种思想又源自他强烈感觉自身乃杨令公后裔而产生的荣耀感:杨家将的后代怎么可以不是将帅呢?

正是在这种内动力的驱使下,杨志在《水浒传》中的多处举动同时受到自身血性与奴性的影响。血性是祖上遗传的武将本色,奴性则是混迹官场多年锤炼成的委曲求全。因此他在押送生辰纲时格外卖力,而在押送任务失败后格外沮丧。因为这次押送生辰纲的任务,梁中书还给了杨志一个诱惑力极大的承诺:"我有心要抬举你,这献生辰纲的札子内另修一封书在中间,太师跟前重重保你,受道敕命回来。"(第十六回)③

然而事与愿违,晁盖、吴用等人在黄泥冈"智取生辰纲",断了杨志的升官之路,杨志的无可奈何和悲哀至极是不言而喻的:

> "不争你把了生辰纲去,教俺如何回去见得梁中书!这纸领状须缴不

---

① 施耐庵,罗贯中.水浒传[M].北京:人民文学出版社,1975:154.
② 施耐庵,罗贯中.水浒传[M].北京:人民文学出版社,1975:156.
③ 施耐庵,罗贯中.水浒传[M].北京:人民文学出版社,1975:199.

得!"就扯破了。"如今闪得俺有家难奔,有国难投,待走那里去?不如就这冈子上寻个死处!"撩衣破步,望着黄泥冈下便跳。(第十六回)①

但是,《水浒传》中的杨志并没有跳下悬崖,而是自己走了回来。为什么会这样?还是光宗耀祖、封妻荫子、流芳百世的思想在起决定性作用:

> 杨志当时在黄泥冈上被取了生辰纲去,如何回转去见得梁中书,欲要就冈子上自寻死路。却待望黄泥冈下跃身一跳,猛可醒悟,拽住了脚,寻思道:"爹娘生下洒家,堂堂一表,凛凛一躯,自小学成十八般武艺在身,终不成只这般休了!"(第十七回)②

杨志不能死,他还要争取当官,还要光宗耀祖,还要封妻荫子,还要流芳百世!但是,当局者迷,旁观者清,杨志这辈子是注定当不成官了,因为他丢了花石纲,得罪了皇帝;谋求复职,记恨于高俅;又丢了生辰纲,得罪了蔡京。一个人先后得罪了天子和天子手下文武百官之首的蔡京、高俅,他还有飞黄腾达的机会吗?《水浒传》的作者似乎看清了这一点,在征辽之后、征方腊之前,将杨志留在了路途之中,理由当然只能是生病了:"杨志患病不能征进,寄留丹徒。"(第九十二回)③最终,当宋江等人征方腊完毕班师回朝之时,作者又补写一笔:"丹徒县又申将文书来,报说杨志已死,葬于本县山园。"(第九十九回)④

杨志当然是个悲剧人物,其悲剧根源在于他一辈子追求官场的奋进,但结果每一次都是铩羽而归。而在奋进的过程中,其血性的英雄本色和奴性的官场陋习也得到了充分的表现。

三、杨志"血性与奴性共存"的人物形象并非《水浒传》作者独创

其实,杨志这种"血性与奴性共存"的人物形象并非《水浒传》作者的独创,杨志这一文学形象也并非在《水浒传》中首次出现。

早在宋代的《宋江三十六赞》中,就有杨志的大名和绰号:"青面兽杨志:圣人治世,四灵在郊。汝兽何名,走旷劳劳。"⑤这四句赞语有点就事论事的意味,无非是说杨志的绰号"青面兽"绝非四灵(麟凤龟龙)之类,而是与"四灵"相对的恶兽怪兽。这中间,只拐弯抹角地体现了一点"血性"意味。

在与《宋江三十六赞》基本处于同一时期的讲史话本《大宋宣和遗事》中,杨志已经是一个重要人物了,因为有一段专门写他的"卖刀杀人"故事。

---

① 施耐庵,罗贯中. 水浒传[M]. 北京:人民文学出版社,1975:210.
② 施耐庵,罗贯中. 水浒传[M]. 北京:人民文学出版社,1975:211.
③ 施耐庵,罗贯中. 水浒传[M]. 北京:人民文学出版社,1975:1256.
④ 施耐庵,罗贯中. 水浒传[M]. 北京:人民文学出版社,1975:1370.
⑤ 周密. 癸辛杂识[M]. 北京:中华书局,1988:149.

先是朱勔运花石纲时分，差着杨志、李进义、林冲、王雄、花荣、柴进、张青、徐宁、李应、穆横、关胜、孙立十二人为指使，前往太湖等处，押人夫搬运花石。那十二人领了文字，结义为兄弟，誓有灾厄，各相救援。李进义等十名，运花石已到京城，只有杨志，为在颖州等候孙立不来，在彼处阻雪。……那杨志为等孙立不来，又值雪天，旅途贫困，缺少果足，未免将一口宝刀出市货卖，终日价没人商量。行至日晡，遇一个恶少后生要买宝刀。两个交口厮争，那后生被杨志挥刀一斫，只见头随刀落。①

这段故事，被《水浒传》的作者全盘接受，改造成为最能体现杨志"血性"的片段。不过相比较而言，《水浒传》中的杨志卖刀杀牛二的描写比《大宋宣和遗事》中的这一段更有层次感，杨志"激情杀人"的血性也有一个发展过程，不像讲史话本中这么简单。然而，唯其简单，才更体现了这种血性的原始性和爆发性。

元人杂剧中的"水浒戏"现存六个剧本，其中写到杨志的只有一个《鲁智深喜赏黄花峪》，而且就那么一笔。

（小偻侩云）兀那三十六人，那个好男子汉，敢去十八层水南寨打探事情去。（三科了）（正末上，云）有、有、有，我敢去。（唱）【南吕】【一枝花】俺哥哥传将令三四番，可怎生无一个承头的？这一个燕青将面劈，那一个杨志头低。（《鲁智深喜赏黄花峪》第二折）②

但就是这一笔，写出了杨志虽然说不上奴性却也缺乏血性的性格特征。

还有一些杂剧剧本，其产生的时代与《水浒传》相比不知孰先孰后，如《宋公明排九宫八卦阵》就是如此。有趣的是，杨志在这里面是一个重要人物。

这个剧本中，由于"大辽国兀颜统军，独占北地四州，着他孩儿兀颜受来索战，单搦宋江等"，朝廷派宿元景征调宋江及其手下军马前往迎敌。宿元景首先就"着人呼唤宋江卢俊义吴用公孙胜，有头领四人杨志等，叫他一人前来听命"，并任命"宋江为征北总兵，卢俊义副总兵，吴用公孙胜为军师，杨志为副将"。旋即，在商议谁为先锋时，吴用推荐了杨志："这先锋非比其余，要逢山开道，遇水叠桥。不是吴用僭言自主，论俺梁山众将，惟有杨志英雄，可做前部先锋也。"后来，由于李逵强烈表达要充当先锋的意愿，杨志服从大局，"相让这先锋印与李逵挂了"（头折）③。后来，杨志率领部下成为"九宫八卦阵"的一个组成部分。征战过程中，杨志亲口对陈达说："俺自离梁山，今归大宋，不负我先祖余荫。我祖公公乃是金刀教首杨令公，某原为宋将京都御林指挥使，今日还归宋朝，非同容易也！"（第三折）④最后，杨志率部顺利完成任务。青面兽志得意满地表述道："名传祖辈无敌将，新佐天朝立国基。某乃青面兽杨志是也，这两个将军，是王矮虎、郑天寿。俺三员大将，奉哥哥将令，排阵成功而回也。"（第四折）⑤

---

① 宣和遗事等两种[M].南京：江苏古籍出版社，1993：31.
② 隋树森.元曲选外编[M].北京：中华书局，1959：939.
③ 宋公明排九宫八卦阵[M]//孤本元明杂剧.北京：中国戏剧出版社，1958：2-4.
④ 宋公明排九宫八卦阵[M]//孤本元明杂剧.北京：中国戏剧出版社，1958：9.
⑤ 宋公明排九宫八卦阵[M]//孤本元明杂剧.北京：中国戏剧出版社，1958：16.

在《宋公明排九宫八卦阵》中,杨志虽然没有展现出强烈的血性和奴性,但这两方面共存的特点依然隐约可见。吴用的知人善任,并言"惟有杨志英雄",表现的正是青面兽血性的本色;而杨志让出先锋一职,又是他奴性的潜在。更重要的是杨志最后说的那句话:"名传祖辈无敌将,新佐天朝立国基",一方面是摆出英雄血性的家谱,另一方面则是表达顺应天朝的服从,这正是青面兽杨志身上血性与奴性的交织点。

《宋公明排九宫八卦阵》的成书时间不能确定,因此是它影响《水浒传》还是《水浒传》影响它,很难做出定论。将这则材料置于此,聊作参考而已。

四、杨志"血性与奴性共存"的现象普遍存在于梁山众好汉身上

其实,《水浒传》中的梁山好汉之中,"血性与奴性共存"不是仅体现在杨志一人身上,而是一种惯常现象。尤其是在那些著名英雄人物身上,更是普遍存在,只不过各人的表现方式不一样罢了。

像关胜、秦明、呼延灼、董平、张清、索超等这些因战场失利而投降梁山、权居水泊的名将我们就不用说了,他们驰骋疆场,血气方刚,但又忠于朝廷,期盼招安,两方面的交集所体现的正是血性与奴性的共存。我们且以被塑造得最成功的几位英雄人物林冲、柴进、朱仝、武松、燕青、宋江、李逵、花荣、吴用为例来谈谈这一问题。对于这些人物"血性"的一面,《水浒传》中都表现得颇为充分,因此,下面重点展示他们"奴性"的一面。

当豹子头林冲的妻子遭人调戏时,林冲的表现让人大跌眼镜。《水浒传》第七回写道:

> 当时林冲扳将过来,却认得是本管高衙内,先自手软了。……众多闲汉见闹,一齐拢来劝道:"教头休怪,衙内不认的,多有冲撞。"林冲怒气未消,一双眼睁着瞅那高衙内。……智深道:"我来帮你厮打!"林冲道:"原来是本官高太尉的衙内,不认得荆妇,时间无礼。林冲本待要痛打那厮一顿,太尉面上须不好看。自古道:不怕官,只怕管。林冲不合吃着他的请受,权且让他这一次。"①

林冲如此奴性十足,柴进也不相上下,当他的叔父被殷天锡欺负得死去活来时,李逵要动粗,柴进却说:"李大哥,你且息怒,没来由和他粗卤做甚么?他虽是倚势欺人,我家放着有护持圣旨。这里和他理论不得,须是京师也有大似他的,放着明明的条例,和他打官司。"(第五十二回)②

奴性一面使英雄人物"弱化"得带有闺阁气息的例子还有朱仝,这位美髯公因私放插翅虎而犯法,幸亏知府大人帮他转圜,他对此感激涕零。这时,一个幼童的

---

① 施耐庵,罗贯中.水浒传[M].北京:人民文学出版社,1975:100-101.
② 施耐庵,罗贯中.水浒传[M].北京:人民文学出版社,1975:724.

出现,使美髯公的奴性露出端倪。《水浒传》第五十一回写道:

> 正问之间,只见屏风背后转出一个小衙内来,年方四岁,生得端严美貌,乃是知府亲子,知府爱惜如金似玉。那小衙内见了朱仝,径走过来便要他抱。朱仝只得抱起小衙内在怀里。那小衙内双手扯住朱仝长髯,说道:"我只要这胡子抱。"……朱仝抱了小衙内,出府衙前来,买些细糖果子与他吃,转了一遭,再抱入府里来。……自此为始,每日来和小衙内上街闲耍。朱仝囊箧又有,只要本官见喜,小衙内面上,抵自赔费。①

如果说朱仝的奴性意识是在自觉自愿情况下的自然流露,武松的奴性意识则是因上当受骗而暴露。中秋之夜,张都监为了使武松落入其陷阱,使用了美酒、温情和女色相结合的诱惑之道,而武松的表现也是英雄气短、奴性绵长。《水浒传》第三十回写道:

> 看看月明光彩照入东窗。武松吃的半醉,却都忘了礼数,只顾痛饮。张都监叫唤一个心爱的养娘,叫做玉兰,出来唱曲。……这玉兰唱罢,放下象板,又各道了一个万福,立在一边。张都监又道:"玉兰,你可把一巡酒。"这玉兰应了,便拿了一副劝杯,丫鬟斟酒,先递了相公,次劝了夫人,第三便劝武松饮酒。张都监叫斟满着。武松那里敢抬头,起身远远地接过酒来,唱了相公、夫人两个大喏,拿起酒来一饮而尽,便还了盏子。张都监指着玉兰,对武松道:"此女颇有些聪明伶俐,善知音律,极能针指。如你不嫌低微,数日之间,择了良辰,将来与你做个妻室。"武松起身再拜道:"量小人何者之人,怎敢望恩相宅眷为妻?枉自折武松的草料!"②

硬汉武松尚且如此,身为卢俊义家奴的燕青就更不用说了。当玉麒麟受到妻子和管家陷害时,燕青对远出归来的家主的倾诉和揭发却换来了卢俊义的误解和暴怒。《水浒传》第六十二回写道:

> 卢俊义喝道:"我的娘子不是这般人,你这厮休来放屁!"燕青又道:"主人脑后无眼,怎知就里。主人平昔只顾打熬气力,不亲女色。娘子旧日和李固原有私情,今日推门相就,做了夫妻。主人若去,必遭毒手!"卢俊义大怒,喝骂燕青道:"我家五代在北京住,谁不识得!量李固有几颗头,敢做恁般勾当!莫不是你做出歹事来,今日到来反说!我到家中问出虚实,必不和你干休!"燕青痛哭,拜倒地下,拖住主人衣服。卢俊义一脚踢倒燕青,大踏步便入城来。③

当然,《水浒传》中奴性十足且影响最大的毫无疑问是领袖宋江,他最终将梁山一百零八人和成千上万的战士引向招安道路,集体做了朝廷的奴才,并死心塌地为朝廷东征西讨,直至送掉大多数人的性命。最终,宋江本人也死于御赐的鸩酒。最为可悲的是,宋江临死之前还将李逵骗来做了"殉葬"。《水浒传》第一百回写道:

---

① 施耐庵,罗贯中.水浒传[M].北京:人民文学出版社,1975:715-716.
② 施耐庵,罗贯中.水浒传[M].北京:人民文学出版社,1975:398-399.
③ 施耐庵,罗贯中.水浒传[M].北京:人民文学出版社,1975:863.

宋江道："兄弟，你休怪我！前日朝廷差天使赐药酒与我服了，死在旦夕。我为人一世，只主张忠义二字，不肯半点欺心。今日朝廷赐死无辜，宁可朝廷负我，我忠心不负朝廷。我死之后，恐怕你造反，坏了我梁山泊替天行道忠义之名，因此请将你来，相见一面。昨日酒中已与了你慢药服了，回至润州必死。"①

宋江的这种以奴性为底蕴而愚不可及的行为简直令人发指！然而，更令人悲愤无言的则是李逵在宋江引导下的悲剧性的奴性言辞："罢，罢，罢！生时伏侍哥哥，死了也只是哥哥部下一个小鬼！"（第一百回）②宋江之心被朝廷所奴役，李逵之心则被宋江所奴役！

同样被宋江奴役的还有花荣和吴用，他们在宋江死后所采取的行为更是令人痛断肝肠，在宋江坟前，"两个大哭一场，双双悬于树上，自缢而死"（第一百回）③。

梁山一百零八人，越是鲜活的人物，就越发是血性与奴性共存于心，这大概也是当时英雄人物共有的心态。施耐庵写出了这种带有共性的集体无意识，正说明他发现了其中的奥秘：草莽英雄在那个时代血性与奴性的心灵共振。

五、杨志血性与奴性的共存遗传于后世文学作品中

在章回小说发展史上，受《水浒传》影响最大的后世作品有两大类别：英雄传奇小说与侠义公案小说。有趣的是，《水浒传》中杨志身上"血性与奴性共存"的特征也广泛存在于这两大类章回小说的绝大多数作品的主要人物身上。

具体而言，英雄传奇小说中有《南宋志传》《北宋志传》《于少保萃忠全传》《杨家府演义》《禅真逸史》《禅真后史》《隋史遗文》《后水浒传》《水浒后传》《说岳全传》《隋唐演义》《说唐演义全传》《说唐后传》《野叟曝言》《征西说唐三传》《飞龙全传》《说呼全传》《希夷梦》《粉妆楼全传》《五虎平西前传》《五虎平南后传》《荡寇志》《万花楼》《绿牡丹》《永庆升平前传》《永庆升平后传》《三门街前后传》等作品，侠义公案小说中则有《施公案》《云钟雁三闹太平庄》《龙图耳录》《三侠五义》《忠烈小五义传》《续小五义》《续侠义传》《彭公案》《续儿女英雄传》《七剑十三侠》《仙侠五花剑》等作品。上述这些作品中的主人公或主要人物身上，都或多或少地"回放"着杨志"血性与奴性共存"的影像。如郑恩、于谦、林澹然、瞿琰、文素臣、韩通、狄青、陈希真、骆宏勋、马成龙、胡逵、黄天霸、云定、展昭、黄三太、何玉凤、徐鸣皋、燕于飞等正反两派的主要人物，还有杨家将、岳家将、薛家将、罗家将、呼家将等英雄家族中的主要成员，其人物形象某种意义上都是《水浒传》中杨志形象的翻版或变形。但无论如何千变万化，他们身上最为核心的精神特质仍然是血性与奴性的结合。

当然，对后世影响最大的还是"行不更名，坐不改姓"的杨志形象的再造。如《水浒后传》中，李应等人抓住高俅等奸贼以后，有一段关乎杨志的描写：

---

① 施耐庵，罗贯中. 水浒传[M]. 北京：人民文学出版社，1975：1388.
② 施耐庵，罗贯中. 水浒传[M]. 北京：人民文学出版社，1975：1388.
③ 施耐庵，罗贯中. 水浒传[M]. 北京：人民文学出版社，1975：1391.

> 礼毕,抬过一张桌子,唤请出牌位来供在上面,却是宋公明、卢俊义、李逵、林冲、杨志五人的名号。点了香烛,众好汉一同拜了四拜,说道:"宋公明哥哥,众位英魂在上,今夜拿得蔡京、高俅、童贯、蔡攸四个奸贼在此,生前受他谋害,今日特为伸冤,望乞照鉴!"(《水浒后传》第二十七回)①

为什么在梁山好汉中要特别写出宋公明、卢俊义、李逵、林冲、杨志这五个人物呢?因为他们五位受四个奸贼的迫害最深,是所谓具有切肤之痛者。诚如李应所言:"把药酒鸩死宋江、卢俊义,使他们负屈含冤而死。……蔡京若不受贿赂,梁中书也不寻十万贯金珠进献生辰纲,豪杰们道是不义之财,取之无碍,故劫了上梁山。高俅不纵侄儿强奸良家妇女,林武师也不上梁山泊。不受了进润,批坏花石纲,杨统制也不上梁山泊。"(同上)②至于李逵,实乃间接死于奸臣之手。因此,李应等梁山余部希望借助杨志等人灵魂的血性来报仇雪恨。

最能体现《水浒传》中杨志"血性与奴性共存"之遗传的作品是明代许自昌的传奇戏《水浒记》,我们且看其中的一些片段。

> 我府中止有干办杨志。这人可以重托。我一向也另眼看他。如今不免差他一往。有何不可。杨志那里?(生扮杨志上)养军千日。用在一时。……(生)小人蒙老爷一向抬举呵。【前腔】承恩自旧。衔环已久。既蒙不弃驽骀,怎敢辄辞牛走。(《水浒记》第七出)③

> (生)我叫你们不要吃这个酒,你们不肯信我;如今害得我上天无路,入地无门,怎么样了?(众)如今我们赶上去拿他便是。(生)也罢!赶得着时,是千幸万幸;若赶不着时节,只得先去见蔡九知府,叫他行文各处缉获便了。正是:一心忙似箭。两脚走如飞。(下)(《水浒记》第十四出)④

> (生吊场)蔡九知府虽然写书与我,叫我回去见本主梁中书,只是我自羞见江东父老,怎么回去得!闻得梁山泊广招豪杰,不如逃到那里去存身几时,再作道理。正是:明知不是伴,事急且相随。(下)(《水浒记》第十六出)⑤

这三个片段,第一个是梁中书委托杨志押送生辰纲,第二个是生辰纲被劫后杨志的反应,第三个是杨志报案后对自己今后人生道路的最终抉择。戏曲《水浒记》虽然在具体情节安排上与小说《水浒传》相比有些变动,如杨志没有跳崖自杀的念头而是选择报案,又如简化了杨志上梁山的过程,但整体精神上仍显示了杨志身上血性与奴性相结合的特点,这一点是没有变动的。

由上可见,血性与奴性共存于一身的英雄人物,并非仅止于《水浒传》中的杨志,而几乎普遍存在于中国古典戏曲小说作品中。这其实是一种文化现象,其根本原因乃在于这些英雄人物大多来自社会下层,他们思想构成的基本因子乃是儒家

---

① 陈忱.水浒后传[M].长沙:岳麓书社,1998:202.
② 陈忱.水浒后传[M].长沙:岳麓书社,1998:202.
③ 傅惜华.水浒戏曲集第二集[M].上海:上海古籍出版社,1985:243.
④ 傅惜华.水浒戏曲集第二集[M].上海:上海古籍出版社,1985:260.
⑤ 傅惜华.水浒戏曲集第二集[M].上海:上海古籍出版社,1985:263-264.

思想和墨家思想的融合。这种"儒墨兼容"的文化因子所指向的两极就是血性和奴性。"侠以武犯禁"[1],是墨侠精神的核心;"温良恭俭让"[2],则是儒家的人格追求。正是这两种文化因子,使得中国古代许许多多来自民间的英雄好汉既有冲动一面,又有服从的一面。冲动者,乃血性之外化;服从者,乃奴性之形成。于是,二者的水乳交融的结合,就成为通俗文学作品中许多英雄人物的基本人格源头。

---

[1] 梁启雄.韩子浅解[M].北京:中华书局,1960:476.
[2] 杨伯峻.论语译注[M].北京:中华书局,1980:6.

《水浒传》繁、简本琼英故事研究

泉州师范学院　张丹丹

《水浒传》版本分为繁本、简本两个系统,繁本的百二十回本及简本系统皆插增了"田、王故事",讲述宋江带领梁山众好汉平定田虎、王庆叛乱之事,琼英即是田虎故事中出现的重要人物。由于版本系统的不同,琼英故事在繁、简本中具有一定的差异性,这种差异性反映了古代小说发展过程中的某些特性。《水浒传》是以男性为主导的英雄传奇小说,其中正面赞扬的女性仅有少数几位,琼英作为着墨较多的一员,其故事有着独特的意义和价值。

一、繁本与简本的琼英故事对比

琼英是田虎座下一员猛将,在以宋江为首的梁山好汉征讨田虎时被收入麾下,并在梁山义军镇压田虎乱军的战事中发挥了重要作用。琼英这一人物主要出现于繁本百二十回本第九十七回至第一百一十回,简本第二十四卷至第二十五卷。繁、简本中的琼英故事大致情节如下。

简本中的琼英是田虎得力部下乌利国舅之女,擅长使用飞石,百发百中,立誓愿嫁同样会使飞石者。宋江为救被困迷魂洞的雷横、穆春、凌振、乐和四人,派遣张清随降将叶清去应征琼英郡马。琼英与张清比试,被张清用湿泥打中护心镜,从而嫁给张清。婚后,琼英带张清查看被困四人,并与乔道清一起归顺宋江,放出雷横等人。琼英在归降宋江后,帮助宋江阵营攻打田虎叛军,石打冯翊、李天锡,劝降房玄度,最终顺利平定叛乱。

繁本中的琼英原是大户之女,父母被田虎乱军杀害,自身被邬梨国舅所掳,为了保全身家性命假意认邬梨国舅为父。琼英为报父母之仇,梦中向神人学习武艺,并得张清传授飞石技艺,本领高强。宋江带兵征田虎之时,琼英无奈与宋江阵营对峙,飞石打伤林冲、李逵等人。张清为破田虎叛军应征琼英郡马,被琼英认出是梦中教授飞石者,一番比试后,琼英嫁张清为妻。婚后,琼英夫妇暗降宋江,鸩杀邬梨,设计取得田虎信任,将其引入遍布伏兵的襄垣城并成功俘获,再假冒田虎赚开威胜城门,攻下贼巢,田虎叛乱宣告失败。琼英因其孝义,被皇帝封为贞孝宜人,并在张清阵亡后,独自抚养遗孤张节长大。

琼英故事在《水浒传》简本系统及繁本百二十回本出现之前,并无见载,该故事应是撰写者在吸收明代诸多小说中女性英雄传说的基础上,杂糅而成。由于不同改写者创作审美的差异,琼英故事在繁、简本《水浒传》中呈现出较大的差异。这种区别非常直观地体现在繁、简本中琼英出现的次数上,简本中琼英出现约 26 次,而百二十回本中琼英出现了 183 次。繁、简本《水浒传》在塑造琼英形象时花费的笔墨之悬殊,很大程度上即表现出这一故事在不同文本中的分歧。当然,除了叙事详略之别,繁、简本的琼英故事在情节上也存在一定差异。

首先,繁、简本中琼英的身世迥异,性格亦有所不同。简本《水浒传》中,琼英为乌利国舅亲生女儿,名为乌利琼英;繁本的琼英则是父母被田虎迫害致死的孤女,名为仇琼英,后被邬梨国舅收养。繁、简本中琼英身份的转换,很大程度上影响了《水浒传》对琼英形象的塑造。

简本中作为乌利国舅之女的琼英郡主在与张清完婚后,倒戈指点张清救雷横、穆椿等四人,并在张清只言片语的劝说下,答应归降宋江。琼英此番转变,将夫妇之义置于效忠田虎之上,符合古代女子"出嫁从夫"的观念,评林本在论及琼英帮助张清时亦云,"妇人之性若水,一日有夫,惟从夫命,理之常也"。①

小说如此安排情节,无形中将这一梁山女英雄描写得与古代遵循"三从四德"的普通女子别无二致,琼英人格的独立性难以凸显。简本中琼英归顺宋江阵营固然有弃暗投明的一面,但此种行为背后存在难以抹去的背信弃义之嫌。简本田豹在对阵琼英时曾骂曰:"小贱婢!哥哥有何负你?却反背朝廷!"对此,琼英的反应是"不答,退回本阵",可见简本中琼英亦自知作为田虎表亲,临阵倒戈的行为并不光彩。映雪草堂本在论及琼英归降时,评"田虎以草寇雄行,令宋军百番攻击,始得就擒。总由琼英二心,道清背义耳"②,一定程度上表露出对田虎手下得力部将琼英、乔道清反水行为的批判。

百二十回本《水浒传》琼英的身份则相对复杂。繁本中的琼英原是大户之女,父母被田虎杀害,自身被掳,无奈之下假意认贼作父。琼英本姓仇,蕴含"复仇"之意,其父名"仇申",隐藏"报仇伸冤"的别意,其母为"宋有烈之女",即节烈者后人。从琼英及其父母之名,可窥见作者有意将其塑造成肩负父母血仇、忍辱负重的孝女。小说通过系列描写,层层渲染琼英坚决的复仇意愿。在叶清告知琼英其父母被田虎迫害致死的真相时,琼英"如万箭攒心,日夜吞声饮泣,珠泪偷弹,思报父母之仇,时刻不忘"③。习得武艺后,琼英加入宋江阵营,在擒拿田虎之时,直言"欲报父仇,虽粉骨碎身,亦所不辞";道君皇帝下令诛杀田虎后,"琼英将田虎首级摆在桌上,滴血祭奠父母,放声大哭"。繁本《水浒传》中,复仇主题成为琼英故事的基调,

---

① 参看《水浒志传评林》,明万历二十二年(1594)双峰堂余象斗刊本(详见《古本小说丛刊》第 12 辑,第 938 页)。本文所引《水浒传》简本文字,如无注明,即出自此书,下不一一标出。
② 参看《水浒全传》卷二十四,明金阊映雪草堂藏板本,第二十二叶下。
③ 出自《忠义水浒全书》第九十八回,郁郁堂本,第三叶下。本文所引《水浒传》繁本文字,如无注明,即出自此书,下不一一标出。

琼英为父母报仇这一动机始终贯穿其行为始终。如此一来,琼英叛离田虎之事乃是以复仇为出发点,其所作所为非但与背叛无涉,还是孝义节烈的证明。由此,琼英的品格得到抬高,与简本中婚后倒戈形成了鲜明对比。

值得一提的是,繁本不仅表现琼英之孝义,还通过叙述琼英周遭人物的忠贞,共同强化了琼英这一性格特点。简本中的叶清仅是战败被梁山好汉擒住的降将,为保全性命向宋江献计让张清应征郡马;繁本中的叶清则是琼英的管家,随琼英一起假意归降邬梨,并主动冒死进入宋江营地,道明琼英的苦衷,促成琼英与宋江等人的合作。叶清的身份从贪生怕死之辈转变为忠肝义胆之人,侧面渲染了繁本中琼英的忠义。此外,繁本还增加了琼英之母死后化石的情节,这与佛教故事中的"变化示真相""冤死貌如生"等母题息息相关[①],强化了琼英之母的节烈品质,以此烘托琼英报仇的正义性。繁本中的琼英故事,围绕着复仇主题,刻画了琼英、叶清、琼英之母等忠贞节义的人物形象,其意蕴更加深广。

其次,百二十回本《水浒传》相比于简本,更加突显琼英的智勇双全。简本《水浒传》很少笔涉琼英对敌交战的场面,在人物出场之际,主要借池方之口道出"乌利国舅有一女,唤做琼英郡主,能飞石打将,百发百中,年二十四岁,有万夫不当之勇",并未正面叙及琼英武艺之高强。在简本中,具体描述琼英对战的场面主要有三处:第一处是试探张清是否擅长用飞石,该处琼英一被张清用湿泥打中护心镜,即叫停比武;第二、三处皆是临阵对敌,琼英分别用飞石打落冯翊、李天锡,再由花荣、卢俊义刺死二人。在这三处场面描写中,琼英虽然展现出一定的武艺,但作者明显未对此加以渲染,甚至在杀冯、李二人时,真正起决定作用的依然是作为男性将领的花荣、卢俊义。

再看繁本《水浒传》,在琼英正式出场之前,作者用了千余字篇幅详细介绍琼英的生平,表现其聪慧绝顶的一面。琼英被田虎乱军虏获之后,"料道在此不能脱身,又举目无亲,见倪氏爱他,便对倪氏说,向邬梨讨了叶清的妻安氏进来,因此安氏得与琼英坐卧不离",琼英不仅审时度势凭借倪氏的好感假认邬梨为父,还设法保全了下属叶清之妻。在习得武艺后,琼英为报父母之仇,巧言诓骗邬梨,"夜来梦神人说'汝父有王侯之分,特来教导你的异术武艺,助汝父成功'",博取了邬梨的信任。

繁本《水浒传》还花费大量笔墨渲染琼英的善战,其中最精彩的一处是,琼英作为田虎部将时与梁山诸英雄的对战描写。百二十回本第九十八回中,琼英一戟刺翻王英,力敌扈三娘、顾大嫂,飞石击败孙新、解珍等,就连常胜将军林冲、李逵也在其手上吃到败绩,《水浒传》中此处题写赞诗"佳人回马绣旗扬,士卒将军个个忙",彰显了琼英之骁勇过人。并且,繁本叙琼英试探张清之时,二人先是斗了五十余合枪戟,后琼英与张清飞石对打,将简本中的张清打中琼英护心镜情节替换成二人石子对碰打成平手,无形中抬高了琼英的武艺。

与强化琼英本领相呼应的是,百二十回本《水浒传》还增加了琼英在小说中的重要性。这从第九十三回神人托梦给李逵,指点"要夷田虎族,须谐琼矢镞"即可看出,"琼矢镞"是琼英名号,这句谶语直接点明了琼英乃是破田虎的关键,将琼英从

---

① 王立,刘畅.《水浒传》侠女复仇与佛经故事母题[M].水浒争鸣,2010(12):256.

简本可有可无的存在提升为重要人物。简本琼英在破田虎之役中发挥的作用,仅是飞石击落冯翊、李天锡两员小将,劝降乔道清、房玄度等人,并没有起到决定性作用。百二十回本的琼英则真正参与到了破田虎的核心计划中,在鸩杀邬梨、计骗田虎、攻下贼巢等事件中发挥了举足轻重的作用,使得繁本的琼英故事更加精彩跌宕。

再次,与简本相比,百二十回本的琼英爱情故事更加感人肺腑。简本《水浒传》中琼英与张清的爱情并非完美无瑕,张清应征琼英郡马乃是为了救出被困的雷横四人,一开始便带有明显的军事策略性质。加之张清有意隐瞒自身身份,具有欺骗色彩,二人爱情并不纯粹,也无法看出张清是否喜欢琼英。简本中琼英与张清的首次见面,是在琼英试探张清武艺之时,"琼英一见张清一表人物,心中欢喜",琼英心悦张清的直接原因是见张清一表人才,此种爱情模式略显浅薄。

繁本琼英与张清首次相见是在梦中,张清教导琼英飞石。后来张清对琼英"痴想成疾",琼英也立誓只嫁如自己一般会飞石者,并在见到张清时省悟对方是梦中教导之人,处处袒护。繁本中两人的爱情故事多了姻缘前定的因素,他们的结合具有牢固的情感基础,显得美好动人。简本对琼英嫁予张清后二人的婚姻状况并未多加描述,繁本则相当细致地描写了大婚当夜,张清与琼英互诉衷肠的内容——张清交代了身份底细,琼英亦诉说自己的冤苦,二人以讨伐田虎为共同目标,爱情得到了进一步的升华。

与简本尚有较大区别的是,繁本增补了琼英爱情故事的结尾,即张清战死沙场,琼英独自抚养张清遗孤张节,张节长大后大败金兀术,得封官爵,奉养其母以终天年,并奏请表扬其母之贞节。这一情节的增加,无疑将琼英对爱情的忠贞更抬高了一个阶层,使得琼英爱情故事成为整部《水浒传》中最凄美动人的一笔。

两相比较,简本《水浒传》中的琼英故事较为单调乏味,百二十回本中的琼英故事则更加生动精彩。简本小说中的琼英身份并无独特之处,武艺亦显得一般,琼英作为女性英雄,更多的是男性权力下的附庸,其最终虽收获了美满的爱情,但终究没有展现出过人的性格魅力。繁本《水浒传》中的琼英故事可以说是一部复仇者的故事,琼英不仅有勇有谋、骁勇善战,武艺上可与林冲、李逵等人比肩,还忍辱负重,与田虎乱军斗智斗勇,成功为父母报仇,并收获了与张清的凄美爱情。与简本相比,繁本中的琼英形象不再依附于男性而生存,彰显了女性英雄的独立品格。

二、繁本与简本琼英故事产生差异的原因

前已提及,琼英故事在繁、简本中呈现出较大区别,总体而言,百二十回本中的琼英故事相比简本更加丰富、精彩。这种特点的形成,是诸多因素共同作用的结果,小说成书时间的先后、刊刻地域的差异、撰写者的不同等皆对此有所影响。

《水浒传》简本、百二十回本的刊刻时间及先后问题,对此两种版本系统琼英故事差异的形成影响颇大。关于田虎故事的生成,前人已进行颇多探讨,多认为田虎故事为明人增插而成,如郑振铎、孙楷第、王利器等皆持类似观点,此不赘述。何动辑《武侯秘演禽书》卷八"占贵贱论"有载:"宋江,宋徽宗时人……后朝廷招顺,征北

有功,擒田虎,征方腊……"该刊本为万历十六年(1588)金陵文林阁刊本。由此可推知,田虎故事进入《水浒传》,应不晚于万历十六年(1588),琼英故事亦当如是。但从这一简单的记载,并无法判断引文所言为简本或繁本系统。从现存版本来看,《水浒传》简本现存最早明确刊刻时间的刊本为评林本,即《京本增补校正全像忠义水浒志传评林》,该刊本已增补了"田王故事",书为建阳著名书坊主余象斗所刊,刻于万历二十二年(1594)。由此可知,最迟在这一时期,琼英故事已经进入简本系统。

《水浒传》百二十回本中田王故事的增补时间较难确定,一般认为不会早于万历三十八年(1610)。该说法源自王利器先生,他考证出百二十回本田王故事中的部分景色描写参照了《方舆胜略》,而《方舆胜略》前有朱谋㙔作于万历三十八年(1610)的序,故而百二十回本撰写时间应晚于此。① 关于百二十回本刊刻的时间下限,邓雷在《郁郁堂本〈水浒传〉略论》一文中做了详细的考证,指出百二十回《水浒传》批语提及明末崇祯二年(1629)与崇祯七年(1634)的两次清军南侵事件,由此推知百二十回本中田、王故事的撰写时间可能为崇祯七年(1634)以后,且由于批语并未提及崇祯八年(1635)五月至七月的第三次清军南略事件,故而撰写时间极有可能为崇祯八年(1635)五月至七月以前。②

故此,我们可以看出,琼英故事进入《水浒传》简本系统的时间明显要早于百二十回本。结合《三国志通俗演义》中的花关索故事、《西游记》中的江流儿故事等在建阳刊本中的出现和风行,可以推知,不仅建阳刊本普遍存在质量较差的情况,建阳书商还往往具有"求多求全"的心态,着意对销量较好的名著进行增补,从而激刺市场。将田虎故事增补入《水浒传》,大概率亦是建阳书商的手笔。如此,琼英故事在简本系统中所呈现的粗糙、简略的雏形形态,便有了很好的解释。百二十回本琼英故事则应在简本的基础上有了继续加工,并形成了"后出转精"的特点。

此外,前已提及,简本《水浒传》成书不晚于万历二十二年(1594),这一时期章回小说处于初兴期,问世的仅有《皇明英烈传》《南北两宋志传》等少数几部作品,作者在编撰简本《水浒传》时,可参考的对象相对较少,这也是其情节较为单薄的原因之一。而百二十回本《水浒传》成书相对较晚,甚至可能撰写于明末,当时章回小说、戏曲等的创作已经趋于成熟,作者编撰小说可参鉴的作品较多,这对情节的丰满多有助益。如百二十回本中增加的琼英、张清梦中相遇,张清苦恋琼英成疾情节,与刊行于明万历四十五年(1617)的《牡丹亭》中杜丽娘与张生"游园惊梦"情节有异曲同工之处,很有可能是借鉴而成。

当然,刊刻地域的不同,对繁、简本琼英故事差异的形成也产生了一定的作用。简本《水浒传》绝大多数刊刻于福建建阳。该地地处闽北,经济相对落后,明代中后期随着其他刻书中心的崛起,建阳重新进行了刻书定位,以出版中低端读物为重心,通过降低价格来吸引受众。加之当地书坊文人的文学造诣普遍不高,书籍的受众亦是阅读能力低下的中下层百姓,因此简本《水浒传》对小说的精细程度要求并不高,整体呈现出刊刻粗糙、文本简易的特点。

---

① 王利器. 耐雪堂集[M]. 北京:中国社会科学出版社,1986:251-252.
② 邓雷. 郁郁堂本《水浒传》略论[M]//郁郁堂本忠义水浒全书. 扬州:广陵书社,2020:1-34.

《水浒传》百二十回本的刊刻地则是以安徽新安为首的刻书中心,包括之后的白下、虎林等地①,这些地方多临近江南富庶之地,自古文人墨客云集,属于当时知名的经济、文化圈。为了迎合当地文人较高的审美需求,该地刊刻的书籍在内容和版式上往往追求上乘的质量。因此,《水浒传》百二十回本中的田王故事内容较为精细,文学价值较高,具有"委曲详尽,血脉贯通"之感。

受不同地域刻书特点的影响,简本《水浒传》中的琼英故事相对简略,重叙事而轻描写,符合下层百姓的阅读喜好。《水浒传》百二十回本在刻画琼英形象时,笔触明显更加细腻,情节曲折详尽,文学价值较高。

除了撰写时间的先后、刊刻地域的差异,编撰者的不同也是导致《水浒传》繁、简本琼英故事产生差异的重要因素。简本《水浒传》刊刻于福建建阳,琼英故事的编写者基本可以确定为建阳书坊主或书坊雇佣的文人。这类撰写者普遍文学造诣不高,因此在对文本进行改易时,多选择简单的增补、删改工作,小说中的情节难以得到细致敷演。

再看《水浒传》百二十回本田王故事的增补者,关于这一问题,学界争论对象有李卓吾(李贽)、袁无涯、冯梦龙等人。傅承洲、徐朔方、邓雷等学者认为繁本田王故事的增补者为冯梦龙,此说是针对这一议题影响最大的观点,笔者亦颇为认同。冯梦龙作为明末的通俗小说大家,其编撰的"三言"可谓是拟话本小说的巅峰之作。众所周知,拟话本小说在描写世态人情上十分细腻,这与百二十回本《水浒传》中琼英故事的写作笔法有异曲同工之处。且看简本、百二十回本对琼英、张清二人成婚的叙述:

> 叶清曰:"这段姻缘亦昨偶然,小人为媒,将军勿却。"张清应承。国舅设席,二人成亲,拜谢国舅。(《水浒志传评林》第十九卷,12a)

> 是日笙歌细乐,锦堆绣簇,筵席酒肴之盛,洞房花烛之美,是不必说。当下宾相赞礼,全羽与琼英披红挂锦,双双儿交拜神祇,后拜邬梨假岳丈。鼓乐喧天,异香扑鼻。引入洞房,山盟海誓。全羽在灯下看那琼英时,与教场内又是不同。有词《元和令》为证:指头嫩似莲塘藕,腰肢弱比章台柳。凌波步处寸金流,桃腮映带翠眉修。今宵灯下一回首,总是玉天仙,涉降巫山岫。(郁郁堂本《忠义水浒全书》第九十八回,16a)

通过对比以上两处引文可以发现,简本中的文字十分简略,以叙事为主,致力于交代事件的大致始末,对二人成婚过程仅用十二个字带过,完全没有展开细节描写。而百二十回本则对二人的成婚过程进行了详细的描写,从歌乐到酒肴、从服饰到仪礼,甚至还描写了洞房中琼英之美貌,此处所引之词《元和令》词章华美,与《水浒传》整体的阳刚之气呈现较大分歧,颇具才子佳人小说的风格。这种细腻的描写手法,明显受明末风行的拟话本创作之风影响。

冯梦龙作为拟话本小说编撰大家,其增补百二十回本《水浒传》琼英故事时采用拟话本编创手法亦属人之常情,故而繁本中的琼英故事相比简本,在人物描写、细节刻画上明显更加细致生动。除了拟话本,冯梦龙还改编、增补过大量通俗小

---

① 王辉,刘天振. 20世纪以来《水浒传》简本系统研究述略[J]. 水浒争鸣,2010(12):195.

说,诸如《新列国志》《新平妖传》等,深谙通俗小说的编撰手法,因此在以简本为依据改编繁本琼英故事时,能够敏锐地抓住小说精彩处重加敷演,使得《水浒传》百二十回本中的琼英故事整体上比简本更加细致曲折、生动精彩。

三、琼英故事及形象的意义

繁、简本《水浒传》中的琼英故事为后人增插而成,琼英这一人物亦始终没有进入108名好汉的位次中,这是否说明琼英这一人物形象及其故事并不重要？笔者以为并非如此。《水浒传》简本"及时雨梦中朝大圣　黑旋风异境遇仙翁"一回中,金甲天神梦示宋江,琼英、乔道清、孙安三人皆是上界星宿,是帮助宋江破王庆的重要人物,"若无此三人,如何收得淮西王庆？";《水浒传》百二十回本第九十三回中,神仙秀士预示李逵"要夷田虎族,须谐琼矢镞","琼矢镞"即是琼英的外号,可见琼英在征田虎过程中发挥了相当重要的作用。当然,除了推动情节的发展,琼英故事及形象有其更深层次的意义和价值。

琼英这一人物的出现,基本作用之一是丰富了《水浒传》的女性英雄群像。《水浒传》是一部以男性视角为主导的英雄演义,女性在《水浒传》中处于相对受忽视的地位。据统计,《水浒传》中有载姓名的人共有七百八十余名,其中女性仅七十余位,只占将近十分之一的比例,且较为重要的仅三十个左右,诸如潘巧云、李师师等。作为其中一员,琼英在小说中出现的次数和所费笔墨,在《水浒传》女性中可谓屈指可数。琼英的出现使得小说中的女性形象更加多元化,不仅有潘金莲这类薄情负心的女子、林冲娘子这类贤良淑德的女性、顾大嫂这类性情豪爽的"女汉子",还增加了琼英这种智勇双全又不失温婉的女子,女性英雄的类型得到丰满。

当然,更为重要的是,琼英可谓是《水浒传》中最完美的女性英雄形象,尤其是百二十回本中的琼英形象。梁山女性英雄,主要有顾大嫂、孙二娘、扈三娘、琼英四位。从名字上看,除了琼英,其他三位女性都直接以"大嫂""二娘"这类排序命名,具有很强的随意性,可以她们说连真正属于自己的名字都没有。而"琼英"一名,出自《诗·齐风·著》"尚之以琼英乎而"[1],《传》云:"琼英,美石似玉者,人君之服也。"[2]可见,"琼英"原指美石或美玉,撰写者以此名之,对琼英其人的喜爱溢于言表。

《水浒传》诸位女性英雄中,顾大嫂、孙二娘、扈三娘皆性格豪爽、艺高胆大,在作者笔下,她们的男性化特征被极力夸大,如成日舞枪弄棒、跟随梁山众将四处征讨,她们不仅在武艺上超过了不少壮汉,连行为举止也呈现明显的男性倾向。这三位女性固然有"巾帼不让须眉"的一面,但不可否认的是其女性特征遭到了严重的抹杀,甚至其中顾大嫂、孙二娘在外貌上都缺乏女性美感,"眉粗眼大,胖面肥腰""眉横杀气,眼露凶光"。并且,此三人的绰号分别为"母大虫""母夜叉""一丈青",颇具凶悍之色。由此可见,作者着意通过异化这些女性,来间接肯定她们身上的男性特征,虽然笔下写的是女性,但实质上是在抬高男性特质。

---

[1] 《诗经》(上)[M]. 王秀梅,译注. 北京:中华书局,2015:191.
[2] 毛诗正义[M]. 李学勤,主编. 北京:北京大学出版社,1990:189.

再看琼英这一人物,一出场便是武艺高强的形象,"能飞石打将,百发百中,年二十四岁,有万夫不当之勇",甚至可技压李逵、林冲等。百二十回的增补者在叙述琼英故事时,笔触亦往往兼及琼英之美貌,战场上"金钗插凤,掩映乌云。铠甲披银,光欺瑞雪。踏宝镫鞋儳尖红,提画戟手舒嫩玉。柳腰端跨,叠胜带紫色飘摇;玉体轻盈,挑绣袍红霞笼罩。脸堆三月桃花,眉扫初春柳叶";闺房中"指头嫩似莲塘藕,腰肢弱比章台柳。凌波步处寸金流,桃腮映带翠眉修"。撰写者如此细致地描写琼英在不同场合下的不同美感,毫无疑问不仅推崇其战场上的英飒之风,还肯定其私下里的小女儿娇态。可以说,琼英是《水浒传》中少数融高强武艺与女性柔美于一身的梁山女英雄。

当然,类似的人物还有扈三娘,但琼英与扈三娘有着截然不同的性格内蕴。扈三娘是扈太公之女,年轻貌美,梁山英雄攻打祝家庄时,杀了扈三娘的未婚夫祝彪及扈家庄上下,并俘虏扈三娘,后来扈三娘听从宋江安排,嫁给手下败将王英。王英绰号"矮脚虎",貌丑好色,曾劫刘高之妻,在娶了扈三娘后,战场一见琼英依然心猿意马。扈三娘全家及未婚夫皆被李逵所杀,却在丧期内服从安排嫁给好色丑陋的王英,可见其并无独立思想、性格暗淡,只作为男性附庸而存在。这与百二十回本中有仇必报、敢爱敢恨的琼英有着本质上的区别。

繁本中的琼英一得知父母被害真相便日夜思想报仇,甚至感动神人传授自己武艺,在破田虎的过程中,琼英发挥了很大的作用,不仅与张清一起迷惑田虎,还独自带兵假冒田虎赚开贼巢威胜城。当邬梨欲为琼英择婿时,琼英直言"若要匹配,只除是一般会打石的。若要配与他人,奴家只是个死",敢为自己争取幸福;当破田虎只身犯险时,琼英表示"欲报父仇,虽粉骨碎身,亦所不辞"。繁本中的琼英自始至终都是坚强隐忍、意志独立的女性,她的美不仅在于外貌,还在于由内而外散发着动人的人格魅力。也由此,她成功得报父母之仇,并收获了与张清的宝贵爱情。

相较而言,简本中的琼英故事不及繁本丰满,这从繁、简本系统中以琼英为标题的回数即可看出,繁本标题涉及琼英其人的有三回之多,而简本却仅有一回。简本的琼英形象虽不如繁本出彩,但亦兼具女性的温柔与独立,处处体贴张清,却又保持人格的独立,能够献计捉拿田豹、劝降房玄度等,相比于顾大嫂、孙二娘、扈三娘等人,亦多出几分女性的魅力。

综上,琼英故事及形象在《水浒传》中有其独特的意义与价值,不仅丰富了女性英雄的群像,而且成为其中最浓墨重彩的一笔。如果说顾大嫂、孙二娘、扈三娘等梁山女性英雄形象皆有不足之处,或缺乏女性之美,或没有独立思想,沦为了男性英雄的影子或附庸,那么琼英可谓是整部小说中最完美的女性英雄形象。尤其是繁本中的琼英形象,不仅思想独立、性格坚韧,且散发着真正的女性光辉,彰显了《水浒传》增补者女性观的进步。

四、小结

《水浒传》繁、简本中的琼英故事存在一定差异,与简本相比,繁本《水浒传》不仅突出琼英故事的复仇主题,强化琼英的武艺,还美化了琼英与张清的爱情故事。这一故事在繁、简本中的叙事分歧,与繁、简本《水浒传》成书先后、刊刻地域、撰写者身份等的不同息息相关。琼英形象及其故事在《水浒传》中具有独特的价值,增补者在琼英身上寄寓了女性的完美人格,将琼英还原成真正意义上的独立女性进行描写,给明清时期传奇小说中女性形象的塑造也提供了一定的借鉴。

谫论林冲与内德·凯利的形象接受及话语窘境

湖北师范大学文学院　李春光　宋媛溪

　　林冲与内德·凯利分别是中国英雄传奇小说《水浒传》和澳大利亚英雄传奇小说《凯利帮真史》中的主要人物。两个小说人物的形象，在漫长而复杂的接受过程中，存在着奇特的错位现象。在米歇尔·福柯权力话语理论的视阈内，剖析两个小说人物形象接受存在的差异性并将这种文化现象重新问题化，有利于在叙事文化学的层面上深掘人物形象传播过程中产生的话语窘境，进而更有利于强化讲故事、讲好故事、讲好中国故事的时代意义。

一

　　小说人物形象诞生之时，便是作者文本层面上的死亡之日。这些形象俨然有机会脱离作者的创作初衷，进而有机会实现自身的形象自由。
　　先说林冲。
　　金圣叹曾盛赞林冲，称其具有"内圣外王"之品格且有大儒之遗风，多处呼其"英雄"、赞其"儒雅"，断其是"算得住，熬得住，把得牢，做得彻，都使人怕"的"上上人物"，认为若林冲这一人物真存于世，定可做出一番事业来。可见，这位贯华堂才子从不掩饰对林冲这位"儒雅英雄"的称赞与欣赏。在明清传奇中，林冲这一形象更是被充分地儒家化了。其中，最具典型性的，便是李开先的《宝剑记》。该剧将林冲塑造成一位忠君爱国、战功赫赫的儒将。该剧改塑了《水浒传》中有关林冲的部分情节，将林冲"为了天下黎民而上奏朝廷，请旨废除生辰纲"作为与高俅等朝中奸佞作斗争而后反被迫害的起因。自此剧始，忠义便成了林冲形象接受过程中产生的一个重要标签。值得一提的是，林冲在《宝剑记》中的肖像描写亦与《水浒传》有较大出入。有别于《水浒传》中的"豹头环眼，燕颔虎须"，《宝剑记》中的林冲长得清秀、儒雅，极具儒士风范。另外，在京剧《野猪林》里，林冲的唱词有云："叹英雄生死离别遭危难，满怀激愤问苍天……问苍天，何日里重挥三尺剑？诛尽奸贼庙堂宽！壮怀得舒展，贼头祭龙泉。"经过一系列文艺作品的重塑，林冲的形象由流落江湖的中下级武官逐步变成了心怀家国、意欲回天的忠臣良将。

有别于明清以降各种文艺作品对林冲忠君爱国形象的打造,当代学界则更多地选择运用阶级性、革命性的眼光去审视《水浒传》中有关林冲的故事敷演。学者们着重从林冲中期"抛弃了政治幻想,毅然决然上水泊梁山落草为寇"的情节出发,分析出林冲由软弱忍让、逆来顺受,再到一步步走向反抗的性格嬗变,并高度赞扬了他"敢于在封建阶级的黑暗统治下,挥舞起拳头,绝地反击与封建余孽展开殊死搏斗"的精神。学者们认为,林冲在《水浒传》中的性格演变史,从本质上说,是一部以林冲为代表的广大受封建统治阶级压迫的中下层人民,对腐朽统治的否定史、与封建社会的决裂史。进一步的,有学者称《水浒传》"是一部揭露封建社会黑暗和封建统治阶级罪恶、揭示封建社会的基本矛盾、歌颂反抗封建压迫的一系列英雄人物、说明'乱自上作,官逼民反'合理性的小说"。

再说内德·凯利。

内德·凯利在澳大利亚特殊的文化语境中存在着两种截然不同的文化形象。在澳大利亚的历史档案中,内德·凯利是一个不折不扣的造反者,是一个杀戮成性、抢掠民众、危害社会秩序的冷血恶魔,是一个身上沾染诸多恶习的反社会败类。他最终被抓获,并于1880年在墨尔本被处以绞刑。牛津大学人类学家、皮特河博物馆馆长弗朗西斯·拉尔森在《人类砍头小史》中谈及内德·凯利的颅骨时认为,被砍下来的人头"装点了世界的正义、科学的消遣",是"一件纪念品、一件宝贵的遗物、一件死亡警示物,以及一组材料"。从人类学的角度出发,内德·凯利的颅骨,不仅是生物层面上的一组DNA,也不仅是历史层面上"装点了世界的正义"的"一件死亡警示物",而且应该是文学层面上实现"消遣"的"一件纪念品""一组材料"。

斗转星移,在新世纪之初,澳大利亚作家彼得·凯里以内德·凯利为原型,写就了一本历史题材小说《凯利帮真史》。该书一经问世,就受到了社会各领域的持续关注与高度评价。2001年,布克奖评委会主席肯尼斯·贝克称"该小说通过一个备受诋毁和磨难的声音,来讲述一个澳大利亚早期开拓者的动人故事"。在以死去100多年但仍饱受争议的"疯子"内德·凯利为主人公的《凯利帮真史》中,作者彼得·凯里一改往昔的叙述模式,自行赋予内德·凯利这个历史上被殖民政府消声的失语者以另一种话语权。小说家复活了内德·凯利,让其自述了自己26年短暂而又波澜壮阔的一生。小说家这样做,是让死去的历史人物站出来为自己辩护,为曾经的被认为是理所当然的历史再增添一个声道。在这样非常规的构思与叙事下,《凯利帮真史》中的内德·凯利,由澳大利亚殖民政府定义并固化的残暴成性的盗贼与杀人魔头的形象,变成了一个有情有义、天性善良、在受到来自殖民政府的残酷压迫后不得不组建"凯利帮"并起义反抗的澳大利亚民族英雄的形象。内德·凯利那些不为人知的故事,终于从那段"备受诋毁"的历史中过滤了出来,并逐渐为现在的澳大利亚本土民众所知晓。人们借这部"重新审视民族神话、拷问历史和反思现实的文学经典"以正视听,逐渐消除了长久以来对内德·凯利及"凯利帮"的误解与排斥,还给了内德·凯利那曾经遭到虚假篡改的文化身份与民族认同,洗刷了他身上的那些屈辱与不公。福柯曾指出:"应该让历史自身的差异性说话。"面对历史,剥去谎言与欺骗的面纱,使历史还原其本来面目,如其所是地呈现给世人。诚如《纽约时报》评论员安东尼·奎因所言,彼得·凯里从事的是一项伟大的事业,

"他将瑰丽的色彩,耀眼的光环赋予一个早已褪色的故事,将滚烫的血、温暖的肉赋予一个久远的神话"。

不难看出,人物形象在传播的过程中,可能会产生不可预估的自反性张力。林冲从明清戏曲领域中北宋王朝的守护者,变成了当代学界争论中衰朽世道的掘墓者。内德·凯利从殖民政府档案中杀戮成性的造反者,变成了澳大利亚文学中敢于斗争的"开拓者"。这种张力的产生,耐人寻味。人物形象的内核与外延过于复杂是一个较为内在的原因,但不可否认的是,传播过程中的话语建构同样也是一个重要因素。

二

既然形象的差异性乃至形象的自反性是人物形象传播过程一种长期存在的文化现象,那么就有必要把这现象重新提出并将其问题化,进而加以审视。

有别于惯常的理解,福柯认为,"话语所做的并不止于用符号来指称事物"。也就是说,话语并非我们日常所使用的符号系统,它更多的是一种深度融入社会之中并伴随其演变的社会实践。福柯在《知识考古学》中,曾多次使用"话语实践"这个概念来强调话语与实践的内在同一性,"不把——不再把——话语当作符号的整体来研究(把能指成分归结于内容或者表达),而是把话语作为系统地形成这些话语所言及的对象的实践来研究"。因此,作为一种社会实践活动,话语与语境相融贯,且具有一定的社会政治功能。换言之,话语能够架构且能够塑造社会关系,极具功能性色彩。从历时的角度而言,话语深处于一定的时代背景中,并对其所处时代中的社会关系产生影响。从共时性的角度而言,话语隐藏于复杂的社会权力差序中。基于话语与实践的内在同一性,从本质上说,话语与社会权力是相互作用的。一方面,话语按照一定的运作方式产出并传播,同时还体现着某种意志与意义。另一方面,"话语展现、加强、再生产着社会中的权力和支配关系,并使其合法化,或者对这种权力和支配关系进行质疑和颠覆"。总的来说,话语不仅是权力的产物,也是权力的"再生产方"。无论历时还是共时,话语都是一种社会赋权的手段,即"赋予某个社会个体或群体以权力(同时剥夺另一社会个体或群体的权力)"。因此,话语的赋权包含着一种价值判断与价值选择。正是在这个意义上,话语总是不可避免地带有意识形态色彩。作为存在于社会系统中的个体,我们亦会深受话语的影响。"是话语建构了我们的生活世界,是话语建构了我们对这个世界的理解与解释,同时也是话语建构了我们主体自身。"甚至可以说,正是依靠着话语,个体才得以与世界、与他人建立起一定程度上的联系。在福柯的话语理论中,话语、权力与主体三者之间的内在逻辑关系被联系在了一起。

任何对文化现象的解读、对文化现象的任何解读,必须置诸历时性或共时性的文化场域中,更要放进权力话语的体系里。在一部分明清传奇中,林冲更多地被解读成一个忠义双全的儒将,但少有戏剧把注意力放到林冲反抗压迫、落草为寇的情节上。在当代评论中,林冲则更多的是作为一个"官逼民反"的阶级斗争符号而被广泛认同,前期的懦弱与后期的征讨情节很少被独立且浓墨重彩地进行评论。这样的话语窘境,同样出现在了内德·凯利这个长久以来被殖民政府载录为"恶魔"的人的身上。

基于窘境发生的时代背景,结合福柯的权力话语理论,透视社会话语背后隐藏的权力赋予就显得极为必要。在古代中国,封建君主专制制度延续了两千多年之久。这其中,明太祖朱元璋废除丞相制之后,君主专制发展到了一个新阶段。清雍正帝设立军机处之后,军国大事全凭皇帝一人裁决。自此,君主专制发展到了顶峰。明清时期,皇权是最主要的社会权力。因此,向来由皇权赋权的官方哲学甚或是时代话语——儒家伦理话语,成为备受全社会推崇与肯定的价值选择,成为广大社会主体最为基本的情感认同。以忠义为表征的儒家伦理话语,建构起权力与主体的内在逻辑联系,催生出明清时期戏曲领域林冲的忠义儒将形象。相反的,在当代的学术话语中,特别是在那个文学与政治高度结合的时代里,革命话语与斗争话语,建构起权力与主体的内在逻辑联系,催生出当代文学批评领域林冲的革命者、斗争者、反抗者形象。在内德·凯利生活的年代,社会的权力主体即统治阶级,是隶属于英国的澳大利亚殖民政府。因此,体现殖民意志的话语,建构着整个澳大利亚社会,界定着全部社会主体及相关事物,怂恿着治下的民众找到各自的合理位置。澳殖民政府利用传媒工具诋毁反抗者内德·凯利,极尽丑化之能事。澳殖民政府的这些行为,体现的正是福柯权力话语理论中话语的"赋权"手段。澳殖民政府掌握着社会话语权,通过赋予治下所谓良民以权利来剥夺内德·凯利及"凯利帮"们的权利。不同的权利赋予,生成了体现不同意志的话语,进而在澳大利亚社会建构起相异的价值判断,建构起内德·凯利本人与社会主体对"内德·凯利"这个社会人物相异的身份认同。历史证明,澳大利亚殖民政府一度成功了,内德·凯利在这场话语权的争夺中败下阵来。但当殖民地的迷雾散去之后,内德·凯利的身份终将大白于世。

林冲与内德·凯利完整的话语身份,被具有"赋义"功能的话语不断地肢解、削弱和重置,而二者新的被意志"赋权"的身份则不断地得到确证、维系和强化。最终,林冲与内德·凯利被衍化、界定成了一个话语的他者,不可避免地陷入了话语窘境中。

三

诚然,话语隐藏在复杂的权力结构中,它体现着相应的意识形态和时代背景。但不可否认的是,话语与权力是相互作用的。正如学者所言:"话语展现、加强、再生产着社会中的权力和支配关系,并使其合法化,或者对这种权力和支配关系进行质疑和颠覆。"当陈旧的叙事机制出现了功能性紊乱并最终退出历史舞台之后,一种反思式的、再寻式的叙事机制悄然突起。在新的时代里,林冲与内德·凯利的形象重塑,在各自崭新的话语系统内部悄然展开。原有的相对固化的话语体系,在与时代的碰撞中渐渐稀释、淡化。

有别于先前研究中概念化地将林冲抽象成一个"逼上梁山"的文化代码,一些学者开始从"平民性"以及"人性"的角度重新审视林冲完整的一生。林冲的一生,是纠结两难的一生。这样的纠结两难,恰恰揭示出林冲人性中所固有的个体与社会的矛盾冲突,体现出林冲作为一个"人"复杂而又真实的一面。早年,林冲被高太尉等一干黑暗势力步步紧逼。但他为了不得罪权贵,只能忍辱负重,软弱退让,委曲求全。可以说,隐忍贯穿了林冲的"前半生"。后期,林冲为了国家和黎民,不惜放下与高俅等人的宿仇,向北远征辽国,向南远征方腊。可以说,为国征战贯穿着林冲的"后半生"。在这些情节中,林冲作为一个"人"的情感显露无遗,他不再是一个反抗封建统治的简单的文化符号,而是一个在面对驳杂的矛盾时做出两难选择的普通人。祛魅后的林冲,变成了一个活在生活当中的自然人。林冲的"妥协"背后,体现的正是植根于中国古代士大夫血脉中的一种秉性——儒性。

儒家思想通过等级名分论对社会各主体的次序进行排列,以此来规定各阶层的权利与义务,进而达到君君、臣臣、父父、子子各有其道、各行其是的目的。在皇权专制的话语中,君君臣臣的分界一旦划定,就会在社会生活中产生统治—服从的秩序。这种秩序在士大夫数量空前激增的北宋王朝,更是得到了相当充分的贯彻。北宋王朝以文治国的方略,开创了中国历史上鲜有的皇帝与士大夫共治天下的政治奇观。这种奇观,颠覆了五代时期君主视士大夫如草芥的社会现实。北宋士大夫"由过去的旁观者而直接变成了责任人……这种责任近的说是'忠君',而远的说则是'忧国忧民'"。虽然欧阳修、范仲淹、苏轼等人屡遭贬谪,一生漂泊坎坷,但他们一直都矢志不渝地保持着对君主和社会的责任心。可见,等级思想和道德责任,和谐地融汇在了北宋士大夫的身上。在这样的时代语境中,出生于"小康之家"、接受过良好道德教化、成年之后拥有一定社会地位的林教头,怎能不做出那些具有"妥协性"的选择呢?

况且,林冲是施耐庵创造的角色,林冲的形象、气质、命运很可能会带有施氏的价值追求。在《水浒传》结尾处有诗一则,云:"生当鼎食死封侯,男子生平志已酬。铁马夜嘶山月晓,玄猿秋啸暮云稠。"一句"生当鼎食死封侯",是宋江、林冲等梁山好汉觉得功德圆满后的盖棺之词,更是施氏人生理想抱负终成空幻的悲愤之言。据《兴化县续志》卷十三"补遗"中的"施耐庵传"记载:

> 士诚入内,至耐庵室,见耐庵正命笔为文,所著为《江湖豪客传》,即《水浒传》也。士诚笑曰:"先生不欲显达当时,而弄笔以自遗,不虚庸岁月乎?"耐庵闻而搁笔,顿首对曰:"不佞他无所长,惟持柔翰为知己。大王豪气横溢,海内望风瞻拜。今枉驾辱临,不佞诚死罪矣。然志士立功,英贤报主,不佞何敢固辞?奈母老不能远离,一旦舍去,则母失所依。大王仁义遍施,怜悯愚孝,衔结有日。"言已,伏地不起。士诚不悦,拂袖而去。耐庵恐祸至,乃举家迁淮安。明洪武初,征书数下,坚辞不赴。未几,以天年终。

另据明人王道生所作《施耐庵墓志》云:

> 公讳子安,字耐庵。生于元贞丙申岁,为元至顺辛未进士。曾官钱塘二载,以不合当道权贵,弃官归里,闭门著述,追溯旧闻,郁郁不得志,赍恨以终。……呜呼!英雄生乱世,则虽有清河之识,亦不得不赍志以终,此

其所以为千古幽人逸士聚一堂而痛哭流涕者也。……呜呼！国家多事，志士不能展所负，以鹰犬奴隶待之，将遁世名高。何况元乱大作，小人当道之世哉！先生之身世可谓不幸矣！而先生虽遭逢困顿，而不肯卑躬屈节，启口以求一荐。遂闭门著书，以延岁月，先生之立志，可谓纯洁矣。

不难看出，施耐庵认同儒家"志士立功，英贤报主"的价值观。但施耐庵所生非"世"，仕元，则"不合当道"，"弃官归里"；而后，又以"母失所依"为由，婉拒张士诚；再后，无视"洪武征书"，"坚辞不赴"。可见，在施耐庵的话语体系中，元朝时代、张士诚时代与洪武时代均非理想治世。故而，像施耐庵这类"生乱世"的"英雄志士"，"虽有清河之识"，但"不能展所负"，"亦不得不赍志以终"。不仕则隐，施耐庵选择了闭门著《水浒传》以立"纯洁"之志。《水浒传》虽为虚构，但施耐庵却在其中写尽了自己踌躇满志又怀才不遇的人生辛酸。在施耐庵看来，赵宋王朝即便有诸多弊端，也比元朝时代、张士诚时代与洪武时代更令人神往。故而，施耐庵把自己最为"纯洁"的儒家志向赋予了林冲这一形象。林冲"前半生"的坎坷缱绻，就是施耐庵于"小人当道之世""郁郁不得志"的文学书写；林冲"后半生"接受招安、为国讨逆，则是施耐庵"志士立功，英贤报主"价值观的直观体现，是他的人生理想，是他的踌躇满志。回看那一句"生当鼎食死封侯"，不但是对于梁山英雄的赞美，更是对施耐庵自己理想人生的吟讴。

新世纪初，《凯利帮真史》一书的出现，从根本上戳穿了长期以来澳大利亚殖民政府为群众编织的带有欺骗性质的话语，成功驳斥了殖民政府对内德·凯利以及"凯利帮"的丑恶诋毁，颠覆了民族记忆，击碎了殖民政府为维护自己的统治而构建起的虚假世界。

一反内德·凯利在官方话语中恶魔般的表述，小说以同情的笔墨记述了内德·凯利"被迫"走上绝路的动态过程。19世纪60年代，内德·凯利出生。他的父亲是个爱尔兰裔流放犯，"被从家乡提波拉瑞流放到范迪门地，关进监狱……结束了非人的折磨之后，他终于获释，远渡重洋来到维多利亚殖民地"。在澳大利亚殖民政府的统治下，具有爱尔兰血统且为逃犯之子的内德·凯利，从一出生便被钉在了耻辱柱上。内德家庭贫困，落魄潦倒。在小说作者的笔下，内德和兄弟姐妹们只能"光着脚"走路，"手上脚上长满了冻疮，骨瘦如柴，浑身上下透出了一股子穷酸味儿"。除了贫困，内德的童年还充满了苦难。警察经常像强盗一般来内德家里乱搜一气，恨不得掘地三尺以"找到父亲犯罪的证据"。除此之外，他们还经常骚扰母亲，侮辱母亲。当内德跟随母亲去探望舅舅时，英国警长"用苍白的手指掰碎母亲烧的糕饼"，但母亲却默默咽下侮辱，"忍气吞声地把被警长掰碎了的、还热乎乎的糕饼包好，又向雨中走去"。殖民警察们还污蔑父亲有异装癖……这些都对内德幼小的心灵造成了极大的伤害，"就像肝吸虫的卵，深深的埋葬在我的记忆中"。之后，内德一家又受到了来自澳大利亚殖民政府的一系列更加残酷的剥削与打击。内德的父亲为替儿子顶罪，再一次被捕入狱，在监狱中受尽折磨，出狱不久后便死去了；内德的叔父被殖民政府残酷地处以绞刑；内德的母亲和姐姐备受殖民警察凌辱；内德的师傅哈利·鲍威尔被叛徒出卖，也没有逃脱被殖民政府判处死刑的命运；就连终日为生计而辛苦劳作的内德，也因受到殖民警察的迫害与报复，一次又一次地入狱。在饱受殖民政府残酷的压迫后,受害者内德·凯利终于抛弃了"过上平静日子"的美好幻想,最终发起了对殖民政府的抗争,走上了反抗之路。

除此之外,小说还运用了大量情节去展现内德善良的内心。在内德的童年时期,他会因为"荣升"班长而欣喜若狂,他"发誓要当有史以来最棒的班长"。他会在偶然碰上溺水了的小谢尔顿时,不顾自身的安危,没有丝毫犹豫地跳入河中去救他,继而背着小谢尔顿,光着脚在"荆棘丛生,乱石遍地"的路上走,直到把小谢尔顿安全送到家。谢尔顿太太将内德·凯利称为"世界上最好、最勇敢的孩子"。这样将生死置之度外的义举,竟是一个还未满十二岁的孩子做出来的。埃沙乌·谢尔顿先生(即小谢尔顿父亲)在事后颁给了内德一条孔雀绿的绶带,这使得内德感到"埃维内尔的新教徒从一个爱尔兰小男孩儿的身上看到了善……这是一个辉煌的时刻"。他也由此坚定了"永远不会丢掉自己的单纯"的信念。的确如此,即使被逼上了造反之路,即使遭到了殖民警察的疯狂报复和千里追杀,他也永远保留着那份人性化的"单纯"。例如,在与殖民警察展开殊死搏斗时,他会对被自己杀死的警察感到"非常抱歉",会"心里也不好受",会制止同伴对警察的死亡威胁,"'你要是碰他一下,'我说,'我就开枪打你'"。他还会对前来追杀他的警察抛出橄榄枝,"我对他大声喊道,'投降吧,我不会伤害你。'"会同情处于将死状态的警察,"我不想让他在这痛苦中煎熬"。在经历了一场血腥伏击后,面对自己犯下的一场不可饶恕的罪行,内德希望"雨水能够冲刷掉我的罪孽"。作者一直在浓墨重彩地描写内德对屠杀的排斥和对逝去生命的懊悔,这就从根本上戳穿了澳大利亚殖民政府将内德称为"精神病杀人狂"的谎言。除此之外,起义为"匪"后的内德,还竭尽所能地救济穷苦的百姓。他们多次抢劫银行,为深受殖民压迫的社会底层人民排忧解难;他们还会在秋收季节帮助大伙儿干农活儿;当内德有机会和妻子远渡美国过宁静的生活时,他为了苦难深重的澳大利亚,为了仍处于水深火热之中的澳大利亚底层百姓们,放弃了这个机会。他选择留下来同残酷的殖民政府作斗争。用内德自己的话说,就是"即使万箭穿心,还得咬着牙,为自由,为监狱里的乡亲们的自由而斗争"。最后,内德以身殉国,成全了自己内心最为"单纯"的坚守。

四

加拿大学者罗伯特·弗尔福德在《叙事的胜利——在大众文化时代讲故事》一书中称:"有些故事可能被不公正地遗忘了,但没有一个故事是被不公平地记住的。"林冲与内德·凯利这两个异质文化中的相似故事,虽然都曾经经历过话语的裹挟并陷入话语的窘境,但最终都回到了"人之所以为人"的生活史当中。内德·凯利的人生,是先妥协后反抗的人生;林冲的人生,是先妥协再反抗最后又妥协的人生。林冲的复杂性在于,他不但要和自己和解,还要和造成他人生悲剧的制度和解。林冲的形象悲剧,展现的是具有社会性的"人"的存在的悲剧。法国学者阿兰·巴迪欧在《追寻消失的真实》一书中称:"所有真实都在外表的废墟中被证实。"当绿林文学步入无计可施的窘境,当权力话语变成随风而逝的灰烬,文学的"真实"才会露出真容。林冲也好,内德·凯利也好,他们都是文学中活生生的人,他们可以是忠臣孝子,也可以是乱臣贼子;他们可以是顺民,也可以是暴民。他们有七情六欲,他们有爱恨嗔痴。他们都在追求自己的美好生活。对美好生活的向往,古今皆同,不论是中国的林冲,还是澳大利亚的内德·凯利。文学里的真实,自然也反映着人类社会的真实。

林冲与内德·凯利呼唤的无非是"法治"与"公正"。当法治不能保障公民的基本权益时,一切生活自然就会离社会公正越来越远。林冲与内德·凯利最终走向反抗的原因,无非是法治混乱引发的社会不公正。如何在大众文化时代讲故事、讲好故事、讲好中国故事,就是要抓住文学故事、文学形象背后的终极"真实"——公平和正义。林冲的故事之所以会被"公平地记住",就是因为林冲的生活史是一部普通人在封建社会遭遇不公之后苦寻公正的历史,就是因为林冲的性格史是一部在"合法治性"与"去法治性"之间来回簸荡、彼此较量的历史。内德·凯利的故事之所以会被"不公正地遗忘",就是因为内德·凯利的生活史是一部殖民语境下解构法治、重构公正的历史,就是因为内德·凯利的性格史是一部乞求公正的历史。用法治与公正构成的"真实"去反刍《水浒传》与《凯利帮真史》的形象接受问题,那些由于历史原因造成的话语窘境可能就会迎刃而解了。

论《水浒传》《金瓶梅》中的王婆形象

湖北城市职业学校 李文芳

王婆作为《水浒传》和《金瓶梅》两书中重要的反面角色,也是明清小说中描写的"三姑六婆"的重要代表。据元末明初的陶宗仪在《辍耕录·三姑六婆》里介绍:"三姑者,尼姑、道姑、卦姑也;六婆者,牙婆、媒婆、师婆、虔婆、药婆、稳婆也。"《现代汉语词典》(第七版)解释曰:"三姑指尼姑、道姑、卦姑(占卦的),六婆指牙婆(以介绍人口买卖为业从中取利的妇女)、媒婆、师婆(女巫)、虔婆(鸨母)、药婆(给人治病的妇女)、稳婆(以接生为业的妇女)。旧时三姑六婆往往借着这类身份干坏事,因此通常用'三姑六婆'泛指不务正业的妇女。"还有陆澹安《小说词语汇释》,吴士勋《宋元明清百部小说语辞大词典》等辞书的释义也都与之相近。随着商品经济的发展和市民阶层的壮大,她们开始活跃于各个阶层中间,使用简单的营生做幌子来撮合各式各样的男女关系。她们的阴险狠毒被大家所批判,同时她们的善谋善智和巧舌如簧也给读者留下了深刻的印象。

按时间线索来看,《水浒传》一书首次介绍了王婆在潘金莲西门庆故事中的作用,而后《金瓶梅》一书更是以较大篇幅描写了王婆的计划和相关实施过程,进一步以王婆这个角色左右了女主人公形象潘金莲的命运。二者所写有同有异,本文试着从文本形象的角度分析王婆的时代属性和职业属性;从她与作品中其他人物的关系来看王婆的生存之道;从她的牵线谋略和牵线结局,来分析其阴险而狡诈的谋略。

一、王婆的时代属性和职业属性

《水浒传》《金瓶梅》两部书,先后对王婆进行了大篇幅生动的描写。《水浒传》第二十四回写道,"王婆笑道:'老身为头是做媒,又会做牙婆,也会抱腰,也会收小的,也会说风情,也会做马泊六'"。"马泊六"是宋元时代的市井隐语,专指从中撮合拉拢男女搞不正当关系的介绍人,古时谑称为"马泊六",又称"马八六""马百六""马伯六",意同"牵头",即今日所谓"拉皮条"者。这里介绍了王婆的身兼多职,既是媒婆、卖婆,又是牙婆,还是稳婆。《金瓶梅》第二回中,写王婆对西门庆说:"老身自从三十六岁没了老公,丢下这小厮,无得过日子。迎头儿跟着人说媒,次后揽人家些衣服卖,又与人家抱腰、收小的,闲常也会做牵头、做马泊六,也会针灸看病,也会做贝戎儿。"从这里来看,《金瓶梅》中的王婆在职能工作上还多了卖衣服,同时还会针灸行医,甚至还靠做贼来维持生计。

这些便介绍了王婆的基本信息,交代了王婆身兼多职的"六婆"职业。同时,《水浒传》和《金瓶梅》作为市民文学的代表作,其中描写的人物大多带有浓厚的时代烙印和职业属性。表现在众多的经济参与者身上,就是他们既靠售卖商品获得经济利益,同时又提供无形服务来换取报酬,这样的现象在王婆身上比较明显。她体现了底层女性打破性别局限,积极投入到商品经济中,通过身兼多职,拥有多种收益渠道,来获取经济利益的社会现实。

可以说,王婆是典型的商品经济下的女性商人代表。众所周知,晚明的资本主义萌芽主要集中在江浙之地,但王婆活跃的清河县则属于今天的河北、山东交界一带。由此可见,元末明初北方的商品经济也有较大的发展。两部小说故事中塑造的对象虽然不多,但或多或少都掺杂着金钱利益。其中,王婆更加具有代表性,卖茶既是她的主业,也是她赚外快拉皮条的幌子,既有有形的"一手交钱,一手交货"或"以物易物"的商业活动,又有无形的新形式的商业交易,即利用人与人之间的关系,人与事之间的关系来谋取利益。所有这些,都被金钱利益关系所浸润,具有鲜明的时代特征。

从大的方面了解王婆身上所体现的商品经济特征之后,我们再从她个人的角度分析其职业属性。这里面不得不提及其女性身份,在"七出之条"和"闺阁制"成为妇女精神禁锢的时代,王婆毫无疑问是一个另类。作为寡妇的她不仅自己抛头露面,还走街串巷引导闺阁中女性走出闺阁,做一些违背传统礼法之事。文中的王婆以做针线为名将潘金莲骗至茶坊,故意设计引诱潘金莲,这便体现了她将潘金莲作为商品来换钱这种行为的基本属性。而后,她抓住潘金莲的心理,利用自己的女性身份使得潘金莲一步步就范。这又体现了她的多重职业属性,既要实现"以物易物",争取正当收益,同时也要利用女性身份和口舌,来获取额外收益。

《金瓶梅》第三回曾提到,西门庆和吴月娘的婚事也是由王婆做的媒。但书中着墨最多、留给读者印象最深的,还是沿袭《水浒传》写她帮西门庆与潘金莲牵线私通。第四回写郓哥与王婆争吵,郓哥便这样骂王婆:"你是马泊六,做牵头的老狗肉!"

《金瓶梅》第二十四回写道:"王婆也不是守本分的,便是积年通殷勤,做媒婆,做卖婆,做牙婆,又会收小的,也会抱腰,又善放刁,端的看不出这婆子本事来。""抱腰""收小的"指为妇女助产的接生婆,即"稳婆"。

作者在文中直接交代王婆兼职媒婆、牙婆、稳婆等职业,以茶坊为幌子来经营正当生计的同时,以口才和谋略等待和发现"西门庆式"的顾客,从而充当非正当男女关系的中介。

二、从王婆与作品中其他人物的关系看她的生存之道

王婆作为西门庆和潘金莲奸情中的重要一环,不仅展现了自身的职业特性,同

时也展现了其自身在商品经济中游刃有余的生存之道。关于这个问题,我们可以从王婆与西门庆,王婆与潘金莲,王婆与其他人三组关系进行分析。

首先看王婆与西门庆二人之间的关系。从经济角度来看二者属于雇佣关系,西门庆出钱,王婆为他跑腿达成目的。从成事前二人的关系来看,王婆一方面拉长战线,通过吊胃口等方式,多次获得西门庆的金银;另一方面利用性别优势接近潘金莲,来为西门庆做好铺垫。成事后,王婆在西门庆那里依然可以获得较多金银,名义是买酒肉以及她的感谢费。因此,王婆在她与西门庆的关系中,扮演着老鸨和中介的角色,既能获得西门庆的跑腿费,同时还能拿到潘金莲的卖身钱。由此可见,王婆的大头经济收入并非是卖茶所得,而是通过从事非正当职业获取的不义之财。

再看王婆与潘金莲之间的关系。从潘金莲的角度来看,她天真地相信王婆夸她针线好,最后因为奸情被王婆牵着鼻子走,还天真地认为王婆是为她好。从王婆的角度来看,潘金莲只是她求财或者换财的工具而已。她利用女性身份深入到潘金莲的内房之中,又通过计谋一来二往地套住潘金莲。利用心理战术,紧抓西门庆贪色和潘金莲好淫的特点,为了小费紧紧把他们捆在茶坊里。同时,王婆为了能够长期通过二人的奸情赚取钱财,不惜使出毒计毒害武大郎性命,这里便可看出王婆的老谋深算和阴险狠毒。她不仅在西门庆和潘金莲之间拉皮条获得经济利益,同时还希望持续来财。这些都展现了商品经济下一切商品化的特点。千方百计地钻营赚钱,不管昧良心与否,只要能获得经济利益,她都愿意尝试。

最后再看王婆与其他人之间的关系。这里首先要提的便是《金瓶梅》中的吴月娘。据小说交代,王婆曾是吴月娘和西门庆的媒人,因此,王婆应该是吴月娘的熟人,从月娘那里没少拿好处。尽管如此,王婆在认定西门庆看上潘金莲之后,便紧抓西门庆胃口来勾搭潘金莲,然后把潘金莲嫁给西门庆做妾。吴月娘作为西门庆的妻子,她无疑是被王婆毁掉了婚姻幸福。但最终,吴月娘在西门庆死后便找王婆卖掉了潘金莲。可以说,王婆是西门庆家娶妾和卖妾的重要中介,小说中的吴月娘现象也不是个例,她们都因为金钱变得麻木残忍,也都因为利益可以再次合作。这也是"三姑六婆"可以自由出入闺房,同时屡屡得手的原因之一。

由此可见,王婆虽有合法正当收入,但她的生存之道主要还是在不正当营生中获得经济利益。

三、王婆邪恶而狡诈的谋略

王婆是贪恋钱财、狠心无情的三姑六婆代表,她为人狠心歹毒,做事阴险狡诈,因此她的阴谋诡计和布局安排便有些阴谋家的味道。

首先从她主导的私情背景来看,西门庆和潘金莲"郎有淫心,妾有荡意",王婆快速把握了这点。她看出了西门庆的色欲之心,潘金莲嫁武大郎的不平之意,所以她在他们之间"点火就着",仅用"十分"计策和三天时间便达到了目的。

相比较而言,《金瓶梅》中的王婆更倾向于中介的角色,抑或是现代的皮条客一类人物。她为奸夫淫妇提供活动场所和吃喝物资,从中起着穿针引线、暗度陈仓的作用。纵观王婆的牵线计划,她合理地使用了察言观色和巧妙设计之法,通过精微地观察和利用人物心理,一步步地移花接木引诱女方上钩,同时通过夸张渲染,从西门庆身上赚取了更多的金钱利益。她用"十分"计策观察潘金莲的态度。《金瓶梅》中的王婆先是故弄玄虚打趣西门庆,再三番两次装正经吊他胃口,惹得西门庆"到家甚是寝食不安,一片心只在妇人身上"(第二回)。西门庆频繁地去茶坊讨梅汤,这既让王婆赚了梅汤钱,同时让西门庆更想通过她牵线搭桥实现奸情。王婆一路观察西门庆在武大郎门前的徘徊张望,又不断引诱打趣着西门庆。在一番欲擒故纵后,王婆开始夸张渲染,先是偷情的五个条件,再是与潘金莲偷情如何难且耗时长,最后定下个"十分"妙计:一分——"我替你做";二分——潘金莲来做;三分——来王婆家做吃酒食点心;四分——见西门庆来不动身;五分——口中答应与西门庆说话;六分——西门庆出钱让王婆买酒食,潘金莲不动身;七分——西门庆潘金莲独处,潘金莲不动身;八分——肯与西门庆同桌吃酒;九分——王婆拽上门,潘金莲不焦躁也不动身;十分——被西门庆捏脚不做声。如此便搭线成功,完成大计。

在密谋毒害武大郎之后,王婆再次扮演媒婆的角色,将潘金莲嫁给西门庆。西门庆死后,潘金莲与陈敬济东窗事发,王婆便又露出了牙婆本色。她以吴月娘做幌要一百两银子卖掉潘金莲,终被银子蒙蔽双眼带着潘金莲落入买家武松手里,落得被挖心挖肝的下场。

对于《水浒传》《金瓶梅》里的潘金莲和西门庆而言,王婆都是不可或缺的桥梁。王婆在潘金莲和西门庆奸情中充当牙婆,又作为媒婆帮西门庆讨得潘金莲归家。《金瓶梅》又写她在吴月娘的指使下充当牙婆,最后作为媒婆将潘金莲送到武松家,被武二郎手刃。从整个过程来看,潘金莲的惨剧完全是因王婆将其卖给武松,倘若卖给陈敬济或周守备,则潘金莲的结局则又将改写。所以,从某种程度上可以说是王婆直接左右了潘金莲的命运。从功能角度来说,王婆无疑也是故事中的反派主角了。

总之,王婆作为时代发展的商品化职业从业者,她有着奸猾世故、贪图钱财的本性,有着巧舌如簧的本事。但她依然是时代中独特的个体,以自己的角色和谋略来获得自身利益。她虽然是一个反面人物,却也是一个不朽的艺术典型。

参考文献

[1] 龙潜庵. 宋元语言词典[M]. 上海:上海辞书出版社,1985.
[2] 许少峰. 近代汉语词典[M]. 北京:团结出版社,1997.
[3] 罗竹风. 汉语大词典(缩印本中卷)[M]. 上海:汉语大词典出版社,1997:2852.
[4] 施耐庵. 水浒传[M]. 北京:人民出版社,2008.
[5] 冯梦龙. 喻世明言[M]. 北京:人民文学出版社,2007.
[6] 兰陵笑笑生. 金瓶梅词话[M]. 北京:人民文学出版社,2000.
[7] 徐长伟. 论《金瓶梅》中的"王婆"形象[J]. 陇东学院学报(社会科学版),2007(12).
[8] 李月影. 《从薛婆、王婆形象看"马泊六"式牙婆》[J]. 陕西教育学院学报,2010(3):49-51.
[9] 郑振铎. 中国俗文学史[M]. 北京:商务印书馆,2010.
[10] 陶宗仪. 南村缀耕录[M]. 济南:齐鲁书社,2007.

民国期刊中"潘金莲"的形象嬗变

武汉大学文学院　朱静宜

施耐庵在长篇章回体小说《水浒传》中刻画了"潘金莲"这一女性形象,以其"情移武二郎""私通西门庆""鸩杀武大郎"的相关情节,完成了对"贪淫妇"的时代性理解,使潘金莲"天下第一淫妇"的名号逐渐固定。然而,原作对潘金莲的评判毕竟是特定时代下的礼教传统与伦理化的大众观念综合作用下的产物,流动发展的社会历史必然会为解读潘金莲的多元向度留出空间。

进入晚清、民国时期,针对"潘金莲"的评论风向便开始出现明显转折,多家报刊均有载录以"潘金莲"为主题的文艺创作与人物评点。新近文本通过叙述方式的转换重新定义潘金莲的性格底色,使其逐渐从具体特指过渡为群体泛指,甚至成为一种特殊的形象符码服务于转型时期的意识形态,激荡起近代中国争取女性权利的先声,扩展了人物丰富的公共外延与社会意义。

一、"潘金莲"的原型塑造

《水浒传》第二十四回的回前诗,借"由来美色陷忠良""岂知红粉笑中枪""武松已杀贪淫妇"三句,确立了潘金莲"淫"的核心形象。但纵观潘金莲从登场到魂灭的情节设置,其"性淫"的行为表现基本符合自然人性的真实诉求。

潘金莲本为使女,因不肯依从主家的纳妾要求,被迫嫁与"身材短矮,人物猥獕"的武大,青春遐思与毕生幸福终结于男性权力的摆布之下。施耐庵特意安排此段前情,写明潘金莲在未受摧折之前,拒绝富贵权势的魄力与自身对婚姻爱情的持守,表现了人物在滑入罪恶前不仅拥有坚贞之善,且符合古代道德施予"佳人"的期许。这里,施耐庵并未选择直接塑造一个招蜂引蝶、人尽可夫的天生淫妇,避免了让人物沦于"为了淫荡而淫荡"的单一脸谱化形象。他通过背景的铺垫呈递潘金莲走向自我崩坏的外部因由,显明潘金莲的反抗意志与反抗结果间形成的巨大落差,引出潘金莲"淫"的开始,似乎也隐晦地寄寓了自身对北宋末年女性悲情命运的体察。只是,施耐庵的写作始终着力于歌颂合乎忠义的英雄气质,因此他必须坚持是非分明的整体道德判断,面向潘金莲所流露出的短暂悲悯便迅速失声于"这婆娘倒诸般好,为头的爱偷汉子"的贬义定论之下。

潘金莲既与"三寸丁谷树皮"的武大结为夫妻,二人就建立起一个非常规的婚姻结构。他们的个人条件极度不匹配,存在迥异于传统婚姻家庭的"男弱女强"的性格倒置。潘金莲芳容窈窕、为人强势,不满武大懦弱善欺,动辄对其斥骂;武大却长得"三分像人,七分像鬼",遇到不平之事惯会忍气吞声,与"顶天立地嘁齿带发男子汉"武松有天壤之别。这种相差悬殊的结合违背了古代民间讲求"英雄配美人"的择偶原则,让两性关系中占据上风的潘金莲对于伴侣的角色想象彻底粉碎,由此而生的怨气与苦闷则变得顺理成章。潘金莲的道德困境在于,她的道德行为要求她勉强自己,将情欲爱恋投射到武大委顿丑陋的躯体里,而她的自然情感却催促她成全自己,把热情欢愉倾倒于更加理想的对象上,比如英武堂堂的武松或是刻意挑逗的西门庆。在享受情欲之乐与遵循德行之礼之间,潘金莲选择叛离礼法以追求自身满足,这当然于道德领域有失,却为后世受近代新兴思想影响的晚清、民国时人所肯定,他们普遍更加倾向于从"人性"角度理解潘金莲并与之共情。

与潘金莲的"淫"并行的另一特质是"毒"。"毒"主要体现在潘金莲偷情事发遂鸩杀亲夫这一关键情节。但是,正如潘金莲之"淫"是悲剧诱发下的无奈行径,潘金莲之"毒"也含有"不得已而为之"的成分。王婆和西门庆便是催生其恶念的两大因素,他们在潘金莲抉择武大生死时不断推波助澜,主导了整场合谋。王婆作为谋划者,给出"长做夫妻"与"短做夫妻"两种毒计,安排了用砒霜斩草除根的诸般事宜;西门庆作为决策者,先要求王婆"周全了我们则个",又思量"自古道:欲求生快活,须下死工夫。罢,罢,罢!一不做,二不休",显出奸邪残酷的嘴脸。反倒是身处矛盾中心的潘金莲全程隐匿,她虽然做下夺人性命的决定,但作为杀人的执行者却更像一个被支配的人形傀儡,只是依从王婆的嘱托,将毒药下在武大的盏子里,实际上并未发挥个人主动性参与计划的制定。可以说,王婆和西门庆的介入一定程度上稀释了潘金莲的负面价值,民国时部分评论者尝试将潘金莲从"狠毒无情"的骂声中解救出来,主张王婆与西门庆为杀人的罪魁祸首,潘金莲不过是被蒙骗的可怜角色,为潘金莲的形象解读进行了颠覆性的延展。

二、"潘金莲"的二次演绎

由于原作中潘金莲呈现的不完全是"天生恶人"的扁平化形象,其"淫"与"毒"的个性塑造包含了可供通融之处,例如早期反抗强权不得的凄惨经历、中期无处纾解的婚姻之苦及后期被动加入的谋杀过程,因而潘金莲虽长久以来遭受道德眼光的批判和世俗审视下的嫌恶,但在统一的阅读视角与观看视角之外,仍存在新的切入面来深化对人物的理解。明代问世的世情小说《金瓶梅》就抹去原作侠义忠勇的主旨意涵,单截取潘金莲的故事进行扩写,削弱道德归正的因素,使人性中的自然情欲不加避讳地流露。

追循历史的发展变革,真正为潘金莲"翻案"的重要阶段出现在20世纪上半叶。其时中国社会发生剧烈震颤,代表落后文明与极权压迫的封建制度一夜之间瓦解，旧礼教遭到新青年众口一致的讨伐。1919年爆发的五四运动积极促成了思想觉醒和文化革新，社会各界开始有意识地批判男性话语长期占统治地位的现实，将视线的焦点投注于妇女权利问题上。而各路外来思潮的涌入则带来进化的性观念、人文主义和利己主义，开始强调个体，尤其是女性身体的打开、自然情感的抒发和自我满足的必要性。在艺术领域，包括西方浪漫派戏剧及日本新戏剧等大胆表现人的精神世界和人性欲望的创作，对近代文艺观念和创作实践产生了深远的影响。

　　正是基于五四以来妇女解放运动的部分成果，以及新时期"个人"概念的凸显和性别力量的变化，潘金莲的女性形象才得以发生明显转变。林岚便指出，"妇女在以男性为中心的封建势力统治之下开始抬头，使沉冤千古的许多历史上的女罪人，都得到重新平反的机会，潘金莲只能成为一个大胆的封建礼教的叛逆姿态出现于文字与戏台上，即是一例"。田汉则分析了西方浪漫主义剧作《莎乐美》的引进与"潘金莲"的戏剧改编之间的关联，提出欧阳予倩新版本中的台词"二郎你来看！（撕开自己的衣）雪白的胸膛，里头有一颗狠真的心，你拿了去罢"分明是有莎乐美的气息。由此可见，新思潮对传统道德观念的反思把"潘金莲"再一次请到台前，作为站在古代伦理道德社会对立面的女性角色，潘金莲这一形象开始通过新的演绎和阐释而化身封建礼教的受害者和反叛者，顺理成章地"跻身"为新文学、新艺术、新文化与新思想的"同盟者"。

　　根据晚清、民国期刊全文数据库（1833—1949）所刊录的资料，对"潘金莲"的再理解与再创作，几乎都是基于《水浒传》原作留下的发展空间来进行延伸，各种形式下的二次演绎多数并未改变故事的起承转合，但细节存在或大或小的变化。有些添补了潘金莲寄于张大户篱下时的刚烈不屈，如粤中阿杰写到潘金莲面对张大户的纳妾要求，不为物质享受所诱，亦不为威胁恐吓所折，坚拒"除非老爷回去三十年，为了我的青春我的幸福计，岂肯嫁与又老又丑满嘴胡须之（张大户）老爷"。有些改编了潘金莲"本性淫"的缺陷，嫁与武大后虽委屈，却也一心一意，并未主动挑逗外人，如张古愚写到潘、武二人结为夫妻，潘金莲除"自恨命薄"外，"不作嫁二夫之想"。有些突出潘金莲的偷情与下药是被歹人迷惑和强迫，并非其本性十恶不赦，如《潘金莲曲词略录》的片段里，潘金莲初见西门庆不是相迎的姿态，而是斥责其"你有势有钱想玩弄女性为非作恶会恶贯满盈"。有些重描了潘金莲与武松之间的情感涌动，如朱颖颖写到武松挥刀要杀潘金莲时，潘金莲自白"来，你看，这个雪白的胸膛，正等着我所爱的人用刀刺进去"，以致手执凶器的武松受困于情感的动摇，"简直没有勇气再提起他的刀了"。由于上述细节的补充很大程度扭转了潘金莲在原作中的"淫妇"形象，加之新时代的思想因素和文化因素的共同作用，"潘金莲"转型/嬗变后的基本人物范式可以归纳为"痴情人""受害人""叛逆者"和"女英雄"四种。

（一）痴情人形象

　　潘金莲的"痴情人"形象主要体现在欧阳予倩的戏剧《潘金莲》中。欧阳予倩新作里的"潘金莲"用"情"的浓度替代了"欲"的浓度，武松不再仅仅作为潘金莲受压抑的欲望的发泄载体，而成为被一个女性亲自选择的、寄寓了真挚情感的、无可替代的恋爱对象。当这种女性生出的热切爱恋被迫由男性一方强行切断时，"偷情"反而镀上一层浪漫色彩，变成女性走投无路之下寻找"爱的代替物"的方式，使得看似不专且淫靡的私通也能化作证明爱的坚贞与偏执的凭据。白玉霜饰演的潘金莲，便是在临死前道出"我真恨你，我恨你到了极点啦；可是我爱你，也爱到了十分啦"这样的独白，坦陈自己通奸西门庆"并非跟他有真心真意，因为他有几分像你"，以此营造一种浪漫凄美的戏剧氛围，使观众投射到人物身上的情感多一分感伤与同情，与潘金莲追求情感自由的炽热产生共鸣。

同样将"潘金莲"设置为"痴情人"的创作还包括朱颖颖的《潘金莲的死（续）》，其中写到"谁料你走后，我又遇上了这个冤孽的西门庆，我为什么要爱他，不过是为他与你长得有些像，我爱一个少年的英雄，但是种种关系却使他不能与我亲近，我还没有权力去爱一个与他长得相像的人"。董天野和黄也白也在《武松与潘金莲》中替潘金莲说出"叔叔，你可知道他是你的替身啊！（甜味的笑容）自从那天，你……我无时无刻不想你，念你，疼你，爱你，可是，可是你总不知道我这颗心"，更加细致地为潘金莲辩解，认为潘金莲与西门庆的"淫行"并非源于旧作所暗示的风流情欲的怂动，而是爱情的移植和自欺，为的是缓和自身求而不得的苦闷。这就为潘金莲的爱情命运笼罩上一层格外惹人怜惜的悲剧情调。

（二）受害人形象

潘金莲的"受害人"形象多见于张古愚的作品《阎惜姣潘金莲潘巧云之死》。尽管无论从道德层面还是法治层面，潘金莲的行为都足以被定罪，但众多创作者与评论者仍试图发掘潘金莲狠毒放荡的性格背后那片被忽视的社会土壤，强调潘金莲之恶应归咎为多种外界因素的相互作用——是男权的踩躏、封建的迫害、情感的压抑与奸人的挑唆共同构成了绝望的命运闭环，让潘金莲成为不合理的社会环境的祭牲，以致"被迫举起绝望的屠刀"。这一观点在张古愚的笔下体现得较为充分，他探究了潘金莲立下守节之愿却不慎被西门庆诱惑、心不在淫而终成淫的悲剧："'贞节妇只怕浪荡子。'这话是很真的。金莲因一念之错而遭失身。事后想想。非常惭愧。屡次想要拒绝。可是事实上已经办不到了。"不单如此，潘金莲听到王婆和西门庆要鸩杀武大时，表示"有何忍心下此毒手"，只是未曾敌过王婆的胁迫，才将汤药递予武大。后续张古愚又写作《由潘巧云阎惜姣谈到潘金莲》，对潘金莲遭受的种种悲惨予以总结："她失身于西门庆是在酒醉之后，是落在王婆圈套之中，以后欲拒不能，终至奸情暴露，时当还跌伤了丈夫，为了怕他的叔叔回来不甘休，在王婆主动之下，把她丈夫害了，她是抱恨终身，结果是给她叔叔杀了，我们应当为潘金莲可怜，不应当像金瓶梅作者一样的当她作'河间妇'，谈她是水浒上第一淫妇的。"

其他同时期的评论者也往往将"潘金莲"从"犯罪者"的角色代入到"受害者"的角色，用"可怜""受压迫""牺牲"等词定义潘金莲的境遇，如《潘金莲若生在今日》不忍潘金莲婚姻不幸又不得自由，想要为潘金莲判离婚案："倘若我做法官，有这样一件离婚案件叫我审断，看见被告栏里蹲着一个被告，比栏杆还要矮得可怜，与那花枝招展的原告，互相辉映，那末我就援笔立判，准予离异，即使被告有许多理由饶舌不休,也不予采纳了!"林岚也曾表达过对潘金莲的同情,他谈及潘金莲时说:"其实,像潘金莲这样的一个典型女性,正是封建社会解体期的必然产物之一,潘金莲的出生以及她的斗争生活的展开和终于牺牲,也正是象征着那一个社会中千百万妇女受难的经历。所以潘金莲的受压迫的痛苦,和走投无路的下场,不只是一个简单的家庭问题,而是一个全面性的妇女问题和社会问题。"诸般论述,均是点明潘金莲可恨的面具下尚有可怜可悲的人物内核。

(三)叛逆者形象

潘金莲的"叛逆者"形象亦需以欧阳予倩的话剧《潘金莲》为底本进行探索。潘金莲这一人物的现代性意义在于,她以极端手段张扬了女性身份对男性身份的挑衅、反叛和消灭,突破了封建传统中提倡"夫为妻纲""妇道妇德"的一贯思想,将男性摆布、控制女性的现实痛苦投掷、归还于男性,通过不加掩饰地呈现自身淫荡狠毒的性情,来打碎以往男性审美下关于女性的想象。

据《女诫》所记,中国古代掌握绝对话语权的男性群体为满足自身需求或寻求生活便利,塑造出了"柔顺贤淑""克己守礼"的伴侣理想,具体包括"清闲贞静,守节整齐,行己有耻,动静有法,是谓妇德。择辞而说,不道恶语,时然后言,不厌于人,是谓妇言。盥浣尘秽,服饰鲜洁,沐浴以时,身不垢辱,是谓妇容。专心纺绩,不好戏笑,洁齐酒食,以奉宾客,是谓妇功",以此强化家庭内部的稳定性和男性支配力。与之对照,潘金莲完全与女性"四行"要求背道而驰,她不甘忍耐,大胆背叛了既定命运的规训,其出格举止天然地具备不受控的危险性,因此顺势成为受现代思想影响的先觉者眼中反抗封建制度和"男性凝视"的叛逆者。在《潘金莲》一剧中,欧阳予倩独创了一段潘金莲与乞丐的对话,以突出潘金莲面对两性权利问题时所具有的超越时代的眼光:"所以我想死。趁年轻的时候,还可以靠几分颜色去迷迷男人,已到了年纪稍大一点儿,就一个钱儿也不值了!任凭你是一品夫人,男人不可怜你,你就活不了!妈妈你还不够受吗?"她痛斥女性的卑微困境,不愿做任人鱼肉的可怜虫,于是发出"与其叫人可怜,不如叫人可恨"的呼告。

类似的女性叛逆精神也出现于粤曲中。《新兴粤曲集》收录了潘金莲的角色唱词:"女性为人。奴隶。一向自由束缚。锁在礼教。"这种女性观的觉醒解放了潘金莲的情感,促成了道德评价的翻转,评论者如穆孜便坚决反对再视"潘金莲"为"淫妇",认为"所谓淫妇不过是在一般旧礼教的维护者对于有烈性,有决心破坏旧礼教者的一种侮辱的名词"。

(四)女英雄形象

潘金莲的"女英雄"形象由碧薇的评论《潘金莲的再分析:很能挽回普遍的错误观念》所塑造。此前,无论潘金莲是以"痴情人""受害人"或"叛逆者"的面貌出现,她始终都被当作一位具有人性弱点的、可被理解的凡人来书写,但碧薇在1942年的一篇文章里把潘金莲直接、彻底地从原有评价体系中抽离出来。她不满足于仅仅将潘金莲原有的负面色彩淡化为中性色彩,而试图进一步勾画出一位英雄式的模范、一位带领女性冲破封建枷锁的领袖,一位"反动恶劣礼教的急先锋",借助潘金莲的"男子刚强气息"与反人道的规约陋习、经年累月的性别偏见决裂。显然，潘金莲被碧薇过分夸大，摇身变为具有正面革新作用的"新女性"，已经与原作的写作主旨、情感表达关系微弱，只能被视为思想宣传的形象化手段，服务于社会思想的再造和更新。

三、"潘金莲"的转型效果

除少部分戏谑之文，民国报刊中的评论或创作大体上借由对"潘金莲"的再演绎推动"潘金莲"的形象嬗变，拓展了不同社会发展阶段研究"潘金莲"母题的迥异模式。这种嬗变的大众接受度及实际达成的效果，在晚清、民国期刊全文数据库亦有所记录。

搜索"潘金莲"相关词条，可查询到与"潘金莲"人物形象密切相关的影评、剧评共十九篇，其中多数肯定了潘金莲的新形象，接受了针对潘金莲的新解读方式。例如，在观看过欧阳予倩剧作《潘金莲》后，胡适之评论"潘金莲一剧，是创造的，唱工做工比以前旧剧已有进步，欧阳予倩也曾费了不少的脑筋"；瘦鹃评论"潘金莲一角由予倩君自饰，是尽力地描写一个失意于婚姻而情深一往的少妇，直把伊相传下来、淫毒而狠恶的罪名一起洗刷干净了"。在观看过新华影业公司摄制的电影《武松与潘金莲》后，奇王评论"潘金莲的一生，实在是封建势力高涨时代先觉妇女可歌可泣的战斗史"；胡来评论"读罢说部中的潘金莲结局仅仅能是使人'叹惜她既有今日，何必当初'与'淫妇的报应，大快人心'。看完影幕中的潘金莲，却能使人同情她"；欧阳风评论"潘金莲是封建社会里万千女性的缩影，是旧社会蜕变到新社会的一幕悲剧。她的时代虽已过去，她盼冀着的理想还没有完全实现，卫道者看到潘金莲的死个个感到愉快，妇女们看到潘金莲的死，我不知她们心里是悲哀？还是愤怒？还是默默地在说：'应该这样'"。在观看过喜彩莲演《武松与潘金莲》评戏后，金受申评论"潘金莲为贯彻自己爱情程序，谋害了丈夫，准知没有不透风的篱笆，准知必要一死，而仍然冒险去作，这是'两性爱'和'两性爱牺牲一切，达到利他作用'的联合冲动。武松和潘金莲都杀了人，各自有自己的主张，各自有自己的根据，究竟谁是谁非，各自有他和她的立场，也只好随着'幕闭'……等人寻思罢了"；佚名评论"这个戏的闭幕，告诉了人间之爱情的不公允和反抗的力量，最使潘金莲向礼教做了一个叛逆的女性了"。在观看过李琦年版《潘金莲》话剧后，小原评论"潘金莲在两性问题上，是个现实主义者，绝不采取'芳华虚度'的下策，她把社会给她的不规矩，像血债一般地还给了社会，以浪漫对封建，不顾所谓'人言可畏'，袒白的流露，她才成为我们今日知名的女性"。

然而与此同时，关于潘金莲的二次演绎也引发了一定的负面评价。如马君武评《潘金莲》："欧阳予倩本来很好，做这出戏，真是该死该死，历史上事物甚多，何必取材于此"；武三评《潘金莲》："欧阳予倩的思想，是过于新颖了，但他抓住上海人'肉麻当有趣'的低劣思想，所以潘金莲，是他起家之作，其实这出戏，不过是反映宗法社会的一个断片，而言恋爱至上主义的伟大，把潘金莲的人格，提高到至上高超的地位，……"；一方评《潘金莲》："欧阳予倩为潘金莲翻案后，报纸上演告尝称为

'烈女潘金莲',潘金莲而称烈女,怪已";佚名评电影《武松与潘金莲》:"潘金莲,我们大家知道是个淫妇,在她有丈夫时而去爱西门庆,爱武松,显然是不对了。自然,剧作者意思在乎反抗封建意识。不过导演者手法不够明显,潘金莲演来就只见一个人人爱的淫妇了"。

通过比较已有的材料数据不难看出,尽管"潘金莲"在转型过程中遭到一定的批评,但时人对此的综合接受度较高,也取得了相对理想的转型效果。这一效果的实现一方面加速了女性意识的觉醒和对男女平权制度的呼唤,另一方面也伴随着"潘金莲"文学形象的倒置与社会形象的催化。"潘金莲"本身含有的文学意义在这一时期似乎被其社会意义取代,能够准确查找的晚清、民国报刊中,似乎没有相关的文章探讨"潘金莲"形象塑造的笔法技巧或情节设计,也少有提及"潘金莲"母题在新的文学理论中发挥了何种影响。某种程度上,晚清、民国的"潘金莲"已经变成了以暴露社会问题和引导旧思想"蜕壳"为目的来书写的实用性角色。

四、结论

《水浒传》里的潘金莲由施耐庵塑造为偷情西门、勾引武松、毒杀亲夫的堕落女性形象,其"淫"与"毒"的一面被着重突显,显然与传统封建社会建构的女性理想和女性德行背道而驰。潘金莲最终遭到武松的暴力处决的故事,是男性权力主导下强者对弱者、剥削者对被剥削者的"正义"审判,这反映了受限于特定时代背景的作者本人对以潘金莲为代表的女性模态的批判和厌恶。然而,施耐庵并没有简单地将"潘金莲"置于"绝对恶人"的位置,他通过铺垫潘金莲出身低微、身经摧折的前情往事,解释致使潘金莲走向败坏的外部因由,又借助王婆、西门庆两个角色的奸诈冷酷,稀释了潘金莲的邪恶面,无意中为后世留下了重新阐释潘金莲的可能性。当时间来到20世纪上半叶,女性开始重新思考自身的政治、经济和文化地位,要求突破封建礼教的辖制、废除男性权威塑形的性别差异化观念时,一批创作者和评论者选择聚焦"潘金莲"这一人物原型,改造其既定形象,采取二次演绎或再叙述的方式剥离出潘金莲"痴情人""受害人""叛逆者""女英雄"的一面,在社会公共领域引发了大众的广泛讨论。时人对此做法虽不乏批评之音,但"潘金莲"所承载的女性主义价值取向仍获得了较为理想的传播效果。不难看出,晚清、民国对潘金莲的二次诠释已经脱离了原文本的时代语境和情感态度,"潘金莲"更多地成为助推现代新思想的文学形象符号,体现了近代中国社会内部发生的深刻变革。

"水浒"研究的回望、地域文化及其他

焦欣波：文明戏时期「水浒新剧」考述

周琦玥：新世纪以来《水浒传》绰号考释方法回顾与展望

刘宜卓 包聚福：水浒文化在新一代年轻群体中的传播现状与未来趋势研判——以线上网络平台为观察对象

孙琳 王萃：元杂剧中的旋风戏与东平

王红花 戴艺飞：「水浒地名在盐城新发现研究成果发布会」综述

王登佐：盐城家谱文献资源建设研究

吴玉平：十年磨一剑——《《水浒传》中酒文化》一书前言

杨光：微水浒诗咏三题

李祖哲 张弦生：水浒学新貌的展示——《水浒争鸣》第十七、十八、十九辑评述

文明戏时期"水浒新剧"考述

西北大学文学院　焦欣波

　　19世纪末至20世纪初,中国文学及其戏剧的艺术创作模式、审美意识发生着根本性变化,西方近现代文学与中国文学、中国戏曲呈现出一种复杂交织、融汇多变的新格局,加之民族危机日益严重,知识分子着手积极重新审视和评判戏剧的认知价值和社会功能,"戏曲改良"和"新潮演剧"在晚清"西学东渐"风中蓬勃兴起。尤为可贵的是,自元明清以来的"水浒戏"历经"雅部"繁荣和"花部"崛起的发展嬗变,在清末民初新旧观念冲突的环境之中,既坚守了传统的艺术表演个性,又能紧跟时代步伐并汲取现代文明和外来思想,较早地产生了多部"古装新剧"这样新的艺术形态。

　　学界把清末民初一段时期内相对于昆曲、皮黄等旧有的演出活动而言的各种新式演剧称之为新潮演剧,范围涉及发端于京津等地的"戏曲改良"、上海的学生演剧,以及1907年之后春柳社、春阳社、进化团、"南开新剧团"等一系列创编和演出的"文明新戏"。[①] 新潮演剧惟新是尚,在求新求变中追求与时代风尚的契合。因此,新潮演剧在艺术形态上表现出一种"混搭""杂糅"的"跨界现象"。新文化先驱黄远生曾指出:"今日普通所谓新剧者略分为三种(一)以旧事中之有新思想者,编为剧本……(一)以新事编造,亦带唱白,但以普通之说白为主,又复分幕……(一)完全说白不用歌唱……亦如外国之戏剧者……"[②]黄远生的三分法实际上包含了"戏曲改良""时事新剧"以及早期的"话剧"形态,但其标准略显混杂,既有以思想倾向性而分类又有以戏剧表演形态进行分类,也有以题材相分类。无论怎样界定,新潮演剧都是在以梁启超为代表的革命派大肆提升戏剧地位的过程中,在教会学校及日本戏剧的影响和推动下,催生出的一批具有"新"文化元素或"新"思想精神的戏剧,其中新的戏剧美学观念正在逐步建立。追随整个社会变革和戏剧变迁的大潮,传统"水浒戏"在一批新潮演剧家笔下产生了新式的"萌芽"戏剧——《豹子头》《花和尚鲁智深》《武松杀嫂》《武松》等多部。

---

① 施旭升."新潮演剧":中国戏剧现代化的逻辑起点[J].广东社会科学,2010(4):8.
② 黄远生.新茶花一瞥[M]//远生遗著(下).北京:商务印书馆,1984:262.

一

1914年演出的《豹子头》大致有两部，一部是戏剧家兼革命者刘艺舟编演的《豹子头》，一部是春柳社早期核心人物陆镜若编演的《豹子头》。据刘木铎回忆，其父亲去世后剧本寄存在桂林，抗战时期全部散佚；①更为遗憾的是，后人也未能发现陆镜若《豹子头》剧本的踪迹。但就上述两位作者的经历、思想、戏剧观念以及关于剧本的现存资料来看，也可管窥民国最早两部"水浒新剧"《豹子头》的凤毛麟角。

刘木铎记述其父亲少时喜读《三国演义》《水浒传》，关注时事国政，后来，作为清政府第一批官费留日学生，东渡日本在早稻田大学读书。留日期间，刘艺舟结识了黄克强、宋教仁等革命党人，接受了孙中山的革命思想，加入了同盟会。刘艺舟从小就爱看戏，去日本后也经常看戏，并在看过日本春柳社演出的《黑奴吁天录》《热血》等新剧之后十分兴奋，倍受鼓舞，回国后便取艺名"木铎"，意为宣传爱国思想、揭露清政府黑暗统治、唤醒民众热情，鸣钟击铎。辛亥革命时期，刘艺舟投身革命事业，参与了攻占登州城，收复烟台、黄县的战斗。后来反袁失败，流亡日本，②此时刘艺舟编演了《豹子头》四幕新剧。刘艺舟演戏，以通过戏剧传播革命思想为己任，他曾组织过励群新剧社，在其"小启"中写道："吾心之向，提倡人权，吾志所趋，铲除国贼"。③ 无怪乎刘木铎认为其父亲"编写《林冲》(笔者注：《豹子头》)，借林冲发配他乡被逼上梁山一段历史故事，表达革命党人亡命他国的心境和与袁氏统治势不两立的决心"。④ 由此可见，至少《豹子头》是一部表达革命决心和革命党人落魄心境的新剧，明显具有启蒙思想的倾向性。

刘艺舟曾组织"中华木铎新剧"在日本大阪、东京公演。关于《豹子头》四幕剧剧目，据吉田登志子考证的大阪演出海报显示：

第一　水浒传中的历史剧《豹子头》四幕
第一幕　(前)菜园(后)东岳庙
第二幕　(前)林家(后)白虎节堂
第三幕　(前)林冲哀别(后)森林危难
第四幕　(前)沧州草料场(梦)白虎节堂
　　　　(后)草料场⑤

在东京的演出剧目，日本学者波多野太郎的绿芜草堂也有类似资料收藏：

第一，水浒传《豹子头》
第一幕　(前)菜园之场
　　　　(后)东岳庙之场

---

① 刘木铎. 回忆我的父亲——刘艺舟[M]//戏曲研究：第8辑. 北京：文化艺术出版社，1983：216.
② 刘木铎. 回忆我的父亲——刘艺舟[M]//戏曲研究. 北京：文化艺术出版社，1983：207-211.
③ 欧阳予倩. 谈文明戏[M]//欧阳予倩全集：第6卷. 上海：上海文艺出版社，1990：194.
④ 刘木铎. 回忆我的父亲——刘艺舟[M]//戏曲研究. 北京：文化艺术出版社，1983：211.
⑤ 吉田登志子.「中華木鐸新劇」の来日公演について——近代における日中演劇交流の一断面[J]. 日本演劇学会紀要(通号 29)，1991：13-29.

第二幕（前）林冲家之场
　　　　（后）白虎节堂之场
第三幕（前）林冲哀别之场
　　　　（后）森林危难之场
第四幕（前）沧州草料所之场
　　　　（梦）白虎节堂之场
　　　　（后）再草料所之场①

由两处公演海报可看出，刘艺舟《豹子头》已经采用了话剧的分幕形式，大致分为四幕九场。在内容方面，同时代的新剧家郑正秋曾在《新剧考证百出》"豹子头"条目下评论道："刘艺舟曾编剧，演于日本东京，只分五幕（笔者注：四幕），剧情未免太略。唯风雪山神庙一场，增加梦境，演林冲梦见高衙内逼婚，张氏自缢，张教头忧愤而死等情节，穿插甚妙（张氏等乃均有着落），可谓善矣。"②"梦境"情节的增加在一定程度上使得《豹子头》具有浪漫的艺术气息，而"张教头忧愤而死"与《水浒传》第二十回所述张教头在林娘子被逼死后因"忧疑"染病身故的结局相符，正好能迎合日本观众的悲剧审美观。日本传统戏剧的悲剧意识特别浓厚，能乐、净琉璃的剧目大多取材于悲惨性事件。日本近代的新派剧继承了日本传统戏剧的悲剧艺术特征，几乎所有的新派剧的主人公都以死亡作为人物的结局。《豹子头》悲剧内容的增加打破了传统"水浒戏""大团圆式的结尾"的同时，加强了戏剧人物的冲突以及思想的向度，深化了观众的审美记忆，对宣传革命思想起到了十分积极的作用。但是，从《豹子头》的艺术形态方面来考察，《豹子头》应该属于"古装新剧"，是针对传统戏曲"林冲夜奔"本事的改良改编。1914 年 11 月 9 日《大阪每日新闻》的评论《中座的中国剧》写道：

只因《豹子头》是罗曼蒂克剧，演员的念、做皆充满着中国剧夸张的特色。最富有特色的是团长刘艺舟扮演的林冲，使人感到中国传统戏剧很注重台词的流畅，而且形体动作的表现重于表情的表现。但其中只有正旦史海啸对张氏的艺术处理，全部是写实的手法。能在罗里蒂克剧中表现出中国妇女的生活，是史海啸艺风的可贵之处。③

笔者揣测这里的"罗曼蒂克"应该是指中国传统戏曲程式化、意象性、夸张式的表演艺术。史海啸扮演的张氏给日本观众留下了深刻的印象，她对女性细腻入微的艺术再现着重于人物的情思与具体生活，这一点也打破了《水浒传》及其"水浒戏"对张氏寥寥几笔的勾勒，使得女性人物在新剧当中丰润多彩。不得不说，日本"脱亚入欧"在一定程度上解放了女性，不仅女性的地位逐渐提高，而且女性在日本戏剧的观众席中已经成为重要的力量。刘艺舟应当在某种程度上考虑了日本女性

---

① 吉田登志子.「中華木鐸新劇」の来日公演について——近代における日中演劇交流の一断面[J]. 日本演劇学会紀要(通号 29)，1991：13-29.
② 郑正秋，张冥飞. 新剧考证百出[M]. 上海：中华图书集成公司，1919：17.
③ 吉田登志子.「中華木鐸新劇」の来日公演について——近代における日中演劇交流の一断面[J]. 日本演劇学会紀要(通号 29)，1991：13-29.

所能带来的票房收入,有意增加了张氏的戏份,这使得台上"女性人物"与台下"女性观众"产生了互动的作用。

二

与刘艺舟革命家兼戏剧家的双重身份不同,陆镜若是一个纯粹的戏剧艺术家。他在1909初与欧阳予倩合演《热泪》,至1915年去世,在其短暂的戏剧生涯中为日本春柳社的成长以及中国话剧的起步做出了巨大的贡献,而且,也成为见证中日戏剧交流和影响十分重要的线索。关于陆镜若的生平事迹,欧阳予倩是较为详细地叙述者之一。在欧阳予倩眼中,陆镜若可以说在当时是话剧艺术唯一的通才,他读过不少剧本和文学书籍,学过表演和舞台技术,能编、能演、能排,还能够谈些理论。① 陆镜若在日本留学时期受藤泽浅二郎的戏剧影响较大,藤泽浅二郎是日本新俳优剧(新剧)的代表人物,他常常让陆镜若去其学校"东京俳优养成所"学习,传授其戏剧的演技与理论。明治维新以后,日本迅速掀起文明开化、西化以及改良的社会风潮,日本近代戏剧改革着手从一种新形式"活历史剧"肇始,以区别于题材采用荒诞事件的"旧史剧",而藤泽浅二郎是日本新剧尤其是新历史剧发展演变的中心人物。除此之外,陆镜若还在日本读了易卜生的戏剧作品,并深受日本文艺协会的熏陶。1906年2月,日本戏剧家坪内逍遥创立文艺协会,并于当年11月举办了第一次公演,他对莎士比亚和易卜生格外推崇,认为学习他们是建立日本"国剧"的必由之路,借此希望日本能够"创作文学价值高的话剧剧本"。② 陆镜若及其春柳社以及后来从春柳社诞生出来的春柳剧场③,都受到日本新剧的影响,而日本新剧也是吸收西方话剧思想的产物。作为春柳新剧系统的核心骨干,陆镜若从日本回到上海后改译了多部戏剧,如《猛回头》(日本新剧作家佐藤红绿的《潮》)、《社会钟》(佐藤红绿的《云之响》)以及莎士比亚《奥赛罗》、托尔斯泰《复活》等,并创作出剧本《家庭恩怨记》(七幕)、《痴儿孝女》(七幕)、《渔家女》(七幕)、《豹子头》(十一幕)诸多作品。当时春柳剧场在创作演出方面"多半称赞爱国志士、见义勇为的人和江湖豪侠之流;宣传纯洁的爱情、婚姻自由、爱人如己、牺牲自己成全别人……总的看起来倾向还是对的,也反映着知识分子进步的一面"。④ 值得注意的是,春柳剧场的骨干,基本上都是留学日本回国的知识分子,直接受过日本新剧派的影响,往往不知不觉在节奏和格调方面或多或少流露出日本新派演员的味道。⑤ 像陆镜若本人对伊井蓉峰的演技有所偏爱,《热泪》中的露兰、《不如归》中的赵金城、《爱海波》中的三郎等,其原型都具有伊井蓉峰舞台形象的痕迹。⑥ 伊井蓉峰致力于新剧演出,

---

① 欧阳予倩.谈文明戏[M]//欧阳予倩全集:第6卷.上海:上海文艺出版社,1990:191-192.
② 唐月梅.日本戏剧史[M].北京:昆仑出版社,2008:440.
③ 1912年初由陆镜若发起在上海组织了职业剧团新剧同志会,参加者多数是东京春柳社回国的成员,他们自认为是春柳的继承人,戏剧史上一般都把新剧同志会称作后期春柳。1914年4月陆镜若等以春柳剧场的名义在上海南京路谋得利戏院正式开幕演出,不过仍然使用新剧同志会的团体名称。
④ 欧阳予倩.回忆春柳[M]//欧阳予倩戏剧论文集.上海:上海文艺出版社,1984:168.
⑤ 欧阳予倩.回忆春柳[M]//欧阳予倩戏剧论文集.北京:华夏出版社,1984:168.
⑥ 魏名婕.论日本新剧运动对陆镜若的影响[J].戏剧艺术,2012(4):16.

曾将"壮士剧"改良,为新派剧而做出过努力,以追求戏剧的艺术性和写实性为其表演个性,他容貌英俊,扮演的角色多为风流倜傥、气质洒脱的正面人物。这些都对陆镜若的影响巨大,也使得一个15岁到日本留学的中国学生的人生观、价值观、戏剧观,在日本新剧改革大潮的陶冶下逐渐建构起来,并指导其在戏剧人生当中的创作与演出。

陆镜若编演的《豹子头》取材于《水浒传》,为十一幕古装新剧,于1914年4月至1915年9月在春柳剧场演出,后经中华图书集成公司于1919年4月10日出版。据《新剧考证百出》收录,陆镜若《豹子头》"十一幕新剧"大致故事情节为:

> 第一幕林冲与鲁智深结义,及高衙内戏林冲妻;第二幕陆虞侯计赚林妻;第三幕陆谦设计陷林冲;第四幕林冲买刀;第五幕林冲误入白虎堂;第六幕林冲休妻,及陆谦谋杀林冲;第七幕鲁智深大闹野猪林;第八幕林冲棒打洪教头;第九幕李小二闻陆谦等阴谋;第十幕草料场交替及火烧草料场;第十一幕林冲杀陆谦等三人。①

就故事情节来说,陆镜若的《豹子头》与《水浒传》基本相似。在思想表达方面,笔者认为《豹子头》与春柳社主要表现出来的针砭时弊以及启蒙思想相差不会太远,而且,在戏剧形态、演员演技方面应直接受到了日本新剧的影响。

李叔同《春柳社演艺部专章》可旁证陆镜若《豹子头》一剧的具体情况。李叔同其文介绍,演艺之大别有二:曰新派演艺(以言语动作感人为任,即今欧美所流行者),曰旧派演艺(如吾国之昆曲、二黄、秦腔、杂调皆是)。本社以研究新派为主,以旧派为附属科(旧派脚本故有之词调,亦可择用其佳者,但场面、布景必须改良)。可见,当时春柳社演出的"时装古戏"在艺术形式上,延续了传统古典戏曲的结构、风格、语式,但在舞台道具、布景乃至演员服装等方面,具有时代改良的性质。同时,李叔同指出,春柳社无论演新戏、旧戏,皆宗旨正大,以开通智识、鼓舞精神为主。② 也就是说,春柳社所演旧戏,必为启蒙大众、开通民智、鼓舞革命精神相关的剧目。陆镜若依照《水浒传》编演的《豹子头》本身就蕴含着"官逼民反"的革命精神与启蒙思想,必然成为"后春柳"(春柳剧场)"择用其佳者"的"旧派脚本",但不可否认春柳剧场或许又融入了新思想、新精神、新内涵,且进行再加工再创造的可能性。

三

除此之外,据《新剧考证百出》记载,春柳剧场还曾演出九幕古装新戏《花和尚鲁智深》,该剧本由燕士编写。其本事见于《水浒传》,大致分幕如下:

> 第一幕,鲁达遇史进,及周济金氏父女。
> 第二幕,拳打镇关西。
> 第三幕,鲁达出家避难。

---

① 郑正秋. 新剧考证百出[M]. 赵骥校,勘. 北京:学苑出版社,2016:49.
② 李叔同. 春柳社演艺部专章[M]//阿英. 晚清文学丛钞·小说戏曲研究卷. 北京:中华书局,1960:636.

第四幕,大闹五台山。
(第五幕失考)
第六幕,小霸王逼娶刘氏女。
第七幕,花和尚洞房打周通。
第八幕,花和尚之饥不择食。
第九幕,火烧瓦罐寺。①

《花和尚鲁智深》取材于《水浒传》第三回"史大郎夜走华阴县,鲁提辖拳打镇关西"至第六回"九纹龙剪径赤松林,鲁智深火烧瓦罐寺",讲述鲁智深行走江湖、仗义行侠的故事。从九幕故事梗概来看,新戏与《水浒传》情节大致相似,创作主题也相差不远,始终以歌颂英雄及其崇高的品德行为为旨归。关于编剧燕士,依梅兰芳《戏剧界参加辛亥革命的几件事》文中所言,辛亥年,刘艺舟与光华、燕士等组织了一个剧团到大连、安东、辽阳、威海一带演出,从事反清革命活动,剧团的演员既是演员,又是武装别动队。② 可见,燕士具有多重身份,不仅是新剧编剧兼做演员,而且还是一位反清的革命战士。加之春柳剧场即使演出旧剧也一般选择与革命相关的题材,那么可揣测燕士创作《花和尚鲁智深》意在通过塑造英雄人物鼓动人心,以推动革命。春柳剧场因陆镜若于1915年秋积劳成疾不幸去世而随之解散,因此,《花和尚鲁智深》的演出时间不会超过1915年秋季,也不会早于1912年新剧同志会建立之前。换言之,《花和尚鲁智深》大致在1912—1915年演出。可惜的是,《新剧考证百出》并未给出过多的文字记载,也很难查到关于编剧燕士的生平考证。

值得注意的是,1914年出版的朱双云著作《新剧史》里有一张剧照插图,图注为"最新古装新剧《武松杀嫂》",图中新剧家为(陈)镜花、(汪)优游、(郑)正秋、(徐)半梅,由(张)冶儿摄影,③扮演者皆为新民社的主要成员。这张剧照画面共五人:两人在屋子窗内,其中一男一女;三人在门外,其中门外一矮人正在撞门,一年轻小伙儿撞向另一貌似"老者"。由《水浒传》及传统戏曲"武松杀嫂"情节可推断,由张冶儿摄影的剧照应是郓哥带领武大郎捉潘金莲与西门庆之奸一节。根据《新剧史》的出版时间是1914年,以及陈镜花、汪优游、郑正秋、徐半梅等人的演艺时间推算,特别是郑正秋于1913年正式组建新民社并兼导演与演员,以及剧照注明"最新"二字,古装新剧《武松杀嫂》应该是1913—1914年间的新编水浒戏剧,此剧照应该是带有广告宣传性质的照片。但该剧照足以佐证在1914年两部《豹子头》诞生之前或同年,新编水浒戏剧《武松杀嫂》已经排演完毕。另有《记民鸣社之古装剧武松》记载"新剧古装,创自新民,民鸣继之,亦排武松、西厢两处",④也可力证新民社《武松杀嫂》的存在。新民社是文明戏衰微时出现的以商业方式经营、以盈利为目的的剧团,他们排演的家庭题材新剧风靡一时,取得了较高的票房收入。就新民社的商业属性来说,《武松杀嫂》极有可能是家庭题材类以惩戒淫妇为主题的古装新剧。

---

① 郑正秋. 新剧考证百出[M]. 赵骥,校勘. 北京:学苑出版社,2016:52.
② 梅兰芳. 戏剧界参加辛亥革命的几件事[G]//中国人民政治协商会议全国委员会文史资料研究委员会. 辛亥革命回忆录:第一集. 北京:中国文史出版社,2012:281.
③ 朱双云. 新剧史[M]. [出版地不详]:新剧小说社,1914.
④ 梨史. 记民鸣社之古装剧武松[J]. 上海:[出版者不详],1915(1).

与新民社竞争而起的是民鸣社。民鸣社与新民社共同成就了戏剧史上的"甲寅中兴",促进了新剧的繁荣,但也因大肆经营商业性质浓厚的家庭新剧,导致新剧粗制滥造,文明戏走向衰落。民鸣社在1914年演出了古装新剧《武松》,此剧由顾无为编剧并扮演武松角色,是民鸣社经常上演的热门剧目。《武松》一剧由《记民鸣社之古装剧武松》和《论民鸣社之武松》①两篇评论文章,以及《水浒传》"武松杀嫂"本事可推断为十三幕古装新剧,分幕大致为第一幕遇兄、第二幕戏叔、第三幕别兄、第四幕挑帘、第五幕通情、第六幕告密、第七幕捉奸、第八幕规妻、第九幕哭灵、第十幕显灵、第十一幕询何、第十二幕杀嫂、第十三幕诛庆。故事情节基本与《水浒传》所叙相似,其主要人物为武松、西门庆、武大、潘金莲和王婆。所不同的是,"何九叔"被改称为"何九翁"。另外在具体细节方面,此剧有多处修改,比如"戏叔"一幕门外无雪、门内无火炉布景;"捉奸"一幕郓哥本以掷篮为号而剧中乃作掷帽为号;"询何"一幕郓哥本不在座而剧中在座;西门庆在狮子楼饮酒本偕一客二妓而剧中皆无等,不一而足。② 就主题来说,据《民鸣社一周年纪念书》记载:"凡读施耐庵《水浒传》者,莫不知有武松,其他稗乘野史亦见不一见。慨夫有宋不国,朝政紊如,权奸当路,草泽英雄末由自进,抚髀太息,容有其人。想当日横刀距跃之,概亦一血性男儿也。较彼醇酒妇人,偷安苟息,置大耻于不顾,视家国若敝屣者,胜多多矣。顾君无为特编为剧本,演诸舞台,健儿身手不致沦没于百世之下,并用以针国人奄懦之疾。"③《武松》侧重于表现血性男儿武松除奸卫国的家国思想,"偷安苟息"的"醇酒妇人"潘金莲只不过隐喻了"权奸当路""朝政紊如"的社会现状,此剧有较强的时事政治色彩。但《论民鸣社之武松》一文作者云楼评论《武松》时,认为西门庆扮演者新剧家查天影"脸敷脂粉已犯旧剧恶习,加以举止轻浮,形容过度,于通情一幕淫秽之态不堪入目,淫秽之咎天影其能辞乎? 且新剧为社会教育,凡关于迷信淫荡者,悉宜被除何物,天影竟敢以此败坏风俗",剧中潘金莲竟然也"以天影之诲淫亦从而附和之",④而且潘金莲"一言一动、一哭一笑莫不令人满身起栗,作三日恶",⑤云楼认为这说明表演者有取悦、满足观众庸俗乃至低俗心理的倾向。但是,《记民鸣社之古装剧武松》和《论民鸣社之武松》两篇评论文章都谈到了该剧对武大郎细致入微的刻画,武大郎不仅忠厚老实,且在"别兄"一幕中与武松依依难舍,情深义重,手足之情令人叹羡。⑥ 由上述信息可知,《武松》一剧不仅加重了情感戏份,并在突出政治主题的同时,发挥了戏剧的教育功能和娱乐功能。毕竟,作为一个纯粹的商业性新剧剧团,民鸣社以其强大的商业资本大举渗透新剧市场,在新剧创编演出方面必然要寻求商业与艺术的最佳结合点,以获取利润最大化。

　　其实,从新民社的《武松杀嫂》到民鸣社的《武松》,较之陆镜若、刘艺舟的《豹子头》以及《花和尚鲁智深》等,拓展了水浒戏的题材内容和审美范畴,特别是从家庭角度演绎,深化了兄弟之情。但是,对潘金莲"淫荡"的过度渲染反而与封建意识达

---

① 云楼. 论民鸣社之武松[J]. 白相朋友. 1914(1).
② 梨史. 记民鸣社之古装剧武松[J]. 上海,1915(1).
③ 上海图书馆. 中国近现代话剧图志[M]. 上海:上海科学技术文献出版社,2008:172-173.
④ 云楼. 论民鸣社之武松[J]. 白相朋友,1914(1).
⑤ 梨史. 记民鸣社之古装剧武松[J]. 上海:[出版者不详],1915(1).
⑥ 梨史. 记民鸣社之古装剧武松[J]. 上海:[出版者不详],1915(1).

成默契,再次促使潘金莲成为不得不被杀且以儆效尤的"淫妇"对象,延续了"淫祸"这一持久的文学主题,不利于女性解放和社会的进步。

质言之,无论从作者经历、教育背景的考察,还是通过剧团属性和可"管窥一斑"的剧情去捕捉,都可归纳出以下信息:在外来思想影响下,特别是日本新剧强有力的催生下,中国的"水浒新剧"于1914年左右诞生了。"水浒新剧"区别于以往传统"水浒戏曲"的不同点恰恰在于其进步的民族意识、革命思想以及对社会现实的强烈观照,并在艺术演出方面采用了新剧的分幕方法。但是,其表演形式仍旧带有传统戏曲的写意性、程式化以及象征符号的痕迹。不可否认,"水浒新剧"为后来"水浒话剧"以及蕴藏着现代思想观念的"水浒戏曲"的再生产、再创造,起到了极为关键的开创性、资鉴性作用。

新世纪以来《水浒传》绰号考释方法回顾与展望

山东大学文学院　周琦玥

绰号或称诨名,或称异名、名号,是对于人物正式名字之外的一种特殊称谓,往往来源于对人物某一特征的概括。明清小说中的绰号往往作为身份标识,起到揭示人物特征、勾勒形象、丰满性格的作用。小说人物绰号作为作者建构的,与代指对象之间具有某种关联的文本,确定之初便带有明确的理据性特征和隐喻之意。这种非任意性的关系使其牵涉施喻者的认知活动。文本意义的建构与作者的认知密切相关,恰如拉康所言"能指并非仅为意义提供外壳与容器,而是还能建构具有特殊含义的意义,且使之存在产生的可能",在小说文本细读中占据重要地位。

《水浒传》中的一百零八将每人皆被作者附以绰号,这些绰号往往与相应人物的长相、武艺、出身、才智、本领、品性等关系紧密,甚至可使读者知其绰号,便可想见其为人。与此同时,这些绰号还承载着深厚的文化内涵和民俗意蕴,附有深刻的社会、人生和文化环境的烙印,已然成为水浒文化的标志。也正因为此,对《水浒传》中人物绰号的探讨,无论在单纯的文学史研究中,还是在与之相关的社会生活史研究、民俗文化研究中都具有重要作用,也是研究《水浒传》者所着意考察的领域之一。早在明代,袁无涯刻本《一百单八人优劣》便已关注《水浒传》中人物的绰号,20世纪以来,随着新的文学理论、史学和考据学方法的完备,加之对新材料的发掘,与《水浒传》绰号相关的研究更是成绩斐然。前代学者考论《水浒传》绰号的诸多结论在当下的《水浒传》研究中屡见提及,也有相关的综述性文章,如刘天振《20世纪以来〈水浒传〉人物绰号研究述略》等。但值得关注的是,当前无论是综述撰写者,还是相关论文的写作者,都不同程度地存在"重结论,轻方法"的不足,未对《水浒传》绰号考论中的相关方法进行比类合谊、由器及道的提取与总结,这也使得当下的《水浒传》绰号考释以及学术史讨论难免带有"原子化"的个案讨论之嫌,而缺乏系统性的爬梳。

当下《水浒传》绰号考释的综述性论著均着眼于具体绰号含义的整合研究,而对相关论著所采用的考论方法,以及这些方法存在的缺点与不足未予讨论。但实际上,对《水浒传》人物考释方法论予以关注,补苴前任论著缺失、提供新的可行思路,可以为接下来的研究提供参照。为更好地推动《水浒传》绰号研究,笔者以研究方法为切入点,对新世纪以来的相关研究论著进行爬梳,并予以述评。由于闻见所限,本文所评述的主要是国内学者的研究,偶尔涉及国外学者的部分论著。

一、内部证据法的深化：传统研究范式的继承与新变

以《水浒传》文本内部保存的相关证据,分析其中所蕴藏的绰号命名理据,以文本细读的路径探讨特定人物的绰号含义,是为《水浒传》绰号考论中的内部证据法,这也是历史最悠久、相关论著数量最多的传统方法。早在清代,程穆衡《水浒传注略》中便通过爬梳文本内证的方法,讨论了一些人物绰号的本意。嗣后采纳这一路径考论《水浒传》人物绰号的论著数见不鲜,成为最广为人知、受接纳程度最高的研究范式。新世纪以来的学者对这一研究方法给予充分重视,撰写了一批颇有见地的论著,并在实际运用中对内部证据法这一传统方法进行改进,使其逐步深化、细化,日臻完备。此外,部分论著在传统的内部证据法框架下,努力融入新的研究思路与分析手段,使得这一传统范式出现了充满生机与活力的新质。

杨凯(2012)在探讨宋江的三个绰号——"孝义黑三郎""及时雨"和"呼保义"时,一改前人将同一人物的多个绰号混为一谈的分析思路,而是侧重于不同视角对其进行探讨。基于小说文本,作者指出"孝义黑三郎"与宋江孝顺父母、公忠体国,而又外貌"黑矮肥胖",且是梁山事业的第三代领导人有关；"呼保义"则是出于忠君爱国的考量；"及时雨"则取为朋友解难、为朝廷帮扶之意。这样的研究方法跳出过分强调整体关联的藩篱,将叠置于同一研究对象之上的不同绰号予以离析,而后分别进行探讨,既可以更加全面准确地把握不同绰号的深层含义,又更加符合绰号创作与读者接受过程中的文化心理特点:对同一人物身上不同绰号的读解,隐含着读者接受过程中的心理层次。虽然在最终作为整体系统的小说文本内部呈现出整饬协和、围绕在特定人物之上的外在样貌,但在读者的实际阅读过程中,不同绰号却呈现出叠置的心理样态,产生诸多变异与交替。这种"从分不从和",将叠置于同一人物身上的多个绰号予以离析,而后从不同视角分别探讨的研究范式,可以避免多个绰号之间的相互影响。同时,还可以找出多个绰号之间的内在联系,细化绰号产生的深层原因及文本层次,丰富绰号研究的内容。

张朝阳(2006)则将类型学研究方法应用到绰号考释中,更多地关注《水浒传》人物绰号的"系列化"特征。张氏首先对小说人物的取名方式进行格式化分类,依据形体特征、才能专长、性格脾气、出身门第、职业特点等将为数众多的绰号归纳为几个基本型,而后将同一类型的绰号相互联系、参照,进而确定部分绰号在小说中的含义及其艺术特色。程良友(2018)同样关注《水浒传》人物绰号的类型学问题,认为绰号反映人物外在表现和品性德行,显示人物本领技艺的英雄性。因此立足人物形象、结合人物命运,可以将水浒英雄绰号归类,进而采用相互联系与比照的方法探讨绰号本义。《水浒传》中的绰号有其个性,但通过排列比较可以发现,可以依据不同绰号内涵之间的共同特点将其归纳为几个具有某种共性的集群,进而在这种共性与个性的相互作用下划分绰号类型。同一类型的绰号,在不同层级上具有相对共性,可以作为绰号考释的参考。这样的研究充分考虑了文本内部的层级

关系与作者创作过程中心理活动连贯性所导致的作为外在表现的不同绰号之间的深层次关联,而这种关联往往可以将某些难得确解的绰号与易于考释的绰号系联在同一链条上,进而可以参考其他绰号,为考释难解绰号提供视角和灵感。

《水浒传》绰号的类型学特点不仅仅表现在绰号的确定理据,也即诸多绰号的内涵的关联上,还表现在绰号的基本意义之间的关联上,这也是研究者所着力探寻的角度之一。张进德、刘鹏(2014),以及苗贝贝(2014)均对水浒人物绰号的本义进行探考,将其归纳为兵器乐器等器物名、动物名称、星宿神怪名、古人名字、职业或技能之名、特殊身份称呼、美称等名词性语汇,以及借以描摹人物形体特征、人物性格、人物本领等特征的形容词性语汇。采用这样的聚类分析方式,可以为确定某些具有难解本义的绰号进行考释,进而从确知的本义入手探讨其所对应的引申义,也即绰号的含义及其所带有的感情色彩、文化内涵等。

综合来看,采用内部证据法探讨《水浒传》绰号含义的论著数量较多,但采用的方法往往较为传统,从方法论层面入手进行分析且有启迪作用的论著数量并不甚多。造成这种现状的原因可以归为两方面。其一是内部证据法被研究者广泛运用,前代学人在研究中不断对这一方法进行修正、匡补,使之日渐精密,留给新世纪以来学者"后出转精"的空间已经不大。其二则与《水浒传》绰号的自身特点有关,内部证据法所关注的绰号多来源于人物外貌、脾气秉性、曾经从事职业、使用武器等较为明显的特点,对其进行考论主要依据的是文本内部证据的详细爬梳,这也限制了研究者从方法论层面改进这一研究途径的可操作空间。

二、外部证据法的新发展:文化研究方法的深化与新见材料的发掘

古代白话小说的读者群体多为小市民阶层,其审美意趣与理解接受能力要求白话小说应尽量贴近社会生活的本貌,这样方可与受众产生共鸣。因此古代白话小说中描摹的各类社会生活样态,总可以在现实生活中找到其本真,《水浒传》亦不例外。虞云国先生曾指出"任何文学的虚构都离不开所处的时代,也就是说是以成书时期的社会风俗历史作为其虚构依据的,因而可以作为宋元社会历史的形象史料",进而提出"《水浒传》的社会学读法",将其看作一部"以梁山好汉兴灭聚散为主线的宋代社会风俗史"。采用这种视角与思路,从历史、社会、民俗的视角反观《水浒传》绰号,进而在与之时代相同或相近的文献中找寻材料支持,在外部寻找切入点以考论绰号含义的外部证据法,在《水浒传》绰号考论中占据着重要地位。早在20世纪前期,余嘉锡《宋江三十六人考实》便"援引史传以明稗官小说街谈巷议之所由来,故凡三十六人姓名事迹见于史传者,悉加采取",运用史学考证与文化学研究相结合的方法,尝试追索《水浒传》主要人物的历史原型,进而对主要人物的绰号予以考索。嗣后何心《水浒研究》专设"浑号的研究"一章,对《水浒传》中部分绰号进行考证,何氏同样注重历史文献与小说文本的互证,对"病关索""旱地忽律"等绰号予以诠释。外部证据法因其打破文本拘束、跳脱单一文本限制的特点,为考论较

为难解的绰号提供了新的可能,成为被研究者广泛使用的研究方法之一。新世纪以来的研究者在运用这一方法考论《水浒传》时,在继承前人经验的基础上,不断深化将文学研究与文化研究相结合的研究方法,并努力发掘新见材料,从研究路径的选取与研究材料的挖掘两个层面,推动了外部证据法的新发展。

盛巽昌《水浒黑白绰号谭》,以及在此基础上修订而成的《水浒人物谱》高度重视与正史、文人笔记等所反映"士人文化心理"相对的,更能反映宋元时期中下层民众生活样态,同时也更为切近《水浒传》作者与受众群体心理特点的"民间社会文化心理",对宋元时期平话戏剧中相关材料进行了研究。盛先生指出,绰号是"人物性格、行为、身份、职业等的高度提炼,是社会和公众对某个(类)特定文化人物的认识和评估",这种"认识和评估"所反映出的民间文化带有浓厚的社会意识烙印。因此考论《水浒传》相关绰号,需要对民间文化材料给予充分关注,进而从民族的审美心理和审美情趣等角度考论绰号的相关问题,为厘清绰号的真实含义提供参考。

杨子华(2003)指出《大宋宣和遗事》中所提供的梁山好汉姓名、绰号,与宋元时期的杭州方言、民俗密切相关,进而从宗教与民间信仰、民间传说、相关习俗、文身、服饰等五个方面论证了水浒绰号与杭州方言、民俗的渊源,并在此基础上探讨了《水浒传》中的部分绰号。如考论蔡庆的绰号"一枝花"时,作者以《西湖游览志余》第二十卷所载每年的三月三日"男士戴荠花"习俗为旁证,认为这与蔡庆的个人服饰偏好有关。嗣后,杨氏运用这一研究方法对《水浒传》的部分绰号与杭州文身民俗的关系进行对照考证,探讨燕青、花和尚等绰号与宋元时期的纹身习俗之间存在的关联。并将《水浒传》中的相关赞语、描述与《宋江三十六中赞》《大宋宣和遗事》《梦梁录》《闲读偶记》等文献对读,通过比照当时的杭州吴语方言词汇特征的方法,对浪子、一丈青、花和尚、白日鼠等绰号进行了结合社会风貌的释读。

对宋代民俗文化与《水浒传》绰号之间存在的关联予以关注的还有鲁云(2016),鲁氏指出绰号的产生与宋元时期民间风习密切相关,因而对小说绰号的考论不应脱离特定时代的民间文化特色。具体到《水浒传》中的绰号,不难发现其与纹身、民间器物、神话传说等密切相关。鲁氏通过考论其中所体现的民间审美心理、民俗伦理建构,对绰号本义以及特定绰号与小说情节之间的关联提出新见。

尚继武(2004)将社会心理学研究方法应用到《水浒传》绰号考释中,认为梁山好汉的绰号反映了一定时期、一定的社会条件下社会民众的心理需求、道德趋向甚至政治倾向,认为《水浒传》中的大量绰号所反映的乃是民众对正义英雄和民族英雄的赞美,以及对封建社会主流观念的反叛。这样的研究范式从民众心理的角度反推绰号的生成机制与确定理据,为探求作为特定社会心理表达的绰号在特定历史时期所蕴含的历时语义,特别是色彩义提供了路径,颇具启迪思索之功。

对特定绰号含义的考察,首先需要厘清绰号在小说创作中最具普遍性、最深入人心的含义,这对研究者通过广泛阅读相关文献材料,运用"互文性"理论与方法,研究诸多文献材料中涉及的词汇语法问题与《水浒传》文本中的文学与文化特质的能力提出了较高要求。石麟(2011)通过对宋元时期流行于民间的文学作品进行分析,对"玉麒麟""毛头星""豹子头"等绰号作了进一步的甄别阐释。尤其值得注意的是,石氏运用《三国志通俗演义》的材料,指出林冲的外貌塑造与张飞存在相似之处，因此可以参看《三国演义》中张飞的相关描述考论林冲绰号含义。冯尕才(2016)则对前人著述中将"混江龙"释为某种治水工具的说法予以否定，他对《水浒后传》中李俊的故事给予关注，对跟随李俊出海的童威(出洞蛟)、童猛(翻江蜃)、费保(赤须龙)、倪云(卷毛虎)、卜青(太湖蛟)、狄成(瘦脸熊)的绰号与"混江龙"之间的联系进行排比分析，进而对其原始含义即"翻江倒海的龙"之说提出支持意见。

水浒故事在宋元时期广泛流传于民间，而其最终成书的时代一般认为在元末明初，中间都经历了元代这一民族碰撞、冲突与融合表现激烈的时代，因而运用跨民族视角与民族文化分析的方法考论《水浒传》人物绰号，往往可以抉发新见。张同胜(2018)指出水浒人物的某些绰号特点，如多用动物起名、依据身体特征取名等与汉族人起绰号的习惯多有冲突，但这种取名方式却与蒙古族习俗有相似之处。张氏还选取部分水浒绰号与蒙古族人名进行比较，分析了二者的具体相通之处，并进一步考论了蒙古族起名文化的影响。这种注意跨民族交际与民族文化融合的研究方法，为探讨《水浒传》人物绰号提供了富有新意的视角，也为学者考论相关绰号的本意提供了诸多参照。

除却将新的视角与方法运用到传统的外部证据法之上，扩充其方法论的范围广度之外，对新见材料或此前未被研究者重视的材料进行钩沉、稽考，扩充材料的深度与广度，也是新世纪以来运用外部证据法探讨《水浒传》绰号的新趋势。蔡一鹏(2002)在考论燕青绰号时，运用未被前人所重视的元代杂剧《一丈青闹元宵》，通过探考此剧的含义，并与《水浒传》中燕青的赞语联系考察，认为"一丈青"在小说创作的某个阶段曾为燕青的另一个绰号。张云娟(2008)同样关注燕青的绰号，指出燕青的绰号"浪子"与其赞词"平康巷陌岂知汝名，太行春色，有一丈青"和现在《水浒传》中的燕青形象差距甚远，进而将民间故事和其他笔记小说、杂剧中的燕青形象描述与《水浒传》中的刻画相对照，以尝试还原燕青本事，探讨燕青绰号的含义。两篇文章对燕青绰号的个案研究，揭示了水浒故事在民间流传过程中的不稳定性与不周密性，人物绰号在长期的流传过程中不断被添加、删改，这使得历史原貌难以保留，绰号原意也难以确指。因此目前所见的诸多不同历史层次、流传地域的历史文献中，人物的绰号与座次有可能与《水浒传》中的绰号存在差异，研究者也可以由探讨绰号主人的转移，窥得《水浒传》成书过程与文本层次的一些问题，纠正前人著述中的错误结论。

就目前所见，运用外部证据法探讨《水浒传》绰号的论著在研究方法上多具相似性，还有待于研究者进一步运用交叉学科思维、开拓研究视角，为其提出方法论层面的创新。此外，对作为外部证据法重要参照对象的文献资料的探讨还存在较大空白。实际上，与《水浒传》相关的传世文献种类、数量都较为丰富，且宋元时期与《水浒传》相关的俗文学文献往往可以保存相关信息，恰如佐竹靖彦先生所言，"如果《水浒传》中有先于其存在的故事的话，那么到《水浒传》时已经被忘掉的往日故事痕迹有可能在这些绰号中找到"。因此，倘能深入爬梳《大宋宣和遗事》《宋江三十六人赞》《桯史》《宋史》等文献资料中的相关载录，挖掘出未被前人所关注的材料，并努力寻求未被前人寓目的新见材料，往往可以发现新的证据，甚至补上此前研究中存在的阙环,对相关绰号的考释提出新见,这也是外部证据法材料来源上的创新之处。

三、语言学方法在《水浒传》绰号考释研究中的引入与运用

《水浒传》中的诸多绰号实质上可以看作一种以文字形式表达作者观念与思想倾向的符号系统,处于这一系统中的绰号也即语言符号,恰如索绪尔所言,"连结的不是事物和名称,而是概念和音响形象"。也正因为绰号所带有的符号系统特性,以及这些语言单位因其联想关系将诸多"不在现场的要素联合成潜在的记忆序列"的特性,运用语言学视角与方法考论《水浒传》中的诸多绰号的含义,成为新世纪以来诸多研究者重点关注的问题之一。

运用传统语言学方法考论《水浒传》绰号,主要集中在修辞学领域。刘鹏(2013)将关注重点放在《水浒传》作者综合运用多种修辞手法命名,借以突出人物某一显著特征的做法,进而探讨了"神火将"等运用夸张手法创制的绰号与文本内证之间的关联。刘方超(2016)首先分析水浒绰号的语音形式、词素性质及其组合方式,而后从修辞学角度探讨了绰号特征,指出其同时具备色彩美和对称美。而绰号重视对称美的修辞方法,对于考论成对出现人物的绰号、确定具有对称关系的绰号组合中的疑难之处颇有助益。如朱贵、朱富兄弟的绰号"旱地忽律"和"笑面虎","忽律"一词在考论《水浒传》的论著中有两种解释,其一是将其解释为鳄鱼,其二则是将其解释为一种有剧毒的四脚蛇。但从对称关系来看,"虎"和"忽律"都是野兽之名,那么由"虎"的特征可以推论。此处的"忽律"也应为体形庞大、凶猛有力的动物。由此来看,将其释为"鳄鱼"似更符合《水浒传》原文之意。

与运用传统语言学方法考论《水浒传》绰号的论著相较,采用新兴的认知语言学方法关注绰号所反映的隐喻与转喻问题,是近年来学界关注的重点与新兴方向,与之相关的论著数量也较多。

束定芳(2009)以一百零八将绰号为语料,从认知语言学角度分析了其构成方式和使用特点。指出绰号一般通过隐喻或转喻构成,且不同类型的绰号所用的构成方式偏好不同:隐喻构成的绰号多以历史人物、动物、鬼神为原型,结合水浒人物的本体色彩,形成转隐喻;而转喻构成的绰号则多以职业、长相、使用工具等为依据,突出本体的显著特征。王红梅(2015)则分析了梁山好汉绰号中的概念隐喻,指出《水浒传》一百零八将的绰号中有 59 个是通过隐喻形成的,可以将其归为四条概念隐喻:天神、鬼怪、动物、自然现象。束文、王文的研究与采用类型学方法考论绰号本义的方法相结合,可以为对绰号进行聚类分析时的操作步骤提供参考。

徐永计(2019)也采用隐喻机制分析了《水浒传》绰号命名,将其内部机制归纳为以下四种:一人命名多个绰号;利用词语的引申义、隐喻义;利用多义性词语、词义组合变化的特性;借用内部特征鲜明的事物命名绰号。这样的研究方法跳出既

有的从成型的文献材料为切入点的研究方式,直接从绰号命名者的心理活动入手,可以从心理活动的源头层面探讨绰号的真正含义。

谢彦君(2019)则指出《水浒传》一百零八将的绰号中有38例属于概念转喻,并将这些基于概念转喻的绰号分为工具转喻、地点转喻和属性转喻三种类型,并特别注意属性转喻类型,指出这一类型包含外貌、才能、职业和性格、行为四类。而不同类型的转喻,使得各类绰号在能产性上具有程度差别。因此在考论转喻类绰号的含义时,首先应关注其构成类型,进而从绰号的本体与转喻之后构成的语义类型之间的关联入手,进而得出结论。

采用语言学方法考论《水浒传》中的人物绰号,特别是新兴的认知语言学方法的使用,是一种较为新兴的研究范式。较之姓名,绰号可以直接、具体地反映人物的某一特点,而从事语言哲学研究的学者对专有名词的意义问题,给予了超乎寻常的关心,并积累了一定的经验。倘能从语言的心理生成机制与认知机制入手,探讨绰号背后隐藏的语言本质,将可以为绰号意义研究提供一定的启发。

四、《水浒传》人物绰号考证的展望

当下水浒绰号的研究仍是如火如荼,这也是《水浒传》研究中引人注目的方面之一。然而回顾新世纪以来近20年的研究成果可以发现,为数众多的研究论著仍然采用从文本中找寻实证的方法,关注人物绰号与相应人物性格、小说情节之间的关系等。但实际上,此类研究思路早在20世纪的学者研究中就已饱和,因而此类文本解读式的研究局限在单一的水浒世界中,难有新见。纵使部分学者对内部证据法、外部证据法进行了方法论上的创新,并将交叉学科知识如民俗学、语言学、社会心理学方法纳入绰号考释方法中,但采用此类研究方法的论著数量和相应学者数量都较少,其研究仍较为薄弱。《水浒传》人物绰号研究仍是大有可为的广阔天地,今后的研究应努力延展研究材料、革新研究方法,进而寻求新的突破。

(一)延展研究材料

文学创作并非孤立的,作家、作品难以跳脱出相应的文学生成环境之外,前代著述、同时代其他作品往往会对作者的创作过程施加影响。而已经完成的文学作品在流传、改编中又会为受众或改编者赋予新的阐释或改写,后人的文学创作又会受其影响。因此从特定文学作品与整个文学生态之间的关联入手,往往可以为探讨相关问题提供助益。而讨论文学生态,就需要爬梳、稽考与之相关的数量庞大、种类繁多的研究材料。虽然此前考论《水浒传》绰号者已经对其他同时代或相近时间文献中的相关材料予以重视,但仍未达到"考察殆尽"的程度,如俗语辞书中的词汇释义、小说插图等非文本材料,以及子弟书等俗文学文本对水浒故事的改写并未得到应有的重视。

运用俗语辞书中的词汇释义,往往可以解决部分难得确解的绰号含义。如"一丈青"这一绰号因原著中未作详解,因而诸家之说聚讼纷至、异见杂出。佐竹靖彦先生曾依据《酉阳杂俎》载崔承宪"遍身刺一青蛇",进而推论"一丈青"应该是指一丈长的青龙或青蛇的纹身。但"青蛇"与"青"之间的关联是否严谨周密?刘洪强先生运用现代方言材料,指出在某些方言中"青"有"青蛇"之意,为这一观点提供了新证,但仍存在着可作为证据的材料数量较少的问题。实际上,明清时期的诸多俗语辞书中多有涉及这一问题者,《土风录》《异号类编》《雅俗稽言》中都曾保存有"青"与"蛇"或"龙"产生关联的记载,可为"一丈青"本义为蛇之说提供词汇学方面的支持。

明代"无书不插图"之风愈盛,插图与文本叙述往往相互交叉、一同出现。小说文本中的插图、绣像等的创制目的,则在于为读者提供视觉感官上的审美性愉悦,因此其往往对小说情节、人物形象进行丰满化呈现。毛瑞(Robert Mowry)指出:"在图像风格上,重点是人物。背景指明了事件发生的地点,但也留下诸多的想象空间。与中国戏曲表演一样,人物高度程式化,人们只能通过他们的着装或盔甲而非具体面部特征进行分辨。"人物图像常常聚焦某一显著特征,这与绰号的创制思路同理,因此《水浒传》以及其他相关著述刻本中的插图可以作为研究者的参考材料,以"索象于图,索理于书"的方法,从非文本材料的角度考察绰号含义。例如陈洪绶在《水浒叶子》中展示了文本中所勾勒的水浒人物的细节特征,包括使用的兵器及服饰,似乎是让读者回忆并参考小说来欣赏其作品的完整度。对于兵器的描摹,可以帮助研究者考论部分与兵器相关的绰号含义。

清代子弟书盛行,其价值"不在其歌曲音节,而在其文章。词句虽有时过于俚浅,妇孺易晓,然其写情则沁人心脾,写景则悦人耳目,述事则如出其口;极其真善美之致。其意境之妙,恐元曲而外殊无能与伦者也"。子弟书的叙事,往往对前代作品(或称其母本)予以内容情节、人物形象上的细化与深化。今见清代子弟书中,对水浒故事的改编多达二十余种,对相关人物形象乃至情节的丰富在一定程度上或可为考察《水浒传》人物绰号提供新思路。

(二)革新研究方法

从研究方法来看,要对其他学科、领域的研究方法予以关注,并积极借鉴其研究思路与方法,为《水浒传》绰号考释注入新活力。文化人类学方法在文学研究(特别是民族文学研究)、历史学研究,乃至民俗学、考古学等研究领域中被广泛使用,也取得了一定成果,但在《水浒传》绰号考释中鲜见采用。虽有张同胜《水浒人的绰号与蒙古族的取名习俗》等文章对《水浒传》绰号与蒙古族之间的关系予以关注,但此类研究数量仍较少。《水浒传》的故事早在宋元时期就广为流传,其中的许多人物绰号也定型于元代,而此书的最终成书时代一般认为是元末明初,这一时间点也与元代关系密切。倘能从草原游牧民族文化风尚入手考察《水浒传》人物绰号,往往可以发现此前未注意的特殊现象,并考察某些绰号的确解。同时,这样的研究还可以探讨元代的社会风尚与民族关系、民族文化对通俗文学创作的影响,为民族文学研究提供新视角。

但需要注意的是,文化人类学对人类文明早期给予的关注远高于近世文明,而且当下所能读到的相关著作多为外国学者撰写,其中所列举的例证多属西方文化样本,那么以这样的理论视角考察中国古代文明问题,就需要在方法的选择方面予以更多关注。此外,部分文化人类学著作的中译本也存在某些错漏之处。《骑马民族国家》一书在考论日本古代史相关问题时,对匈奴、斯基泰等草原游牧民族的文化现象给予高度关注,可以为探讨元代蒙古族文化与文明提供参考。但此书的中译本中存在一些纰漏,其中存在着与考论《水浒传》文化现象密切相关的游牧民族文化社会密切相关者。如考论大陆骑马民族氏姓制度的"关于'氏'的诸学说"一节,中译本有这样的译文:"早在昭和初年,津田氏就指出,'氏'并非以血缘关系为联合团结的原理,而是根据政治的统治统一起来的集团,它并不具有某种共同体的机能。他反对日本古代的'氏',可以类比于 kuran·qensu 式的氏族共同体的说法。""kuran·qensu"难以理解,查核日文原著可知此系中译者将原文中"クラン·ゲンス"直接转写为罗马字所得。实际上,此处的"クラン"应释为"clan",所指乃是苏格兰式的大家族。而"ゲンス"应释为"gens",所指乃是古代罗马宣称来自共同男性祖先的亲缘群体。这种误译,很可能使得读者在阅读过程中误解原著本义,或忽视某些本可以作为研究参考的观点。这也提醒我们,在运用外文文化人类学著作时,需要对原著予以高度重视。

除却上文论述的两个方面有待加强之外,《水浒传》绰号研究还应重视语言学理论的应用、开拓研究视野等。研究视野的开阔,具有拓展研究材料和革新研究方法的双重意义与价值。近年来新兴的域外汉籍研究发掘了众多新见材料,同时也为传统研究提供了诸多新的可资参考的方法,从事《水浒传》绰号研究者不妨对此予以关注。外国学者对中国古代小说的阅读札记、点评、批注等,往往可以起到启迪思维、开阔视野之功,可为相关人物绰号的考释提供参考。

《水浒传》绰号考释作为《水浒传》研究中的重要组成部分之一,值得研究者予以高度重视与考察。虽然这一研究起步甚早、考释成果也较多,但从方法论层面来看仍存在着同质性、重复性的问题,其方法创新仍有待提高。在研究中,还应效法、借鉴其他新领域研究中的先进经验和研究前景的设计,以及研究过程中所遇到疑难问题的解决方法,推动《水浒传》研究向纵深发展。

水浒文化在新一代年轻群体中的传播现状与未来趋势研判

——以线上网络平台为观察对象

南开大学周恩来政府管理学院　刘宜卓
山东省梁山县水浒研究院　包聚福

一、水浒文化需要年轻群体的接续传承

水浒文化自形成伊始,传承至今历久弥新,与中国历史的发展进程相伴相随,在风云变幻的历史进程中留下了值得回味的一笔。在革命战争时期,毛泽东对金本《水浒传》中的故事做了极大的开掘和发挥,从政治到哲学,从思想到实践,展现了毛泽东思想的光辉[1],为中国革命的胜利做出了贡献。在改革开放新时期,水浒文化作为中国传统文化的组成部分,其研究者承担着提升文化软实力、推动文化强国战略落实的时代使命与责任。习近平总书记于2013年中共中央政治局第十二次集体学习时的讲话时指出,对中国人民和中华民族的优秀文化和光荣历史,要加大正面宣传力度,通过学校教育、理论研究、历史研究、影视作品、文学作品等多种方式,加强爱国主义、集体主义、社会主义教育,引导我国人民树立和坚持正确的历史观、民族观、国家观、文化观,增强做中国人的骨气和底气。[2] 水浒文化作为中华民族的传统文化,在近年来的传承过程中,其文化传承的具体形式越来越丰富。从名著传承的未来发展等角度来看,新一代年轻群体一定会成为水浒文化接续传承的主力群体。以忠义文化、爱国精神、斗争精神等为内核精神的水浒文化,将通过各类型载体对新一代年轻群体的学习、生活与工作产生潜移默化的影响。所以在文化多元化的大背景下,如何将水浒文化牢固地嵌入到新一代年轻群体的文化网络中十分重要,是聚焦水浒文化传承的研究者们应关注的重大课题,这将直接关系

---

[1]　佘大平. 金本《水浒传》伴随毛泽东的革命人生[J]. 菏泽学院学报,2011(3):33-38.
[2]　新华社评论员. 学习习近平在中央政治局第十二次集体学习时重要讲话:推动媒体融合发展走深走实[J]. 理论导报,2019(2).

到水浒文化在未来能否实现高质量传承发展。水浒文化传承依靠各类型载体做支撑,从传统时期依托书籍文本传播、戏曲曲艺、评书图像等方式进行传播,到新媒体时期依托已形成的包含衍生书籍、文化衍生品、电视电影艺术品、游戏卡牌、商业品牌等多类传播方式的立体矩阵进行传播。对于承担传统文化传承义务的新一代年轻群体而言,相较于中老年群体的线下活动场域,其活动场域与生活方式已发生结构性甚至颠覆性变革,更多活动于线上网络平台。所以要推动水浒文化在新一代年轻群体的文化网络中深度扎根,就必须对该群体主要活动的场域进行研判,在此基础上分析水浒文化在该群体主要活跃平台的传播情况,然后根据传播现状对水浒文化的传播趋势展开预测,并提出针对性与操作性的优化路径。

二、研究文献回顾

通过对CNKI数据库进行相关文献搜索与遴选,可以对水浒文化传播传承的相关研究脉络进行梳理与剖析。至目前,学界对水浒文化传播传承的研究热度整体较高,研究角度从宏观到微观皆有涵盖。佘大平(2006,2010)以《水浒传》各版本的传播历史为视角,从整体上回顾了金本《水浒传》与《水浒全传》在传播过程中因影视化操作所带来的相关问题[1],肯定了金圣叹对水浒文化传播传承的重要作用[2],并对金本《水浒传》的再传承提出呼吁[3]。高日晖(2015)则将水浒文化的传播接受史作为时间坐标,分析了《水浒传》在明、清以及近代以来被施加的政治阐释。[4] 赵敬鹏(2017)以水浒"图像"这一载体作为研究水浒传播的切入口,指出图像载体以"义"作为内核精神展开水浒文化传播。[5] 上述文献以水浒文化整体或具体细分角度为论述点,对水浒文化的传播传承展开了时间上的纵向研究。与此对应,学界对水浒文化断代传播的研究也呈现了一定热度,如分析明清之际《水浒传》的传播环境、传播特征、兴起原因、受众群体、传播影响与载体类别(万梦蕊,2006[6];杨小娜,2010[7]),对《水浒传》的译介传播置于日本江户时代的文学系统更迭视野之下,分析水浒文化的域外的传播情况(刘炯浩,2018[8])。水浒文化传播传承在时间上的纵向接续与横向延展,为新一代年轻群体接受水浒文化夯实了根基。在关注《水浒传》文本所带来的传播效果的同时,学界对水浒文化所衍生的相关传播载体研究也成为主要脉络,如探究电影电视剧等影视水浒对文本的传承与革新,分析影视水浒受众的心理特征(闫东平,2004[9];段金虎等,2005[10]);以2011年新版

---

[1] 佘大平.《水浒传》传播问题的历史与现状[J].鄂州大学学报,2006(1):51-54.
[2] 陈松柏.金圣叹对《水浒传》传播的重大贡献[M].水浒争鸣.第十三辑,北京:团结出版社,2012:20.
[3] 佘大平.研究传播史,开创《水浒》研究新局面[J].广东技术师范学院学报,2010(2):1-3,138.
[4] 高日晖.《水浒传》传播接受史上的政治阐释[J].社会科学辑刊,2015(1):170-175.
[5] 赵敬鹏.论《水浒传》主题的图像传播——以"义"为中心[J].明清小说研究,2017(4):97-112.
[6] 万梦蕊.明代《水浒传》传播初探[D].上海:华东师范大学,2006.
[7] 杨小娜.明清时期《水浒传》传播研究[D].扬州:扬州大学,2010.
[8] 刘炯浩.从多元系统理论看江户时期文学系统的更迭[D].北京:北京第二外国语学院,2018.
[9] 闫东平.《水浒传》的现代传播[D].武汉:武汉大学,2004.
[10] 段金虎,王新芳.论二十世纪《水浒传》的影视传播[J].河北建筑科技学院学报(社科版),2005(2):52-54.

《水浒传》为例分析影视水浒的视觉效果与传播影响(高日晖等,2015①)。对上述文献进行整体回顾后可以发现,现阶段学界对于水浒文化的传播传承研究仍集中在对传播的具体载体进行分析这一方面。虽然已有研究从高校学生受众群体的接受程度(王丽娟等,2018②)、海外网购平台满意度分析、电子媒介对传播影响效果等方面展开研究(乔俊,2014③;谢思婷等,2019④),但以受众群体为研究主体视角的文章尚有待丰富,尤其是以新一代群体为主体展开研究的文献更有待充实,对水浒文化在网络平台的传播情况等具有即时性、关键性意义的研究也应进一步深化。

三、年轻群体主要聚集的网络平台分析

(一)内容平台

本文选择年轻群体进行话题讨论的网络平台——知乎与豆瓣作为观察对象。知乎平台内与水浒有关的话题讨论关注度接近8万,讨论议题数量过万,精华回答数量接近3000。其中讨论议题主要与原著的主旨思想、表现手法、故事细节描述、写作背景、人物性格等有关,平台答主回答时多数会选取《水浒传》原文内容作为依据,同时还会引用《东京梦华录》《续资治通鉴》《清溪寇轨》等相关文献内容进行补充。知乎平台的详细情况如表1所示。

表1　知乎平台专栏关注度⑤

名称	关注	文章数量	类型	主要内容
慈老湿说《水浒》	6207	17	水浒人物解读	发表一些作者个人对水浒的观点
1998年央视版《水浒》电视剧解读	1429	28	影视剧解读	对《水浒》电视剧的剧情解读以及讲述其拍摄的幕后花絮
柳忘言聊水浒	838	28	水浒人物解读	从语言运用角度对水浒人物表现进行解读
魔鬼的水浒闲笔	822	17	水浒人物解读	以水浒人物的内部派系为线索对水浒人物进行解读

---

① 高日晖,李欣.《水浒传》的影视传播与接受——以长篇电视剧新《水浒传》为例[J].大连大学学报,2015(4):46-51.
② 王丽娟,霍泳枝,黄舒羽.《水浒传》在高校学生中传播接受的实证调查[J].青年记者,2018(29):25-26.
③ 乔俊.电子媒介影响下的《水浒传》传播研究[D].南宁:广西师范学院,2014.
④ 谢思婷,李晓艳.《水浒传》在法国的传播与接受——基于亚马逊网站读者评论视角[J].海外英语,2019(16):233-234.
⑤ 本文数据搜集时间截止于2021年2月27日,数据来源为知乎App。

续表

名称	关注	文章数量	类型	主要内容
闲读水浒红楼细窥世界百态	736	14	水浒人物解读	从为人处世与职场规则角度对水浒人物故事进行解读
《水浒》之安魂曲	659	20	同人创作、水浒人物解读	作者对水浒故事的二次创作以及作者基于原著对水浒人物进行解读
品金庸,读水浒,聊上古神话	541	98	水浒人物解读	基于原著对水浒进行解读（本专栏水浒有关内容较少）
水浒智慧:你想做英雄领袖还是皇帝	438	125	水浒人物解读	从为人处世与职场规则角度对水浒人物故事进行解读
羊角风谈水浒	415	125	水浒故事解读	以水浒中的两性关系为重点进行水浒人物故事的解读
蒸汽水浒	231	53	同人创作	作者对水浒故事的二次创作
水浒酒榜	101	53	同人创作	作者将白酒特性与水浒人物性格结合后进行排名

在豆瓣平台内以水浒为主题进行搜索,共搜索到106部影视作品、1000余部图书作品、各类唱片110盘、舞台剧6部、游戏与应用数量为94部。

首先,针对影视水浒的评价主要集中在1998版与2011版,其中1998版水浒传参与频次已过10万次,长篇剧评206篇,新版《水浒传》参与频次过5万次,长篇剧评333篇,存在一定讨论基数,其中对1998版水浒传而言,观众主要集中于对水浒影视所塑造的经典人物与作品思想进行评价;对2011版而言,观众则更多倾向于将新旧两版进行对比,指出2011版的突出贡献在于将1998版未详细塑造的人物形象进行丰富,并对征方腊等原著精彩章节进行影视化补充。

其次,对水浒图书的评价亦占据一定讨论度。从水浒著作的经典版本对比看,对《金圣叹批评水浒传》(金版《水浒传》)的评分皆在9分以上,对施耐庵版《水浒传》《水浒全传》与容与堂版的评分在8.5分至9分之间。对水浒衍生类书籍的评价则主要分为以下几类,一是对水浒文化中江湖世界的处事规则、梁山成员关系的深度揭秘、水浒智慧古为今用的剖析解读等,其中对《鲍鹏山新说〈水浒〉》系列、《黑水浒》《水浒白看》等书籍的评价与讨论度较高;二是对水浒文化展开学理性研究的相关成果,如《双典批判》《水浒论衡》《宫崎市定说水浒》等书目进行讨论;三是围绕水浒文化产生的一系列外传小说、画册图谱等进行讨论,如《残水浒》、《绘卷水浒传》(日)、《水浒猎人》、《燕青打擂》连环画等作品都有较高的讨论度。

最后,对水浒题材的唱片、舞台剧、游戏、应用等进行评价的用户也较多。受影视作品影响,用户大都对1998版水浒传《水浒传原声音乐》与《新水浒传电影原声带》评价较高;同时对各类经典评书版本及游戏衍生配乐的评价热度亦较高。对游戏与应用参与评价评分的人数较少,其中部分用户对"水浒Q传""幻想水浒传"系列、《欢乐水浒传》等在20世纪90年代与21世纪初影响力较大的水浒题材类游戏进行了评分。这也从侧面反映出水浒题材类的游戏相较于三国题材的游戏与应用而言,在数量与热度上皆有赶超空间。

通过对内容平台相关信息的梳理可以认为,内容平台在水浒文化的传播过程中为新一代年轻群体提供了深度交流的场域空间,该群体的深度讨论则进一步促进了水浒文化传播传承的完整度与深入性。从内容平台所反映的信息与优化路径来看,在影视作品方面可以参考小戏骨版(2018)影视水浒的拍摄方式,选取适宜素材作为向特定群体传播名著经典的新尝试;同时参考香港拍摄的邵氏水浒(1972)、水浒传之英雄本色(1993)等类型片,以水浒一百零八将系列展开的影视制作为切入点,以独立故事与经典人物为素材进行影视精品创作,以网剧等新型形式向年轻群体进行推送。在传统传播载体优化方面,一是可以推广金版水浒,作为对现有水浒流行版本的补充,为水浒传播史的各版本讨论扩充张力;二是加强水浒文化与智慧的现实应用性,从管理、生活处事、人生哲学等多个角度剖析与构建水浒文化的时代价值;三是优化水浒传播的平面载体,尤其对于年轻群体而言,从图案设计、排版布局等方面推出符合年轻群体风格的收藏画册,在各大网文平台大力推广以适宜素材为基础的水浒文化同人文创作。

(二)视频平台

年轻群体主要集聚与活动的视频平台,是水浒文化在该群体内传播与产生影响力的关键场域,本文选择抖音App与哔哩哔哩(简称B站)两类视频平台展开分析。水浒文化在抖音平台的主要传播方式是对经典影视视频剪辑来持续推出爆款视频,如CCTV4中央台文艺频道推出的《细品水浒》系列播放量超2.2亿次;据初步统计与保守估计,水浒文化题材类视频在抖音全平台的播放量超10亿次,其中1998版《水浒传》合集系列平台总播放量超5亿次,《新水浒传》合集系列播放量超5亿次,为水浒文化的传播汇聚起巨额流量。就文化IP商业化与衍生演化等方面来看,以水浒餐饮、水浒住宿、水浒景区、水浒收藏等为主题的创作内容等皆有突破百万、千万流量的作品。抖音平台的详细情况如表2所示。

表2 抖音平台水浒话题热度与播放量[①]

话题	播放量(次)	话题	播放量(次)	话题	播放量(次)
水浒传	58.3亿	水浒传之英雄本色	1亿	水浒无间道	1千万
水浒	5.4亿	水浒英雄	6千万	水浒传108将	1千万
1998版水浒传	2.4亿	小浣熊水浒卡	5千万	水浒好汉城	1千万
2011版水浒	2.4亿	水浒学院	2千万	水浒蹦迪	1千万

① 数据来源:抖音App。

抖音短视频平台利用其在平台时代的传播特点,将水浒影视等素材进行剪辑加工,为水浒文化在年轻群体的传播提供了全网最大的流量支持;且以巨额流量为指引,实现了水浒书籍售卖、卡牌推广等商业化运转,进一步提高了年轻群体对水浒原著阅读的转化率,将文化传播由短视频传导到平面纸质载体,增加文化传播深度。

作为年轻群体进行线上活动的主要平台,老版四大名著电视剧在 B 站一经上线,即成为关注热点。仅上线半年播放量即破 1 亿次,现播放量已经接近 3 亿次。相比于短视频平台的创作模式,B 站等内容平台的作品质量总体而言更高,且研究者可以通过作品播放的弹幕数量与内容,对作品传播情况进行深入分析,以此把握年轻群体对水浒文化的评价,这种观察更具即时性与动态性。该平台水浒主题视频以影视作品、漫画动漫、视频创作为主要构成。具体而言,1998 版《水浒传》已达到 2615.5 万次播放量,平台创造弹幕 104.9 万条,且每集弹幕数量皆达到 12000条上限,点赞数量为 8.2 万次,投币数量 5.2 万,在贡献高质量播放量的同时,仍能保持话题的活跃度与即时性。B 站 1998 版《水浒传》各集评论数量如表 3 所示,播放量情况如表 4 所示。

表 3　B 站 1998 版《水浒传》各集评论数量①

评论量	剧集
2000 条以上	高俅发迹(6215)、宋江之死(2683)
2000—1000 条	拳打镇关西(1354)、白虎节堂(1263)、景阳冈(1293)、兄弟重逢(1516)、王婆弄风情(1077)、武大郎抓奸(1370)、狮子楼(1844)、醉打蒋门神(1163)、血溅鸳鸯楼(1110)、招安(1576)
1000—700 条	倒拔垂杨柳(837)、野猪林(732)、风雪山神庙(801)、林冲落草(756)、智取生辰纲(869)、火并王伦(776)、宋江杀惜(823)、清风寨(725)、闹江州(733)、曾头市(948)、英雄排座次(776)、征方腊(930)、魂系涌金门(810)、血染乌龙岭(986)
700—500 条	大闹五台山(607)、杨志卖刀(615)、七星聚义(688)、浔阳楼题反诗(617)、李逵背母(541)、祝家庄(上)(607)、祝家庄(下)(504)、大破连环马(553)、卢俊义上山(673)、血洒陈桥驿(697)
500 条以下	私放晁天王(363)、发配江州(444)、元夜闹东京(427)、燕青打擂(269)、李逵坐堂(299)、偷酒扯诏(353)、大败高太尉(447)

表 4　水浒题材爆款视频(以播放量为参考)

视频名称	播放量(次)	弹幕数量(条)	评论数量(条)	视频号
【日文直译.系列】刘欢《好汉歌》「水浒传 op」	579 万	1.6 万	6635	BV1vK41137R1

---

① 表 3 及表 4 数据来源均为 B 站 App。

续表

视频名称	播放量（次）	弹幕数量（条）	评论数量（条）	视频号
欧美版水浒人物	489万	1.2万	5283	BV16E411q7sC
只有中国人能看懂的史诗级十大人物BGM,有没有你的HERO	466.2万	2.4万	2032	BV1kW41117fu
当《水浒传》里那段唢呐,配上外国大片的时候,简直是神匹配毫无违和感	204万	1.2万	1082	BV1gt41127D2
没有我《水浒传》的唢呐配不了的美国大片	178.3万	3197	929	BV134411r7YY
在卫生纸上画水浒传｜创意手绘｜·二	116.8万	5396	3474	BV1d7411q7Eo
【吸奇侠】《水浒传》武松的前半生,从天人到杀神!	108万	1.0万	2862	BV16x411R7xk
【鲁智深x林黛玉】为你倒拔垂杨柳	105.3万	4775	2130	BV1mZ4y1H7Vi
【四大名著美人群像】倾城一笑	102万	6392	1670	BV1Tx41197A
【奥利给】好汉歌 — 水浒传	72.3万	882	724	BV1rE411r7uK
老外听直译版水浒传主题曲《好汉歌》,都想到梁山揭竿而起了	71.5万	1435	368	BV1z4411x73e

相较于短视频平台,B站视频的创作与传播更注重于对作品的深度加工、二次创作与跨界融合。以影视水浒主题曲及唢呐配乐等影视音乐进行跨界结合的视频播放量较高,结合各剧集有关唢呐配乐的弹幕内容,可参考《亮剑》《武林外传》等影视作品中相关配乐成功跨界的案例,B站相关作者推动1998版《水浒传》的唢呐配乐与二次元、鬼畜类、其他影视题材等深度融合,使影视水浒进入各类分众群体,扩大夯实水浒文化传播的流量基底。

对B站等视频平台内的弹幕与评论等进行深度分析后,本文认为新一代年轻群体在网络平台上关注水浒文化主要是基于四点原因。首先,年轻群体在成长过程中受水浒文化影响的程度较深。随着义务教育以及课外读物对水浒文化的推广,年轻群体在成长阶段就已接触水浒文化,对主要人物及故事情节皆有了解。同时,1998版《水浒传》电视剧的播出在全国引起了一波观影热潮,其精彩的故事情节、优质的动作场面以及家喻户晓的主题曲给年轻群体留下了深刻印象,为该群体回顾经典打下了坚实基础。其次,视频创作者不断涌现的创意与视频制作工具的更新迭代,使视频创作者群体不断扩容,对影视水浒等文化素材展开二次创作,同时网络平台的持续升级也使这些作品有广泛传播的载体。再次,网络平台也为众多水浒爱好者提供了更加便捷、门槛更低的交流载体,畅通了年轻群体讨论水浒文化的渠道。最后,繁荣的文化市场对文化产品的质量要求更高。现阶段我国社会主要矛盾已经转化为人民日益增长的美好生活需要和不平衡不充分的发展之间的矛盾,人民群众对文化作品的质量要求更高。四大名著代代相传,影响深远,已成为大型文化符号库,必然会成为网络平台二次创作的热点题材。

(三)营销平台与社交平台

通过对淘宝、咸鱼、当当等网购平台进行相关信息收集分析,可将水浒文化类产品分为四类:书籍类、育儿图书类、礼品类与潮玩动漫类。淘宝购物平台内水浒文化题材类销量最高的是书籍类,其中以中小学生辅助阅读书籍为主要销售方向;参考当当网书籍购物平台的相关信息,销量较高的书籍基本都标注有"义务教育推荐课外书"等字样,销量最高的是在百二十回基础上改写的白话版,从评价来看,主要是用作家庭基础教育。作为传统纸质载体的书籍在水浒文化向中小学生等年轻群体传播的过程中仍具有重要作用,为扎根中小学生文化网络固本培元。除此以外,通过对咸鱼二手购物平台展开信息搜索,可以发现该平台的商品以水浒题材的高价值收藏品为主,具体包括老版连环画、人物邮票、绝版书籍、卡牌礼品(小浣熊)等。进行进一步搜集与网络调查后,可以发现许多卖家为"90后"群体,在出售水浒卡牌的同时更倾向于就卡牌搜集历程与水浒故事进行交流分享,通过卡牌故事交流唤起"90后"对童年往昔的追忆。所以相较于纯粹的营销平台,咸鱼平台更多以社交的方式为水浒文化的交流提供场域。结合各类营销平台的现状分析,水浒文化传播传承的物质载体亟待丰富,可参考三国题材丰富桌游、战棋、手办模型、动画动漫等文创用品。还应复制水浒卡牌对中小学生群体影响的经典案例,推出适宜载体与年轻群体深度绑定融合。就社交平台而言,贴吧中以水浒为题材的发帖数量达511万,关注用户近20万人,帖子的内容以对水浒人物的艺术创作等为主,具体包括诗歌创作(109帖)、绘画(411帖)以及同人文(276帖)等。在运用方式上,贴吧会开展组织征文等活动以保障运转活性,为水浒文化在年轻群体中的传播提供交流平台。

四、对策建议

一是利用网络平台的相关反馈对水浒文化传播传承方式进行适时适度的调整。应当依托对各类网络平台的现状分析,为水浒文化传播方式的改进提供参考依据。具体而言,可根据豆瓣、孔夫子二手书网站、当当网等平台的书籍评分与反馈意见,对纸质书籍的排版、出版刊印、封面美工、内部插图等进行优化;参考淘宝、咸鱼、天猫等网络营销平台的用户画像与产品满意度调查,政府机构可通过发布文旅产业政策等方式引导企业主体优化现有水浒文创产品,与 B 站等平台内爆款的二次元周边寻找切口展开进行从 IP 到文创产品的深度融合,推动水浒文化嵌入到新一代年轻群体的文化网络之中。

二是推动网络平台内的水浒文化与现实载体相融合。可依托平台对各地泛水浒旅游景区、学会会议与相关衍生产品进行推介传播,使用抖音、快手、微视频等短视频平台策划爆款活动,利用平台流量平台经济推动水浒文化与区域文旅经济进一步融合,善用水浒文化大 IP 推动餐饮、文旅、酒店、卡牌玩具等品牌化发展,传播传承水浒文化的同时带动区域经济发展。此外,还可以参考网络平台对影视水浒作品的反馈,为相关影视题材的创作提供参考依据,在水浒影视城的基础上围绕培育文旅项目、组建研游学院、建立影视文化产业基金等打造水浒影视全产业链体系,构建以"水浒文化 IP—网络平台传播—现实载体转化"为闭环的水浒文化传播体系,为水浒文化在新一代年轻群体中的传播传承打通源头活水。

三是充分发掘网络平台内的水浒文化传承先锋,构建水浒文化传承的老中青人才体系。具体来说,应择优选择新一代年轻群体中水浒文化的传承先锋,与老一辈文化传承者们共同构建水浒文化传承矩阵,发挥老一辈文化传承者的理论功底,突出对水浒文化传承方向的把控力,结合文化传承先锋对新一代年轻群体的熟悉度,以文创周边、爆款短视频制作、水浒文化深度挖掘等为首选载体推动水浒文化的在新一代年轻群体中的传播传承。

四是加强水浒文化传播的"内功",提高水浒文化的流行性与时代性,赋予其平台时代的文化传播特性。同为四大名著,水浒文化传播相比三国文化而言受众群体相对较窄,应将《水浒传》中不符合时代精神的落后思想进行修改批判,净化水浒文化传播内涵。参考 B 站等平台内创作内容的特点及运作方式,推动水浒文化及其关联要素与其他分众领域进行深度融合,构建优质创作者矩阵,激发平台创作者在影视作品的二次创作、对比传播与跨界融合等方面的能动性,实现水浒文化高质量传播。

五、未来展望

新一代年轻群体对水浒文化的认同与接受程度,直接关系到水浒文化传播传承的效果。在文化日益多元化的大趋势下,作为传统文化的水浒文化要想稳固传承根基,就必须以新一代年轻群体集中活动的网络平台为主阵地之一,善用网络平台等传播载体。水浒文化的传播在中国拥有绝对基数优势。作为耳熟能详、妇孺皆知的文化 IP,在夯实新一代年轻群体作为传承根基的基础上,水浒文化定会代代传承,生生不息。

元杂剧中的旋风戏与东平

菏泽学院人文与新闻传播学院 孙 琳 王 萃

在继承唐宋以来话本、词曲、讲唱文学及金院本与诸宫调的基础上，元杂剧渐成一种完整独特的艺术形式，并与唐诗、宋词一起成为一代文学之翘楚。与诗、词等文学类型相比，元杂剧的民间参与性更强，对社会现实的反映更直接，地域性更为明晰。现存的元杂剧著录中有着相当数量的水浒戏，其中大部分与山东（尤其是东平）关系密切，从中可约略探究元杂剧创作的某种地域性特点。

一、元杂剧中的水浒戏

（一）元代水浒戏举隅

元杂剧中的水浒戏有 30 种左右，其中大部分已佚，然从其剧名亦可大略知其内容梗概。详细情况如表 1 所示。

表 1

元杂剧简名	作者	著录文献
黑旋风双献功（存）	高文秀	《录鬼簿》《太和正音谱》等
同乐院燕青博鱼（存）	李文蔚	《录鬼簿》《太和正音谱》等
梁山泊黑旋风负荆（存）	康进之	《录鬼簿》《太和正音谱》等
大妇小妻还牢末（存）	李致远（疑）	《太和正音谱》等
争报恩三虎下山（存）	无名氏	《录鬼簿》《录鬼簿续编》等
鲁智深喜赏黄花峪（存）	无名氏	《录鬼簿续编》等
黑旋风大闹牡丹园	高文秀	《录鬼簿》《太和正音谱》等
黑旋风借尸还魂	高文秀	《录鬼簿》《太和正音谱》等
黑旋风诗酒丽春园	高文秀	《录鬼簿》《太和正音谱》等
黑旋风敷演刘耍和	高文秀	《录鬼簿》《太和正音谱》等

续表

元杂剧简名	作者	著录文献
黑旋风乔教学	高文秀	《录鬼簿》《太和正音谱》等
黑旋风穷风月	高文秀	《录鬼簿》《太和正音谱》等
黑旋风斗鸡会	高文秀	《录鬼簿》《太和正音谱》等
双献头武松大报仇	高文秀	《也是园书目》
黑旋风乔断案	杨显之	《录鬼簿》《太和正音谱》等
燕青射雁	李文蔚	《录鬼簿》《太和正音谱》等
黑旋风老收心	康进之	《录鬼簿》《太和正音谱》等
全火儿张弘	红字李二	《录鬼簿》等
折担儿武松打虎	红字李二	《录鬼簿》《太和正音谱》等
板踏儿黑旋风	红字李二	《录鬼簿》《太和正音谱》等
窄袖儿武松	红字李二	《录鬼簿》等
病杨雄	红字李二	《录鬼簿》《太和正音谱》等
张顺水里报冤	无名氏	《录鬼簿续编》《太和正音谱》等
鲁智深大闹消灾寺	无名氏	《录鬼簿续编》等
一丈青闹元宵	无名氏	《录鬼簿续编》《太和正音谱》等
梁山五虎大劫牢(存)	无名氏	《孤本元明杂剧》《也是园书目》等
梁山七虎闹铜台(存)	无名氏	《孤本元明杂剧》《也是园书目》等
王矮虎大闹东平府(存)	无名氏	《孤本元明杂剧》《也是园书目》等
宋公明排九宫八卦阵(存)	无名氏	《孤本元明杂剧》《也是园书目》等

《录鬼簿》《录鬼簿续编》《太和正音谱》等虽有不同版本,著录内容亦有差异,但表1中前25种创作于元代还是较为明确的。表1中最后4种现存戏曲虽甚有可能创作于元明之间,但与元杂剧形式较为接近,其内容亦为叙水浒人物聚义之后事迹,但参与人数较多,舞台规模相对较大。

此外还有《宣和遗事》或为宋代佚曲,《小李广大闹元宵夜》《元夜闹东京》《宋公明劫法场》《宋公明喜赏新春会》等著录时间较晚且已佚失,创作年代或为元明之间,暂不作统计。

自元至今,水浒戏一直活跃在我国的戏曲舞台上。当然,关于某些元杂剧是否属于"水浒戏",迄今仍存在争议。如有的学者认为旋风戏因大部分情节与小说《水浒传》并无直接关系,仅有两种或三种被引入小说之中,故不应属于"水浒戏";有的学者则认为既然有水浒人物出现,理应属于"水浒戏"。异议所在的是"水浒戏"范畴应该如果确定。实则"水浒"是一个较大的范畴,世代累积型的小说作品《水浒传》是其主干,但在"累积"过程中,不可或缺的史实、民间传说、戏剧、平话等,理应隶属"水浒"之中。有关于"水浒"人物或事迹的戏曲,无论是否为小说《水浒传》所吸纳,都应作为"水浒戏"来看待。

(二)元代水浒戏与东平的关系

从现存元代水浒戏的著录情况来看,作为山东东平人的高文秀,其创作就数量而言占三分之一,这当然跟作家自身的兴趣有关,但无疑亦侧面表明当时此类戏曲在东平是大受观众欢迎的。据此,吴双曾在《〈水浒传〉中的东平镜像研究》这篇学位论文中提出东平是水浒戏创作起源的观点。

康进之为棣州(惠民)人,虽事迹不详,但作为山东籍戏曲家、杜仁杰的妹婿,与东平渊源亦颇深。其杂剧作品亦以李逵戏为代表。

李文蔚为河北真定(正定)人,其所作两种水浒戏均与燕青有关。而在小说《水浒传》中,燕青与卢俊义即出身于河北大名府,与山东毗邻。后来明代较早创作水浒传奇《宝剑记》的李开先亦为山东籍。

由元代水浒戏来看,戏曲的创作和表演地域性甚为明显。参照曹本《录鬼簿》,其中"前辈"作家共55人,其中大都17人、真定7人、平阳5人、东平4人,可知元杂剧的创作多集中于大都、真定、平阳、东平等处,这跟当时文化的繁荣和艺术的熏陶、传承有着直接的关系。戏曲研究的先驱王国维先生在《宋元戏曲史》中即关注到元杂剧创作活动相对集中的现象,吴梅先生亦曾在《中国戏曲概括》中称:"是故知元人以本色见长,方可追论流别也,当时擅此技者,以大都、东平及浙中最盛。"王志民曾专论"东平府"的元杂剧创作,指出东平是北杂剧从大都至杭州传播的一个杂剧活动中心,其中几个代表人物高文秀、张时起、顾仲清、张寿卿、徐琰等,在杂剧南移的过程中起了桥梁作用。由此观点而言,红字李二虽原籍为京兆(西安)人,但长期在大都生活。或许杂剧的传播不只是单向的,而是一种互通互流的双向行为。高文秀、康进之、李文蔚、红字李二同处于杂剧活动的活跃地带,他们创作的作品或多或少会受到其他人的影响,这也是可以理解的。

据《宋史》等史籍记载,宋江等人纵横于京东地带,即现今河北、山东、河南一带。作为"京东巨寇",宋江一秋的流动性极强,其事迹在南宋时期即广泛传播开来,龚开所谓的"街谈巷议"即指此,而在故事叙事的中心地带更会具极大影响。就杂剧创作而言,元代水浒戏创作和传播的中心地带,必然是以东平为主的。像水浒戏中的水泊梁山在宋代即属寿张县,隶属于东平府,元代亦属东平路,尤其是在宋代水域广阔之时,更是水道相接,连成一片。

(三)东平元杂剧的繁盛

宋元时期,东平是沟通南北的重要枢纽,此后深受先秦以来儒道文化的影响,与汴梁距离亦不甚远,在宋元之交曾为宋、金、元三朝反复争夺的地方,百姓历经战乱,对于社会现实的理解相对较为丰富。元宪宗时,严实兴复东平府学,相继延聘阎复、徐世隆等名士担任教职,许多金亡之后赋闲在家的文人如元好问、杨奂等亦来到东平,著名散曲作家张养浩亦曾在东平担任学正一职,"一时名士多归焉,故东平人物之盛为诸道最"。高文秀即曾为府学生员,其创作才能或许是在受教期间打下的基础。

金太常乐曾驻留东平十余年,后渐成为元宫廷音乐,不少乐工、曲目得以流传,为东平杂剧的创作奠定了坚实的音乐基础。元燕南芝庵在《唱论》中称:"凡唱曲有地所,东平唱《木兰花慢》",可见东平的曲调已具鲜明的地方特色。

尤为关键的是东平紧临梁山、郓城等地,跟河北、河南等地不远,属于"京东"较为核心的地域,"水浒"人物和故事在民间有着丰厚的传播和接受土壤,故而大量元代水浒戏与东平有关,亦就是顺理成章之事了。

二、东平高文秀创作的旋风戏

关于高文秀的生平,天一阁本《录鬼簿》载"东平人,府学,早卒";贾仲明《录鬼簿续编》称"早年六十不得登科,除汉卿一个,将前贤疏驳,比诸公么末极多"。虽记载不多,但确知高文秀籍贯为东平,兼之作品众多,其创作水平及影响直追关汉卿。

高文秀创作杂剧见于著录的有30余种,现存的仅《双献功》《遇上皇》《谇范叔》《渑池会》《襄阳会》,而著录作品中的水浒戏有9种,从数量上来说约占三分之一。高文秀创作的水浒戏题材多为"旋风戏",其笔下的李逵迥异于小说《水浒传》中鲁莽、嗜杀、愚忠的形象,而颇具聪慧、狡黠、诙谐,更具民间性。且在高文秀之前,龚开的《宋江三十六赞》之中李逵的赞词为:"风有大小,不辨雌雄;山谷之中,遇尔亦凶",仅指出其"凶",与"小旋风"柴进作为"雌雄"相对,是对"黑旋风"绰号的描述,并无直接事迹的记载。《宣和遗事》中,"黑旋风李逵"之名亦在宋江所看的"天书"之列,但其事迹、形象都不甚鲜明,后来竟成为元曲颇受欢迎的角色,此问题或许可以用水浒故事及传播的地域性特点来进行解答。即如上文所言,山东一地为水浒故事传播的"核心区",某些人物形象虽未必在南宋时的临安等地塑造完成,但在山东却有广泛的传布,当然其故事多有不同,但名声却是显赫于一时一地的。兼之东平地区在元代前期杂剧艺术较为发达,故而以高文秀为代表的杂剧作家乐于亦善于以水浒人物为主人公创作戏曲。

(一)《黑旋风双献功》

此剧在《录鬼簿》《太和正音谱》《元曲选目》《也是园书目》《曲海目》《今乐考证》《曲录》《曲海总目提要》等篇目中多有著录,亦有作"双献头"者。现存脉望馆赵清常钞本和《元曲选》本,二版本曲文相异之处颇多。其中万历脉望馆赵清常钞本,仅题正名"黑旋风双献功杂剧",不载题目,亦未署作者名氏。《元曲选》丁集下刻本,题"元高文秀撰""吴兴臧晋叔校",篇前题目作"黑旋风双献功杂剧",文中页侧简名作"黑旋风杂剧",题目作"及时雨单责状",正名作《黑旋风双献功》。均为四折一楔子。

剧演郓城县司吏孙荣携妻子郭念儿前去泰安神州还香愿,上梁山寻求护臂,山儿李逵主动请缨。郭念儿与衙内白赤交有私情,趁孙荣和李逵外出时与白衙内私奔而走。孙荣前去官府告状,却被借占衙门的白赤交借势关入死牢。李逵扮成无知村夫潜入狱中,用计救出孙荣,并将白衙内和郭念儿的人头双献至忠义堂上。

作为梁山人物，李逵的最大特点即是仗义而勇行，这一点无论是戏曲还是小说都是相似的：

> 我从来个路见不平，爱与人挡道掘坑，我喝一声都都江海沸，撼一撼赤力力山岳崩，世恼犯我咱情性，千方百计，翻过来落可便吊盘的煎饼。

小说《水浒传》第七十三回回目作"黑旋风乔捉鬼 梁山泊双献头"，但无此剧情，可见其甚有可能是元代的民间故事。从此剧现存文本来看，其情节未被小说所采纳，有学者认为是人物形象相差过大，"如果把高文秀这个《双献头》移植到《水浒传》小说中，会破坏人物性格统一性，破坏小说总体风格。《水浒传》小说没有移植高文秀这部戏，应该说是很合理的"。

然而小说中虽未直接"移植"此剧，但仍有颇多李逵主动要求陪伴他人下山的情节，如吴用计赚卢俊义、燕青打擂、戴宗寻访公孙胜，包括宋江去东京观灯之时，多有李逵主动请缨，但因其面貌异常、性格粗鲁、贪酒好斗等，宋江等人总是不予同意。而李逵却多次偷偷下山，虽未曾起到"护臂"的作用，但毕竟闹出不少事来，这一点亦有人物形象的共通性。戏曲中宋江先是因山儿李逵名声在外，要求他先行改名，又令其更换衣服，再谆谆训诫他百事忍耐、休与人厮打，李逵自愿以头立下军令状，保证骂不还口、打不还手，并时刻不离孙荣左右。这一点在小说《水浒传》第六十一回中李逵非得跟吴用下山时有所表现：

> 宋江喝道："兄弟，你且住着！若是上风放火，下风杀人，打家劫舍，冲州撞府，合用着你。这是做细作的勾当，你性子不好，去不得。"李逵道："你们都道我生的丑，嫌我，不要我去。"宋江道："不是嫌你，如今大名府做公的极多，倘或被人看破，枉送了你的性命。"李逵叫道："不妨，我定要去走一遭。"吴用道："你若依得我三件事，便带你去，若依不得，只在寨中坐地。"李逵道："莫说三件，便是三十件也依你！"吴用道："第一件，你的酒性如烈火，自今日去，便断了酒，回来你却开；第二件，于路上做道童打扮，随着我，我但叫你，不要违拗；第三件最难，你从明日为始，并不要说话，只做哑子一般。依得这三件，便带你去。"

此剧发生地点涉及郓城、梁山、泰安，尤其是称"泰安神州，天下英雄都在那里"，还有"泰安神州谎子极多，哨子极广"，而小说《水浒传》中燕青打擂亦发生在泰安，李逵偷偷跟随燕青前去，实际上亦起到"护臂"的部分作用。

就戏曲来看，李逵至少在泰安一带是甚为百姓所熟知的，其大致特点如勇于出头、敢于打斗、擅长"惹事"等，在小说《水浒传》中有所延续。虽说孙荣与郭念儿的姓名、故事未直接"移植"于小说之中，但小说中李逵几次主动下山并惹出事来，还是跟戏曲有所相近的。

（二）与小说部分相关的佚剧

高文秀虽创作了9种水浒戏，但多数已佚，好在元杂剧题目多会概述故事大体情节或主要人物，这样或可就其题名推测其内容梗概。其中，《黑旋风乔教学》《黑旋风斗鸡会》《双献头武松大报仇》或许跟小说《水浒传》有一定关系。

1.《黑旋风乔教学》

《录鬼簿》(曹本)、《太和正音谱》有著录,另贾本《录鬼簿》题目作《黑旋风乔教子》,简名《乔教子》。《东京梦华录》与《武林旧事》中多处记载以"乔"字冠名的模拟滑稽言行和滑稽人物逗笑的说唱名目,像"乔三教""乔师娘""乔唱诨""乔做亲""乔卖药"等,其中也有一"乔学堂",不重情节,主要是模拟学堂中师生滑稽言行。此种"乔"字的使用常用来表示狡猾、糊涂、诙谐等。按剧目表面意思,或许延续了"乔学堂"师生滑稽搞笑的部分情节,但主要人物却是"黑旋风",即黑旋风以某种非正统的方式参与到"教学"或"教子"活动之中,其所教内容和形式颇不"正经",旨在自嘲或调笑教书先生、学生。小说《水浒传》中疑似与之相关的情节有两处。

一是第七十三回回目为"黑旋风乔捉鬼 梁山泊双献头"。此回中李逵途经四柳庄借宿狄太公家里,听闻其家中闹鬼,其实是狄太公女儿和男子私通,太公原意是请李逵捉"鬼",有"教子"的意味,但李逵酒足饭饱之后竟直接闯入内室,先杀男子,在问清缘由之后又杀狄太公女儿。此种情节未免诙谐不足,而残忍有加,特别是在杀人之后:

> 揪到床边,一斧砍下头来,把两个人头拴做一处,再提婆娘尸首和汉子身尸相并,李逵道:"吃得饱,正没消食处。"就解下上半截衣裳,拿起双斧,看着两个死尸,一上一下,恰似发擂的乱剁了一阵。李逵笑道:"眼见这两个不得活了。"

狄太公难免伤心,哭诉:"留得我女儿也罢。"李逵不顾狄太公家里烦恼啼哭,还强要人家收拾酒食感谢,未免太过残忍。此则情节虽有"乔"的调笑意味,但血腥气颇浓,令读者生厌,没有"教子"的实质。

二是在小说第七十四回中李逵闯入寿张县吓走知县之后"乔"坐衙、"乔"断案后,又意外闯入学堂。书中原文如下:

> 正在寿张县前走过东,走过西,忽听得一处学堂读书之声,李逵揭起帘子,走将入去,吓得那先生跳窗走了。众学生们哭的哭,叫的叫,跑的跑,躲的躲,李逵大笑出门来。

此情节中"乔"的意味明显,是为闹剧,但未见教学的痕迹。小说在此处有诗一首,或者可视为"乔教学"的意旨所在:

> 牧民县令每猖狂,自幼先生教不良。
> 应遣铁牛巡历到,琴堂闹了闹书堂。

县令猖狂,故而有"乔坐衙";先生所教不良,故而有"乔教学"。想必高文秀《黑旋风乔教学》剧情亦并不复杂,当是针对"先生教不良"而借黑旋风进行滑稽逗笑,实以讽刺为主。此剧虽未必与小说《水浒传》尽相符合,但在小说中穿插此一段文字,对于整体情节并无太多帮助,而对于丰富李逵的人物性格则有所补益。此外杨显之《黑旋风乔断案》或许即为叙李逵坐衙一事。另有著录已佚"乔坐衙"一剧,作者有李开先、张岱、叶承宗等,或许是多人各自创作。而某些小说《水浒传》版本中亦曾出现《寿张集》字样,或许为"乔坐衙"的另类演绎。

2.《黑旋风斗鸡会》

《录鬼簿》《太和正音谱》等有著录,亦作简名《斗鸡会》。斗鸡、斗羊至今在鲁西南仍有流传,是民间一种颇具特色的娱乐形式。而李逵参加斗鸡会,当亦是颇具娱乐性的。小说《水浒传》中李逵一出场时即展现了一种"好赌"的特点,本为"直人",在遇到宋江之后,为赢钱还宋江赌资而权且"不直"一回,喜剧感十足。甚有可能戏曲中的李逵在参加斗鸡会时亦有"不直"的表现,插诨打科,以搞笑为主,但体现了较多的民间色彩。

在明万历黎光堂百十五回本《忠义水浒传》第九十一回中,有"斗鸡会"情节,叙征田虎时,鲁智深被陷在悬缠井(百二十回本作"缘缠井")内,李逵在救鲁智深过程中,在井中偶至世外桃源般的"斗鸡村"。村中只有庞、钱二姓,为避黄巢之乱而隐居山谷,李逵在村中住了一晚。此情节在小说其他版本中未见,或许与戏曲无直接关系。

3.《双献头武松大报仇》

仅《也是园书目》著录此剧于高文秀名下。另《今乐考证》认为此剧即《黑旋风双献头》,《曲录》则认为是两剧,并著录于《双献头武松大报仇》一本。《录鬼簿续编》著录贾仲明有《双献头》一剧,正名作"淫心和尚亏心命,正性佳人双献头",或与此剧无关。因此剧著录较晚,且已佚已,故是否为高文秀所著作品尚存疑问。

就其题目而看,此剧当为叙武松杀嫂故事。小说《水浒传》中武松事迹叙述较为丰富,而《录鬼簿》著录中有红字李二的《折担儿武松打虎》《窄袖儿武松》为武松剧,或许小说对此有所借鉴。后来亦有明传奇《义侠记》专叙武松事,似应出现于小说传播之后。

(三)略露李逵丰富性格一斑的已佚戏曲

1.《黑旋风穷风月》

《录鬼簿》(曹本)著录,贾本别作《黑秀才穷风月》,简名《穷风月》。《太和正音谱》《元曲选目》等亦均作简名。就题目而言,"风月""秀才"与当下人们熟知的李逵形象相距较远,小说《水浒传》中亦无类似情节。然而小说中有李逵不屑秀才、不屑风月的表现,就高文秀作品中李逵多有诙谐、调笑意味来看,或许此剧中的"风月"亦主要体现李逵对风月的不屑外加调侃。小说中宋江造访李师师可视作风月之行,李逵对此极为不满:

> 李逵看见宋江、柴进与李师师对坐饮酒,自肚里有五分没好气,圆睁怪眼,直瞅他三个。李师师便问道:"这汉是谁?恰象土地庙里对判官立地的小鬼。"众人都笑,李逵不省得说,宋江答道:"这个是家生的孩儿小李。"李师师笑道:"我倒不打紧,辱莫了太白学士。"……却说李逵见了宋江、柴进和那美色妇人吃酒,却教他和戴宗看门,头上毛发倒竖起来,一肚子怒气正没发付处,只见杨太尉揭起帘幕,推开扇门,径走入来,见了李逵,喝问道:"你这厮是谁?敢在这里?"李逵也不回应,提起两把交椅,望杨太尉劈脸打来。

李逵就此大闹东京,而此后误会宋江强抢民女的原因亦与此大闹风月场有关。当时李逵并直斥宋江:

> 我当初敬你是个不贪色欲的好汉,你原来是酒色之徒;杀了阎婆惜,便是小样;去东京养李师师,便是大样。你不要赖,早早把女儿送还老刘,倒有个商量。你若不把女儿还他时,我早做早杀了你,晚做晚杀了你。

虽说此剧并不直接被"移植"于小说之中,然而小说中的李逵厌弃风月、反感读书人的态度,或可视为剧中形象的延续。

2.《黑旋风敷演刘耍和》

《录鬼簿》初稿本、天一阁改补本未著此目,孟本著全名《黑旋风敷演刘耍和》,《太和正音谱》《元曲选目》略作《敷演刘耍和》。就其题目字面意思为"刘耍和表演黑旋风",而刘耍和是由金入元的著名艺人,此当是一出滑稽喜剧。与高文秀同时的元初杜善甫在其散套《庄稼不识勾栏》中提及上演剧目有"背后么末敷演刘耍和"。高文秀与刘耍和年代相近,或许刘耍和善于表现旋风戏,并且对水浒故事比较熟悉。据《录鬼簿》注云,著录创作有4种水浒戏的红字李二为刘耍和婿,或许这是元杂剧中水浒戏的传播脉络的重要表现。

3.《黑旋风大闹牡丹园》

《录鬼簿》著录,简名《牡丹园》,孟本略作《黑旋风牡丹园》,《太和正音谱》《元曲选目》俱作简名。牡丹园是为故事发生的地点,黑旋风作为主人公,当以其常见的诙谐特点调笑于其间,至于具体情节未详,亦不知是否与小说相关。

4.《黑旋风诗酒丽春园》

《录鬼簿》初稿本著录为简名《丽春园》,曹本著录全名《黑旋风诗酒丽春园》,天一阁改补本简名下注题目正名"宋公明火(伙)伴梁山泊,黑旋风诗酒丽春园",《太和正音谱》《元曲选目》俱作简名。丽春园,在元杂剧中多作丽春院,且杂剧中多有出现,指艺妓、歌女居处,为"文人雅士"赋诗饮酒的常见去处。《录鬼簿》亦录有王实甫《诗酒丽春园》一剧。元杂剧中的李逵亦有唱曲、赋诗的行为,故甚有可能此剧演李逵在丽春园中饮酒、赋诗,或有宋江等人物同时出现,而主要体现的还是李逵的插科打诨,以调笑为主。

小说《水浒传》中李逵纯是粗人,字且不识,遑论赋诗;而其在李师师处是作为跟班,看宋江等人饮酒、赋词的。此剧或有"大闹"的意味,并为小说所吸纳。

5.《黑旋风借尸还魂》

《录鬼簿》《太和正音谱》著录,就题目而言或为死后复生的故事,亦可能有装死的情节。小说中未见类似情节。《元曲选》本《大闹开封府》题目作"包龙图单见黑旋风,神奴儿大闹开封府"。有学者认为此"黑旋风"为鬼魂代名词,而非水浒戏。但既然高文秀擅长创作"旋风戏",在他的创作之中,"黑旋风"作为李逵的代名词的可能性更大,故而当为水浒戏。

三、康进之的旋风戏

《录鬼簿》《太和正音谱》等多有著录，现存《元曲选》本和《酹江集》本，两版本曲文相异之处颇多。《元曲选》本，题"元康进之撰""明吴兴臧晋叔校"，篇前题目作"梁山泊李逵负荆杂剧"，文中页侧简名作"李逵负荆杂剧"，题目作"杏花庄王林告状"，正名作"梁山泊李逵负荆"。《酹江集》本署"元康进之著""明孟称舜评点""刘启胤订正"，正目作"杏花庄老王林告状，梁山泊黑旋风负荆"。共四折，无楔子。

剧演清明三月三梁山放假三天，李逵在山下王林酒店，听闻宋江、鲁智深抢走其女满堂娇，心中大怒，承诺要助其寻回女儿。李逵在聚义堂上怒斥此事，并欲砍倒"替天行道"杏黄旗，宋江与其赌头立下军令状，携鲁智深同去杏花庄以探真伪。经王林辨认，得知抢满堂娇者非宋江，李逵自负荆杖认错，宋江定欲行使军令。假冒者宋刚、鲁智恩来到杏花庄，王林上山报信，宋江遂派李逵将功赎罪，将假冒者擒上梁山枭首示众，梁山共饮庆功宴。

康进之为山东惠民人，或云陈姓，上文曾提及，他与东平关系亦是甚为密切的。其所作杂剧另有《黑旋风老收心》，亦演李逵故事，惜久已失传，但亦可见他对旋风戏的热衷。

小说《水浒传》中有类似剧情，只是人名有所不同。小说中李逵刚从四柳庄杀了狄太公女儿二人，又到刘太公庄院借宿，听闻宋江与一后生夺其女儿一事，心中大怒，回梁山后砍倒"替天行道"的杏黄旗，又要斧劈宋江，并认定那后生是柴进，还立下赌头的军令状。于是宋江与李逵下山至刘太公庄上对质，刘太公指出宋江并非夺其女儿者，李逵在燕青的建议下负荆请罪，并与燕青一起追到高唐界内，救回刘太公女儿，将冒名顶替的王江、董海杀死，并将二人头颅献上梁山。

鲁智深在宋元时期的水浒故事中名声较显赫，像罗烨《醉翁谈录》中记载的《花和尚》话本、元杂剧中的《鲁智深喜赏黄花峪》《鲁智深大闹消灾寺》等，可见一斑。在戏曲中被强盗冒名的梁山人物是宋江和鲁智深二人，这在当时还是比较容易为观众所接受的。只是到了小说《水浒传》中，鲁智深的人物性格基本定型，他的刚正不阿、不贪女色已经深入人心，且宋江与鲁智深在小说中关系并非异常密切，如果再出现假冒鲁智深的情节，未免有些不合时宜，故而改成柴进更为合适，如此则紧接宋江与柴进同李师师饮酒一事，更有前后呼应的妙处。

再者，戏曲中假冒宋江等二人的强盗信守承诺，三天后将满堂娇送回，王林报信上山，李逵方将二人杀死；小说中则是李逵和燕青奔赴外地方才寻到踪迹，杀死两个假冒者后方救下刘太公女儿。此种情节的不同，亦是服务于不同的文学形式的：戏曲仅有四折，篇幅有限，更重戏剧性，只能减头绪，突出戏曲冲突；小说则服务于全局，更重现实性和逻辑性，因此叙事更为连贯、周密。此外戏曲中的老王林一口一个"我那满堂娇儿也"，更具表演性，小说中的刘太公则逆来顺受，未有太多情感的表达。二者区别更为明显的是李逵性格的表现，戏曲中的李逵一见宋江，先是调侃：

> 帽儿光光,今日做个新郎;袖儿窄窄,今日做个娇客。俺宋公明在那里?请出来和俺拜两拜,俺有些零碎金银在这里,送与嫂嫂做拜见钱。

接着便是大量的唱词,表现自己心中的不满,且用了诸多比喻:

> 走不了你个撮合山师父唐三藏,更和这新女婿郎君。哎!你个柳盗跖,看那个便宜。

李逵一旦确认自己犯错,就自行负荆请罪,宋江又百般不饶,定要斩其首级,只有王林上山报信时,方肯令李逵戴罪立功。一番来回,李逵的诙谐、幽默都充分体现出来。而小说中的李逵则更多表现出粗鲁、横蛮,认为认错还不如割了头去干净,只是在燕青的极力劝说下才肯背负荆杖,而在众人的劝说下,宋江很轻易地便饶其死罪,令其追凶。

就此剧而言,即便是小说中"移植"了戏曲情节,肯定也有诸多变化,尤其是人物性格的变化更为明显,这是服务于不同文体、不同文本的必然表现。

关于《黑旋风老收心》,《录鬼簿》《太和正音谱》等均有著录,简名作《老收心》,今佚。就其题目来看,或许有李逵试图脱离"匪贼"的意思,与明初朱有燉的《豹子和尚自还俗》相近,但以李逵的诙谐性格而言,只会多加搞笑,但最终仍称居梁山之上。

四、元杂剧中旋风戏的文学价值

(一)元杂剧中的李逵形象

从现有著录的元杂剧曲目上来看,黑旋风是水浒戏戏曲演绎的主角,但绝非正统的英雄形象,而是颇带喜感的民间莽夫。"穷风月""大闹牡丹园""诗酒丽春院""乔教学"乃至"斗鸡会""敷演刘耍和"等,均体现了一种游戏人生的文人心态。然而这种游戏又是一种"苦中作乐",是在对现实深感不满和无力的状态下的一种精神自我愉悦,亦是一种另类的精神解脱。

但主人公又是"黑旋风"这种颇具勇力的江湖人物,在民间故事中是"以力抗法"者,而在宋元之际的水浒故事中,当不乏此类不法之事,如关汉卿《鲁斋郎》中即将仗势欺人的鲁斋郎比作"梁山泊贼"。只是在高文秀的笔下,李逵等水浒人物形象表面的搞笑与实质的反抗形成了一种独特的张力,即便是"以力抗法"也偏重于替天行道的仗义而为上,故深深契合于那个时代,亦为民众所喜闻乐见。

《谇范雎》中借范雎之口,表达了元代文人的共同心声:

> 自古书生多薄命,端的可便成事的少,你看几人平步蹑云霄?便读得十年书,也只受的十年暴;便晓得十分事,也抵不得十分饱。至如俺学到老,越着俺穷到老。想诗书不是防身宝,划地着俺白屋教儿曹……自古来文章,可便将人都误下。

尤为值得注意是，虽同为水浒戏，甚至同为李逵戏或鲁智深戏，因其缘于不同作者，每一部中的人物形象都有所区别，故可称每一部戏曲作品中的李逵均与其他作品不同。而《水浒传》虽说是世代累积而成，但一旦作为一部小说呈现于读者面前，便会刻意地令人物形象保持前后相对一致，而不令其出现较大的差异，其叙事结构是完整而统一的，而金圣叹虽然称其"一心所运，而一百八人各自入妙者"，但每个人的性格都是服务于小说整体架构的。

像《双献功》里的李逵诙谐幽默且有智谋，为救人而入囚牢与狱卒虚与委蛇，最终诱使狱卒吃下混有蒙汗药的羊肉泡饭，绝非简单的好勇斗狠之辈；而《李逵负荆》中的李逵则以刚正为性格主体，在听闻宋江抢亲之时，其对宋江的态度与其说是谴责，毋宁说是愤怒。

另外，现今可见著录的水浒戏毕竟还是少数，像《鲁智深喜赏黄花峪》第二折李逵有唱词：

小可如我东平府带着枷、披着锁，我跳三层家那死囚牢，比那时节更省我些力气。

此剧中可见有李逵曾在东平被囚，并大闹死囚牢的情节，甚有可能此前有类似剧目上演，并为观众所熟知。《还牢末》故事亦以东平为背景，写史进、刘唐在东平的活动。

《豹子和尚自还俗》里鲁智深对李逵的唱词：

你道我年纪大，我道是胆气刚，我也曾黄花峪大闹把强人挡，我也曾共黑旋风夜劫把猱儿丧，也曾共赤发鬼悄地把金钗飏。

据此，李逵有与鲁智深共同夜劫并"把猱儿丧"的事迹。

戏剧中的李逵打抱不平，性格粗鲁却又不失精细，总体上来说颇接地气，幽默诙谐。

（二）旋风戏与小说的关系

《三朝北盟会编》《宋史》等史书中有李逵的相关记载，其为密州节级，却最终背叛宋朝而降金，此李逵虽与水浒人物同名，但事迹相差过大，定非一人。罗烨《醉翁谈录》记载与水浒相关的话本目录有"石头孙立""青面兽""花和尚""武行者"，在宋代戏文和话本里，少见李逵痕迹，在龚开《宋江三十六赞》中虽有黑旋风李逵的赞词，但仅限于绰号，其形象并不鲜明。

高文秀创作的大量旋风戏，塑造了一位颇具喜剧性的绿林人物形象，既具有一定的正义感，又有插科打诨、充愣扮傻的喜剧感，这一点在小说《水浒传》中有一定遗存。康进之、红字李二亦直接或间接地与东平有关，他们的旋风戏创作或多或少受到一定地域文化的影响，这也是毋庸置疑的。

然而元杂剧中的李逵与小说《水浒传》是有着较大不同的。与小说相比，水浒戏大多过滤了暴力和血腥，却留下了仗义疏财的英雄作为；减弱了某些传奇色彩，而增添了市井的生活气息。戏剧往往只选取某一事件，且以某一或几个人物为叙事中心，一人主唱的形式亦易于充分表达人物的心理活动，性格表现往往更为突出。像负荆一剧中李逵因赏风景而喜、因听闻宋江抢亲而怒、因见宋江而讥、因知真相而愧、因认罪负荆而羞表现得淋漓尽致,相对而言,宋江等人的性格表现就相对呆板和固化。元杂剧中的旋风戏虽然未必与小说《水浒传》直接相关,却是李逵人物形象日渐丰富的重要环节,必然是"世代累积"中的重要一环。而东平的水浒戏创作亦以旋风戏为代表,体现了浓重的地域色彩。

"水浒地名在盐城新发现研究成果发布会"综述

盐城市水浒文化博物馆　王红花　戴艺飞

2020年11月11日,由江苏省盐城市社科联、市水浒学会联合举办的"水浒地名在盐城新发现研究成果发布会"在中国海盐博物馆举行。新华社、中新社、人民日报数字盐城、江苏广电总台、《扬子晚报》、《现代快报》、《江南时报》等多家媒体的记者参加了发布会。中国水浒学会副会长浦玉生介绍了水浒地名在盐城的新发现。

近年来,盐城市水浒学会一批专家学者长期从事施耐庵与《水浒传》研究,他们从文献、文本、文化诸方面入手,特别是立足盐城地方历史与文化,利用盐城市大丰区白驹镇为施耐庵故里的独特优势,不断深入研究盐城与《水浒传》的历史和地理联系。研究发现,《水浒传》与盐城关系密切。《水浒传》中的山川地理、风土人情、方言土语、人物原型等,在盐城几乎都能找到。

据介绍,仅就水浒地名而言,盐城学者早就发现《水浒传》楔子里的"北极殿"和全书结尾的"蓼儿洼"原型皆在盐城。关于北极殿,施耐庵在《水浒传》楔子中写到过龙虎山上的"北极殿",但翻遍龙虎山志书,均无相关记载。新世纪以来,江西龙虎山大上清宫考古发掘取得重大突破,但也没有发现"北极殿"遗址。然而在盐城市大丰区草堰镇上,这个"北极殿"倒是存在过,此地在元末是张士诚农民起义队伍聚义的地方。而学界一般认为,张士诚是《水浒传》中宋江的原型人物。在《水浒传》一百回,或一百二十回本结尾,施耐庵一咏三叹地说到"蓼儿洼"11处,显然是"卒章显志",点明梁山好汉不仅在龙腾虎跃的梁山泊(鲁西南地区),也是在落花啼鸟的蓼儿洼(苏北地区),"楚州南门外,有个蓼儿洼,风景与梁山泊无异"。北宋时盐城县是属于楚州管辖的。明万历《盐城县志》的"草属"栏下,第一种草是"蓼草",其后才是"蒲、莎、茭"等等。"红瑟瑟满目蓼花,绿依依一洲芦叶"。可见在当年施耐庵的家乡,类似的地理风貌几乎是处处可见的。

发布会上,浦玉生还介绍了他的最新研究成果。在阅读地方文献及重读《水浒传》后,他发现古白驹场竟然有"紫石街""狮子桥"。在《水浒传》第二十四至第二十七回里,提到武大郎住宅、王婆茶坊所在的紫石街12次,提到狮子桥4次。大丰区西团镇有一条紫石街,在元末明初时,这里是白驹场的一部分,到清末民初时,紫石漫步是西团镇的三十六景观之一。盐城是全境无山,何来石头,却有稀见的"紫石街"。而狮子桥在大丰区白驹镇狮子口村,位于今 204 国道上,1940 年 10 月,新四军八路军在此会师,历史上此桥是木桥,现 204 国道(范公堤)成为一级公路,桥梁已经摆平,这个地方叫狮子口。狮子口的得名也与施耐庵家有关,施、狮谐音,相传狮子口是因施氏墓前有一石狮,面朝河口,故名。白驹镇的耆老们流传着一个对联:"紫石街前新世泽,翠屏山下旧家风。"

这一研究发现,让浦玉生兴奋不已,他据此写成论文《水浒传地理原型考探》一稿,在《水浒争鸣》第十八辑(中州古籍出版社 2020 年 7 月出版)登载,引起了全国学术界的关注。

这次发布会,是盐城市社科联和市水浒学会推进社科成果转化的一次尝试。盐城市社科联党组书记、主席李晓奇表示,《水浒传》中有大量盐城元素、盐城密码,盐城的风土人情对施耐庵创作《水浒传》有深刻影响。"这次发布会是文学与历史的对话,也是历史与现实的对话,同时也是社科界与传媒界之间的对话",李晓奇表示,希望借助媒体关注地方最新社科研究成果,共同讲好盐城故事,传承地方特色文化,吸引更多的水浒爱好者走进盐城,进一步加深对施耐庵创作《水浒传》的认识和理解。

发布会上,盐城市水浒学会会长施长华致辞,大丰区施耐庵研究会会长陈仕祥介绍了大丰区推进水浒文化研究及景区建设等情况。会上还播放了市水浒学会、市水浒文化博物馆摄制的"水浒与盐城""紫石街""狮子桥"三个短视频(徐行摄制,窦应元、吴耀庭等接受了采访),向社会传播。发布会由市社科联秘书长陈法金主持。

发布会后,腾讯、网易、百度、地名世界等 30 多家媒体发布或转载了此类活动的新闻。如人民日报网《科探新发现:〈水浒传〉中两地名出自盐城大丰》(陶展、王菲),中新网《盐城发布〈水浒传〉地名新发现研究成果》(谷华),中国江苏网《〈水浒传〉中地名在盐城有新发现》(孙志华),荔枝网《紫石街、狮子桥……〈水浒传〉中的这些地名出自作者施耐庵故里大丰白驹》(沈春良),《扬子晚报》登载《〈水浒传〉研究有了新发现!紫石街、狮子桥就出自施耐庵故里大丰白驹》(施广权)等,吸引了众多读者的关注,引起了新一波施耐庵与《水浒传》研究热。

盐城家谱文献资源建设研究

盐城市盐都区图书馆 王登佐

家谱内容丰富，博大精深，蕴含的哲学思想、人文精神、价值理念、道德规范等，为社会主义核心价值观注入了新的内涵。家谱有利于增强人们的历史责任感和民族复兴的使命感，有助于培养他们的家国情怀、乡土情怀和人文情怀。

一、家谱探源

家指一定的血缘集团，谱指全面系统地布列同类事物，家与谱合起来构成的"家谱"就是记述血缘集团世系的载体。家谱历经萌芽、诞生、发展、新修四个阶段，到明清时代，已趋成熟、完善，体例越发完整，内容越发丰富。新修家谱正本清源，理顺支脉，体现了与时俱进，男女平等新社会新思想。修谱原则体现尊重历史，遵循古谱，注重谱系传承与演变的原则，做到求同存异。家谱分书本家谱和非书本家谱两类。[①]

二、盐城家谱文献资源建设的意义

（一）有利于核心价值培育

盐城家谱的萌芽、诞生、发展、新修，凝聚着无数先民、前辈的艰辛努力和探索，是集体智慧的结晶，是宝贵的物质财富和精神财富。近年来，盐都区高度重视家谱文献资源保护与利用，持续实施"你的身影从未走远——传承红色基因"行动，在以烈士命名的镇村建立烈士展陈室或纪念馆，交通要口设置红色"精神堡垒"，编纂了"百名烈士传略、百处红色遗存、百人回忆录"红色文化系列教育丛书，打造了一批"红色村落、红色长廊、红色文化"教育基地。这些弥足珍贵的历史印迹，是革命先辈用生命凝成的精神图谱，是引领广大干群把先辈开创的事业推向前进的强大动力，是社会主义核心价值观依托盐城家谱文化落地生根的典型案例。盐城家谱文

---

① 王鹤鸣. 中国家谱通论[M]. 上海：上海古籍出版社，2019：1-23.

化可以推动中华优秀传统文化创造性转化、创新性发展，为社会主义核心价值观注入新的内涵。①

(二)有利于文化遗产保护

《中华人民共和国公共图书馆法》对公共图书馆提出了"传承人类文明""传承发展中华优秀传统文化,继承革命文化,发展社会主义先进文化"的新要求。家谱分书本家谱和非书本家谱两类。书本家谱分家谱、族谱类,玉牒类,祠谱类,坟谱类,联宗谱类等,非书本家谱分口传家谱、结绳家谱、甲骨家谱、青铜家谱、碑谱、布谱、神轴图谱、谱单、无字家谱、光盘、胶卷家谱等。据《中国家谱总目》一书,家谱有7万余部,52401种。各级公共图书馆通过家谱文献资源征集、保护、开发、利用等行动,丰富了中华优秀传统文化遗产宝库。

(三)有利于科研项目开展

家谱与方志、正史都是中华优秀传统文化重要组成部分,具有重要的文物、史料和学术研究价值。家谱可以折射出当时人们的生产、生活、娱乐等情况,对于历史学、民俗学、人口学、社会学和经济学的研究,有其不可替代的独特功能。家谱文化是城市文脉、城市之魂,是社会文明的重要标志,是城市综合实力的重要组成部分。盐城第八营明代状元黄观后裔收藏的,始自一世祖黄观一直延续下来的世系谱牒(清代光绪四年修)和当年黄观墨宝真迹,为研究明代状元黄观与盐城的关系提供了极其珍贵的史料。目前,八营路路东的串场河景观带精彩亮相,黄观墓已成为其中重要的人文景点之一。②

三、盐城家谱资源建设存在的问题

(一)人才匮乏

盐城家谱文化文献内容广泛,涉及不同的时代,有着不同的形式、不同的载体形态、不同的来源渠道,这就要求从事盐城家谱文献建设工作的人员除应具有图书馆专业知识外,还要具备一定的历史知识,特别是要熟悉本地区的历史。要清楚盐城家谱文化文献的历史价值、现实价值、收藏价值等,具有辨别真伪的能力。对于家谱文献作者的社会历史地位、文献的来源和价值、版本形态及流传过程,新版家谱文献的出版状况及自编检索工具等业务问题均须具备专门知识和一定的把握能力。目前大多数收藏机构的工作人员缺乏专业理论知识和实际操作技能,以致家谱文献建设工作难以全面有序、深入持续地开展。③ 人才的匮乏,直接影响了盐城家谱文献资源的建设。

---

① 王登佐. 新时代县域阅读推广路径研究[M].苏州:苏州大学出版社,2019:102-109.
② 陆荣春,朱大力. 明状元黄观的墓为何在盐城市区[N]. 盐城晚报,2021-03-18(A04).
③ 王登佐. 探索盐城海盐文化生态保护实验区建设新路径[J]. 盐城工学院学报(社会科学版),2013(2):10-15.

(二)资金不足

公共图书馆,尤其是县区一级的图书馆,其经费一般只够维持日常运转,村镇一级图书馆一般无固定经费。当前用来从事盐城家谱文献资源建设的资金明显缺乏,家谱文献征集、保护和数据库建设等方面投入的资金投入严重不足。资金短缺是制约盐城家谱文献建设的一个重要因素,巧妇难为无米之炊,其他家谱收藏单位和个人也有资金不足的情况。由于资金不足,散落民间的家谱有不少已经灰飞烟灭,存世的也难以征集、保护、开发。

(三)走入误区

当前盐城家谱资源建设方面存在的误区主要有三个。一是目前家谱编修处于无序状态,相关部门没有对民间编修家谱的行为进行有效监管,家谱编修人员的素质参差不齐,编辑印刷家谱的质量良莠不齐,有的乱接上源,有的乱认名人,有的乱修祖坟。由于大多数家谱没有正式出版,印刷前无权威部门把关,就很容易出现上述问题。二是以家谱开发为幌子从事封建迷信敛财活动,如一些家谱文化网站设置"算命打卦"专栏,就升学、就业、升职、发财、手机改号等进行"打卦、改运"等并收取高额费用。三是部分人在祭祖修谱时举行低俗活动,如请歌舞团进行艳俗表演等。这些都有违社会主义核心价值观,要坚决抵制和避免。

四、探索盐城家谱文献资源建设新路径

(一)加大三个力度

一是加大征集力度。政府应建立地方文献的呈缴制度,这是保障地方文献资源系统与完整性的重要举措。应建立目标采访制度和定向交流制度,与地方有关部门和单位如方志办、档案馆、博物馆、文化馆、行业内专业图书馆建立互通有无的关系。还应定期与各类家谱文献编撰机构交流,掌握线索追踪征集,进行参与式的跟踪收集,主动与盐城市各级收藏协会和各姓氏宗亲会及家谱收藏爱好者进行沟通交流。当前,建立健全盐城家谱文献建设机制迫在眉睫,保护标准、目标管理、调查收集、整理建档、展示宣传、开发利用,以及资金、编制、人才等一系列问题亟待解决。

二是加大投入力度。各级政府要将盐城家谱保护开发经费纳入财政预算,该预算应随着财政收入的增长而增长。还应根据当地家谱保护开发工作需要,加大经费投入的力度,保障重点家谱文化保护开发的经费投入,提高社会力量参与盐城家谱保护开发的积极性。《中华人民共和国公共图书馆法》第四条规定,县级以上人民政府应当将公共图书馆事业纳入本级国民经济和社会发展规划,将公共图书馆建设纳入城乡规划和土地利用总体规划,加大对政府设立的公共图书馆的投入,将所需经费列入本级政府预算,并及时、足额拨付。国家鼓励公民、法人和其他组织自筹资金设立公共图书馆。县级以上人民政府应当积极调动社会力量参与公共

图书馆建设,并按照国家有关规定给予政策扶持。《中华人民共和国公共图书馆法》第六条规定,国家鼓励公民、法人和其他组织依法向公共图书馆捐赠,并依法给予税收优惠。境外自然人、法人和其他组织可以依照有关法律、行政法规的规定,通过捐赠方式参与境内公共图书馆建设。《中华人民共和国公共文化服务保障法》第四十二条规定,国家鼓励和支持公民、法人和其他组织通过兴办实体、资助项目、赞助活动、提供设施、捐赠产品等方式,参与提供公共文化服务;第五十条规定,公民、法人和其他组织通过公益性社会团体或者县级以上人民政府及其部门,捐赠财产用于公共文化服务的,依法享受税收优惠。①

三是加大宣传力度。拓宽盐城家谱宣传推介渠道,有针对性地开展网上推介、媒体推介、会展推介以及专题推介、定向推介等多种形式的推介宣传活动,积极打造盐城家谱宣传平台。盐城家谱文献资源建设应坚持舆论先行,实现向各类人群、媒体、公共空间、宣传文化阵地的全面覆盖。充分利用传统媒体如报纸、期刊、电视台、电台等,新兴媒体如网站、App等,特别应注重如大屏、报栏、自办刊物、网站、微信公众号、QQ群、微信群、微博、博客、App等自媒体的融合效应。做到报刊有文字、电视有图像、电台有声音、网络有资讯,日日宣、月月有,坚持不懈,就会产生化学反应,得到意料之外的收获。充分运用各类文艺作品和群众性文艺活动,利用图书馆、博物馆、纪念馆、公园、街道、小区、广场等,营造浓厚社会氛围。

(二)打造三个平台

一是打造人才平台。"十三五"时期,中办、国办印发《关于实施中华优秀传统文化传承发展工程的意见》,传承中华优秀传统文化的基础进一步夯实,这为盐城家谱人才平台打造带来了契机。要紧紧围绕盐城家谱文献资源建设的需求,落实培训人才队伍、提高人才队伍素质的战略,以提高培训质量为主线,创新机制为重点,努力形成多层次、多渠道、大规模的教育培训工作新局面。② 大力培养文献资源建设的管理人才、理论研究人才、市场营销人才等复合型人才,为盐城家谱建设提供智力支持和人才保证。根据盐城家谱文化建设工作实际定岗定编,大力引进懂文化经营管理,具有战略思维和资源整合的复合型人才,以及熟悉国际惯例和规则,可以从事国际文化和交流的外向型人才。

二是打造研究平台。盐城家谱文化学术研究水平的提高,需要各级政府大力支持,包括提供充足的资金与研究力量,聘请国内外专家、学者、教授等。研究者应深挖本地的家谱文化内涵,延伸研究领域,丰富研究内容,撰写高质量的学术论文,在国内外学术界造成一定的影响;还应发掘并研究家谱中流传至今的重要历史事件、重要历史资料、哲学思想、文艺作品、民俗风情等非物质文化遗产,充实本地研究力量。有关部门应加强盐城考古队伍的建设,通过对盐城境内遗存进行进一步普查,发现新的遗存,并对相关文化遗址进行考古与发掘,为盐城家谱文化研究提供客观、真实、有力的文物及其他资料,取得国内外同行的认可与支持。研究机构

---

① 许安标,钱锋,杨志今.中华人民共和国图书馆法释义[M].北京:中国民主法制出版社,2018:49-53.

② 吴慰慈,董炎.图书馆学概论[M].北京:国家图书馆出版社,2020:207.

应创办高水平的学术期刊,提高整体业务水平;定期召开家谱文化学术研讨会、高层学术论坛,吸引国内外专家、学者、民间爱好者参与热情,促进学术交流,汲取同行新成果、新技术,突破学术研究瓶颈,争取在社会各界的共同努力下,使盐城家谱文化研究水平进一步提高。① 2020年12月29日,盐城市姓氏文化研究会在盐城市图书馆成立,成为传承盐城文脉、解读盐城历史、透视社会、关爱民生、研究盐城家谱文化的又一平台。②

三是打造展示平台。家谱文献的收藏重在开发利用,各级图书馆要积极打造盐城家谱展示平台。2016年10月3日,由盐城市收藏家协会、盐都区图书馆和顾吾书社主办的"承前贤智 鉴今创新"盐阜百部家谱展暨谱牒文化发展研讨会在大丰区白驹镇施耐庵纪念馆举办,共展出施、王、卞、陈、顾、孙、郭、杜、李、尹、符、黄、张、徐等盐城地区130多个姓氏家族的谱牒800多册。此后盐都区图书馆每年都举办盐城家谱展及盐城名人研讨会。2019年12月28日,盐城龙冈黄家巷黄氏宗谱捐赠仪式在盐都区图书馆举行,黄氏后人将《黄氏宗谱》一套五卷分别捐赠给盐城市图书馆、盐城市博物馆、盐都区图书馆、盐都区博物馆、亭湖区图书馆收藏。③ 2020年1月4日下午,盐都区图书馆举办清朝榜眼孙一致主题读书活动,孙氏后人将《孙氏宗谱》一套四卷(内有孙一致事迹介绍)捐赠给盐都区图书馆收藏。2021年,盐都区图书馆举办明代状元黄观主题读书活动,书友围绕黄观的人物生平、生活经历、代表作品及文创产品开发进行了研讨。

(三)开发三个项目

一是建家谱数据库。在政府的统筹规划下统一标准、互联互通、分工协作、资源共享。盐城家谱文献资源数据库工作必须在政府的总体规划和宏观调控下进行,作为盐城家谱文献收藏的有关单位,图书馆、文化馆、党史办、纪念馆、名人故居、档案馆等均可根据自身的特点和已有的基础,发掘自身的潜力和优势,分别承担有关方面的盐城家谱文献资源的收集整理、加工与建库等工作,在分工进行的基础上,互通有无,互为弥补,协作互助,统一组织管理,统一软件联网系统,互联互通,资源共享。切忌互相封锁,自成体系的重复劳动,这不仅会给地方财力、资源造成浪费,更会给盐城家谱文献资源数据库建设带来不良后果。盐城图书馆四级服务网络拥有专门人才、较先进的现代化设备,在资料抢救工作和后续的资料整理、数字化、保存、保护等方面具有自身优势。应联合其他文化事业机构共同开发盐城家谱文献资源数据库,通过网络、数字化等新技术,构建具有实践意义和服务价值的资源共享服务平台。④

二是开发文创产品。盐城图书馆四级服务网络要充分整合各种资源,利用各种平台,开拓性地利用盐城家谱文献资源开发文创产品,推动中华优秀传统文化创

---

① 王登佐.盐城海盐文化遗产保护探析[J].盐城工学院学报(社会科学版),2012(2):8-11.
② 王艳.盐城姓氏文化研究会成立[EB/OL].(2021-01-04)[2021-01-04]http://www.zgjssw.gov.cn/shixianchuan zhen/yancheng/202101/t20210104_6935363.shtml.
③ 孙志华.《黄氏宗谱》赠市图书馆等5馆收藏[N].盐城晚报,2019-12-30(A03).
④ 柴会明.图书馆数字资源长期保存的技术措施限制与例外研究——基于著作权保护"技术路径"的考量[J].图书馆杂志 2021(1):48-56.

造性转化,创新性发展。如为了打造盐城籍名人曹文轩名片,利用曹文轩家谱文献资源,其家乡盐城市盐都区中兴街道投资兴建了"草房子乐园"。从2014年开始,有关单位在其故居周伙村高标准规划、高标准建设"草房子乐园",全力打造集乡土文化、少儿教育、乡村旅游、体验基地为一体的文化创意乐园。"草房子乐园"目前已是火爆的旅游景点,成为盐都区对外交流的名片,社会效益和经济效益双丰收。孩子们一批批地走进曹文轩代表作《草房子》里的油麻地小学,寻觅原著中描述的水乡童趣。盐都区图书馆陆续利用家谱资源与盐城市图书馆联合出版了《文韵盐城·民风民俗卷》一书,与盐城市收藏家协会联合研发了系列纪念封,与区文化馆联合研发了非遗系列邮品,与盐都区北龙港剪纸协会联合研发了系列剪纸产品,与盐都区龙冈文化站联合研发了柳编、面塑等系列产品,与江苏省非物质文化遗产传承人周纪珍联合研发了老虎鞋等。盐都区图书馆还利用盐城名人陆秀夫、孙坚、施耐庵、董永、朱升、徐铎、杨瑞云、陈琳、宋曹、胡乔木、沈拱山、宋泽夫、曹文轩、董加耕、朱亚文等名人开发系列文创衍生产品。名人效应相当于品牌效应,可以带动读者,可以吸引大量疯狂的粉丝。名人与读者零距离接触,可以凝聚人气,激发读者的求知热情。盐都区图书馆的名人文化系列文创产品研发,有利于盐城名人文化资源的保护、开发和利用,对增强盐城文化软实力、综合竞争力,有一定的作用和意义。①

三是开发寻根旅游。家是最小国,国是千万家,家谱文化是中国人民特有的家国情怀寄托,修身齐家治国平天下的发端,有着极其深厚的群众基础,是增进认同感、凝聚感、归属感的心灵家园。从国家层面来看,组建中华人民共和国文化和旅游部的举措,说明国家高度重视文化旅游融合。文化是文旅产业的灵魂,文化旅游的核心是创意,富有文化创意的项目才能吸引消费人群。寻根旅游是一种文化之旅,是基于家谱文献资源研究而富有文化创意的旅游形式。②1981年,大丰区从民间征集了《施氏家簿谱》,该谱长24.5厘米、宽13.2厘米,全书56页,收载了乾隆四十二年施氏十四世孙施封写的《施氏长门谱序》、淮南一鹤道人杨新写的《故处士施公墓志铭》及"始祖彦端字耐庵"以后的十二世长门孙系列。这本书是满家和尚于1918年在草堰义阡禅寺抄录的手抄本。谱中明确记载"第一世祖彦端字耐庵原配季氏、申氏生让",这是迄今为止发现直接记载施耐庵的最可靠的文物史料。《施氏家簿谱》的文字叙述和世系排列忠实严谨、秩序井然,特别是书上所写的时间与白驹一带出土的施奉桥地券、苏迁施廷佐墓志铭、施让地照以及这些墓中同时出土的伴随物在时间方面很吻合,起到了相互印证的作用。"施耐庵文物与史料形成了一个可资征信的文物系列"。《施氏家簿谱》被评定为国家二级文物,为当年施耐庵纪念馆建在大丰提供了重要依据,为全国施耐庵后人、研究者、爱好者开展寻根旅游提供了平台。

盐城家谱文献资源建设是一项系统工程,是一项只有起点没有终点的工作。要努力做好盐城家谱文献资源建设工作,让盐城家谱文化发扬光大,发展盐城地域文化,增强盐城城市发展软实力,为强富美高新盐城建设添砖加瓦。

---

① 王登佐.盐城地域文化与文化产业发展研究[J].盐城工学院学报(社会科学版),2016(3):7-11.
② 朱海峰.文旅融合背景下公共图书馆研学旅行服务的供给与创新[J].大学图书情报学刊 2021(1):69-73.

十年磨一剑
——《〈水浒传〉中的酒文化》一书前言

辽宁省葫芦岛市法学会　吴玉平

"《水浒传》中的酒文化"这个题目是我在2010年提出来的。

我从2010年开始深入学习、研究《水浒传》小说,陆续写了一些散文,发表在新浪博客(幸福的老龙子)上面,副标题都是"《水浒传》中的酒文化"。

2013年5月,黑龙江人民出版社出版了我的《诗书继世长》一书,其中第一辑中包含有"《水浒传》中的酒文化"的部分内容。

2014年,河南电视台的编导选中了我的"《水浒传》中的酒文化",我重新改写出了《〈水浒传〉中的酒文化》十二集讲稿,并在河南电视台"武术世界"频道演讲,相关节目于2015年、2016年在"武术世界"频道播出。

2016年,吉林文史出版社出版了我的《侠义悲歌——新视角读水浒》一书,其中收入了关于"《水浒传》中的酒文化"的部分内容

2018年,我撰写完成了《水浒拾遗——新视角读水浒之二》一书,其中包括《〈水浒传〉中的酒文化》的部分内容,围绕《水浒传》小说中的故事情节,对于一些关于酒文化的情节和概念做了进一步的研究与探讨。

以上五个阶段研究成果的目录如下:

(一)新浪博客上发表的文章,及黑龙江人民出版社出版的《诗书继世长》一书中包括《〈水浒传〉中的酒文化》部分内容:

① 白胜卖的是什么酒;② 武松喝的是什么酒;③ 社酝与村醪;④ 庄家、酒家、量酒人与酒生儿;⑤ 劝杯劝盘与果盒;⑥ 蒙汗药酒与鸩酒;⑦ 酒海;⑧ 旋子与注子;⑨ 分例酒;⑩ 把酒、把盏与把杯;⑪ 荤酒与素酒;⑫ 再议荤酒与素酒(兼致网友巴巴羊);⑬ 三议荤酒与素酒(兼致网友巴巴羊);⑭ 茅柴酒与上色酒;⑮ 吃人肉与醒酒汤;⑯ 浔阳江正库与蓝桥风月美酒;⑰ 角、爵、一角酒及其他;⑱ 宋江与酒;⑲ 关于宋江的人物评价;⑳ 武松与酒;㉑ 李逵与酒;㉒ 鲁智深与酒;㉓ 《水浒传》中的酒店诗;㉔ 《水浒传》中的饮酒诗。

(二)在河南电视台演讲"《水浒传》中的酒文化",其十二集电视节目目录:

第一集 精心读水浒把酒论英雄——梁山好汉喝的是什么酒;第二集 醇醯醑酤

酒蓝桥风月情——关于北宋时期的酒;第三集 把酒观人性交杯论古今——北宋时期的饮酒习俗;第四集 忠肝难为继义胆谁知音——宋江是水浒第一大侠;第五集 叹忠心者少恨义气者稀——宋江的"忠"与"义";第六集 杯酒入愁肠义士放悲歌——宋江的诗酒情怀;第七集 酒壮英雄胆醪助侠士心——借酒行侠之武松;第八集 杯酒助豪气依法看侠行——武松杀人之法律分析;第九集 天道有循环快意是恩仇——借酒办案之武松;第十集 智多难酬愿泉台意不平——吴用与李逵;第十一集 有仇不得报心死入空门——林冲与鲁达;第十二集 举杯歌酒肆放怀唱八仙——《水浒传》中的酒店诗。

(三)由吉林文史出版社出版的《侠义悲歌——新视角读水浒》一书中关于"《水浒传》中的酒文化"的部分内容(目录节选):

① 精心读水浒把酒论英雄——梁山好汉喝的是什么酒(第十章);② 醇醨醋醅酒 蓝桥风月情——关于北宋时期的酒(第十一章);③ 把酒观人性 交杯论古今——北宋时期的饮酒习俗(第十二章);④ 玉海助豪侠 金樽看英雄——北宋时期的饮酒器具(第十三章);⑤ 一壶浊醪喜相逢 荤酒素酒说英雄——《水浒传》中的荤酒与素酒(第十四章);⑥ 举杯歌酒肆 放怀唱八仙——《水浒传》中的酒店诗(第十五章)。

(四)《水浒拾遗——新视角读水浒之二》一书的第四章中辑录了《水浒传》小说中的"酒文化"内容(目录节选):

①《水浒传》小说中的第一场酒宴(第二回);②《水浒传》小说中的第一家酒楼——潘家酒楼(第三回);③ "案酒"与"按酒"(第二、七、八、十、二十九、七十二回);④ "角"是器具还是量词(第三回、十六回);⑤ 庄家、酒家、量酒人与酒生儿(第四、十、二十六、二十三回);⑥ 旋子与注子(第四、五、二十二、二十八回);⑦ 把酒、把盏与把杯(第十、二十一、二十六回);⑧ 分例酒(第十一、十九、三十五、三十九、四十七、五十八回);⑨ 蒙汗药酒与鸩酒(第十一、十六、十七回、二十三、二十七、三十六、三十九、四十三、五十六、七十二、一百回);⑩ 白胜卖的是什么酒(第十六回);⑪ 自酝的酒(第二十回);⑫ 宋江的酒量(第二十二、三十九、七十一回);⑬ 劝杯、劝盘与果盒(第二十三回);⑭ 武松喝的是什么酒——兼议"村醪"与"社酝"(第二十三回);⑮ "村酒"种种(第二十三回);⑯ 茅柴酒与上色酒(第二十八、三十二回);⑰ 吃人肉与醒酒汤(第三十三、四十回);⑱ 浔阳江正库(第三十九回);⑲ 蓝桥风月美酒(第三十九回);⑳ 宋江的一樽酒(第三十九回);㉑ 荤酒与素酒(第三十九、五十三、五十四回);㉒ 再议荤酒与素酒(兼致网友巴巴羊);㉓ 三议荤酒与素酒(再致网友巴巴羊);㉔ 头脑酒(第五十一回);㉕ 御酒(第七十五、八十二、九十九、一百回);㉖ 酒海(第七十五、八十二回);㉗《水浒传》小说中的"白酒"(第十六回、三十二回、七十五回);㉘ 李白喝的"白酒"与宋江喝的"白酒";㉙《水浒传》中的饮酒诗;㉚《水浒传》中的酒店诗。

以上这些关于"水浒传中的酒文化"的研究,虽然反映了《水浒传》小说中大量关于酒的描写内容,但是我在写作时,出于书稿或者电视台编导的要求,仅讨论了"水浒传中的酒文化"的一些侧面和局部问题,与完整的、系统的研究目标之间还有距离。

我自己觉得,如果要把"《水浒传》中的酒文化"作为一个课题,进行比较完整的、系统的研究,形成一部书稿,还有许多方面需要斟酌、推敲,还需要下一番苦功夫。

自从2016年《侠义悲歌——新视角读水浒》一书出版后,我开始了"酒文化"的第六个阶段的研究与写作。五年多来,写作提纲一改再改,念兹在兹,不敢松懈。我主要做了三项工作:一是努力收集关于"酒文化"的参考资料;二是继续反复阅读《水浒传》小说,冥思苦索,如何把小说中关于酒的故事情节提升到理论的高度来认识;三是反复归纳整理,使"酒文化"的论述条理化、系统化。

在收集参考资料的过程中,我得到了中国水浒学会领导的热心帮助与指导,尤其是佘大平老师、张虹老师、欧阳健老师、郑铁生老师、张弦生老师,他们把自己珍藏多年的研究论著无偿赠送给我,并且对我的研究内容和研究方向给予指导,语重心长。这让我十分感动。借此机会,我对这些专家、学者表示衷心的感谢!

我从网上和各地书店收集研究《水浒传》小说的参考资料,收获颇丰。我现在经常使用的《水浒传资料汇编》(朱一玄、刘毓忱编,南开大学出版社2012年出版)、《水浒全传》(三卷本,人民文学出版社1954年出版)、王利器先生的《水浒全传校注》(十二卷本,河北人民出版社2009年出版)、《新刊大宋宣和遗事》(中国古典文学出版社1954年出版)、余嘉锡的《宋江三十六人考实》(作家出版社1955年出版)、《水浒词典》(胡竹安编著,汉语大词典出版社1989年出版)等研究资料,都是从网上购买的。

在阅读文本方面,我下了一点"苦功夫"。我用了一个笨办法,那就是把《水浒全传》的引首和一百二十个回目全面核查了一遍,将其中带有"酒"或者"筵宴"字样的句子摘录下来,填入表格中进行统计、评点。所得结果如下:

其一,在《水浒全传》的120个回目中,带有"酒"或者"筵宴"字样描写的回目有116个。其中没有"酒"或者"筵宴"字样描写的有4个,分别是:第八十四回、第九十六回、第一百七回和第一百十八回。数据表明,《水浒传》小说中的绝大部分回目都有关于"酒"或者"筵宴"的描写,我摘录了650余个段落。《水浒传》小说确实是"无酒不成书"。

其二,我在每一段摘录的后面都结合小说的故事情节,围绕"酒文化"撰写了比较简单的评语。在表格中标有破折号的后面即是。

其三,《水浒传》小说中关于"酒宴"的段落与评点(列表)大约有13万字。这样的文本阅读为我的研究工作打下了比较坚实的基础。现在把这一表格附在本书后面,供读者阅读、研究时参考。①

要使"酒文化"的论述条理化、系统化,需要把对文本的感性认识升华到理论的高度。我在这方面做了一些尝试,这主要包括以下几个方面。

一是研究宋朝的经济发展与酒政,以此为背景,看《水浒传》小说中的酒文化。宋朝酿酒业的繁荣源于宋朝酒政的宽松;酿酒业的繁荣导致酒消费的普及;酒消费的普及导致酒文化的提升。《水浒传》小说中的酒文化的历史渊源即在于此。

---

① 限于篇幅,本辑《水浒争鸣》未收录该表,如需查阅,请参考《〈水浒传〉的酒文化》原书。

二是通过文本阅读,结合小说的故事情节进行逻辑推理。

《水浒传》第十六回写白胜挑着酒、唱着歌,走上黄泥冈。当时护送生辰纲的众军士问他:"你桶里是什么东西?"白胜应道:"是白酒。"众军道:"挑往那里去?"白胜说:"挑去村里卖。"众军又问:"多少钱一桶?"白胜说:"五贯足钱。"于是众军商量:"我们又热又渴,何不买些吃?也解暑气。"这时杨志出来阻止,白胜便假装不肯卖酒。在这个节骨眼上,卖枣子的七个客人说话了:"你这鸟汉子也不晓事,我们须不曾说你。你左右将到村里去卖,一般还你钱。便卖些与我们,打甚么不紧。看你不道得舍施了茶汤,便又救了我们热渴。"

看到这里,我们不禁要问:白胜卖的是什么白酒啊?这酒为什么可以像茶汤一样,能够"救了我们的热渴"呢?

我们先来就事论事,围绕故事情节进行发掘。众军见到"白酒"的想法是"我们又渴又热,何不买些吃?也解暑气"。"七个客人"也劝说白胜:"看你不道得舍施了茶汤,便又救了我们热渴。"

如此说来,这"白酒"具有"茶汤"一般的功能,可以解决"又渴又热"的问题。试问:今天的"白酒"能有这样的效果吗?今天的"白酒",包括所谓的"低度酒",喝了只会让人更加"热渴"。因此,从故事情节的描写中来推理,白胜卖的"白酒",也不是我们今天喝的蒸馏白酒。

三是通过历史典籍和文献来进行考据。

白胜卖的到底是什么酒呢?为了解决这个问题,我们只有直观的感觉还不行,需要再从中国酒的发展史上来考证一下。

明朝人李时珍的《本草纲目》是一部具有科学研究价值的典籍。据《本草纲目》记载:"烧酒非古法也,自元时始创。其法用浓酒和糟入甑,蒸汽令上,用器承取滴露。"这里面说的"烧酒",就是所谓的"蒸馏酒",也就是我们今天所说的"白酒"。《辞海》对"蒸馏酒"的定义是:"将含淀粉或糖的原料制成酒醅,再蒸馏而得的酒精浓度较高的饮料。如白酒、白兰地等。"

与"蒸馏酒"相对应的是"发酵酒",《辞海》对"发酵酒"的定义是:亦称"酿造酒"。一类不经过蒸馏的酒。由谷类等含淀粉的原料经霉菌糖化及酵母发酵而成,如啤酒、黄酒等;或以水果果实、果汁等含糖原料经酵母发酵而成,如葡萄酒等。发酵酒的酒精含量一般较低。由此可见,蒸馏酒的生产工艺要比发酵酒更复杂一些。

李时珍的研究结论是:元朝以前,中国的中原地区没有烧酒(即蒸馏酒)。这应该是一个比较权威的结论。如果这个结论成立,那么中原地区在唐宋年间,社会流行的酒就应该都是发酵酒(亦称"酿造酒")。李时珍界定的这个时间段,就包括《水浒传》小说所描写的北宋时期。这就是说,北宋的官民,包括梁山好汉喝的都是低度的发酵酒而不是高度的蒸馏酒。所以才会有武松、鲁智深二三十碗乃至三四十碗的豪饮。

一些历史文献也可以佐证李时珍的这个结论。南朝范云有《对酒》诗,说"如华良可贵,似乳更非珍"。同是南朝人的吴均在《行路难》诗中说"白酒甜盐甘如乳"。我原来对于这些诗句很不理解,那"白酒"怎么会"甘如乳"呢?后来我在西安喝了一种米酒,叫作桂花稠酒,是乳白色的,相传"李白斗酒诗百篇"喝的就是这种酒。

桂花稠酒的酒精度数只有十几度，喝在嘴里有点像现代的酸奶。我想，大约这就是范云和吴均说的“似乳”和“甘如乳”吧。我觉得，宋时的“白酒”可能也是这样的，而不是像我们今天喝的如水那样透明、如辣椒那样辛辣的蒸馏白酒。我们今天喝的蒸馏白酒在一开始被称为“烧刀子”，其口味之辛辣、猛烈可想而知。蒸馏白酒也叫“烧酒”，这种酒到元朝时才有，宋朝时还没有大规模生产蒸馏的白酒。

关于榨制“发酵酒”的描写，在唐、宋诗词中可以说比比皆是。如杜甫的“赖知禾黍收，已觉糟床注”——穷困潦倒的杜甫非常想喝酒，这时庄稼已经收割完了，没有粮食可以用来酿酒了，在想象中，榨酒的糟床已经在滴酒了。这是一个非常美妙的联想，同时也是对于生产“发酵酒”的形象描写。

宋人欧阳修的《晚秋凝翠亭》诗：“嘉客日可携，寒醅美新醡”。

比欧阳修稍晚一点的秦观在《题务中壁》诗中说：“醡头春酒响潺潺，城下黄公寝正安。”

黄庭坚的描写更加形象：“醡头夜雨排檐滴，杯面春风绕鼻香。”写的也是榨制“发酵酒”。

秦观是在宋徽宗继位的前一年（元符三年，1100）去世的，黄庭坚是在宋徽宗崇宁五年（1105）去世的，这两个人描写生产“发酵酒”的时间，距离《水浒传》所描写的那个时代并不远。

苏轼有《新酿桂酒》诗：

捣香筛辣入瓶盆，盎盎春溪带雨浑。
收拾小山藏社瓮，招呼明月到芳樽。
酒材已遣门生致，菜把仍叨地主恩。
烂煮葵羹斟桂醑，风流可惜在蛮村。

这首诗说的是他自己酿造“发酵酒”的故事，更加具体。

比他们再晚一点的南宋人杨万里也有描写榨制“发酵酒”的诗：“松槽葛囊才上醡，老夫脱帽先尝新”。榨酒的醡床有“松槽”，把用“葛囊”包着的酒醅放在“松槽”里面，进行压制，于是酒液就出来了，就可以喝了。

从欧阳修到杨万里，由北宋到南宋，这期间的典籍和文学作品记载的都是榨制“发酵酒”，没有见到生产蒸馏酒的记载。

北宋时期有没有蒸馏酒？这个问题现在仍然存有争议，一些研究者甚至以考古发现的蒸馏器皿作为证据，来证明北宋时期有蒸馏酒。从我的研究结果看，北宋时期即使有蒸馏酒，也只能是个别地区的个别现象。当时人们普遍消费的应该是低度的发酵酒而不是高度的蒸馏酒。

四是通过工具书来进行考证。《水浒传》小说第五十三回描写戴宗与李逵去找公孙胜，其中关于荤酒与素酒的描写基本上都是围绕戴宗和公孙胜这两个人物展开，然而有李逵在其中插科打诨，故事便格外生动活泼，令人捧腹。

《水浒传》每每提到荤酒与素酒，并且把“素酒”与“素食”相并列，让人觉得好像酒和菜一样，也可以区分为荤与素。然而从戴宗与酒保的对话看，酒本身并不分荤与素。荤酒与素酒的区别在于以什么饭菜下酒，以荤菜下酒，即为吃荤酒；以素菜下酒，即为吃素酒。戴宗吃的一碗熝豆腐和两碟菜蔬都是素菜，后面写公孙胜要吃的"素面"和"素点心"也都是素食,而李逵吃的牛肉却属于荤菜。在小说第五十三回里面,李逵与戴宗喝的是一样的酒,李逵以牛肉下酒,即为吃荤酒,而戴宗以"一碗素饭并一碗菜汤"下酒,即为吃素酒。

我曾在 2011 年 11 月 8 日的博文中,就小说《水浒传》中关于荤酒与素酒的描写发表了一些浅见,提出:"酒本身并不分荤与素,荤酒与素酒的区别在于以什么菜下酒,以荤菜下酒,即为吃荤酒;以素菜下酒,即为吃素酒。"

对于我的这个看法,有网友"巴巴羊"提出不同意见,认为荤酒是指高度酒,素酒是指低度酒。

关于荤酒与素酒的标准定义,我先后查了《汉语大词典》《辞海》《汉语大字典》《现代汉语词典》等工具书。在《汉语大词典》(第九卷)里面,关于"素"字的词条占了 18 页,其中有素水、素油、素茶、素食、素菜、素鱼、素餐、素饭、素馔等,唯独没有"素酒"。在关于"荤"字的词条里面,也没有"荤酒"。《辞海》里面也没有关于荤酒与素酒的标准定义。倒是在《现代汉语词典》(第五版)里面查到了关于素酒的词条,在第 1301 页,关于"素酒"的定义是这样的:一是"就着素菜而喝的酒";二是"素席(方)"。

我原来把解决问题的希望重点放在《汉语大词典》和《辞海》上面,以为大型工具书的词条比较丰富;在失望之后,转而求助于普及型的《现代汉语词典》,没想到还真找到了。正是"众里寻他千百度,蓦然回首那人却在灯火阑珊处"。《现代汉语词典》关于"素酒"的定义应该是比较权威的、可信的。

希望在下关于"素酒"的研究,能够为各类工具书以后的修订提供参考资料。

研究"水浒传中的酒文化",是一个互证的过程。既要通过历史资料来验证《水浒传》小说中关于酒的描写的客观存在,又要通过《水浒传》小说中关于酒的描写来反映宋朝酒文化的发展脉络,还要把小说中关于酒的描写上升到文学艺术的高度来梳理、归纳和总结。一边是历史,一边是小说,文学经典与历史互相交融,我们徜徉其中,左顾右盼,旁征博引,其乐无穷。

酒,是一种物质,而饮酒却是一种文化现象。通过酒的作用,人性的善与恶发挥到了极致。酒使人类社会的舞台风生水起,多姿多彩。酒文化,是《水浒传》小说中的一枚瑰宝。我们把《水浒传》小说中关于酒的描写单独加以提炼,上升到文化的高度来认识和欣赏,让我们受用无穷。

我从 1988 年到 2009 年,用了二十年的时间研究财产申报法,最后由中国检察出版社出版了《反腐败视角下的巨额财产来源不明罪与财产申报法》一书。

现在,我又用了十年时间研究"水浒传中的酒文化"。人生苦短,能够完成一件有意义的事并不容易。我本来的计划,是想把《〈水浒传〉中的酒文化》与已经出版的《侠义悲歌——新视角读水浒》和《水浒拾遗——新视角读水浒之二》凑在一起,作为研究《水浒传》小说的三卷集子出版,以此纪念我的八十岁生日。现在似乎可以提前了,但愿我的这本书能够起到抛砖引玉的效果。这正是:

  十年磨一剑,水浒谱新篇。
  千古文章事,经纶莫等闲。

微水浒诗咏三题

陕西西安　杨　光

第一回　张天师祈禳瘟疫　洪太尉误走妖魔

天师修道龙虎山，仁宗参政范仲淹。瘟疫盛行伤民众，禳灾安能保人间。
驾雾兴云非难事，变虎化蛇甚亦然。谁料洪信心魔起，肉眼凡胎酿祸端。
道通祖师化牧童，太尉洪信不知情。待到知情早隐迹，乘鹤驾云去东京。
游山看景喜无尽，伏魔之殿愤相迎。怒开石龟放罡煞，百道金光聚英雄。

第七十一回　忠义堂石碣受天文　梁山泊英雄排座次

光耀飞离土窟间，天罡地煞降尘寰。说时豪气侵肌冷，讲处英风透胆寒。
仗义疏财归水寨，报仇雪恨上梁山。堂前一卷天文字，付与诸公仔细观。
祭天献地供神明，设筵颁令号群雄。死生相托聚大义，吉凶互救共精忠。
下合人心皆煞曜，上应天数尽罡星。菊花盛会歌凤愿，赋词招安满江红。

第一百二十回　宋公明神聚蓼儿洼　徽宗帝梦游梁山泊

从来良将难享平，俊义淮河化冤灵。哀怜宋李双鸩酒，悯恻吴花两悬空。
天罡尽已归天界，地煞还应入地中。千古为神皆祭祀，万年青史播英雄。
罡煞豪杰四海扬，扫平辽国转名香。承旨奉诏灭敌寇，讨北伐西剿田王。
收复江南星曜散，班师东京谗佞诳。可怜到头一场梦，令人唏嘘欲断肠。

水浒学新貌的展示
——《水浒争鸣》第十七、十八、十九辑评述

中州古籍出版社　李祖哲　张弦生

在明代"四大奇书"中,《水浒传》是对后世中国小说的创作影响最大的一部作品。因此对这部作品进行研究的意义是不言而喻的。作为唯一的专门发表水浒研究及动态的辑刊《水浒争鸣》这块园地,对推动相关研究起了很大的作用。

对《水浒传》这部作品的研究和争鸣是从它一出世就伴随而来的。先是在金圣叹评点《第五才子书施耐庵水浒传》时达到了第一个高峰。一百多年前的1920年出版的胡适《〈水浒传〉考证》是近代对《水浒传》研究开始的标志。此后对这部名著的研究在各个方面展开,尽管政治环境变迁,但研究者仍然承前相继,在不同的环境中进行了卓越的工作。直到"文革"中,《水浒传》成了一件政治斗争的道具,正常的研究工作一度落入灾难之中。拨乱反正后,水浒研究从"四人帮"的政治阴谋中摆脱出来,重新走向百家争鸣,进入了研究的巅峰时期。仅从版本研究的文章数量来看,几乎为其他时期《水浒传》版本研究文章的总和(见邓雷《百年〈水浒传〉版本研究述略》,《水浒争鸣》第十七辑)。

1981年3月,在武汉成立了由张国光先生担任首届会长的湖北省水浒研究会,当年11月在武汉召开了全国首届"水浒"学术讨论会。1982年4月,长江文艺出版社出版了《水浒争鸣》(第一辑)。1987年11月,在襄樊举行的全国第四届"水浒"讨论会上成立了中国水浒学会,这些成为这一巅峰时期的标志。

中国水浒学会从成立之日起,即将原来由湖北省水浒研究会主办的《水浒争鸣》辑刊作为学会的学术刊物。辑刊从一开始,就明确办刊宗旨:重视学术导向,坚持科学性、学术性、先进性、创新性,刊载内容涉及的栏目有与《水浒传》相关的研究报告、文献综述、简报、专题研究等,使国内外的水浒研究者能够利用这一平台来进行学术交流和就相关活动进行报道和沟通。

《水浒争鸣》第一辑至第四辑在1982年至1985年期间由长江文艺出版社出版;第五辑在1987年由武汉大学出版社出版。此后,由于各种原因,中断了好多年。第六辑在2001年由光明日报出版社出版;第七辑在2003年由武汉出版社出版;第八辑在2006年由崇文书局出版;第九辑在2006年由青海人民出版社出版;

第十辑在2008年由崇文书局出版;第十一辑在2009年由中央文献出版社出版;第十二辑至第十四辑在2010年至2014年期间由团结出版社出版;第十五辑在2014年由万卷出版社出版;第十六至第十八辑在2016年至2020年期间由中州古籍出版社出版。由此可以看出,《水浒争鸣》的出版历经了许多波折,但中国水浒研究会始终不忘初心,在湖北省水浒研究会的积极参与下,在历任学会领导班子成员团结各省市级水浒研究专家及相关机构、企业的共同努力下,克服种种困难坚持办刊。现《水浒争鸣》辑刊共出版了十九辑(第十九辑即为本辑),在中国水浒研究领域产生了重要的影响,是知网收录的为数不多的中国古代小说研究领域以一本著作为研究对象的专门刊物。

《水浒争鸣》第一辑至第十六辑的目录已经在《水浒争鸣》第十八辑上刊出,现就第十七辑至第十九辑《水浒争鸣》谈一些我们的编后感想。

"《水浒传》的成书过程、版本、作者问题""《水浒传》的本事与本旨""《水浒传》的内涵和文化意蕴""《水浒传》的人物形象"是《水浒争鸣》相对固定的四大板块,也是水浒学的研究核心和关注热点,所以在这些方面争鸣的问题和角度也最多,使得水浒学研究绚丽多彩。

在"《水浒传》的成书过程、版本、作者问题"栏目中,第十七辑上邓雷的《百年〈水浒传〉版本研究述略》是一篇站高望远、对《水浒传》百年来中外学者版本研究的总结性文章,资料丰富、概括全面、评价公允、有理有据,是开阔视野、展望方向、指出问题、耐读又值得深读的好文章。

邓雷的文章中对周文业先生的版本数字化工作给予了很高的评介,认为"通过计算机对版本进行研究是新世纪以来版本研究非常值得注意的一个方面,而周文业则是这一领域的代表人物以及领军者"。《水浒争鸣》第十八辑和第十九辑,刊登了周文业的《〈水浒传〉四种主要版本比对本和比对研究》和《〈水浒传〉上图下文的四种嵌图本研究》两篇文章,印证了邓雷先生的评价。周先生从1999年起一直致力于古代小说版本数字化的研究和实践,他将《水浒传》现存的二十九种版本中的十五种(此为邓雷说,周文业自己说是十三种,因统计方式而异)加以数字化。他的这两篇文章就是他的《水浒传》版本数字化的研究和应用的例说。2020年,周先生出版了《古代小说数字化二十年(1999—2019)》一书,这是对他在这一研究领域所取得成就的总结,其中对《水浒传》版本研究有系统的论述,从中可以看到数字化所带来的巨大便利。值得研究水浒各方面的专家参看。邓雷的《简本〈水浒传〉版本的价值》一文认为,"简本与现存繁本相比,确实在某些方面与祖本的关系更为密切,保存有祖本的一些痕迹",这不但有校勘补繁的作用,在《水浒传》成书的过程和本旨的研究方面也是有意义的。

对于《水浒传》作者及成书年代的研究,一直是学者们穷追不舍的命题。对文物和史料的不同解读,使得兴化说和大丰说在施耐庵里籍研究方面继续深入,并在名著的普及和文化应用方面分别取得了有益的成果。在这三辑《水浒争鸣》中,有多篇文章就上述两种观点进行了展示和总结。但也有宋伯勤通过对文物《施让铭》《施让地照》《施廷佐铭》的综考,提出了"兴化县古白驹场施彦端无关'钱塘施耐庵'著《水浒传》"的观点。

马成生先生从20世纪60年代就开始研究《水浒传》，并且颇有心得。多年来他担任浙江省三国水浒研究会会长，带领以杭州为中心的水浒研究者们孜孜矻矻勤勉耕耘。他已经是九十多岁的老人，但精力充沛，新作迭出；以鲐背之高寿，披荆斩棘，杀伐冲锋。在这三辑《水浒争鸣》中，他以《〈疑而难信的传记〉续篇——再读〈草泽英雄梦——施耐庵传〉兼及有关评论》《就从"污水"说起——给浦玉生先生"作答"的"作答"》《"误区"之论，未免有误——读〈郭本正嘉时代理念与万历增添新编《水浒传》二次成书〉的一些感想》三篇文章继续从"钱塘施耐庵"著《水浒传》等诸多角度论证，认为浦玉生的《草泽英雄梦——施耐庵传》，"作为'纪实体'传记，疑而难信处太多"；并对宋伯勤、杨东峰的文章给予批评，"根据历史上一些版本中早就流传的'杭州元素'，如某些气候物象与地理态势，如独龙冈，尤其是杭州'独特性、唯一性与排他性'的'儿尾词'之类去论证并推定《水浒传》作者为明初'南人'即'钱塘施耐庵'，自当是有合理性可靠性的。要把这样的论证，指为'误区'，未免是缺乏深入而细致的分析"。仍然宝刀不老，八面威风。

而王玉琴《还原与激活——浦玉生的〈施耐庵传〉读后》一文指出：对于以想象的方式进入传记人物的塑造中，浦玉生在《施耐庵传》后记中是这样解读的：

> 传记文学需要以"大历史观"，从长时间、远距离、宽视界地审察和批判历史，其核心地带是艺术真实，它不容虚构、戏说和颠覆，但可以想象，历史学家也要设定情节。传记作家追求本质真实和艺术真实的统一。原本的历史真相是"历史一"，历史文献是"历史二"，而传记文学中想象的历史是"历史三"，艺术真实应是"历史四"。可以说，此书与其他人物传记的不同之处是，施耐庵的资料确实太少，"历史三"约占十分之三。

经过浦玉生这段对"历史三"的艺术解读，我们可以明白，《施耐庵传》中的"历史三"是任何人撰写《施耐庵传》必不可少的部分。

这种在撰写历史人物传记中的艺术处理问题，马先生和浦先生看法也是不一样的。这种争鸣可能还要继续下去，这无疑对于传记文学创作的前进是有益的。

在这一栏目中，还有一些学者对《水浒传》简本及百二十回本版本的衍化传播以及《水浒传》少儿版改编与出版研究等课题发表了学术探讨文章。

在"《水浒传》的本事与本旨"栏目中，《梁山泊的历史变迁》《〈水浒〉背景地沙浦寨遗址考订》《〈水浒传〉简本及百二十回本"征王庆"故事的地理问题》《鄂东梁山好汉名录考记》《高俅历史资料汇编》等几篇文章对《水浒传》的本事、背景的考订，扩大了水浒学研究的视野，值得研读。

王平在《论百回本〈水浒传〉的忠义思想》认为，百回本《水浒传》的前七十回是对"义"的推崇，后三十回是对"忠"的推崇，写定者"选择了宋江受招安、平方腊，并在此基础上做了重要改动。其一，宋江不是被动接受招安，也不是在走投无路的情况下接受招安，而是在节节胜利、大败官军的情况下主动争取招安。其二，接受招安后，梁山的兵马成为朝廷的一支重要军事力量，是征辽、平方腊的主力军。其三，宋江屡立战功，结果反被朝廷奸佞毒害而死。这些改动尤其是最终的悲剧结局，寄予着小说写定者的深刻用意"。"这种文本构成不仅从客观上否定了接受招安，也不仅表现了忠奸之争,而且从本质上揭示了社会现实的残酷。这种揭示体现了《水浒传》写定者对社会现实的清醒认识,具有超越时空的普遍意义。"

周锡山在《〈水浒传〉反腐及其反抗描写的真实性和艺术性探讨》认为,这部伟大的小说既是张扬英雄精神的正义之歌,同时也是一部发人深省的精彩的反腐作品,"作为现实主义的杰作,《水浒传》深刻而生动地描绘了古代官场和社会的腐败现象,剖析了其中的深刻原因,同时描写了绿林好汉如火如荼的反抗,是一部精彩的反腐小说。但是《水浒传》官场腐败的描写,是虚构的、夸张的,并不符合北宋和古代社会的实际,是一种发愤著书的宣泄,而非冷静客观的反映。因此《水浒传》的反腐及其反抗的描写,并无生活真实,而有艺术真实,取得极高的艺术成就"。还有他的《〈水浒传〉的人生智慧描写论纲》,张玉生的《〈水浒传〉是一部高举反贪反腐大旗的经典名著》《读水浒 知兴替》,何求斌、范学亮《〈水浒传〉的侠义精神》,严丽定谈水泊梁山的"朋党之争",浦玉生对"《水浒传》的作者施耐庵、他的学生罗贯中、主角宋江的原型——张士诚以及他们与盐城的渊源"的再探,吕世宏提出《鲁智深原型为狄青》的文章,还有关涉制度建设、忠义文化的当代价值的论述,都结合着文本和史料和从当代的新视角,对《水浒传》的本旨再加以探讨和认识。

文学离不开阅读,文学研究史就是历代读者的阅读史,不同时代、不同读者的阅读,使得《水浒传》常读常新。"《水浒传》的内涵和文化意蕴""《水浒传》的人物形象"两个栏目中对《水浒传》的主题、艺术、序跋等诸多方面的研究的文章因此而异彩纷呈。

对宋江、武松、鲁智深、李逵等主要人物的形象分析,有多篇文章从不同的角度论述,似有说不尽的话题。而女性形象方面,也有从悲剧命运、功能定位、审美意蕴等方面入手的分析文章,涉及的人物众多,甚至对无名姓的何涛、何九叔二人的妻子也有专文论及。石麟先生以"横贯齐鲁的征程和去而复归的心路"对《水浒传》中病尉迟孙立的"曾经造反而又寻求归宿的绿林豪侠的心路历程"的论述;张同胜从秦明的姓名、绰号、武器展开,指出"秦明这个艺术形象的塑造,委实是始于西域摩尼教或民间化的摩尼教在中土的传播过程之中",读来都给人启迪、饶有兴味。

对《水浒传》的艺术成就的论述,如叙事模式、情节结构、人物绰号、酒文化等多方面的研究文章,使我们看到了这一经典作品的宏大和精微,再而又再地展现了它的魅力。

石麟的《再谈梁山水泊灌溉"小说林"》一文,是这三辑中为数不多的论述《水浒传》对后世小说影响的论文。水浒传在小说史上的地位,对《说岳》、《说唐》、现代英雄传奇小说、旧派和新派武侠小说的影响等方面的研究,似还应有更多的好文章面世。

在对《水浒传》的"受容、影响"方面有不少内容崭新的文章。石松的《圆桌骑士与交椅英雄》从"圆桌与交椅""装饰与祸水""傲气与奴性""唯我与唯他""平视与仰视""小众与大众"等许多角度,将《水浒传》与《亚瑟王之死》在人际关系、女人、秉性、目标、王权、审美等方面对中外英雄故事的形成、本旨和流传加以比较,这对在世界文学的背景上认识《水浒传》,很有意义。刘宜卓、包聚福的《水浒文化在新一代年轻群体中的传播现状及未来趋势研判》和其他关于旅游开发的文章,也在调研的基础上对经典在当代的传播、应用,提出了很好的对策和建议。

关于金圣叹评点《水浒传》研究,虽然不是每辑必有的栏目,但是相关研究文章则每辑都有。佘大平《新版"四大名著"〈水浒传〉序》、曹亦冰《析金、俞著书之心志——论"腰斩"与"结"〈水浒全传〉之千秋功过》,或高屋建瓴,或加以比较,对金圣叹改写、评点《水浒传》做了全面评价,不愧是大手笔。其他多篇相关文章也都可圈可点之处多多。新时期以来的金圣叹研究是从张国光等老一辈专家们的振臂高呼兴起的。张先生这方面的成果,在20世纪80—90年代由中州古籍出版社(前身为中州书画社)出版的他的《〈水浒〉与金圣叹研究》《〈才子杜诗解〉金圣叹评解》《金圣叹学创论》三本著作中,有充分的论述。这一时期中州古籍出版社还率先出版了金圣叹评点的《第六才子书西厢记》《第五才子书施耐庵水浒传》(排印本),对开展对金圣叹的研究也起到了推波助澜的作用。这一研究至今赓续不断,成为水浒研究领域的滔滔大河,是可喜可贺、令人欣慰兴奋的发展。金圣叹对《水浒传》评点的成就在中国古代小说传播史、批评史上有着很高的地位,不但对张批《金瓶梅》、毛批《三国演义》、脂批《红楼梦》等名著有极大的关联和影响,对当今的文学批评理论的研究和应用也有着重要意义。对金圣叹评点的研究不但应当继续关注,还应当扩大范围,比如对张国光的金圣叹研究,比如对他的"两种《水浒》两个宋江"等论断加以研究等。

在"水浒文化研究"栏目中,关于元杂剧给《水浒传》的影响和《水浒传》对后代戏曲的影响,也有不少研究文章发表,其中有不少新见解。但是和《三国演义》与戏曲的研究相比,这方面的还应当有更多系统、深入的研究工作要做。关于《水浒传》对中国文化的影响,还有一些问题有待于碰撞、争鸣。对于水浒研究史,也有不少文章可做。那些暂时没有新材料,一时难以拿出新见解、新成果的题目,陈言务去,似可稍做积淀。对于《水浒传》走向世界以及海外对《水浒传》研究的交流和评价,也可再向前多迈几步。

1981年11月在武汉召开全国首届"水浒"学术讨论会的盛况时时被人津津乐道,翻开1982年《水浒争鸣》(第一辑),那些中外名家的大作还在闪耀着睿智的光芒。弹指之间,四十余年过去了。希望《水浒争鸣》辑刊在中国水浒学会、湖北省水浒研究会的悉心主办下,在众多学者的共同支持下,不断提高学术水准,越办越好,继续成为研究者的精神家园,展示水浒学研究新貌的最佳平台。